本书由浙江省社科联省级社会科学学术著作出版资金资助出版（2010CBB36）

翟恒兴 著

# 走向历史诗学

## ——海登·怀特的故事解释与话语转义理论研究

ZHEJIANG UNIVERSITY PRESS
浙江大学出版社

# 序　言

# 历史叙事的诗性意义

## 徐　岱

　　翟恒兴博士的第一部学术专著终于将正式出版与读者见面。此前他的师兄弟姐妹们的论文中有不少已纷纷出版。当他来电话告诉我这件事时,让我有种欣慰与释然之感,因为这些年来我一直在期待着这个消息。所以当电话中同时提出希望我为之写序,我似乎也只好破了不再写序的决定答应下来。他的这本著作是在博士论文基础上修改完善的。作为他的博士生导师,我比别人更清楚他那段求学生涯的艰辛困难。重新翻阅他的这部书稿,除了重新浮现出他们这拨学生上课时的认真和气氛之融洽的种种景象之外,最让我感慨的是他除了学习还要担负许多责任的奔忙。

　　我的早期学生中,有好几位带着妻子与孩子一起来杭州的。恒兴是其中的一个。一家人在一起固然能相互照顾,但经济负担当然相对也就更重。我不知道他是怎样扛过来的,但我清楚地看到,在他身上有种山东汉子不顾一切地玩命努力朝着一个目标前进的精神。进校读博时,恒兴的基础并不算好,一度让我有些担心。每个学有所成的导师各有特点。我对学生的要求是以热爱读书为前提的广阅博览。这对于恒兴当然并不是件容易的事,他需要补充的东西似乎多了些,再加上养家的压力,留给他的时间和精力实在是太少了。但虽然如此,恒兴终于顺利地处理掉了所有这些障碍。他身上的"山东气质"或许发挥了作用。但更多的是他在这几年中,在精神面貌上有了根本的改变。因为我的身上同样流淌着山东人的血。

但我从来不是"地方主义"者,于我而言,与人相处只以好坏区分,没有家乡甚至血缘概念。我很清楚今天的山东文化早已成了什么。说来也怪,在我见到的许多所谓"老乡"中,有许多人总是让我想起一句老话:西瓜掉到油缸里,又圆又滑。好在恒兴的身上没有过多染上这种毛病。在他容易着急的性格中,有着为人坦率、性情耿直和热心助人等难得的优点。但认识到这些需要时间,为此他很容易让周边缺乏耐心的人产生种种误解。其实恒兴的身上始终有一种质朴和单纯,最可贵的是不畏困难。正是这些品质,帮助他很好地完成了博士阶段的学习,不仅修补了硕士阶段略欠的知识,而且通过几年攻读博士学位的学习,将自己的人生境界和研究能力都做了一次全方位的升级换代。

我招收的学生五花八门,性格相差很大,我对学生的外貌和长相尤其要求不高,但对他们的人品方面则要求必须"达标",即有基本的"善根"。这使得他们往往都能形成一种良好的同门友情关系。在他们论文的选题方面,我通常强调能从自己的兴趣和基础出发来展示自主性,只有在他们自己拿不定主意时,我才会根据各自的实际情况给出一两个题目,让他们自己做最终决定。恒兴的这篇论文便是这样确定的,那时国内学界对于这方面的课题尚未有太多注意,深入全面的研究更谈不上。在此意义上讲,恒兴的论文写作在那时有"填补国内空白"的优势。为此他也一度很兴奋。但过了不久便感到这个"填补"工作并非易事,首先最大的难题是没有多少可供借鉴的相关研究,需要付出大量的精力获得第一手的资料。仅仅这样就会让人望而却步。但恒兴的"拼命三郎"精神也在此得到了充分的展示,他设法与海登·怀特的研究者埃娃·多曼斯科教授取得了联系,从她那里得到了许多宝贵的材料。跨出这一步也让我放下了心,虽然在已经十分有限的时间内消化掉这些英文文献同样并不容易,何况还要在此基础上进行理论上的思考。但我相信,恒兴凭着他的那种独具特色的玩命风格能够拿出一篇达标的论文。

在这篇篇幅不长的序言中,我之所以要花这些文字交待作者这篇论文的写作过程,不仅是想从一个侧面呈现作者的写作伦理和做人品德,也是想强调在这篇不可避免地存在着这样那样的不足的论文中,有一个宝贵的价值担保:严肃认真。这是做人文学术最起码也是最重要的品质。相比于当下大量以"研究"的名义,在花言巧语下掩饰着言之无物的"学术文章",恒兴的这本著作至少有他自己的第一手文献收集阅读、研究心得和理论思考。这对于在学术之路上刚刚起步的年轻学者而言,是值得给予掌声鼓励的。从我对恒兴的认识,我相信只要他自己能够继续像读博时期那样,尽可能全身心投入到相关的人文思考和研究事业中去,努力不受或尽量少受周围那一切为了功名利禄而不择手段地"积极进取"的风气的影响,他是能够为这个社会作出一点贡献的。

诗比历史更真实。亚里士多德的这句话让人耳熟能详。但人们很少会进一步琢磨,这其实首先是对历史的肯定。我们能否由此而反过来说:历史比艺术更具有诗性呢? 未必不能。再杰出的想象力都难以与真实的生活世界相比。没有历史的诗性,艺术家的诗性想象根本无从谈起。在这个意义上,当下聒噪于学界的关于"理论之后"的种种说法,存在着一个逻辑的反讽:以理论的话语"超越"理论的书写。事实上早在许多年前,我在给恒兴他们等一批博士生上课的课堂上就已经提出一个理念:批判理论主义、超越知识论、反对文化自恋情结。尽管在当时的氛围下,这个提法很难得到广泛的认同,但今天的事实已经验证了这些认识的前瞻性。问题直接地来自于诗学研究所赖以生存的教育界。

关于以诗学为代表的人文教育在高等学府中日益不景气早已不是新闻。老话重提的一个动因,是不久前美国《华尔街日报》中文版刊登了一篇文章。文中指出,半个世纪之前,有14％的本科生主修人文学科(主要是文学,此外还有艺术、哲学、历史、古典学和宗教学),而如今这一比例降至7％。根据当下的社会趋势看,这个比例或许还会继续下降。尽管在这个"人人都说神仙好,就是财富忘不了"的功利主义的时代,我们不应该放弃人文学者的基本立场去随波逐流。但检查或者说反省一下我们所从事的工作的意义究竟何在? 这永远是必要的。重要的当然不是听课人数的减少,而是年轻一代普遍对此缺乏兴趣。在高校开设这样的课程并非出于学生本人的志愿,而是所谓的"人文通识教育"的需要。

或许有必要明确一点:以"诗学"统称的文艺学与美学的"研究与教学"并非一成不变的事物。事实上,它在不断"与时俱进"。比如在 20 世纪 80 年代以苏联为中心,到后来的以欧美为榜样,如此等等。但也许我们应该坚持:万变不离其宗。变化是必然的,问题是为何而变? 怎样改变? 这涉及两个问题:"内容"与"方法"。但事实上,比这远远更为重要的是"目的"。换言之,"教什么"与"怎么教"取决于"为何教"? 我们到底想让学生通过这门课程得到什么? 翻开眼下大同小异的教材,这门课程殊途同归,教的是"文艺理论"。在某种意义上这很"正常":诗学即文艺学或文艺理论。这样的教学传统中当然偶尔或不时会根据情况涉及某些"文本"(作品),但与古典与现代以及外国文学的"学科分工"不同,我们不"唯作品是从"。相反在"文艺学"领域里,作品必须接受"文艺理论"的修理。

所谓"理论"有几个显著特点。其一,普遍建立于两大前提上:统计数字和逻辑推理。所以任何"理论"之所以为理论都意味着一种"抽象性"。其二,每种理论有其自己的特色,因而必然有一种"排它性"。否则它就无法"自立门户"。其三,理论的"有效性"依赖于一种超越实践之上的"权威性",不再是"理论来自实践",而是"理论指导实践"。其四,由于这个缘故,"理论"虽说在"理论上"并不等同于"主义",但实际上它只能就是"理论主义"。不是"主义"的理论在今天已不成为理论。其五,理论是一种工具,"理论主义"是一种"权威话语"。任何工具的发明都有其适用范围,但所有的"权威话语"不仅并不一定有用,经验证明往往都带来灾难性后果。

当下的"诗学"基本围绕形形色色的"理论"运行,被各种"主义"所控制。我们不再把艺术"经验"和文学"常识"当回事,我们热衷于追随新出炉的"尔"与"基"们的说法。比拼的是对理论时装界最新动态的了解。于是,文艺学便只能是学院里这个行业中人的谋生之器,对于渴望通过"谈论"文学艺术而懂得一些与自己的人生有意义的东西的人们基本无用。这就是今天的聪明人纷纷远离这门曾经门庭若市的古老学科的根本原因:他们不想将宝贵的时间浪费在无用也无趣的"扯淡"上,他们不想让自己成为傻瓜。事实上,我们中的一些聪明人自己对这样的游戏早已并不觉得"有趣"。但身在这个行业之内又似乎别无出路。

那么我们是否到了这个时候:认真思考一下这样做下去有意思、有意义吗? 更具反讽意味的是:如今的中国人由于被认为这个国家已成为世界第二大经济体因而普遍感觉良好。因此,我们对"西方中心主义"的反感与敏感也前所未有地提升。但我们居然会粗心地忘记,所有这些"理论主义"无一不是"西方进口";如果有什么"文化侵略"之类的东西,那么它们恰恰正是最好的案例。有意思的是,我们对此熟视无睹。那么,通过上面的这些述说我究竟想要表达什么? 做个简单归纳:回归关于文学艺术的基本经验和常识。这与"文化保守主义"扯不到一起去。因为无论我们如何雄辩都不能无视一个基本事实:无论是生活还是工作,在现实世界中我们永远只能从"经验与常识"出发。在这个意义上,"回归"并不是回到原点,而是像佛教的"三重山"之说:是从"看山是山",到"看山不是山",再到"看山还是山"。

在我看来,这就是我们有必要关心"历史诗学"的意义所在,也是翟恒兴博士有必要花费那么大的心血去搜集整理相关资料,并在此基础上进行殚精竭力的思考,最终将它通过学术文字予以出版的价值所在。因为历史总是要以事实为据,建立在感同身受的具体情景之中。怀着这样的心情,我期待作者的这本书能给读者以相关的启示,也希望翟恒兴博士由此出发,在越来越艰难的人文研究道路上继续前进。

2013 年 8 月 13 日

于浙大玉泉求是社区

# 目　　录

# 前　言　海登·怀特历史诗学的思想历程

　　海登·怀特（Hayden White,1928—　　）是当代美国著名的思想史家、历史哲学家和文学批评家。美国斯坦福大学教授埃娃·多曼斯科（Ewa Domanska）[1]称其为"理论家"、"历史编撰学家"、"思辨历史学家"和"文化批评学家"。尽管海登·怀特本人并不赞同被当作后现代主义者,但是,不少学者认为他是将人文学科文化化的后现代主义者之一。"特殊主义已被誉为后现代主义的标志。"[2]海登·怀特的"特殊主义"体现在他主张一种人文文化的语言性（他认为理解文化的最佳途径是将其当作语言）、文本性（"现实"就是一个文本）、构成主义（通过虚构的意象而不是康德所说的"范畴",我们才可以更好地理解自然的、文化的、社会的现实）和话语性

---

　　[1]　同时任教于美国斯坦福大学和波兰波兹南密的科维茨大学的埃娃·多曼斯科（Ewa Domanska）教授,是后现代主义历史学家的后起之秀,同时也是海登·怀特思想的研究者。本篇论文中许多关于海登·怀特的英文资料由埃娃·多曼斯科教授无偿提供。直到今天（2013年9月5日）,远在波兰的埃娃·多曼斯科教授还通过电子邮件给我发来了海登·怀特的《历史乌托邦的未来》、《历史话语中的"性别"问题》、《现代政治和历史想像》、《历史事实、疏离和疑惑》、《历史话语和文学理论》等最新论文和威尔森（Adrian Wilson）的《海登·怀特的历史著作理论:一种再考证》、马汀·杰（Martin Jay）的《意图与反讽:海登·怀特与昆丁·司克娜的默契》、卡里奥·马沃（Carol Mavor）的《与海登·怀特的对话》等研究海登·怀特的重要论文。这些资料都是埃娃·多曼斯科教授无偿赠予我,不仅让我及时掌握国外对海登·怀特的最新研究动态,还省却了搜集资料的麻烦与时间。在此,向这位海登·怀特的研究学者深表敬意与谢意。另外,海登·怀特的《话语转义学》、《形式的内容》、《比喻实在论》三本书的英文原著由复旦大学历史系的陈新教授无偿提供,在此向陈先生表示感谢。

　　[2]　艾尔伯特·鲍尔格曼:《跨越后现代的分界线》,商务印书馆2003年版,第155页。

（我们所理解的现实只是以话语为媒介的"现实印象"）的观点。[1]

为了更好地了解海登·怀特的思想轨迹，我根据海登·怀特的研究专家埃娃·多曼斯科教授与海登·怀特在 1993 年的一次谈话[2]和埃娃为安克斯密斯（Ankersimt）一本书中撰写的《海登·怀特：一位大学教师》一文[3]，简单地整理出海登·怀特的生活、求学、教学与学术研究历程。

## 海登·怀特的学术生涯及其历史教学理念

海登·怀特，1928 年出生于美国南部。在经济大萧条时期，他的父母来到密歇根州底特律谋生，怀特也随父母一起去了那里。20 世纪 40 年代后期加入美国海军，退役后在密歇根州立大学研究中世纪历史，1955 年获得博士学位，学位论文题目是《1130 年克勒福的圣·伯纳德和教皇的分裂》。这篇论文主要研究 12 世纪宗教史和罗马教皇的官僚组织与像克勒福的圣·伯纳德那样神秘的改革者领导的基督教改革的关系。服役期间，他还考上维恩州立大学，1951 年于该校毕业。此后，海登·怀特先后任教于纽约的罗切斯特大学、洛杉矶的加利福尼亚大学、康涅狄格州的威尔雷森大学，最后在圣科鲁兹的加利福尼亚大学工作了 15 年，直至退休。

海登·怀特第一本书是在意大利出版的，是其研究中世纪史的博士学位论文。他在大学主要讲授中世纪史和中世纪文化历史。20 世纪 60 年代是美国大学快速发展的时期，海登·怀特正是在那时获得大学教授的职位。海登·怀特在求学与教学时，一直对人们为什么研究过去而不是研究过去本身感兴趣。他是从人类学立场上思考历史的，对此他自己也感到奇怪。他一直在思考：为什么国家、社会或团体给研究过去的人报

---

[1] Hans Bertens and Joseph Hatoli. *Postmodernism: The Key Fey Figures*. Blackwell, 2002, pp. 321-326.

[2] Ewa Domanska. "Human Face of Scientific Mind: An Interview with Hayden White", *Sroria Della Storiografia*, Vol. 24, 1993, pp. 5-21.

[3] Ewa Domanska. "Hayden White: An Academic Teacher", *Re-figuring Hayden White*, edited by Ankersimt, Ewa Domanska and Kellner. Stanford University Press, Stanford, 2009, pp. 332-347.

酬？人们能从研究过去的人那里学到什么？为什么人们对过去如此着迷？为什么西方文化产生了这么多历史职业研究者？研究过去的社会功能是什么？他此后所有著述都是对这些问题的回答。

1965年，他应《历史与理论》杂志之约，写了一篇关于历史的文化或社会功能的文章，于是有了著名的《历史的负担》一文。很多人喜欢这篇论文，来信请他写一本关于这一话题的书。在读者诚邀下，海登·怀特才有了撰写《元史学》的想法。当编辑拿到初稿时，对他说："写得再详细些，因为读者不喜欢概述。"所以，我们今天看到的《元史学》一书是海登·怀特不断迎合读者和编辑要求的结果。海登·怀特说，历史学家不喜欢这本书，但是哲学和文学批评家喜欢，因为它解构了所谓的历史神话。海登·怀特本人也一再申明，《元史学》是一本反实证主义历史观之作。

除历史研究外，海登·怀特还把主要精力放在历史教学上。他是一位不断自我反思的大学教师，充满了正义与责任感。埃娃·多曼斯科教授与海登·怀特有过多次交往，自1993年以来数次聆听过海登·怀特的演讲。她说："每一个参加怀特研讨会或演讲的人，都知道怀特喜欢教学。他首先把自己作为一位向知识分子提供某种工作模式为主要目的的大学教师，而不是把自己当作信徒云集、推销自己观点的人。海登·怀特没有建立自己的学派，他也不打算那样做……"[1]海登·怀特在20世纪60年代创建圣克鲁兹的加利福尼亚大学历史意识研究项目中起到主要作用。"这是一个进行跨学科研究、批评与'叛逆'工作的地方。"[2]

反叛与反抗，不仅是贯穿海登·怀特学术研究主线，也是他作为一位大学教师不断灌输给学生的理念。"尤为重要的是，海登·怀特告诉他学生只有通过反叛才能在人类的世界中创造一个属于他们自己的世界。怀

〔1〕　Ewa Domanska. "Hayden White：An Academic Teacher"，*Re-figuring Hayden White*，edited by Ankersimit，Ewa Domanska and Kellner. Stanford University Press，Stanford，2009，p. 334.

〔2〕　Ewa Domanska. "Hayden White：An Academic Teacher"，*Re-figuring Hayden White*，edited by Ankersimit，Ewa Domanska and Kellner. Stanford University Press，Stanford，2009，p. 334.

特把教育作为自由的实践。"〔1〕海登·怀特从事历史教学的目的,不是把学生培养成历史专家,而是"把学生培养成对自己的选择负责的人,培养成尊重别人的人,培养成有职业行为和能够批评但友好争论的人。这就是他进行师范工作的主要目标"〔2〕。

构筑繁复宏大的历史诗学不是海登·怀特的主要目标,他的著书立说也不是为自己在历史领地占据一块"自留地",更不是为了掌握所谓的"话语权",甚至也不是为了复兴历史学,而是为了把大学生培养成有责任感、有职业规范和独立思考的人。由此看来,海登·怀特历史诗学的实践意义与教育价值远大于其学术意义。他不仅仅是一位后现代主义历史思想中具有重要地位的历史学家,更是大学生的一位良师益友,"一位教育学生如何说'不'的大学教师"〔3〕。

## 海登·怀特的主要著述及其思想简介

海登·怀特的主要著作〔4〕有《元史学:十九世纪欧洲的历史想像》、

---

〔1〕 Ewa Domanska. "Hayden White: An Academic Teacher", *Re-figuring Hayden White*, edited by Ankersimit, Ewa Domanska and Kellner. Stanford University Press, Stanford, 2009, p. 335.

〔2〕 Ewa Domanska. "Hayden White: An Academic Teacher", *Re-figuring Hayden White*, edited by Ankersimit, Ewa Domanska and Kellner. Stanford University Press, Stanford, 2009, p. 335.

〔3〕 Ewa Domanska. "Hayden White: An Academic Teacher", *Re-figuring Hayden White*, edited by Ankersimit, Ewa Domanska and Kellner. Stanford University Press, Stanford, 2009, p. 335.

〔4〕 海登·怀特原著名称以及出版情况:(1)《元史学》(*Metahistory—The Historical Imagination in Nineteenth-Century Europe*. The Johns Hopkins University Press, Baltimore and London, 1973);(2)《话语转义学》(*Tropics of Discourse: Essays in Cultural Criticism*. The Johns Hopkins University Press, Baltimore and London, 1978);(3)《形式的内容》(*The Content of the Form: Narrative Discourse and Historical Representation*. The Johns Hopkins University Press, Baltimore and London, 1987);(4)《比喻实在论》(*Figural Realism: Studies in the Mimesis Effect*. The Johns Hopkins University Press, Baltimore and London, 1999)。

海登·怀特著作的中译本情况如下:陈永国、张万娟:《后现代历史叙事学》(包括《话语转义学》大部分论文和《比喻实在论》的前两篇论文),中国社会科学出版社2003年版;陈新:《元史学:十九世纪欧洲的历史想像》,译林出版社2004年版;董立河:《形式的内容》,文津出版社2005年版。

《话语转义学：文化批评论文集》《形式的内容：叙事话语与历史再现》、《比喻实在论：对模仿效果的研究》。1999 年,《比喻实在论》出版后,海登·怀特陆续发表了数篇研究论文[1]:《实证文学中的比喻实在论》《导言:历史虚构、虚构的历史与历史实在论》《历史事件》《对"没有特别地方可去"的评论:全球蓝图时代的文学史》《实用的过去》《历史话语与文学写作》《历史事实、疏离与困惑》《现代政治学与历史想像》《历史乌托邦的未来》《历史话语中的"性别"问题》等。

埃娃·多曼斯科指出,2000 年以来,海登·怀特已把"比喻"从"转义"中分离出来。海登·怀特将"比喻"界定为"一种话语流出或转向的'意象'",把"转义"界定为"话语中的一种观点转向另一种观点的模式"。[2] 比喻是一种语言意象,转义是一种语言模式。如果说 1978 年出版的《话语转义学》让"转义"成为海登·怀特历史诗学理论的重要范畴,那么 1999 年《比喻实在论》的问世后让"比喻"成为海登·怀特后期学术思想的核心范式。这意味着"海登·怀特追随弗洛伊德,似乎用比喻观念恢复意识中的话语功能"[3]。他不仅将"比喻"理论用于历史研究,而且用于一切人类意识研究。

---

〔1〕　海登·怀特这些论文发表情况如下：(1)"Figural Realism in Witness Literature", *Parallaxs*, 2004, Vol. 10, No. 1, pp. 113-124. (2)"Introduction: Historical Fiction, Fictional History, and Historical Reality", *Rethinking History*, Vol. 9, No. 2/3, June/September 2005, pp. 147-157. (3)"The Historical Events", *Differences: A Journal of Feminist Cultural Studies*, Vol. 19, No. 2, October 2008, pp. 9-34. (4)"Commentary: 'With no Particular to go': Literary History in the Age of Global Picture", *New Literary History*, Vol. 39, 2008, pp. 727-745. (5)"The Practical Past", International Conference "History Between Reflectivity and Critique", Athens, October 30th-November 1st, 2008. (6)"Historical Discourse and Literary Writing", *Tropes for the Past Hayden White and the History /Literature Debate*, edited by Kuisma Korhonen, Editions Rodopi B. V. Amsterdam-New York, 2006, Printed in Netherlands, pp. 25-33. (7)"Modern Politics and the Historical Imaginary", *The Politics of Imagination*, edited by Chiara Bottici and Benoit Challand. Birkbeck Law Press, New York, 2011, pp. 162-177. (8)"The Future of Utopia in History", *Historein*, Vol. 7, 2007, pp. 11-19. (9)"Reflection on 'Gender' in the Discourses of History", *New Literary History*, Autumn 2009, pp. 867-877.

〔2〕　Hans Bertens and Joseph Natoli. *Postmodernism: The Key Figures*. Blackwell Publisher, 2002, p. 326.

〔3〕　Hans Bertens and Joseph Natoli. *Postmodernism: The Key Figures*. Blackwell Publisher, 2002, p. 326.

## 一、《元史学》：历史诗学的理论架构与论证

《元史学》一书主要包括序言、导言和主体部分(第一部分"接受的传统：启蒙运动与历史意识问题"、第二部分"19世纪历史写作中的四种'实在论'"和第三部分"19世纪晚期历史哲学对'实在论'的摒弃")。主体部分通过分析欧洲四位历史学家(兰克、布克哈特、托克维尔、米什莱)和四位历史哲学家(黑格尔、马克思、尼采、克罗齐)的著作印证了导言中所提出的历史诗学理论。2004年,海登·怀特还为《元史学》在中国出版写了"中译本序言"。

原著序言开宗明义地指出该书是一本"关于历史作品的形式理论",该理论"将历史作品视为叙事性散文话语形式中的一种言辞结构,……"[1]原著序言主要介绍了历史作品(历史编撰作品与历史哲学作品)的三个起到解释作用的显性维度：情节化解释模式、形式论证式解释模式、意识形态蕴涵式解释模式(美学的、认识论的与道德的)和隐性的具有基础作用的比喻维度(隐喻、转喻、提喻和反讽)；揭示了对19世纪欧洲八位史学经典著作形式主义分析的七个结论,让读者在阅读该书前就接触了较为新鲜的看法；最后,他提醒读者,《元史学》采用了一种反讽模式。与其说是告诉人们"为拒斥反讽自身提供一些理由"[2],不如说这暗示了海登·怀特对其"比喻"理论的坚定立场。

《元史学》的导言详细介绍了他提出的历史诗学理论的目的与方法以及具体内容。在欧洲大陆思想家质疑"历史"价值和英美哲学家就历史学是科学还是艺术的背景下,海登·怀特指出,历史诗学"意在为当前有关历史知识的性质与功能的争论提供一种新的视角……其目的是确定经典作家的著作中确实出现过的不同历史过程概念的家族特征。另一个目的

---

〔1〕 海登·怀特:《元史学:十九世纪欧洲的历史想像》,陈新译,译林出版社2004年版,序言,第1页。

〔2〕 海登·怀特:《元史学:十九世纪欧洲的历史想像》,陈新译,译林出版社2004年版,序言,第5页。

是，确定那个时期历史哲学家用来证明史学思想的各不相同的可能理论"〔1〕。他想通过形式主义方法对经典史学著作的分析为历史领域开辟一块新的疆域。导言部分值得关注的内容中，除海登·怀特对四种情节化解释模式、四种形式论证式解释模式、四种意识形态蕴涵式解释模式和四种比喻意识模式进行详细阐述外，还区分了编年史中"事件"与历史著作中的"故事"，这一区分是其历史诗学的关键。

《元史学》的第一部分"接受的传统：启蒙运动与历史意识问题"，主要探讨了18世纪"隐喻与反讽之间的历史想像"的史学特征和黑格尔的"历史的诗学"及其超越反讽之道。这里"接受的传统"，指19世纪史学思想的"实在论"，"在明知18世纪史学思想家已经失败的情况下，继续为信仰进步和乐观主义寻求恰当的理由……如果某人想理解19世纪历史实在论的特定本质，他就必须明了18世纪史学思想失败的性质。"〔2〕他认为18世纪历史实在论的失败在于反讽模式，即启蒙史学家在理性主义烛照下追求客观精确的真实历史失败后，强烈怀疑历史真实本身。因为"历史的困难在于要在人类想像的最无理性之处揭示其中暗含着的理性……由于启蒙思想家按照一种对立而非一种部分与整体的关系，来看待理性与幻想之间的关系"〔3〕，他们失去了对历史实在论的信任，而"十九世纪的欧洲文化无处不在地展现出一种以实在论方式理解世界的狂热"〔4〕。

这一方面源于启蒙史学开辟了类型学的历史理解（理性类别与非理性类别），如他们"对于人性，它有信心，对于个人，则没有"〔5〕。另一方面，源于重视生命多样性的赫尔德对启蒙史学的反叛和始于反讽的黑格

---

〔1〕　海登·怀特：《元史学：十九世纪欧洲的历史想像》，陈新译，译林出版社2004年版，导言，第2页。

〔2〕　海登·怀特：《元史学：十九世纪欧洲的历史想像》，陈新译，译林出版社2004年版，第62页。

〔3〕　海登·怀特：《元史学：十九世纪欧洲的历史想像》，陈新译，译林出版社2004年版，第68页。

〔4〕　海登·怀特：《元史学：十九世纪欧洲的历史想像》，陈新译，译林出版社2004年版，第45页。

〔5〕　海登·怀特：《元史学：十九世纪欧洲的历史想像》，陈新译，译林出版社2004年版，第91页。

尔历史哲学。黑格尔对由隐喻方法提供的形式论和由转喻方法提供的机械论的批判,对历史实在论作等级关系的提喻式综合表现和对历史过程进行有机论的解释,在反讽中避免了启蒙时代的理性主义和浪漫主义的直觉论,消解了主要的确定性和知性,同时"激励了另外一种确定性,即道德的确定性"[1]。

正是第一部分对 18 世纪的"历史实在论"概括与总结,才让读者更好地理解第二部分"19 世纪历史写作中的四种'实在论'"的内涵与意义。其实,海登·怀特在全书导言的注释中已介绍了 20 世纪的"实在论"问题。与奥尔巴赫、贡布里希等人从"艺术品的历史性成份是什么"的维度探讨"实在论"不同,海登·怀特"从现实主义历史编撰的艺术性成份是什么"的维度论述"实在论"。这就不难理解为什么他以四种情节化模式名称命名 19 世纪历史写作中的四种"实在论":米什莱"作为浪漫剧的历史实在论"、兰克"作为喜剧的历史实在论"、托克维尔"作为悲剧的历史实在论"和布克哈特"作为讽刺剧的历史实在论"。

该书的第三部分"19 世纪晚期历史哲学对'实在论'的摒弃"。马克思以转喻模式以及机械论与因果论逻辑为史学作哲学辩护,抛弃了黑格尔的提喻式历史实在论。马克思认为历史存在的基础是自然,并将客观性观念历史化;黑格尔认为历史存在的基础是意识,将客观性观念置于"绝对精神"范畴。尼采以隐喻模式为史学作诗学辩护,抛弃了求真意志驱使下的客观性实在论。克罗齐以反讽模式为史学作哲学辩护,拒绝了实证主义实在论。因为"克罗齐指出,实证主义者的主要错误在于认为一切正确的知识本质上都是科学的……理解世界的另一种途径,也就是说,那种非概念性的、直接的和个别化的方式,根本不是科学,而是艺术,其真理标准和实证标准与科学推崇的不同,但和它一样严格"[2]。这样,克罗

---

〔1〕 海登·怀特:《元史学:十九世纪欧洲的历史想像》,陈新译,译林出版社 2004 年版,第 166 页。

〔2〕 海登·怀特:《元史学:十九世纪欧洲的历史想像》,陈新译,译林出版社 2004 年版,第 522 页。

齐就在 19 世纪 80 年代反讽氛围浓厚的时代里,既对历史作出了"否定之否定"的反讽式思考,也避免了陷入怀疑主义与悲观绝望的情绪之中。

在《元史学》中译本序言中,海登·怀特开篇指出,该书是"结构主义"时代的产物,要是在今天就不会这么写了。但他依然坚持 30 年前的历史诗性观。只是在原著序言中把比喻作为历史深层意识结构,变为把比喻当作一种历史话语的分析工具。在他看来,将系列事件叙事化的是比喻性而非逻辑性。"比喻对想像性话语的理论性理解,是对各种修辞(如隐喻、转喻、提喻和反讽)生成想像以及生成种种想像之间相互联系的所有方式的理论性理解。"[1]比喻性理解也是一种合理性理解,因为"合理性也有多种不同种类",而对事件的真实记述可能并未包含历史性理解。"海登·怀特将历史叙事的真实性与历史阐释的合理性联系起来。他认为仅确立解释的权威性,并不能说明历史的客观性,叙事的真实性离不开阐释的合理性。"[2]在历史著作中,历史学家除忠实地叙述原始事件外,还添加了想象成分的虚构叙述。"因为我对事件(作为在尘世的时间和空间中发生的事)和事实(以判断形式出现的对事件的陈述)作了区分。"[3]所以,"作为创造性产物,历史的文学性和诗性要强于科学性和概念性;并且,我将历史说成是事实的虚构化和过去实在的虚构化。"[4]

海登·怀特进一步明确了历史诗学理论的关注焦点。我们也看到海登·怀特深受结构主义之语言与对象、能指与所指、词与物等区分以及后结构主义话语理论的影响。他区分事件与事实的目的是为了解释历史的真实性。因为,"历史事件的发生是一回事,而历史事件的再现是另一回

〔1〕　海登·怀特:《元史学:十九世纪欧洲的历史想像》,陈新译,译林出版社 2004 年版,中译本序,第 2 页。
　　〔2〕　翟恒兴:《历史之真:故事的形式论证式解释模式——论海登·怀特历史诗学的真实性诉求》,载《广西社会科学》2013 年第 3 期,第 134 页。
　　〔3〕　海登·怀特:《元史学:十九世纪欧洲的历史想像》,陈新译,译林出版社 2004 年版,中译本序,第 6 页。
　　〔4〕　海登·怀特:《元史学:十九世纪欧洲的历史想像》,陈新译,译林出版社 2004 年版,中译本序,第 7 页。

事。海登·怀特否定的是那些声称完全真实地再现事件的历史。"〔1〕他认为史学家只有对史料进行不断地选择与加工才能把编年史中的事件变成有始有终的历史故事。这些故事是否真实,或者说语言中的事件是否逼真,与史学家的想象能力和虚构手法有很大关系。"不是所有的实在都是客观的,有些实在是主观的。"〔2〕从原始事件的自然发生来看,历史是实证的,历史真实是客观实在论;而从对原始事件的选择、编排与叙述来看,历史是虚构的,历史真实是主观实在论。

在《元史学》最后,海登·怀特撰写了一篇全书的结论。这是他在对史学经典著作分析后,深化了导言中的观点,并与导言遥相呼应,如将四种形式论证式解释模式(形式论、有机论、机械论和情境论)称为"四种真实性理论";将历史文本的四重分析(情节化、形式论证、意识形态和比喻)分别置于美学的、认识论的、伦理学的和语言学的层面等。他再次重申了历史编撰与历史哲学的语言学基础,认为黑格尔、尼采和克罗齐等辩证法大师其实都是出色的语言哲学家,"辩证法也只不过是对一切话语形式的比喻性本质之洞见的一种形式化而已。"〔3〕他还指出,史学家在读者中的声望与其语言学基础有关。海登·怀特坦言,在现代史学身处反讽的境遇中,摆脱内在的怀疑论和道德上的不可知论的方法,便是"不得不退回来寻求道德和审美的理由,选择一种较之另一种更'实在的'历史图景"〔4〕。

该书思路清晰、目的明确、方法新颖。海登·怀特在解读史学经典著作、建构历史诗学大厦的过程中,以 19 世纪历史意识经历的对历史实在论诸种"想像"(反讽、辩护与摒弃)为主线,运用形式主义方法和结构主义语言学理论,在历史诗性之思中编织出历史实在的真、善、美之维。该书

---

〔1〕 翟恒兴:《历史之真:故事的形式论证式解释模式——论海登·怀特历史诗学的真实性诉求》,载《广西社会科学》2013 年第 3 期,第 134 页。

〔2〕 约翰·R.赛尔:《心灵的再发现》,王巍译,中国人民大学出版社 2005 年版,第 19 页。

〔3〕 海登·怀特:《元史学:十九世纪欧洲的历史想像》,陈新译,译林出版社 2004 年版,第 586 页。

〔4〕 海登·怀特:《元史学:十九世纪欧洲的历史想像》,陈新译,译林出版社 2004 年版,第 593 页。

的论证结构也非常清楚,除了全书的导言、序言外,海登·怀特在每一章的开始和结尾都有简明的导言与结论,帮助读者理解相关内容,起到了画龙点睛的作用。

《元史学》中的观点在那个时代是颠覆性的,呈现出后现代主义历史哲学特征。从该书问世起,就不断受到质疑。如马维克教授公开以"元史学是胡说——历史才是根本"的标题授课;[1]克莱夫(Clive)认为《元史学》的风格"在某种程度上不够清晰和简洁",常常把它称为"新词的怪物"。[2] 汉斯—彼特·索德(Hans-Peter Soder)认为《元史学》刚出版时,在历史领域曾引起公愤。[3]

当然,《元史学》的观点也受到肯定与支持。如有人指出,"如果没有怀特的《元史学》和他在此之后所撰写的论文和著作,史学理论就已经夭折了。"[4]耶尔恩·吕森认为《元史学》之所以是史学理论的里程碑,是因为该书强调了"历史学是一种语言学的程式"[5]。安克斯密斯称赞,《元史学》是自柯林伍德《历史的观念》以来史学理论方面最重要的著作。[6]《元史学》之所以受到"冰火两重天"对待,因为"大致说来,元史学把历史视为建构主义的而非经验主义的;视为一门阐释的艺术而不是其任务是解释的科学"[7]。

〔1〕　Hayden White. "Response to Arthur Marwick", *Journal of Contemporary History*, Vol. 30, No. 2, April 1995, p. 233.

〔2〕　Richard T. Vann. "The Reception of Hayden White", *History and Theory*, Vol. 37, No. 2, May 1998, p. 150.

〔3〕　Hans-Peter Soder. "The Return of Cultural History? 'Literary' Historiography", *History of European Ideas*, Vol. 29, 2003, p. 75.

〔4〕　埃娃·多曼斯科:《邂逅:后现代主义之后的历史哲学》,彭刚译,北京大学出版社2007年版,第109页。

〔5〕　埃娃·多曼斯科:《邂逅:后现代主义之后的历史哲学》,彭刚译,北京大学出版社2007年版,第181页。

〔6〕　埃娃·多曼斯科:《邂逅:后现代主义之后的历史哲学》,彭刚译,北京大学出版社2007年版,第99页。

〔7〕　Hans Bertens and Joseph Natoli. *Postmodernism: The Key Figures*. Blackwell Publisher, 2002, p. 322.

## 二、《话语转义学:文化批评论文集》[1]与比喻的历史诗学

理查德·汪认为海登·怀特在其学术研究中模仿了电影艺术的蒙太奇手法,因为他毫无迹象地(在历史研究中)尝试了各种文学风格。[2]"一切皆支离破碎,所有的一致性均已不复存在。"[3]《话语转义学:文化批评论文集》就是这样的著作,而该书是海登·怀特以"支离破碎"的"蒙太奇"式研究特色鲜明的论文集。

首先,《话语转义学》收录的12篇论文从1966年至1978年,时间跨度较大。在这篇论文集中,《历史的重负》(1966年)、《克罗齐对维柯批评的活与死》(1969年)、《历史中的阐释》(1972年)、《启蒙主义时期的非理性与历史知识问题》(1972年)、《野性的形式:思想的考古学》(1972年)五篇论文发表于《元史学》出版前;《解码福柯:地下笔记》(1973年)与《元史学》同年发表;而《作为文学仿制品的历史文本》(1974年)、《历史主义、历史与比喻的想像》(1975年)、《真实再现中的虚构》(1976年)、《神灵般的高尚野人的主题》(1976年)、《历史的转义学:〈新科学〉的深层结构》(1976年)、《当代文学理论中的荒诞主义》(1976年)以及论文集的前言《转义、话语和人的意识模式》(1978年)则发表于《元史学》出版之后。

其次,研究内容迥异。《历史的负担》以艾略特的《米德尔马契》、纪德的《败德者》、加缪的《局外人》等文学作品为例,分析了来自知识群体的反

---

〔1〕《话语转义学》一书的中译本为《后现代历史叙事学》。后者去掉了前者所收录的《真实再现中的虚构》《启蒙主义时期的非理性与历史知识问题》《神灵般的高尚野人的主题》《克罗齐对维柯批评的活与死》《当代文学理论中的荒诞主义》五篇论文,保留了前者《转义、话语和人的意识模式——〈话语的转义〉前言》《历史的负担》《历史中的阐释》《历史主义、历史与比喻的想像》《当代历史理论中的叙事问题》《作为文学仿制品的历史文本》《历史的转义学:〈新科学〉的深层结构》《解码福柯:地下笔记》《野性的形式:思想的考古学》九篇论文,从《比喻实在论》中选出《文学理论和历史书写》《历史的情节建构与真实性问题》两篇论文,并收录了《元史学》一书的导言《历史的诗学》。同时,收录了海登·怀特为《后现代历史叙事学》专门撰写的《讲故事:历史与意识形态》一文。

〔2〕 Richard T. Vann. "The Reception of Hayden White", *History and Theory*, Vol. 37, No. 2, May 1998, p.144.

〔3〕 道格拉斯·凯尔纳、斯蒂文·贝斯特:《后现代理论:批判性的质疑》,张志斌译,中央编译出版社2002年版,英文本前言,第1页。

历史主义思想。历史学家总是以"过时的客观性"来研究历史。为此,海登·怀特鼓励历史学家运用印象主义等艺术再现模式。这是海登·怀特公开发表的第一篇论文,可以视为《元史学》一书导言"历史诗学"之先声。在《克罗齐对维柯批评的活与死》中,海登·怀特指出,克罗齐研究维柯的目的是把维柯作为自己精神哲学的先驱,"克罗齐对维柯的批评并没有真正深入地推进《新科学》研究。"[1]正是因为对克罗齐关于维柯的狭隘批评有所不满,海登·怀特才于1976年撰写了《历史的转义学:〈新科学〉的深层结构》一文。《历史中的阐释》其实是《元史学》导言的早期版本,或者说《元史学》导言"历史的诗学"是历史诗性观的升级版。除了详细分析历史解释与历史阐释的差别外,海登·怀特还重点分析了历史文本的四种阐释:情节化、形式论证式、意识形态蕴涵式和比喻,并指出黑格尔、德罗伊森、尼采和克罗齐等历史学家都有意无意地运用历史四重阐释理论(尽管它们的名称不同)。《启蒙主义时期的非理性与历史知识问题》针对19世纪学者批评启蒙史学缺少历史敏感性,海登·怀特指出那是19世纪的史学家对历史的非理性现象的激进理性主义的体现,由此它上升到元历史编撰层面分析18世纪启蒙史学和19世纪理性主义史学的得失。《野性的形式:思想的考古学》一文运用福柯考古学研究方法,描述了古代神话、圣经以及文学作品中的"野人"形象演化过程,揭示"野性"意识的深层结构和"野性"观念的语言学机制,是海登·怀特历史诗学思想运用于"野性史"编撰的具体实践。从《元史学》出版之前的论文可看出,其研究主要集中于历史诗学理论的宏观建构。

　　《元史学》出版后,海登·怀特的研究明显地由"历史的诗学"转向了"比喻的历史诗学"。《解码福柯:地下笔记》主要阐明了福柯的话语转义理论及其应用。与《元史学》一书以欧洲历史学家为例阐释其诗学理论相比,海登·怀特在此文中明显地转向了福柯著作中的比喻转换系统。他认为福柯的《疯癫与文明》、《词与物》、《知识考古学》提供了西方知识史的

---

[1]　Hayden White. "What is Living and What is Dead in Croce's Criticism of Vico", *Tropics of Discourse*. The Johns Hopkins University Press, Baltimore and London, 1978, p. 228.

基本概念和人文学科发展的内在话语转义问题。在《作为文学仿制品的历史文本》中，海登·怀特认为历史源于文学想象，这种思想能够防止意识形态的扭曲。历史学家、诗人和小说家都是通过虚构来理解世界的。"到底世界是真实的或只是想像的，这无关紧要；理解它的方式是相同的。"[1]《历史主义、历史与比喻的想像》论证了历史话语的比喻意义，认为比喻理论可解决历史哲学与历史修撰、历史学家与历史主义者、历史再现的类型以及历史相对论等问题。《真实再现中的虚构》海登·怀特以托克维尔的历史思想和达尔文进化论的话语表述为例，论述了历史事件与虚构事件的共性问题。《神灵般的高尚野人的主题》分析了15—18世纪高尚野蛮人主题的语言运作。《历史的转义学：〈新科学〉的深层结构》阐明了维柯《新科学》所分析的社会和文化现象的概念机制，强调了这种机制在"真实"和"虚假"之间的可转换性。《当代文学理论中的荒诞主义》认为正是在德里达、尼采等解构思想的语境内，才能理解当代文学批评中荒诞主义的历史意义。而意义与存在的分离揭示了发生于德里达哲学化背后所偏爱的转义。他的转义之转义是自相矛盾的比喻。《转义、话语和人的意识模式》论证了话语中的转义因素，提出包括历史话语在内的任何话语都无法逃离转义的影子。

不过，海登·怀特《话语转义学》一书看似风格多变、内容迥异，其实主要围绕"比喻的历史诗学"展开。《历史的负担》以文学作品中的人物隐喻地提出了知识群体的反历史主义。《克罗齐对维柯批评的活与死》中对克罗齐没有关注维柯的比喻理论不满。《历史中的阐释》完全可以命名为"历史的诗学"。《启蒙主义时期的非理性与历史知识问题》认为"他们（启蒙史学家）的失误就在于不愿意相信自己惊人的对差异和奇怪之物的诗性认同能力。他们不信任自己的梦想力"[2]。《野性的形式：思想的考古

---

〔1〕 海登·怀特：《后现代历史叙事学》，陈永国、张万娟译，中国社会科学出版社2003年版，第190页。

〔2〕 Hayden White，"The Irrational and the Problem of Historical Knowledge in the Enlightenment"，*Tropics of Discourse*．The Johns Hopkins University Press，Baltimore and London，1978，p.146.

学》对关于野人的话语档案,进行了考古式挖掘。海登·怀特构筑野人史的目的,实际上是以反讽的态度对待理性与人性问题。

《解码福柯:地下笔记》,则是海登·怀特以比喻理论解读福柯的学术笔记。例如,他认为福柯识别出的人文科学发展的四个时代分别对应了隐喻、转喻、提喻和反讽的话语模式;福柯提出的疯癫与愚蠢的思想史的四个阶段也是如此。《作为文学仿制品的历史文本》从历史文本与文学文本所必须使用的比喻语言上拉近了两者的距离。《历史主义、历史与比喻的想像》则认为比喻理论可以提出解决历史问题的新思路。例如,历史相对论其实是语言决定论在历史观上的反映,是把一种话语模式翻译成另一种话语模式的结果。《真实再现中的虚构》通过对达尔文《物种起源》一书的语言模式由转喻转向提喻的分析,海登·怀特论述了"转义"可以使达尔文的思想得到升华。《历史的转义学:〈新科学〉的深层结构》介绍了维柯的转义理论及其具体运作。《当代文学理论中的荒诞主义》是海登·怀特从比喻视角解读存在主义、结构主义、解构主义、现象学等现代文学批评流派,是对西方当代文学批评的比喻学研究。

《话语转义学》一方面是对《元史学》提出的"历史的诗学"理论的验证、完善、深化与实践,同时也不断汲取那个时代最新人文研究与思考成果,如福柯(Michel Foucault)的考古学与话语理论、列维·施特劳斯(Claude Levi-Strauss)的结构主义人类学、雅柯布森(Roman Jakobson)的语言学以及盛极一时的各种批评理论等。海登·怀特在该书中所体现出的文化背景与时代特色,也同样体现于《形式的内容》一书。

### 三、《形式的内容:叙事话语与历史再现》与比喻的叙事学

理查德·汪(Richard T. Vann)认为海登·怀特的历史思考广泛而丰富,他的思想总是在变化(on the move)。[1] 1978年《话语转义学》出版10年后,海登·怀特又出版了《形式的内容》(1987年),该书收录了他

---

〔1〕 Richard T. Vann. "The Reception of Hayden White", *History and Theory*, Vol. 37, No. 2, May 1998, p. 145.

在 1979—1985 年发表的八篇论文,它们分别为:《福柯的话语:反人道主义的历史编撰》(*Foucault's Discourse*:*The Historiography of Anti-Humanism*)(1979 年)、《叙事性在再现实在中的价值》(*The Value of Narrativity in the Representation of Reality*)(1980 年)、《德罗伊森的〈历史〉:作为一种资产阶级科学的历史修撰》(*Droysen's Historic*:*Historical Writing as a Bourgeois Science*)(1980 年)、《历史阐释的政治学:规范与非崇高化》(*The Politics of Historical Interpretation*:*Discipline and De-Sublimation*)(1982 年)、《走出历史:詹姆森的历史救赎》(*Getting Out of History*:*Jameson's Redemption of Narrative*)(1982 年)、《文本中的语境:思想史中的方法和意识形态》(*The Context in the Text*:*Method and Ideology in Intellectual History*)(1982 年)、《当代历史学理论中的叙事问题》(*The Question of Narrative in Contemporary Historical Theory*)(1984 年)、《叙事性的形而上学:利科历史哲学中的时间与象征》(*The Metaphysics of Narrativity*:*Time and Symbol in Ricoeur's Philosophy of History*)(1985 年)。

　　威廉姆·H. 德雷(William H. Dray)认为,这八篇论文在某种程度上与叙事理论和人文科学的再现问题有关。"因此,《形式的内容》与《话语转义学》和较早的《元史学》中思考的问题是一个序列或者(观点的)更新。"[1]这位《形式的内容》的评论者认为,其中的四篇论文直接关于叙事性的认识论权威、文化功能和一般社会意义。另外四篇通过讨论德罗伊森、福柯、杰姆森和利科的叙事思想也阐明了上述观点。

　　《形式的内容》中的八篇文章谈论的都是历史叙事与叙事再现问题,在解释为什么由比喻转向叙事时,海登·怀特说:"人们生活在矛盾中。生活由矛盾构成的。那会让你记述真实生活的句法。试图提供一个叙事逻辑的人失败了。他们试图提供一个叙事的语法时也失败了。因为叙事并非一个长句子。语法只能告诉我们句子的意思,却不能告诉我们话语

―――――――――

〔1〕 William H. Dray. "The Content of the Form:Narrative Discourse and Historical Representation", *History and Theory*,Vol. 27,No. 3,October 1988,p. 282.

意思。"〔1〕海登·怀特思考叙事时，没有离开转义，因为他认为"人们能够通过逻辑把句子联系起来，也能够通过转义把句子联系起来。转义，因为人们需要一种转换理论，需要一种系统背离逻辑展望的理论。这就是为什么叙事令人着迷的原因。因为它不被严格逻辑推理规则控制"〔2〕。马维克认为，海登·怀特《形式的内容》一书告诉人们"（叙事）形式产生的内容主要是政治价值"〔3〕。马维克的这一评论是正确的，海登·怀特表示他转向叙事的同时也转向了修辞，并"相信修辞提供了即兴的话语理论"〔4〕。柏拉图时代的哲学家们就声称修辞是可疑的、欺骗的和人工的。"修辞是一种话语政治理论……从柏拉图时代起，那些决定谁有权、有能力或有权威声称正确语言是什么的人，那些试图给语言正确命名的人，换句话说让语言合法的人，总是权威者。"〔5〕海登·怀特运用修辞理论探讨叙事性的意图十分明显。

1993 年，埃娃·多曼斯科在接受采访时说："任何现代语言学家都知道再现形式就是内容本身的一部分。这就是为什么我将近作称为'内容的形式'的原因……选择某种形式就已经选择了某种语义学域。"〔6〕言下之意，历史学家选择叙事形式，意味着已经选择了比喻修辞的语义学。如《叙事性在再现实在中的价值》一文中，海登·怀特分析《圣加尔年代记》为什么缺少叙事要素时指出，年代记的作者有构造意义句子的能力，但是"缺乏在一连串语义转喻中使意义相互替换的能力，这种能力会把他的事

〔1〕 Ewa Domanska. "Human Face of Scientific Mind: An Interview with Hayden White", *Storia Della Storiografia*, Vol. 24, 1993, p. 10.

〔2〕 Ewa Domanska. "Human Face of Scientific Mind: An Interview with Hayden White", *Storia Della Storiografia*, Vol. 24, 1993, p. 10.

〔3〕 Arthur Marwick. "Two Approaches to Historical Study: The Metaphysical (Including 'Postmodernism') and the Historical", *Journal of Contemporary History*, Vol. 30, No. 1, January 1995, p. 18.

〔4〕 Ewa Domanska. "Human Face of Scientific Mind: An Interview with Hayden White", *Storia Della Storiografia*, Vol. 24, 1993, p. 10.

〔5〕 Ewa Domanska. "Human Face of Scientific Mind: An Interview with Hayden White", *Storia Della Storiografia*, Vol. 24, 1993, p. 10.

〔6〕 Ewa Domanska. "Human Face of Scientific Mind: An Interview with Hayden White", *Storia Della Storiografia*, Vol. 24, 1993, p. 11.

件表转换成一种关于事件的话语"[1]。在《历史阐释的政治学：规范与非崇高化》中，他断言："历史思想的非修辞化……本身就是一种修辞的举动。"[2]历史叙事有助于按照其修辞学主题进行分析。《文本中的语境：思想史中的方法和意识形态》中海登·怀特仿造罗兰·巴尔特《S/Z》一书的方式，描述《亨利·亚当斯的教育》这一文本中的修辞性，揭示了"叙事代码"转换的特征。

正是因为他在叙事考察中如此倚重修辞理论，海登·怀特被认为"在许多方面过份依赖修辞说明自身的理论：如，在评论他所理解的叙事性与政治的关系中"[3]。"怀特的观点常常被界定为一种相信历史事实不是给予的而是由历史学家创造的修辞建构主义。"[4]如果说海登·怀特在《形式的内容》一书中体现了一种"修辞建构主义"的话，那么，他所建构的是一种"比喻的叙事学"。其前提是"叙事是一种元编码和人类的普遍性，世界具有一种叙事主义性质"[5]。世界的叙事性源自现实的无序、断裂与杂乱，源自人类语言的组织、协调与认识能力。"现实是一个缺少意义的事件之流。发生于我们生活中的事件与历史学家研究的历史记录中的事件一样是杂乱的，这样的过去是不能被理解的，因为现实是由无意义的事实、混乱的事情和事件构成的。"[6]历史学家的任务就是把过去变成历史，海登·怀特发现的四种转义可作为这种转变的传统工具。

---

〔1〕 海登·怀特：《形式的内容：叙事话语与历史再现》，董立河译，文津出版社 2005 年版，第 21 页。

〔2〕 海登·怀特：《形式的内容：叙事话语与历史再现》，董立河译，文津出版社 2005 年版，第 92 页。

〔3〕 William H. Dray. "The Content of the Form：Narrative Discourse and Historical Representation"，*History and Theory*，Vol. 27，No. 3，October 1988，p. 284.

〔4〕 Hans Bertens and Joseph Natoli. *Postmodernism：The Key Figures*. Blackwell Publisher，2002，p. 322.

〔5〕 Hans Bertens and Joseph Natoli. *Postmodernism：The Key Figures*. Blackwell Publisher，2002，p. 325.

〔6〕 Hans Bertens and Joseph Natoli. *Postmodernism：The Key Figures*. Blackwell Publisher，2002，p. 325.

### 四、《比喻实在论：对模仿效果的研究》与比喻学

《比喻实在论》一书收录了 1987 年《形式的内容》出版以来至 1999 年期间发表的八篇论文，它们分别是《文学理论与历史书写》（*Literary Theory and Historical Writing*）（1988 年）、《普鲁斯特作品中的叙事、描写与转义》（*Narrative，Description，and Tropology in Proust*）（1988 年）、《历史解释中的形式主义和语境论策略》（*Formalist and Contextualist Strategies in Historical Explanation*）（1989 年）、《历史的情节建构与真实性问题》（*Historical Emplotment and the Problem of Truth in Historical Representation*）（1992 年）、《音乐话语中的形式、指涉和意识形态》（*Form，Reference，and Ideology in Musical Discourse*）（1992 年）、《现代主义事件》（*The Modernist Event*）（1996 年）、《奥尔巴赫的文学史：比喻因果论与现代主义的历史主义》（*Auerbach's Literary History：Figural Causation and Modernist Historicism*）（1996 年）、《弗洛伊德梦的转义学》（*Freud's Tropology of Dreaming*）（1999 年）。

"比喻实在论"取自埃里克·奥尔巴赫《模仿》一书。海登·怀特以"比喻实在论"为书名是想告诉人们，比喻语言如何极其忠实地谈论真实。这些论文都是基于字面语言和比喻语言差别的基础上探讨历史叙事、历史话语等问题。该书的《序言》既为比喻辩护，也为理论本身辩护。他认为理论思想总是要涉及伦理的、审美的和认知的关注。他长期思考文学话语（文学写作被认为是自由的、放纵的）和历史话语（事实、实在和理性知识占优势）之关系的目的是为现代西方思想努力描述想象（"可能是什么"的想象力）和常识（关于真相的思想和没有老生常谈会发生什么的思想）提供一个缩影。"在试图表明历史书写的文学性和文学写作的实在性，我已试图建立了两者各自写作、描写、模仿、叙述和验证技巧的'相互蕴含性'（温德尔班的术语）。"[1]

---

[1] Hayden White. "Preface"，*Figural Realism：Studies in the Mimesis Effect*. The Johns Hopkins University Press，Baltimore and London，1999，p. ix.

《文学理论与历史书写》一文，海登·怀特主要讨论了文学理论与历史书写的关系。在这篇论文中，与其说海登·怀特发现了文学理论对于理解历史话语的意义，不如说他强调了语言对于理解历史话语的重要性。他认为历史编撰只有经过三次不明推论的比喻，才形成历史话语的书面形式。这三次不明推论被称为"转义"。他再次强调了《元史学》一书反复提到的隐喻、转喻、提喻和反讽四种转义形式。比喻模式和话语转义是文学文本与历史文本共同的运行规则。由于比喻语言的运用，历史编撰就成为"形象描写逝去时代"的文本的书写活动。语言的比喻理论不仅拉近了文学与历史的距离，还可用于解决叙事的认识论地位、叙事话语的内容与形式关系等"热点"问题。《普鲁斯特作品中的叙事、描写与转义》一文区分了阐释、解释与描写的不同。在描写性和解释性话语中，它们表述的元层面（meta-levels）可以通过语法和逻辑分析的组合识别出来；在阐释性话语中，元层面的辨别需要本质上显然是比喻的分析方法。随后，海登·怀特以《追忆似水年华》对贝尔·罗贝喷泉描写的比喻分析，来验证和检测自己话语转义理论的合理性与实用性。

《历史解释中的形式主义和语境论策略》通过探讨历史研究中的形式主义与语境论这两种解释策略的关系，将其比喻理论用于分析历史与文学研究的形式主义、语境主义和新历史主义理论。他认为语境的描写和存在于语境中的实体的描写是比喻的，有多种比喻形态解释它们之间的关系：隐喻的（关于相似或相同）、转喻的（关于邻近性或因果律）、提喻的（关于同一性和表现性）和反讽的（关于对立）。[1] 他还通过形式主义和语境主义之关系视角，认为新历史主义通过扩展文化和社会历史，把文学史的语义学维度概念化。形式主义不断把历史实体（莎士比亚、伊丽莎白时期的文艺复兴、沃德沃思、哈姆雷特）划分为英国文学史代码范畴的证明或例证的一个功能（大文豪、文艺复兴、悲剧、浪漫主义、抒情诗等）进行

---

〔1〕 Hayden White. "Formalist and Contextualist Strategies in Historical Explanation", *Figural Realism：Studies in the Mimesis Effect*. The Johns Hopkins University Press, Baltimore and London，1999，p. 54.

解释。这符合雅柯布森所说的"在元语言中，序列被用于建立一个等式"；新历史主义则符合雅柯布森所说的"在诗歌中，等式被用于建立一个序列"[1]。从语言学分析视角来看，新历史主义已经提出了一种文化诗学的观念，通过对其拓展，也提出了一种作为确认历史序列方法的历史诗学。它有助于打破、修正和唤醒盛行于特定历史时空的社会的、政治的、文化的和心理的主编码。[2]

《历史的情节建构与真实性问题》反驳了当代史学家对运用比喻话语进行历史再现的批评。海登·怀特认为基于字面意义的事实性陈述反映的是现实主义经验生活，而比喻意义的叙事性历史适合于现代主义的经验生活。"象事实性陈述一样，故事是语言实体，属于话语秩序……但是，叙事性陈述不仅包括事实性陈述（单一的存在命题）和论证；还包括诗意和修辞要素，通过这些要素对事实的罗列才转换为故事。"[3]所以，他认为对事实的阐释优于事实，"叙事总是对情节的建构，它们在意义上才是可比较的……"[4]历史叙事不能只关心事实性陈述，还要注意充满历史想象的诗意与修辞是否符合道德规范和审美趣味。贝雷尔·兰格认为"比喻语言不仅背离字面表达，而且将注意力从假装要谈论的事物状态转移"[5]，为此他援引罗兰·巴尔特那种既不主观也不客观的"间接写作"（intransitive writing）的话语模式。海登·怀特指出"间接写作"一词是

---

〔1〕 Hayden White. "Formalist and Contextualist Strategies in Historical Explanation", *Figural Realism*：*Studies in the Mimesis Effect*. The Johns Hopkins University Press, Baltimore and London，1999，p. 62.

〔2〕 Hayden White. "Formalist and Contextualist Strategies in Historical Explanation", *Figural Realism*：*Studies in the Mimesis Effect*. The Johns Hopkins University Press, Baltimore and London，1999，p. 63.

〔3〕 Hayden White. "The Problem of Truth in Historical Representation", *Figural Realism*：*Studies in the Mimesis Effect*. The Johns Hopkins University Press，Baltimore and London，1999，p. 28.

〔4〕 Hayden White. "The Problem of Truth in Historical Representation", *Figural Realism*：*Studies in the Mimesis Effect*. The Johns Hopkins University Press，Baltimore and London，1999，p. 30.

〔5〕 Hayden White. "The Problem of Truth in Historical Representation", *Figural Realism*：*Studies in the Mimesis Effect*. The Johns Hopkins University Press，Baltimore and London，1999，p. 34.

巴尔特用来描述现代主义创作与古典现实主义创作在主导风格上的差异。"间接写作"恰恰表明"我们关于逼真地再现现实的概念必须改变,以便考虑我们这个世纪的独特经历,旧的再现模式已被证明不适应新的形势了"[1]。

《音乐话语中的形式、指涉和意识形态》是海登·怀特在音乐成为文学、文学成为音乐的语境下,重新思考文学表现的音乐方面和文学表现中的比喻力量的语义学程度。为此,他从四个方面探讨了音乐话语:作为隐喻和比喻处理的音乐主题;音乐叙事中的情节、时间、声音、模式和主题;音乐文本与历史语境之关系;根据文学理论审视音乐和根据音乐理论审视文学的可行性。如在分析托马斯·格雷关于贝多芬奏鸣曲研究论文时指出,"音乐表现了一个叙事性比喻本身:一个既没有具体故事成份,也没有情节的叙事实体。如此说来,实现了一个预辩法比喻的音乐可以说是投射了一个可能的故事。"[2]

《现代主义事件》一文以奥利弗·斯通(Oliver Stone)现实主义历史题材的电影《刺杀肯尼迪》为例,海登·怀特分析了诸如对大屠杀、1986年挑战者号航天飞机爆炸等现实主义历史描写中虚构技巧的重要性,并指出它们所引起的历史事实与虚构关系的讨论,也是现代主义与后现代主义关系所特有的。海登·怀特在论文结尾以美国运动员和电影界名人西蒙普森(O. J. Simpson)"世纪审判"事件为例反证了历史叙事之虚构的重要性。西蒙普森残忍地谋杀了妻子及其奸夫,对他的审判和他逃脱警察追捕的新闻报道让西蒙普森极为幸运——电视观众涌向他航班的必经之路为他欢呼。通过摄像机,西蒙普森被变成一个演员。原告律师宣布即使西蒙普森被控有罪,他们也不会判他死刑。运用虚构技巧的叙事再

---

〔1〕 Hayden White. "The Problem of Truth in Historical Representation", *Figural Realism*: *Studies in the Mimesis Effect*. The Johns Hopkins University Press, Baltimore and London, 1999, p. 42.

〔2〕 Hayden White. "Form Reference and Ideology in Musical Discourse", *Figural Realism*: *Studies in the Mimesis Effect*. The Johns Hopkins University Press, Baltimore and London, 1999, p. 152.

现，让西蒙普森在电视观众的想象中成为"英雄"。这一案例一方面说明历史再现中虚构的重要性，另一方面说明读者是在虚构与想象中接受历史事件的再现。

《奥尔巴赫的文学史：比喻因果论与现代主义的历史主义》一文认为奥尔巴赫的《模仿》一书主要内容是现代主义、历史主义在西方文学史中的应用，而比喻因果论是理解奥尔巴赫文学史概念中历史主义和现代主义的关键。比喻因果论是指前后事件之间的关系并非因果关系，而是一种"实现"关系。"一个给定历史事件是一个较早事件的实现，并不是说较早的事件引起了或决定了较晚的事件或者说较晚的事件较早事件的现实化或结果，而是说历史事件以比喻方式相互关联，而事件的比喻是关于在一个叙事或一首诗歌中的比喻的实现。"[1]

《弗洛伊德梦的转义学》中，海登·怀特认为弗洛伊德在反思梦的内容与其更基本的梦的思想之关系的问题时，重新发现或重现发明了传统修辞学家用于描述一般比喻性语言，可作为解释诗歌话语中字面意义和比喻意义的转义理论。他指出弗洛伊德识别出的梦的四种行为与寓言中的转义调节文本的字面意义和比喻意义的作用是一样的。"梦"是话语的形象展示，梦的形成机制与话语形成机制是一样的，都是"转义"。"梦"中之所以有"转义"，是因为"梦，除了是睡眠中才能思考的一种特别形式外，什么都不是。正是做梦创造了那种思考形式。只有思考才是梦的本质——这是对梦的特别本质的解释"[2]。在海登·怀特看来，弗洛伊德初步建构了一种梦之动力概念的转义学。

《比喻实在论》录入的论文，在"比喻"的统摄下对文学理论与历史书写的关系、历史解释的形式主义与语境论策略、历史情节建构的真实性诉求、音乐话语的比喻语义学、现代主义事件的虚构再现、序列事件之间的

---

〔1〕　Hayden White. "Auerbach's Literary History：Figural Causation and Modernist Historicism", *Figural Realism：Studies in the Mimesis Effect*. The Johns Hopkins University Press，Baltimore and London，1999，p. 89.

〔2〕　Hayden White. "Freud's Tropology Dreaming", *Figural Realism：Studies in the Mimesis Effect*. The Johns Hopkins University Press，Baltimore and London，1999，p. 123.

比喻关系和梦之比喻解释等问题的思考。该书再次重申了海登·怀特的一贯立场:"比喻作为形式化的误解,乃是支配着我们理解过程的模式。"[1]《比喻实在论》的问世,意味着"比喻概念为一种新的范式铺平了道路"[2]。不过,这不是本体论意义上的范式,而是认识论意义上的。只有如是设想,海登·怀特的比喻学才是可能的。他所谓的"比喻实在论",其实是一种经比喻而通向真实的观点;不是一种"如实直书",而是"虚中求实"的"以诗写史"。

## 五、《比喻实在论》以后的著述与思想

海登·怀特自《元史学》出版后,每隔 10 年左右就出版一本论文集,体现了他在那一期间的研究内容与思考重点。最近一次出版论文集是在 1999 年(《比喻实在论》),至今已 10 多年了。为了能了解海登·怀特进入 21 世纪的思想内容,我们正期待着他最新论文集的出版。从手头掌握的资料来看,1999 年以后海登·怀特的研究仍聚焦于"比喻"。

《实证文学中的比喻实在论》一文分析了普利茅·列维(Primo Levi)《奥斯维辛的幸存者》一书中运用比喻再现过去真实事件的历史编撰。列维谴责任何以卑微为标志或修辞过度的大屠杀书写,把这种书写视为精神疾病和道德冒犯的证据。但海登·怀特对"领汤"一段文字详细分析指出,"他的写作自始至终与比喻一致,未远离修辞装饰与修饰……"[3]其话语一致性不是逻辑一致性,而是想象一致性,是想象话语的转义性。[4]列维创造了一种相当于化学家记录化合物变化与稳定量化的习语阐述模式。这种阐释模式让列维的《奥斯维辛的幸存者》一书成为经典杰作。海

---

[1] 埃娃·多曼斯科:《邂逅:后现代主义之后的历史哲学》,彭刚译,北京大学出版社 2007 年版,第 65 页。

[2] Hans Bertens and Joseph Natoli. *Postmodernism*: *The Key Figures*. Blackwell Publisher,2002,p. 326.

[3] Hayden White. "Figural Realism in Witness Literature", *Parallax*, Vol. 10, No. 1, 2004,p. 116.

[4] Hayden White. "Introduction: Historical Fiction, Fictional History, and Historical Reality", *Rethinking History*, Vol. 9, No. 2/3, June/September 2005,p. 149.

登·怀特认为基于真实事件的实证文学之真实性不是通过写实性描写,而是通过"比喻力量"实现的——他把这种力量称为"比喻实在论"。[1]

《导言:历史虚构、虚构的历史和历史实在论》一文以普利茅·列维《奥斯维辛的幸存者》为例分析了事实(true)与真实(real)的不同。海登·怀特引用德·舍提优(De Certeau)的观点指出,历史话语把一切都引向事实,而虚构话语通过充实想象或可能空间接近真实。基于文件记录的事实记述只能提供很少关于真实性的认识,真实的其余部分内容并非是我们声称"事实是什么"之后所想象的一切或任何事物。"真实是由被实际上谈论其现实性的一切事物和实际上谈论其可能性的一切事物组成。"[2]历史中虚构话语的回归创造了小说,这是历史所拒绝的。然而,"在拒绝真实(仅能被象征化、从未被再现的)的同时,历史也拒绝了可能性。"[3]就伍尔芙笔下的伦敦是 20 世纪 20 年代的现实的意象而言,她的《达洛维夫人》与普利茅·列维《奥斯维辛的幸存者》一样是实证文学作品。

随后,海登·怀特分析了那些谈论历史话语中比喻事实的论文。哈利·肖(Harry E. Shaw)认为纯粹虚构的转喻存在历史范围太全面而无法处理的问题,"因为作家在所创造的想像世界中,能够决定哪一方面可以再现,哪一方面不可以。"[4]哈利·肖忽视了在印刷与电子媒介时代历史学家与历史小说家共同面临的"太多而不充分"的问题。为了不把历史仅仅局限于再现过去的事实而忽视了再现这一事实的可能意义,历史学家可以考虑把结构变为序列的修辞传统,给予历史一种小说面孔。[5]海

---

〔1〕　Hayden White. "Figural Realism in Witness Literature", *Parallax*, Vol. 10, No. 1, 2004, p. 119.

〔2〕　Hayden White. "Introduction: Historical Fiction, Fictional History, and Historical Reality", *Rethinking History*, Vol. 9, No. 2/3, June/September 2005, p. 147.

〔3〕　Hayden White. "Introduction: Historical Fiction, Fictional History, and Historical Reality", *Rethinking History*, Vol. 9, No. 2/3, June/September 2005, p. 147.

〔4〕　Hayden White. "Introduction: Historical Fiction, Fictional History, and Historical Reality", *Rethinking History*, Vol. 9, No. 2/3, June/September 2005, p. 150.

〔5〕　Hayden White. "Introduction: Historical Fiction, Fictional History, and Historical Reality", *Rethinking History*, Vol. 9, No. 2/3, June/September 2005, p. 151.

登·怀特对艾莉耶斯(Amy Elias)分析历史虚构问题时提出的后现代主义的"元史学浪漫主义"大加赞赏,认为它"是把历史浪漫类型变为包含那个时代历史编撰学论争的历史虚构"[1]。海登·怀特欣赏理查德·斯劳斯根(Richard Slotkin)通过改变历史叙事的主题、题材和神话内容来实现历史实在性的观点。不过,怀特认为改变叙事内容的同时,也应改变叙事形式。这是他以当代历史理论文本为例,从比喻视角试图阐明虚构话语与历史话语关系以及两者在探求实在性上的差异。

《实用的过去》以赛巴尔德(W. G. Sebald)小说《奥斯德立兹》为例,分析小说主角雅克·奥斯德立兹(Jacques Austerlitz)寻找第二次世界大战期间被关押于死亡集中营的父母的经历以及在比利时海港城市安特卫普遇到叙事者后的故事。海登·怀特从后现代主义文类观上将其归为历史小说。历史小说由瓦尔特·司各特发明,在托尔斯泰《战争与和平》中得到完善。19世纪伟大的历史小说作家,如雨果、福楼拜将其作品称为"现实主义小说",同时为了其现实主义风格而排除了修辞而对历史编撰产生深刻影响。这是把"双刃剑",因为,"在倒掉修辞的'洗澡水'时,历史编撰也把'虚构'的'婴儿'一同倒掉。在现代术语上,被新文学现实主义者理解为话语手段的'虚构'和被理解为'历史的'真实性,可以被视为'实用理由'的领域。在这里,通过事件的叙事化,事实和价值可以被编织在一起……"[2]

于是,海登·怀特在历史虚构的问题中,发现了康德曾提出的"我们应该做什么"的伦理问题。"历史,在确立作为一门科学地位过程中,为了研究过去而清除其本身对实用历史的任何兴趣……"[3]他指出"历史的过去"(the historical past)不会引导我们对现在的任何兴趣,它是一种严格的非个人的、中立的对象,最好的情况下,它是一种客观的兴趣。"历史

〔1〕 Hayden White. "Introduction: Historical Fiction, Fictional History, and Historical Reality", *Rethinking History*, Vol. 9, No. 2/3, June/September 2005, p. 152.

〔2〕 Hayden White. "The Practical Past", International Conference "*History between Reflectivity and Critique*", Athens, October 30th-November 1st, 2008, p. 3.

〔3〕 Hayden White. "The Practical Past", International Conference "*History between Reflectivity and Critique*", Athens, October 30th-November 1st, 2008, p. 4.

的过去是由历史学家建构的过去。它仅仅存在于书中和学者的论文里。"[1]它的可靠性(尽管不是真实性),是由别的职业历史学家通过处理证据、调查文件记录的"镀金"对话保证的。没有人能够经历"历史的过去",对"历史的过去"的研究也不能产生历史因果律,也不会与概念化或典型化一致。而"实用的过去"(the practical past),"为了现在而精心设计,以实用方法涉及此在的现在,因此,通过它,我们汲取教训,把过去用于设想未来……"[2]"实用的过去"与"历史的过去"是米歇尔·奥克肖特在《历史及其随笔》一书中为了区分为"理解过去而研究历史"还是为"理解现在而研究历史"提出的观点。"实用的过去"是为了理解现在而研究历史,"历史的过去"是为了理解过去而研究历史。前者"对事物怎样成为现在的样子感兴趣",后者"想了解早期事物的存在状况"。[3]

《对"没有特别地方可去"的评论:全球蓝图时代的文学史》一文评论了贡布里奇、詹姆森、伊莱尔斯、卡萨瓦诺等坚持诗性文论观的文学史研究者。海登·怀特主要从现代主义与后现代主义的关系视角,审视全球化时代互联网和数字化媒介给文学史和历史研究带来的新问题,他再次重申了《实用的过去》一文所提出具有浓厚实用主义色彩的"实用的过去"历史观。他说:"我们审视记忆和记忆库,把我们的记忆力,使用其他论证方法来研究过去是为了解决实际问题……"[4]不同于那种为了"历史的过去"而研究历史的实证主义历史,实用主义的历史观"以一种把意义限于与现在有关的各种问题与疑问的方式建构历史"[5]。海登·怀特指出这里的"实用"可以被理解为康德意义上的"实用理由",这个理由就是对

---

[1] Hayden White. "The Practical Past", International Conference "*History between Reflectivity and Critique*", Athens, October 30th-November 1st, 2008, p5.

[2] Hayden White. "The Practical Past", International Conference "*History between Reflectivity and Critique*", Athens, October 30th-November 1st, 2008, p5.

[3] Hayden White. "Commentary:'With no Particular to go'：Literary History in the Age of Global Picture", *New Literary History*, Vol. 39, 2008, p. 742.

[4] Hayden White. "Commentary:'With no Particular to go'：Literary History in the Age of Global Picture", *New Literary History*, Vol. 39, 2008, pp. 742-743.

[5] Hayden White. "Commentary:'With no Particular to go'：Literary History in the Age of Global Picture", *New Literary History*, Vol. 39, 2008, p. 743.

"(我们)要做什么"的回答。

海登·怀特认为文学史与文学的实用过去关系更密切。文学史不能仅仅关注文学过去是或曾经是什么、过去发生了什么、文学作为符合标准之物怎样止于过去,文学史研究应该追问"我们时代的文学社会功能"。他引用萨特的话说:"任何事物的历史也总是为了该事物(特别的群体、听众或选民)的历史。"[1]虽然"历史的"总是"为了……的历史",但是历史思考对象不能是"纯粹的过去",不能通过现代职业历史编撰学家喜欢的证据或方法研究太多的过去。历史思考也不能是"人的过去",对历史编撰学家和研究方法来说,人类过去的很长一段时间是未知的。然而,现代职业历史学家把自己局限于人类现象很小的范围内,拒绝了诸多实践;其结果是,把历史书写与文学隔绝,而前者曾是后者的一个分支或子域。于是,"在追逐'历史真实性'过程中,'历史'一意孤行,与'文学'分道扬镳。"[2]

最后他点明自己对"文学"感兴趣的原因,"正是文学,早在历史之前,就已放弃神话,达到了一种更人性的而不是民族主义的文化境界,甚至达到了一种更人性的而不是人文主义的政治境界。"[3]这既是他对西方现代文学史研究的总结性评价,也再次重申了历史研究的文学视角,与35年前《元史学》一书所提出的历史诗学理论遥相呼应。

《历史事件》明确指出历史是一种意识形态武器,是基于西方文化的、种族主义的、性别歧视与阶级前提下而被发明的,不再具有普遍性。在此语境中,海登·怀特希望解决历史事件的本质、意义和话语功能问题。由于"实用的过去"与"历史的过去"不同,过去和现代都将历史事件本质上视为与"超自然"相对的神奇事件,由此导致了将历史记述与神话、虚构对

[1] Hayden White. "Commentary: 'With no Particular to go': Literary History in the Age of Global Picture", *New Literary History*, Vol. 39, 2008, p. 743.

[2] Hayden White. "Commentary: 'With no Particular to go': Literary History in the Age of Global Picture", *New Literary History*, Vol. 39, 2008, p. 744.

[3] Hayden White. "Commentary: 'With no Particular to go': Literary History in the Age of Global Picture", *New Literary History*, Vol. 39, 2008, p. 744.

立的观念。海登·怀特认为这两种事件的对立暗示了事件与事实的区别。他再次强调了"事实是语言描写中事件"的观点,认为对事件的描写可理解为"事件属性的清楚罗列";还可理解为"事件被归为一个适当的类型或被给予一个适当的命名"。[1]

　　在对事件进行类型学考察后,海登·怀特分析现代各派理论的事件观念。通过巴迪欧(Badiou)"事件的发生是对存在的了解"的存在主义观点,海登·怀特提出"事件的发生仅仅表明通过现在的知识对世界及其进程的了解"[2],认为在一种特别类型历史知识存在之前是不会发生具体的历史事件的,人们记录事件是为了识别某种存在物的历史性。随后,海登·怀特从词源学视角分析了古希腊语"历史"一词中的转喻与提喻,通过修昔底德和赫希俄德两人的事件观,介绍了古希腊时代就已存在的探询过去的历史观念和描述过去事件的历史写作类型。他还运用现象学意向性理论分析事件的观念,指出"人类和群体通常目的论地思考,根据所想像的目的、目标、意图勾画当前和未来的活动"[3]。在阐发斯多葛学派(Stoicism)始祖季诺(Zeno)的事件观念基础上,提出"命运"(destiny)说,认为"命运"是事件的反义词,事件与命运的关系,类似于比喻与实现的关系。

　　海登·怀特认为在结构主义的事件观念中,结构代替了命运。事件不被作为整体和整体的其他部分。事件既不是部分,也不是整体之整体,"事件是打乱结构之后的东西……"[4]海登·怀特运用弗洛伊德的精神分析理论,将"事件"与"创伤"相联系。"创伤事件的观念让弗洛伊德提出了一种个体的'秘密历史',并推而广之,提出了一种所有人或整个国家的

---

〔1〕 Hayden White. "The Historical Event", *Differences*: *A Journal of Feminist Cultural Studies*, Vol. 19, No. 2, 2008, p. 13.

〔2〕 Hayden White. "The Historical Event", *Differences*: *A Journal of Feminist Cultural Studies*, Vol. 19, No. 2, 2008, p. 18.

〔3〕 Hayden White. "The Historical Event", *Differences*: *A Journal of Feminist Cultural Studies*, Vol. 19, No. 2, 2008, p. 22.

〔4〕 Hayden White. "The Historical Event", *Differences*: *A Journal of Feminist Cultural Studies*, Vol. 19, No. 2, 2008, p. 24.

'秘密历史'。这种历史不同于对源自最初行为的内疚感的反应,被理解为一种借口、对过去升华描述的'官方的'(历史)。"〔1〕历史学家使用"危机"一词,类似于生理学上的"创伤"(trauma)。

综上所述,历史的诗性是海登·怀特建构历史诗学"大厦"的关键。历史诗学理论对当代史学、文学研究产生了积极影响。"人们可以在不同层面上质疑怀特的结论,但却没有人能够否认他所提出来的问题的重要性。"〔2〕海登·怀特对历史的诗性内涵的深入阐发,激活了历史性鲜活生动的一面,为历史性注入了现代性意义。海登·怀特在构建历史诗学理论过程中,主要强调了历史诗性的文学性、虚构与想象、比喻方面的内涵。文学性是历史诗性的陌生化阐释,虚构与想象是其运作机制,比喻是其内在逻辑。海登·怀特并未像形式主义那样认为文本是自足的封闭的,相反,他在揭示历史诗性内涵时,没有忘记社会生活、外部样态和模糊呈现等历史诗性的外部规定性。〔3〕因此,海登·怀特是从"内"、"外"两个方面同时阐释历史诗性内涵的。

若仅着眼于海登·怀特历史诗性之"文本诗性"的内在视点,学者们可能会得出海登·怀特是新修辞相对主义者(Louis Mink)、语言人本主义者(Hans Kellner)、准实证主义者(Eugene O. Golob)、文本主义者(Georg G. Iggers)、文本或语言学决定论者(Richard T. Vann)、语言现代主义(Wulf Kansteiner)的结论;相反,如果只看到海登·怀特历史诗学之诗性的外部规定性,学者们很容易认为海登·怀特是语境论者(Georg G. Iggers)、荒诞主义批评家、尼采主义者(Richard T. Vann)、激进的现在主义者(Ewa Domanska)、文化批评家与政治理论者(Michael S. Roth)等。

---

〔1〕 Hayden White. "The Historical Event", *Differences*: *A Journal of Feminist Cultural Studies*, Vol. 19, No. 2, 2008, p. 27.

〔2〕 埃娃·多曼斯科:《邂逅:后现代主义之后的历史哲学》,彭刚译,北京大学出版社2007年版,导言,第8页。

〔3〕 关于海登·怀特历史诗学的诗性内涵,详见瞿恒兴:《试论海登·怀特历史诗学的诗性之维》,载《浙江海洋学院学报·人文科学版》2013年第3期,第23—30页。

# 海登·怀特历史诗学的当代意义

海登·怀特对经典历史文本和重要历史学家的形式主义和结构主义的解读,让他的带有元史学色彩的历史思考受到广泛关注的同时,也招致了各种非议。这是正常的,因为形式主义和结构主义本身的局限性就注定了海登·怀特的历史思想存在种种"漏洞"。一种被"证伪"的思想也许离真理已经不远了;相反,那些自诩为"放之四海皆准"的"大词"可能是弥天大谎。就对历史学本身的影响来看,海登·怀特的历史诗学对于我们理解或实践一种断裂的历史观念、非历史性的历史书写和历史解释的有效性极有启发性和当代意义。

## 一、断续性:历史的本真状态与人创造性地面对现实

早在 1966 年海登·怀特公开发表的第一篇论文《历史的负担》中就宣称:"我们比以往任何时候都需要能够教育我们认识到断续性的一种历史,因为断续、断裂和无序乃是我们的命运。"[1]历史事件本身是无序的、混乱的,情节完整的历史只不过是历史学家为了迎合自己的目的而赋予的一种形式。"如果象尼采所说的那样,'为了不致为真理而死我们才拥有艺术',那么我们也拥有真理,以便逃避一个世界的诱惑,这个世界不过是我们的愿望创造出来的。"[2]海登·怀特提醒人们说"(连续性)历史不仅仅是过时的制度、思想和价值强加在现在之上的一个实际负担,而且也是看待世界的方式,赋予那些过时的形式以虚假的权威"[3]。海登·怀特十分欣赏福柯那种关于历史意识的断裂、中断、分解思想。这说明他深

---

[1]　Hayden White. "The Burden of History", *Tropics of Discourse*. The Johns Hopkins University Press, Baltimore and London, 1978, p. 50.

[2]　Hayden White. "The Burden of History", *Tropics of Discourse*. The Johns Hopkins University Press, Baltimore and London, 1978, p. 50.

[3]　Hayden White. "The Burden of History", *Tropics of Discourse*. The Johns Hopkins University Press, Baltimore and London, 1978, p. 39.

受福柯非连续性历史观影响。福柯在《词与物》中将人文科学"编年史"分为四个相互割裂的"时代"。海登·怀特认为这四个"时代",是一系列的"认识岛屿",标志一个时代起止的是"西方意识的断裂、中断和不连续性",否认了"词"再现"物"是不断"发展"、"进化"和"进步"的。这是福柯为了把人从连续、完整与统一的历史意识的暴政之下解放出来的一种努力。正是断续性的历史观,才使得海登·怀特提出了历史文本的诗性预构、理性阐释与话语转义的观点。

从历史编撰的创新上来说,布克哈特是19世纪的福柯。他虽然没有提出"福柯式"的非连续性历史观,但他是最早将非连续性观念用于历史编撰的历史学家之一。布克哈特像19世纪艺术家那样"愿意实验自己所处时代最先进的艺术技巧","在不同时间点切入历史记录,提出看待历史的不同视角,按照他的艺术要求进行删减、省略和曲解"。[1] 其历史著作所表现出的"怪异性"是其借鉴艺术技巧编撰断续性历史的结果。布克哈特抛弃了以往编年史的框架,未建构完整的"情节",从零散的体验中编撰历史。因为,"以往的编年史框架会阻碍他获得解决问题的特殊视角,布克哈特于是抛弃了它。"[2] 这种片段式、断裂性历史编撰使他看到了从前没人清楚地看到的东西,使其历史著作成为经典,"甚至在他的事实中发现错误的传统历史学家也称他的著作为经典之作。"[3] 伊格尔斯指出"从过去的现实逃入晚近的文学的、语言学的和历史学的思想之中,反映出人们对正在异化的现代文明的各个方面的深刻不满。"[4] 对自由主义、激进主义不满的布克哈特,运用艺术手法讲述意大利文艺复兴时期文化"堕落"的故事,"一切留给史学家思考的便是被视为'片断'和'遗迹'的历史

---

〔1〕 Hayden White. "The Burden of History", *Tropics of Discourse*. The Johns Hopkins University Press,Baltimore and London,1978,p. 44.

〔2〕 Hayden White. "The Burden of History", *Tropics of Discourse*. The Johns Hopkins University Press,Baltimore and London,1978,p. 44.

〔3〕 Hayden White. "The Burden of History", *Tropics of Discourse*. The Johns Hopkins University Press,Baltimore and London,1978,pp. 44-45.

〔4〕 伊格尔斯:《二十世纪的历史学:从科学的客观性到后现代的挑战》,何兆武译,辽宁教育出版社2003年版,第14页。

产物……"〔1〕

对于连续完整的历史,海登·怀特批评到:"历史学家在现在的世界与前此的世界之间建构一种华而不实的连续,这对任何人都没有什么帮助。"〔2〕连续的历史并非自发和自为的,而是历史想象的结果。海登·怀特认为加缪小说《局外人》和萨特小说《恶心》都是反历史主义的。前者讲述了主人公莫索尔在被公诉人将一系列原子事件串联起来之后才证明有罪;后者讲述了主人公罗昆丁因缺乏一种借以把过去或现在的世界加以编序的核心意识,而感觉到没有存在的权利。这两个悲剧人物,前者因为其生活中的一连串毫不相关事件与一个自觉的意图网络交织在一起,使"历史上"聪明的公诉人证明了一次无意义行为的"罪行";后者想写一部历史著作,面对太多而又缺乏"翔实性和连贯性"的文献而无所适从。如果说这两部作品体现了反历史主义倾向,那么它们所反对的也是那种连续性的历史。在后来的研究中,海登·怀特把连续性的历史称为"历史的过去",即"能被科学地、冷漠地研究的过去,是把本身作为研究目的,'为了过去而历史的历史'"〔3〕。这种历史,在海登·怀特看来要么是从现实问题中逃向个人的过去的"崇古派"(antiquarian),要么是在死者或弥留者身上发现在生者身上永远找不到的价值的"文化嗜死成癖者"(cultural necrophile)。所以他提醒到:"历史事件的某个特定过程可用一种能以线形、循环、两极震荡或不规则形式表现的模式来描述,这种想法是荒诞的。"〔4〕

为什么历史不是连续的呢?海登·怀特首先从叔本华与萨特那里找到答案。在论及人不应该把想象力用于历史性的过去时,海登·怀特说:"对叔本华和萨特来说,艺术家已完全接受忠告,忽视历史记录,仅仅考虑

〔1〕 Hayden White. *Metahistory—The Historical Imagination in Nineteenth-Century Europe of History*. The Johns Hopkins University Press, Baltimore and London, 1973, p. 263.

〔2〕 Hayden White. "The Burden of History", *Tropics of Discourse*. The Johns Hopkins University Press, Baltimore and London, 1978, p. 50.

〔3〕 Hayden White. "The Practical Past", International Conference "*History between Reflectivity and Critique*", Athens, October 30th-November 1st, 2008, p. 5.

〔4〕 海登·怀特:《西方历史编纂的形而上学》,载《世界哲学》2004 年第 4 期,第 52 页。

在每日经验中呈现在眼前的现象世界。"[1]这不仅揭示了叔本华和萨特发现了艺术家的创作秘密,也是海登·怀特从他们对艺术家创作经验的揭示中发现了断裂、中断与分解的历史思想成分。历史记录的不完整性需要思辨的想象,历史才能连续起来。"在整体性艺术工作的各部分之间,存在一种内在连贯性和一致性,个人的生命就如同这样一项艺术工作而存在……"[2]只有像艺术家那样,历史学家要紧紧抓住思辨的想象所提供的事实,忽视历史记录,从而抹去崇古的历史意识,才能避免艾略特的《米德尔马契》中历史学家卡索本的爱情悲剧和易卜生的《海达·加布勒》中的历史学家罗夫伯格的自杀悲剧。"历史是过去的,但过去的除了是历史的之外,还有其他内涵。每个个体和集团在拥有了一种遗传的和文化成就后,都有一个过去。但是,一个由遗传和文化成就所构成的过去不同于历史的过去。"[3]上述人物的悲剧命运在于把碎片式、零散的"过去"当作连续的完整的"历史"。

其次,1800—1850年这段历史黄金时期的思想家们让海登·怀特得出历史想象始于审美冲动的结论。他们把历史想象看作一种能力,"这种能力始于人要为无序的现象世界披上稳定的形象外衣的冲动,也即一种审美冲动。"[4]而"审美冲动本质上是动态的(我可以说是辩证的),在梦想和现实之间不停运动,不断通过与最初的混沌的新的接触来消除已经枯萎了的梦想,生成新的梦想来维持生活的意志"[5]。历史事实是不会被直接观察所证实或证伪,历史文献需要进一步解释才能得出看似真实的描述。因而,过去事件的编撰与历史知识的生成需要想象。《元史学》

[1] Hayden White. "The Burden of History", *Tropics of Discourse*. The Johns Hopkins University Press, Baltimore and London, 1978, p. 48.

[2] Hayden White. *Metahistory—The Historical Imagination in Nineteenth-Century Europe of History*. The Johns Hopkins University Press, Baltimore and London, 1973, p. 262.

[3] Hayden White. "The Historical Event", *Differences: A Journal of Feminist Cultural Studies*, Vol. 19, No. 2, 2008, p. 10.

[4] Hayden White. "The Burden of History", *Tropics of Discourse*. The Johns Hopkins University Press, Baltimore and London, 1978, p. 48.

[5] Hayden White. *Metahistory—The Historical Imagination in Nineteenth-Century Europe of History*. The Johns Hopkins University Press, Baltimore and London, 1973, p. 332.

一书的副标题"十九世纪欧洲的历史想像",可以理解为 19 世纪欧洲历史中的审美、认识与伦理冲动。该书不是对欧洲八位史学大师所面对的史料、文献本身的再研究,而是对他们处理这些史实的语言学考察,其中还有社会心理学研究的某些痕迹。海登·怀特一直在提醒人们,历史事件并非自动再现于文本中的,它需要历史学家编排、论证、审视与呈现。这一系列历史活动都需要虚构与想象的参与。历史想象与基于瞬间体验和审美冲动的文学想象类似。它"以对意象的思考和比喻性的联想模式为特点"[1],是诗学语言和文学写作,具有神话思想。所以德国哲学家卡西尔有言:"人类生活,倘若离却历史之解释活动,离却蕴含于历史之中的解释技艺,就会变为一种非常贫乏的东西。"[2]

再次,海登·怀特对断续性历史的关注,一方面是历史文本性的体现,另一方面也是历史学由关注人类命运的宏观历史学转向关注"个体经验"的微观历史学的结果。历史编撰进入了以平面化、断续性为特征的日常生活史的时代。微观历史学代表性的两部作品是卡罗·金斯堡《奶酪与蠕虫:一个 16 世纪磨工的宇宙》与乔凡尼·列维《继承的权力:一个魔法师的故事》,前者"读起来是那么好,而且呈现给了我们异常丰满之个人",后者笔下的魔法师"更其深入地嵌入了社会结构之中"[3]。对个体经验的关注,使微观历史学更多地研究了冲突与分裂、无序与混乱,"正当地强调了历史中的不连续性。"[4]

他的历史著述被认为是蒙太奇手法的运用和思考的多变性,这何尝不是一种断续性历史实践呢?海登·怀特从 1966 年第一篇论文《历史的负担》结尾明确提出"断续性的历史"起,就致力于这种历史观的论证与实践。《元史学》一书可谓是对欧洲八位史学大师的断代式考察,《话语转义

---

〔1〕　海登·怀特:《元史学:十九世纪欧洲的历史想像》,陈新译,译林出版社 2004 年版,中译本序,第 7 页。

〔2〕　恩斯特·卡西尔:《符号·神话·文化》,张小兵译,东方出版社 1988 年版,第 86 页。

〔3〕　伊格尔斯:《二十世纪的历史学:从科学的客观性到后现代的挑战》,何兆武译,辽宁教育出版社 2003 年版,第 129 页。

〔4〕　伊格尔斯:《二十世纪的历史学:从科学的客观性到后现代的挑战》,何兆武译,辽宁教育出版社 2003 年版,第 130 页。

学》是"以一种或另一种方式检验人文科学中描写、分析和伦理之间的关系问题"[1]的分散式聚焦,《形式的内容》是从不同方面对叙事话语与历史再现之关系进行思考的专题研究,而《比喻实在论》则是基于字面语言和比喻语言差别的文化散论。近来,海登·怀特将断续的历史与"实用的过去"相联系。"使用的过去,由所有关于过去的记忆、幻想、尊严、借口、托辞、个体或集体尽力唤起的游移不定的信息、态度、价值……"[2]

海登·怀特有意回避一种连续性历史而宣扬、践行一种断续性历史观,其著述不仅隐喻地或反讽地为历史诗性之断续性辩护,还不断强调人之历史存在的断裂性本真状态。在现实以及过去的现实中,个体总是处于种种政治、经济和宗教的关系。"这种关系被认为是转喻式的,就像一种断裂的情形,一种利益的分裂和冲突的情形,一种不同势力互不相让地争夺的情形,它们源自人性深处,并且其行为根本上是神秘的。"[3]这种"源自人性深处"的神秘行为不是别的,而是弗洛伊德在其精神分歧理论中早已言明的本能"欲望"。与弗洛伊德将"欲望"视为本体性存在有所不同,海登·怀特在文化性上将其历史化,追求一种"多样化的正义"(利奥塔)。

## 二、促进历史领域的"百花齐放"与人文思想的"百家争鸣"

福柯说"历史不是一种时间,而是多种时间,彼此交错并彼此包含。因此,应该用多元时间观替代旧的时间观"[4]。明代徐光启说:"天有恒数,而无齐数。"[5]尽管宇宙、自然的变化有规可循,但普遍规律并非适用

---

[1] Hayden White. "Introduction: Tropology, Discourse, and the Modes of Human Consciousness", *Tropics of Discourse*. The Johns Hopkins University Press, Baltimore and London, 1978, p. 22.

[2] Hayden White. "The Practical Past", International Conference "*History between Reflectivity and Critique*", Athens, October 30th-November 1st, 2008, p. 4.

[3] Hayden White. *Metahistory—The Historical Imagination in Nineteenth-Century Europe of History*. The Johns Hopkins University Press, Baltimore and London, 1973, p. 262.

[4] 海登·怀特:《西方历史编纂的形而上学》,载《世界哲学》2004年第4期,第50页。

[5] 《徐光启集》卷七,《条议历法修正岁差疏》。

于一切事物与现象。任何规律都有相对性，不仅宇宙、自然现象是多种多样，人们对现象或事物的认识也是多种多样的。为了更好地认识对象，人们还是需要"整齐划一"，而抛弃一切不合理的剩余。海登·怀特关于历史文本的四重结构理论其实也是人人在心中"划一"的结果。"在谈论理论结合实际时，我们必须不可忽视理论之所以为理论，正在于它有脱离实际的那种特征。"〔1〕为了更好地审视"实际"，就需要理论脱离"实际"。否则人的实际只能陷入"云深不知处"的境地。

海登·怀特从历史文本中抽象出情节化、形式论证式、意识形态蕴涵式和比喻模式就是"脱离"历史"实际"的理论总结。因为它不是真正的历史文本，而是一种冠以"历史诗学"的理论。但是这种历史观改变了实证主义历史片面追求客观实在所导致的历史的枯燥与乏味，使历史著作充满人性光辉和人情味，导致了历史知识与历史观的相对性与多样性，使得历史"发展"与历史"目的"问题呈现丰富性与多面性，意味着历史研究方法和视角的多层次和多维度，最终促进历史编撰的多元化与多形态。

虽然知识本身具有稳定性，但不是固定的。历史知识与历史认识也是如此。海登·怀特认为历史的概念是含混性的复制，即无法充分地把研究对象（人类的过去）与关于这个对象的话语区别开来。〔2〕历史概念的含混性使得历史知识是相对的。针对埃娃·多曼斯科"历史不是一种普遍知识"的观点，海登·怀特说："我同意你关于历史不是一种普遍知识的观点，但是尽管大多数历史研究对象的外在性，历史仍然是一种常识性知识。"〔3〕如对于美国总统肯尼迪遇刺这一事件的认识可以作为知识实体的内容，但是作为要求科学知识地位的历史知识的可能对象，它们仅仅作为一个统计学系列的成分才是重要的。一个国家首脑被暗杀的非凡事

---

〔1〕　何兆武：《当代西方史学理论》，中国社会科学出版社 1996 年版，第 165—166 页。

〔2〕　Hayden White. "Narrative in Contemporary Historical Theory", *The Content of the Form： Narrative Discourse and Historical Representation*. The Johns Hopkins University Press，Baltimore and London，1987，pp. 56-57.

〔3〕　Ewa Domanska. "A Conversation with Hayden White", *Rethinking History*，Vol. 12，No. 1，March 2008，p. 10.

件只有作为一个文件记录的假设规定才值得研究。传统历史认为一个事件不仅可观察，而且观察得到。但是今天人们认为历史事件已不再是可观察的，因此它不能作为某种确定知识的对象。"由于发生于 20 世纪事件的范围、规模和深度是早期历史学家无法想象的，历史事件的观念已遭受了激进的转变，拆解了作为一个具体科学知识类型对象的事件观念。"[1]历史观念的不断更新，历史知识的相对性让我们重新思考历史发展与目的问题。

对同一系列历史事件的不同情节化的再现本身表明，历史本身发展过程和历史理性认识过程并非一次性完成的。历史本体是一元的，而历史学（历史再现、历史叙述与历史反思）是多元的。海登·怀特把克罗齐提出的而又混淆了的历史多元与历史学一元问题颠倒了过来。海登·怀特还是继续思考克罗齐所试图解决而未完成的历史目的问题。克罗齐没有为历史目的论找到合理的解释而陷入宗教。海登·怀特关于历史文本的意识形态蕴涵式模式不仅体现了史学家的伦理道德观念，还揭示了历史编撰与历史思考的目标。按照海登·怀特所划分的四种意识形态蕴涵式解释模式（保守主义、激进主义、自由主义和无政府主义），可将其分为四种历史目的论：末世论、乐观论、自由论与否定论。

对这四种相互对立、冲突的历史目的论，海登·怀特并未厚此薄彼，只是介绍了它们在社会变革、变革步伐、时间定位等问题上不同的看法。经典史学家在历史目的论上差异十分明显，如布克哈特的历史观受叔本华悲观哲学的影响，他以"叙事"形式撰写的历史不是描述出一条通向救赎、和解之路，而是显示了愈合功能，对人们采取积极行动复兴文化不抱任何希望，其历史目的论与斯宾格勒一样"走向隐蔽"、"追忆往事"，而带有浓厚的末世论色彩。为了避免理性主义的怀疑论和浪漫主义的直觉论，黑格尔对"每一种特定文明的悲剧特质具有的理解，转变成了对整体

---

〔1〕　Hayden White. "The Modernist Event", *Figural Realism: Studies in the Mimesis Effect*. The Johns Hopkins University Press, Baltimore and London，1999, p. 72.

历史呈现出的戏剧所具有的喜剧式理解"[1]，这使其意识形态蕴涵带有激进主义和保守主义双重性，在以反讽性意识描述历史以自在、自为、自在并且自为和自在自为并且自主的形态发展中，体现了末世论和乐观论的交融与混合。米什莱认为史学家应为正义和正直辩护，所有人都团结到一个有着共同情感和行动的社会中，无需任何人或任何形式的指引，国家、民族、教会是通向无政府主义的障碍，因此从他对社会变革的态度、时间定位来看，米什莱的历史目的论倾向于否定的论调。

这些史学家尽管历史目的论各不相同，甚至相互冲突、对立，但并不妨碍他们作为经典史学家的地位。海登·怀特同时分析多种意识形态蕴涵式解释模式，呈现丰富而多样的历史目的论，有力地反击了实证主义与客观主义的一元论目的论观念。

"元史学"是海登·怀特运用文学、哲学、语言学等思想观点研究历史文本的方法。它有别于侧重事件本身、注重文献的客观主义叙事和侧重于知识论的分析的历史哲学相对，围绕康德式"历史叙事的条件是什么"的语言这种再现手段为焦点，探讨了历史叙事的文本结构、转义机制、比喻意识等问题，提出了许多新鲜而又重要的思想观点。与相对性历史观、多元目的论相呼应，他的"元史学"研究方法和视角是多层次和多维度的。所谓"多维的"研究方法，指海登·怀特在历史研究中所体现的跨学科和跨文化方法。在回答埃娃·多曼斯科"历史的跨学科性怎么样"时，海登·怀特说："……历史总是具有多学科性，而不是拼凑物……"，"不管愿不愿意，历史总是借用任何引导历史学家调查那些能够引起关注的研究对象，就是因为他们与研究对象居住在同一世界"。[2] 海登·怀特还更深刻地指出，历史的多学科研究其实是"突破禁忌主义的"（intertabooist），"毕竟，一门学科除了是一种不能做什么的学问外，还能

---

[1] Hayden White. *Metahistory—The Historical Imagination in Nineteenth-Century Europe of History*. The Johns Hopkins University Press, Baltimore and London, 1973, p. 117.

[2] Ewa Domanska. "A Conversation with Hayden White", *Rethinking History*, Vol. 12, No. 1, March 2008, p. 14.

是什么呢?"〔1〕"元史学"能使历史学家在突破不能做什么的学科限制中,获得新的认识。

"元史学"方法除了运用跨学科研究外,还对一个历史文本或历史现象进行多层次扫描。如《元史学》一书将历史文本分为显性的情节化、解释、意识形态层面与隐性的比喻层面。历史文本的多层次性不仅使得历史诗学成为可能,而且也为经典历史著作提供了一种新的阅读途径。如果说福柯和德里达指出了语言的政治含义和权力的等级关系,那么海登·怀特分析了历史语言的多重意蕴与文化意义。"历史文本的前三个层次是通过虚构、想象生成的再现客体层和图式化层。它们是含糊的、难以明晰描述的,海登·怀特运用了形式主义方法才将它们揭示出来。而处于历史文本深层的比喻意识,更是隐性的、混沌朦胧的,以致海登·怀特本人对它的论述也是模糊的。"〔2〕历史文本的多层而含混的诗性结构让我们在"一"(诗性文本)中见到了"多"(多种历史意义),在"多"(多种历史风格)中见到了"一"(诗性文本),"为历史构筑了一个多重意义和图式化的世界,让历史著作获得特殊的启示性效果"。〔3〕海登·怀特相对历史观、多种目的论和多维研究方法最终是为了多样化的历史编撰。

当听到海登·怀特说"没有诸如历史方法的东西"时,埃娃·多曼斯科说,她在大学教授的课程就是历史方法论。海登·怀特提醒说:"……我差不多可以确定,你不要再教'历史'方法论了……如果我要教历史的方法或历史方法论(这是两回事),我会直接给学生我所知道的最优秀历史作品,让他们学习历史学家怎样思考、感觉和撰写。"〔4〕海登·怀特精心构筑的历史诗学大厦,并非为了研究而研究,而是将经典史学中的历史

〔1〕 Ewa Domanska. "A Conversation with Hayden White", *Rethinking History*, Vol. 12, No. 1, March 2008, p. 14.

〔2〕 翟恒兴:《试论海登·怀特历史诗学的诗性之维》,载《浙江海洋学院学报·人文科学版》2013 年第 3 期,第 29 页。

〔3〕 翟恒兴:《试论海登·怀特历史诗学的诗性之维》,载《浙江海洋学院学报·人文科学版》2013 年第 3 期,第 29 页。

〔4〕 Ewa Domanska. "A Conversation with Hayden White", *Rethinking History*, Vol. 12, No. 1, March 2008, p. 12.

意识和史学家所经历的生活知识概念化,倡导历史再现手段和叙事方法的不断更新,呼吁人们在历史著作中大胆运用最新的艺术技巧,实现历史编撰的艺术化与多样化。海登·怀特的历史诗学不是将历史同化为文学而取消历史,其实是为了使历史知识、历史发展、历史方法和历史编撰等不断获得新鲜血液,实现"百花证明"的局面,最终形成人文思想领域的"百家争鸣"的良好氛围。

### 三、提高历史解释的有效性

在海登·怀特看来,系列历史事件成为历史事实的过程也是历史学家对历史事件的解释过程。历史学家不能停留于单纯的叙述水平上,还应有对事件的理解与解释。涂尔干在《社会学年鉴》创刊号宣称:"历史学只有在解释的范围内才是一种科学,人们也只有在比较的同时进行解释……"[1]最早提出历史解释问题的是狄尔泰。他把历史学作为精神科学重要学科,认为因果说明的方法不适合于历史学,对于研究人的精神生命重要方法是理解。他把心理的东西和历史的东西联系起来,为历史理解提供经验基础,其历史理解被称为"描述心理学",胡塞尔认为狄尔泰的历史理解是"现象学的重要预演"。波普尔说:"不可能有'事实如此'这样的历史;只能有历史的各种解释,而且没有一种解释是最终的;每一代人有权形成自己的解释。"[2]德雷也说:"历史学家的任务不仅仅是确定事实,而且要理解事实。因此,历史学家就必须解释。"[3]另一位后现代历史学家伊格尔斯也指出:"历史学也像人类学一样,乃是一种解释性的而非一种系统性的科学。"[4]

对于历史编撰不同程度地存在解释的问题上,基本没有分歧。如客

〔1〕 何兆武:《当代西方史学理论》,中国社会科学出版社 1996 年版,第 491 页。

〔2〕 波普尔:《开放社会及其敌人》第二卷,郑一明译,中国社会科学出版社 1999 年版,第 404 页。

〔3〕 威廉·德雷:《历史哲学》,王炜、尚新建等译,生活·读书·新知三联书店 1988 年版,第 7 页。

〔4〕 伊格尔斯:《二十世纪的历史学:从科学的客观性到后现代的挑战》,何兆武译,辽宁教育出版社 2003 年版,第 134 页。

观主义与实证主义史学是把客观性作为"解释"事件的标准；分析的历史哲学以"事件为何如此"作为解释历史过程的标准。海登·怀特则以"事件怎样被呈现的"为标准分析历史文本的四重结构，提供了对历史文本的元语言学的解释模式。从认识论意义上看，历史解释的客观性标准根植于自古希腊以来西方思想史中的逻辑方法。"它的有效性却一直蔓延到一切文化的合理思想之中。"[1]随着历史领域的语言学转向，人们发现将客观性作为客观之物的历史解释效果已不如作为语言象征性的历史解释效果大。历史领域的客观性不仅体现于文献的真实、数据的可靠，还依赖于这些历史资料与历史学家的心灵相结合所呈现出的一种普遍共同感。历史文本是史学家将系列事件符号化结果，而"对符号的解释是经验无法证实的"，何况对可重复的历史符号的解释呢？经验无法验证并不代表符号就失去了意义和意思，相反，它凝聚着无限丰富的蕴涵。其意义和意思的准确与否不在于是否与"客观"相符，而在于是否在现实中有效。

历史学家沃尔什认为历史解释与理解，有赖于历史学家对人性的概括与总结。"对历史学的任何论述而遗漏了历史研究的实用背景的，就必定会是谬误的。"[2]科学的历史学就犯了这个错误。"历史的魅力首先触发人们对历史的兴趣，进而激励人们有所作为，它的作用始终是至高无上的。"[3]他提出"配景理论"，认为不同事实之间存在着"不可公约性"。历史事实在不同道德与形而上学观点的历史学家之间没有共同的判断尺度，是不可公约的；在共同道德与形而上学观点的历史学家们之间，存在着共同的或客观的历史意识。海登·怀特历史诗学理论将"配景理论"扩展到历史文本的语言风格上，认为即使有共同道德和形而上学观的历史学家，其语言风格也是"不可公约"的。沃尔什从分析历史和历史知识的客观性来探讨历史解释有效性。与狄尔泰观点相同，他认为理解历史要

---

〔1〕 伊格尔斯：《二十世纪的历史学：从科学的客观性到后现代的挑战》，何兆武译，辽宁教育出版社 2003 年版，第 142 页。

〔2〕 沃尔什：《历史哲学导论》，何兆武等译，社会科学文献出版社 1991 年版，第 205 页。

〔3〕 布洛赫：《历史学家的技艺》，张和声译，上海社会科学出版社 1992 年版，第 10 页。

求历史学家对于精神生活的体验。带有分析哲学色彩的历史解释,注重于历史学家的心理环节,而海登·怀特则从历史文本的语言分析和阅读感受入手探讨历史解释的有效性问题。

当克罗齐的哲学著作被指责过分追求辞藻而失去严谨的理性思维时,有学者辩护说:"他是以文情在打动人而不是以论证在折服人。"[1]海登·怀特所倡导的历史诗学为历史编著与历史哲思中增添文情与诗意也有此意。他以历史文本的形式一致性取代逻辑一致性,将历史叙事与文学叙事相提并论,将历史文本纳入文学批评视野,不过是为历史添点文学的调料,以增强历史的效用。布洛赫指出,历史无疑具有娱乐价值,因为,"单纯的爱好往往先于对知识的渴求。人们往往是在一种本能的引导下从事自己的工作,事先并不完全意识到它的结果,这在思想史上不乏其例。"[2]

海登·怀特提出把历史当小说读、从历史解释层面来看,他的诗性历史观是从文本层面深化了波普尔关于历史解释是一种不可验证的假说的思想。历史是不被预言的,历史进程充满了偶然因素。海登·怀特避开了历史的规律性,转而寻求历史文本中的普遍性。历史虽不可预言,但是历史解释的有效性是可以预期的。布洛赫说:"我们要警惕,不要让历史学失去诗意。"[3]历史失去诗意,不仅令读者兴趣索然,而且还会失去应有的思考力,"文学是一段'合乎逻辑的'历史表述,文学的虚构可以使历史被思考。"[4]因此,提高历史解释有效性的最终目的是为了更好地进行历史思考,由此拓展到对整个人文、人生与社会的思考。

---

〔1〕　何兆武:《当代西方史学理论》,中国社会科学出版社 1996 年版,第 170 页。
〔2〕　布洛赫:《历史学家的技艺》,张和声译,上海社会科学出版社 1992 年版,第 10 页。
〔3〕　布洛赫:《历史学家的技艺》,张和声译,上海社会科学出版社 1992 年版,第 10 页。
〔4〕　米歇尔·德·赛尔托:《历史与心理分析:科学与虚构之间》,邵炜译,中国人民大学出版社 2010 年版,第 46 页。

# 绪　论　海登·怀特历史诗学的
# 提出背景与研究现状

19世纪俄罗斯文学家维谢洛夫斯基的历史诗学"工程"是一个基于文学实践经验、立足历史、反思"现在"的开放性的文学研究体系。与维谢洛夫斯基关注诗歌、巴赫金关注小说不同,海登·怀特的历史诗学研究对象是"历史"(历史作品、历史叙事、历史话语)。

绪论部分首先从解构客观主义历史的客观性叙事与实证主义历史的决定性书写、历史研究的"文学介入"、历史领域的语言学转向三个方面分析了海登·怀特历史诗学的提出背景。其次,论述了国内外对海登·怀特的历史诗学在历史、文学、叙事学三个领域的研究现状,明确了本书研究重点是海登·怀特历史诗学的文学价值与意义,指出从文学批评的视角研究海登·怀特历史诗学主要有两个原因:第一,文学批评处于文学研究的中心环节;第二,怀特的历史诗学在文学批评领域的影响大大超过了其在历史和叙事学领域。

## 第一节　海登·怀特历史诗学的提出背景

一、解构客观主义历史的客观性叙事与实证主义历史的决定性书写

美国史学曾受欧洲史学,尤其是德国兰克学派"客观主义""科学精

神"的影响。19 世纪七八十年代，留学德国的赫伯特·亚当斯（Herbert Adams）与约翰·伯杰士（John Burgess）在美国高校大力培养、传播兰克学派继承人，使客观主义史观在美国影响深远。兰克（Lank）十分重视原始资料的收集、鉴别与辨析，主张历史著作要"如实直书"、"消灭自我"，因此，兰克为代表的客观主义史学又被称为"考据派"。受兰克影响的客观主义历史著作内容丰富、生动，有立体感和权威性，但是其追求的纯客观性却无法保障。即使兰克本人对于浩如烟海的档案材料也是有所取舍的，他也被认为是"浪漫主义色彩很浓"[1]的史学家。20 世纪初，李凯尔特（Heinrich Rickert）、克罗齐（Croce）、柯林伍德（Robin George Collingwood）等史学家分别从历史的相对性、直觉性与表现性上否定了客观主义史学的客观性。然而，美国新史学派引进计量方法，运用社会科学理论范畴，进一步提高史料分析和叙事的精确性，客观主义历史在美国的影响力依然不减。

深受克罗齐影响的海登·怀特则从历史文本的诗性结构上进一步批判客观主义史学的客观性"梦想"。当实证主义历史观在 19 世纪欧洲大行其道的时候，意大利文坛名宿桑克提斯（Sanctis）引导克罗齐走向了反实证主义的历史唯心主义道路。对克罗齐思想十分偏爱的海登·怀特，与实证主义的决裂也在情理之中。海登·怀特指出："兰克没有认识到的是，人们可能以客观主义之名拒斥对历史进行浪漫主义的研究，但是，只要历史被认为是运用叙事进行的解释，人们就必须将原型神话或情节结构带入叙事之中，只有这些东西才能使叙事获得一种形式。"[2]兰克及其后学以编撰经验性和实证性为主要特征的历史著作，"过分强调文献考证和事实描述，这样实际上就排斥了概括、解释和理论。"[3]

通过对客观主义经典史学家兰克历史著作的解读，海登·怀特认为

---

〔1〕　J. W. 汤普森：《历史著作史》下卷，孙秉莹译，商务印书馆 1992 年版，第 232 页。
〔2〕　海登·怀特：《元史学：十九世纪欧洲的历史想像》，陈新译，译林出版社 2004 年版，第 228 页。
〔3〕　何兆武：《当代西方史学理论》，中国社会科学出版社 1996 年版，第 20 页。

"支撑着他们,使其愿意沉迷于历史文献包含的混乱材料和事件的是一种这样的信念,即根据事件的特殊性所做的准确描述得出的不是一种混乱的图景,而是一种形式一致性的想像……这最初是他们在叙事性散文中想要获得的"[1]。海登·怀特认为,客观性叙事排除了原型神话和情节结构,也就排除了叙事的形式一致性想象,进而也就排除了历史性。并非客观性,而是虚构性和诗性赋予了混乱材料和事件的形式一致性。历史学家不可能像搬运工搬砖头一样,把历史事件从史料"搬"到著作中去。"针对现实的叙事是一种虚构行为,只要历史编撰涉及讲故事(叙事),就必然要对现实进行虚构,因此海登·怀特断言历史叙事和文学叙事一样是虚构的。"[2]所以,海登·怀特说:"在许多方面,传统的兰克式的历史研究的成功都是导致了这场危机(历史主义危机)的原因。"[3]他认为有必要建立一种采取新实证主义和结构主义的新科学,代替旧历史主义,从而摆脱 19 世纪"现实主义"幻觉。

受孔德(Auguste Comte)影响的实证主义史学主张搞清楚事实,分析事实间的因果联系,并赋予事实以"意义"。出于对较为成功的自然科学方法的模仿与效颦,19 世纪史学出现了向自然科学看齐的趋势,柯林伍德称之为"史学的自然主义"。[4] 反对这一趋势的有德罗伊森(Droysen)、卡西尔(Ernst Cassirer)、狄尔泰(Wilhelm Dilthey)、柯林伍德、沃尔什(William H. Walsh)等。20 世纪中期,海登·怀特加入反实证主义阵营。海登·怀特指出,"卡尔·波普尔对科学解释的逻辑研究、概率理论对科学规律的性质研究,都颠覆了科学命题之绝对的实证主义观点,而当代英国和美国哲学家改变了实证主义者在科学陈述与哲学陈

〔1〕 海登·怀特:《元史学:十九世纪欧洲的历史想像》,陈新译,译林出版社 2004 年版,第 259 页。

〔2〕 林庆新:《历史叙事与修辞》,载《国外文学》2003 年第 4 期,第 7 页。

〔3〕 海登·怀特:《后现代历史叙事学》,陈永国、张万娟译,中国社会科学出版社 2003 年版,第 319 页。

〔4〕 何兆武:《当代西方史学理论》,中国社会科学出版社 1996 年版,第 179 页。

述之间所做的严格区分。"[1]

卡尔·波普尔(Karl Popper)颠覆了科学规律的绝对性与可靠性,反对实证主义史学家从历史过程中发现因果律的做法,坚持历史非决定论,认为逻辑经验主义不能证明未来的必然性和或然性,因而历史进程也是不可预言的。概率理论认为科学规律并非决定性的,而是随机性与不确定性的。"实证主义方法把自己限定在对客观现实的经验性的观察之上。"[2]如果说以卡尔·波普尔为代表的分析的历史哲学从反思历史知识性质上批判了以历史规律为思考重点的思辨的历史哲学,那么海登·怀特则从历史规律、历史知识之表述工具的话语层面批判实证主义历史。

在"认认真真地考虑了历史编纂作为一种书面话语的地位"[3]之后,海登·怀特指出:"倘若说一切的诗中都有历史性的因素的话,在对于世界的每一种历史性的描述中也都有诗的因素。"[4]而且"历史的文学性和诗性要强于科学性和概念性……"[5]因为"只要史学家继续使用基于日常经验的言说和写作,他们对于过去现象的表现以及对这些现象所做的思考就仍然会是'文学性的',即'诗性的'和'修辞性的',其方式完全不同于任何公认的明显是'科学的'话语"[6]。可见,海登·怀特从历史话语所蕴含的诗性特质上以卡尔·波普尔的方式反对实证主义的历史,把历史研究"越来越转向历史写作的结构和布局方面,似乎日益回到自古以来

---

〔1〕　海登·怀特:《后现代历史叙事学》,陈永国、张万娟译,中国社会科学出版社 2003 年版,第 57 页。

〔2〕　伊格尔斯:《二十世纪的历史学:从科学的客观性到后现代的挑战》,何兆武译,辽宁教育出版社 2003 年版,第 142 页。

〔3〕　海登·怀特:《元史学:十九世纪欧洲的历史想像》,陈新译,译林出版社 2004 年版,中译本前言,第 1 页。

〔4〕　Hayden White. "Historical Text as Literary Artifact", *Tropics of Discourse*. The Johns Hopkins University Press, Baltimore and London, 1978, p. 97.

〔5〕　海登·怀特:《元史学:十九世纪欧洲的历史想像》,陈新译,译林出版社 2004 年版,中译本前言,第 7 页。

〔6〕　海登·怀特:《元史学:十九世纪欧洲的历史想像》,陈新译,译林出版社 2004 年版,中译本前言,第 1 页。

文史不分的传统老路上去了"〔1〕。

## 二、历史研究的"文学介入"

美国当代历史学家格奥尔格·伊格尔斯(Georg G. Iggers)指出,自20世纪60年代以来,法国和美国文艺理论界坚定地遵循着从文学批评范畴论证历史著作的路线。"巴尔特否认了历史学和文学的任何区别",随之也就否认了"事实与小说虚构之间的区别"〔2〕。德国历史学家科泽勒克(Reinhart Koselleck)认为,历史学本身就是一门跨学科性的学科。早期历史中既包括神学、博物志、地方志、自然科学知识,也为政治学、法学、哲学与自然科学提供大量资料、事实支持。古希腊历史著作《荷马史诗》与我国古代历史著作《尚书》集文学性、神话性和历史记录于一体。它们既是文学经典也是史学巨擘。"随着19世纪历史学的科学化,历史编纂中大多数常用的方法假定,史学研究已经消解了它们与修辞性和文学性作品之间千余年的联系。"〔3〕在历史学科独立过程中文学成分被逐渐排除,历史学家埋头于对棘手文献资料的探讨,力求在事实的时间顺序与内容的真实性上保持逻辑一致性。

客观主义史学家们为了实现客观性与真实性,在历史编撰过程中尽力排除文学性与修辞成分。研究历史规律的思辨的历史哲学侧重于客观必然性,而研究历史知识的分析的历史哲学侧重于历史的自律性,使历史学愈来愈完善、独立,"但是到了20世纪,历史学产生了危机。许多关于起源和目标、由来和意义的问题找不到答案。"〔4〕因为,"历史知识永远是次级知识,也就是说,它以对可能的研究对象进行假想性建构为基础,这就需要由想像过程来处理,这些想像过程与'文学'的共同之处要远甚于

---

〔1〕 何兆武:《当代西方史学理论》,中国社会科学出版社1996年版,第259页。

〔2〕 伊格尔斯:《二十世纪的历史学:从科学的客观性到后现代的挑战》,何兆武译,辽宁教育出版社2003年版,第11页。

〔3〕 海登·怀特:《元史学:十九世纪欧洲的历史想像》,陈新译,译林出版社2004年版,中译本前言,第1页。

〔4〕 童斌:《跨学科研究与历史学》,载《国外社会科学》1979年第5期,第73页。

任何科学的共同之处。"〔1〕海登·怀特以"文学之眼"思考历史,与历史知识形成的想象与虚构过程有关。奥特迦·伽赛特(Ortegay Gasset)认为,"历史认识要靠直觉、体会,所以有其艺术性的一面。"〔2〕赛尔托(Certeau)也表示:"文学是历史进程的理论表述。"〔3〕伊格尔斯更直接指出:"历史学显然是文学性质的。"〔4〕

20世纪的西方文学理论研究成果极为丰富。弗洛伊德的精神分析文论、俄国的形式主义文论、法国的结构主义文论、英美的新批评文论不仅极大地推进了20世纪上半叶文学创造与研究,也深刻影响了包括历史学在内的整个人文社科领域。海登·怀特的历史诗学就是在上述文学理论直接影响下提出的。在《元史学》一书的序言中,他开宗明义地指出:"《元史学》是西方人文科学中那个'结构主义'时代的著作……"〔5〕海登·怀特由历史作品的文学性、虚构性入手,详细分析了历史叙事的具体模式与历史意义生成的内在机制,为历史的诗性书写提供理论支持。其实,自历史学科学化、职业化以来,"文学介入"的诗性书写实践就一直存在。

例如,19世纪英国史学家麦考莱(Thomas Babington Macaulay)、卡莱尔(Thomas Carlyle)、弗劳德(Froude)就把历史当做小说、诗歌与戏剧一样。麦考莱十分注重历史编撰技巧,认为"事实只不过是历史的渣子"〔6〕。卡莱尔的历史著作中充满了文学式的描写,弗劳德则主张"历史就是戏剧,是为了教育今人,鉴往知今"〔7〕。史学家柯林伍德坦言:"作为

〔1〕　海登·怀特:《元史学:十九世纪欧洲的历史想像》,陈新译,译林出版社2004年版,中译本前言,第7页。

〔2〕　何兆武:《当代西方史学理论》,中国社会科学出版社1996年版,第371页。

〔3〕　米歇尔·德·赛尔托:《历史与心理分析:科学与虚构之间》,邵炜译,中国人民大学出版社2010年版,第45页。

〔4〕　伊格尔斯:《二十世纪的历史学:从科学的客观性到后现代的挑战》,何兆武译,辽宁教育出版社2003年版,第13页。

〔5〕　海登·怀特:《元史学:十九世纪欧洲的历史想像》,陈新译,译林出版社2004年版,中译本序。

〔6〕　J. W. 汤普森:《历史著作史》下卷,商务印书馆1992年版,第452页。

〔7〕　庞卓恒:《史学概论》,高等教育出版社1995年版,第15页。

想像的作品,历史学家的作品和文学家的作品并没有不同。"〔1〕在《元史学》序言中,海登·怀特明确提出:"对于历史作品的研究,最有利的切入方式必须更加认真地看待其文学方面。"〔2〕正是通过语言学、文学和符号学等文学方面的努力,历史事件才被赋予内涵与外延。他通过历史学家的文学写照、历史文本的文学解读和历史研究的文学关照来恢复历史书写的文学性。海登·怀特为了说明历史学家的研究特点或重要意义,常常将他们与艺术家相类比。比如,他认为布克哈特《文艺复兴时期的文明》是绘画领域的印象派或诗歌领域的波德莱尔,因为他打破了传统历史叙述的教条主义。

海登·怀特的上述观点与英国历史学家沃尔什的下列说法如出一辙:"历史学之为物,应该不止于是对于真正发生过的事情的单纯叙述而已;它如果不恰好是对有关事件的意义的一种哲学的沉思的话,至少也应该是对它们的一种戏剧性的和文学性的表现……"〔3〕而海登·怀特将文学理论引入历史领域,对历史文本进行文学批评式解读的做法,得到美国学者拉尔夫·科恩的呼应。拉尔夫·科恩(Ralph Cohen)《文学理论的未来》指出:"文学理论就其范围而言是一种有关话语的论述,它必然要对历史话语进行分析,因此,文学理论既是文学的理论也是历史的理论。用海登·怀特的话来说就是,'现代文学理论必然是一种历史的理论、历史意识的理论、历史话语的理论、历史写作的理论。'"〔4〕在海登·怀特看来,"对语言深入探讨并做出假定的文学理论也确实是一种历史的理论……文学理论在研究历史的写作中起着举足轻重的作用,并且可以毫无问题地使大众化的描述与深奥的解释相联系。"〔5〕如果说海登·怀特以文学之眼审视历史,为历史找到了一种新的研究思路,那么拉尔夫·科恩将历

〔1〕 柯林伍德:《历史的观念》,何兆武译,商务印书馆1997年版,第342页。

〔2〕 海登·怀特:《元史学》,陈新译,译林出版社2004年版,序言,第1页。

〔3〕 沃尔什:《历史哲学导论》,何兆武译,社会科学文献出版社1991年版,第175页。

〔4〕 拉尔夫·科恩:《文学理论的未来》,程锡麟译,中国社会科学出版社1993年版,第12页。

〔5〕 拉尔夫·科恩:《文学理论的未来》,程锡麟译,中国社会科学出版社1993年版,第13页。

史的理论也囊括于文学理论之内，为文学研究开辟了新的领域。

## 三、历史领域的语言学转向

詹姆逊在《政治无意识》中曾指出："历史并不是一个文本，因为从本质上说它是非叙事的、非再现的；然而，还必须附加一个条件，历史只有以文本的形式才能接近我们，换言之，我们只有通过预先的文本化才能接近历史。"[1]詹姆逊的这一观点深刻影响了海登·怀特。后者曾撰文《走出历史：詹姆逊的叙事救赎》[2]一文，详细阐述了詹姆逊的文本层次理论以及政治无意识在历史文本中的运作过程。海登·怀特本人也撰写了《"形象描写逝去时代的性质"：文学理论与历史书写》[3]一文，探讨历史与语言的关系问题。海登·怀特认为"历史"只有通过语言才能接触到，历史经验与历史话语是不可分的，有多少种历史话语，就有多少种历史经验。而这正是现代历史理论所忽视的。他明确指出，历史首先是语词制品、特殊语言的产物，要分析历史知识，就必须分析历史文本的语言结构。[4]这充分表明海登·怀特试图将语言学理论运用于"元史学"研究，或者说"元史学"理论是历史领域的"语言学转向"的结果。

伊格尔斯在《二十世纪的历史学》中认为，"转向语言学"是美国发明的。这一"转向"的核心成分是承认语言或话语对于建构历史的重要性，是从语言层面上思考历史意义的一种途径。伽达默尔曾指出，语言问题是 20 世纪哲学的中心问题。而语言学研究成果及结构主义方法已广泛地深入到人文学科各个领域。即使是被后现代历史学家所反对的逻辑实证主义也没有忽视语言问题，只不过"它追求一种扫除一切矛盾和受到文

---

〔1〕　Jameson Fredric. *The Political Unconscious：Narrative as a Socially Symbolic Act*. Cornell University Press，1981，p. 67.

〔2〕　海登·怀特：《形式的内容：叙事话语与历史再现》，董立河译，文津出版社 2005 年版，第 193—225 页。

〔3〕　海登·怀特：《后现代历史叙事学》，陈永国、张万娟译，中国社会科学出版社 2003 年版，第 292—323 页。

〔4〕　海登·怀特：《后现代历史叙事学》，陈永国、张万娟译，中国社会科学出版社 2003 年版，第 296 页。

化制约而含混不清的语言,那种足以传达逻辑的概念和科学探索的结果"[1]。布洛赫(Marc Bloch)认为,"历史学家总是以自己的时代范畴来思考问题的,并用自己时代的语言来著书立说。"[2]对于历史来说,语言不仅是历史叙事的主要工具,还是历史反思与历史哲思的主要传达途径。表面上看,历史编撰与历史哲学在内容上是不同的,但它们都拥有共同的语言风格与文本结构层次,也都运用共同的话语转义机制,完成历史意义的生成。"语言学为人们提供了一种关于人类现实的符号学的描述模式和说明模式。"[3]

海登·怀特对客观主义冷静、冗长的语言风格不满,指出历史文本的语言风格并非是单调的、枯燥的文字排列,而是情节结构、论证方式、历史意识与比喻语言的综合。20 世纪中叶,美国出现了强调恢复历史学自主性的新史学理论主张。伍德沃德(WoodWard)在《新史学的趋势》中指出,历史学应当独立于社会科学。劳伦斯·斯通(Lawrence Stone)在《叙述史学的复兴:对一种新的旧史学的反思》中主张通过恢复传统的叙述史来确立历史学的自主性,对历史的综合性论述是当前新史学的主要特征。不同于斯通的叙述型历史复兴是"具体的各个人的经验"得到强调的结果,海登·怀特则从传统历史实践的理论总结上继续新史学恢复叙述史的努力。他不是对历史的综合,而是历史研究方法的综合。"语言的运用使得历史学家就像科学家一样,要从事于概括。""历史学家经常运用概括来经验他自己的证据。"[4]而且历史读者也是个积重难返的概括者。"但是无论在哪里,语言指的是客观现实这一信念却不曾为人放弃,像是巴尔特、德里达和利奥塔德重新解说索绪尔的语言学理论所说的那样。"[5]

海登·怀特运用文学、语言学理论对历史著作、历史哲学进行理性的

---

〔1〕 伊格尔斯:《二十世纪的历史学:从科学的客观性到后现代的挑战》,何兆武译,辽宁教育出版社 2003 年版,第 138 页。

〔2〕 布洛赫:《历史学家的技艺》,张和声译,上海社会科学出版社 1992 年版,第 115 页。

〔3〕 盛宁:《人的困惑与反思》,生活·读书·新知三联书店 1997 年版,第 39 页。

〔4〕 爱德华·卡尔:《历史是什么》,吴柱存译,商务印书馆 1981 年版,第 66 页。

〔5〕 伊格尔斯:《二十世纪的历史学:从科学的客观性到后现代的挑战》,何兆武译,辽宁教育出版社 2003 年版,第 127 页。

批判。他关于历史文本中的四重解释模式（情节化解释、形式论证式解释、意识形态蕴涵式模式以及比喻意识），完全是基于对运用于历史文本中的语言结构形式的特点。"语言与客观现实的关系问题，也在语言学理论中起一种中心作用。现代科学把语言理解为一种传达有意义的知识的运载工具。"[1] 1874 年，自布莱德雷《批判历史学的前提》问世后，西方史学思想逐渐由探讨历史本身的规律转向历史知识的性质；而 1973 年，海登·怀特《元史学》的问世，西方史学关注重点又转向了历史叙述。因为叙述"可以传达抽象的形式所不能传达的各种成分"[2]。

但是，语言既记述了历史真实，也遮蔽了历史真实。客观主义历史学家忽视了语言在历史叙事中的"二律背反"，希望借模糊性、多义性、主观性的语言实现"如实直书"的历史叙事。巴赫金说："语言绝不是中立的媒介，能够轻松为人所用而不会沾染说话者的意图；相反，语言承载着，而且满载着他人意图。"[3]海登·怀特从语言入手，深入剖析历史文本的结构层次，认为语言的模糊性虽然不利于历史事件的精确性记叙，但是有利于历史意义的生成。因此，他主张一种诗性的历史书写，以有别于冷静、客观、机械的理性历史编撰。海登·怀特的历史诗学理论主张不同于斯宾格勒、汤因比为代表的讨论"人怎样创造历史"的思辨历史哲学，也不同于克罗齐、柯林伍德为代表的讨论"人怎样书写历史"的分析、批判性历史哲学，而是一种讨论"历史写作的语言和文字形式"的"叙述主义历史哲学"。[4] 叙述主义历史哲学将注意力从事件的原始发生与系列事件的编年史记录和事件的编撰、研究与认识转向了事件的话语建构与语言描述。"如果说思辨的历史哲学考察历史的范式是机械论，分析、批判性历史哲学考察历史的范

---

〔1〕　伊格尔斯：《二十世纪的历史学：从科学的客观性到后现代的挑战》，何兆武译，辽宁教育出版社 2003 年版，第 138 页。

〔2〕　伊格尔斯：《二十世纪的历史学：从科学的客观性到后现代的挑战》，何兆武译，辽宁教育出版社 2003 年版，第 127 页。

〔3〕　施杜里希：《世界哲学史》，山东画报出版社 2006 年版，第 470—477 页。

〔4〕　陈启能：《当代历史学思想的困惑》，中国社会科学出版社 1991 年版，第 80—90 页。

式是有机论,那么,叙述主义历史哲学考察历史的范式就是语言论。"[1]

"验证一个新的研究设想,常常意味着对某种传统学术观念的否定。"[2]海登·怀特提出历史诗学的设想,所要否定的是客观性、决定性和去文学性历史书写,倡导一种带有"文艺复兴"性质的诗性历史书写。此前,还没有人像海登·怀特那样超越历史著作与历史哲学的界限,深入探讨历史文本的诗性要素和基本形式。"人并不是用语言来传达自己的思想的,而是人所思想的东西乃是由语言所决定的。"[3]文本是一个具有语法结构的自足体系,因此文本并不指向客观现实,包含在自身之内。不仅文学文本具有这一特性,历史文本也是如此。"资料,或者至少是可以当做资料用的文献,其本身也是语言学的结构,亦即文本;除非是它们是纯粹的数据,否则的话也都要使用修辞的战略来表述一个论点。"[4]

如果说巴尔特论证了文本与外部世界没有必然联系,那么福柯则消灭了文本与作者的关系,进而否定了文本的意义与意图。海登·怀特《元史学》详细分析了经典历史文本的语言结构及历史意义生成的内在机制,《话语转义学》论述了历史文本与文学文本在叙述技巧、叙述形式上的一致性。海登·怀特历史诗学通过对历史文本的形式主义分析,进一步印证了詹姆森《政治无意识》中的观点:历史不只是一个文本,而且历史只有通过语言才能获得。他通过对历史文本的语言学研究,认为有四种意义生产方式:[5](1)标志的方式,语言被看作对支配语言从中产生的事物世界的因果关系的表现;(2)肖像或模仿的方式,语言被看作对事物世界的再现;(3)类比的方式,语言被看作事物世界的象征;(4)代码的方式,语言

---

〔1〕 普传芳:《历史的虚构性:谈海登·怀特的历史诗学》,载《社会科学论坛》2009 年第 6 期,第 96 页。

〔2〕 何兆武:《当代西方史学理论》,中国社会科学出版社 1996 年版,第 112 页。

〔3〕 伊格尔斯:《二十世纪的历史学:从科学的客观性到后现代的挑战》,何兆武译,辽宁教育出版社 2003 年版,第 139 页。

〔4〕 伊格尔斯:《二十世纪的历史学:从科学的客观性到后现代的挑战》,何兆武译,辽宁教育出版社 2003 年版,第 141 页。

〔5〕 海登·怀特:《形式的内容:叙事话语与历史再现》,董立河译,文津出版社 2005 年版,第 254 页。

被看作另一种事物,一种符号系统。上述历史意义的生产以语言与所再现的世界之间关系为前提,这种关系或是因果的,或是模仿的,或者是类比的,并以《亨利·亚当斯的教育》这一历史文本为例,分析了意义的生成过程。可见,语言学理论,尤其是结构主义语言学理论的运用,让海登·怀特收获颇丰。

在谈到语言学的影响时,海登·怀特深有感触地说:"在人文科学中,语言学领域是西方在 20 世纪开辟的一个主要的崭新的研究领域,它的重要性甚至超过了人种学领域(从某种意义上说,它最终也在语言学领域找到了自己偏爱的诠释学模式)。"[1]具体说来,语言学对历史学的影响体现在两个方面:引起人们对历史文本语言和事件表现技巧的关注,使历史研究聚焦于语言文字本身及其组合规律;语言学研究方法向历史研究的渗入(语言的能指与所指的背离关系、语言与言语的区别、语言的转化生成功能等等)。"语言学就是人们如何通过遣词造句来交流思想。"[2]历史研究语言学转向,意味着历史研究面临着一个新的研究客体。巴尔特认为,现代人文科学需要的那种跨学科研究,实质上是发明了一个不属于任何既定学科的新客体。[3]

海登·怀特将经过语言符号概念化的"历史文本"作为新客体。他说:"我们再不能把历史文本当作毫无问题的、中立的容器了。"[4]"所有的文本都是历史的见证,因此,他们都同样充满意识形态成分。"[5]他提出了文本的语言学理论和文本的符号学理论。"文本的语言理论",是指将特定词汇和语法范畴作为分析模式,效仿罗素、维特根斯坦、奥斯汀或

〔1〕　海登·怀特:《形式的内容:叙事话语与历史再现》,董立河译,文津出版社 2005 年版,第 253 页。

〔2〕　韩礼德:《韩礼德语言学文集》,李战子等译,湖南教育出版社 2005 年版,第 37 页。

〔3〕　海登·怀特:《后现代历史叙事学》,陈永国、张万娟译,中国社会科学出版社 2003 年版,第 321 页。

〔4〕　海登·怀特:《后现代历史叙事学》,陈永国、张万娟译,中国社会科学出版社 2003 年版,第 321 页。

〔5〕　海登·怀特:《形式的内容:叙事话语与历史再现》,董立河译,文津出版社 2005 年版,第 251 页。

乔姆斯基,试图确立一些规则,识别出适当的语言用法实例;"文本的符号学理论",是海登·怀特效仿索绪尔、雅柯布森和本维尼斯特的做法,将自身建立在作为符号系统的语言理论之上。海登·怀特关于文本的语言学理论与符号学理论的区分,对如何描述一个文本、话语和作品的意识形态问题具有暗示意义。

雅柯布森的语言理论对海登·怀特影响较大。雅柯布森曾指出:"语言的共时系统几乎不能与语言的变化分开,另一方面,历时不能简化为语言动态的一面,即变化的历史过程。"[1]海登·怀特的《元史学》一书正是在历时与共时关系的基础上展开的。具体说来,雅柯布森语言理论对海登·怀特历史诗学的启发主要有以下几个方面:

第一,雅柯布森的语言情感功能与海登·怀特的历史文本的意识形态蕴涵式模式。雅柯布森指出,语言有六种功能,从说话人角度看语言有表情功能(表现功能)。"以说话者为中心,旨在直接表达说话人对他所谈论对象的态度。"[2]因此,不能仅仅局限于语言的认知和概念方面,还应关注语言所传达的情感或表现信息。海登·怀特认为历史文本中的"意识形态蕴涵"指史学家对历史知识的本质思考中或研究往事时体现出对"现在"的某种立场。该术语涵盖了历史作品中不同想法、维持或改变社会现状之愿望的不同观念、社会改革应该选择的方向、影响这些改革方式的不同概念。虽然借用了卡尔·曼海姆的无政府主义、保守主义、激进主义和自由主义四种政治学立场来命名历史文本中的意识形态蕴涵式模式,但从内容上看,海登·怀特明显受雅柯布森语言情感功能的影响。

第二,雅柯布森的语言诗歌功能与海登·怀特历史文本的诗性本质。雅柯布森说:"研究语言需要详细考虑诗歌功能。把诗歌功能的领域局限在诗歌研究范围,或者把诗歌局限在诗歌功能的范围,任何这样的企图都是简单化的做法,是一种妄想……在研究诗歌功能的时候,语言学不能局

---

〔1〕 罗曼·雅柯布森:《雅柯布森语言学文集》,钱军译,湖南教育出版社 2000 年版,第 43 页。
〔2〕 罗曼·雅柯布森:《雅柯布森文集》,钱军译,湖南教育出版社 2000 年版,第 53 页。

限在诗歌领域。"〔1〕雅柯布森的上述主张为海登·怀特建构历史诗学提供了最佳的脚注。海登·怀特在多篇论文中都不同程度地提到或者论述了雅柯布森的语言思想。如在《作为文学仿制品的历史文本》一文中,海登·怀特希望提出一种研究史学话语的新途径,"此种研究将沿着罗马·雅柯布森在描述浪漫主义诗歌与 19 世纪现实主义散文的各种形式之间的差别时所确定的路线进行,这种差别存在于前者的隐喻性本质和后者的换喻性本质之中。"〔2〕正是对雅柯布森语言理论和弗莱关于诗与历史关系的思考,海登·怀特才断言:"如果说,所有诗歌中都有历史要素的话,那么,在所有历史叙述中也就都有诗歌要素。"〔3〕历史叙述依靠比喻性语言描述客体的叙事性再现,因为历史"总是作为构成过去的互相竞争的诗歌形式的一部分而被书写出来"〔4〕。在《音乐话语中的形式、指涉和意识形态》〔5〕一文中,海登·怀特运用雅柯布森的语言功能理论分析音乐文本;在《"形象描写逝去的时代":文学理论和历史书写》一文中,海登·怀特谈到了雅柯布森在《语言的两个方面与失语症的两个类型》中所提出的转喻的"邻近性"与隐喻的"相似性"特征,并强调说在实际语言组织中,只有依靠这两种比喻,语言才能正常运作。海登·怀特从历史文本中区分四种比喻,其中一种比喻可能是某一历史文本的主导比喻而成为历史话语的运行规则。显然,海登·怀特关于历史文本深层结构的比喻意识理论是受到雅柯布森影响的。

第三,雅柯布森的元语言与海登·怀特的元史学。雅柯布森指出,有必要区分语言的两个层次:指向事物的"对象语言"和指向语言代码本身的

---

〔1〕　罗曼·雅柯布森:《雅柯布森文集》,钱军译,湖南教育出版社 2000 年版,第 56 页。

〔2〕　海登·怀特:《后现代历史叙事学》,陈永国、张万娟译,中国社会科学出版社 2003 年版,第 187 页。

〔3〕　海登·怀特:《后现代历史叙事学》,陈永国、张万娟译,中国社会科学出版社 2003 年版,第 189 页。

〔4〕　海登·怀特:《后现代历史叙事学》,陈永国、张万娟译,中国社会科学出版社 2003 年版,第 190 页。

〔5〕　Hayden White. "Form, Reference, and Ideology in Musical Discourse", *Figural Realism: Studies in the Mimesis Effect*. The Johns Hopkins University Press, Baltimore and London, 1999, pp. 147-176.

元语言。元语言是语言活动的组成部分。"对母语创造性的吸收以及最终的掌握而言,不断诉诸元语言是必不可少的。"〔1〕海登·怀特发表于1989年的《历史解释中的形式主义与语境论策略》〔2〕一文有对雅柯布森元语言理论的介绍与专论。他认为,罗曼·雅柯布森描述诗歌语言与语言的元语言功能的相似与差异理论有助于解决这一问题。雅柯布森主张:"诗歌语言的功能在于把对等原则从选择轴(范式轴)投射到合并轴(语义轴)。"〔3〕海登·怀特对此阐发道:"对等原则可以作为有特色的诗歌语言序列的模式和周期性策略。相反,语言的元语言功能指的是和说明了语言被投射的'代码'。"〔4〕雅柯布森指出:"诗歌和元语言直接相互对立。在元语言中,序列被用于建立一个等式;然而,在诗歌中,等式被用于建立一个序列。"〔5〕这种语言的诗歌语言和元语言功能之关系的形式化是孟酬士"自主文学史的历时性文本"与"文化系统的共时性文本"之差异观念的理由。

## 第二节　历史、文学、叙事学领域对海登·怀特 思想的研究现状〔6〕

根据海登·怀特学术思想的发展轨迹,我们可以将其分为四个时

〔1〕　罗曼·雅柯布森:《雅柯布森文集》,钱军译,湖南教育出版社2000年版,第65页。

〔2〕　Hayden White. "Formalist and Contextualist Strategies in Historical Explanation", *Figural Realism*: *Studies in the Mimesis Effect*. The Johns Hopkins University Press, Baltimore and London, 1999, pp. 43-65.

〔3〕　Hayden White. "Formalist and Contextualist Strategies in Historical Explanation", *Figural Realism*: *Studies in the Mimesis Effect*. The Johns Hopkins University Press, Baltimore and London, 1999, p. 62.

〔4〕　Hayden White. "Formalist and Contextualist Strategies in Historical Explanation", *Figural Realism*: *Studies in the Mimesis Effect*. The Johns Hopkins University Press, Baltimore and London, 1999, p. 62.

〔5〕　Hayden White. "Formalist and Contextualist Strategies in Historical Explanation", *Figural Realism*: *Studies in the Mimesis Effect*. The Johns Hopkins University Press, Baltimore and London, 1999, p. 62.

〔6〕　本书关于国内外对海登·怀特的研究概述主要是2006年6月撰写博士学位论文时写的,至今已过去八个年头了。八年来,国内外涌现出了上百篇对海登·怀特思想的研究论文。由于时间关系,2006年以来国内外对海登·怀特研究状况,我将在另一本书——《故事诗学——海登·怀特历史叙事思想研究》(暂定)中详述。

期：[1](1)1955—1965 年,对思辨历史和纯历史哲学感兴趣的纯理论研究阶段。(2)1965 年至 20 世纪 70 年代末期,《历史的重负》一文的发表和《元史学》《话语转义学》两书的出版表明海登·怀特的研究焦点是话语的不同转义成分和历史叙事结构。(3)整个 20 世纪 80 年代,海登·怀特都在关注以人文学科再现研究为标志的叙事话语和历史再现之间关系的问题。这一时期的理论成果体现于 1987 年出版的《形式的内容》一书中。(4)20 世纪 90 年代至今,海登·怀特相继发表了《历史情节化与真实性问题》《比喻实在论》两书。它们体现了海登·怀特对伦理和比喻问题的关注,同时也是对以前所思考的问题的综合。

　　这是我们从海登·怀特已经发表了的学术著作中所反映出的对历史叙事、话语转义、比喻再现以及历史叙事的意识形态和伦理道德问题等研究成果的阶段性分类。可以将海登·怀特上述思想总括为"历史诗学"。而海登·怀特本人也在《元史学》一书中将"历史诗学"作为该书的导论加以明确。可以说,海登·怀特的整个学术生涯都在建构历史诗学的理论大厦。因为历史诗学这一理论体系涉及多种学科领域,这自然会引起人文领域不同学科对海登·怀特历史诗学的研究与关注,因此也产生了不少研究成果。这些或肯定,或否定的研究成果不仅使得海登·怀特本人不断完善历史诗学的理论体系,同时,也为我们继续研究奠定了基础。为此,本书在展开对海登·怀特历史诗学研究之前,先分别从历史、文学和叙事学三个领域梳理学术界对海登·怀特历史诗学的研究状况,为自己进行深入研究提供一个更广阔的背景。

## 一、海登·怀特历史思想的研究纵览

　　海登·怀特的博士学位论文是研究欧洲中世纪历史的,因此,对欧洲中古历史的思考是构建其历史诗学的起点。首先引起学术界关注的是他

---

　　[1]　对海登·怀特学术思想的四个发展阶段的划分,有利于我们从总体上把握其学术思想,这一划分参考了埃娃·多曼斯科教授对海登·怀特的相关介绍。详见汉斯·柏坦斯编著:《后现代主义:关键人物》(英文版),美国布莱克维尔出版社 2002 年版,第 321—326 页。

的历史思想。到目前为止,对海登·怀特历史思想的研究大体上形成了三种观点,认为海登·怀特的历史思想分别是反历史的(antihistorical)、非历史的(ahistorical)和思辨历史的(intellectually historical)。前两种观点是截然相反的:"反历史"的主张对海登·怀特持一种否定态度;"非历史"则是对海登·怀特思考历史的非历史方式的肯定性概括。"反历史"是法国年鉴学派的斯多伊诺维奇(Traian Stoianovich)教授批评福柯时的用语,克罗齐、海登·怀特等人也曾经用过这一术语。[1]所谓"反历史"就是反对、拒绝历史知识、怀疑历史学科的必要性。将海登·怀特视为思辨性历史学家的学者则将其作为后现代历史哲学的代表。"思辨历史"这一术语是海登·怀特提出来的,他认为所谓思辨历史就是"作为思想的历史或作为意识的历史",在一篇名为《思辨历史的任务》的文章中,海登·怀特说:"(思辨历史)就是作为思想的或者意识的历史(人类的感觉、思考、意愿、实体以及意识产物的文化)。"[2]思辨历史反映了人文学科或整个社会领域的较为广泛的思想危机。我们可以通过人们对海登·怀特历史思想的不同看法来分析其历史诗学的丰富内涵。

1. 被视为"反历史"的海登·怀特

在西方,"反历史"思想最明显的就是尼采。他认为"历史"因让人专注于对过去的记忆,而忽视了现在的生活。因此,"历史"会成为压抑人性的工具和枷锁。与尼采只是站在外部指责历史学不同的是,后现代的"反历史"则进入历史的腹地。海登·怀特承认他的《元史学》的目的就是"解构神话,解构所谓历史学科的神话"[3]。

由此可见,海登·怀特的"反"历史目的还是较为明确的。有人形象地对"反历史"进行过描述:"所谓的'反历史'是后现代主义发展中用历史的影来混淆历史的形,扮上历史的貌来泯灭历史的性。以物理学中的'反

〔1〕 Traian Stoianovich. *French Historical Method*: *The Annals Paradigm*. Cornell University Press,1976,p. 209.

〔2〕 Hayden White. "The Task of Intellectual History",*Monist*,Vol. 53,1969,pp. 607-625.

〔3〕 Ewa Domanska. "Human Face of Scientific Mind: An Interview with Hayden White",*Storia Della Storiografia*,Vol. 24,1993,p. 6.

物质'作个比譬,它有一些'物质'的本性,但当与物质相遇时,由于性质相克,故同时毁灭。反历史和历史之间亦有此效应,它使历史学痿顿瘫痪,无所适从。"[1]简单地说,"反历史"就是从根本上否定人类"历史"存在的合理性。而"非历史"则承认"历史"存在的合法性。不过,"非历史"主张从另外的角度来重新审视历史学。比如,从历史研究的方法论上或从历史文本的文学性上来看,过去那种重视事实材料、追求纯"客观"的历史学应当被"修正"。

将海登·怀特历史思想视为"反历史"的人不在少数。有人将海登·怀特称为"无中生有"、"指鹿为马"、"断章取义"的理论魔术师,认为他关于"十九世纪欧洲的历史想像"是一种"魔术表演",而海登·怀特"对历史想像的深层结构的分析"则是这场魔术表演的核心。因此,海登·怀特的《元史学》被译为"玄史学"。同时,该书被认为充满了"咒语式的逻辑推理陷阱"[2]。在此,海登·怀特的后现代历史思想被全盘否定,而且对其批判可谓尖酸刻薄,不留情面。还有人从探讨后现代历史思想主张的渊源与意义出发,把海登·怀特与福柯一起视作"反历史"的"两支"。但福柯开创的"反历史"理论,如今只能在"边缘上维持动量"。因为,晚年福柯浓厚的反历史意识有与历史融合的趋势。[3]海登·怀特说:"像阿尔托是反戏剧的剧作家,罗泊·格里耶是反小说的小说家,福柯是反历史的史学家。"[4]

而海登·怀特的后现代历史思想在英语世界却枝繁叶茂,向各个领域扩展开来。有人把海登·怀特对历史学的解构效果与尼采相比:"尼采觉得历史太冷,海登·怀特觉得历史学还不够冷。总之,本书(《元史学》)是用二十世纪的体系方法传递后现代的讯息,对历史的破坏力怕也是尼

---

〔1〕　程一凡:《二十一世纪》,2005-02-28, http://www.cuhk.edu.hk/ics/21c.

〔2〕　邵立新:《理论还是魔术:评海登·怀特〈玄史学〉》,载《史学理论研究》1999年第4期,第110—123页。

〔3〕　程一凡:《二十一世纪》,2005-02-28, http://www.cuhk.edu.hk/ics/21c.

〔4〕　海登·怀特:《后现代历史叙事学》,陈永国、张万娟译,中国社会科学出版社2003年版,第220页。

采本人所想像不到的。"[1]伊格尔斯则认为,海登·怀特倡导了一种"非理性的、无标准的,不成熟的和独白式的学术、科学和文学观念"[2]。

高登·莱夫(Gordon Leff)将批判目标对准了海登·怀特的怀疑主义:"历史的读者将会发现在面对海登·怀特历史处理方式时,在十九世纪历史学家那里是潜在的怀疑主义,在海登·怀特那里则变成了明显的怀疑主义。"[3]莱夫认为,海登·怀特潜在的怀疑主义会使读者反感他那种处理 19 世纪历史的方式。沃尔夫(Wulf Kansteiner)指出,海登·怀特"反历史"是一种认识论上的相对主义:"海登·怀特认识论的相对主义瓦解了历史学与历史哲学之间的边界。"[4]正是这种方法论上的相对主义使得大多数历史学家拒绝接收海登·怀特的历史思想。两位较早关注《元史学》的学者——克莱夫和彼得·伯克(Peter Burke),则为海登·怀特增添了另一项"罪名"——"晦涩"(obscurity)。[5]

2. 被视为"非历史怪物"的海登·怀特

米歇尔·罗斯(Michael S. Roth)认为,海登·怀特历史思想是"非历史"的。先从《元史学》的"非历史性"谈起,他认为:"海登·怀特书中有一个基本上让其他历史学家很难同意的反历史核心,这也使得他的书具有真正的理论意义。海登·怀特通过当代文学理论,尤其是修辞和文类理论透视十九世纪的历史作品。"[6]海登·怀特通过当代文学理论来透视 19 世纪的历史学家的作品,使其历史思想带有明显的非历史性。《元史学》之后的著述基本上都在此基础上继续考察历史书写的修辞结构。海

---

〔1〕 程一凡:《二十一世纪》,2005-02-28,http://www.cuhk.edu.hk/ics/21c.

〔2〕 Hayden White. "An Old Question Raised Again:Is Historiography Art or Science?" *Rethinking History*,Vol. 4,No. 3,2000,p. 391.

〔3〕 Gordon Leff. "Review of Metahistory—The Historical Imagination in Nineteenth-Century Europe",*Pacific Historical Review*,Vol. 43,1974,p. 600.

〔4〕 Wulf Kansteiner. "Hayden White's Critique of the Writing of History",*History and Theory*,Vol. 32,1993,pp. 273-295.

〔5〕 Richard T. Vann. "The Reception of Hayden White",*History and Theory*,Vol. 37,No. 2,May 1998,p. 150.

〔6〕 Michael S. Roth. "Cultural Criticism and Political Theory:Hayden White's Rhetorics of History",*Political Theory*,Vol. 16,April 1988,pp. 636-646.

登·怀特后期历史思考越来越超出了修辞学范围(beyond rhetorics),而指向文学理论、政治理论和历史理论。罗斯认为海登·怀特"非历史"的后现代历史思想是在文学、政治、历史之间进行对话(conversation):"这种对话将是一种最好的促进文学、政治、历史理论的交流,同时这种跨学科的交流可以帮助我们反思与过去的关系。"[1]罗斯对海登·怀特的"非历史"思考给予积极的评价。

理查德·汪认为海登·怀特"非历史"思想体现在其蒙太奇式的学术随笔论文上,并且,他认为:"可能,海登·怀特是当代以'蒙太奇式'学术论文写作的发明者……"[2]"蒙太奇"(Montaigne)一词表明海登·怀特历史思考基点的多样性和学术研究的跨学科特点。这是从文体形式上揭示海登·怀特历史思想的"非历史"性。

彼特·德·勃拉(Peter De Bolla)通过分析海登·怀特关于历史话语的"非逻辑性"与"反逻辑性"指出,海登·怀特的历史思想是一种修辞决定论(rhetorically determined)。由于对话语逻辑层面的关注,这种修辞决定论的"非历史"倾向于提供一种导致历史学非学科化的新叙事形式,向我们讲述一个关于我们生活在其中的世界的不同故事:"这意味着一个使历史学科非学科化的新叙事形式可以让我们讲述关于我们所生活的世界的各种不同故事。"[3]考虑到海登·怀特关于文本"前预构性建构"的特异性,勃拉将海登·怀特的"非历史"思想作为自己历史修辞学的理论资源。

路易斯·明克(Louis Mink)则将海登·怀特的修辞论史学称为"新修辞相对主义"(New Rhetorical Relativism)[4],因为明克对海登·怀特关于"比喻"、"事实与事件"的修辞化见解感到困惑。尤金·高勒卜

---

〔1〕　Michael S. Roth. "Cultural Criticism and Political Theory: Hayden White's Rhetorics of History", *Political Theory*, Vol. 16, April 1988, p. 644.

〔2〕　Richard T. Vann. "The Reception of Hayden White", *History and Theory*, Vol. 37, No. 2, May 1998, p. 144.

〔3〕　Peter De Bolla. "Disfiguring History", *Diacritics*, Vol. 16, No. 4, Winter 1986, p. 50.

〔4〕　Richard T. Vann. "The Reception of Hayden White", *History and Theory*, Vol. 37, No. 2, May 1998, p. 150.

(Eugene O. Golob)指出,虽然海登·怀特是站在反实证主义的立场上提出一系列的历史观点,但是他的那个著名的同一"历史场"可有不同历史叙述的观点实际上是一种关于历史事件的准实证主义见解。"海登·怀特最为臭名昭著的关于不同历史学家可以强调同一'历史场',或'同一序列事件'的不同方面的论点表明了被历史学家观察到的已经发生的事件的准实证主义。"[1]尤金·高勒卜揭示了海登·怀特"非历史"思考的准实证主义实质。

3. 作为思辨历史学家的海登·怀特

对于海登·怀特"思辨的历史学",美国斯坦福大学教授埃娃·多曼斯科和我国复旦大学史学理论家陈新的评价较有代表性。埃娃曾经与海登·怀特有过直接的接触与交流,对他的生平、学术发展轨迹、《元史学》写作的相关问题、历史的诗性观以及海登·怀特对尼采、黑格尔、福柯、柯林伍德、利科、罗蒂等思想家的看法进行过采访。埃娃认为思辨历史学使得海登·怀特成为将历史知识作为意识问题的众多思想家之一。埃娃将海登·怀特视为黑格尔、马克思一样的历史哲学家,而且,埃娃也欣赏海登·怀特像克罗齐、柯林伍德那样将审美、道德维度引入历史思考中来。[2]

复旦大学教授陈新不仅翻译了海登·怀特的《元史学》一书,还发表了数篇有关海登·怀特历史思想的专论。他认为《元史学》一书"不仅成为当代西方历史哲学研究中语言学转向的标志,也代表了20世纪下半叶历史哲学的主要成就之一"[3]。在详细分析了海登·怀特的历史"著述理论和语言规则"这两大理论支柱之后,陈新指出,海登·怀特《元史学》中的"思辨"之处体现在"形式主义的方法与结构主义理论框架"之中存在

---

〔1〕 Eugene O. Golob. "The Irony of Nihilism", *History and Theory*, Beiheft 19, 1980, pp. 55-68.

〔2〕 Ewa Domanska. "Hayden White: Beyond Irony", *History and Theory*, Vol. 37, No. 2, 1998, p. 176.

〔3〕 陈新:《诗性预构与理性阐释:海登·怀特和他的〈元史学〉》,载《河北学刊》2005 年第3 期,第 188—192 页。

着一种"理论表述与叙述实践"形成的"张力"。他还指出思辨历史学的目的是为了使历史走出当下困境(20世纪60年代),并重塑历史学的尊严,"人们需要走出精英文化的阴影,重新认识历史学的社会功能,探寻历史学的真正本质,而它恰恰被现代史学的权威遮蔽了。于是,反叛现代史学便成了海登·怀特寻求话语自由的必由之路,如此才可能将历史学带出当下的困境。"[1]陈新着重论述的是海登·怀特思辨历史学创建的时代背景。其实,那个时代的人文思想家都在反思自己研究学科的必要性问题。比如,福柯、波普尔、德里达等人对人文学科自身存在的依据和意义进行自审,并深刻反思西方文化传统。海登·怀特就是众多反思者之一。陈新指出,海登·怀特思辨历史学不但避免了逻辑思维与诗性思维、想象与思想、虚构与真实、隐喻与反讽等范畴的二元对立,还将它们作为某个连续统一的两端,以阐述两者间连续性的方式考察事物存在的性质。[2]

汉斯·凯尔纳(Hans Kellner)认为,海登·怀特的思辨历史学源于有着悠久历史并强调比喻的伦理学维度的语言人本主义传统(linguistic humanism)。同时,思辨的历史学还有一种未言明的关于人之荒谬的存在主义意识,它顺应了对抗心理学的、社会政治学的决定论的需要。[3]英国历史学家伊斯佐普(Antony Easthope)将历史学领域的语言学转向归功于海登·怀特权威性的历史诗学的"介入"。他指出:"承认(历史领域的)'语言转向'的讨论,很大程度上应归功于海登·怀特权威性的介入。"[4]后现代历史新秀安克斯密斯则认为:"海登·怀特是后现代历史编撰的最重要的倡导者和自我反思的实践者。"[5]

---

〔1〕　陈新:《历史·比喻·想像:海登·怀特:历史哲学述评》,载《史学理论研究》2005年第2期,第69页。

〔2〕　陈新:《历史·比喻·想像:海登·怀特:历史哲学述评》,载《史学理论研究》2005年第2期,第76页。

〔3〕　Hans Kellner. "A Bedrock of Order: Hayden White's Linguistic Humanism", *History and Theory*, Vol. 19, No. 12, 1980, p. 28.

〔4〕　Antony Easthope. "Romancing the Stone: History-Writing and Rhetoric", *Social History*, Vol. 18, 1993, pp. 235-249.

〔5〕　F. R. Ankersmith. "Historiography and Postmodernism", *History and Theory*, Vol. 28, 1989, pp. 137-153.

### 二、国内对海登·怀特文学理论的研究状况

相比而言,国内对海登·怀特的后现代历史理论了解较多,而对其文学理论的研究则相对滞后。因为海登·怀特首先是作为一位历史学家形象在学术界崭露头角的。在其历史思考中,海登·怀特将历史文学化既是对传统的文学观念(新批评、马克思主义的历史主义),也是对正宗历史学家(实证式历史)的双重冒犯。由于受到来自两方面的批判,海登·怀特的历史诗学在开始出现的时并不被美国学界看好。但是,伴随着20世纪70年代末期以来的后现代思潮,海登·怀特关于历史与文学关系的思想渐渐引起人们的重视。这种状况也影响到了我国学术界对海登·怀特的评介。直到90年代初,海登·怀特才以新历史主义文论成员的身份进入国内学者的关注视野。尽管海登·怀特本人不承认自己是新历史主义者,但是由于他曾为新历史主义进行过辩护,而且其思想中也的确与旧历史主义、结构主义和形式主义有不同之处,所以,国内几乎所有研究者都把他作为新历史主义文学理论的重要人物之一。海登·怀特走入中国文论界,要归功于张京媛的《新历史主义与文学批评》一书。

1.《新历史主义与文学批评》:让文学的海登·怀特进入国内学术界的研究视野

最早介绍海登·怀特新历史主义文学思想的是张京媛《新历史主义与文学批评》(1993年)一书。该书是一本论文集,它收录了作者翻译的诸如葛林伯雷(Stephen Greenblatt)、海登·怀特等几位美国主要的新历史主义代表人物的论文。它为人们了解新历史主义的文学主张,进一步深入研究这一文学流派提供了第一手资料。该书收入了海登·怀特的《评新历史主义》、《解码福柯:地下笔记》、《作为文学虚构的历史文本》、《历史主义、历史与修辞想像》四篇论文。正是通过这些文章,国内学者才初步了解了海登·怀特新历史主义文学主张。

在《评新历史主义》一文中,介绍了雅柯布森语言的"诗学"与"元语言"功能理论,揭示了新历史主义与马克思主义的旧历史主义、文化唯物

论为代表的左派批评家及其包括女权主义、人类学在内的其他反对派批评家的冲突，并认为这种冲突是文学研究中的文化学与社会学之间的冲突。海登·怀特指出，新历史主义的"文本化"并不意味着非历史化，因为文学研究的历史维度可以在多个层面上运用多种方法进行。同时，历史研究、文学研究的表述既可以是社会学的阶级、民族和性别等符码，也可以是文化、话语或"诗学"的符码。

海登·怀特指出，新历史主义的实质并非像路易斯·孟酬士（Louis Monstrose）所说的那样是"文化系统共时性本文代替了自主的文学历史的历时性本文"，而是同一历史序列中对文学历史的横向组合性方面的抽象概念化和对文化、社会历史的横向组合性的抽象概念化。新历史主义本质上是对"本文历史序列"诗学方面的强调，这对应了雅柯布森的语言模式中的诗学功能；孟酬士关于"自主的文学历史的历时性文本"则对应了雅柯布森语言模式中的"元语言"方面。因此，海登·怀特认为，"新历史主义实际上提出了一种文化诗学的观点，进而提出了一种历史诗学的观点"[1]。借用维柯的观点，海登·怀特强调了历史的诗性特征："比较合理的解释应当如维柯在他的《新科学》中指出的，历史逻辑的'诗学'性质绝不亚于它的'语法'性质。"[2]最后，海登·怀特认为，新历史主义的历史转向是为了获得文学研究中的历史方法所能提供的知识。可以看出，海登·怀特为新历史主义所做的辩护实际上是对自己历史诗性观的有力支持。《解码福柯：地下笔记》、《作为文学虚构的历史文本》、《历史主义、历史与修辞想像》都是海登·怀特《话语转义学》中的论文，三篇文章从不同方面对历史的诗性特征进行深化、补充和扩展。

在《解码福柯：地下笔记》一文中，海登·怀特指出福柯的人文科学受制于比喻话语模式。通过对福柯思想的转义式解读，海登·怀特找到了有关话语转义学的理论资源和实际案例。海登·怀特将福柯的著作比作有情节的荒诞派戏剧（福柯则把人文科学的大时代比作荒诞派戏剧），该

---

〔1〕 张京媛：《新历史主义与文学批评》，北京大学出版社1993年版，第106页。
〔2〕 张京媛：《新历史主义与文学批评》，北京大学出版社1993年版，第106页。

剧隐含的主人公就是"语言"。通过分析福柯《词与物》一书中的否定性文本之间的互文性和语境论、摧毁人文学科的进步神话、强调了历史意识的"断裂"、"中断"、"分解"等"反历史"思想,海登·怀特认为福柯想强调人文学科用"词的秩序"再现"事物的秩序"的观点。但是,语言与人一样都是物,是"不透明"的。因此,"词语"无法再现事物。福柯的主张是应该有一个方法将"意义"从一个话语世界"转译"到另一个话语世界。这里的"转译"正是海登·怀特所说的话语"转义"。与海登·怀特不同的是,福柯对此疑虑重重。

海登·怀特指出,福柯在《知识考古学》中拒绝对事件的四种解释方式(类比、分类、因果、概念)是为了寻找历史意识。福柯主张,应该对经过历时再现的形式化的意识进行共时研究。海登·怀特认为,人文学科的四个时期正好经历了话语的四种模式:求同(相似性)、求异(本质差异性)、"临近—连续"向"接续—类比"转变、有限性与无限性的统一(洞悉了语言的不透明性和物性)。在《癫疯与文明》一书中,为了探讨精神病人与冒称精神健全的人之间的变化着的关系结构,福柯将人类癫疯史划分为四个时期(16世纪,癫疯者是朴素的典范;17世纪,疯人由"主体"变为"客体";18世纪,精神病、犯人、穷人受到同样对待;19、20世纪,癫疯与犯人、穷人隔离)。通过对福柯著作中如此众多的四个模式的分析,海登·怀特认为这其中存在着一个说明"认识领域"何以被另一个"认识领域"所代替的"转换系统",即言明相似性的隐喻(同一性)、一种诗学策略的转喻(差异性)、把整体归为一个系统内各个要素的混合的提喻(部分与整体)和反讽投射。这是海登·怀特在从福柯的著作里为自己的话语转义学寻求理论资源和依据。

在《作为文学虚构的历史文本》中,海登·怀特从各方面论证了"历史起源于文学想像"这一观点。他认为,历史叙事是发明出来的,因此与文学形式相同。历史经典著作在本质上是文学性的。正如施特劳斯所言,历史的连续性是通过历史学家强加于记录的欺骗性获得;而弗莱更具体地指出,历史在形态上是神话,结构上是诗歌,因为历史与神话一样由"分类前的情结结构"组成,这也就是历史学界的泰斗柯林伍德所谓的"构成性想像"。随后,海登·怀特又强调了在《元史学》一书中曾经提到的历史情节化的四种形式及其在背后起决定作用的比喻性话语四重形式。海登·怀特认为,历史的想象与虚构可以避免历史学家受到意识形态的支配。如此,历史学才会成为一门学科。

《历史主义、历史与比喻想像》一文指出,历史与历史主义或者历史学与历史哲学之间的区分毫无意义,因为历史话语规则在性质上是诗性的,历史材料是被历史学家建构出来的。通过对施特劳斯的信息和理解二元论加以引申,海登·怀特认为历史话语是一个具有两个指向的符号系统:一组事件(字面意义)和类的故事形式(比喻意义),这对应了弗洛伊德《梦的解析》中"醒时意识"与"梦时意识"两种心理活动。话语本身是事实与阐释的综合,它们是话语的表层指涉,构成字面意义;对事件进行编码的比喻语言则具有深层结构的意义。任何历史话语都包含了隐喻、转喻、提喻、反讽四种比喻,这又与弗洛伊德关于梦的分析的四个过程——凝缩、移置、再现、辅助阐释相对应。

实际上,这正体现了语言与意识的关系。比喻性语言是历史与想象之间的中介。通过对历史话语中比喻意义的挖掘,海登·怀特解决了历史哲学与历史编撰学之间的共性和差异;告诉我们无论是历史主义的再现还是历史再现,都要运用语言转义来处理一个历史过程的部分与整体的关系。海登·怀特认为,历史话语中的比喻分析就是探求特定历史领域的结构和一个历史过程中的各阶段的转义模式。这样,海登·怀特就为历史相对论提供了合理的解释。

国内学术界基本上是通过《新历史主义与文学批评》一书所翻译的这四篇论文来了解海登·怀特的新历史主义文学理论主张的。从《评新历史主义》一文中主要了解到海登·怀特"历史同文学一样也是虚构"的观点;从《解码福柯:地下笔记》一文中得知海登·怀特已将比喻理论扩展到研究人类意识的话语转义理论;从《作为文学虚构的历史文本》中发现海登·怀特所持的历史作品文本性的主张;从《历史主义、历史与比喻想像》

中看到了海登·怀特对历史与想象之关系结构的分析。

2.《二十世纪美国文论》：对海登·怀特文学理论的评介

盛宁的《二十世纪美国文论》将海登·怀特置于新历史主义文学批评和文化批评的大背景内，通过对新、旧历史主义的比较研究，从一个更纵深视角研究海登·怀特的元史学理论。该书主要评价了海登·怀特"元史学"构架中的历史文本之表层叙述结构和深层意识结构的理论。所谓历史文本的"叙述结构"就是"用语言把一系列的历史事实贯穿起来，以形成与所叙述的历史事实相对应的一个文字符号结构，叙述结构的作用则是让这些历史事实看起来象自然有序地发生在过去"[1]。文本的"深层意识结构"则指《元史学》一书中谈到的历史文本是"诗性的，而且具有语言的特性"。盛宁接着指出，历史文本的"诗性"意味着历史从根本上不能脱离"想像"这个动因；"语言的特性"则意味着历史在本质上是一种虚构性的语言阐释。

盛宁认为，海登·怀特对19世纪西欧八位史学大师历史著作的具体分析，展现了这些历史话语中人们未发现的认识层面。"元历史"是海登·怀特对"什么是历史"、"什么是历史知识"以及"什么是历史意识"等问题的自信回答。因为进入20世纪以来，从瓦莱里、海德格尔，到萨特、列维·施特劳斯和福柯等人越来越强调历史的虚构性，这使得人们对历史知识产生动摇和怀疑。这反而启发了海登·怀特，使其在历史话语和文学话语相互转换中探讨历史问题，并将麦考利、柯林伍德等前人对文史哲等领域存在的问题进行通盘考虑的结果系统化、理论化。盛宁明确了海登·怀特《元史学》的论点："历史撰修的可能形式无非就是历史在哲学思辨意义的存在形式。"[2]历史学家在编撰历史时是要作出选择的，但这种选择在审美和伦理上的考虑要多于在认识上的考虑。

通过将《话语转义学》与《元史学》相比较后，盛宁指出，前者是对后者

---

[1] 盛宁：《二十世纪美国文论》，北京大学出版社1994年版，第257页。
[2] 盛宁：《二十世纪美国文论》，北京大学出版社1994年版，第258页。

论点的扩展和引申。因为后者的关注视野由历史话语扩大到整个人类意识的存在形态。海登·怀特《元史学》一书中反复强调历史文本之所以具有文学性，就在于历史话语采用的是比喻和象征性的语言，而在《话语转义学》中则认为"比喻"存在于整个人文学科的话语中，因为"转义"不仅仅是历史意识的深层结构，也是人类意识的深层结构。

盛宁指出两书的相互联系之处还在于，《元史学》仅仅强调了历史的诗性，而《话语转义学》则将历史与文学等量齐观。海登·怀特指出，"历史作为一种虚构形式，与小说作为历史真实的再现，可以说是半斤八两，大同小异。"〔1〕因为，"重要的不是事实与虚幻之间的对立，而是真实与错误的对立。"〔2〕这样，历史与文学之"墙"被海登·怀特彻底拆除。结果，"历史就不再是赋予世界的一个连贯的故事形式，而是一个又一个不断更新着的认识层面。它将不断激发我们对于世界作新的思考。"〔3〕

3."元历史构架"：对海登·怀特文学思想的理论概括

《当代西方文艺理论》（朱立元主编）一书，从"历史话语与文学话语"和"为新历史主义辩护"两个方面介绍了海登·怀特的"元历史构架理论"（王岳川将"metahistory"翻译为"元历史"，而不是当今学界认同的"元史学"）。这一术语主要是对海登·怀特《元史学》和《话语转义学》两书的理论概括。王岳川认为，海登·怀特"元史学构架"的核心思想是"历史意识、阐释框架、语言诗意的想像和合理的虚构"〔4〕。

王岳川在《后殖民主义与新历史主义文论》中重点介绍了海登·怀特的"元历史话语"，其论述内容与《当代西方文艺理论》一书"元史学构架"大体相同；"话语语义学"一节论述了新历史主义文学理论的特点、主张、策略，虽然此节属于海登·怀特"元史学理论"的一个章节，其内容基本上

---

〔1〕 Hayden White. "Fictions of Factual Representation", *Tropics of Discourse*. The Johns Hopkins University Press, Baltimore snd Landon, 1978, p. 122.

〔2〕 Hayden White. "Fictions of Factual Representation", *Tropics of Discourse*. The Johns Hopkins University Press, Baltimore snd Landon, 1978, p. 123.

〔3〕 盛宁：《二十世纪美国文论》，北京大学出版社 1994 年版，第 260 页。

〔4〕 朱立元：《当代西方文艺理论》，华东师范大学出版社 1997 年版，第 409 页。

与海登·怀特的思想无关。"话语语义学"一节所介绍的内容实际上是新历史主义的"语境论",主要论述了新历史主义缺乏透明性、一致性、文化学批评以及当代诗学品格等特征。[1]

显然,同《二十世纪西方文论》一样,王岳川也是将海登·怀特的"元历史构架"置于新历史主义的广阔背景下,强调了海登·怀特文学思想的历史渊源和理论资源。不过,王岳川将海登·怀特的历史诗学思想概括为"元历史构架",在国内还是第一家。尽管这两本书还不能全面地阐述海登·怀特历史诗学的思想内涵,但这一理论概括已经有别于其他新历史主义代表人物的文化理论。比如,"元历史构架"的理论概括与格林布拉特的"文化诗学"理论表述就不同。另外,通过"元历史构架"的概念表述,我们可以快速扫描其理论内涵。更让人感兴趣的是王岳川将海登·怀特历史诗学概括为"元历史构架"的主张,出现在作为国内高校文科文学理论教材的《当代西方文艺理论》一书中。高校的文科学生,包括研究生,基本上是通过该书来了解海登·怀特的文学、历史思想的。因此,这一理论表述是人们了解海登·怀特的文学理论的一个主要途径,这一术语在国内的影响较为广泛。

4.《新历史主义与历史诗学》:历史诗学的形态学考察

张进对海登·怀特新历史主义思想研究主要基于张京媛《新历史主义与文学批评》一书中所收录的海登·怀特四篇论文。他认为海登·怀特主要从五个方面超越了传统文史界限:话语转义模式是一切历史的深层结构;历史情节化突出了历史文本的审美环节;形式论证式解释是历史叙事的认识性环节;意识形态蕴涵体现了历史学家的立场;上述四种模式之间的相互关系。海登·怀特在《元史学》导言"历史诗学"中曾说过:"我认为,历史作品的伦理环节反映在意识形态蕴涵的模式中。这种模式能将一种审美感知(情节化)与一种认知行为(论证)结合起来,以至于从可

---

〔1〕 王岳川:《后殖民主义与新历史主义文论》,山东教育出版社 2002 年版,第 207—210 页。

能看似描述性或分析性的陈述中,衍生出说明性陈述。"〔1〕在《元史学》的序言中海登·怀特还说过:"在描绘一种历史记述展现的不同层面,以及构造一种历史编撰风格类型学时,我用的术语可能眼花缭乱,但我首先确定了历史作品的显性——认识论的、美学的、道德的——维度……"〔2〕可以看出,上述张进所论述的海登·怀特超越传统文史界限的五个方面正是对海登·怀特以上思想的具体化与深化。

张进从形态学和话语范式两方面对"历史诗学"进行了历时性和共时性的详细考察,这是对历史诗学进行一种宏观视角下的整体把握。张进首先明确了历史诗学的"根本问题"和"基本问题"。所谓"根本问题"是指:"文学(活动)与历史(性)之间的相互关涉和相互表述的问题,它关乎文学的本质特征、功能价值及文学史观念问题。""基本问题"则指:"历史性与作家、作品、读者、世界、文化宇宙之间的关系。"〔3〕

前者强调了历史诗学的文学性,后者侧重于历史诗学的历史性。两个问题的提出意在使历史诗学在"诗学的"和"史学的"两轴上同时得到发展。在随后进行的形态学考察中,受沃尔什的"历史指涉的多重性"理论启发,张进认为从近代到现代有三种历史诗学:思辨的历史诗学、批判的历史诗学、叙事的历史诗学。这对应了"历史"的三个层面:历史过程、历史认识、历史叙述。同时又以卡林内斯库的《现代性五幅面孔》、新马克思主义者詹姆逊的《语言的牢笼》以及批评家勒翰的《论新历史主义的理论局限》等思想为划分依据,张进又规定了历史诗学的各个阶段的话语范式,并且以一个关系图式来将这种思考直观化:

---

〔1〕　海登·怀特:《元史学:十九世纪欧洲的历史想像》,陈新译,译林出版社 2004 年版,第 34 页。

〔2〕　海登·怀特:《元史学:十九世纪欧洲的历史想像》,陈新译,译林出版社 2004 年版,第 1 页。

〔3〕　张进:《新历史主义与历史诗学》,中国社会科学出版社 2004 年版,第 22 页。

| 历史诗学形态 | 历史的层面 | 历史观参照 | 历史主义形态 | 现代性形态 |
| --- | --- | --- | --- | --- |
| 思辨历史诗学 | 历史的过程 | 机械论 | 启蒙式历史主义 | 启蒙现代性 |
| 批判历史诗学 | 历史的认识 | 有机论 | 浪漫式的历史主义 | 批判现代性 |
| 叙事历史诗学 | 历史的叙述 | 语言论 | "新"历史主义 | 后现代性 |

张进关于历史诗学的各个阶段的话语范式的图表,主要有以下几个特点:

第一,横向地看,我们可以发现三种历史诗学在各自时代背景中的历史观、话语模式、历史形态、"现代性"的具体内容、价值特征。这样我们对每种历史诗学有了更加清晰、完整的认识。有关历史诗学形态共时性描述拓展了研究视野的广度和范围,使得人们能够详细了解每种历史诗学内部诸素之间的关系。

第二,纵向地看,我们可以宏观地把握各种历史诗学之间的复杂关系。正如作者所说的这三种历史诗学之间是一种"洞见"与"盲视"关系,即后一种历史诗学是对前一种历史诗学的"线性反动"。而从内部来看,每种历史诗学又有不同发展阶段和价值趋向。比如,批判的历史诗学有"深化历史主义"和"反叛历史主义"两种表现形式。叙事的历史诗学又与传统修辞学、结构主义、解构主义有着千丝万缕的联系。分类的"细化"意味着研究的深化和精致,张进对历史诗学的类型学研究为我们对海登·怀特历史诗学体系进行深入研究作了铺垫。

第三,此图式以及随后相关论述中,张进强调了每种历史诗学的历史层面、历史观参照、历史主义形态等"历史"的单向维度。实际上,这只是勾勒出每种历史诗学大致的理论轮廓,而其"诗学的"论点则略显单薄。因此,与其说这是一种历史诗学的形态学考察,毋宁说是一种对历史哲学的类型化研究,或者说是一种关于诗学的历史语境论。这可能会导致历史诗学研究的历史化和理论化倾向。

第四,由于是从理论层面上对历史诗学进行介绍、梳理、归类,这导致历史诗学的形态学研究缺少一种基于经验层面上的具体文学文本的批评实践的支持。所以,尽管这种历史诗学的形态学考察具有"合法性",却没有具体文学批评实践经验的翔实论据作为支撑。这意味着历史诗学也只是一种有待进一步从实践经验上需要不断完善与证实的"理论假说"。

但是,作者将历史诗学放置在"语言转向"之后的"历史转向"的大背景中,目标并非是历史史学的本体论研究,而是为了给"新历史主义"的出场作铺垫。因此,作者说:"新历史主义"是一种"从事着'历史转向'的历史诗学……在一定程度上改造和吸收了'思辨历史诗学'和'批判历史诗学'的某些思想成分,进而主要基于'叙事历史诗学'观念而将这些成分'浓缩'到其'表述'理论之中"。[1]这样,从历时的角度上,我们可以看到历史主义的来龙去脉、发展轨迹。张进的历史诗学形态学考察是为理解新历史主义而设置的深厚历史背景。

张进《通向一种历史诗学》[2]一文,首先指出历史诗学兴起的原因及概念内涵。他认为,当代中国文艺创作领域"历史文学"(包括"历史小说"、"历史影视剧"、"历史散文"、"历史诗歌"等)的繁荣增殖和世界范围内批评理论普遍的"历史转向"以及新历史主义的崛起,都将历史诗学问题推到了文艺理论批评的前台。同时,也把历史诗学问题的研究与当前文学创作与实践紧密联系起来。

张进认为,"历史"可表示"诗学"的研究对象,历史诗学指"关于历史的诗学",即关于历史的诗性问题的理论,包括历史文本的审美性、文本性、虚构性和意识形态性等问题;而"历史"亦可指研究文学"诗性"问题的学科参照以及立场、观点、方法等,在此意义上,历史诗学指"以历史为学科参照和原则方法的诗学",它涉及文学在本质上(包括文学的各种要素和各个层面)的"历史性"以及史学及其方法原则对文学的制约。[3] 为此,他赞同广义的历史诗学界定:"在'历史—文学'的关系语境中,通过揭示历史的本质特征及其内在的文学性(诗性)结构以及文学的本质特征及其历史性蕴含来阐释文学与历史之间的关联,并在此基础上形成一套关于文学本质或历史本质的理论界说,这种学说可称为历史诗学。"[4]历史

---

〔1〕 张进:《新历史主义与历史诗学》,中国社会科学出版社 2004 年版,第 94 页。
〔2〕 张进:《通向一种历史诗学》,载《甘肃高等师专学报》2005 年第 6 期,第 14—19 页。
〔3〕 张进:《通向一种历史诗学》,载《甘肃高等师专学报》2005 年第 6 期,第 14 页。
〔4〕 张进:《通向一种历史诗学》,载《甘肃高等师专学报》2005 年第 6 期,第 14 页。

诗学应涵盖"历史"三个维度——"历史学科"、"历史方法"、"历史原则"和历史的三个层面——"历史的过程"、"历史的认识"、"历史的叙述"。这样,他就将动态与静态的历史在"历史诗学"的统摄下进行整体观照。

张进认为,历史诗学所涉及的问题对文学研究具有根本意义,这些问题很早即为中外理论家所关注。从亚里士多德在历史与文学关系中考察诗歌问题、维柯新科学中的诗性逻辑问题到赫尔德强调了艺术与历史的相互根植问题、马克思主义经典作家要求史学与美学的结合自发状态的历史诗学主张,到俄罗斯的维谢洛夫斯基明确提出要建立一种历史诗学批评体系、巴赫金作于 20 世纪 30 年代的长文《小说的时间形式与时空体形式——历史诗学概念》重申了历史诗学问题,再到 20 世纪 60 年代苏联曾出现了一个历史诗学研究的小高潮,一直到进入 90 年代以后,历史诗学在俄罗斯得到了进一步发展。在此背景下,张进指出,美国历史学家海登·怀特《元历史》在导言中全面论述了这一问题。另一位学者汉密尔顿(Paul Hamilton)在研究历史主义的著作中也强调历史诗学,将其传统一直追溯到古希腊时期。张进梳理与分析了历史诗学在世界各国的发展状况及特点。

其次,张进重新设计了历史诗学的理论坐标,并以此来阐释各种文学与历史理论。

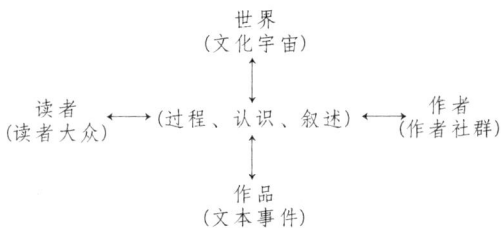

$$\begin{array}{c} \text{世界} \\ \text{(文化宇宙)} \end{array}$$

读者 ←——(过程、认识、叙述)——→ 作者
(读者大众)                              (作者社群)

$$\begin{array}{c} \text{作品} \\ \text{(文本事件)} \end{array}$$

这一坐标结合了艾布拉姆斯、刘若愚、叶维廉等人的理论。张进认为文学活动并非自足的,而是一次向"历史"开放的话语实践,"历史"是四要素的中介,在此基础上提出了三种历史诗学概念:思辨历史诗学、批判历史诗学与叙事历史诗学。"思辨历史诗学",它以历史化了的"世界"为价值取向;偏重文学活动中的主体的"历史认识"和"历史解释"活动的,主要

是基于浪漫主义历史话语的"批判历史诗学"，它以文学活动中的人的历史性为价值取向；偏重文学活动中的"历史叙事"和"历史表述"的，主要是基于后现代主义历史话语的"叙事历史诗学"，它以文学活动中的文本（及其所牵涉到的各种社会规约）为价值取向。诸范式之间既有同时并存的共时性关联，也有在时间向度上通变因革的历时性关联。

最后，张进分析了历史诗学的理论与实践意义。通过借用陆贵山在《宏观文艺学论纲》指出的历史、人、审美和文本是文学活动四个内在关联的维面，从而使得文学活动具有历史精神、人文精神、审美精神和文本精神四种同根而异株的精神取向，也使整体文学研究必须指向史学、人学、美学和文本学四个向度。在此理论上，张进指出，文学研究可从这四个不同向度切入而建立一种诗学理论，故不妨有"人学诗学"、"审美诗学"、"历史诗学"和"文本诗学"等次级文艺学研究学科。张进的研究不仅明确界定了历史诗学的概念内涵、发展历程、多种形态，还为初步揭示了历史诗学在文学研究中的独特地位与作用，使"历史诗学"的触角向文学理论界延伸。

### 三、叙事学领域对海登·怀特相关思想的关注状况

叙事学首先是由托多罗夫提出来的，他拓展了普罗普和格雷马斯叙事学的研究范围，使叙事学研究重心从神话、民间故事转向了小说。"（叙事学）根植于结构主义的运动，其目标是把叙事的本质定义为一种话语模式，描写其基本结构，描述其特殊因素——作者、叙述者、受述者、人物、事件、背景等等的性质。"[1]这是詹姆斯·费伦（James Phelan）对"叙事学"这一术语所作的简单解释。从这一解释中，我们可以了解到以下信息：首先，叙事学吸收了结构主义的研究方法，把"叙事"当作一种具有基本结构的话语模式。其次，叙事学把作者、叙述者、受述者、人物、事件、背景等作为组成"叙事"这一整体结构相互作用的各种关系要素。第三，叙事学的

---

[1]　詹姆斯·费伦：《作为修辞的叙事：技巧、读者、伦理、意识形态》，陈永国译，北京大学出版社 2002 年版，第 172 页。

目的在于像施特劳斯"结构人类学"那样发现一些有关"叙事"的普遍规律,或者运用归纳法,或者运用逻辑演绎来说明这些规律的绝对性。[1]第四,结构主义本质的意义就在于打破学科界限,追求一种总体性的方法论。因此,历史叙事和文学叙事都包括在叙事学的研究范围之内。

那么,什么是"叙事"呢?徐岱在《小说叙事学》一书中将其界定为:"(叙事)采用一种特定的言语表达方式——叙述,来表达一个故事。换言之,也即'叙述'+'故事'。在此,作为言语行为的'叙述',和作为该行为的'语义'流的'故事',是两个重点。"[2]如是观之,以"叙事"为研究对象的叙事学有两个分支:叙述学和故事学。海登·怀特的元史学思想主要关于历史书写、历史话语叙述的,因此有人将海登·怀特历史诗学称为"颠倒实证主义的隐喻叙述主义"[3]。所以,海登·怀特历史诗学的理论构建中包含着叙事学的成分,而且在其思想中还占有相当的比重。事实上,20 世纪 80 年代以后,海登·怀特历史诗学"构建工程"就转向了叙事学。《形式的内容》一书实际上主要探讨了叙事性的问题,更准确地说,该书详细探讨了"叙事这种艺术形式都负载了哪些内容"、"叙事是如何转化为内容"的等问题。正如南栖·帕特纳指出:"海登·怀特从来没有用叙事理论阐明有关历史作品的情节问题,即,什么时候,在哪一点上对历史作品情节强迫接受是可能的。"[4]但是,"每一事件的叙述都不得不通过可选择性内含物的基本策略来进行的,这样的叙事唤起了期望与期待、比较与对比、隐喻与其他转喻形式。"[5]可以看出,帕特纳是支持海登·怀

---

〔1〕 陈晓明、杨鹏:《结构主义与后结构主义在中国》,首都师范大学出版社 2002 年版,第 4 页。

〔2〕 徐岱:《小说叙事学》,中国社会科学出版社 1992 年版,绪论,第 5 页。

〔3〕 陈新:《当代西方历史哲学读本》,复旦大学出版社 2004 年版,第 107 页。

〔4〕 Nancy Partner. "Hayden White (and the Content and the Form and Everyone Else) at the AHA", *History and Theory*, Vol. 36, No. 4. Theme Issue 36: Producing the Past: Making Histories Inside and Outside the Academy, December 1997, p. 106. Note: AHA, the short for the American Historical Association.

〔5〕 Nancy Partner. "Hayden White (and the Content and the Form and Everyone Else) at the AHA", *History and Theory*, Vol. 36, No. 4. Theme Issue 36: Producing the Past: Making Histories Inside and Outside the Academy, December 1997, p. 107.

特历史诗学构建中存在着叙事理论的，只是这些叙事理论还有待于后人的开发和研究。

复旦大学学者陈新把海登·怀特作为西方现代历史叙述史由"叙事"向"叙述"转变的重要叙事学家之一。陈新指出，海登·怀特将历史叙事视为再现历史的唯一可能模式。"在语言学和修辞学的基础上，深入分析叙事采用什么手法传达叙述者的意图，完成解释。"〔1〕海登·怀特选择了隐喻在历史文本中控制着历史解释，支配着历史学家将事件"串连"成历史故事。因此，海登·怀特是呼吁通过语言学分析解决历史叙述基础理论问题的开创者之一。从叙事学角度来看，陈新认为海登·怀特的《元史学》旨在建构说明一切历史叙事文本的一般叙述理论。《元史学》实际上是将《历史的重负》一文中隐喻观点的具体化为四种主要比喻。而这四种比喻与其他三个层次上的解释策略一起构成了海登·怀特所说的历史叙事深层结构。陈新还注意到，海登·怀特的叙事学"不仅涉及叙述者、叙事的形式，还涉及叙事作品的接受者，即，读者"〔2〕。

陈新发现，海登·怀特叙事学不仅在认识论上取得突破，而且还承认历史叙事中的诗性感悟和审美判断的存在。陈新还将海登·怀特置身于整个西方历史叙述史的大背景下，指出海登·怀特叙事理论的成就与不足。比如，海登·怀特的历史研究仍然停留于认识论范围内。尽管海登·怀特提出了历史表现的诗性感悟和审美存在，但他没有对其起源以及历史审美表现的特性等进行阐释，这就使得海登·怀特的历史诗学带有一定的神秘主义色彩。陈新对海登·怀特叙事理论的评价较为公允、全面和客观。

英国学者马克·柯里（Mark Currie）将海登·怀特划为结构主义叙事学家，并认为海登·怀特是制造批判小说的现实主义叙事逻辑的史学性元小说家之一。"海登·怀特步爱弥尔·本维尼斯特（Emile Benveniste）和热奈尔·热奈特的后尘认为一篇话语的客观性是由其语法

---

〔1〕　陈新：《西方历史叙述学》，社会科学文献出版社 2005 年版，第 70 页。

〔2〕　陈新：《西方历史叙述学》，社会科学文献出版社 2005 年版，第 83 页。

特点决定的,这些特点或突出或遮蔽叙事声音。"〔1〕这里,所"突出"的叙事声音是作为主观叙述的"我"、"这里"或现在时和完成时态等能使读者注意到的叙事声音;所"遮蔽"的叙事声音则是不标明叙事者的客观叙述,即陈述事件时似乎事件在自述一般。

海登·怀特将前一种侧重于主观叙述的历史话语称为"叙述"(narration);将后一种"故事自述"式的话语称作"叙事性"(narrativity)。在此区分的基础上,马克·柯里认为:"叙述和叙述性这两极共同形成一种悖论,将非人称的全知手段暴露出来,而历史性叙述的客观性就是通过将他揭示为主观发明而依赖于它的。"〔2〕柯里以约翰·福勒的小说《法国中尉的女人》为例,指出史元性小说正是通过叙述性到叙述的转换而产生理论效果的。在对海登·怀特的叙事理论的研究中,柯里还强调了其故事中的"结束意识"。叙述结尾意识使得事件有意义,尤其是道德意义,这是海登·怀特所发现的小说结尾的一种道德功能。柯里还指出,史学性元小说将现代主义的开放性结尾试验带入历史领域,以便突出其道德功能。通过海登·怀特的叙事理论贡献,柯里命名、阐释、分析了作为一种理论小说的史学性元小说的特征。柯里认为另一种元小说——后现代主义小说是一种哲理性小说。两者都是"文学批评的虚构作品"。这是批评与小说、历史与小说的"合成"或"交染"的结果。因此,主张历史是虚构的海登·怀特自然会进入新叙事学研究者的视野。柯里对海登·怀特叙事理论的分析就是很好的例证。

荷兰学者克里斯·洛伦茨认为,以海登·怀特为代表的"隐喻叙述主义"有效地颠覆了两种实证主义。在认识论上,海登·怀特的叙述主义颠覆了小写的实证主义(positivism),即事实的实证主义,又称经验主义;在解释策略上,海登·怀特以"叙事都是自我解释"排斥因果解释来反对大写的实证主义(Positivism),即解释的覆盖律观点。海登·怀特认为,历史作品里都有一个隐喻结构,将历史叙事形容为"扩展了的隐喻",这其实

---

〔1〕 马克·柯里:《后现代叙事理论》,宁一中译,北京大学出版社 2003 年版,第 74 页。
〔2〕 马克·柯里:《后现代叙事理论》,宁一中译,北京大学出版社 2003 年版,第 75 页。

在混乱的现象中创造一种秩序。为此,洛伦茨将其称为"隐喻的叙述主义"。

虽然反对经验主义,但是海登·怀特并未抛弃它。把历史当作小说一样的虚构作品,就必须"假设一种关于知识的经验主义图画理论和一种真理的经验主义理论,以便作为直接的对应物"[1]。洛伦茨又将"隐喻的叙述主义"称为"隐蔽的经验主义"。卡罗尔则认为海登·怀特是"关起门来的经验主义者"。海登·怀特将历史解释视为叙事化或虚构化的同时,也将知识与解释进行了频繁的对照。洛伦茨认为,这种对照体现了"认识论与解释学之间的古典对立,也是起源于知识与意见之间的古典对立"[2]。这使得海登·怀特"隐喻的叙述主义"未能摆脱基础主义和怀疑主义。从两个层面对海登·怀特反实证主义进行详细分析之后,洛伦茨指出海登·怀特历史叙述的"隐喻"应用于历史哲学领域是不合适的,"隐喻"式分析应该被历史学的实践分析所取代。由此可见,在叙事学领域,洛伦茨是站在实证主义的立场上来批评海登·怀特的历史诗学。

国内外学术界对海登·怀特历史思想和叙事学的研究较为详细和系统,而对其文学思想的关注则缺少整体性把握。另外,虽然人们大都把海登·怀特视为新历史主义的代表人物之一,但是,与学术界对新历史主义的另一个代表人物——格林布拉特的文化诗学的研究程度相比,人们对海登·怀特的历史诗学的研究还比较薄弱。目前国内还缺少对海登·怀特整体思想发展脉络的把握,忽视其重要的转义或比喻理论、叙事理论、意识形态理论、文化研究,也没有提及他有关现代主义文学的一些真知灼见。人们对海登·怀特的反实证主义历史观(antipositivistic notion of history)、史学的修辞性(rhetoric)和历史文本的文学性(nature of trope and literature)、历史作品的虚构性(fictionity)等兴趣较浓厚,而对其文学思想的研究,尤其是文学批评思想的关注还比较少见。海登·怀特在论述历史的社会和文化功能时,也有不少对文学、文化的新颖看法,他的那

---

〔1〕　陈新:《当代西方历史哲学读本》,复旦大学出版社 2004 年版,第 109 页。
〔2〕　陈新:《当代西方历史哲学读本》,复旦大学出版社 2004 年版,第 112 页。

些关于文学的真知灼见应当引起学术界的重视。更重要的是,尽管我们把海登·怀特视为新历史主义文学批评的主要人物,但是还没有对其文学批评理论及批评实践进行具体、详细的梳理、研究,更不要说对其文学批评方法的实质做出分析与界定了。既然是公认的文学批评家,那么海登·怀特的文学批评观念体现在何处?他的批评实践有什么特点?具体的批评实践过程或步骤又是怎样的?

正是这些问题让我对海登·怀特产生兴趣。不言而喻,本书主要是对上述问题的解答和探讨,也是在海登·怀特逐渐走进国内学者的关注视野,并且已经陆续发表了不少关于他的研究论文之际,本书继续探讨海登·怀特思想的诗学价值和意义之所在。本书主要力求在以下方面有所突破:海登·怀特历史诗学思想中最为关键部分(故事解释与话语转义)的梳理和挖掘;海登·怀特文学批评理论、观念的研究和探讨;海登·怀特文学批评实践的具体步骤与操作;海登·怀特文学思想、批评理论及实践的价值和意义。另外,本书通过研究发现,海登·怀特的历史诗学是一种现代性转换的理论范式和批评实践——海登·怀特的历史诗学是对艺术语义学做历史性和现代性的双重"辩护"。

## 第三节　从文学批评视角研究海登·怀特的历史诗学

本书主要从文艺美学和文学批评的角度切入海登·怀特的思想研究。目前不仅还没有人进行这方面的研究,而且置身于现代性和后现代性的语境中,这样的视角更能深入到海登·怀特的思想内部,发掘其潜在的思想价值,发现那种也许海登·怀特本人都没意识到的东西。文学史研究表明,对同一个文学对象采用不同方法进行研究,可让我们进入一个陌生的文学领域,闯入一片从未涉足的崭新天地。

比如,希腊悲剧《俄狄浦斯王》被瑞士学者弗洛伊德分析后提炼出"恋父情结"理论。俄国学者普罗普(Vladimir Propp)又分析出主人公超越了他归纳出来的民间故事的 31 种作用,既是英雄和给予者,又是假英雄、坏人。列维·施特劳斯又用二元对立的方法来分析《俄狄浦斯王》，得出两种人类起源的观念：一种，人是泥土做的；另一种，人是通过两性交媾产生的。并以此理论解释俄狄浦斯乱伦的两种行为原因："人是泥土做的"观念使戏剧人物过低地估计亲属关系，致使俄狄浦斯杀父（同样，伊底厄克勒斯杀了他的哥哥）；而"人是通过两性交媾产生的"观念则造成戏剧人物过高估计亲属关系，导致俄狄浦斯娶母（同样，安提格涅非法地埋了他的兄长）。法国结构主义大师格雷马斯（A. J. Greimas）在《结构语义学》中又用行为者代替普罗普的七种行为范畴对《俄狄浦斯王》作了新的阐释。他使用了三组二元对立的模式：主体/客体、施者/受者、助手/对手。保加利亚学者茨维坦·托多罗夫（Tzvtan Todorov）对《俄狄浦斯王》的分析又别出心裁——他更为抽象地概括出悲剧内在的结构模式。他认为《俄狄浦斯王》最小的叙事单位是：命题、插曲和文本。这么多的分析之后，法国结构主义精神分析大师雅克·拉康（Jacques Lacan）又在俄狄浦斯王的分析中，把弗洛伊德的潜意识情结重新梳理了一番，以另一种话语，也就是从语言过程方面重写了俄狄浦斯情结。[1]

　　上述不同时期、不同国家、不同流派的学者对同一经典文本《俄狄浦斯王》的批评分析，生成了诸多重要而又影响深远的原创性思想。这主要是对同一个经典文本运用了不同的分析方法所致。方法在文学批评中的重要性不言而喻。当代学者徐岱在《美学新概念》中说："'方法'一词的希腊语被认为是由'沿着'与'道路'两词所构成。从中可以看出，方法的意义在于其并非只是一种操作工具和手段，而是一种立场与态度，它直接影响着行为主体的观念与视野。"[2]文学研究方法的选择可以折射出研究者所持的立场和态度，也能深刻反映出研究主体的文学观念和视野。古今中外的文学流派、思潮和文学创作、批评实践皆可通过"方法论"的角度予以整体把握。"因此，如果说一部美学史是各种审美观念的变迁史，那么

---

　　〔1〕　孙绍振:《西方文化的引进和我国文学经典的解读》，载《文学评论》1999 年第 5 期，第 18—25 页。

　　〔2〕　徐岱:《美学新概念——21 世纪的人文思考》，学林出版社 2001 年版，第 60 页。

它同时其实也就是各种研究方法的更新换代史。"[1]文学史又何尝不是如此呢？文学史也应当是各种研究方法的更新换代史。

这对海登·怀特的历史诗学研究也同样适用。只有从历史、哲学、文学等不同层面、运用不同方法，才能发现不同面孔的海登·怀特。"《元史学》一书的两个主要部分展示了两个(完全不同的)海登·怀特，导言中显示的是结构主义的海登·怀特，(书的主体部分)可以发现一个达到了维柯深度的坚持诗性地理解历史的海登·怀特。"[2]不仅哲学家、历史学家、文学批评家眼里的海登·怀特各不相同，单是文学家眼里的海登·怀特也有不同面孔：海登·怀特的历史诗学既有形式主义文学的理论特征，也有结构主义的分析方法(海登·怀特自己在《元史学》一书的中译本序言的第一句话就开宗明义地指出自己理论主张的形式主义特点)；海登·怀特既属于新历史主义文学批评的阵营，也是解构主义的"同谋"；同时，他还是我们了解后现代主义文学不可或缺的代表人物之一。

## 一、走向"应用诗学"的文学批评[3]

美国学者勒内·韦勒克(Rene Wellek)说："在文学'本体'的研究范围内，对文学理论、文学批评和文学史三者加以区分，显然是十分重要的。"[4]他认为"文学理论"是对文学的原理、文学的范畴和判断标准等问题的研究，而"文学批评"和"文学史"则分别侧重于具体的文学艺术作品的研究，前者在方法上是静态的，后者在方法上则是动态的。他同时强调指出文艺学的"三分法"并不意味着三者单独进行，它们之间是相互包容的。"文学理论如果不根植于具体文学作品，这样的文学研究是不可能的……可是，反过来说，如果没有一套问题、一系列概念、一些可参考的论

---

〔1〕　徐岱：《美学新概念——21世纪的人文思考》，学林出版社2001年版，第60页。

〔2〕　Ewa Domanska. "Hayden White：Beyond Irony"，*History and Theory*，Vol. 37，1998，p. 174.

〔3〕　徐岱：《批评美学——艺术诠释的逻辑与范式》，学林出版社2003年版，引论。

〔4〕　韦勒克、沃伦：《文学原理》，刘象愚译，江苏教育出版社2005年版，第32页。

点和一些抽象的概括,文学批评和文学史的编写也无法进行的。"[1]在《批评的概念》(*Concepts of Criticism*)一书中他之所以不愿意采用"文艺学"的德文"Literaturewissenschaft"一词的用法,是因为该词暗示了本该属于人文科学的文艺学却仿效自然科学的方法而将其科学化。同时他认为,用"Literary Scholar"一词凑合或代替"文学研究"也不可取,因为该术语不包括批评、评价和理性的思考。他更倾向于用"文学理论"(Literary Theory)意指文学研究。因为该术语在英文中含有文学研究的另外两个维度:文学批评和文学史。所以韦勒克在《文学理论》一书的第一部分就明确了文学理论、文学批评、文学史三者的异质性与包容性,而在《批评的概念》一书开始又对这一问题进行强调:"同造型艺术一样,同马尔罗的沉默的声音一样,文学最后也是一种声音的合唱……"[2]

　　中国传统文学中"史"、"论"、"评"的三分法也类似于美国学者韦勒克关于文艺学的"三个分支"说。"我国的文学批评学,可以说向来已经成了一个系统。"[3]方孝岳先生所说的文学批评学,其实指的就是本体意义上的文学批评实践活动。而他所说的关于文学批评已经成为一个"系统"在中国近代,乃至古代就以一种"潜体系"的方式存在。[4]"潜体系"意味着我国严整的文学批评理论潜藏于零散的作品分析之中。《四库全书总目》虽有"诗文评"的专类,但作为一门学问还缺少系统的逻辑论证与理论推理,也没有明确研究"诗文"的方法,"怎么评"也只存在于细碎的研究材料或文学创作之中(比如,唐代杜甫的《戏为六绝句》、《偶题》等就是以诗论诗的文学批评)。我国古代辑录诗文的"总集"被方孝岳先生称为"批评学"。他认为辑录诗文的人,用一种鉴别的眼光,正是具体批评的表现。如挚虞的《文章流别论》、昭明太子的《文选》等。在文艺学的三个分支中,"诗文评"的出现早于"文史"。《隋书·经籍志》立"总集"一类,上述挚虞、

〔1〕　韦勒克、沃伦:《文学原理》,刘象愚译,江苏教育出版社 2005 年版,第 33 页。

〔2〕　勒内·韦勒克:《批评的诸种概念》,中国美术学院出版社 1999 年版,第 18 页。

〔3〕　方孝岳:《中国文学批评》,中华书局 1934 年版,导言,第 4 页。

〔4〕　蒲振元:《中国艺术模式初探》,载《文艺研究》1999 年第 3 期,第 50—55 页。

昭明太子的著作及刘勰《文心雕龙》、钟嵘《诗品》归为批评学的"总集"一类。而直到《艺文志》才分立了"总集"和"文史"两类。到了清代《四库全书》就有"总集"和"诗文评"两类了。"总集"是"潜体系"存在的文学批评学,而"诗文评"则是具体的"诗话文话"——对具体作品的批评实践。清代《四库全书》已经潜意识地作了区分。尽管"诗文评"在古代未受重视,但它确实存在,而且数量庞大。比如,金圣叹之评点《水浒》、毛宗岗之评点《三国演义》、张竹坡之评点《金瓶梅》、脂砚斋之评点《红楼梦》等。

这些古今中外深刻洞见无非是告诉了我们一个众所周知的却很容易被忽略的事实:文学活动不仅包括文学创作、读者接受活动,还包括文学批评活动。这也就是为什么韦勒克说"文学是一种合唱"的原因。在文学这首"奏鸣曲"中,缺少哪个声部,它的演奏都不会成功。然而,批评在20世纪却忽然得宠。而从整个世界的范围来看,20世纪是举世公认的"批评的世纪"。但关键是自从上个世纪西学东渐,尤其是80年代以来,随着各种社会思潮、文学理论被引入国内,人们更多关注的是思潮、理论,而不是批评活动本身。其实,这不是批评的荣耀,而是批评的悲哀!因为,所谓"批评的世纪"实际上是"理论的世纪"。在这样一个世纪里,各种形形色色的理论、主义、口号、标语满天飞。在理论的云山雾罩中不仅每个个体迷失自我、不辨真伪,有时甚至整个国家、民族都会失去理性走向疯狂。最典型的就是第二次世界大战时的法西斯主义和中国的"文化大革命"。这不是"批评实践"的过失,而是"批评理论"的罪过。"批评理论的热闹非但不意味着文学批评的繁荣,而且事实上恰恰是让后者由'失声'而'失身':批评理论独步天下之日,就是文学批评被取而代之时。"[1]

在各种"主义"、"理论"盛行之际,人们往往被忽悠得飘渺迷茫、不知所措。其实,反对空洞的理论口号,并不意味着我们不需要清醒的头脑,恰恰相反,"清理"、"悬置"那些抽象理论,是为了让我们更真实地思考。因为,"理论"不同于"理性"。"理性是人类在生命世界安营扎寨所不可缺

---

[1] 徐岱:《批评美学——艺术诠释的逻辑与范式》,学林出版社2003年版,引论,第2页。

少的工具，理论在某种意义上只是一种智力游戏……理论其实也就是一种被一些理论家人为地扩张与拔高了的'说法'。"[1]一种"说法"若是扎根于实际生活、服务于人类自身、促进社会进步，那么它就是一种让人时刻保持清醒头脑的"理性"；而一种"说法"如果被当作一种工具任意拔高、夸大，那么这种"说法"就会堕落成为一种真理追求中混淆视听的"智力游戏"。

我们应当关注系统化、抽象化的文学理论本身。但只有着眼于本体论的根基，我们才能对其做出价值论的判断。所以，我们在面对这些精神高妙的理论知识的同时，也应该对它们的生产过程——文学批评活动进行思考。正所谓"没有对批评的批评就没有批评"[2]。当我们把目光转向文学批评实践本身而不是批评理论时，我们会得出这样的结论："经典"，一半是被作家创造出来的，另一半是由批评家创造出来的。

古今中外，在人类精神世界的百花园里，"文学"这朵奇葩能够芬芳夺目，文学批评功不可没。我们可以用一个非常简单的图式来表示文学批评与文学理论、文学创作三者之间的关系：

$$文学创作 \rightleftarrows 文学批评 \rightleftarrows 文学理论$$

从这一简单的图式中可发现，在三者双向互动、共存的关系中，文学批评介于文学创作和文学理论之间，它是连接文学创作与文学理论的桥梁。人类文学实践表明，文学创作的产物——文学作品本身不可能是单纯的思辨性理论文本，它只能是蕴涵着各种意义的期待着被阐释的诗性文本。文学理论文本是对诗性文本进行意义追问的结果，只不过是一种系统的完整的阐释而已。如果只是对诗性文本进行简单的阅读欣赏，这种实践活动的结果是不会形成理论文本的。上文所举的关于希腊悲剧《俄狄浦斯王》的例子就是很好的证明。这一经典文本诞生已经几千年

---

[1]　徐岱：《批评美学——艺术诠释的逻辑与范式》，学林出版社 2003 年版，引论，第4—5页。

[2]　阿尔贝·蒂博代：《六说文学批评》，赵坚译，生活·读书·新知三联书店 1989 年版，第10页。

了,有无数人阅读过它。但是像弗洛伊德、普罗普、托多罗夫等人那样,在读完《俄狄浦斯王》之后能够创造出影响力甚至超过悲剧作品本身的理论文本的读者却寥寥无几。

文学批评不同于一般意义上的文学阅读和文学评论,也不是特意对文学作品"挑毛病",而是如法国文学批评家圣·佩韦所说的"批评是一种发明和永恒的创造"。英国唯美主义作家王尔德认为批评即创造,"比创作还富于创造力"的创造。法国文学批评家蒂博代在《六说文学批评》一书中指出"创造"是"批评所固有的"。[1] 俄国伟大的作家托尔斯泰深有感触地说:"真正评论的任务是发现,并指出作品的一线光明,没有它作品就一文不值。"[2]郭沫若也说:"文艺是发明的事业,批评是发现的事业。文艺是在无之中创出有,批评是在砂之中寻出金。"[3]在此意义上,别林斯基将文学批评称之为"运动的美学"。

当然,两位作家只说出了文学批评创造性的一个重要方面,即从已发表的文学作品中"发现"经典之作。除此之外,文学批评的创造性还体现在诸如巴赫金对拉伯雷《巨人传》、陀思妥耶夫斯基《白痴》等经典文本的分析中提炼出具有深远影响力的复调理论和狂欢化诗学等普遍意义上的阅读经验。正是基于对经典文本的创造性批评活动,巴赫金成为一位真正的文学批评家。所以法国诗学研究领头人热奈特(Grard Genette)提醒人们,"诗学不但是文学形式的通论",还是对"各种可能的文学阅读进行的探索"。[4]他实际上认为文学批评是一种诗学。徐岱则更直接指出:"其实就本意而言,作为'应用诗学'的文学批评实践,原本应是一种关于艺术的'求道之思',而非一门研究创作规律的'授艺之学'。"[5]将文学批评称之为"应用诗学",并指出它是一种"求道之思",这是对文学批评之当

〔1〕 圣佩韦、王尔德、蒂博代对文学批评的观点,参见李国华:《文学批评学》,河北大学出版社 1999 年版,第 45 页。

〔2〕 冯连驷等:《同时代人回忆托尔斯泰》(上),上海译文出版社 1984 年版,第 366 页。

〔3〕 张澄寰:《郭沫若论创作》,上海文艺出版社 1983 年版,第 537 页。

〔4〕 热奈特:《评论和诗学》,选自《修辞格三》,法国瑟伊出版社 1972 年版,第 10—11 页。

〔5〕 徐岱:《批评美学——艺术诠释的逻辑与范式》,学林出版社 2003 年版,第 295 页。

下性、实用性、创造性和审美性的高扬，这也充分表明文学批评与文学创作、文学理论之间是一种相互依赖、共生共存的平等关系。

但是，回顾整个 20 世纪中国文论界，把某种文学理论作为文学批评的航标或舵手几乎成为惯例。这种做法其实是一种将文学理论凌驾于文学批评与文学创作之上发号施令的帝王做派。一段时间以来，我国各高校的文学教材大都把文学批评归为文学理论的一个范畴，两者之间是附属与主导的关系。这使得人们忽视了文学批评实践活动的本体性存在，更明确地说，这种关系模糊了文学理论与文学批评理论的区别。其实，这两者在研究对象、目标指向等方面各不相同。文学理论着眼于总体文学现象的普泛联系性，是关于文学普泛联系的理论体系。文学在文学理论的范围内是超越一切时空的。"'诗文'的价值是'自律'的，也就是说，其意义首先并不在于向实际的艺术创作与欣赏发号施令，而是对作为一种具体'存在物'的艺术现象的超越性本体做出某种把握。作为一种理论形态的诗学只能在这样一种规定性中，才能有效地确立起真实的价值基础。"[1]这十分恰当地道出了文学理论的功能和实质。

而文学批评理论则关注文学批评的形成过程和运行机制，把握文学批评思维的运作结构和运作方式，是对文学批评实践的一种经验性总结。简而言之，文学批评理论是批评实践的经验论，是语言学意义上的批评功能论。如果深陷某种文学理论之中不能自拔（并非拒绝文学理论），并将某种文论作为最终的指导与归宿，那么这样的文学批评实践就会缺少原创性，这只是印证某种理论正确与否的批评标尺。它忽略了文学批评本应具有的鲜活的思想建构，倾向于讨伐性的批判，即某类作品符合还是不符合某种理论，符合则加以宣扬，不符合则加以攻击和声讨。也就是说，以理论为终极指向的文学批评是服务于某种抽象空洞理论这一"主子"的"奴仆"。"这些批评家总是力图把某种预备好的、主观臆想的思想扣到诗歌作品中描写的生活事件上。"[2]

---

〔1〕　徐岱：《论当代中国诗学的话语空间》，载《文学评论》2000 年第 6 期，第 5—15 页。
〔2〕　列夫·舍斯托夫：《思辨与启示》，方珊译，上海人民出版社 2005 年版，第 195 页。

真正的文学批评,应当"悬置"已有的理论观念,先以批评家综合的文化素养,调动他们的审美直觉力去感受作品。有了独特性的感受之后,才能用理论术语加以概括。这需要批评主体不断地感受与思考、概括与总结。一旦形成独特的关于文学创作、接受、批评的见解或看法,也就进入了文学批评的较高境界:"求道之思"。这就要求我们从对具体文学作品的感观、直觉出发,进行文学批评领域。这意味着批评主体首先是一个感性的人,真正的文学批评应当由"理论人"回归到"感性人"。正如歌德所说:"感观并不欺骗人,欺骗人的是判断力。"[1]强调文学批评,更准确地说就是,强调一种实用美学的文学批评,实际上就是重视具体文学作品,重视感性的具体文学经验,使人明辨是非分清丑恶,不要被形形色色的各类理论所迷惑。正所谓"真理属于个人,谬误属于时代"[2]。在强调集体意识和整体划一的社会中,实用美学的文学批评可以保持个体的清醒意识、独特性、敏感性和尊严。在此意义上,舍斯托夫说:"艺术的任务绝不在于,听命于由各种人依据这种或那种基础想像出来的规则和标准,而在于冲破那种桎梏追求自由的人类智慧的锁链。"[3]

海登·怀特的历史诗学是吸取多种文学批评方法探究历史意识普遍模式的四重分析理论,因而可以看作一种新的文学批评方法。这种四重分析模式既不同于它所借鉴的每种文学批评方法,也不同于新历史主义的文学批评方法。它是汲取了诸多养分的盛开于历史领域的一朵崭新的文学批评之花。重要的是,海登·怀特的历史诗学理论经历了从具体作品到批评方法,然后又回到批评实践的过程。《元史学》一书名为"历史诗学"的导论其实是海登·怀特首先对19世纪八位史学大师经典文本进行分析之后才提炼出存在于其中的具有共性的普遍模式。这一点已经得到海登·怀特本人的印证。埃娃·多曼斯科通过与海登·怀特的直接访谈告诉我们,"海登·怀特曾经指出,《元史学》一书的导言本来是放在该书

---

〔1〕 歌德:《歌德的格言和感想集》,中国社会科学出版社1982年版,第62页。

〔2〕 歌德:《歌德的格言和感想集》,中国社会科学出版社1982年版,第62页。

〔3〕 列夫·舍斯托夫:《思辨与启示》,方珊译,上海人民出版社2005年版,第195页。

主体的后面的。"[1]埃娃·多曼斯科的意思是说"历史诗学"是海登·怀特对大量历史文本解读后得出的结论。

海登·怀特并没有停留于《元史学》一书中关于历史意识深层结构的"比喻"理论，而是在随后著述中将历史诗学在文本批评领域实践化、具体化。比如，他将"四重比喻"理论运用于各种话语（比如历史、文学、哲学等）的意义研究之后又使其发展为话语"转义"理论。他的历史诗学虽然是解构逻辑实证主义历史观的产物，但他走的是一条由批评实践到批评理论再到批评实践不断深化、丰富和完善的批评道路。因而，海登·怀特在文学批评领域的影响也大大超过了其在历史和叙事学的影响。

## 二、"把历史作为小说来读，这是海登·怀特工作的组成部分"[2]

根据美国维斯莱茵大学理查德·汪教授的研究成果，从 1973 年海登·怀特《元史学》一书出版到 1993 年的 20 年里，他的学术专著在历史领域里被引用的次数超过 1000 次，平均每年被引用 50 次。但是，在 20世纪 70 年代，他的作品被引用的次数非常少（1974 年只有 1 次，1978 年只有 18 次），80—90 年代，平均每年都达到 100 次以上。这主要因为那时人们不愿接受海登·怀特"历史是虚构"的观点。理查德·汪说："70年代只有那些行为古怪、性格偏执的历史学界的怪人才会对海登·怀特的历史思想动心。"[3]历史学家艾立克·明克内恩（Eric H. Monkkonen）也说："我怀疑仅有极少数的历史学家会赞同海登·怀特的（历史与小说没有差别的）观点。"[4]

墙里开花，墙外香。《元史学》出版之初不被同行看好，却在文学研究领域，特别在文学理论界引起关注。理查德·汪指出，"从《元史学》一书

---

〔1〕 Ewa Domanska. "Hayden White：Beyond Irony", *History and Theory*, Vol. 37, 1998, p. 175.

〔2〕 安克斯密斯：《历史与转义：隐喻的兴衰》，韩震译，文津出版社 2005 年版，第 9 页。

〔3〕 Richard T. Vann. "The Reception of Hayden White", *History and Theory*, Vol. 37, No. 2, May 1998, p. 146.

〔4〕 Eric H. Monkkonen. "The Challenge of Quantitative History", *Historical Methods*, Vol. 17, 1984, pp. 86-94.

中寻找立论依据的人文学者中,大多是文学哲学家,尤其是文学理论家,历史哲学家只是偶尔才对《元史学》感兴趣。"[1]

高登·莱夫是最早对《元史学》做出评论的人之一。他认为该书新奇之处就在于它预构了所有概念化的语言或诗性意象。[2]他接着谈到:"(因此,历史话语)拥有自己的特别的历史事件最初被描写的语言意像的模式。"[3]诗性意象使得历史话语拥有了一种可以对事件进行预测的特殊语言的比喻模式,这样人们可以从深层结构上把握历史话语。

理查德·汪认为,高登·莱夫所说的"linguistic imagery"就是《话语转义学》一书中提出的"转义"(tropes)一词,并认为高登·莱夫的不寻常之处就在于,"他指出了《元史学》的关键是将历史还原为诗学,而不是诗歌。"[4]对《元史学》一书诗学(而不是诗歌)意义的强调,说明人们一开始对海登·怀特感兴趣的是他的文学理论。

由于对"转义"并不了解,所以人们尽量避免使用该词。这不仅使得历史学家对其难以认同,在一定程度上也影响了对其文论价值的认识。正如理查德·汪指出的那样,就连詹姆逊这样的文学理论家也承认无法确定什么是"转义":"诸如詹姆逊和拉卡普拉这样精通文学理论的学者都无法确定人类意识中的转义有多么'深',也无法确定人类意识中的转义与情节化、论证模式和意识形态蕴涵模式之间的关系如何,以及是否它们可以构成了必要的历史或者逻辑序列。"[5]

对于"转义"一词的内涵,约翰·内尔森提出了一系列的疑问:"如果转义不仅仅是语言的比喻,而是意识模式,那么它们是一种心理学意义上

---

〔1〕 Richard T. Vann. "The Reception of Hayden White", *History and Theory*, Vol. 37, No. 2, May 1998, p. 147.

〔2〕 Gordon Leff. "Review of Metahistory—The Historical Imagination in Nineteenth-Century Europe", *Pacific Historical Review*, Vol. 43, 1974, p. 598.

〔3〕 Richard T. Vann. "The Reception of Hayden White", *History and Theory*, Vol. 37, No. 2, May 1998, p. 600.

〔4〕 Richard T. Vann. "The Reception of Hayden White", *History and Theory*, Vol. 37, No. 2, May 1998, p. 149.

〔5〕 Richard T. Vann. "The Reception of Hayden White", *History and Theory*, Vol. 37, No. 2, May 1998, pp. 150-151.

的态度或仿制品吗？这个词是指心理学的和文法的心态吗？转义是一种趋势还是一种想像？抑或它们公开地被约束于一种不仅仅可与意识形态相区分的行为举止呢？"〔1〕

　　1978年出版的《话语转义学》一书似乎是对上述一系列批评、疑问和困惑的解答。该书在历史领域里产生的影响也远远小于文学批评领域。"海登·怀特影响力的扩展已经超出了历史学领域，这是哲学家和文学批评家认识到了它的重要性……并且海登·怀特也被归为他在《话语转义学》一书中所批判的荒诞派批评家的行列。"〔2〕《形式的内容》一书的影响力大大超过了《元史学》、《话语转义学》两书。诸多杂志、期刊发表对该书的评论。但是，这些评论文章却发表于《英国美学杂志》(*British Journal of Aesthetics*)、《耶鲁评论》(*Yale Review*)、《多伦多大学季刊》(*Toronto Quarterly*)、《政治理论》(*Political Theory*)、《现代语言季刊》(*Modern Languages Quarterly*)、《小说》(*Novel*)、《帕提申评论》(*Partisan Review*)等历史领域之外的美学、文学、哲学杂志上。

　　对《形式的内容》评论的历史杂志仅有两份：《美国历史评论》(*American Historical Review*)和《历史思想杂志》(*the Journal of the Historical Ideas*)(还是与其他书在一起的"捆绑"式评论)。经过详细统计后，理查德·汪说："只有15％的历史学家对海登·怀特做出相关的评论，绝大多数的评论则是由文学研究者做出的。"〔3〕这不能不说明海登·怀特历史思考中包含十分丰富的文学思想。人们对他的称谓也慢慢改变，"1987年，艾伦·米歇尔还把海登·怀特当作历史学科中'被人所

　　〔1〕 John Nelson. "Tropal History and the Social Sciences: Reflections on Nancy Struever's Remarks", *History and Theory*. Beiheft 19, 1980, pp. 80-101. (Nancy Struever's essay was: "Topics in History".)

　　〔2〕 Richard T. Vann. "The Reception of Hayden White", *History and Theory*, Vol. 37, No. 2, May 1998, p. 155.

　　〔3〕 Richard T. Vann. "The Reception of Hayden White", *History and Theory*, Vol. 37, No. 2, May 1998, p. 148.

讨厌的家伙',几年之后,人们称其为文学批评家了。"[1]

这种变化与海登·怀特"叙事学转向"(narrative turn)有关。《形式的内容》和《比喻实在论》两书的出版标志着他的思考重点在理论上开始侧重于历史叙事与文学叙事、现代主义与后现代主义的关系。在实践上更倾向于对现代事件、电影、音乐作品的文本化阐释或分析。这种批评实践既是海登·怀特从诸如社会学家福柯、人文主义者维柯(Giambattista Vico)、新马克思主义者詹姆逊(Friedrich Jameson)和叙事学家利科(Paul Ricoeur)、文学家普鲁斯特(Proust)等人那里寻求理论资源,也是对上述思想家的批判性继承与发展。这就奠定了海登·怀特作为一位文学批评家的地位。正如史蒂芬·班恩(Stephen Bann)所说的那样:"海登·怀特的分析技巧并非无可指责的,不过这的确引发了许多得到强烈支持的辩论与争论。"[2] "更值得一提的是,海登·怀特最初撰写《元史学》是尝试将多学科的最新成果结合在一起构建史学理论的新体系,结果《元史学》不仅将海登·怀特缔造成一位历史哲学的先锋人物,也将他缔造成一位前卫的文学批评家。"[3]

总之,从接受的角度看,在西方学术界,人们关注较多的是海登·怀特进行历史思考中所谈到的文学思想,即文学理论和文学批评理论,而后者越来越引起学术界的重视。前文中已经提到我国学界对海登·怀特的了解还停留在他的历史思想,而对其文学思想,尤其是文学批评的理论与实践的研究缺少整体性把握。本书主要从文学批评的角度对海登·怀特进行研究,力求从学理层面上弄清其具体文学思想的内在思路、外在表现和价值特征,借鉴其批评运思过程,以丰富我国当代文学理论内容,促进本土的原创性思想的产生。

---

[1] Richard T. Vann. "The Reception of Hayden White", *History and Theory*, Vol. 37, No. 2, May 1998, p. 148.

[2] Stephen Bann. "Towards a Critical Historiography: Recent Work in philosophy of History", *Philosophy*, Vol. 56, 1982, p. 370.

[3] 陈新:《诗性预构与理性阐释:海登·怀特和他的〈元史学〉》,载《河北学刊》2005年第3期,第192页。

# 第一章　诗学与历史诗学

　　本章梳理了历史诗学发展脉络(滥觞、发展、发散),勾勒出历史诗学从滥觞期(维谢洛夫斯基)、发展期(巴赫金)到发散期(海登·怀特)的整个过程,并略论了历史诗学在每个发展时期的理论特点和研究焦点。这便于我们对海登·怀特的历史诗学进行比较准确的历史定位和全面的理论概括。此外,本章还重新界定了"诗学"这一古老学科的内涵与外延。在从历时性(诗艺之诗学、文学之诗学和艺术之诗学)和共时性(艺术工艺学、过度诠释的艺术解释学和艺术实践的经验本体论)两个层面对诗学进行研究后,本书提出"经验本体论"的诗学观是建构当代诗学的正确发展方向之一。

## 第一节　诗学:诗艺之思、文学之思、艺术之思

　　——关于诗艺、文学和艺术实践的"经验本体论"[1]

　　叙事学大师托多罗夫说:"诗学之成为一门理论学科是近代才发生的事,但它却有着漫长的史前史。"[2]这说明作为一门学科,诗学并非在今天才成为"新锐"的,早在几千年前就已是一门"显学"了。比如亚里士多

---

〔1〕　参见徐岱《基础诗学——后形而上学艺术原理》一书的绪论(艺术的理由)部分。
〔2〕　托多罗夫:《语言科学百科辞典》,法国瑟伊出版社1973年版,第108页。

德的《诗学》、贺拉斯的《诗艺》、布瓦洛的《诗的艺术》等。几千年以来,无数的名词、术语都已灰飞烟灭,"诗学"一词却依然雄风犹在。因此,有必要对其发展脉络进行简要回顾,以便从宏观上把握其未来动向,为当代诗学建设提供参考。同时,也是为了从更加深厚的历史背景上理解海登·怀特历史诗学的具体内涵、本质特征、价值意义。

从字面上看,"诗学"常常与"诗歌"挂钩。不言而喻,诗学(poetics)是关于诗(poem)的学问。2000多年前,这一概念正是被这样使用的。亚里士多德在《诗学》开篇指出该书是"关于诗艺本身和诗的类型,每种类型的潜力,应如何组织情节才能写出优秀的诗作,诗的组成部分的数量和性质,这些,以及属于同一范畴的其他问题,都是我们要在此探讨的。让我们寻找自然的顺序,先从本质的问题谈起"[1]。《诗学》是关于诗的具体制作的学问。《诗学》题目原为"Aristotelous peri Poietikes",即"亚里士多德的做诗技艺"。希腊文"Poietikes"是"制作艺术"之意。这与我国古人把"写诗"称为"做诗"、"赋诗",把"做诗"当作一种"创造"、"创作"不同。

不能单纯用中国文化语境理解西方的诗歌及诗学概念。因为,古希腊人把"做诗"看作是鞋匠做鞋一样的技艺。"技艺人(homo faber)和诗人(homo poeta)加在一起就是"人"。在人类历史进程中技艺人承担着诗人的职责。"[2]所以,古希腊人不用"graphein"(写、书写)而用"poiein"来表示"做诗"。[3]尽管,《诗学》一书中涉及了绘画、历史、雕塑、音乐等诗之外的艺术,但那是为了达到一种对比效果,其主要目的还是谈论诗的本质(摹仿的媒介)、类型(史诗、悲剧、喜剧)、情节(整体、有长度)、结构(有突转、发现、苦难三个成分)、语言(名词的分类、隐喻的种类)等"纯"诗的技法。从亚里士多德《诗学》起,似乎就给作为一门学科的诗学定下基调——从诗论的内容到论诗的规范,使后人有意无意地难脱《诗学》的樊篱。

---

〔1〕 亚里士多德:《诗学》,陈忠梅译,商务印书馆1996年版,第27页。
〔2〕 马利坦:《艺术与诗中的创造性直觉》,刘有元译,生活·读书·新知三联书店1991年版,第44页。
〔3〕 亚里士多德:《诗学》,陈忠梅译,商务印书馆1996年版,译者注释部分,第29页。

　　贺拉斯的《诗艺》是以训示的口吻、书信的形式重新明确和阐释了亚里士多德的诗学基本原则。与亚氏不同的是,贺拉斯努力使诗人由摹仿者变成创作者。中世纪希腊的雄辩家朗吉努斯的《论崇高》是从读者接受的角度,发展了亚里士多德"净化"的诗学原则。他认为诗歌对读者、观众产生的崇高效果是"一颗伟大心灵的回音"。布瓦洛的《诗的艺术》如同贺拉斯的《诗艺》一样,是与同时代人论战的应急之作。布瓦洛"直接运用了他那诗歌是对自然的真实模仿理论:几乎每用以阐述其理论的诗句都像一幅含义深刻的小画卷"[1]。可见,布瓦洛在诗歌实践上坚持了亚里士多德的诗歌摹仿论。布瓦洛成为当时公认的"诗艺规则的制定者"。

　　文艺复兴时期的英国作家锡德尼的《为诗一辩》,仔细研究诗歌艺术,主张诗人是通过完美的摹仿来感动人。17—18 世纪的新古典主义诗学将贺拉斯与亚里士多德的诗学融为一体。如 18 世纪英国人的《诗人传》从诗歌摹仿自然的诗学原则出发独具慧眼、褒贬并行地评论了古代至当时的 52 位诗人。德国启蒙运动的代表人物莱辛继承了亚里士多德在《诗学》中阐发的"诗摹仿自然而比自然更真实"的观点。《拉奥孔》一书虽然被认为是美学思考的起点,但它强调"诗歌能模仿持续的动作和瞬间的状态,摹仿在连续性中形成对照的东西:美与丑,行为与情感"[2]。因而,在莱辛看来,诗歌优于绘画、雕塑等造型艺术。席勒《论朴素的诗与伤感的诗》中认为"朴素的诗"坚持了对客观现实的"模仿"原则、以"个性化"方式描写对象,而"感伤的诗"则把"主观"的沉思作为原则、以"理想化"的方式描写对象。尽管这两种诗的目标相同,但是,从总体上看,席勒认为古朴的朴素诗优于近代的感伤诗,因为前者标志着人性的和谐,后者标志着人性的分裂。总之,对亚里士多德《诗学》的仿写、研究、解释的著作不胜枚举。直到今天,解释、研究《诗学》的著作还不断问世。

――――――――――――

　　〔1〕　达维德·方丹:《诗学——文学形式通论》,陈静译,天津人民出版社 2003 年版,第 18 页。

　　〔2〕　达维德·方丹:《诗学——文学形式通论》,陈静译,天津人民出版社 2003 年版,第 21 页。

当然,后人不都是一味地解释、深化亚里士多德的诗学观。浪漫主义诗人就反对亚里士多德的摹仿说。被封为"桂冠诗人"的华兹华斯在《抒情歌谣集》序言中提出革新诗歌题材,强调情感给予动作和情节的重要性,排斥华丽辞藻,把矛头指向秉承了亚里士多德诗学精神的古典主义诗论。被尊为"诗人之王"的魏尔伦的《诗艺》强调诗歌音乐性,主张打破亚历山大体,提出四结合:雅词与俗语、模糊与清晰、现实与梦幻、委婉与雄壮。在魏尔伦这里,亚里士多德所倡导的诗学原则已荡然无存。但象征主义诗人波德莱尔、马拉美都主张一种"纯诗"的论点,只不过不是亚里士多德《诗学》中的论点,内容与形式上仍属"诗艺之学"的范围。所以,长期以来,"诗艺学满足于材料的收集、分类以及对类的描述。一般地呈现为关于品种、关于诗作的可能性学问。"[1]这是对具有漫长历史"诗艺之学"的概括。众多诗论极大地增加了人们对诗,尤其是对诗歌的了解,正因如此,"我们能任意扩展其使用范围,而不仅仅把它看成是一种语言产品即诗歌。"[2]

并非所有人都一成不变地在亚里士多德开创的规范化诗学道路上前进。更常见到的是人们将诗学这一概念作为某种文学理论或者文字作品理论的简称。这种意义上的诗学已不仅仅局限于诗论,而是指向整个文学、文字领域。其实,这才是诗学的"古义",因为古人将一切文字作品都称为"诗"。比如,亚里士多德在《诗学》中将诗歌分为史诗、悲剧、喜剧。黑格尔《美学》一书中用四分之一的篇幅论诗。他具体地论述了史诗、抒情诗、戏剧体诗的性质、特征及其历史发展。因此,"他的诗论,实际就是他的文学理论。"[3]瓦莱里是法国公立高中第一位诗学正式教授,他在教学计划中对诗学概念做了明确界定:"从词源学的角度看,把诗学看成是与作品创作和撰写有关的、而语言在其中既充当工具且还是内容的一切事物之名,而非狭隘地看成是仅与诗歌有关的一些审美规则或要求的汇

---

〔1〕 徐岱:《基础诗学——后形而上学艺术原理》,浙江大学出版社 2005 年版,第 3 页。
〔2〕 徐岱:《基础诗学——后形而上学艺术原理》,浙江大学出版社 2005 年版,引言。
〔3〕 胡经之:《西方文艺理论名著教程》(上),北京大学出版社 2000 年版,第 34 页。

编，这个名词还是挺合适的。"[1]瓦莱里的诗学概念指的是文学的内部原理。俄罗斯语言学家雅柯布森认为诗学是为了回答："是什么使包含信息的字句便成了一件艺术品？"[2]

　　随着语言学转向，诗学的这一"古义"逐渐得以恢复。法国学者达维德·方丹将这种作为文字作品理论的诗学称为"客观诗学"，并且将其分为四类：俄罗斯形式主义流派（普罗普、雅柯布森）、德国形态流派（若勒在口语中找出来源于各类文学体裁的"简单形式"、弥勒《形式诗学》从现在时态和过去时态间的基本区分中研究文本时态形式）、英国新批评（燕卜逊、布鲁克斯）和法国语言结构主义诗学（施特劳斯、本旺尼斯特、罗兰·巴尔特、热奈特、托多罗夫）。[3]这四类诗学探求的都是文学内部原理。它们重点关注的是文学之为文学的"文学性"问题，显然这是形式主义和结构主义的诗学观。其分类本身有明显缺陷，比如达维德没有将俄国形式主义的领军人物什克洛夫斯基的诗学理论包括在内。在新批评诗学一派中也没有把美国的艾略特、退特、韦勒克等人包括在内。当然，无论这种诗学分类是否完善、准确，它传达出这样一个信息：诗学除了指"诗艺之学"之外，还在"文学之思"的层面上被使用。

　　在实践中，诗学除了有上述两种用法之外，还存在着第三种用法，即"诗之学"中包含着"艺术之学"，或者干脆说"诗学"乃是一种"艺术之学"。当代现象学家杜夫海纳的《诗学》与纯粹诗歌理论没有多大关系，因为该书的主题是关于"自然的审美化"。杜夫海纳在书中没有在把诗本身归结为表示审美经验顶点的诗境上多费笔墨，他重点指出了"自然是人类和世界永不枯竭的源泉，也是艺术永难穷尽的本源"[4]。对此，法国诗人瓦莱里也有过同样的表达："我们会惊叹某道风景充满诗情画意，会形容某段

---

〔1〕　瓦莱里：《法国公立高中诗学教学》，转引自胡经之《西方文艺理论名著教程》（上），第 144 页。

〔2〕　雅柯布森：《普通语言学论文集》，法国子夜出版社 1963 年版，第 210 页。

〔3〕　达维德·方丹：《诗学——文学形式通论》，陈静译，天津人民出版社 2003 年版，第 25—27 页。

〔4〕　胡经之：《西方文艺理论名著教程》（下），北京大学出版社 2000 年版，第 304 页。

生活诗般浪漫，有时还会说某个人很有诗意。"〔1〕我国学者夏丏尊也说过："真正的艺术不限在诗里，也不限在画里，到处都有，随时可见。"〔2〕浪漫派画家德罗克洛瓦说："艺术就是诗，没有诗就没有艺术。"〔3〕其实，这种对艺术的诗性探求早在古希腊时代就已存在了。古希腊学者柏拉图在《理想国》里指出："无论什么东西从无到有中间所经过的手续都是诗。所以一切技艺的制造都是诗，获得它们的一切手艺人都是诗人或制作家……"〔4〕

柏拉图没有严格意义上的诗学，他的诗论指向整个艺术领域。其后的普罗提诺、奥古斯丁等人都受到柏拉图诗论及论诗的方式影响。意大利新人文主义者维柯《新科学》考察了逻辑、伦理、经济、政治、历史、地理、天文等人类社会科学的"诗性智慧"。《新科学》的英文翻译者、维柯《自传》的作者 M. H. 费希说："维柯竟从这种诗性智慧中看出：各门技艺和各门学科的粗糙的起源：也就是一种实行的或创造性的玄学；从这种粗浅的玄学中一方面发展出也全是诗性的逻辑功能、伦理功能、经济功能和政治功能；另一方面发展出物理知识，宇宙知识……这些也都是诗性的。"〔5〕由此可见，"诗性的"不仅存在于语言作品中，在整个人文学科与社会科学领域都能找到它的影子。维柯的"新科学"实际上是探索人文学科、社会科学诗性智慧的文化诗学，他开辟了跨学科、跨文化研究文学、艺术的先河。

在《体验与诗》一书，狄尔泰说："诗向我们揭示了人生之谜。"〔6〕通过"体验"，狄尔泰将诗与人生联系起来。在《诗的伟大想像》一书中狄尔泰又将人生诗化："'艺术就是要追求那种尚不存在的东西'……正惟其艺术创造和追求，才使得生命得到肯定，获得超越，获得诗化，进入永恒的生成。"〔7〕这里，狄尔泰已经指出了诗与艺术的共同性之一："想像"。狄尔

〔1〕 瓦莱里:《关于诗歌的言论》,选自《七星文集》,伽利马出版社 1957 年版,第 1362 页。

〔2〕 徐岱:《基础诗学——后形而上学艺术原理》,浙江大学出版社 2005 年版,第 2 页。

〔3〕 徐岱:《美学新概念——21 世纪的人文思考》,学林出版社 2001 年版,第 162 页。

〔4〕 马利坦:《艺术与诗中的创造性直觉》,刘有元等译,生活·读书·新知三联书店 1991 年版,第 71 页。

〔5〕 维柯:《新科学》,朱光潜译,商务印书馆 1997 年版,英译者引言,第 44—45 页。

〔6〕 胡经之:《西方文艺理论名著教程》(下),北京大学出版社 2000 年版,第 35 页。

〔7〕 胡经之:《西方文艺理论名著教程》(下),北京大学出版社 2000 年版,第 51 页。

泰认为"想像"是一切艺术根本特征,是艺术世界的透明的光。关于想象对诗性艺术的创造作用,康德在《判断力批判》一书中也曾指出:"本质上只是诗的艺术,在它里面审美诸观念的机能才可以全量地表示出来。但这一机能,单就它自身来看,本质上仅是想像力的一个才能。"〔1〕因此,法国学者马利坦(Jacques Marritain)说:"诗超越一切艺术又渗入一切艺术之中……诗,如柏拉图所称的音乐那样,是一种基本的、最普遍意义上被理解的。"〔2〕

在《艺术与诗中的创造性直觉》中,马利坦指出一方面"诗"自然地依附于艺术,另一方面艺术依赖于诗所赋予的生命而存在。因为艺术和诗包含有同一种东西:精神的创造性。他说:"同想像一样,智性也是诗的精髓……诗使我们不得不考虑这智性,考虑它在人类灵魂中的神秘源泉,考虑它以一种非理性(我不说反理性)或非逻辑的方式在起作用。"〔3〕马利坦强调了"诗性"的源泉:"神秘的智性"。同时,他还暗示了"诗性"的两种重要因素:想象与智性。如果说狄尔泰、康德等人对作为艺术诗学内在机制的"想像力"进行过详细分析,那么马利坦则对艺术诗学的另一内在机制的"智性"展开全面论述。马利坦主要揭示了"作为前意识生命的智性"的三种形式:诗性直觉、诗性经验、诗性意义。诗性直觉分为两类:"作为认识性的"和"作为创造性的",前者与被它把握的东西有关,后者同作品的创作有关。这样,马利坦就将"诗性直觉"物态化、具体化为一种可感知的形式。

关于诗性经验,马利坦认为它不同于神秘经验,两者虽然都诞生于精神的前概念或超概念之中,但是它们在对象、功能、结果上都不一样。比如诗性经验的结果是艺术作品的产生,而神秘经验则以"沉默"告终——在一种绝对内在的完成之中结束。马利坦将这种"沉思的宁静"的诗性经

---

〔1〕　康德:《判断力批判》(上),宗白华译,商务印书馆2000年版,第161页。

〔2〕　马利坦:《艺术与诗中的创造性直觉》,刘有元等译,生活·读书·新知三联书店1991年版,第294页。

〔3〕　马利坦:《艺术与诗中的创造性直觉》,刘有元等译,生活·读书·新知三联书店1991年版,第15—16页。

验比作"一股洪水",使"沐浴于其间的思想得以更新、恢复活力和被净化"。为此,他把"这股洪水"的全过程概括为"收缩"和"舒张"两个阶段。马利坦不仅将难以名状的诗性经验形象化,而且也避免了将先验的诗性经验神秘化。对于诗性意义,马利坦认为它有三层面的含义:词语概念意义、词语想象意义和词语之间的意义。

马利坦从艺术创作论(诗性直觉)、艺术作品论(诗性经验)转向了艺术作品论的诗性意义。他说:"作品中的诗性意义,相当于诗人中的诗性经验。"[1]很显然,诗性意义是物态化的诗性经验。这样,神秘的智性活动被马利坦化解为三种诗性形式,它们贯穿于整个艺术过程。这种分析本身又是充满诗意的。马利坦的诗学理论极大地丰富了诗学的思想宝库。他堪称"艺术之诗学"的代表人物之一。

通过以上分析,我们发现有三种诗学:诗艺之诗学、文学之诗学和艺术之诗学。第一种,"诗艺之诗学"以湖畔派诗人、象征主义诗人为代表,包括亚里士多德、贺拉斯、朗吉努斯、布瓦洛、莱辛等人的诗学皆属此类。把诗作为文学体裁的一类,诗学则指"有关作诗法和诗歌创作的要求与建议的汇编"。[2]第二种,"文学之诗学"主要是包括形式主义、新批评、结构主义等诗学,将诗学作为文学(文字)作品理论的简称,是对诗性文学理论或文字作品的理论的规范性研究。第三种,"艺术之诗学",将艺术品像诗一样去读。主要代表人物是法国诗人马利坦,包括普罗提诺、奥古斯丁,其鼻祖可上溯至古希腊主张"诗画同源"说的德西摩尼德斯。"艺术之诗学"把一切有诗意的艺术都当作诗来看待,或是对"作为一种文化形态的艺术"[3]的总称,这种诗学实际上是诗性艺术的文化阐释学。

---

〔1〕 马利坦:《艺术与诗中的创造性直觉》,刘有元等译,生活·读书·新知三联书店1991年版,第207页。

〔2〕 达维德·方丹:《诗学——文学形式通论》,陈静译,天津人民出版社2003年,引言。

〔3〕 徐岱:《基础诗学——后形而上学艺术原理》,浙江大学出版社2005年版,第2页。

## 第二节　艺术实践的"经验本体论"

其实,上述三种诗学的划分对应了传统文学体裁的分类。这主要是对诗学进行历时性的动态考察而得出的类型学结论。若从共时性的角度对诗学做静态分析的话,这三种诗学并非界限分明、水火不容的,而是有着内在一致性的。因此,这三种诗学也就没有价值论意义上的高下优劣之分。诗学所面对的研究对象,无论是诗歌、文学作品,还是文字、艺术作品,都是一种以生命之"思"为核心的"实体"与"实在"的统一。所谓艺术品的"实体",是指艺术品的可见之"形",也是海德格尔所说的"一切艺术品都是有物的因素"。"看起来,艺术作品中物因素差不多像是一个屋基,那个别的东西和本真的东西就筑居于其上。"[1]实体性是艺术品的根本所在,世界上不存在看不见的艺术品。它首先是一件物品。因此,实体性意味着艺术品的事实性。"经验本体论"是对艺术工艺学和艺术解释学两种诗学观的反驳。

所谓艺术品是"实在"的,指艺术作品除了有可见之形之外,还有不可见之"神"。不可见的东西并非不存在。艺术作品的"实在"虽不可见,却可感知。在此意义上,海德格尔说:"实在的东西乃是真实存在的东西。"[2]实在性意味着艺术品的真实性。实体性规定了艺术作品的事实性和现实性,而实在性则预示了艺术作品的真实性与超越性。这种"形""神"兼备,既有事实性、现实性又有真实性、超越性的艺术作品为人们提供了一个立足于现实世界、又同"既成事实"脱离开来的丰富的诗性空间。所以,马利坦说:"绘画,或音乐,或舞蹈,或建筑学也同诗歌一样,都有一个诗性空间。"[3]诗性空间其实是隐含了种种意义的可能性世界。"凡艺

---

[1]　马丁·海德格尔:《林中路》,孙周兴译,上海译文出版社 2004 年版,第 4 页。
[2]　马丁·海德格尔:《林中路》,孙周兴译,上海译文出版社 2004 年版,第 156 页。
[3]　徐岱:《美学新概念——21 世纪的人文思考》,学林出版社 2001 年版,第 163 页。

术品都具有某种意义,这实际上也是艺术品的某种确定性质。"〔1〕较之确定性的不可逆的"事实世界","可能世界"更加生机盎然,色彩斑斓。"可能性的前提是对确定性的取消、脱离必然律的控制……可能性意味着亦此亦彼。"〔2〕"……自由就是可能性。"〔3〕可能性的艺术世界实际上就是一个自由世界。

面对这样一个由艺术品提供的自由世界,诗学何为? 是将当代诗学继续打造成一种事关艺术具体制作的艺术工艺学,还是将其建构成为一种以种种名义注入形形色色说法的过度诠释的艺术解释学? 前者想把诗学当成一种对艺术家们的文学布道,这种做法早已受到来自艺术阵营的批评、抱怨、攻击,已经不是什么秘密。西班牙现代派画家塔比亚斯表示:"千万不要以为艺术家能够从他们(艺术研究者)那里直接借取可以指导自己创作的程式。艺术家绝对独立地面对自己职业的问题。"〔4〕别尔嘉耶夫也有过同样的批判:"在美学评价中,假斯文发挥着难以估量的作用,艺术中的学派总是在创造自己的程式化的谎言。"〔5〕舍斯托夫说:"艺术家没有'思想',这是真理。然而,艺术家的深度就表现于此。"〔6〕这些话应当引起倾心于将诗学打造成艺术工艺学的理论家们的反思,否则,那种所谓的自成体系的诗学理论也只能是理论家们自娱自乐的文字游戏,导致一种"因主体论的基因畸变所孕育的接受学与反应论"。诗学的衰落与此有很大的干系。因为,那些诗学"理论形态越完备,就越缺乏实践功能"〔7〕。

如果说作为艺术工艺学之诗学是高谈阔论的理论抽象物,因而走向了机械的、程式化的死胡同;那么,过度诠释的艺术解释学之诗学则是一道索然无味的理论拼盘,是信口雌黄的思想空壳。尤其是在当代诗学处

〔1〕 布洛克:《美学新解》,辽宁人民出版社 1987 年版,第 311 页。
〔2〕 徐岱:《美学新概念——21 世纪的人文思考》,学林出版社 2001 年版,第 171 页。
〔3〕 列夫·舍斯托夫:《旷野呼告 无根据颂》,方珊译,上海人民出版社 2004 年版,第 150 页。
〔4〕 安·塔比亚斯:《艺术实践》,浙江摄影出版社 1989 年版,第 17 页。
〔5〕 尼古拉·别尔嘉耶夫:《论人的使命》,张百春译,学林出版社 2000 年版,第 217 页。
〔6〕 列夫·舍斯托夫:《思辨与启示》,方珊译,上海人民出版社 2005 年版,第 195 页。
〔7〕 徐岱:《基础诗学——后形而上学艺术原理》,浙江大学出版社 2005 年版,第 4 页。

于现代性转换的重建之际，西方诗学理论又大量引入，而我们对这些理论又需要一个理解、消化、吸收和创新的过程。在我们没有完全掌握它们之前，难免会对各种诗学理论不辨真伪地嫁接、挪用，甚至抄袭。这种由理论到理论的"高空做业"，实质上是为了宣扬某种虚张声势的"主义"。当然，我们不能废黜必要的艺术原则、规范、原理，但是也不能把这些艺术原则、原理作为终极追求目标。

不难看出艺术工艺学和艺术解释学的两种诗学都是理论主义的产物。它们以抽象的理论为终极目标，忽视了鲜活生动的艺术作品、具体形象的艺术实践和丰富多彩的艺术现象，更主要的是它们还忽视了艺术背后的现实生活和真实人生。正如狄尔泰在《诗的伟大想像》结尾强调："目的是人，而不是社会，不是自然，不是历史。"[1]因为，诗不是别的，是"一种'人诗意地存在'的生活状态"[2]。诗学的理由在于："通过领悟'存在的诗意'而实践'诗意地存在'，让艺术文化能一如既往的呈现出对于人类文明的永恒价值。"[3]

因此，只有走入艺术作品所提供的崭新的自由天地，诗学才能施展自己的一技之长。诗学的研究对象应该是"存在论意义上作为一种价值的'有'，和实在论层面作为一种实体的'无'"[4]。诗学应回归基于具体艺术作品的实践经验论。即我们应该努力构建起一种艺术经验本体论的诗学。

实用主义哲学的代表人物杜威认为，"经验不仅包括人们作些什么和遭遇些什么，他们追求什么，爱些什么，相信和坚持些什么，而且也包括人们是怎样活动和怎样受到反响的，他们怎样操作和遭遇，他们怎样渴望和享受，以及他们观看、信仰和想像的方式……"这里，经验是一种实践活动之后的现象，一种坚持行动的可能性。杜威认为："即使是粗糙的经验，只

---

〔1〕 胡经之：《西方文艺理论名著教程》（下），北京大学出版社 2000 年版，第 52 页。

〔2〕 徐岱：《基础诗学——后形而上学艺术原理》，浙江大学出版社 2005 年版，第 2 页。

〔3〕 徐岱：《基础诗学——后形而上学艺术原理》，浙江大学出版社 2005 年版，第 27 页。

〔4〕 徐岱：《基础诗学——后形而上学艺术原理》，浙江大学出版社 2005 年版，第 7 页。

要它真是经验,也比与其他经验形式隔绝的艺术品更能让人了解美的固有本质。"因此,他呼吁"回到普通和平凡事物的经验中去寻找富于这种经验之中的美学价值"。他将审美经验与日常经验联系起来。其实,这也是把艺术与生活联系了起来。"经验"并非是一种零散的生活、艺术感受,而具有完整性,"一个经验必须自然地展开并有一开端、中间以及顶点和终结"〔1〕。所以,艺术经验也具有体验性与过程性。在此基础上,杜威说:"经验是艺术的萌芽。"而且艺术产品只有"被经验"时才会成为艺术作品。艺术接受与欣赏本身也是一种创造———一种新的经验的产生。这种新的经验是艺术经验不可分割的部分。

"经验"将艺术家、艺术作品与世界紧密联系在一起。诗学应面对具体的艺术作品和丰富的艺术经验,艺术经验论的诗学也是一种艺术实践本体论。它让我们在"学"的基础上增添"思"的成分。只有基于艺术实践的经验论,"诗学"才有自己真正的存在价值。因此,诗学的意义在于"体验一种文化实践、理解一类精神产品"〔2〕。人文学科领域内兴起的跨文化、跨学科的大背景下,当代诗学更应明确研究对象、关注范围,找到自己价值支点、历史使命,以便让"诗学"这一古老的学科焕发生机。

## 第三节　历史诗学:滥觞、发展与发散

几千年来,人们一直在使用"诗学"这一概念,并且不断注入新的涵义。因此,诗学至今还是文学园地里的一棵"常青树"。由于该词出现的频率太多,而且在文学艺术、文化艺术领域的各个层面上都留下了它的影子,人们经常在其前面加上一个限定词,以尽量缩小这一概念指涉的广泛性,明确所要探讨的话题。比如,"历史诗学"就是如此。即使有了限定词,历史诗学这一概念还是有不同的意义内涵和语义指涉。

---

〔1〕　朱立元:《西方美学通史》(卷六),上海文艺出版社 1999 年版,第 644—661 页。
〔2〕　徐岱:《基础诗学——后形而上学艺术原理》,浙江大学出版社 2005 年版,第 7 页。

### 一、维谢洛夫斯基的《历史诗学》：历史诗学的滥觞

从现有的材料来看，"历史诗学"这一术语的公开使用和作为一门学科的构想，应该发端于 19 世纪的俄国。"俄国比较文学之父"维谢洛夫斯基的代表作就是《历史诗学》。该书明确地提出了历史诗学的任务："从诗歌的历史演变中抽象出诗歌创作的规律和抽象出评价它的各种现象的标准——以取代至今占统治地位的抽象定义和片面的假定的判决。"[1]在《历史诗学导论》一文中他指出："这种诗学能够排除它的思辨体系，为的是从诗歌的历史中阐明它的本质。"[2]为了能够达到这一目的，他收集了浩繁的事实材料。在此基础上，维谢洛夫斯基分别研究了诗歌的风格史、各国诗歌叙述、演奏方法的演变史、诗歌类比的历史、诗歌体裁的演化史和由歌手到诗人的转变过程。不难看出，维谢洛夫斯基的历史诗学立足于各国、各个时代的大量诗歌文本，围绕"诗的意识及其形式的演变"这一中心课题，主张以诗歌为代表的文学语言、形式的内在涵义是一个不断丰富的过程。他认为这一过程是每一代新人把自己的生活体验充实于诗歌的形象、格式，并做出新的组合和加工的过程。

维谢洛夫斯基认为历史诗学"必须对于什么是诗歌，什么是诗意意识及其形式的演变具有明确的理解，否则我们就无从谈论历史"[3]。历史诗学应当有对"是什么"的明确回答与肯定。但是，他提醒说："这样的定义要具有符合所提出的目标的分析。"因此，"这门课程"的状况是"探索多于定律"[4]。准确地说，维谢洛夫斯基想强调的是对诗歌的历史探索应该多于对它理论的定律。比如，对诗歌的定义，他反对勃留涅季耶尔给诗歌所下的这个相当含混的公式化定义——"诗歌是表现于形象之中，并以同样的方式清晰地呈现于心灵的形而上学。"勃氏关于诗歌的一般性定义

〔1〕　维谢洛夫斯基：《历史诗学》，刘宁译，百花文艺出版社 2003 年版，第 585 页。
〔2〕　维谢洛夫斯基：《历史诗学》，刘宁译，百花文艺出版社 2003 年版，第 30 页。
〔3〕　维谢洛夫斯基：《历史诗学》，刘宁译，百花文艺出版社 2003 年版，第 30 页。
〔4〕　维谢洛夫斯基：《历史诗学》，刘宁译，百花文艺出版社 2003 年版，第 31 页。

缺少一系列局部课题的系统研究。他劝告人们"重新审视这些（既定的文学）观念，以免陷于无知愚民的境地"〔1〕。因此，他认为对诸如浪漫主义、自然主义、现实主义、文艺复兴的文学定论也应该重新认识。

然而，这种重新认识应该建立在"历史远景之上"，"每一代人都依据自己的经验和所积累的比较分析对这一远景进行修正"。〔2〕文学史"修正"论的提出意味着对文学体裁的研究中开始重视与精英文化相对的民间文化。在随后对以叙事诗这一诗歌体裁历史演变的考察中，他特别强调了希腊的《荷马史诗》、法国的《罗兰之歌》等民间史诗以及民间心理因素对这一诗歌体裁的形成所起的重要作用。可以说，是维谢洛夫斯基开创了文学研究中关注民间文化的先河。这在一定程度上影响了他的后世同胞巴赫金。正是基于中世纪的民间文化研究，巴赫金对陀思妥耶夫斯基和拉伯雷的小说进行了别具一格的解读，并创建了规模宏大的文化诗学体系。

维谢洛夫斯基的历史诗学一开始就有明确的目标和任务，也有一套行之有效的研究方法。具体说来就是，维谢洛夫斯基主张一种共时研究与历时分析、逻辑演绎与历史归纳相结合的方法，暗示了一种历史诗学与体裁诗学相融合的思路，坚持了一种一般性观念与局部系统研究相互验证的"宏大叙事"，这使得维谢洛夫斯基的历史诗学"工程"是一个立足历史、反思"现在"的开放性文学研究体系。值得注意的是，维谢洛夫斯基的历史诗学大厦是建立在大量文学文本批评实践的经验基础之上。比如，维谢洛夫斯基仅对诗歌隐喻修饰语的论证就分析了古希腊的《荷马史诗》、法国英雄史诗《罗兰之歌》、亚里士多德的《诗学》、维吉尔的《埃涅阿斯纪》、奥维德的《变形记》、龚古尔兄弟的《日记》、但丁的《神曲》等十几个诗歌文本。维谢洛夫斯基每一个关于诗歌的观点都力求用丰富的阅读经验来作为翔实的论据。这使得历史诗学还在萌芽时期就健康成长，因此，它具有深远的影响力。日尔蒙斯基、普罗普、巴赫金、康拉德、梅列金斯基

---

〔1〕 维谢洛夫斯基:《历史诗学》,刘宁译,百花文艺出版社 2003 年版,第 32 页。
〔2〕 维谢洛夫斯基:《历史诗学》,刘宁译,百花文艺出版社 2003 年版,第 33 页。

等一大批有所建树的俄罗斯文艺理论家都得益于维谢洛夫斯基所开创的历史诗学研究方法。

## 二、巴赫金的《历史诗学概论》:历史诗学的发展

20 世纪 30 年代,巴赫金在论文《小说的时间形式与时空体形式——历史诗学概论》中认为,"历史诗学"应该"把握现实的历史时间和空间,把握现在时空中的显示的历史的人……"[1]巴赫金正是像维谢洛夫斯基研究诗歌那样研究小说,才提出了"复调小说"、"狂欢化诗学"、"对话性"等享誉世界的诗学理论。

在陀思妥耶夫斯基的小说《穷人》里,巴赫金发现了与果戈理的独白小说《外套》不同的新小说形式:"复调小说"。为了更深入地了解这一新小说体裁的本质和特征,巴赫金说:"现在该是从体裁发展史的角度来阐释这一问题,也就是把问题转向历史诗学方面来。"[2]他的目的很明确:"我们所作的历时性分析,印证了共时性分析的结果。确切地说,两种结果相互检验,也相互得到印证。"[3]这正是维谢洛夫斯基的文学观念中的"重新审视应该立足于历史远景"之上的另一种更明晰表述。这里,巴赫金贯彻了维谢洛夫斯基倡导的文学史研究应该在"诗歌的历史中阐明它的本质的"历史诗学研究方法。与维谢洛夫斯基略有不同的是,巴赫金进行的是"在小说的历史中阐明小说的本质"的复调小说研究。

运用历史诗学研究方法,巴赫金认为复调小说是欧洲狂欢文化的变体。他说:"文学狂欢化问题,是历史诗学问题,主要是体裁诗学的非常重要的课题之一。"[4]更有意义的是巴赫金把复调小说的历史诗学研究方法扩展到其他文学体裁,他说:"这个问题对文学体裁的理论和历史,有着更为广泛的意义。文学体裁就其本质来说,反映着较为稳定的、'经久不

---

〔1〕　巴赫金:《小说理论》,河北教育出版社 1998 年版,第 247 页。

〔2〕　巴赫金:《陀思妥耶夫斯基诗学问题》,生活·读书·新知三联书店 1988 年版,第 155 页。

〔3〕　巴赫金:《陀思妥耶夫斯基诗学问题》,生活·读书·新知三联书店 1988 年版,第 248 页。

〔4〕　巴赫金:《陀思妥耶夫斯基诗学问题》,生活·读书·新知三联书店 1988 年版,第 157 页。

衰'的文学发展倾向。"[1]巴赫金认为任何艺术形式和艺术体裁都有一个历史形成的过程,因此,要对艺术形式或体裁作深入的历史分析。比如,巴赫金指出,陀思妥耶夫斯基的复调小说是一种新的体裁。而陀思妥耶夫斯基在欧洲小说史上也不是"孑然独立的",这种新的复调小说是欧洲狂欢文化的变体。他从复调小说的历史源头寻找这种新小说形式的存在依据,并指出复调小说"不是从天上掉下来的,不是没有先例的,必须从历史诗学的角度对其进行广阔的历时探索"[2]。

巴赫金的历史诗学是其文化诗学的重要组成部分。可以说,没有历史诗学的研究方法巴赫金的文学思想就不会有如此深厚的历史底蕴,也不会对东、西文化产生如此重要的影响。但不要忘记,正是在维谢洛夫斯基所开创的历史诗学研究道路上,巴赫金才会硕果累累、名声大振。因此,巴赫金的文学思想是运用了历史诗学的研究方法的产物,这也促进了历史诗学方法与理论体系的完善。正因如此,20 世纪 80 年代初,赫拉普钦科院士宣布将历史诗学作为一门"新科学"来建设。90 年代以后,俄罗斯文学院高尔基文学研究所将历史诗学确定为未来最重要、最有价值的研究方向。[3]维谢洛夫斯基虽然没有亲手完成历史诗学体系的建构工程,但是,在巴赫金等人的文学批评实践中却得到了长足发展。

### 三、海登·怀特和达维德·方丹:历史诗学的渗透、发散

当代美国学者海登·怀特在《元史学》一书中将"历史诗学"作为该书的导言。与维谢洛夫斯基关注诗歌、巴赫金关注小说不同,海登·怀特的历史诗学研究对象是"历史"(历史作品、历史叙事、历史话语)。"'历史'与'诗学'本是两个互相排斥的概念,但在海登·怀特这里却成了相融的、关联的关系。在海登·怀特的思路上,对'历史'的研究不能采取与'诗

---

〔1〕 巴赫金:《陀思妥耶夫斯基诗学问题》,生活·读书·新知三联书店 1988 年版,第 156 页。

〔2〕 巴赫金:《陀思妥耶夫斯基诗学问题》,生活·读书·新知三联书店 1988 年版,第 30—31 页。

〔3〕 朱立元:《当代西方文艺理论》,华东师范大学出版社 1997 年版,第 267 页。

学'对立的'历史学'方法,而要采取诗学的方法,或者说,'历史学'的根本性质就是'诗学'。因为'历史'不是别的,它就是'诗'。"〔1〕海登·怀特认为19世纪的历史学家米什莱、兰克、托克维尔、布克哈特和历史哲学家黑格尔、马克思、克罗齐、尼采八位思想家的作品之所以具有普世性,是因为他们"思考历史及其过程时,那种预构的而且特别的诗意本性"〔2〕。因为"历史作品"(包括历史文本和历史哲学文本)具有"诗意本性",海登·怀特才断言:"历史与小说之间的差别在于,史学家'发现'(discover)故事,而小说家'创造'(invent)故事。"〔3〕历史作品的"诗性"是海登·怀特历史诗学的核心。他说:"如果所有诗歌里都有历史的成分,那么所有对世界的历史描写都有诗歌的成分。"〔4〕这里,他强调了历史中诗的因素。这种"诗性"具体体现为动力机制的四种历史情节化结构,可推论演绎的四种形式论证式解释模式和历史文本"中心思想"的四种意识形态蕴涵式解释模式。

坚持一种历史的诗性观,也就坚持一种历史作品具有了审美的、认识的和伦理的功能的观点。海登·怀特说:"我认为,历史作品的伦理环节反映在意识形态蕴含的模式中。这种模式能将一种审美感知(情节化)与一种认知行为(论证)结合起来,……"〔5〕他不仅论证了历史诗性的体现,还指出历史"诗性"的语言学基础。根据他的主张,历史作品之所以具有诗性就在于语言具有诗性的因素:"只要历史学家继续用一种基于日常经验的言说和写作,对过去现象和思想的再现仍然是'文学的',即,'诗性

〔1〕 赵志义:《历史话语的文学性——兼评海登·怀特的历史诗学》,载《青海师范大学学报·哲学社会科学版》2006年第4期,第77页。

〔2〕 海登·怀特:《元史学:十九世纪欧洲的历史想像》,陈新译,译林出版社2004年版,第4页。

〔3〕 海登·怀特:《元史学:十九世纪欧洲的历史想像》,陈新译,译林出版社2004年版,第8页。

〔4〕 Hayden White. "Historical Text as Literary Artifact", *Tropics of Discourse*. The Johns Hopkins University Press,1978,pp. 97-98.

〔5〕 海登·怀特:《元史学:十九世纪欧洲的历史想像》,陈新译,译林出版社2004年版,第34页。

的'和'修辞的',这是一种不同科学话语的再现方式。"[1]历史话语的再现方式表明了历史作品的文学性,而非科学性。

"假如我们称之为情节化、论证解释和意识形态蕴涵模式之间的关系是有效的,我们必须在更基本的意识层面上对待这些模式的可能性基础。"[2]"事实上,有四种主要的类型,对应着诗性语言的四种主要比喻。"[3]即隐喻、转喻、提喻和反讽。而且,这四种比喻规则是上述三种历史解释模式的基础。不难看出,海登·怀特在《元史学》的绪言中所倡导的历史诗学是一种基于语言学的比喻诗学。在随后的研究论文中他不断对《元史学》的绪言中所提出的历史诗学思想进行论证、补充、阐发、扩散,使其逐渐发展成为转义现象学。20世纪70年代末期,他将注意力转向了历史作品的叙事性、叙事类型、叙事的意识形态性等问题。这实际上是从另一个方面丰富了他的历史诗学思想,形成了其叙事的历史诗学。总之,海登·怀特的历史诗学以"历史是诗性的"这一核心思想展开对历史、文学以及两者关系的思考,形成了三种历史诗学:比喻的历史诗学、转义的历史诗学、叙事的历史诗学。这三个类型的历史诗学在《元史学》一书的导言中已形成萌芽。他以图表(见下页)的形式将其历史诗学直观化。[4]

由此可见,海登·怀特的历史诗学与他的前辈维谢洛夫斯基和巴赫金对体裁问题的重视不同,他的历史诗学落脚于历史文本。如果说维谢洛夫斯基和巴赫金的历史诗学侧重于艺术形式(诸如体裁、题材、修辞等)的历史形成过程的分析,寻找艺术形式存在的历史依据;那么海登·怀特的历史诗学主要是关于历史的诗性研究。维谢洛夫斯基和巴赫金的历史

---

〔1〕 Hayden White. "An Old Question Raised Again: Is Historiography Art or Science?" *Rethinking History*, Vol. 4, No. 3, 2000, p. 391.

〔2〕 Hayden White. "Interpretation in History", *Tropics of Discourse*. The Johns Hopkins University Press, 1978, pp. 71-72.

〔3〕 海登·怀特:《元史学:十九世纪欧洲的历史想像》,陈新译,译林出版社 2004 年版,第 40 页。

〔4〕 Hayden White. "Interpretation In History", *Tropics of Discourse*. The Johns Hopkins University Press, 1978, p. 70.

| Mode of Emplotment<br>（情节编排模式） | Mode of Explanation<br>（解释模式） | Mode of Ideological Implication<br>（意识形态蕴涵模式） | Mode of Figure<br>（比喻类型） |
|---|---|---|---|
| Romance<br>浪漫剧 | Idiographic<br>形式论证式 | Anarchist<br>无政府主义 | Metaphor<br>隐喻 |
| Comedy<br>喜剧 | Organicist<br>有机论的 | Conservative<br>保守主义 | Metonymy<br>转喻 |
| Tragedy<br>悲剧 | Mechanistic<br>机械论的 | Radical<br>激进主义 | Synecdoche<br>提喻 |
| Satire<br>讽刺剧 | Contextualist<br>语境论的 | Liberal<br>自由主义 | Irony<br>反讽 |

诗学实际上是诗学的历史，而海登·怀特的历史诗学实际上强调的是历史文本的文学性，即历史的诗学。他提出历史诗学的初衷就是将历史当作小说来读。他没有对作为小说的"历史"之历史起源进行考察，至多上溯到 18 世纪的启蒙时期（虽然，他获得的是中世纪历史的博士学位）。其目的还是在于关注历史文本在共时性层面上所具有的诗意特征，强调"诗性语言才是一个再现历史的途径"〔1〕。同时，这种考察又是一种参照当代最新文学艺术理论对大量历史文本的批评实践。所以，海登·怀特的历史诗学是指历史学"为什么"以及"在何种程度上"具有"诗学"特征。

像维谢洛夫斯基主张文学观念应不断得到"修正"一样，海登·怀特的"历史是虚构"以及"历史学是诗学的"观念意味着历史观念也应该不断得到"修正"，并融入不同时代人们的各种体验。由此看来，海登·怀特并不否认人类关于过去的知识，只是强调历史知识的体验性而已。他的历史诗学是"叙述主义的历史哲学"〔2〕。通过主张"事实"不同于"事件"，可以看出他并不否认历史存在的必要性，只是提醒我们历史书写（事实层面的历史）以及历史叙述的多样性。因此，海登·怀特的历史诗学使得历史学走入更加广阔的天地。"海登·怀特以文学和诗学理论的特定模式和概念为基础而研究历史话语和历史潜在结构，代表了作为后结构主义普

---

〔1〕　海登·怀特：《元史学：十九世纪欧洲的历史想像》，陈新译，译林出版社 2004 年版，第 39 页。

〔2〕　张广智：《多面的历史——西方史学家掠影》，载《历史教学问题》2005 年第 1 期，第 82—84 页。

遍倾向的形式主义文学批评向历史研究领域的密集渗透。"[1]无论是有意识的,还是无意识的,海登·怀特把本来发源于文学领域内的历史诗学向其他领域渗透和发散。

"历史诗学"这一术语,还出现在名为《诗学——文学形式通论》一本小册子中。该书的第五章题为"体裁理论:为了历史诗学"。作者对包括巴尔特在内的理论家们取消文学中的体裁不满,认为"事实上,不参照体裁就不可能对文学作普遍性的论述,因为,体裁是文学和普遍性之间的桥梁;一种体裁既是一系列抽象而特殊的表现手法之和,也是一些具体文章之和,因为既不存在纯文学性,也不存在唯一的文学性。所以,所有诗学道路都通向体裁"[2]。作者从"解读的诗学"和"体裁的诗学"两个方面使各文学体裁具体化。作者主要通过艾柯(Umberto Eco)的"作品语用学"、法国诗学理论家查理(Michel Charles)的"文学语言有效性"、瑞士评论家"康斯坦茨流派"的主要成员尧斯的读者接受理论、托多罗夫的"幻想体裁的两面性"、勒热纳(Philippe Lejeune)的"自传的约定"理论,论证了对于体裁问题的研究可以让我们明白作品如何得到人们公认的,或者说"作品是通过何种程序来指挥解读和给读者以确定的角色的"[3]。然后,作者又考察了体裁的起源和体裁在日常用语中的扎根情况及其在历史上的可变性,指出"体裁既是实现一项社会功能的历史想像,也是一个结构性整体"[4]。也就是说,体裁有两副面孔:作为一种类别抽象物的理论手段和作为一个不断进行着重新构造的历史事实。即有两种体裁:理论体裁和历史体裁。托多罗夫认为,前者属于一种对一些定义规则进行抽象的联合,后者是某一时期的一系列作品的文学典型的共相。前者是演绎

---

[1] 张进:《历史的叙事性和叙事的历史性》,载《甘肃广播电视大学学报》2003年第4期,第1—5页。

[2] 达维德·方丹:《诗学——文学形式通论》,陈静译,天津人民出版社2003年版,第107页。

[3] 达维德·方丹:《诗学——文学形式通论》,陈静译,天津人民出版社2003年版,第108页。

[4] 达维德·方丹:《诗学——文学形式通论》,陈静译,天津人民出版社2003年版,第124页。

法的结果,后者属于归纳法。最后,该书又通过巴赫金小说的多音共鸣、对话理论和热奈特将文学史改编为"想像的图书馆"的构想赋予了诗学更宽泛的对象:超文本性,或"文本超越原文"。

超文本性体现于五个方面:文本间的相互联系性(如引语、抄袭、影射);文本间的旁侧联系(如题目、副标题、序、注、题词等);元文本(评论关系);文本间的超级联系(文章的改编、摹仿与另一文章的叠合);文本间的首要联系或文章对诸如语式、体裁、风格等大类的从属关系。不难看出,历史诗学已经超越了语言和文章。历史诗学不仅侧重于文本的历时性考察,还把单个文本置于一般性中,置于组成文本的各种关系交叉点上。这种超文本性也就是互文性,即文本与文本之间的文化狂欢。巴赫金曾经说过:"我们认为,文学狂欢化问题,是历史诗学,主要是体裁诗学的非常重要的课题之一。"〔1〕《诗学——文学形式通论》一书中的历史诗学是一种侧重于历时性的体裁诗学。

尽管亚里士多德在西方第一本系统的文学理论专著《诗学》中明确了"史"、"诗"之分,但是,海登·怀特的"历史诗学"却是对古希腊神话中"史"与"诗"不分信念的当代应和。〔2〕 因此,海登·怀特的"历史诗学"具有一定的"历史性"。

## 第四节　海登·怀特的历史诗学:一种比喻学

海登·怀特在《元史学》一书"导论"中明确地说:"在诗性语言的自身的形式内,我们找到了那种用来分析不同思想、表现和解释模式的范畴……简言之,比喻理论为我们在历史想像演进的特定时期内,提供了一个对其深层结构的形式进行分类的基础。"〔3〕其实,"比喻"不仅是 19 世

---

〔1〕 巴赫金:《陀思妥耶夫斯基诗学问题》,生活·读书·新知三联书店 1988 年版,第 157 页。
〔2〕 赵志义:《历史话语的文学性——兼评海登·怀特的历史诗学》,载《青海师范大学学报·哲学社会科学版》2006 年第 4 期,第 79 页。
〔3〕 巴赫金:《陀思妥耶夫斯基诗学问题》,生活·读书·新知三联书店 1988 年版,第 40 页。

纪历史意识的深层结构，也是海登·怀特历史诗学的核心。历史诗学的"鼻祖"维谢洛夫斯基主要探讨诗歌的押韵、修饰语史等诗歌形式的历史演化，而海登·怀特主要从比喻的诗性语言入手来丰富历史诗学的研究对象、拓展历史诗学的研究范围。

## 一、"比喻"范畴几乎贯穿了海登·怀特一生的历史思考

自从 19 世纪中期维谢洛夫斯基创建历史诗学以来，它经历了滥觞、发展、发散三个时期。海登·怀特是历史诗学发散期的代表人物之一。他除了将历史诗学的研究方法应用于历史反思之外，还将其应用于人文领域的各个学科。海登·怀特曾经明确地表示过："相信一个实体存在是一回事，把它解释成某种特殊的可能知识是另一回事。我认为，这种建构行为既是一种想像也是一种认知，这就是为什么我认为自己的工程是将历史诗学概念化而不是历史哲学的原因。"[1]

如果说历史诗学的开创者维谢洛夫斯基的中心课题在于阐明"诗的意识及其形式演变"，那么海登·怀特的历史诗学的核心思想就是"历史意识及其一般性结构理论"。《元史学》考察的是 19 世纪欧洲的历史意识史，主要是在语言学层面上，揭示历史作品的文学性时指出，"比喻"是历史意识的深层结构。海登·怀特认为每个历史学家的历史著述都有一种"自我融贯的总体外貌"，正是这种一致性和融贯性赋予其著作独特风格。"问题在于确定这种一致性和融贯性的基础，依我看，这种基础是诗性的，本质上尤其是语言学的。"[2]

《话语转义学》是从在历史语言的"比喻"层面转向历史话语的转义层面来继续探讨历史意识的深层结构，即由对历史意识做出语言的"比喻模式"探究到对整个人类意识深层结构中所具有的"思想的比喻"模式的解

---

〔1〕 Hayden White. "An Old Question Raised Again: Is Historiography Art or Science?" *Rethinking History*, Vol. 4, No. 3, 2000, p. 397.

〔2〕 海登·怀特：《元史学：十九世纪欧洲的历史想像》，陈新译，译林出版社 2004 年版，第 39 页。

释。因此,有人指出:"对于海登·怀特来说,人类深层结构的'秩序根基'就是转义理论。"[1]凯尔纳认为《话语转义学》表明海登·怀特从现实混乱的现象中发现了(人类思维)秩序的根基:"转义理论"。他认为,海登·怀特的转义理论是《元史学》中语言层面的比喻理论的深化:"因此,表层结构(语言的比喻)变成了深层结构(思想的比喻),不过,仍然停留于表层结构,避免了奇特的解释。"[2]对此,国外学术界基本认可,约翰·尼尔森说:"正如海登·怀特指出,转义不仅仅是多数研究者认为的那样是语言的比喻,而是意识模式。"[3]"转义"不仅仅是语言比喻,也是意识模式,海登·怀特历史诗学体系中的"转义"是立足于比喻模式的转义。

《形式的内容》则是从叙事层面上进一步论证历史意识中的四重转义模式在如何将元编码的无序、无意义的"过去"转变为"诗意"的历史编撰时所起的关键作用。此阶段,海登·怀特受奥尔巴赫比喻理论影响十分明显。在引起认识论突变的符号学和解构主义刚刚盛行之际,《形式的内容》一书中有对叙事结构的深刻洞见。这些基于比喻理论的叙事见解让人们承认力量强大的"文本意图"会取代那些重视俗气的阅读与写作策略的"作者意图"。因此,米歇尔·罗斯指出:"一件历史作品的意思不应该与作品的指涉和意图相混淆。"[4]

海登·怀特说:"这就意味着,叙事远非某种文化用来为经验赋予意义的诸多代码中的一种,它是一种元代码,一种人类普遍性,在此基础上有关共享实在之本质的跨文化信息能够得以传递。"[5]叙事的自我解释功能凸显了文本意图。因此,米歇尔·罗斯认为海登·怀特在为"历史"

[1] Hans Kellner. "A Bedrock of Order: Hayden White's Linguistic Humanism", *History and Theory*, Vol. 19, No. 12, 1980, p. 11.

[2] Hans Kellner. "A Bedrock of Order: Hayden White's Linguistic Humanism", *History and Theory*, Vol. 19, No. 12, 1980, p. 11.

[3] John S. Nelson. "Tropal history and the Social: Reflections on [Nancy] Struever's Remarks", *History and Theory*, Beiheft 19, 1980, pp. 80-101.

[4] Michael S. Roth. "Cultural Criticism and Political Theory: Hayden White's Rhetorics of History", *Political Theory*, Vol. 16, April 1988, p. 642.

[5] Hayden White. "The Value of Narrativity in the Representation of Reality", *The Content of the Form*. The Johns Hopkins University Press, Baltimore and London, 1987, p. 1.

正名:"一旦我们理解了正是我们在'过去'的基础上建构了叙事,历史诉求不应成为对自由的限制,而是一种赋予我们生活意义的方法。"[1]他认为既然叙事是我们对过去的建构,那么诉诸历史就不应成为一种压抑,而是一种赋予我们所选择的生活意义的方式。同时,米歇尔·罗斯从叙事学的角度对《形式的内容》进行解读后提出质疑:"但是,假如我们'总是已经'嵌入武断的比喻语言之中,如何选择赋予我们生活意义的方式呢?"[2]

海登·怀特对这一问题进行了回答。他认为克制任意性的比喻语言赋予生活意义的方式就是"叙事",因此,《形式的内容》一书收入的所有论文几乎都考察了再现现实的叙事的功能和能力。他告诉人们撰写此书的目的是"提出叙事性问题,就要引起对文化本性的反思,而且,甚至可能要引起对人性自身的反思"[3]。这也是他为什么以"形式的内容"作书名的用意。米歇尔·罗斯精辟地分析道:"作者的话语实现了某种效果,是因为将它们装配在一起的方式。叙事形式的特殊成分更多地揭示了道德的、政治的、审美的内容。"[4]这标志着海登·怀特的思考重点由文本内部的比喻语言到文本外部的文化、人性等因素的语境论的转变。他之所以如此,是为了避免陷入比喻语言的形式主义牢笼之中。

但是,在考察叙事性的时候,他并未放弃比喻的根基。根据《形式的内容》的观点,罗斯指出:"叙事是一种将我们的经验塑造成意义整体,因此叙事是与别人交流的修辞手段。"[5]虽然强调了叙事话语的多层内容,但是,他还是将叙事作为一种修辞手段,通过这种修辞手段,我们的经验

[1] Michael S. Roth. "Cultural Criticism and Political Theory: Hayden White's Rhetorics of History", *Political Theory*, Vol. 16, April 1988, p. 641.

[2] Michael S. Roth. "Cultural Criticism and Political Theory: Hayden White's Rhetorics of History", *Political Theory*, Vol. 16, April 1988, p. 641.

[3] Hayden White. "The Value of Narrativity in the Representation of Reality", *The Content of the Form*. The Johns Hopkins University Press, Baltimore and London, 1987, p. 1.

[4] Michael S. Roth. "Cultural Criticism and Political Theory: Hayden White's Rhetorics of History", *Political Theory*, Vol. 16, April 1988, p. 642.

[5] Michael S. Roth. "Cultural Criticism and Political Theory: Hayden White's Rhetorics of History", *Political Theory*, Vol. 16, April 1988, p. 642.

便被铸成能够与别人交流的意义整体。这使我们想起了罗素的一句话："历史学在增进我们对人性的知识方面，是无可估价的；因为它表明了可以期待着人们在新的境遇之下怎样行动。"〔1〕

《比喻实在论》是海登·怀特前三本书中关于历史意识思考成果的综合。他把"比喻"视为话语的基本成分，并将比喻描述在话语中生成、转变的"意象"。埃娃·多曼斯科认为，这表明海登·怀特已经对他以前并未明确的两个主要概念——比喻和转义进行了区分："比喻不同于转义，他将转义明确为话语中一个模式转换为另一个模式。"〔2〕目前，海登·怀特的兴趣仍然在"比喻"这一概念上，比如，比喻在历史叙述中的作用、反思西方文化语境中历史的滥用与使用的比喻因果论。"比喻"在其话语概念中如此重要，埃娃将海登·怀特后期的比喻理论称之为"比喻创造论"（figural creationism），它取代了他此前的"转义发展论"（tropal evolutionism）。由语言学意义上的"比喻"到文化认知学意义上的"比喻"，海登·怀特充分认识到"比喻"是历史意识中起决定作用的深层结构，它在整个人类认知领域的价值都不可低估。在此意义上，埃娃·多曼斯科说："对于海登·怀特来说，比喻概念为一个新范式的诞生铺平了道路。"〔3〕

以"比喻"为主要概念来把握海登·怀特的历史诗学可以较为准确、全面地反映他前期和后期思想。"比喻学"是对海登·怀特这两个阶段思想成果的简洁概括和浓缩提炼。同时，这一术语也有利于理解海登·怀特整个思想体系。正如伊格尔斯指出："我将会聚焦于元史学……因为转义理论在其后期基本未变，所增加的只是'后结构主义'和'后现代主义'，用海登·怀特的术语说就是与结构主义和形式主义相对的语言理论，或

---

〔1〕 罗素：《论历史》，何兆武等译，广西师范大学出版社 2001 年版，第 26 页。

〔2〕 Hans Bertens and Joseph Natoli. *Postmodernism*：*The Key Figures*. Blackwell Publishers，2002，p. 326.

〔3〕 Hans Bertens and Joseph Natoli. *Postmodernism*：*The Key Figures*. Blackwell Publishers，2002，p. 326.

者用他的元史学术语来概括也可以。"[1]伊格尔斯认为,比喻理论在添加了后结构主义和后现代主义思想后,贯穿于海登·怀特《元史学》以后的作品。当然,比喻理论作为《元史学》一书的深层结构,也是海登·怀特早已言明了的。因此,用"比喻学"的命名较其他术语更为合适。

## 二、"比喻"是海登·怀特历史诗学的主要研究内容

海登·怀特之所以在《元史学》一书的导言中用"历史诗学"为副标题,是因为他提出了一种用于分析19世纪经典历史著作的形式理论。在这种形式理论中,海登·怀特"将历史作品视为叙事性散文话语形式中的一种言辞结构"[2]。言外之意,海登·怀特将历史当作小说、散文来读、来写、来研究。其实,这一观点并非海登·怀特独创,因为历史著作在近二三百年以前一直被视为散文一类的文学作品。维柯认为,"最早的寓言故事一定包含着民政方面的一些真相,所以,必然就是最初各民族的一些历史。"[3]

最为典型的就是中国文学史上的《史记》,它既是一本资料翔实、内容丰富的历史经典,也是一本人物形象生动、艺术手法多样的传记文学名著。其他诸如《春秋》、《左传》、《国语》、《汉书》等著作在当时根本没有明确的文学体裁类型的意识。小说家王蒙在谈到《史记》中"张良拜师"的故事时说:"作为小说它是完美极了。作为事实简直不可思议。"还有赠锦袍那一段,"不但是小说,几乎就是京剧本子。"[4]西方"历史之父"希罗多德的《历史》中讲述的是许多有趣的故事,"尊重事实也并没有使他回避戏剧情节……"[5]另一位历史学家修昔底德的《伯罗奔尼撒战争史》虽是一本历史著作,却是"以希腊悲剧为范本,充满了史诗光辉的手法"[6]。

〔1〕 Georg Iggers. "Historiography between Scholarship and Poetry: Reflections on Hayden White's Approach to Historiography", *Rethinking History*, Vol. 4, No. 3, 2000, p. 376.

〔2〕 海登·怀特:《元史学:十九世纪欧洲的历史想像》,陈新译,译林出版社2004年版,序言,第1页。

〔3〕 维柯:《新科学》(上),朱光潜译,商务印书馆1997年版,第118页(198ff)。

〔4〕 徐岱:《基础诗学——后形而上学艺术原理》,浙江大学出版社2005年版,第55—56页。

〔5〕 罗素:《论历史》,何兆武等译,广西师范大学出版社2001年版,第19页。

〔6〕 罗素:《论历史》,何兆武等译,广西师范大学出版社2001年版,第20页。

　　所以,别尔嘉耶夫指出:"真正的历史学科只是在十九世纪才成为可能,在十八世纪人们还坚信诸如宗教是由祭师们杜撰出来的欺骗人民的说法,而这种情况在十九世纪已不可能。"[1]因为,"没有自由就没有历史。自由是历史形而上学的第一基础。"[2]其实,这里的"自由"是指精神的自由和想象力的自由。海登·怀特就是在对 19 世纪欧洲的"历史想像"(《元史学》一书的副标题)中提出了他的历史诗学理论。

　　海登·怀特认为历史著述是由"材料"(历史记录)、"概念"(解释材料的理论)、"叙述结构"(表述史料)三者组合在一起的。这三者为历史作品的显性层面,在历史作品中分别起到认识论的、美学的、道德的作用。历史作品的隐性层面则是四种预构了历史领域的"诗性行为"(poetic action):隐喻、转喻、提喻、反讽。通过对历史作品隐性与显性层面的共时态的分析,他不仅假设了作为经典历史作品深层结构的隐喻、转喻、提喻、反讽四种历史意识模式,还意在通过揭示历史作品中诗学要素引起人们对历史作品中艺术成分的关注。"诗学表明了历史作品的艺术层面,这种艺术层面并非是文饰、修饰或美感增补意义上的'风格',而是被看作某种语言运用的习惯模式,通过该模式将研究对象转换成话语的主词。"[3]海登·怀特认为,黑格尔、尼采和克罗齐等历史哲学大师是特殊意义上的语言哲学家,因为他们自觉地领会了历史编撰的诗学基础,因此,他们对历史的解释也自觉地以上述四种比喻模式为基础。《元史学》一书中历史意识体现为四种比喻的语言规则,在随后的著述中,他的关注对象由历史意识扩展到人类意识自身的深层结构研究,随之而来的意识形态由历史意识的比喻语言规则具体化为话语转义的四种模式,即他的历史诗学的研究重点由"语言的比喻"转向"思想的比喻"。20 世纪 90 年代至今,他又开始对"比喻为什么具有实在性"的问题感兴趣。换言之,以比喻为轴心,

---

　　〔1〕　别尔嘉耶夫:《历史的意义》,张雅萍译,学林出版社 2002 年版,第 6 页。
　　〔2〕　别尔嘉耶夫:《历史的意义》,张雅萍译,学林出版社 2002 年版,第 46 页。
　　〔3〕　Hayden White. "An Old Question Raised Again: Is Historiography Art or Science?" *Rethinking History*, Vol. 4, No. 3, 2000, p. 397.

海登·怀特历史诗学的研究重心由"比喻怎样让我们认识(再现)世界"转向"比喻为什么可以让我们真实地认识(再现)世界"的问题。这意味着比喻是他的历史诗学的主要研究对象和研究内容。

### 三、海登·怀特使"比喻"焕发了新的活力

海登·怀特在《历史的情节建构与真实性问题》[1]一文中通过回击当代史学家对历史再现比喻话语的批评,对自己提出的历史诗学进行辩护。他认为基于字面意义的事实性陈述反映的是现实主义经验生活,而比喻意义的叙事性历史适合于现代主义的经验生活,通过不断发展与完善,这位美国学者使"比喻"具有了现代内涵。

贝雷尔·兰格(Berel Lang)认为,"比喻语言不仅背离字面意义,而且将注意力从假装要谈论的事物状态转移。"[2]比喻将读者注意力引向作者及其创造性天赋,模糊了喻体(事件),以文学故事和神话故事为例证简化历史故事,并使读者移情于故事中人物。兰格认为运用比喻性语言的文学再现是对事实的歪曲,其理想的再现是"通过对事实的字面再现来揭示真实本质"[3]。兰格提出一种"反再现"的观点,"并不是说他们不能被再现,而是说它们只能从事实或字面意义的角度谈论事件的范式。"[4]兰格的事实性历史观是19世纪兰克"如实直书"的客观主义历史观的翻版。海登·怀特认为兰格反对比喻性的历史再现不仅囊括了一切具有文学风格的历史编撰,也将所有叙事性历史(如将"大屠杀"表现为"故事")一网打尽。因为故事必须有情,而"每个情节建构都必须是一种比喻表达"[5]。

---

〔1〕 海登·怀特:《后现代历史叙事学》,陈永国、张万娟译,中国社会科学出版社2003年版,第333页。

〔2〕 海登·怀特:《后现代历史叙事学》,陈永国、张万娟译,中国社会科学出版社2003年版,第333页。

〔3〕 海登·怀特:《后现代历史叙事学》,陈永国、张万娟译,中国社会科学出版社2003年版,第334页。

〔4〕 海登·怀特:《后现代历史叙事学》,陈永国、张万娟译,中国社会科学出版社2003年版,第335页。

〔5〕 海登·怀特:《后现代历史叙事学》,陈永国、张万娟译,中国社会科学出版社2003年版,第336页。

赋予历史事件不同意义的情节化,是历史编撰家在诸种比喻形态中选择的结果,其中"没有任何决定论的因素"。后现代历史学家海登·怀特、安克斯密斯、汉斯·克尔纳等都主张一种历史编撰的比喻方法和历史研究的文学方法。伊格尔斯指出,"历史学家总得用比喻来创造历史的形象。"[1]"历史叙事是被视为'深层时间性'体验的'时间内'体验的比喻,就好像把时间当做其主题及组织原则的任何一部小说。"[2]海登·怀特将当代语言哲学和话语理论运用于历史学,增加了历史学的意蕴,强调了这样一个观点:"语言并非透明的表达中介,历史著作作为言辞结构具有无可回避的诗性性质。"[3]"那种被称为比喻学的语言学、文学和符号学的理论分支被人们看成是修辞理论和话语的情节化,在其中,我们有一种手段能将过去事件的外延和内涵的含义这两种维度联系起来,藉此,历史学家不仅赋予过去的事件以实在性,也赋予他们意义。"[4]

海登·怀特认为不同的比喻意识,对应不同的历史叙事模式。"比喻作为形式化的误解,乃是支配着我们理解过程的模式。"[5]当埃娃·多曼斯科问"你会将你的理论称作什么"时,海登·怀特明确回答"是比喻学",而不是历史的诗学、历史的修辞理论、新修辞相对主义或历史写作的诗学逻辑。"他的比喻学就是他的认识论。"[6]"比喻学研究的是,当我们使用语言时是如何生活在错误之中。我们在使用字词时,不是在撒谎,然而我们是在错误之中……比喻学是对语言使用性质的自觉。"[7]美国学者彼

〔1〕　伊格尔斯:《二十世纪的历史学:从科学的客观性到后现代的挑战》,何兆武译,辽宁教育出版社 2003 年版,第 13 页。

〔2〕　海登·怀特:《西方历史编纂的形而上学》,载《世界哲学》2004 年第 4 期,第 54—55 页。

〔3〕　彭刚:《叙事的转向——当代西方史学理论的考察》,北京大学出版社 2009 年版,第 28 页。

〔4〕　海登·怀特:《元史学·序言》,陈新译,译林出版社 2004 年版,第 1 页。

〔5〕　埃娃·多曼斯科:《邂逅:后现代主义之后的历史哲学》,彭刚译,北京大学出版社 2007 年版,第 65 页。

〔6〕　埃娃·多曼斯科:《邂逅:后现代主义之后的历史哲学》,彭刚译,北京大学出版社 2007 年版,第 72 页。

〔7〕　埃娃·多曼斯科:《邂逅:后现代主义之后的历史哲学》,彭刚译,北京大学出版社 2007 年版,第 74—75 页。

特·德·勃拉将海登·怀特的历史理论称为"修辞决定论",并将其作为自己的历史修辞学的理论资源。即使20世纪80年代海登·怀特转向了叙事,也是在完善其比喻学理论。"叙事是比喻学的一种代码,或者换一种说法,比喻学是叙事性的一种代码。"[1]安克斯密斯则充满敬仰地说:"比喻学其实是一个多么强有力的理论工具。"[2]耶尔恩·吕森认为,海登·怀特虽然提出比喻在历史中的重要性,但"并没有标明此中秩序所独有的历史特性"[3]。这也是海登·怀特20世纪80年代转向叙事的原因所在。

海登·怀特在提出历史诗学20年之后总结道:"比喻可能是,也可能不是内在于语言中,并且从而普遍地隐含在语言之中,对此,我不大清楚。但我仍认为它们是一种语言学上的普遍项。至于这是否使得它们也成其为人类意识的普遍项,我说不上来。然而它们的确无疑地弥漫于19世纪欧洲的历史话语之中,而我(就像是维柯更早时在《新科学》所作的那样)将它们作为比之任何形式的三段论逻辑都是更直接地渗透在话语之中的'诗性逻辑'的基础。"[4]

海登·怀特的历史诗学是坚持了"比喻一元论"。他关于历史文本的四重比喻结构,实际上是"比喻一元论"的四重性体现。与克罗齐用精神一元论代替了西方精神与物质、思维与存在二元论一样,他以"比喻"语言与比喻思维等同于全部历史实在,而潜藏着一种本质主义思维。但是无论如何,海登·怀特的历史诗学让"比喻"这种古老修辞方法与理论焕发了新的生命力。

---

〔1〕 埃娃·多曼斯科:《邂逅:后现代主义之后的历史哲学》,彭刚译,北京大学出版社2007年版,第67页。

〔2〕 埃娃·多曼斯科:《邂逅:后现代主义之后的历史哲学》,彭刚译,北京大学出版社2007年版,第87页。

〔3〕 埃娃·多曼斯科:《邂逅:后现代主义之后的历史哲学》,彭刚译,北京大学出版社2007年版,第181页。

〔4〕 彭刚:《叙事的转向——当代西方史学理论的考察》,北京大学出版社2009年版,第27页。

# 第二章　事件与故事的分野：
## 海登·怀特历史诗学之根基

　　20 世纪以来，人们对"历史"、"历史意识"、"历史知识"的反思形成两种观点：欧洲大陆思想家，以瓦莱里、海德格尔、萨特、列维·施特劳斯、福柯为代表的历史虚构论（艺术性）；英美哲学家的历史实证论（既非科学性，也非艺术性）。海登·怀特则以形式主义方法从两个层面（历史作品的家族特征、历史哲学解释历史的可能理论）重新透视历史，提出新的历史著述理论。具体地说，他认为可以从下列五个方面来把握一个历史著述：编年史、故事、情节化模式、论证模式、意识形态模式。编年史与故事，这两个层面为后三种历史叙事解释模式提供了必要的逻辑空间。按照追求客观性、精确性的实证主义历史观，故事是不可以解释的，只有原始"事件"才可以从社会的因果律角度得以解释。现在海登·怀特提出反传统的历史诗学理论，就使得"故事"具有经典文学名著那样的超时空的可阐释性。只有在历史文本是虚构的前提下，经典历史著作才能像小说、诗歌、散文那样去读，历史故事（而不是"事件"）才蕴涵了各种意义。

　　海登·怀特关于"事件与故事"的差异在于后者具有情节性和叙事性的特征，"事件与故事"的不同表明存在着两种认识论（能动反映论和发生认识论）和两种真理观（实证主义和实用主义）。"事件与事实"的差异则表明有两种"存在"：实体性存在和实在性（观念性）存在。"观念性存在是

'有'与'无'的统一",它以两种实在形式(知识与智慧)对人类的生活产生不同的影响。

# 第一节　编年史与故事：实在与存在

—— 兼论叙述与叙事及"发现"与"发明"的不同

编年史与故事的共同之处在于两者是历史记述的"原始要素",是历史作品中容易被读者理解的历史材料。编年史就是按时间罗列事件的清单,无始无终,没有高潮和低谷。"编年史再现历史实在,则好像实在的事件以未完成的故事形式呈现在人类意识之中……克罗齐说过,不存在叙事的地方就没有历史。"[1]两者的区别在于编年史中的事件不具有情节特征,即事件没有开始、高潮、结局。而"一组特定的事件按赋予动机的方式(初始动机、终结动机、过渡动机)被编码了,提供给读者的就是故事"[2]。由此可见,故事是被建构的,它有一种可辨别的开头、中间、结局,这是一个可理解的情节过程。"故事"意味着一组事件形式上的一贯性。

## 一、情节性:事件与故事的区别之一

### 1.故事的"形式一贯性",即情节性

其实,海登·怀特所说的"故事的形式一贯性"就是故事的情节性。事件与故事的区别首先在于前者不具有形式一贯性(因为没有"开头"、"中间"、"结尾"等情节特征),后者却拥有完整的"情节"结构。这意味着,即便包含相同的信息内容,事件和故事的意义也不一样。当编年史中的事件经过历史学家的选择和编序后,事件本身就变成了"景观"(罗兰·巴

---

[1] Hayden White. *The Content of the Form*: *Narrative Discourse and Historical Representation*. The Johns Hopkins University Press, Baltimore and London, 1987. p. 5.

[2] 海登·怀特:《元史学:十九世纪欧洲的历史想像》,陈新译,译林出版社 2004 年版,第 7 页。

尔特)或"发生过程"(海登·怀特),就拥有了可辨认的开头、中间和结尾,即事件被赋予了一定的情节结构。然后通过某种动机("初始动机"、"终极动机"、"过渡性动机")、"诗意手法"的描写,事件就具有了原先所没有的"文学性"。历史作品的"文学性"就在于它具有类似诗歌话语结构的声音、节奏、韵律等外在形式的情节结构(诗歌文本的"形式"所产生的意义大大超过了字面意义上的语言表述层面可能包含的"信息")。

正是"情节"这样的形式要素把读者的注意力引向了历史话语的"次要指涉物"(secondary referent),而不是作为"主要指涉物"(primary referent)的事件本身。"当读者把历史叙事中所讲的故事看作一种特殊的故事,如史诗、浪漫剧、悲剧、喜剧或笑剧时,就可以说他'理解'了这个话语所生产的'意义'。这种理解只不过是叙事'形式'的识别而已。"[1]

保罗·利科认为,"'情节'不只是虚构或神话故事的结构因素,而且还是对事件的历史再现的关键。"[2]本来作为虚构文学作品重要因素的"情节",现在成了衡量历史作品的关键所在。因为在利科看来,虽然我们可能会理解故事中的每一句话,却仍不能掌握其"要义"(the point)或者说仍有可能无法理解整个序列的"意义"(the meaning)。只有以"情节"为工具,才能把"有意义的行为"(meaningful action)中发生的环境诸因素构造(configuration)起来进行"全面把握"(grasping together)。

2. "一维"的事件和"两维"的故事

于是利科写道:"每一个叙事都以不同比例把两个维度综合起来,一个维度是按年代顺序的,另一个不是。第一种可以称作插曲的维度,描写的是由事件编造的故事。第二个是构造的维度,情节据此把分散的事件组合成意义整体。"[3]

---

〔1〕 Hayden White. *The Content of the Form*: *Narrative Discourse and Historical Representation*. The Johns Hopkins University Press, Baltimore and London, 1987. P. 43.

〔2〕 Hayden White. *The Content of the Form*: *Narrative Discourse and Historical Representation*. The Johns Hopkins University Press, Baltimore and London, 1987. p. 51.

〔3〕 Hayden White. *The Content of the Form*: *Narrative Discourse and Historical Representation*. The Johns Hopkins University Press, Baltimore and London, 1987. p. 51.

与只有"时间"的单项维度的"事件"相比,"故事"至少有两个维度:时间维度与构造维度。按照利科的看法,时间维度或插曲的维度,仅是将事件收集起来的"描写"层面;而构造维度则是"情节"将分散的事件组合成整体的意义层面。时间维度意味着故事具有纵深的历史内容,"构造维度"则使得故事成为负载诸多意义的形式结构。因此,利科说,正是"情节"形象地描绘了事件的"历史性"。具体说来就是:"要具有历史性,一个事件就不仅仅是事情的发生,一次特别的发生。它通过促进情节的展开而获得定义。"[1]由此看来,只有经过情节化后,编年史之"事件"才能成为历史之"故事"。编年史中的事件只是"在时间中"的事件,不是"发明"出来的,而是在现实世界中被"发现"的。

3. 被"发明"的故事和被"发现"的事件

故事之所以具有"情节性"特征就在于故事是被"发明"(found)的或者被"建构"(constructed)的。"发明"或"建构"是一种创造性的反应活动(reaction),即经过反应活动之后(事件被赋予一贯性的形式),故事的"内容"(content)或"内涵"(connotation)增加了。编年史的"事件"之所以不具有情节性,是因为它是在现实世界中被"发现"(found)的,或者说事件只是一种对现实状况的"复制"(replicate)。"发现"或"复制"只是一种能动性的反映(reflection)活动。因为,作为反映结果的事件只是对客观现实的写照或临摹。"反应"(react)与"反映"(reflect)虽然一字之差,涵义相去甚远。两种活动都具有过程性,但活动的结果却不一样。具体说来就是:"'能动反映'的结果依然是以被反映对象为'模型',在内涵上并没有增添真正具有实质意义的东西。与此不同,'创造反应'的结果产生了反应对象那里所没有的事物。"[2]"反应"(reactivity)与"反映"(reflectivity)的区别还可以让我们进一步阐明"发明"(invent)与"发现"(find)的不同内涵。

---

〔1〕 Hayden White. *The Content of the Form*: *Narrative Discourse and Historical Representation*. The Johns Hopkins University Press, Baltimore and London, 1987. p. 51.

〔2〕 徐岱:《美学新概念——21世纪的人文思考》,学林出版社 2001 年版,第 314 页。

　　"发明"与"发现"的不同体现在"创造性"（creational）与"能动性"（motility）两种不同的内涵上。"两者（创造性与能动性）之间的差别是显而易见的：后者只是在效果方面起到更好地反映对象的作用，而前者则是一种'无中生有'的能力。"[1]"发现"对发现者来说是新的，但是被发现的东西已经存在于外界现实之中，没有什么新的东西产生。所以，伊斯雷尔指出"能动性"的反映论"不仅假设现实独立于主体并在主体之外存在，而且还假设现实和对现实的认识的平行论"[2]。

　　4. 两种认识论："发生认识论"和"能动反映论"

　　发明是一种创造性的反应活动，而发现只是一种能动性的反映。这实际上道出了作为一种哲学观的反映论的局限所在。我们平时所倡导的能动性的反映论实质上与旧的形而上学一样都是消极、被动的机械论哲学，是一种否定"意识"的创造性的认识论。"创造性"的反应活动则代表了一种新的认识观——"发生认识论"。"认识一个对象并不意味着反映一个对象，而意味着对一个对象发生行动。"[3]对创造性反应活动的最有力证明就是观念存在的精神本身。"如果精神的一切内容和品质均为外物的反映，那实际上也就无所谓精神了。"[4]在此意义上，可以这样认为：故事的情节性体现了历史认识的创造性。所以，海登·怀特才说："情节就仿佛是在特定事件发生之前处于发展过程中的一个实体，而任何特定事件若要获得'历史性'，就要表明对这个过程有所贡献……'历史性'本身就是一个结构模式或'时间'层面。"[5]

　　通过对"发明"与"发现"两种不同认识活动的分析，事件与故事的区别也就一目了然，静态层面上的"事件"与"故事"分别是动态层面上的"发明"与"发现"，或者"反应"与"反映"两种性质不同的活动结果。换言之，

[1] 徐岱：《美学新概念——21世纪的人文思考》，学林出版社2001年版，第313页。

[2] 徐岱：《美学新概念——21世纪的人文思考》，学林出版社2001年版，第313页。

[3] 徐岱：《美学新概念——21世纪的人文思考》，学林出版社2001年版，第314页。

[4] 徐岱：《美学新概念——21世纪的人文思考》，学林出版社2001年版，第316页。

[5] Hayden White. *The Content of the Form: Narrative Discourse and Historical Representation*. The Johns Hopkins University Press, Baltimore and London, 1987. p. 51.

"编年史中的事件存在于作者即历史学家的意识之外,是可证实的已经构成了的事件,历史学家要对这些事件进行选择、排除、强调和归类,从而将其变成一种特定类型的故事,也就是通过'发现'、'识别'、'揭示'或'解释'而为编年史中掩藏的故事'编排情节',这就是历史学家把编年史变成故事或建构成历史叙事的过程。"[1] 其实通过"发现"、"识别"、"揭示"或"解释"而赋予一定事件的情节结构的过程就是叙事的过程。事件仅仅具有时间性,而不具有历史性;故事则既具有情节性,也具有历史性。

## 二、叙事性(narrativity)事件与故事的区别之二——兼论"叙述"(narration)与"叙事"(narrative)的区别

### 1.叙事性意味着故事拥有理解的普遍性和人类的共同性的特点

事件与故事的第二个区别是故事具有叙事性,而事件却不具有这种性质。事件是一种叙述的历史话语(a historical discourse that narrates),故事则是一种叙事的历史话语(a discourse that narratives)。"叙事"(narrative)不同于"叙述"(narration)。所谓叙述的历史话语是指历史学家不希望用叙事模式来再现事件的意义(他们可以采取诸如沉思录、剖析或摘要之类的非叙事的、反叙事的再现模式);他们拒绝讲述一个有关过去的故事,即他们没有讲述一个有明确的开头、中间和结尾的故事。这些历史学家仅仅给出了自己的陈述,没有为之强加一种故事形式。而叙事的历史话语,正如本维尼斯特(Benveniste)指出的,"在最严格的意义上,通过运用其专有的第三人称以及过去时和过去完成时这样的形式得以同话语区别开来。"[2]

海登·怀特认为这两种话语的区别是一种"公开采用某种观点来看待世界并叙述它的话语和一种想像着、使世界言说自身并且作为一个故

---

〔1〕 海登·怀特:《后现代历史叙事学》,陈永国、张万娟译,中国社会科学出版社 2003 年版,译者前言,第 3 页。

〔2〕 Gerard Genette. "Boundaries of Narrative", *New Literary History*, Vol. 8, No. 1, 1978, pp. 8-9.

事来言说自身的话语"[1]。就像热奈特所认为的那样,叙事被看成了一种"由一定数量的排斥物和限制性条件"赋予其特征的言说方式。叙事就是将"了解的东西转换成可讲述(telling)的东西"[2];"将人类经验塑造成能被一般人类而非特定文化的意义结构吸收的形式。"[3]

故事的叙事性意味着故事具有全人类的共同性和理解的普遍性。"我们或许不能完全领会另一种文化的特定思想模式,但是,我们比较容易理解其中的故事,无论这种文化显得多么奇异。"[4]在此意义上,法国后结构主义文论家巴尔特说:"叙事是国际性的、跨历史的、跨文化的:它就在那里,与生活本身没有什么区别。"[5]叙事的再现模式与其他话语模式一样是"自然"的,因为故事"负载"了人类关于世界的经验。故事本身就是充满意义的一般人类文化结构的形式。所以,巴尔特说:"叙事是可翻译的且不会受到根本损伤的",而一首抒情诗或一段哲学话语却不能在保证不受根本"损伤"的前提下被翻译成各种语言。这就是《泰坦尼克号》电影为什么风靡全球的原因,即使电影的主题是一个老掉牙的爱情故事。但,就因为这个故事形式上的可理解性,才会让不同民族、国家的人们感动。

2. 叙述与叙事:语言代码与"元代码"

如果说某类语言是某种特定文化用来为经验赋予意义的诸多代码中的一种,那么叙述则是语言代码的某种组合,是一种"公开采用某种观点

---

〔1〕 Hayden White. *The Content of the Form*: *Narrative Discourse and Historical Representation*. The Johns Hopkins University Press, Baltimore and London, 1987, p. 5.

〔2〕 海登·怀特认为叙事、叙述这几个词源自拉丁词 gnārus, 该词意思是了解、熟悉、内行的、熟练的等,叙事、叙述还源自拉丁词 narrō, 该词意思是陈述、讲述等。这同一个词根产生了希腊词 γνριμοV, 该词的意思是可知的、已知的等。(参见海登·怀特:《形式的内容:叙事话语与历史再现》,董立河译,文津出版社 2005 年版,第 2 页。)

〔3〕 Hayden White. *The Content of the Form*: *Narrative Discourse and Historical Representation*. The Johns Hopkins University Press, Baltimore and London, 1987, p. 1.

〔4〕 Hayden White. *The Content of the Form*: *Narrative Discourse and Historical Representation*, The Johns Hopkins University Press, Baltimore and London, 1987, p. 2.

〔5〕 Roland Barthes. "Introduction to the Structural Analysis of Narratives", in *Image*, *Music*, *Text*, translated by Stephen Heath, New York, 1977, p. 79.

看待世界"的陈述性话语。叙事则是一种可以传递"共享实在之本质的跨文化信息"的"元代码"(meta-code),是人类的普遍性。海登·怀特指出:"叙述是一种说话方式,就像语言本身一样普遍;而叙事是一种语言再现模式,对于人类意识似乎如此自然以至于要说这是一个问题都可能显得迂腐。"〔1〕所以,他认为"叙事能力的缺失或对它的拒斥必然意味着意义本身的缺失或遭拒斥"〔2〕。

在这两种话语模式中,叙述话语倾向于一种"主观性"(subjectivity)的特征,叙事话语则展示了"客观性"(objectivity)内涵。"话语的'主观性'是由一个'自我'或隐或现的在场所赋予的,这个'自我',即'仅仅是作为一个维持说话的人'。"相反,"叙事的客观性是通过所有叙事者的关涉物的不在场来定义的。"〔3〕因为,在"叙事化"的话语中,"不再有叙事者了。当事件出现在故事的地平线上时,它们都被按时间顺序记录下来,没有人在言说,事件好像在述说它们自己。"〔4〕

海登·怀特对叙述和叙事进行区分,不是为了仅仅保留"客观性"的叙事性话语,而从历史作品中排除"主观性"的叙述性话语。他的目的是探讨"原始事件"成为"历史事件"的内在原因,即试图证实"实在事件"(历史话语的正当内容)之任何叙事记述中的那种"内在性本质"。"这些事件是实在的,并不是因为它们发生了,而是因为,首先,它们被记住了。其次,它们能够在一个按时间先后排列的序列中找到一个位置。"〔5〕一个事件有资格作为历史事件,必须能够容纳两种对它的叙述。"历史叙事的权威正是实在自身的权威;历史记述赋予这种实在以形式并在其过程上强

〔1〕 Hayden White. *The Content of the Form*: *Narrative Discourse and Historical Representation*. The Johns Hopkins University Press, Baltimore and London, 1987, p. 26.

〔2〕 Hayden White. *The Content of the Form*: *Narrative Discourse and Historical Representation*. The Johns Hopkins University Press, Baltimore and London, 1987, p. 2.

〔3〕 Hayden White. *The Content of the Form*: *Narrative Discourse and Historical Representation*. The Johns Hopkins University Press, Baltimore and London, 1987, p. 3.

〔4〕 Gerard Genette. "Boundaries of Narrative", *New Literary History*, Vol. 8, 1978, p. 9.

〔5〕 Hayden White. *The Content of the Form*: *Narrative Discourse and Historical Representation*. The Johns Hopkins University Press, Baltimore and London, 1987, p. 20.

加一种只有故事才具有的形式一致性。"〔1〕显然,海登·怀特主张历史作品中应当同时拥有主观性与客观性两种话语成分。叙述是类似于"语言"的说话方式,叙事仿佛是"意识"一样"自然"的再现模式。在历史作品中,两者缺一不可。

3. 叙事性与时间性

不仅如此,海登·怀特还在法国哲学家保罗·利科"时间"理论的基础上进一步论述了故事的叙事性对于历史文本的意义。利科认为"时间"具有三个"组织深度"(degrees of organization):"内时间性"(within-timeness)、"历史性"(historicality)、"深度时间性"(deep temporality)。这三个"组织深度"反映了时间在人类意识中的三种再现:"普通时间中的再现",即事件发生于其中的时间;"重心在过去的再现",即回忆的时间;"试图掌握未来、过去、现在的多元统一的再现"。不仅仅是历史叙事,在任何叙事中,"把我们从内时间性带回到历史性,从'认真对待'时间带回到'回忆'时间的,正是叙事性。叙事的功能提供了从内时间性到历史性的过渡。"〔2〕其实,利科关于时间三个"组织深度"及"再现"的论述揭示了时间本身的"类情节"(plot-like)性质。但是,"类情节"还不完全是"情节",只是包含了情节的原始要素。要经过叙事化之后,"类情节"才能具有真正的情节特征。

这样看来,历史文本之叙事层面的"指涉物"不同于"编年史"层面上的"指涉物",因为,编年史再现的是"在时间内"存在的事件,而叙事再现的是"结尾与开头相连所构成的差异性的连续体"的时间面相(aspect of time)。将一个过程的结局与开端相连,就使得该过程的"中间部分"通过"回顾"获得了一种意义。开端与结局的联结是通过一种海德格尔称之为"重复"的能力完成的。"'重复'是'历史性'中存在的事件的特殊形态,

---

〔1〕 Hayden White. *The Content of the Form*: *Narrative Discourse and Historical Representation*. The Johns Hopkins University Press, Baltimore and London, 1987, p. 20.

〔2〕 Paul Ricoeur. "Narrative Time", *Critical Inquiry*, Vol. 7, 1980, p. 178.

与它们'在时间中'的存在相反。"[1]叙事性既具有一种时间顺序,也具有一种可重复性,可以被人反复述说。

在利科看来,叙事性与时间性的关系是"语言结构"与"存在结构"关系的体现:"时间性是接近叙事性语言的存在结构,而叙事性则是把时间性作为其终极指涉物的语言结构。"[2]根据利科的叙事理论,海登·怀特指出对于叙事性来说,历史叙事必须把时间性本身作为其"终极指涉物"。这就意味着利科已经把历史叙事当作一种象征性话语。叙事是一个象征,它与所有的象征结构一样,并非意在表达它所言之物,而是如保罗·利科所言的那样,在意义中创造出新的意义。正是叙事性与时间性的这种语言与存在的关系,使得叙事成为一种象征性的描写手法。因此,叙事不仅表达事件的意义,还创造出新的意义。

4."叙事性"即"象征性":叙事是一种象征的"表达手法"

海登·怀特说,"一个历史叙事可以说是对'内时间性'的经验的寓言化,其比喻意义就是时间性结构。"故事所要表达的意义,不是编年史中"事件"的意义,因为后者只是"普通的时间再现","如同事件在这个时间内发生一样"。事件的意义,在"回忆"(recollection)的普遍人类经验中并非"被建构"而是"被发现"的结果。"回忆"不仅可以使人在过去与现在的关系中发现一种意义,而且还让人透过"过去"与"现在"的关系看到一个未来。"回忆"使得事件具有某种意义。因此,事件本身就是一个"符码",是传达信息的"工具",而对事件的叙述则是一种解释模式,是历史学家根据某个实用目的而定的话语策略或战略。叙事是一种"象征地描写事件的手法,没有这种手法,事件的历史性就无法表示出来"。人们可以像编年史那样对事件进行"真实地陈述",也可以像社会科学那样用科学方法来解释事件。但是,不对历史事件进行象征性描写(即不对事件进行故事化处理),就无法再现它们的意义。这是因为,"历史性既是一个现实又是

---

〔1〕 Hayden White. *The Content of the Form*:*Narrative Discourse and Historical Representation*. The Johns Hopkins University Press,Baltimore and London,1987,p.52.

〔2〕 Paul Ricoeur. "Narrative Time",*Critical Inquiry*,Vol.7,1980,p.169.

一个秘密。所有叙事都展示这个秘密……"[1]由此看来,叙事性就是象征性,正是叙事这种象征手法,才使得故事成了"意义"载体与意义结构;才使得历史大师们的历史作品成为具有一定文学色彩的经典名著。

正因为具有象征意义的叙事性才揭示了事件的意义、连贯性或意指层面,才使得历史作品既具有"历史性",又具有"意义"。"如果能够避免超现代的不连续性与用后即丢弃的多逸闻的、主观的与过度显示文雅的种种变形不发生的话,那就必须有更大的连贯性与深度。"[2]那些经典的历史作品,都是"在'情节'中揭示形式,在意义中揭示内容"。具体说来,就是"形式与内容的结合产生了'表达总是超出字面意义的表达'的象征"[3],历史话语中的"历史性"与"叙事性"便是这种结合的结果。事件与故事以及对它们各自再现手法——叙述与叙事的区分解决了历史叙事的内容与形式的关系问题,后者是历史话语的终极指涉物(历史性),而前者则是历史话语的叙事性。换句话说,海登·怀特试图论证的是"历史性是作为形式的叙事性的内容"。

简言之,内容与形式是不可分的。长期以来,尽管我国高校的文论教科书几乎都声称"内容"与"形式"的统一,实际上是将内容与形式当作两码事来讨论的。从表面上看,我们将"作品的题材"当成了作品内容的一部分,实际上却将两者混为一谈。"你也许能够分别思考两个方面,但是你不能只有一方面而没有另一方。它们相互依存。"[4]英国学者和文学批评家布拉德利认为,"题材是作品所涉及的真实世界的一部分,而内容则是题材在特定作品中显现的方式。"[5]他认为题材可与作品分开,存在于作品之外的事物中。题材属于作品的外部因素。但是,内容是作品不可分解的一部分。形式与内容都是作品的内部因素。"内容依赖于组成

〔1〕 Hayden White. *The Content of the Form*:*Narrative Discourse and Historical Representation*. The Johns Hopkins University Press,Baltimore and London,1987,p.53.

〔2〕 艾尔伯特·鲍尔格曼:《跨越后现代的分界线》,商务印书馆 2003 年版,第 155 页。

〔3〕 Hayden White. *The Content of the Form*:*Narrative Discourse and Historical Representation*. The Johns Hopkins University Press,Baltimore and London,1987,p.54.

〔4〕 帕森斯:《美学与艺术教育》,李中泽译,四川人民出版社 1998 年版,第 218 页。

〔5〕 帕森斯:《美学与艺术教育》,李中泽译,四川人民出版社 1998 年版,第 218 页。

色彩、线条、形态和质地的特定安排，这些安排恰恰是我们所说的形式。因此，要重述的一点是，形式和内容不能被分离。"[1]从这个观点来看，海登·怀特的叙述与叙事的不同又可以得到新的解释，即叙述属于历史话语的"题材"问题，叙事则属于历史话语的"形式"问题。

## 第二节 事件与事实：实体存在与观念存在

1995 年，海登·怀特同马维克（Marwick）论战时将编年史的"事件"（event）与"故事"（fact）的区分进一步深化为"事件"与"事实"的不同。马维克不同意海登·怀特的"事件以编年史的形式存在"的观点，认为"事实并没有先于历史学家所研究的事件"[2]。海登·怀特反驳道："通过历史（被认为是历史探究的对象），我们只能给予发生于过去的全部历史事件（以及它们之间的相互关系）意义，事件也不能被认为是历史学家们建构的。但是，事实却相反。"[3]在此，海登·怀特以另一种形式重申了《元史学》中提出的编年史的"事件"与"故事"的不同，即作为历史研究客体的"历史"仅仅意指发生于过去的所有的"事件"（以及这些事件之间的关系）。"事件"是特定的，而"事实"则是被建构的。

2000 年，在同伊格尔斯论战的一篇论文中，海登·怀特又进一步重申了"事件"、"事实"之间的区别："所谓'事件'是指在尘世的时间和空间中发生的事情；'事实'则是以判断形式出现的对事件的陈述。"[4]伊格尔斯反对海登·怀特提出的历史学家使用一种特别的元语言对研究客体进行再现、识别、描写、分类。海登·怀特反驳道："对于书写历史的批评方

---

〔1〕 帕森斯：《美学与艺术教育》，李中泽译，四川人民出版社 1998 年版，第 219 页。

〔2〕 Hayden White. "Response to Arthur Marwick", *Journal of Contemporary History*, Vol. 30，April 1995，p. 238.

〔3〕 Hayden White. "Response to Arthur Marwick", *Journal of Contemporary History*, Vol. 30，April 1995，p. 239.

〔4〕 Hayden White. "An Old Question Raised Again: Is Historiography Art or Science?" *Rethinking History*，Vol. 4，No. 3，2000，p. 397.

法应当分清'过去的现象'与以历史叙事方式对'过去现象的再现'。"[1]

海登·怀特认为,对一个事件的"再现"并不是事件的本身。"事件的发生是通过文献档案或器物遗迹得到验证,事实则是在思想观念中构成,并且是在想像中比喻地构成,它只存在于思想、话语、语言中。"[2]其实,海登·怀特上述观点正是巴尔特(Barthe)的"事实只是一种语言学上的存在",或者是哲学家阿瑟·丹托(Arthur Danto)"事实是描写中的事件"的详细注解。

海登·怀特提出编年史"事件"与"故事"的区别是克罗齐思考"编年史"与"历史"之差别的延伸。克罗齐说:"消息的汇集可称作编年史、记录、回忆录、年鉴,但不是历史……"[3]克罗齐所言"消息"就是海登·怀特称之为编年史的"事件"。克罗齐将编年史与历史一起作为历史领域的分支,并非像海登·怀特那样视两者为历史书写的递进关系。"历史有逻辑顺序,而编年史只有编年顺序;历史深入事件核心,而编年史只停留在事件的表面或外观,诸如此类。但这里差别性与其说是思考出来,还不如说用隐喻表达……"[4]克罗齐的编年史与历史的逻辑与时间顺序的区别在海登·怀特那里是事件与故事的有无可辨形式的差异。

## 一、实体性存在与观念性存在

其实,海登·怀特关于编年史"事件"与"故事"的区别以及"事件"与"事实"的不同,还可以从存在论的层面上进行深入探讨。"通过柏拉图对观念实体的强调和笛卡儿所做的身与心的分离,人类文明确立起了外在于主体的物质实体世界的存在,和以主体的生命存在为轴心的意义实在的存在。"[5]一般说来,"外在的物质实体的世界"都是可见的,而"意义实

---

[1] Hayden White. "An Old Question Raised Again: Is Historiography Art or Science?" *Rethinking History*, Vol. 4, No. 3, 2000, p. 396.

[2] Hayden White. "An Old Question Raised Again: Is Historiography Art or Science?" *Rethinking History*, Vol. 4, No. 3, 2000, p. 397.

[3] 克罗齐:《作为思想和行动的历史》,田时纲译,中国社会科学出版社 2005 年版,第 4 页。

[4] 克罗齐:《作为思想和行动的历史》,田时纲译,中国社会科学出版社 2005 年版,第 11 页。

[5] 徐岱:《美学新概念——21 世纪的人文思考》,学林出版社 2001 年版,第 199 页。

在的存在"却是看不见的。因此,很容易被人们所忽视。这里关键在于承认:"在实在内容中,除了现实之外,还有超时间的也即'观念的'存在。"[1]如果说编年史"事件"是实体性的存在,那么"事实"则是观念性的存在。埃娃·多曼斯科指出,"事件与事实属于两个不同的存在秩序:前者属于现实存在,后者属于话语存在。"[2]

"存在者"不仅仅是物质性事物,也可以是非物质的。"存在者"的存在状态有两种:一种是实体性的存在,即"有"。这是一种"外在于主体的物质实体世界的存在"。比如海登·怀特所说的在尘世中的时间和空间中发生的"事件"。另一种就是非实体性的存在,这是一种"以主体生命存在为轴心的意义实在的存在"。比如,在语言层面上呈现出的过去发生了的"事件"的陈述,这是一种"无"。由于受到一定的时间和空间的限制,人们无法再次目睹"事件"发生的整个过程和状况全貌。但是,发生过的事件,其"痕迹"还是留存于经历过该事件的人们记忆中或者有幸被记录下来之后又留存于语言中,进而永存于人类的想象世界之中。而"在想像的领域里,甚至石头自己也说话,如同门诺的石雕群见到阳光时那样"[3]。可见观念性存在是一个寓言化、形象化的生动的世界。因此,"存在"有两种基本状态:实体性之"有"和实在性之"无"。前者是一种物质性的、占据一定时空的看得见的存在;后者是精神性的、非实体性的存在,是一种虽不可见却可感知的"观念性存在"。

"观念存在作为一种'存在'的特点在于:一方面它同那些物质事物一样具有这种(直观中所见的整体观念)整体性,另一方面它又不同于物质存在都是一种'殊相'也即个别,而是一种'共相'的存在,一种作为具有'具体性的一般现象'的存在。"[4]由编年史的事件组织而成的"故事",不

---

〔1〕 徐岱:《美学新概念——21 世纪的人文思考》,学林出版社 2001 年版,第 16 页。

〔2〕 Hans Bertens and Joseph Natoli. *Postmodernism: The Key Figures*. Blackwell Publisher, 2002, p. 322.

〔3〕 Hayden White. *The Content of the Form: Narrative Discourse and Historical Representation*. The Johns Hopkins University Press, Baltimore and London, 1987, p. 3.

〔4〕 徐岱:《美学新概念——21 世纪的人文思考》,学林出版社 2001 年版,第 16 页。

仅因为有一个可理解的过程，是一种情节上的整体性的存在；同时，它还是按赋予动机的方式被编码的，因而也是一种具体性的存在。海登·怀特所说的"故事"就如同艺术家通过其作品体现出来的观念形象一样，是一种观念存在。同样，作为"被描述的事件"之事实也是一种观念存在，因为，"事实"作为"过去现象的再现"，既不是对个别的和偶然的现实性的可观察现象的简单再现，也不是从这种现实性中抽象出来的一般概念，而是"直观中所见的整体观念"。

## 二、观念性存在："有"与"无"的统一

事件与故事、事件与事实之别乃是实体性存在与观念性存在的差异。"观念性存在"是相对于实体性的物质世界的一种实在性存在，是"有"与"无"的统一。"有"，就是指这种存在与物质的实体世界一样也是一种实际的存在——是一种既无法通过单纯的经验积累来提取，也不能借助于复杂的逻辑演算来获得却可以被感知的存在。

所谓观念性存在是一种"有"，是因为它的主体性、实在性。"主体性恰恰意味着真实，客体性则意味着虚幻。"[1]观念存在之主体性暗示了观念存在的普遍性和真实性。这表明观念存在并非人类主观臆想的虚无飘渺之物。观念存在之"实在性"则意味着它是一种超越历史相对性、意识能动性、物质实体性的精神存在。"精神就存在于主体和客体的唯理性主义对立的地方。"[2]因此，精神性的观念存在有着自己的独立空间和可被认知的方式。

所谓观念性存在是一种"无"，是指观念存在是一种无以名状、无法言传却可心领神会的存在。正所谓"无形无色，视之不见，听之不闻。是谓微妙，是谓至神。绵绵若存，是谓天地之根"[3]。"无"意味着观念性存在

〔1〕　别尔嘉耶夫：《一个贵族的回忆和思索》，汪建钊选编，上海远东出版社 2004 年版，第 201 页。

〔2〕　别尔嘉耶夫：《一个贵族的回忆和思索》，汪建钊选编，上海远东出版社 2004 年版，第 222 页。

〔3〕　徐岱：《美学新概念——21 世纪的人文思考》，学林出版社 2001 年版，第 118 页。

的彼岸性和超验性。"彼岸性",用康德的术语来说,是指经验界限之外,离开意识而独立存在的"自在之物"的不可知性,它与此岸性的"形象界"相对。有人用"彼岸性事态"来表示观念性存在:"'彼岸性事态'的用语,借自维特根斯坦的'事态'(原子事实),表明彼岸性事态不是其他事实结合的单一性真实存在,无法运用逻辑演绎证明,只能在经验上有效,即在经验上是实在的,不能怀疑的,不与既定事物和已然的世俗情缘相纠葛的超然本质就是彼岸性。"〔1〕康德的彼岸性是超验的、不可知的,而后者提出"经验上有效"的"彼岸性事态",则使得观念性存在成为经验与超验的统一体。正因如此,它才可以被体验到。

俄国宗教哲学家弗兰克指出,"观念成分"并非作为具体存在的东西的特性或关系进入"经验的"或客观的现实。因为,这种超越客观现实的观念性存在"物"的存在形式不同于具体存在的、在空间和时间上受到局限的"物",它以超空间与超时间的统一的形式存在。"这些观念成分有两个方面,仿佛是两种存在:它们实质上是不受限制的,却又置身于有时间性的现实之中,在这种现实中寻求自己的具体体现。"〔2〕观念性存在不是置身于思想本身之外,而是在它之内,沉浸在思想本身之中。弗兰克将这种"观念性存在"称为"生命的知识"或"知识生命",他说这是一种感性和理智的观察之外的原发性的知识类型。我们所认识的东西,和我们的生命本身是合为一体的。所以,弗兰克认为"观念性存在"实际上是一种"主体的实在"。他说:"我在诸客体中找不到自己,那是十分自然的,原因很简单:我就是那个寻找者,不是客体,而是主体。"〔3〕"我们的思想就是在显露着实在本身的深层诞生和活动,在它的元素本身中实现的……而这种思想不可分割地存在于我们的生命之中。"〔4〕

因此,他认为,"对于我们来说最重要的和最关键的知识不是思想知

---

〔1〕 胡志颖:《文学彼岸性研究》,中国社会科学出版社 2003 年版,第 1 页。

〔2〕 弗兰克:《实在与人》,李昭时译,浙江人民出版社 2000 年版,第 11 页。

〔3〕 弗兰克:《实在与人》,李昭时译,浙江人民出版社 2000 年版,第 16 页。

〔4〕 弗兰克:《实在与人》,李昭时译,浙江人民出版社 2000 年版,第 14 页。

识,不是作为对存在的淡漠的外在观察的结果的知识。而是产生于我们自身的,由我们在生命经验的深处孕育的知识。"[1]有着深刻的柏拉图主义思想背景的弗兰克从柏拉图对彼岸性的强调回到了此岸性的现实生命的探究。观念性存在这一范畴的提出就使得具体鲜活的外在生命与抽象深奥的内在精神的统一。更准确地说,观念性存在意味着一个新的命题:"生命本身是一个构筑于物质与精神两者的关系之中的真实世界。"[2]观念性存在突破了由来已久的关于世界的主观/客观、精神/物质的两分格局。弗兰克指出,具有活生生的具体性的"主体实在",是比任何"客观实在"都更深更广的东西。如果说"对外在的淡漠的观察"的关于客观实在的知识是一种实体性的知识,那么这种活生生的关于"主体实在"的知识——"由我们在生命深处孕育的知识"则属于智慧时空。

## 三、"知识"与"智慧"——"客体实在"与"主体实在"的存在形态以及两者对于现实生活的深刻影响

柏拉图在《理想国》中说:"知识不够才犯错误。"这句话的潜台词是:要避免愚蠢的行为,就必须有足够的知识——知识越多越好。"如同理性作为幸福的担保,知识成了理性的一种担保,于是也就被安放在了人类文明的至尊位置。"[3]知识的重要性不言而喻。人们似乎形成了一个根深蒂固的观念:一个人的聪明程度与所掌握的知识成正比;抑或,一个人拥有的知识量与聪明程度成正比。

然而,情况并非如此。尽管有些错误是因为知识不够造成的,比如"地球中心说"等,但是,当人类的知识宝库以前所未有的速度积累、更新、膨胀的时候,错误却依然不断,而且有些错误还是打着知识幌子,在科学的名义下,冠冕堂皇地去"犯"的(也许用"犯罪"一词更合适)。比如,第二次世界大战时的纳粹暴行和灭绝人性的大屠杀;又如,20世纪六七十年

---

〔1〕 弗兰克:《实在与人》,李昭时译,浙江人民出版社 2000 年版,第 15 页。
〔2〕 徐岱:《美学新概念——21 世纪的人文思考》,学林出版社 2001 年版,第 237 页。
〔3〕 徐岱:《美学新概念——21 世纪的人文思考》,学林出版社 2001 年版,第 48 页。

代中国的"文化大革命";再如,今天我们所面临的生态持续恶化、环境严重污染。于是,当代德国哲学家海德格尔发出了这样的感叹:"唯当我们已经体会到,千百年来被人们颂扬不绝的理性乃是思想的最顽固的敌人,这时候思想才能启程。"[1]因为上述那些人类所犯的致命错误并不是有没有知识的问题,而是没有弄清为什么要掌握知识以及忽视了知识的"腹地"——"智慧"对于人类的本真意义。

知识与智慧是不同的。"智慧的意思,不仅是指知识丰富,而且也表示精神的完整性。"[2]法国人文学家马利坦概括出了"知识"的三种用法:第一种方法,遵循严格稳定方法的人类意识,"智慧"也属于知识的这一层面,并作为其最高领域。第二种方法,是专门性和具体性的认识。第三种方法,是力求了解事物细节的认知方法。[3]俄罗斯宗教哲学家索洛维约夫认为,"智慧学"中已经包含了"知识论",而在法国人文学家马利坦眼里,"知识论"中已经包含了"智慧学"。其实,在哲人们关于知识与智慧相互包含的论述中已经显露了两者的实质性差异。

"知识"主要侧重于"外在观察",是一种对事物或现象的局部性了解;因而,知识除了拥有客观性、精确性、可验证性的长处之外,还带有片面性、时效性、局部性的缺陷。尼采有言:"一切知识都来源于分离、界定和限制。"[4]而"智慧"则孕育于人类生命深处,是一种对存在的整体性把握和"内在体验"。超时空的直观性、概括性和宏观性是智慧的特点。这样的特点非常适合于体现人类生命活动的意义的整体性和一体化的"生活世界"。

具体地说就是:"知识是以一种'化整为零'的方式,对局部的事实世界所作出的把握;与此不同,智慧则是以一种'还零为整'的方式,以作为整体性存在的绝对事物为对象的把握。"[5]知识对于人类的生存是重要

---

〔1〕 徐岱:《美学新概念——21世纪的人文思考》,学林出版社2001年版,第49页。
〔2〕 徐岱:《美学新概念——21世纪的人文思考》,学林出版社2001年版,第48页。
〔3〕 徐岱:《美学新概念——21世纪的人文思考》,学林出版社2001年版,第198页。
〔4〕 徐岱:《美学新概念——21世纪的人文思考》,学林出版社2001年版,第200页。
〔5〕 徐岱:《美学新概念——21世纪的人文思考》,学林出版社2001年版,第190页。

的,但是智慧更重要。因为,人类的求知活动不是以"知识"本身为目标,而是以"智慧"为归宿。知识,只不过是抵达智慧时空的一种途径。它只有在作为"超知识论"工具时候才是有用的。"知识"解决的是"怎么样"或"如何是"的可证伪性的问题,而"智慧"主要面对的是"为什么"或"有什么意义"的方向感、目标性问题。正如尼采所言:"智慧最重要的特性是,它使人不必受'一时'的支配。使人能够以同样的坚定面对一切命运的狂风暴雨并在任何时候都离不开他,这乃是智慧的使命所在。"[1]所以,"智慧不依赖于任何科学知识",被称作"思想的黄金"。难怪美国当代哲学家、教育家马尔蒂莫·J.阿德勒在《哲学的误区》一书中得出这样的结论:"知识不是最高的智力产品,理解以及超越理解的智慧具有更高的价值。"[2]

## 第三节　概念与理念:观念性存在的两种形式及"三个世界"学说

"观念性存在"可以表现为具有"深"与"浅"的程度性和层次性差别的两种形态(即概念与理念)。海登·怀特关于事件/故事、事件/事实的区分折射出精神世界与心理世界的差异:前者是"自在而自为的",是一种持久性和公共性的永恒现象;后者则是"自为的",是一种个体性和私人性的短暂现象。

### 一、概念与理念:观念性存在的两种基本形式

从不同层面或角度看,观念性存在的形式或形态也不同。比如,按照黑格尔的观点,"概念"分为"正"、"反"、"合"三个阶段。在"正"的阶段,概念是主体的,具有观念性的抽象统一(在思想上、认识上的统一),这种观念性的抽象是"事物本身的对立面否定了事物本身的片面性"的结果,因此,概念形成的"正"的阶段也是否定的阶段。在"反"的阶段,概念得到了

〔1〕　徐岱:《美学新概念——21世纪的人文思考》,学林出版社 2001 年版,第 48 页。
〔2〕　徐岱:《美学新概念——21世纪的人文思考》,学林出版社 2001 年版,第 201 页。

它的客观性,即概念的"各差异面呈现出一种相互外在的独立存在"[1],这意味着概念是在实在中的不同方面(差异面)达到统一。在"合"的阶段,"概念不再沉没在实在里,而是作为内在的同一和普遍性而转化为存在,这种内在的同一和普遍性就是概念的本质。"[2]概念在这种实际存在里是一种"定性"的观念性统一。这是一种与原来观念性的主体的统一所结成一体的统一,即具体的统一。在黑格尔看来,概念的形成经历了三种统一:观念性的抽象的统一;差异面(外现为各种定性)的客观性的统一;内在的同一性和普遍性的具体的统一。只有到了概念的最后阶段(合的阶段),概念才会成为理念,才是一种真正的存在。因为,"只有生命的东西才是理念,只有理念才是真实。"[3]其实,黑格尔关于概念形成的三个阶段,不仅揭示了理念与概念不同,还暗示了处于不同阶段的观念性存在的三种具体形式:抽象的统一体、客观的统一体、具体的统一体。

俄国宗教哲学家索洛维约夫认为观念本身应当按照存在物在"存在"中的差异加以区分。他说:"其实,观念就是存在者之所想,他的表象、感觉和知觉到的东西——这是他自己的对象或内容。"[4]从"存在者之所想"的角度,索洛维约夫认为"观念性存在"有三种形态:作为存在者意志内容的"善";作为存在者表象内容的"真";作为存在者感觉内容的"美"。按照这位哲学家的看法,真、善、美是观念性存在的三种形式(形态),而对应观念性存在三种形式的三个主体分别是:精神、智力和心灵。他认为,"一般观念是三个主体的客观统一。"[5]存在者所想之产物的"观念"是同一本原、同一本质和同一方式三位一体的内容。从"观念"的三个平行性的内容上来看,索洛维约夫对观念性存在形式的区分是合理的。但是,观念性存在的具体内容不仅是平行性的,还有着"深"与"浅"的程度性和层

---

〔1〕 黑格尔:《美学》(第一卷),朱光潜译,商务印书馆1996年版,第150页。

〔2〕 黑格尔:《美学》(第一卷),朱光潜译,商务印书馆1996年版,第152页。

〔3〕 黑格尔:《美学》(第一卷),朱光潜译,商务印书馆1996年版,第153—154页。

〔4〕 索洛维约夫:《西方哲学的危机》,李树柏译,浙江人民出版社2000年版,第270—271页。

〔5〕 索洛维约夫:《西方哲学的危机》,李树柏译,浙江人民出版社2000年版,第276页。

次性的差别。

从"存在者"存在的层次和程度上看,观念性存在有两种基本形式:表层的一般意义上的抽象"概念"与深层的实在性的具体"理念"。尽管概念和理念彼此都具有一种观念性,但是"概念是对感觉的经验事物的一种抽象,而理念并非一般意义上的那种概念和思想,而是它们的'对象',一种观念领域里的存在"[1]。概念是一种抽象的存在物,是没有生命的。理念是思想的体现,是有生命的。用黑格尔的话说就是,理念"所用的材料不是由思想之外来决定,而是本身自由地存在着"[2]。"概念一般地是关于某物的表象"[3],而理念是"概念与客观存在的统一"[4]。"概念与思维活动作为主体意识行为的手段与媒介不具有独立性,与此不同,作为其对象的理念却拥有一种超越于物质形态的独立性。"[5]"理念"是观念领域里的存在,这种存在是以不可见的思想为对象,对它的验证只能靠"体验"。因此,理念是超验层面的存在,它指向的是非物质的思想。概念是经验的产物,立足于可见的物质世界。概念本身与其对象是统一的,或者说,概念具有明确可见的"物质"指向性。

对超验的理念的表达要通过概念——理念的语言化,对物质世界的表达也要通过概念——物质世界的语言化。因为理念与概念具有相同的"能指"形式。长期以来,人们一直混淆了两者的"所指"。"概念"只是一种手段,具有认识论意义;"理念"是一种独立存在的精神活动,具有本体论的意义。

在黑格尔看来,概念与理念的区别也是形式逻辑和辩证逻辑的分别。形式逻辑及抽象概念是观念存在的浅层形式。它属于思维的初级阶段,所用的是分析事物的知解力。"形式逻辑只能见出等同和差异,不能见出

---

〔1〕　徐岱:《美学新概念——21世纪的人文思考》,学林出版社2001年版,第15页。
〔2〕　黑格尔:《美学》(第一卷),朱光潜译,商务印书馆1996年版,第75页。
〔3〕　海德格尔:《林中路》,孙周兴译,上海译文出版社2004年版,第157页。
〔4〕　黑格尔:《美学》(第一卷),朱光潜译,商务印书馆1996年版,第137页。
〔5〕　徐岱:《美学新概念——21世纪的人文思考》,学林出版社2001年版,第16页。

对立面的统一,即只能见出静止状态,不能见出发展变化过程。"〔1〕因此,在思维的形式逻辑阶段,"能指"还只是抽象的普遍性,"所指"是抽象的特殊性。辩证逻辑则是观念存在的深层形式,它属于思维的最高阶段,所用的是与知性(知解力)相对的理性。"它以对立统一为基础,能见出事物的内在联系和发展变化。"〔2〕所谓的"对立统一"就是"概念与客观存在的统一"。思维的辩证逻辑阶段否定了原来的抽象的普遍性和特殊性,于是,概念也就成为"含有普遍性的具体特殊事物"〔3〕的理念。

黑格尔的概念与理念、形式逻辑与辩证逻辑之别到了鲁道夫·阿恩海姆这里又成了概念的静态与动态之分。鲁道夫·阿恩海姆认为,在某种情况下,有一定局限性的"静态概念"应该被"动态概念"取代。他认为静态概念再现的是若干相互独立的实体间的共同点,它把"多样性的样相和丰富的变化减少至一个单一的再现形象"〔4〕。"动态概念并不需要呈现出它所代表的现象中真实的物理连续,人类的心灵有能力在一个独立而又广泛实体中组织起来这样一种连续……"〔5〕因为,"潜在的(或仅存在意图中的)一般普遍性,由一种可感知的一般普遍性再现出来。"〔6〕"概念"是显现的一般普遍性,"理念"则是潜在的一般普遍性。虽然,概念与理念有相同的外在表现形式——"词语"的形式,但是两者的指涉物有着程度性、层次性的差别。

比如,"水果"与"自由",从表面上来看,两者都是表示事物名称的语词。区别就在于"前一个概念指向的是物质性的存在物,而后者指向的是一种为人类世界所拥有、体现于我们的生命活动里的精神性的东西,一种

---

〔1〕 黑格尔:《美学》(第一卷),朱光潜译,商务印书馆1996年版,第67页。
〔2〕 黑格尔:《美学》(第一卷),朱光潜译,商务印书馆1996年版,第68页。
〔3〕 黑格尔:《美学》(第一卷),朱光潜译,商务印书馆1996年版,第68页。
〔4〕 阿恩海姆:《视觉思维:审美直觉心理学》,腾守尧译,四川人民出版社1998年版,第242页。
〔5〕 阿恩海姆:《视觉思维:审美直觉心理学》,腾守尧译,四川人民出版社1998年版,第244页。
〔6〕 阿恩海姆:《视觉思维:审美直觉心理学》,腾守尧译,四川人民出版社1998年版,第240页。

作为'共相'的超验性的'观念存在'"[1]。简言之,物质性和精神性的指向规定了观念性存在的两种表现形式:概念与理念。由此看来,概念不像理念那样,有自己的存在领域,可以在直观中被解释出来。所以,黑格尔认为概念的对立面是实在或客观存在,概念的统一是主体的、抽象的。概念的统一体中存在着客观与抽象的对立——它既是"被否定地设立的",也是"肯定的自为的存在"。

　　作为海登·怀特的历史虚构理论之根基的事件与故事、事件与事实的区别实际上体现了"概念"与"理念"的差异。也只有在这个层面上,海登·怀特的历史诗学的构想才有可能性和说服力。海登·怀特对故事的解释,对事实的阐释不仅仅是在概念的意识层面上进行,还驰骋于理念的精神领域。海登·怀特的故事解释及诗意的历史建构不可能在平面化的历史语言概念范围内展开,只有在打开了通往精神领域的大门之后,历史诗学的大门才能开启。

　　由此看来,海登·怀特所谈论的作为"语言上存在的事件"之事实以及"被编码了的一组特定事件"之故事不仅仅是关于事件的简单"概念",还关涉到人类的精神世界之大本营的"理念"。因为,"承认除了物质与心灵(文化)世界之外,还有着一个能够被感知与领悟的精神世界的存在,是人类审美活动得以展开的一个基本前提。"[2]因此,历史诗学还涉及物质、文化、精神,这三个世界对于人类的不同意义。

## 二、物质、文化、精神:"三个世界"学说

　　柏拉图的革命性的"理念论"实际上暗示了"三个世界"的存在,即物质世界、经验世界、超验世界。自此以降,有识之士一直在关注、思考可见的物质世界、经验世界之外的精神世界。康德哲学由本体论转向认识论,表明他对认识主体的精神世界的重视。这主要体现在他对形而上学的强调。如果说柏拉图的理念论朦胧地暗示了人类世界中还有一个精神世界

---

〔1〕　徐岱:《美学新概念——21世纪的人文思考》,学林出版社2001年版,第17页。

〔2〕　徐岱:《美学新概念——21世纪的人文思考》,学林出版社2001年版,第11页。

的存在的话,那么康德的"物自体"则使这个世界进一步具体化、明朗化。在"身心"二元对立结构中,尼采肯定了人的"身"。因为只有"身"——人的肉体,才是精神世界的基础。现象学派"搁置"了对抽象的本质追问,关注存在本身,将思考的重心由"是什么"转向"怎样是"。在现象学的视野里,"存在"与精神世界紧紧联系在了一起,现象学派力图排除文化世界的干扰,而走入一个纯粹的精神世界之中。法兰克福学派的"批判理论"从另外一个角度证明精神世界并非是一个隔绝了世俗烟尘而独立存在的空中楼阁,它是一个与人的现实生活密切相关的"理想天国"。在法兰克福学派的视野里,"精神世界"不仅依存于现实世界,而且影响着人类的现实生活。

徐岱在《美学新概念》中重塑波普尔的思想,提出"三个世界"的学说:自然物质为材料的"现实世界"、一般的符号为依托的"文化世界"、在此基础上进一步开拓出的属于精神层面的"精神世界"。"精神世界"就是好小说里"故事的故事"、杰出绘画里"形象的形象"。简言之,精神世界是艺术作品里存在着的那种"永不出场的空间"。最能说明精神世界的是神秘感。"神秘感,是一种观念现象","是随着精神生活的发达而增强的"[1],它是人类生命困惑的体现。神秘意识是精神生活的真实性写照。

众所周知,英国思想家波普尔曾提出过"现实"是由三个世界构成的观点。波普尔所说的三个世界分别指的是客体的物质世界(世界一)、经历的心理世界(世界二)和心灵产物的世界或文化的世界(世界三)。他认为这三个世界都是"实在的"。"世界三与世界一相重叠,例如世界三包含书籍,它包括陈述;它首先包括人类语言。这些也都是物质客体,在世界一中出现的客体。"[2]"世界三的非物质部分,非物质方面……它在我们的意志中起着主要作用——而且它是实在的。"[3]

---

〔1〕 徐岱:《美学新概念——21世纪的人文思考》,学林出版社2001年版,第254页。

〔2〕 卡尔·波普尔:《通过知识获得解放》,范景中译,中国美术学院出版社1996年版,第23页。

〔3〕 卡尔·波普尔:《通过知识获得解放》,范景中译,中国美术学院出版社1996年版,第24页。

由此可见,波普尔的"世界三"一部分是物质客体组成的,可以被我们看见;另一部分则是由不具物质形式的非物质的客体组成的,虽不可见,但是真实的。波普尔认为"心灵(文化)世界"不是一个发明的而是一个发现了的世界。尤其是被人类语言所创造的那一部分,外在于我们,是我们体外的客观事物。显然,波普尔的心灵(文化)世界是一个实体性的存在者。根据波普尔的观点,心灵世界既具有物质性、实体性,也具有非物质性和意识性的特点。显然这与我们所说的仅仅是"实在性"的精神世界不同,这里的精神世界并非物质性和实体性的世界。

《美学新概念》所说的精神世界与波普尔的心灵(文化)世界的不同之处在于:精神世界的特点在于"无"中生"有"——它是一个借助于文化手段"创造"出来的世界,因而,也是一个被发明出来的世界。它不在我们之外,而在我们之内。精神世界是一种非实体性的存在。正如我国当代学者徐岱指出的那样,精神世界与文化世界的不同之处就在于:精神世界具有"超越性",而文化世界只是"超越者"。[1]

"超越者"是一种实体,或者说是一种实体性存在,"超越性"则不是实体,只是一种实在性存在。"实体"是自律的、自足的,受到一定时间和空间的限制;"非实体"虽然不是自律的,也不是自足的,却是一种超时空的存在。它不是一般意义上的经验世界,因为,它不是由我们的意识所构成。只有在特定条件下,需要一定的物质载体,"精神世界"才得以"出场"和"现身"。我们的思维定势总是倾向于"无"/"实体"的二元对立,大量的处于中间状态的非实体性的"有"被忽视了。精神世界就是这样一种"有","体验"是进入它的通道。"通过体验,人从物理世界走向'生活世界',走向艺术世界。"[2]因为,"体验是主体与对象的一种关系"。"体验者与其对象不可分割地融合在一起……对象对主体的意义不在于它(或他)是可认识的物,而在于在对象上面凝聚了主体的客观化了的生活和

〔1〕　徐岱:《美学新概念——21世纪的人文思考》,学林出版社2001年版,第10—15页。

〔2〕　胡经之:《西方文艺理论名著教程》(下),北京大学出版社1989年版,第37页。

世界。"〔1〕

在体验性的精神世界里，"我"绝非是一个超然物外、与客体对立的纯粹"主体"，对象也不是外在于我的纯然"客体"。这与在文化世界里的那个经验性的"我"是不同的。在经验性的文化世界中，"我"与对象是一种单纯的主客二元对立的认识关系，对象被作为外在于"我"的对立面的一个东西、一个"物"来对待。一般看来，物质世界与心灵（文化）世界、物质世界与精神世界的区分是很明确的。精神世界与心灵（文化）世界的分界线却不很鲜明（然而，两者的区分又是十分重要的，因为传统认识论主客关系和自然科学方法论的缺陷就在于没有弄清楚精神世界与文化世界的区别）。

精神世界与文化世界的区别实质上是"精神"与"意识"的分野。〔2〕"精神"与"意识"是不同的。首先，"精神"与"意识"的关注对象不同。前者只有在作为"思想的客体"时才能进入人们的视野，而后者则关注文化符号的"转换"以及其中所隐藏的内涵。其次，"精神"与"意识"所产生的现象也不同。也就是说，精神现象与心理（文化）现象是有差异的。精神现象具有公共性，诸如平等、自由、人权等精神成果可以被全人类共享；心理现象则是私人性的，诸如梦、念头、想法、怨恨等心理活动不可与他人共享。前一种现象具有人类的共同性。

因此，黑格尔说："惟有精神的东西才是现实的；精神的东西是本质或自在而存在着的东西，——自身关系着的和规定了的东西，他在和自为存在——并且它是在这种规定中或在它的他在性（Außersichsein）中仍然停留于其自身的东西；——或者说它是自在而自为。"〔3〕精神世界是"自在而自为"的，而心理世界则是"自为的"。如果说心理现象是个体的、私有的，不会与他人分享的短暂现象，那么，精神现象是持久性和公共性的永恒现象。对于精神现象，我国古代的老子将其概括为"道"，并有过十分形

---

〔1〕 胡经之：《西方文艺理论名著教程》（下），北京大学出版社 1989 年版，第 35 页。

〔2〕 徐岱：《美学新概念——21 世纪的人文思考》，学林出版社 2001 年版，第 7—16 页。

〔3〕 黑格尔：《精神现象学》，贺麟译，商务印书馆 1997 年，绪言。

象的描绘:"道者,神异之物,灵而有性,虚而无象,随迎不测,影响莫求。不知所以然而然。"[1]

这里,"道"之"有性"、"无象"、"不测"、"莫求"的形态及其难以预料、可遇不可求的特性正好适合于对精神世界的描绘。艺术世界离不开心理活动,但是,精神世界才是艺术活动的广阔舞台,这也是一切伟大的艺术经久不衰的秘密所在。舍斯托夫评价契诃夫时说:"艺术、科学、爱、灵感、理想、未来——现在和过去的人类用以慰藉或开心的一切语词,一旦契诃夫触摸了它们,它们便刹那间凋谢、衰败和死亡。而契诃夫本人也在我们眼里凋谢、衰败和死亡了——但是他那惊人的艺术却永不泯灭……"[2]契诃夫的心理和意识活动随着他本人的逝去而不存在了,但契诃夫的精神活动之结晶的小说却"永不泯灭"。因此,舍斯托夫将"创造源自虚无"作为契诃夫小说专论的标题。舍斯托夫的"虚无"既指向生存哲学意义上的"人生",也指向本体论意义上的存在。

这样,当我们从"存在论"的层面上关注海登·怀特的事件与故事、事件与事实的区别时,就能更好地理解海登·怀特的历史诗学理论。通过编年史的事件与故事、历史事件与历史事实的划分,海登·怀特从认识论、方法论上动摇了追求精确性、客观性的实证主义历史观的思想根基。"实质上,形而上学与实证主义无太大差别,无论在前者还是后者那里,都有一些地平线是被封闭的,只不过是被涂抹上了别样的色彩。实证主义喜欢灰色调和普通的平均水位图;而形而上学则更喜欢明朗的、光华闪耀的色调、复杂的图案,并且总是喜欢把自己的画布,打上无限性的底色,尽管由于透视法,它在这一点上鲜少成功。"[3]历史实证主义也就是另一种形式的历史形而上学。招致反形而上学的思辨的历史哲学的批判也就理所当然了。海登·怀特在认识论上反对小写的实证主义,即事实的实证

---

〔1〕　徐岱:《美学新概念——21世纪的人文思考》,学林出版社2001年版,第118页。
〔2〕　舍斯托夫:《思辨与启事》,方珊译,上海人民出版社2005年版,第104页。
〔3〕　舍斯托夫:《旷野呼唤 无根据颂》,方珊译,上海人民出版社2004年版,第195页。

主义;在方法论上是对大写的实证主义,即对实证主义覆盖率的颠覆。[1]

### 三、两种真理观:实用主义真理和实证主义真理[2]

海登·怀特通过提出历史虚构论来反对大、小写的历史实证主义实际上体现了两种真理观的冲突。这两种真理观分别为:实用的真理观和实证的真理观。前者以印度诗人泰戈尔为代表提出:"真和美都不是离开人而独立存在的东西。"另一种则以爱因斯坦为代表坚持美和真有差异,提出:"真理具有一种超乎人类的客观性。"[3]对于这两种真理观西班牙哲学家加塞尔以"科学真理"和"哲学真理"来区分,美国学者以"经验真理"和"概念真理"来命名。实证真理观主要是关于"某个陈述命题所表达的观念与其所指的作为现实存在物的对象相符合"。它主要对支配现实世界的普遍规律感兴趣。然而,这种被波普尔命名为"本质主义"的真理观所发现的普遍规律在突飞猛进的科技浪潮中,越来越暴露的局限性遭到人们的怀疑。因此有人指出:"任何一个陈述,它的真理就在于它的效果,特别是好的效果。"[4]真理的"普世性"被"有效性"所代替。人们渐渐认识到"真理是一种能产生相关积极效益的言说"[5]。于是,实用真理论便应运而生。人的"内在世界"便是这种"生成性"真理观的活动舞台。

皮尔斯说:"一个概念的重要意义是在于:它的真,能够对某人产生具体的差别,这两个陈述就不过是说法上的不同;如果一个陈述,其真其假都是一样而不产生实际的差别,这一陈述也就没有真实的意义。"[6]因此,"实用主义的意义不过是:真理必须具有实际的效果。"[7]相对于侧重对自然实在做出把握的"外在真理观",实用真理观在人文视野的范围内

---

〔1〕 Christ Lorenz. "Can History be True? Narrativism, Positivism, and the 'Metaphorical Turn'", *History and Theory*, Vol. 37, 1998, pp. 309-329.

〔2〕 徐岱:《基础诗学——后形而上艺术原理》,浙江大学出版社 2005 年版,第 187—191 页。

〔3〕 徐岱:《基础诗学——后形而上艺术原理》,浙江大学出版社 2005 年版,第 188 页。

〔4〕 威廉·詹姆士:《实用主义》,陈羽纶译,商务印书馆 1997 年版,第 188 页。

〔5〕 徐岱:《基础诗学——后形而上艺术原理》,浙江大学出版社 2005 年版,第 189 页。

〔6〕 威廉·詹姆士:《实用主义》,陈羽纶译,商务印书馆 1997 年版,第 188 页。

〔7〕 威廉·詹姆士:《实用主义》,陈羽纶译,商务印书馆 1997 年版,第 188 页。

存在。实用真理论与人的情感生活密切相连，具有实证真理论所欠缺的价值论维度。所以，尼采才提出："即使我们的真理冲动也是建立在谎言的基础上。"〔1〕俄罗斯思想家别尔嘉耶夫更明确地指出："真理的认识不是制造理性概念，而首先是进行评价。"〔2〕席勒将实用主义称为"人本主义"是有一定合理性的。

实证主义历史观强调对"事件"进行精确分析、确证，也是实证论真理观的一种。海登·怀特主张事件不同于事实，并且对"事实"进行多重解释，以达到真正把握历史的精髓。毋庸置疑，海登·怀特的历史诗学属于实用真理论。为了达到历史解释的有效性，海登·怀特运用三种策略：情节化解释、形式论证式解释、意识形态蕴涵。这三个层面的解释分别展示了海登·怀特视野里的"历史之美"、"历史之真"和"历史之善"。由此看来，海登·怀特受到了康德"真"、"善"、"美"心智三分法的影响。同时，海登·怀特的三重解释策略，也让我们想起尼采的话："准确地说，事实是不存在的，存在的只是解释。"〔3〕

总之，海登·怀特关于"事件/故事、事件/事实"的区分意味着存在两种真理观（实证主义真理观和实用主义真理观）、两种认识论（能动反映论和发生认识论）、两种存在（实体性存在与实在性存在）、实在性存在的两种形态（概念之"有"和理念之"无"）和两种"实在"形态（"客体实在"的知识与"主体实在"的智慧）。同时，"事件/故事、事件/事实"的区分也表明诸如意识与精神、反映与反应、发现与发明等语词的近义之"形"隐藏着不同的思想之"实"。另外，海登·怀特关于"事件/故事、事件/事实"的不同还表明了我们身处三个世界之中，这三个世界分别为自然物质为材料的"现实世界"、一般的符号为依托的"文化世界"和在此基础上进一步开拓出的"精神世界"，〔4〕即物质世界、经验世界和超验世界。自柏拉图的"理

〔1〕　弗里德里希·尼采：《哲学与真理》，上海社会科学出版社2000年版，第6页。

〔2〕　别尔嘉耶夫：《一个贵族的回忆和思索》，汪建钊选编，上海远东出版社2004年版，第222页。

〔3〕　徐岱：《基础诗学——后形而上艺术原理》，浙江大学出版社2005年版，第191页。

〔4〕　徐岱：《基础诗学——后形而上艺术原理》，浙江大学出版社2005年版，第10—15页。

念说"以来,有识之士一直在关注、思考物质世界、经验世界之外的那个超验的精神世界。而人们对精神世界的思考皆立足于经验/理念(柏拉图)、形式/质料(亚里士多德)、身/心(尼采)、物自体/外在世界(康德)、存在/存在者(海德格尔)、解释/理解(伽达默尔)等二维的思考方法。这也不足为奇,因为,思想巨人们的真知灼见总是诞生于"形而下"与"形而上"的"二维"辩证思考中。

在寻求真理时应该尽量避免个人的主观偏见,这样才能获得客观准确的真理。在上述断言的基础上,人们普遍接受"真实世界没有不可还原的主观因素"的断言。这两个断言似乎存在着一种因果关系,而且经常被人们混淆使用。不过,美国心灵与语言哲学教授约翰·R.赛尔指出,不能将这两个断言混淆,我们之所以混淆这两个断言,是因为混淆了主客二分法的知识论意义和本体论意义。[1]也就是说,主客二分法不仅具有认识论意义,还具有本体论意义。本体论层面的主客二分"标识了经验实在的不同范畴"(意识不同于自我意识、意识到不同于意向性、现象不同于现象的陈述等等)。因此,"走向历史诗学"意味着走向一种本体意义上"二维张力"的诗学。

---

〔1〕 约翰·R.赛尔:《心灵的再发现》,王巍译,中国人民大学出版社 2005 年版,第 19 页。

# 第三章　历史之美：故事的情节化解释模式

海登·怀特在介绍康德解决历史过程中理性与非理性冲突的方法时，指出康德为了避免两者不可化解的冲突，不得不得出如下结论："历史必须以一种审美的方式，而不是以一种科学的方式获得理解。"[1]他在研究洪堡、黑格尔、克罗齐、托克维尔、布克哈特等史学家时，多次提到他们的历史思想中的美学元素，并将自己的研究成果称为"历史诗学"。作为"历史诗学"特征之一的故事情节化解释理论集中体现了海登·怀特审美地理解历史的诸多收获。

## 第一节　海登·怀特的故事情节化模式与弗莱的故事原型结构的渊源与流变

"在解释活动中，情感评价较理性分析具有优先性，这体现了人的生命实践的情感本体性。"[2]海登·怀特反实证主义的第一个步骤就是提出主观性和情感性色彩较浓厚的"情节化解释"。所谓"情节化解释"，按海登·怀特的说法是通过鉴别所讲述故事的类别来确定该故事的意义。

〔1〕　海登·怀特:《元史学:十九世纪欧洲的历史想像》，陈新译，译林出版社 2004 年版，第 76 页。

〔2〕　徐岱:《基础诗学——后形而上艺术原理》，浙江大学出版社 2005 年版，第 191 页。

通过阅读 19 世纪八位历史大师的经典作品,海登·怀特发现这些作品所体现出的审美风格各不相同。因为这些史学大师们运用了不同的将事件"建构"成故事的情节化模式来"解释"历史。即使讲述同一组历史事件,由于运用了不同的情节模式,这同一组历史事件的意义也是不同的。海登·怀特借鉴了弗莱《批评的剖析》中喜剧、浪漫剧、悲剧、讽刺剧四种叙述结构作为"事件"情节化的解释模式。弗莱认为这四种叙述结构分别对应了一年的春、夏、秋、冬,一天的晨、午、晚、夜,生命的青年、成年、老年、死亡以及西方文化的中世纪、文艺复兴、18 世纪、当代。把自然现象、生命现象、文化现象与较为抽象的文学范畴相类比,增加了人们对此类文学范畴的感性经验,也使得这四类文学体裁的审美风格形象化而有质感。通过分析具体文本,弗莱详述了每种叙述结构的主题内涵、"相位"种类、情节技巧、叙事规律、人物类型、性格刻画等,为我们提供了进行文学批评的四种原型"对应物"。尽管借用弗莱的术语,但海登·怀特的历史原型故事与弗莱的故事原型结构稍有不同。

首先,海登·怀特从叙事的情节化层面上以对比方式介绍四种原型故事的主题、体裁特点。比如,浪漫剧是自我认同的戏剧,是关于成功的戏剧。讽刺剧则是反救赎的戏剧,是一种由理解和承认来支配的戏剧。尽管喜剧与悲剧都显示了一种可能性,使人类在堕落中得到部分解脱、在分裂状态下获得暂时解放。但是,在喜剧中各种力量达到暂时妥协,从而使人保持着希望,"这样的妥协在欢乐的场景中被象征化了",而在悲剧中则没有真正的欢乐时刻。喜剧末尾的妥协暗示了生活中各种对立要素的"和谐",悲剧末尾的妥协则暗示了一种人类对其环境的"顺从"。

其次,海登·怀特认为这四种原型故事的术语在表现形式上可以互相组合。比如,浪漫式讽刺剧或讽刺式浪漫剧,喜剧式讽刺、讽刺式喜剧、讽刺式悲剧、悲剧式讽刺等。而弗莱则认为这四种原型故事构成两对对立物:"悲剧与喜剧悖反对立,而不能融为一体;浪漫故事与反讽亦复如此，它们分别是理想世界和现实世界的战士。"〔1〕不过，弗莱也认为"喜剧可以从一个极端融入嘲讽，从另一个极端融入浪漫故事；悲剧则从高度浪漫的故事扩展至苦涩和反讽的现实主义"〔2〕。在这点上，海登·怀特与弗莱是相同的。

第三，在四种原型故事中，海登·怀特尤其强调了讽刺剧作为一种情节化解释的意义。他说："讽刺剧代表了分别在浪漫剧、喜剧与悲剧中揭示的关于希望、可能性和人类存在的真实性方面的不一样的限度。"〔3〕讽刺剧的反讽态度让人们意识到浪漫剧、喜剧和悲剧关于世界的想象，"终究是不充分的。"讽刺剧是对希望、可能性和人类生存事实的"评说"。因此，弗莱说："没有讽刺的反讽，是那种没有英雄的悲剧的残渣，他表现陷入困境的失败这一主题。"〔4〕在弗莱那里，讽刺与反讽是有区别的："讽刺是激烈的反讽，其道德准则相对而言是明确的，而他假定用这些标准可以去衡量什么是古怪和荒诞。纯粹的猛烈抨击或当面斥责是讽刺，原因是它很少含有反讽；另一方面，当读者肯定不了作者的态度为何时……就是讽刺成分甚少的反讽了。"〔5〕也是说讽刺应有明显的奇想怪念、隐含的道德标准和读者能看出的荒谬等超现实主义而"反讽既与完全的现实主义内容相符，又与作者方面态度之含而不露相应"〔6〕。反讽具有很强的现实性。

在海登·怀特这里，反讽意识是讽刺剧的重要因素。他指出作为一种艺术风格或文学表现形式，讽刺模式的出现标志着"一种世界已老的信念"。这正是弗莱用冬天、死亡、午夜等意象表示讽刺剧的意图所在。弗莱将讽刺剧作为一种"艺术的假设形式之表现"，是维护自己的创造性超脱的艺术之特别类型。它"既不是富于哲理的，又不是反哲学的"。海

〔1〕　诺思罗普·弗莱：《批评的剖析》，陈慧译，百花文艺出版社 1998 年版，第 191 页。

〔2〕　诺思罗普·弗莱：《批评的剖析》，陈慧译，百花文艺出版社 1998 年版，第 191 页。

〔3〕　海登·怀特：《元史学：十九世纪欧洲的历史想像》，陈新译，译林出版社 2004 年版，第 12 页。

〔4〕　诺思罗普·弗莱：《批评的剖析》，陈慧译，百花文艺出版社 1998 年版，第 278 页。

〔5〕　诺思罗普·弗莱：《批评的剖析》，陈慧译，百花文艺出版社 1998 年版，第 277 页。

〔6〕　诺思罗普·弗莱：《批评的剖析》，陈慧译，百花文艺出版社 1998 年版，第 278 页。

登·怀特在其基础上则发挥道:"讽刺剧意识到作为现实的一种想像,自己有所不足,因而'在其灰色之上涂抹灰色'。"〔1〕很显然,海登·怀特视野里的讽刺剧具有较强的批判性、否定性色彩。

## 第二节 诺思罗普·弗莱的四种原型结构的美学内涵

其实,弗莱所论述的四种原型结构有着丰富的美学内涵,这一点还未引起人们的注意。至少,弗莱向我们展示了四种审美形态:谐趣美(喜剧);壮美(浪漫剧);悲壮美(悲剧);由否定而达肯定的丑陋美、病态美、恐怖美等(讽刺剧)。

### 一、喜剧与谐趣体验

海登·怀特对喜剧结构的论述过于简单,并未真正体现出这种情节化所具有的审美内涵。弗莱对喜剧原型结构进行了详细分析,虽未指明,但他实际上已经揭示了喜剧欣赏中的一种可以称之为"谐趣"的审美体验的存在。弗莱引用萧伯纳的话说:"喜剧作家可以通过窃取莫里哀的手法和偷盗狄更斯人物来赢得大胆创新的荣誉。"〔2〕莫里哀的风俗喜剧《丈夫学堂》、《太太学堂》,讽刺喜剧《伪君子》、《悭吝人》,滑稽剧《贵人迷》、《无病呻吟》都是结构严谨、层次分明、人物主导性格突出的喜剧名篇。狄更斯运用夸张幽默的笔调、漫画式轻松明快的风格、想象、象征等浪漫主义手法塑造的诸如匹克威克、奥列弗、科波菲尔、小奈尔、小杜丽等人物形象具有很强的讽刺性和戏剧性。这样就在感官直觉上把人们从喜剧中获得的谐趣体验落实到了具体文本之中。

弗莱关于诸如"行动契机"、转变原则、喜剧形式的展开手法等喜剧性结局和总体叙事结构的论述,关于名实不符者(骗子)、反讽者(自嘲者)、

---

〔1〕 海登·怀特:《元史学:十九世纪欧洲的历史想像》,陈新译,译林出版社2004年版,第13页。

〔2〕 诺思罗普·弗莱:《批评的剖析》,陈慧译,百花文艺出版社1998年版,第192页。

小丑(乡下人)等喜剧典型人物的论述,关于喜剧的六个相位(主题)的论述实际上是在强调喜剧所给人带来的一种趣味体验,突出了喜剧所呈现出"谐趣"的审美形态。比如,弗莱在论述喜剧中的人物类型"小丑"时说:"这种类型的作用是增加欢庆气氛而不是丰富情节。"[1]又如,在论及"粗汉"或"乡巴佬"时,弗莱说:"这类人物并不拒绝节日的欢乐气氛,但是他们表明了节日气氛的范围。"[2]弗莱从多方面强调了喜剧这种原型结构所具有的诙谐、幽默的"谐趣"特点。

其实,真正的喜剧风格就是具有巧智、讽刺和幽默等"谐趣"的审美品格。喜剧欣赏给人带来的是一种"谐趣体验"。谐趣体验并非简单的插科打诨、一笑了之的"轻薄"。"谐趣的定义可以说是:以游戏的态度把人事和物态的丑拙鄙陋和乖讹当作一种有趣的意象去欣赏。"[3]"'谐趣'最基本的内涵是'轻松',所以其审美趣味内在地具有一种游戏性,带有一定的消遣作用。"[4]从表面上看,"谐趣"的游戏性可以起到休息、放松、缓冲和轻松的作用。卓别林说:"由于有了幽默,使我们不至于被生活的邪恶所吞没。"[5]其实,喜剧中的"谐趣体验"之"轻"的背后有着一种思想之"重"。因为,"谐趣之笑"主要是针对人性的沦落,也就是海登·怀特所说的喜剧所出现的"妥协","一种人与人之间、人与其世界和社会之间的妥协。"[6]但是,海登·怀特仅仅强调了喜剧的"在欢乐的场景中被象征化了"的妥协,没有看到这种妥协所带来的"笑"中隐含的"保卫人性之重"。[7]尽管,借用了弗莱的术语,海登·怀特还是低估了喜剧中谐趣现象的精神内涵。当然,海登·怀特谈论的喜剧是作为历史叙事解释的一个类型。不过,既然海登·怀特说道:"叙事远非仅仅是可以塞入不同内

---

〔1〕　诺思罗普·弗莱:《批评的剖析》,陈慧译,百花文艺出版社1998年版,第209页。

〔2〕　诺思罗普·弗莱:《批评的剖析》,陈慧译,百花文艺出版社1998年版,第210页。

〔3〕　徐岱:《美学新概念——21世纪的人文思考》,学林出版社2001年版,第446页。

〔4〕　徐岱:《美学新概念——21世纪的人文思考》,学林出版社2001年版,第445页。

〔5〕　徐岱:《美学新概念——21世纪的人文思考》,学林出版社2001年版,第446页。

〔6〕　海登·怀特:《元史学:十九世纪欧洲的历史想像》,陈新译,译林出版社2004年版,第11页。

〔7〕　徐岱:《美学新概念——21世纪的人文思考》,学林出版社2001年版,第450页。

容的话语形式,实际上,内容在言谈或书写中被现实化之前,叙事已经具有了某种内容。"[1]喜剧形式也是如此。

因此,喜剧式情节化的历史作品(比如,海登·怀特对 19 世纪史学家兰克作品的解读)也会给人带来一种"谐趣体验"。这是海登·怀特在构建历史诗学时所忽视的。不管怎样,海登·怀特看似不经意地将喜剧情节化解释模式引入对历史文本的实际分析中,已经起到了"谐趣"本身所具有的叛逆性和毁灭性的批判作用。正如普罗普所说:"伪善和欺骗从来不笑,而且戴着一副严肃的假面具,笑不会制造教条,也不会变得专横霸道,笑标志的不是恐惧,而是对力量的意识。"[2]由此看来,海登·怀特所颠覆的不仅仅是西方传统历史观念,也是针对西方传统文化思想。所以,海登·怀特才被作为后现代的代表人物。难怪有人说海登·怀特"用二十世纪的音符重谱了尼采当年对历史的揶揄"[3]。

## 二、浪漫剧与壮美体验

海登·怀特认为浪漫剧是关于善良战胜邪恶、美德战胜罪孽、光明战胜黑暗的成功戏剧,它以"英雄相对于经验世界的超凡能力、征服经验世界的胜利以及最终摆脱经验世界而解放为象征……"[4]其实,海登·怀特已经简单地道出了浪漫剧所带给观众的悲壮体验。与对喜剧之谐趣体验的论述一样,弗莱比海登·怀特对浪漫剧中悲壮体验内涵的挖掘深刻。弗莱认为浪漫故事情节的基本因素是冒险,"一个从不发展又不衰老的中心人物经历一个连一个的冒险。"[5]弗莱将这种冒险称为"追寻"。《贝奥武甫》、《圣经》、《一千零一夜》、《天路历程》、《仙后》、《唐·吉诃德》、《切断

---

〔1〕 Hayden White. *The Content of the Form*: *Narrative Discourse and Historical Representation*. The Johns Hopkins University Press,Baltimore and London,Preface.

〔2〕 徐岱:《美学新概念——21 世纪的人文思考》,学林出版社 2001 年版,第 449 页。

〔3〕 程一凡:《反历史》,载《二十一世纪》第 35 期,2005-02-28,http://www.cuhk.edu.hk/ics/21c。

〔4〕 海登·怀特:《元史学:十九世纪欧洲的历史想像》,陈新译,译文出版社 2004 年版,第 10 页。

〔5〕 诺思罗普·弗莱:《批评的剖析》,陈慧译,百花文艺出版社 1998 年版,第 226 页。

的洪水》、《尼泊龙根指环》等经典浪漫故事无不展现了种种冒险与追寻。在此过程中,上述浪漫剧中的太阳、海牛怪兽、伊甸园、远古的洪荒、金苹果园、巨龙等意象和无数壮观的场景描写提供了一种粗犷、博大的自然、人文景观,体现宇宙大化的刚健精神和主人公在天地间作为万物之灵的豪迈气概。这些博大境界、辉煌气象、浩瀚宏伟的感性形态,便是一种壮美。

壮美的形态不仅存在于西方浪漫剧中,我国古人也有过描述。汉武帝刘彻形容泰山:"高矣,极矣,大矣,特矣,壮矣,赫矣,骇矣,感矣。"实际上,这十几个词描绘出的泰山状貌便是这种美的形象。蔡元培在《以美育代宗教说》中说:"崇闳之美,有至大至刚两种。至大者如吾人在大海中,惟见天水相连,茫无涯涘。又如夜中仰数恒星,知一星为一世界,而不能得其止境,顿觉吾身之小虽微尘不足为喻,而不知何者为所有。其至刚者,虽疾风震霆,覆舟倾屋,洪水横流,大山喷礴,虽有拔山盖世之气力,亦无所施,而不知何者为好胜。"[1]蔡元培所描绘的这两种"崇闳之美"正是一望无际和强劲挺拔的两种形态的壮美以及置身于这种玄妙境界的审美体验。很显然,这种壮美体验不同于那种轻松、幽默的谐趣体验,也不同于那种幽林曲涧、和风丽日、春光明媚的优美对象所带来的细小柔和的体验。气象雄浑、气势磅礴的壮美展现了一种让人的身心受到感染和震撼,产生回肠荡气的审美效果。历史叙事的浪漫剧情节化解释也富有这种审美内涵。这种审美体验的引入改变了平淡、乏味、枯燥的历史叙述,在尊重事实的基础上增强了历史文本的可读性和趣味性。

## 三、悲剧与悲壮体验

古希腊三大悲剧作家、莎士比亚的悲剧创作以及亚里士多德、尼采的悲剧理论使得悲剧艺术成了较为成熟的艺术门类。由于悲剧本身得到了最透彻、最便当的研究,因此,弗莱认为悲剧理论较其他三种叙述结构(浪

---

[1] 朱志荣:《中国审美理论》,北京大学出版社 2005 年版,第 184 页。

漫剧、喜剧、讽刺剧)完善得多。亚里士多德本人在《诗学》中多次强调"悲剧摹仿的不仅是一个完整的行动,而且是能引发恐惧和怜悯的事件"〔1〕。比如,在《诗学》第十一章,亚里士多德看好《俄狄浦斯王》情节中的"发现"、"突转"和"苦难"三个成分,因为它们能引发怜悯和恐惧。在第十三章,亚里士多德指出:首先,"悲剧不应该表现好人由顺达之境转入败逆之境。"其次,"不应表现坏人由败逆之境转入顺达之境。"再者,"不应该表现极恶的人由顺达之境转入败逆之境。"因为,上述三种结构不能引发怜悯和同情。由此可见,除了摹仿论以外,悲剧的净化说是亚里士多德论述悲剧的重点。而实际上悲剧净化说就是关于悲剧的"悲壮体验论"。他反复强调的恐惧和怜悯其实是悲壮体验的两种感性形态。弗莱论述悲剧原型结构时也是突出悲剧的净化论及其所带来的"快感"审美效果。弗莱说:"在完美的悲剧中,主要人物被从梦幻中解放出来,这一解放同时又是一种束缚,因为存在着自然秩序。"〔2〕

顺着亚里士多德的观点,弗莱指出:"悲剧是对正当的恐惧感(让主人公必须堕落)和对失误的怜悯感(主人公的堕落太不应该)的自相矛盾的结合。"〔3〕弗莱进一步说明了悲壮体验的矛盾心态。其实,高乃依、莱辛、席勒等人都认为通过悲壮体验中产生的道德净化,悲剧可以涤除个体感情中的不洁成分,起到调节的作用。另外,通过悲壮体验所产生的情绪放纵和宣泄,最终使人心境恢复平静而达宁静状态,起到疏导作用。悲壮体验所起到的调节和疏导作用就使得悲剧渐渐失去了批判性。海登·怀特将其称之为"顺从",即"人类要在世界中顺从其环境",并认为这是一种"郁闷的妥协"。

至此为止,海登·怀特并未继续论述悲壮体验所产生的"妥协"、"顺从"到底意味着什么。其实,悲壮体验导致的顺从与妥协意味着让人失去主体性,失去思考力与判断力。"这是一个专制社会能够容忍悲剧存在但

---

〔1〕 亚里士多德:《诗学》,陈中梅译注,商务印书馆1996年版,第82页。
〔2〕 诺思罗普·弗莱:《批评的剖析》,陈慧译,百花文艺出版社1998年版,第253页。
〔3〕 诺思罗普·弗莱:《批评的剖析》,陈慧译,百花文艺出版社1998年版,第263页。

不为高级喜剧提供方便的原因。因为它很清楚，那些一唱三叹的哀怨悲剧能够以情感宣泄的方式，让受众们走出悲剧故事后继续承受生活的不堪重负……"[1]庄严高雅的悲剧常常让我们受现实困境的限制。因此，"现代美学有必要向早已成为陈词滥调的那种视悲剧为艺术之巅的观点亮出黄牌。"[2]虽然，海登·怀特认为这四种情节结构各有其含义，但是，他还是倾向于对世界批判的讽刺剧。

### 四、讽刺剧与"反常"体验

海登·怀特认为讽刺剧的出现标志着一种世界已老的信念。讽刺剧的出现说明人们已经做好思想准备，来批判一切与世界有关的复杂精密的概念化。这表明，讽刺剧的原型结构具有一种先天的批判性。在弗莱那里，这种批判性具体化为各种古怪、荒诞的人物、景象。在论述讽刺剧的第一相位时，弗莱说："这类喜剧（讽刺剧）的荒诞感是象逆火一样出现的，或者说，在读者读完作品之后细加回味才产生的，一旦这种荒诞感侵袭我们，不冒的荒漠便会从四面八方展开；尽管作品十分幽默，我们也会领略到一种梦魇般的和十分接近魔怪世界的感受。"[3]这里的荒诞感便是一种讽刺剧欣赏中的"反常"体验。因为这一相位的讽刺剧中有一个到处都是畸形、愚昧、不公和罪恶的世界。

而讽刺剧第三相位的作家运用"分解"技巧，"在望远镜下把社会展现为故作姿态、显达尊贵的侏儒，或在显微镜下把社会展现为十恶不赦、臭气熏天的巨人，或者他把笔下的主人公变为一头蠢驴……"[4]《格列佛游记》向我们展示了人就是浑身上下分泌毒液的啮齿动物，是吵闹不休、笨拙木讷的厚皮动物。拉伯雷、佩特罗尼乌斯和阿普列乌斯笔下展示了混乱不堪的喧嚣和关于放荡、梦幻、谵妄等不可思议的幻想。这其实是讽刺

---

〔1〕 徐岱：《美学新概念——21世纪的人文思考》，学林出版社2001年版，第451页。
〔2〕 徐岱：《美学新概念——21世纪的人文思考》，学林出版社2001年版，第451页。
〔3〕 诺思罗普·弗莱：《批评的剖析》，陈慧译，百花文艺出版社1998年版，第281页。
〔4〕 诺思罗普·弗莱：《批评的剖析》，陈慧译，百花文艺出版社1998年版，第292页。

剧提供给我们的恐怖美、废墟美、暴力美、丑陋美等由否定而达肯定的"反常美"。因为,美"是主体内在生命力得到激发后的一种对象化实现,是其生命之火被点燃后所产生的对生命之为生命的领悟,以及由此而来的对存在的感悟和喜悦"[1]。

说到底,美是一种生命体验,是一种观念存在。美在"心"而不在"物"。只要我们的生命力能够得到激发,那些已经失去真实生命的客体对象仍然会成为我们的审美对象。这就是为什么讽刺剧中吃人的妖魔和女巫、波德莱尔笔下的黑皮肤女巨人、头发蓬乱一副囚犯模样的赛壬、呲牙咧嘴的邪恶女性等主人公具有一种恐怖美、丑陋美的原因;也是为什么讽刺剧中的监狱、疯人院、行刑地,到处是无休止痛苦的黑暗塔楼、黑夜中的城市、倾覆的楼阁等场景具有一种废墟美的原因。它们具有一种由否定而达肯定的审美价值。与那些充满生机的现象形成对比的是,这些反常体验使得处于审美欣赏边陲的"丑"、"恶"现象仍给人造成审美冲击。

## 第三节　历史审美主义的海登·怀特

### 一、海登·怀特历史诗学:以历史情节结构为对象的审美体验

运用弗莱的分类术语作为由事件而故事的情节化解释模式,海登·怀特就使得历史叙事具有了十分丰富的美学内涵。情节化解释的过程实际上是融入了趣味、壮美、悲壮、由否定而肯定的审美体验的过程。海登·怀特在译著《从历史学到社会学:德国历史思想中的转变》一书的导言中将自己的历史思想称为"美学的历史主义"也就在情理之中了。只是,海登·怀特没有明确指出自己的美学思想到底体现在哪些方面。上述对于弗莱的原型故事中所蕴含的审美体验实际上也是在共时形态上海登·怀特历史诗学体现出的具体美学内涵。或者说,正是拥有了这四种

---

〔1〕　徐岱:《美学新概念——21世纪的人文思考》,学林出版社2001年版,第391页。

审美体验的内涵,海登·怀特的历史诗学才具有审美特征——它是一种以历史的情节结构为审美对象的审美体验论。与其说海登·怀特将历史情节抽象化,不如说他将历史情节具体化、直观化。在借鉴弗莱的故事原型结构基础上,海登·怀特在《元史学》一书中对八位 19 世纪历史大师的作品逐一展开详尽论述。每一位历史大师著作中的情节结构是海登·怀特阐释的重点。

比如,海登·怀特指出,米什莱的历史是"作为浪漫剧的历史实在论"(第三章标题)。因为,这样的历史情节化,"对他而言一种批判地自觉的诗性感受力提供了对世界的一种特殊实在论的理解的途径。"〔1〕海登·怀特认为米什莱的《法国大革命史》讲述的是一系列隐喻标识的浪漫式神话,并进行了详细的分析。该书前言中"语气哀惋","他百般痛苦地目睹了大革命理想的慢慢消逝。"〔2〕米什莱的《论人民》一书的历史情节化特点是"撰写成精神的力量奋力使自身从黑暗力量中挣脱出来而进行的揭示与解放的戏剧,即,一部救赎的戏剧"〔3〕。米什莱的《近代史纲》,在海登·怀特眼里成了大革命前夕"支离破碎"的法国形象。米什莱晚年的《十九世纪史》前言中指出史学家的职责根本上是"充当死者记忆的管理员"。

从中我们可以看出,如果不是将米什莱的历史叙事作为一种审美体验对象,海登·怀特是无法准确地阐释米什莱历史文本中具有的那种壮美体验,而这种体验是米什莱历史叙事的浪漫剧情节所特有的。这种体验与同时期的历史学家兰克的历史情节结构那样喜剧式的谐趣体验不同。因为"米什莱和兰克一样也是一位复辟时期的史学家,尽管他以一种正好和兰克的体验对立的方式来体验他所写的那个时期。米什莱遭遇的

---

〔1〕　海登·怀特:《元史学:十九世纪欧洲的历史想像》,陈新译,译林出版社 2004 年版,第 203 页。

〔2〕　海登·怀特:《元史学:十九世纪欧洲的历史想像》,陈新译,译林出版社 2004 年版,第 208 页。

〔3〕　海登·怀特:《元史学:十九世纪欧洲的历史想像》,陈新译,译林出版社 2004 年版,第 207 页。

是理想的消逝，就像高潮之后的失落，而兰克则是一种圆满"〔1〕。

海登·怀特对米什莱历史文本的阐释本身就是对历史叙事进行审美体验。审美体验是一种"诗意的直觉"（卡岗）。审美主体在这种状态下，感到情牵意绕，心驰神往，意象迭出，正可谓："此中有真意，欲辩已忘言。"〔2〕在此意义上，康德有言："模糊观念要比明晰观念更富有表现力……"〔3〕体验具有建构性和创造性。海登·怀特提出的情节化解释模式就是将历史进行直观把握。从现象学的视角看，"体验并非只是通常'关于'某物的意识，而且还具有某种建构性。"〔4〕审美体验的实质在于"形成一些在外部世界与主体内心中原先并不存在的新结构"〔5〕。由此看来，海登·怀特关于故事解释的四种情节化结构是在历史事件基础上新的建构。这种建构将人们对过去的思考由"到底发生了什么"转向了"主体如何看"和"'事件'怎样'在'"的问题上来。这样，海登·怀特就在认识论、本体论的历史思考中增添了审美论和存在论的新内容。因此，有人指出："海登·怀特认为，从逻辑上说是无法论证从某个理论出发比从其他的理论出发写出的历史更符合真实的。我们撰写历史，就必须在诸多相互冲突的阐释策略中作出选择。这种选择与其说是出于认识上的考虑，倒不如说是出于审美或道德上的考虑。"〔6〕也就是圣·奥古斯丁在《上帝之城》所说的："本身无意义的东西为了有意义而交织在一起。"〔7〕如果将这句话用于海登·怀特的历史诗学，是指生活中那些无序的事件，经过历史学家的虚构与想象之后具有了审美、伦理与道德的意义。即事件，被情节化就意味着被艺术化、审美化。

〔1〕 海登·怀特：《元史学：十九世纪欧洲的历史想像》，陈新译，译林出版社 2004 年版，第 240 页。

〔2〕 朱东润：《中国历代文学作品选》（上编，第二册），上海古籍出版社 1979 年版，第 335 页。

〔3〕 阿尔森·古留加：《康德传》，商务印书馆 1981 年版，第 113 页。

〔4〕 徐岱：《美学新概念——21 世纪的人文思考》，学林出版社 2001 年版，第 387 页。

〔5〕 徐岱：《美学新概念——21 世纪的人文思考》，学林出版社 2001 年版，第 388 页。

〔6〕 盛宁：《二十世纪美国文论》，北京大学出版社 1994 年版，第 258 页。

〔7〕 Hayden White. "The Forms of Wildness: Archaeology of an Idea", *Tropics of Discourse*. The Johns Hopkins University Press, Baltimore and London, 1978, p. 150.

　　事件的情节化体现了海登·怀特历史审美的现代意识。如果说波德莱尔捉住了现代艺术的瞬间美,那么海登·怀特强调在历史中将无序的生活世界有序化,即通过诗性历史赋予混乱的生活以意义,因此,历史事件的情节化即生活的审美化。海登·怀特说,"在《元史学》一书中,我试图展现这种混合与变体是如何出现在 19 世纪历史大师的著作中。"[1]不同于波德莱尔突出共时性瞬间美的现代性美学,海登·怀特认为现代性美学以一种历时性的形式体现出来的,即赋予原本混乱的各种事件以一定的情节结构。当年鉴派攻击叙事性骨子里是对题材的"戏剧化"或"小说化"时,海登·怀特反击道:"人们怎能以小说化的效果为由谴责叙事呢?""小说大可不必是人文主义的,正如它可以不必是戏剧性的一样。"[2]

　　海登·怀特对福柯尤为推崇。因为福柯将西方意识的断裂、中断和不连续给予荒诞派戏剧式的解释。始于波德莱尔所主张的现代美的创造,在福柯这里将人类的思想文化和意识本身作为瞬间美的审美体验对象。海登·怀特认为这种瞬间美的东西就是福柯所"揭露了现代西方人执迷于身心的根本是出于隐蔽的焦虑感"[3]。

　　海登·怀特认为历史对瞬间美的捕捉是通过"构成性想像"实现的。"构成性想像使历史学家注意到一组特定事件所必须采取的形式,以便将其用作可能的'思想客体'。"[4]海登·怀特揭示了历史之中瞬间美形成的心理机制(焦虑感)和动力机制(构成性想象)。同时,海登·怀特认为,通过历史捕捉现代美的最佳代表作是 19 世纪的历史作品。"1800 年至

〔1〕 Hayden White. "Historical Text as Literary Artifact", *Tropics of Discourse*. The Johns Hopkins University Press, Baltimore and London, 1978, p. 94.

〔2〕 Hayden White. "The Question of Narrative in Contemporary Historical Theory", *The Content of the Form*: *Narrative Discourse and Historical Representation*. The Johns Hopkins University Press, Baltimore and London, 1978, p. 33.

〔3〕 Hayden White. "Foucault Decoded: Note from Underground", *Tropics of Discourse*. The Johns Hopkins University Press, Baltimore and London, 1978, p. 245.

〔4〕 Hayden White. "Interpretation in History", *Tropics of Discourse*. The Johns Hopkins University Press, Baltimore and London, 1978, p. 60.

1850 年间历史思想的最佳代表把历史想像看作一种能力,这种能力始于人要为无序的现象世界披上稳定的形象外衣的冲动——也即一种审美冲动。"[1]随后,海登·怀特以黑格尔、巴尔扎克为例,论证他们分别以不同方式对现代性的瞬间美进行描绘。黑格尔认为,"在历史反映中,'精神'陷入了自身自我意识的黑暗之中;然而,它那消失了的存在却在那里(历史)保存了下来。"[2]巴尔扎克的《人间喜剧》"把整体的各个碎片联系起来,构成了一部完整历史……整部小说便是人对现时代独特性的一种更加现实的感觉"[3]。这与其说是黑格尔、巴尔扎克的历史、文学创作对稍纵即逝和碎片化的生活世界的审美现代性的把握,不如说是海登·怀特对具有现代性动因的历史作品中的审美冲动的关注。

对于历史叙事中的审美蕴涵,布鲁斯·马兹里什(Bruce Mazlish)也有过具体的论述:"就部分而言,历史是一种故事,一种呈现在我们面前使我们能够体验的叙事。我们像演戏或绘画那样体验它。这种体验扩展了我们的理解能力,唤醒了我们审美的、道德的甚至哲学的反应。它使我们成为完整的人。"[4]虽然,海登·怀特对"客观历史学"的敌视态度让马兹里什愤怒,在历史叙事的审美体验上,后者的观点竟与前者一致。马兹里什所说的历史是一种可体验的"故事",实际上也是将历史审美化,这正道出了海登·怀特历史诗学的一个特点,即在历史编撰中存在着审美动机,历史叙事中孕育着审美内涵。这似乎在历史领域印证了尼采的那句"只有作为一种审美现象,人生和世界才显得是有充足的理由的"[5]。在向来标榜客观、准确的历史领域也有审美现象存在,而且审美也是历史编撰和历史思想生成的原因之一。历史诗学也的确具有海登·怀特所声称的

---

〔1〕 Hayden White. "Interpretation in History", *Tropics of Discourse*. The Johns Hopkins University Press, Baltimore and London, 1978, p. 48.

〔2〕 Hayden White. "The Burden of History", *Tropics of Discourse*. The Johns Hopkins University Press, Baltimore and London, 1978, p. 49.

〔3〕 Hayden White. "The Burden of History", *Tropics of Discourse*. The Johns Hopkins University Press, Baltimore and London, 1978, p. 49.

〔4〕 陈新:《当代西方历史哲学读本》,复旦大学出版社 2004 年版,第 27 页。

〔5〕 徐岱:《美学新概念——21 世纪的人文思考》,学林出版社 2001 年版,第 38 页。

历史审美主义的特点。

这极大地开拓了历史研究领域和思考空间,同时,也突出了历史中"人"的主体性,"人"不再受制于过去的记忆而无法脱身。"人,不是被缚的普罗米修斯,而是面向未来敞开的可能性,需要去创造自己。在创造中,而不是在解放中,人才拥有自我。"[1]别尔嘉耶夫指出:"人消解混沌有两种方式——审美的和机械的,自由中的和必然性中的。但美不仅是观照,它永远关乎创造,关乎抗争奴役的创造。"[2]对历史故事审美内涵的把握不仅仅是对过去的了解,也是一种"抗争奴役的创造"——摆脱过去的梦魇。所以,如果说康德将道德引入哲学,那么海登·怀特便将审美意识引入了历史领域——"审美"是海登·怀特所倡导的历史诗学的一个重要环节。

### 二、克罗齐的表现主义美学:海登·怀特历史审美主义的重要源头

显然,就关注历史的审美层面这一点来看,海登·怀特的受到克罗齐唯心史学和表现主义美学的影响较深。他在密歇根大学攻读欧洲中古史博士期间,凭着傅尔布莱特奖学金游学意大利,邂逅了文史哲大师克罗齐的家人(那时,克罗齐已经谢世)。游学期间,海登·怀特阅读了克罗齐的大量著作,回国后即大力张扬克罗齐的历史学说,致力于历史理论的研究。

克罗齐出生于维柯的故乡,虽然他在艺术批评、逻辑学、伦理学、经济学等领域都有建树,但其主要成就在于以"直觉"说为核心的表现主义美学和唯心主义历史学。克罗齐认为精神创造了历史和世界,"正是精神赋予了精神的对象以规定性的东西。"[3]受黑格尔客观唯心主义和康德主观唯心主义的影响,克罗齐"把人类精神活动看成是世界存在的本质,把

---

[1] 李晓林:《审美主义:从尼采到福柯》,社会科学文献出版社2005年版,第181页。

[2] 别尔嘉耶夫:《一个贵族的回忆和思索》,汪建钊选编,上海远东出版社2004年版,第205页。

[3] 蒋孔阳、朱立元:《西方美学通史》(第六卷),上海文艺出版社1999年版,第8页。

历史看作是精神活动的自我发展和创造……他只承认一种存在,即精神的存在"〔1〕。而"直觉"则是精神活动最基本的形式。"直觉就是心灵赋予杂乱无章的无形式的质料、物质以形式,是心灵的赋形活动。"〔2〕克罗齐的直觉主义美学对海登·怀特历史诗学产生深远影响。历史情节化结构就是其中的一个方面。历史情节化解释模式虽然借鉴了弗莱的故事原型结构,但是,让海登·怀特将美学带入历史的审美现代性转换的启蒙者却是克罗齐。海登·怀特曾经直截了当地说:"克罗奇重新将黑格尔的美学带入现代艺术影响了我。"〔3〕

海登·怀特刚步入学术界的前几年,完全笼罩在克罗齐的余荫之下。比如,他把克罗齐学派的意大利学者安东尼的历史著作《从历史学到社会学》译成英文,并将克罗齐当年为该书所写的书评为英文版的前言,而且,海登·怀特另外又写了一篇该书的介绍性文章。安东尼像克罗齐一样反对德国实证主义的历史观,海登·怀特在其对该书的介绍中也帮起腔来,对历史学派所推崇的所谓"客观历史"深加质疑。克罗齐认为不仅历史学,就连历史研究本身都应摆脱"过去"的羁绊。他说:"历史学家受面向未来的推动,用艺术家的眼光审视过去生活的一切方面,用同样的眼光发现人类事业总是既不完美又完美,总是集暂时性与永恒性于一身。"〔4〕克罗齐倡导的历史是"现世说"或"唯今主义"的,同时,克罗齐的历史观也是一种艺术家眼里的历史显示论。克罗齐关于历史学家"用艺术家的眼光审视过去",并"集暂时性与永恒性于一身"的观点,与波德莱尔所说的"现代性就是过渡、暂时、偶然,就是艺术的一半,另一半是永恒与不变"〔5〕的观点如出一辙。

海登·怀特认为,历史学应该告别19世纪的理性主义和写实主义,

---

〔1〕 蒋孔阳、朱立元:《西方美学通史》(第六卷),上海文艺出版社1999年版,第9页。

〔2〕 蒋孔阳、朱立元:《西方美学通史》(第六卷),上海文艺出版社1999年版,第10页。

〔3〕 Ewa Domanska. "Human Face of Scientific Mind: An Interview with Hayden White", *Storia Della Storiografia*, Vol. 24, 1993, p.17.

〔4〕 克罗齐:《作为思想和行动的历史》,田时刚译,社会科学文献出版社2005年版,第34页。

〔5〕 波德莱尔:《波德莱尔美学论文选》,郭宏安译,人民文学出版社1987年版,第485页。

转而效法 20 世纪文艺中的超现实主义或科学中的相对论，"超现实主义的要义之一是打破时序，可见正式接触到后现代主义著作之前海登·怀特已经非常不安于室了"[1]，海登·怀特的主张显然是对克罗齐思想的历史"言说"。克罗齐曾经明确地指出："艺术和诗歌提供了最明显的证明，艺术或诗歌从不对自己满意，它们总是新形式的创造者，它们创造的作品就在那里，好像在晴朗的奥林匹斯山上的诸神，精力充沛，美妙绝伦，神采奕奕。"[2]

由此可见，海登·怀特历史诗学对当代艺术技巧感兴趣，完全是克罗齐历史编撰思想的美国版本。海登·怀特说："在将历史美学化时，克罗奇也将它非伦理化了……也是将它永远地非意识形态化了。"[3]对于克罗齐在历史中植入美学思想的做法，海登·怀特了然于胸。不过，克罗齐的历史思考最终是为其美学思想作辩护的，或者说，克罗齐的历史学是其表现主义美学观的实践。而海登·怀特将美学思想渗透于历史领域是为了使历史获得新生。因此，海登·怀特没有把精力放在具体美学思想的概念化和透明化上来，因而，海登·怀特的历史审美主义是含而不露的。

海登·怀特继承了克罗齐对历史的美学改造，但是，拒绝了将历史非理性化和非意识形态化的处理。很显然，海登·怀特关于历史的形式论证式解释和意识形态蕴涵模式完全是一种理性化、意识形态化运作的结果。在艺术技巧进入历史领域的同时，艺术（主要是文学艺术）之独特的美学意蕴也渗入了历史。这种状况在历史的情节化层面更集中地体现了出来。因为，其他几种故事解释模式主要倾向于（形式论证式解释）认识和（意识形态蕴涵）伦理层面。如果说"克罗齐的唯今主义转而成为海登·怀特的未来主义"[4]，那么，克罗齐的表现主义美学通过故事的情节化转而成为海登·怀特的历史审美主义。因此，马兹里什说海登·怀特

---

〔1〕 程一帆：《反历史》，载《二十一世纪》，2005-02-28，http://www.cuhk.edu.hk/ics/21c.
〔2〕 克罗齐：《作为思想和行动的历史》，田时刚译，社会科学文献出版社 2005 年版，第 34 页。
〔3〕 海登·怀特：《元史学：十九世纪欧洲的历史想像》，陈新译，译林出版社 2004 年版，第 550 页。
〔4〕 程一帆：《反历史》，载《二十一世纪》，2005-02-28，http://www.cuhk.edu.hk/ics/21c.

"过于崇拜地对待克罗奇"〔1〕。

　　当然,海登·怀特的审美历史主义也受到尼采的影响。尼采把历史看作悲剧艺术,因为,悲剧是以一种隐喻模式运作历史意识,或者说,悲剧是以一种隐喻的方式构想历史。"这样看来,尼采对历史的思考就是他对悲剧思考的一个延伸。"〔2〕海登·怀特认为尼采的酒神与日神二元论是对历史知识进行先天批判的产物,"先把历史转化为艺术,然后努力把美学想像同时用悲剧和喜剧术语转化为对生活的理解。"〔3〕海登·怀特从历史与艺术的关系上解读尼采的《悲剧的诞生》、《道德的谱系》、《历史对于人生的利弊》等作品,也表明了海登·怀特是以"审美的眼睛看历史"。

---

〔1〕 陈新:《当代西方历史哲学读本》,复旦大学出版社 2004 年版,第 27 页。
〔2〕 海登·怀特:《元史学:十九世纪欧洲的历史想像》,陈新译,译林出版社 2004 年版,第 453 页。
〔3〕 海登·怀特:《元史学:十九世纪欧洲的历史想像》,陈新译,译林出版社 2004 年版,第 455 页。

# 第四章　历史之真：故事的形式
## 论证式解释模式

由事件而故事的"情节化"解释只是历史叙事的审美层面,这一层面彰显了历史文本的审美风格和历史学家的审美素养。除此之外,海登·怀特认为按某种形式类型组成的一系列故事还有一个共同的"主旨"或"中心思想"。故事中的事件可通过逻辑演绎形式而获得推论性的解释。这种解释能够分解为一个三段论:含有因果关系普遍规律的大前提;适用于该普遍规律的涉及边界条件的小前提;由上述前提推导出来的实际发生的事件,即结论。这种逻辑演绎只可顺向推理,不能逆向论证。海登·怀特将这种运用推定律的合成原则就故事中所发生事情的解释称为"形式论证式解释"。

很显然,这是历史叙事的认识论环节。这种认识论意义上的解释不同于史学家通过情节化将事件转变为特殊类型的故事而获得的审美解释,即事件的"情节化"不同于对事件的"描述"。前者赋予事件某种类型的形式一贯性,而后者使得特定时空范围内的作为要素的事件具有一种因果联系的逻辑一贯性。这样,历史学既具有艺术性成分,也具有科学性特点。但是,与自然科学的解释原则具有高度的一致性不同,用于历史解释的社会因果律还没有达成一致的看法,在对同一组历史现象的确定解释上还有争执,因此,历史学还具有原始科学的特征,即历史还要通过隐喻、形象思维等诗性方法认识人类世界。

鉴于此,海登·怀特提出了四种可能的形式论证的适当类型作为其"形式论证式解释"的策略。他采纳了斯蒂芬·佩珀(Stephen Pepper,1891—1972)《世界的构想:证据的分析》一书中描绘世界观的四种范式:形式论(formism)、有机论(organicism)、机械论(mechanism)和情境论(contextualism)。海登·怀特认为大多数史学家会引述一般观念,诉诸某种一般真理理论或证明,而历史哲学家则意图研究出一种哲学,并精心阐述一种世界观,因此后者比前者更具认知上的负责性。海登·怀特借用佩珀的术语以突出历史叙事解释的认知意义。

另外,在阐述四种形式论证策略时,海登·怀特使用了肯尼斯·伯克《动机的语法》中的描述现实的文学表现的批评术语。伯克指出,关于现实的文学表现,无论多么"现实",都是富有寓意的。他认为所有现实的文学表现形式都含五个假定的"语法"成分:情景、行为主体、行为、行为方式和目的。通过分析这五种要素在文学表现中的相对重要性和描述的方式,可以揭示一种实在表现中隐含的世界观。海登·怀特运用伯克的批评术语进行分析,使得认识论意义的"形式论证式解释"富有丰富的想象空间和生动的类比联想。

## 第一节　海登·怀特形式论证式解释的具体内容

"解释模式"是海登·怀特分析历史文本的重要工具。他分析历史文本的四种模式所面对的是同一种语言的不同层面。"模式其实就是某种事物的小规模复制品,省略了各种各样无关紧要的成分。"[1]而"一个模式的作用,就是看它是否能给我们带来对事物新的认识"[2]。这也适用于海登·怀特在建构历史诗学大厦时所提出的"四重解释模式"理论。

---

〔1〕　杰姆逊:《后现代主义与文化理论》,唐小兵译,北京大学出版社 2005 年版,第 36 页。
〔2〕　杰姆逊:《后现代主义与文化理论》,唐小兵译,北京大学出版社 2005 年版,第 36 页。

## 一、形式论模式侧重于对事件的分散性分析，倾向于识别历史现象的多样性

故事解释的形式论模式，即历史解释的形式主义观念旨在识别历史领域内客体的独特性和现象类型的多样性。形式论的解释策略对材料的分析是"分散的"，其视野比较开阔。但是，在普遍概括上是"印象主义"的，其历史叙事缺少概念的"精确性"。这类史学家往往通过历史叙事中的特殊行为主体、行为方式和行为的生动性来弥补概念的空洞。这种印象式的历史叙述如同印象派绘画追求一种瞬间的"光与色的迷人效应"，印象派绘画技法一反学院派拘泥于"物体固有色"的束缚，通过色彩的补色关系打破了古典主义的对称、均衡，运用碎片表现物象，使得画面呈现出明亮、清新、洒脱的特点。

而印象式文学批评也是反对权威判断、强调主观趣味的产物。这使得海登·怀特的具有印象主义特质的形式论模式对历史叙事解释本身也就起到了反对传统实证主义历史观的作用。海登·怀特所谓的对事件"分散性"分析的形式主义模式更适合于那种"色调的丰富感和色彩的层次感"较强而普遍陈述却无足轻重的历史画卷。这种对各种术语、范畴并不在意的历史叙述针对的是整个历史领域及其过程的意义建构。"它在自然或历史存在的更高级与更低级的生命形态之间进行区分的基础之上寻求历史过程的意义。"[1]确定特殊客体的唯一性，展示历史现象的多样性、在叙事中表现特殊行为重构的生动性和概念的模糊性是形式论解释的四个特点。由此看来，形式论特征的历史文本不受理论框架的限制，思维敏捷，自由轻灵，历史视野较为开阔，重主观情致。海登·怀特认为最具有这种叙述特征的是浪漫主义叙事史家，其他的诸如赫尔德、卡莱尔、米什莱、尼布尔等都属于此类历史学家。

尼采的《道德的谱系》是具有形式论解释特点的文本。在书中，尼采

---

〔1〕　海登·怀特：《元史学：十九世纪欧洲的历史想像》，陈新译，译林出版社 2004 年版，第 110 页。

首先分析了"善与恶"、"好与坏"的二分法。随后,论述了"负罪"、"良心谴责"以及相关事物,接着指出禁欲主义理想是人类意志的一种冲动,是人对空虚的恐惧。海登·怀特认为《道德的谱系》可以看成尼采"超历史"在一个既属历史又属哲学问题上的运用。因为,它试图找出道德、道德感良心以及人们对"善"、"恶"、"正义"信念的起源和意义。因此,海登·怀特将《道德的谱系》一书作为历史文本分析。海登·怀特指出,尼采根本就不将历史过程看成一个过程,而是一系列环节,每个环节都通过在场的行为主体的意图与它之前和之后的事物相联系。尼采说:"一件事、一个机构或一种风俗的历史就变成了一系列连续不断的重新解释和重新整理。"〔1〕而这一理解和解释的过程"不必按因果关系相连接",它是"一系列多少有些深刻的、多少有些独立性的占有过程"。〔2〕尼采不仅要颠覆目的论,还要颠覆一切因果关系。

所以,在举例分析了一段尼采关于史学家如何穿透意识形态疑云方法论述的文字之后,〔3〕海登·怀特认为这种历史文本完全是对机械论、有机论和情境论历史解释概念的拒斥。尼采的历史解释明显具有海登·怀特所说的形式论模式的四个特点。因为,尼采感兴趣的不是概念本身的精确性,而是行为主体的意图、历史现象的多样性。这种反体系式的写作实践体现了尼采强烈叛逆性和批判精神。概念模糊,思想鲜明,单纯却强烈。对于其语言表述,鲁迅在《摩罗诗力说》中赞扬道:"中有新力,言亦确凿不可移。"而对于这种诗化表达方式中所蕴涵的思想,鲁迅于《文化偏至论》中称誉说:"深思遐瞩,见近世文明之伪与偏。"〔4〕鲁迅的评价从另一个侧面概括了尼采历史叙述的形式论解释特点。

---

〔1〕 海登·怀特:《元史学:十九世纪欧洲的历史想像》,陈新译,译林出版社 2004 年版,第 497 页。

〔2〕 海登·怀特:《元史学:十九世纪欧洲的历史想像》,陈新译,译林出版社 2004 年版,第 497 页。

〔3〕 海登·怀特:《元史学:十九世纪欧洲的历史想像》,陈新译,译林出版社 2004 年版,第 503 页。

〔4〕 徐岱:《美学新概念——21 世纪的人文思考》,学林出版社 2001 年版,第 39 页。

## 二、有机论模式侧重于对事件的综合性把握,倾向于谈论历史原则或历史观念

故事解释的有机论模式对描绘历史整体过程的兴趣远胜于叙述个体要素,这种模式热衷于将事件的细节"综合"为故事成分,有机论策略的核心"存在一种对微观——宏观关系范式的形而上学承诺"。这类史学家更愿意看到"单个实体"成为整体之部分,而"整体不仅大于部分之和,在性质上也与之相异"。因此,其论证理论更具"整合性"。海登·怀特认为有机论解释的一个明显特征是避免探求历史过程的"规律",而更倾向于谈论"原则"或"观念"。这些"原则"或"观念"被看成想象的或预构的"目标"(肯尼斯·伯克),并不起构成因果关系的行为主体或行为方式的作用。效法有机论解释策略的史学家有兰克、19世纪中叶的民族主义的史学家和唯心论者。较为典型的有机论解释模式者是黑格尔。他反对形式论与机械论两种历史观,认为前者在历史中识别出来的形式一致性是任意的,并且只是同一种形式一致性的循环;后者屈从于因果解释概念的研究,将不可避免地得出人类历史从未有过实质意义的进步,人类文化的发展不过是各种因素的重新排列。这两种历史解释让人们在决定论和偶然性之间做出选择。

黑格尔主张有一种历史"原则",将人类的偶然性与确定性、自由与约束的全部场景转化为一部具有理性的和道德意义的戏剧。在《美学》中黑格尔论述了三种历史写作的诗学风格:史诗的、抒情的和戏剧性的。在《历史哲学》导论中又区分了三个层面的历史意识:原始的(自在的)、反思的(自为的)和哲学的(自在自为的)。第一个层面的历史意识是原始性的纯粹历史产物,除了对历史过程简单了解之外,也发展了对时光流逝的意识和人性可能性的认识。第二个层面的历史意识,即自为的历史,黑格尔将其分为四种:普遍性的、实用性的、批判性的和概念性的。第三个层面的历史意识,黑格尔将其定义为对历史的"深思熟虑",即史学家对自己的历史作品深思反省。理性、精神、情感等词成了黑格尔历史思考中的核心

概念或范畴。对概念或范畴的重视是黑格尔历史有机论解释的主要特点。他说:"研究者必须先天地熟悉正在讨论的诸原则所隶属的整个概念场,就像开普勒在他能够从经验的材料发现那些不朽的定律之前,必须先天地熟悉椭圆、立方体和正方形,以及它们之间的关系。"[1]

黑格尔认为只有在"概念场"中,才可以产生种种原则、思想形式和概念类型。这种历史思考方式除了体现为《历史哲学》导论中将历史意识分为三个层面外,还体现在该书中黑格尔将人类文明分解为四个阶段——诞生和成长阶段、成熟阶段、老年阶段、解体和死亡阶段,分别对应于古典戏剧的诸要素——苦难阶段、冲突/比赛阶段、撕裂阶段、发现阶段。而对于东方历史,黑格尔认为依次经历了四种形态:中国、印度、波斯、埃及。这四个连续性的阶段又类似于一部四幕剧:中国的神权专制统治造成了"苦难"的情节;印度的神权贵族统治使其处于连续不断的"冲突"中;波斯帝国采取一种既具精神原则也承认其臣民物质利益的君主政权,这种君主政权使得各个"部分"联合成一个"整体",但是,希腊人以个性绝对价值反对徒有其表的普遍性和埃及人以物质性要求反对华而不实的精神性的起义让波斯帝国展现了一种"分裂"的情节;埃及人以反讽的方式理解世界,精神与物质的对立使其文化呈现出"最矛盾的原则"面貌,在希腊悲剧《俄狄浦斯王》中,埃及人找到了解决自身矛盾的谜底:"人"。埃及处于黑格尔所说的四幕剧的最后一幕"发现"的情节中。

由此可以看出,黑格尔善于将历史过程分解为不同的"单个实体"或分解为不同历史时期,并从"原则"的差异上揭示作为部分的"实体"不同于整体的异质性。从中,我们可以领会有机论历史"综合"、"原则"、"整合性"的特征。

---

[1] 海登·怀特:《元史学:十九世纪欧洲的历史想像》,陈新译,译林出版社 2004 年版,第 112 页。

### 三、机械论模式侧重于对事件的还原,倾向于探求历史过程的发展规律

形式论证式解释的机械论模式,虽然与有机论模式一样在对材料的分析本质上是"整合的",但是机械论对世界的构想更倾向于"还原"。因为,机械论将"行为主体"在历史领域中的"行为"看作"行为方式"的表白。机械论认为历史领域内的"客体"存在于部分与部分的关系形态中,并被某种规律支配。因此,机械论者倾向于探求因果规律以及诉诸这种规律的历史过程之结果。他们"研究历史是为了预言实际上支配着历史行为的规律,而写作历史是为了在一种叙事中展示这些规律作用"[1]。

与形式论对"单个实体"的强调和有机论对"原则"或"观念"的重视不同,机械论的核心词汇是"规律"。机械论认为作为证据的"个体实在"不如其所属的"现象类别"重要,而这些现象类别又不如从中推导出的社会结构和过程的"规律"重要。规律的表述必须求助于清晰的概念。因此,不同于形式论之概念的空洞,概念的精确性是机械论的明显特征。为此,海登·怀特提出巴克尔、泰纳、马克思、托克维尔是机械论模式的"典范"。

或许这样的概括未必全面,但它也有一定的合理性。比如,马克思《资本论》中的劳动价值规律、《共产党宣言》中社会历史发展规律、《德意志意识形态》中的生产方式与生产关系、经济基础与上层建筑关系规律等充分体现了机械式历史解释之自我概念化和单线性的逻辑因果律特点。海登·怀特认为马克思的历史观念既是一种分析方法,也是一种表现策略。马克思机械论历史解释与黑格尔有机论历史解释之间的区别在于马克思主张历史存在的根基是自然,而不是意识。因此,马克思像发现自然规律一样从社会、历史中发现既可以分析微观事件(比如,法国 1848 年革命、1851 年革命),也可以用于宏观事件(比如,人类全部革命)的规律。黑格尔有机论历史则侧重于"真"与"善"统一的历史"原则"或"观念"。

---

〔1〕 海登·怀特:《元史学:十九世纪欧洲的历史想像》,陈新译,译林出版社 2004 年版,第 21 页。

托克维尔对历史"结构"和连续性的兴趣要比对历史过程"变化"的兴趣大。在托克维尔的认识论中,历史过程是一个按机械论方式来认识的闭合系统,系统各部分之间的关系是以因果规律来理解的。《美国的民主》一书中,托克维尔通过论述历史与诗的关系以及阐明历史意识形态概念设想了一种能够发现社会过程规律的历史学。他以两类因果行为方式(文化的和个体的)分析历史事件,其结论是不仅可能把社会形式(贵族派和民主派)结合在一起,而且把历史与诗歌相融合构建一种实在和理想、真和美相结合的新型历史学。其倡导的诗与历史融合的新型历史学则是托克维尔"中庸之道"的体现。他说:"我一直努力发现人们可能遵循而不致成为赫利奥盖巴勒斯和圣哲罗姆的门徒的中庸之道。"[1]托克维尔"中庸之道"思想基础则是一种二元论思想。

这种二元论使得托克维尔在人性概念上摇摆于动物性与神性之间,政治学上摇摆于贵族制与民主制之间,文化上摇摆于唯心主义与唯物主义之间。在《旧制度与大革命》一书中,他运用诗与历史融合的方式分析了 1789 年法国大革命。他指出大革命像旧制度一样有着特定外貌和生命形式的确定的过去,是一种经历了六代人的断断续续过程而突然剧烈结束。因此,法国大革命是一种内在的存在,它亦非正,亦非邪。大革命是人类意识和社会制度相互冲突的产物,同时也是思想与情感、法律与政治重建和谐的尝试。这种"尝试"体现于历史文本中则是大革命或美国的民主等事件名字的消解。这是托克维尔将诗与历史融合原则的一种实践。在这一实践过程中,涉及不少诗论。如他说:"倘若人们完全无视其自身存在,心中就不会有诗"、"诗是对理想的探寻与描绘"等。虽然,意在探求一种稳定的历史规律,但是,托克维尔观点变化太快了。为数不少的思想家认为托克维尔的"哲学介于叔本华与斯宾塞之间,文学介于波德莱

---

〔1〕 赫利奥盖巴勒斯,公元 3 世纪罗马帝国皇帝,信奉太阳神,曾将自己的宗教强加于罗马人民,后引发暴动被杀。圣哲罗姆,拉丁学者,第一本拉丁文《圣经》的译者。

尔和左拉之间，史学思想介于兰克与马克思之间"〔1〕。这也许正是对托克维尔将诗与历史相融合的机械论历史观较为恰当的概括。

## 四、情境论模式侧重于事件的合并规则，倾向于在广阔的文化背景中挖掘历史线索

形式论解释在视野和具体性上优于重视抽象的"原则"、"观念"与"规律"的有机论和机械论解释，但其概念上的"印象主义"难以避免历史叙事的碎片化、零散化和主观性。所以，人们更愿接受一种代表着在历史领域中发现事件意义或价值的"功能性"概念的情境论解释策略。该解释策略通过确定历史领域中事件与事件之间的功能性相互关系来说明"所发生的事情"。与形式论模式相同的是，情境论也把历史领域当作一种"景观"或"质感丰富的地毯式网络"。但是，前者只想依赖实体的独特性和唯一性，而后者则强调通过存在于行为主体和行为方式之间的实体与实体的相互关系来说明事件。因此，情境论解释的关键是确定个体或制度与社会文化"现场"相连的"线索"。这些"线索"都是能辨别和追踪的。所辨别的是事件发生的自然、社会场所；所追踪的是确定事件的"起源"以及该事件对后续事件的影响。因此，情境论解释策略尽量避免形式论的"分散倾向"，以及有机论和机械论的"抽象倾向"，它运用"合并规则"来确定实体的家族特征。海登·怀特指出情境论解释是两种冲动的结合：形式论背后的分散性冲动和有机论背后的整合性冲动。这就使得它从时间链条中截取历史过程的片断或部分，进行共时性表现。

此类故事解释作为主导性解释原则主要体现于布克哈特的历史著作中。在《意大利文艺复兴时期的文化》一书里，布克哈特以一位"印象派绘画大师的气质，勾勒出意大利政治发展的主线"〔2〕。书中六个部分，每个

---

〔1〕　海登·怀特：《元史学：十九世纪欧洲的历史想像》，陈新译，译林出版社2004年版，第308页。

〔2〕　海登·怀特：《元史学：十九世纪欧洲的历史想像》，陈新译，译林出版社2004年版，第334页。

部分都包括了对意大利文艺复兴时期文化不同方面的分析。围绕着文化发展这一"主线",运用"合并规则",布克哈特从礼仪、社会习俗、法律、宗教、文学、戏剧、节日、庆典等多方面塑造了意大利文艺复兴时期的"文化景观"。整部著作都是过渡,没有开端和结局,不仅如同皮耶罗·迪·科西莫和拉斐尔绘画主题的结合,"既富野性又显崇高",而且,也是一幅"色调悲凉,充满着伯恩·琼斯和罗塞蒂的倦怠目光"的绘画。[1]

《导游——意大利艺术作品欣赏指南》一书分为建筑、雕塑和绘画三个部分,依据叔本华的美学思想,展现出每一部分从古典时期、基督教早期到巴洛克时期精神性上升的层次。布克哈特讨论每一领域的艺术家时,热衷于确定艺术品的内容和形式受到赞助人的兴趣和压力的影响,因此,其艺术作品总是有缺陷的。比如,谈到意大利哥特式时期画家乔托时,布克哈特指出他的成就在于作为一位叙事者,他提供了使故事明白、简洁和优美所必需的因素。其伟大壁画和油画中的人物唯一目的就是为了说明一个故事。他主要讲述那些耶稣基督、圣方济和教会生活事件。乔托绘画的缺陷在于其讽喻因素并没有完全消除。对于布克哈特来说,讽喻代表着屈从于宗教神秘的因素,这反过来是想象的失败,破坏了艺术的真实性。布克哈特认为绘画中的讽喻性因素不同于象征性因素,试图表现这种崇高观念的艺术作品,其讽喻性越少,确定行为就越多,给人的印象就越深刻。

布克哈特由意大利的艺术上升到西方艺术史:"西方艺术史被看作是一种三重张力(讽喻性、历史性和象征性)之间的发展史。"[2]他在历史解

---

〔1〕 皮耶罗·迪·科西莫(1462—1521),意大利佛罗伦萨派画家,其《基督投胎和诸圣人》体现了佛罗伦萨15世纪末期的画风:宗教题材世俗化描绘,赞颂人性和自然,人物造型表现趋于成熟。拉斐尔(1483—1520),意大利画家,以人间常见的家庭欢乐情景来描绘圣母与子之间母慈子爱的深厚的天伦之乐,他的祭坛画《西斯廷圣母》可与达·芬奇《蒙娜丽莎》媲美。伯恩·琼斯(1833—1898),英国前拉斐尔派画家,以亚瑟王传说、圣经故事、希腊神话为主题创造了一大批充满浪漫主义情调的杰作,代表作《梅林的诱惑》《国王与乞食少女》。罗塞蒂(1828—1882),英国诗人,前拉斐尔派画家,绘画作品中气氛忧郁而伤感,因其肖像画《白日梦》以及"神女"等细节生动、神秘的诗篇而出名。

〔2〕 海登·怀特:《元史学:十九世纪欧洲的历史想像》,陈新译,译林出版社2004年版,第349页。

释中关注的是历史事件那种发展成为"结构"的理论，即"将事件嵌入同样能够识别的诸多个体的构造之中，而这些个体占据着事件周围的历史空间"[1]。这种情境论历史假定"当编织成某个历史时代之锦绣的各种线缕都被区分开……其联接都展示了出来，此时，也就给出了历史事件的解释"[2]。同时，这也印证了曼海姆所说的："被人们从艺术角度构成的所有各种东西，都已变成了清晰的、可理解的、理性化的、有组织的以及有结构的东西，而以其他方式形成的东西则不是如此。"[3]

## 第二节　故事的形式论证式解释与审美"智性体验"[4]

总之，通过上述四种故事解释模式的论述，可以发现它们是在语言层面上将历史叙事概念化。"以临床方式形成理论时，概念化的目的是产生出对眼下问题的解释，而不是显示出试验操作的结果或演绎出某种已定体系的未来状态。然而这并不意味着理论只能适应（或者更慎重一些，只能有说服力地解释）过去的实际；理论还必须适应——理性地适应——未来的实际。"[5]格尔兹明确指出概念化的理论是面向当下和未来的，或者说对过去大量可观材料的提炼与升华之体现的概念化对现实问题应当有实际意义，即概念化的理论应当是实用主义的。对于概念化的理论的现实性与实用性黑格尔也有过精辟见解，他说："概念是返回到作为简单直接的存在那种的本质，因此这种本质的映现便有了现实性，而这本质的现实性同时即是一种在自己本身内的自由映现。"[6]概念的现实性内涵意味着历史叙事的概念化实际上也是对历史所反映的现实生活的逻辑

　　〔1〕　海登·怀特：《元史学：十九世纪欧洲的历史想像》，陈新译，译林出版社2004年版，第36页。

　　〔2〕　海登·怀特：《元史学：十九世纪欧洲的历史想像》，陈新译，译林出版社2004年版，第360页。

　　〔3〕　卡尔·曼海姆：《意识形态与乌托邦》，艾彦译，华夏出版社2001年版，第164页。

　　〔4〕　徐岱：《美学新概念——21世纪的人文思考》，学林出版社2001年版，第442—454页。

　　〔5〕　克利福德·格尔兹：《文化的解释》，韩莉译，译林出版社2004年版，第34页。

　　〔6〕　黑格尔：《小逻辑》，贺麟译，商务印书馆1997年版，第325页。

归纳。

在使用了伯克的文学批评术语之后,海登·怀特对历史叙事的逻辑归纳并非单纯是哲学意义上的分析,还是具有一定文学色彩的形象概括。米歇尔·罗斯指出:"通过形式主义策略对现实的各种建构,海登·怀特将认识论和客观性问题替换为自己喜欢的那种文学或诗性结构的问题。历史学家并没有意识到过去是一个故事,他使过去成为一种故事。"[1]罗斯认为通过使用聚焦于现实主义类型建构的形式主义策略,海登·怀特将认识论的以及客观性问题置换为自己喜欢的对文学或诗性结构的探询。历史学家并非从过去"发现"某种故事,而是将过去"加工"成某种故事。

可以说,这四种故事解释形式也是历史叙事的四种诗性结构,只不过不是用于想象的,而是对情节化了的故事本身所蕴涵的丰富意义的概括性描述。"意义,这个让我们曾经兴高采烈地留给哲学家们和文学批评家们绞尽脑汁去探讨的、令人困惑而又拙劣地界定的虚构实体,现在又回到了我们这门学科的中心。"[2]这里的"这门学科"指的是文化人类学,但是,这句话同样适用于海登·怀特的历史诗学,因为意义的探寻是海登·怀特历史诗学运作的内在机制,故事的概念化是故事情节化之后历史叙事的诗意蕴涵的自然延伸,像解读文学文本一样去探究历史文本中所蕴含的意义。海登·怀特在形式论证式解释的四个层面上对历史文本意义的探究,已不是创造、领悟、感受那种朦胧的、具有浓厚形而下色彩的意象之美,而是一种形而上的"智性体验"。

因此,可以这样认为,海登·怀特关于历史叙事的形式论证式的四种故事解释是另一层面上的审美体验:智性体验。"在通常的审美实践中,一直存在着'形而下'的'情性'体验与'形而上'的'智性'体验的区

---

〔1〕 Michael S. Roth. "Cultural Criticism and Political Theory: Hayden White's Rhetorics of History", *Political Theory*, Vol. 16, April 1988, p. 640.

〔2〕 克利福德·格尔兹:《文化的解释》,韩莉译,译林出版社 2004 年版,第 38 页。

分。"〔1〕当代学者徐岱通过研究"趣味"这一审美范式,指出审美体验既是一种被肉体包裹的情性体验,也是一种超功利性的智性体验。因此,审美体验是一种复合型体验。在审美实践活动中,审美主体既可以欣赏到感观知觉之美,又可以享受到神情愉悦之乐。这种审美观点就将人的肉体与精神、经验与超验联系了起来。

如果说故事的情节化解释突出了历史叙事之"形而下"的"情性",那么形式论证式解释则强调了历史叙事之"形而上"的"智性"。前者提供了历史叙事的性情之乐的感性审美内涵,后者以理性主义文化为主导,注重历史叙事的智性快感的美学意义。实际上从历史叙事的角度,海登·怀特强调了美感的认识性与感官享受的审美性的一体性。这也是为什么我们把海登·怀特的历史诗学称作历史审美主义的原因。因为,海登·怀特在有意关注历史中的审美内涵时不经意中将审美存在论与审美认识论在历史诗学内予以分层体现。正如孔颖达在《正义》中所言:"在己为情,情动为志,情、志一也。"海登·怀特的故事的情节化和故事的形式论证在历史诗学范围内做到了"味"与"韵"的统一。

罗斯说:"海登·怀特不关心故事与现实是否相符合的问题,因为,除了有意味的故事情节之外,海登·怀特根本就没有考虑'现实'。"〔2〕就《元史学》一书而言,罗斯对海登·怀特形式论证式解释策略脱离现实的评价是正确的。因为,海登·怀特主要基于历史文本,或者更精确地说,海登·怀特的形式论证式解释完全是历史语言层面上的"操作",是以"情性"体验为前提的"智性"意识,或者说,这是对历史文本进行智性体验的结果。因此,这种故事的解释与分析只有在历史虚构性(并非"事件"本身是虚构的)前提下才能"运转"。

---

〔1〕　徐岱:《美学新概念——21世纪的人文思考》,学林出版社 2001 年版,第 44 页。

〔2〕　Michael S. Roth. "Cultural Criticism and Political Theory: Hayden White's Rhetorics of History", *Political Theory*, Vol. 16, April 1988, p. 640.

# 第五章　历史之善：故事的意识
## 形态蕴涵式解释模式

## 第一节　海登·怀特的意识形态观念

克罗齐说："历史观的深刻性具有伦理和政治兴趣的深刻性,它被后者促进,又促进后者。"[1]深受克罗齐影响的海登·怀特在其历史诗学中给伦理和政治留下了空间,即提出了故事解释的意识形态蕴涵的概念。借用卡尔·曼海姆《意识形态与乌托邦》中四种政治学立场——无政府主义、保守主义、激进主义、自由主义,海登·怀特描述了历史解释中的意识形态蕴涵模式。海登·怀特所谓的"意识形态蕴涵",是指史学家对历史知识的本质问题思考时或研究往事之中所体现出的对"现在"的某种立场。海登·怀特所使用的"意识形态"术语是指人文学科所能够提供的不同想法、维持或改变社会现状之愿望的不同观念、社会改革应该选择的方向、影响这些改革方式的不同概念。

曼海姆指出,有两种意识形态观念:"特定的"和"总体性"意识形态。它们的区别在于,前者把对手的部分断言作为意识形态;后者向对手的整

---

〔1〕　克罗齐:《作为思想和行动的历史》,田时刚译,中国社会科学出版社 2005 年版,第 65 页。

个世界观提出质疑。前者通过兴趣心理学发挥作用,后者运用具有更多形式色彩的分析。海登·怀特将这两种有关意识形态的观念融合到自己的历史解释中去。他借鉴了曼海姆意识形态的评价性,却将其非动态化。也就是说海登·怀特虽然预先假设了一些涉及观念的实在和意识结构的判断,但是,衡量这些判断的"实在"处于稳定之中。因此,海登·怀特的"意识形态"术语只是一般意义而言,并非特定政治派别的象征。这就使得该词从偏执的、狭隘的党性化的桎梏中解脱了出来,而成为中性意义的词汇。海登·怀特用于分析历史文本的意识形态蕴涵的目的不是指出某种既定立场的表征,只是阐明意识形态立场如何进入历史思考之中的。

海登·怀特的意识形态术语,还涉及曼海姆关于"乌托邦"的论述,因为海登·怀特借用的四个意识形态概念(无政府主义、保守主义、激进主义和自由主义)是曼海姆用来描述乌托邦心态的。曼海姆指出,意识形态术语隐含着"实际上什么是真实的"这一问题。而"乌托邦这个术语的意义只限于表示那种超越现实,同时打破现存秩序的各种纽带的取向类型的过程中"[1]。"'乌托邦'这个术语目前所具有的涵义,主要是一种从原则上说不可能实现的观念所具有的涵义。"[2]

意识形态与乌托邦的区别之处在于,前者具有现实性,后者则强调对现实的超越性。两者共同的地方是:"从本质上说,在某个既定情况下表现为乌托邦的东西,以及表现为意识形态的东西,都是由人们针对其运用这种标准的现实所达到的发展阶段和发展程度决定的。"[3]所以,海登·怀特借用的意识形态概念渗透着乌托邦成分。四种意识形态内涵具体如下:

〔1〕　卡尔·曼海姆:《意识形态与乌托邦》,艾彦译,华夏出版社2001年版,第228页。
〔2〕　卡尔·曼海姆:《意识形态与乌托邦》,艾彦译,华夏出版社2001年版,第233页。
〔3〕　卡尔·曼海姆:《意识形态与乌托邦》,艾彦译,华夏出版社2001年版,第232页。

| | 保守主义 | 自由主义 | 激进主义 | 无政府主义 |
|---|---|---|---|---|
| 对社会变革的态度 | 对有步骤改革社会现状表示怀疑 | 社会变革乃是一种机械论的调节 | 社会变革是在新的基础上的社会重组 | 以富有人性的"共同体"代替"社会" |
| 想象中的变革步伐 | "自然的"节奏 | 议会辩论的节奏或党派间竞选节奏 | 能够亲自参与的一种社会大变革 | 对社会大变革的可能性充满希望 |
| 时间定位 | 将当前社会制度结构视为"乌托邦"状态 | 将"乌托邦"状态置于遥远的未来 | 以革命的方式迎接即将到来的"乌托邦"状态 | 将乌托邦设定在理想化的远古自然人那种纯洁 |
| 对现实社会的态度 | 最具社会和谐性 | 社会和谐性相对较弱 | 社会超越性相对较弱 | 最具社会超越性 |
| 对历史研究的态度 | "整合"历史领域内客体的诸种直觉 | 寻求历史发展的一般趋势或主流 | 寻求历史过程、历史结构的规律 | 倾向于运用本质上是浪漫主义的移情技巧 |

　　上述列表是海登·怀特对每种意识形态蕴涵的详细论述的直观化。结合这一图表和海登·怀特的论述，我们可以看出，海登·怀特的每一种意识形态蕴含都拥有各自的理想主义成分。它们表现了人们在思考、书写历史时所展示的建设符合人性的人类社会的美好愿望。因此，"所有意识形态都非常看重变革的前景。"[1]这表明海登·怀特在故事解释中没有忽视伦理、道德因素。这种伦理、道德因素是通过四种意识形态中的理想主义蕴涵间接体现出来的。

　　尽管曼海姆认为保守主义心态不具任何乌托邦，但在海登·怀特的视野里，保守主义的意识形态蕴涵却体现了自然主义的理想色彩。这与他们不追求理论化的倾向有关，"在这样一些生活条件下，他们认为这种环境是自然而然的世界秩序的组成部分，因而它没有表现出任何问题。"[2]他们强调重点是"现存的现实"，关注"是如何"的问题。保守主义将过去当作现在来体验，即"不再把'此在和现在'当作某种'邪恶的'现实来体验，而是当作对那些最高级的价值观念和意义来体验"[3]。他们向往一种"自然的"变革节奏，主张"内在的自由"要根据"客观的自由"加以

---

　　〔1〕　海登·怀特：《元史学：十九世纪欧洲的历史想像》，陈新译，译林出版社 2004 年版，第 32 页。
　　〔2〕　卡尔·曼海姆：《意识形态与乌托邦》，艾彦译，华夏出版社 2001 年版，第 267 页。
　　〔3〕　卡尔·曼海姆：《意识形态与乌托邦》，艾彦译，华夏出版社 2001 年版，第 270 页。

调整。乌托邦被"镶嵌"在现存的现实之中了。自然主义的理想色彩使得保守主义最具"社会和谐性"。

自由主义的意识形态蕴涵是一种未来理想主义。正如曼海姆所说的那样,自由主义—人道主义的乌托邦是一种"观念"。"这种观念并不是古希腊传统所坚持的静态的、柏拉图式的观念……他们毋宁说把这种观念设想成了某种可以在无限的未来得到实现的形式方面的目标。"[1]这是一种理性的乌托邦心态,思考"应当如何"的问题。它在试图达到有可能达到的自我意识最高阶段的"唯心主义"哲学中达到了顶点。自由主义观念将历史时间当作一种直线发展的过程来体验,并且侧重一种内在的、主观化的自由体验。"与以前完全从外部突然破坏这个世界的乌托邦观念形成对照的是,从长远来看,这种乌托邦观念所指的是,有关突如其来的历史变迁的观念的相对式微。"[2]因此,自由主义主张一种不受限制的"内在的自由"。

激进主义的意识形态蕴涵是一种革命理想主义。激进主义的德文"Aktivismus",也译作"行动主义",这是一种主张为了政治的和社会目的采取包括暴力在内的各种手段而行动的学说。因此,激进主义者在预设了至善论的前提下,对"革命"这一摧毁当前社会机制的暴力手段寄予厚望。他们不仅想象一种社会大变革的可能,而且还参与确定影响这种变革的途径。比如,通过寻求历史过程、历史结构的某种规律为"大变革"提供了伦理上和道义上的合法性。

无政府主义的意识形态蕴涵是过度理想主义,或者说是一种浪漫主义。曼海姆认为无政府主义是19世纪狂欢千禧年主义的世俗化形式,法西斯是其20世纪的形式。而海登·怀特则认为无政府主义是浪漫主义的意识形态意蕴。因为,"浪漫主义的独特性在于他的个人主义状态,即,

---

〔1〕　卡尔·曼海姆:《意识形态与乌托邦》,艾彦译,华夏出版社2001年版,第257页。
〔2〕　卡尔·曼海姆:《意识形态与乌托邦》,艾彦译,华夏出版社2001年版,第262页。

利己主义,他促成了一种绝对无政府主义的信念。"[1]通过与远古自然人的纯洁相比,无政府主义者发现自己深陷一个堕落的"社会"之中。

历史解释的意识形态蕴涵是通过分析戏剧性事件和历史记述的语气或语调识别出来的。也就是海登·怀特所说的,"从看似纯粹描述性或分析性的陈述中,衍生出说明性陈述。"[2]而这种识别要与另外两种故事解释模式结合才行。比如,兰克的历史情节化是喜剧模式,其主题是妥协,结尾通常表现出和谐状态。兰克热衷于揭示行为主体和行为方式的"观念",他关于历史的思考是其审美知觉在认识论上的翻版。有机论模式的论证和喜剧的情节化形式,其叙述语气是妥协的,因此,意识形态是保守的。

## 第二节 文学浪漫与历史真实

### 一、"真实性"内涵

上述四种意识形态的理想主义蕴涵,或者说,意识形态中的乌托邦成分体现了海登·怀特力求展示历史文本的浪漫品格,以增加文本的可读性,并使历史在浪漫与真实达到一种完美的平衡。从真实性的角度出发,海登·怀特主张当代历史再现借鉴现代主义文学技巧,因为,"现代主义仍然致力于'逼真地'再现现实,仍然把历史与现实等同起来。""现代主义与其说是对现实主义的拒斥和对历史的摒弃,不如说是对一种新形式的历史现实的展望。"[3]文学现代主义比现实主义再现历史更具有真实性,"这一切表明现代主义再现模式能够再现大屠杀及其经历的现实,而现实

---

〔1〕 海登·怀特:《元史学:十九世纪欧洲的历史想像》,陈新译,译林出版社 2004 年版,第 29 页。

〔2〕 海登·怀特:《元史学:十九世纪欧洲的历史想像》,陈新译,译林出版社 2004 年版,第 34 页。

〔3〕 海登·怀特:《后现代历史叙事学》,陈永国、张万娟译,中国社会科学出版社 2003 年版,第 343 页。

主义的任何其他翻版都做不到这一点……我们关于逼真地再现现实的概念必须改变,以便考虑到我们这个世纪的独特经历,旧的再现模式已经不适应新的形式了。"海登·怀特之所以提出"历史诗学"的观点,就是为了在一个新的时代用新的艺术技巧更加真实地再现"过去"。那些现实主义再现方式已经无法适应具有现代主义特点的历史事件。

海登·怀特的历史虚构论坚持了一种历史真实的原则。"真实"是一切历史的基础和生命,这是不言而喻的。但是,真实的历史并不排除浪漫的叙述。"真实",不仅体现于事件的真实发生,还体现于历史书写的真实和历史叙述的真实。在这个意义上,历史与艺术是相同的。因为,"真实性,这既是艺术的起点也是归宿,是一切伟大作品的基础。"[1]

勃兰兑斯指出:"作品的真实性是精神上的真实性,是情感上的真实性。"[2]在事件真实的基础上,为什么史学家的历史文本不可以像文学作品那样拥有精神上和情感上的真实性呢? 这也是海登·怀特意识形态解释模式所体现出的伦理环节和道德维度。汉斯·凯勒指出:"正如康德所说,好的历史写作就是一种道德行为,因为通过建构过去的意象而选择过去就意味着选择了一个描写未来人类应该怎样生活的模型,并且好的历史写作也调动了人类积极意志。"[3]意识形态蕴涵中的浪漫主义体现了海登·怀特在文学浪漫与历史真实之间寻求一种完美平衡的企图。对此有人说:"文学话语和历史话语在诗性和叙事性基础上融和为一。尽管小说家处理的是想像的事件,历史学家处理的是真实的事件,但连接一个可理解的整体、一个被视为再现的客体的过程,却是一种'诗性行为'。"[4]

## 二、传统"主客二分"法和唯物主义的一元论本质

这里,关键是正确理解主观以及主观性的内涵。过去我们一直以为

〔1〕　徐岱:《美学新概念——21 世纪的人文思考》,学林出版社 2001 年版,第 168 页。
〔2〕　徐岱:《美学新概念——21 世纪的人文思考》,学林出版社 2001 年版,第 170 页。
〔3〕　Hans Kellner."A Bedrock of Order:Hayden White's Linguistic Humanism",*History and Theory*,Vol. 19,No. 12,1980,p. 27.
〔4〕　张进:《历史的叙事性与叙事的历史性》,载《甘肃广播电视大学学报》2003 年第 12 期,第 5 页。

"主观"之物是不稳定的、虚幻的。相对来说,"客观"世界则较为稳定、真实。因为,主观世界随着认识主体的内心活动变化而变化。主观世界可谓转瞬即逝,使人无法准确把握。不仅因为不同认识主体的内心世界各不相同,就是同一个认识主体在不同时间里也不可能完全一致。人们将这种主观世界的变化状态和差异性质称为"主观性"。作为认识客体的客观世界中的万事万物或者自然现象占据了一定的时间和空间。它们是拥有各种各样、五颜六色的可以描述的外形、外貌的实体。正因为主观世界的变化万千、跌宕起伏,人们总想从客观事物那里寻找永恒不变的普遍规律,以便主观世界能有一个恒常不变的参照物。

因此,我们经常被告之,在寻求真理时应该尽量避免个人的主观偏见,这样才能获得客观准确的真理。在上述断言的基础上,人们普遍接受"真实世界没有不可还原的主观因素"的断言。这两个断言似乎存在着一种因果关系,而且经常被人们混淆使用。不过,美国心灵与语言哲学教授约翰·R.赛尔指出,不能将这两个断言混淆,我们之所以混淆这两个断言,是因为混淆了主客二分法的知识论意义和本体论意义。[1]也就是说,主客二分法不仅具有认识论意义,还具有本体论意义。

在认识论意义上,"寻求真理时应该尽量避免个人的主观偏见"的说法是正确的。这一层面的主客二分"标识了客观真理与独立断言、妄想、个人偏见、观点以及情感的区别程度","客观性的理想表达了一个即使无法获得但也值得追求的目标。"[2]从本体论的角度来看"真实世界没有不可还原的主观因素"以及"所有实在都是客观"的断言是错误的。这一错误断言正是那种本质上客观的、"第三人称"的真理客观论的逻辑设定。本体论层面的主客二分"标识了经验实在的不同范畴"(意识不同于自我意识,意识到不同于意向性、现象不同于现象的陈述,等等)。

传统的主客二分,实际上是站在功能主义的立场上对不同主题的研究,其逻辑依据为:主观乃"第三人称证据的意向性的属性"。根据这种功

---

〔1〕 约翰·R.赛尔:《心灵的再发现》,王巍译,中国人民大学出版社 2005 年版,第 19 页。

〔2〕 约翰·R.赛尔:《心灵的再发现》,王巍译,中国人民大学出版社 2005 年版,第 19 页。

能主义的研究立场和意向性的第三人称的逻辑依据我们可以得出一个荒谬的结论，即"意识独立于意识"，因而，"内部的"、"私人的"现象的意识是不存在的。这实际上是一种坚持认为"物的"意味着"非心的"以及"心的"意味着"非物的""概念二元论"。其实，"概念二元论"并非一种本体论而是一种"二维说"的认识论。二元本体论，无论是"人类学二元论"，还是"宇宙学二元论"，都是对一元论立场的拒绝。二维认识论在本质上的一元历史决定论，使其必然走向政治极权主义。比如，中国古代的"阴阳论"就是一种典型的"概念二元论"，即二维认识论。所谓"一阴一阳谓之道"，"阴与阳最终殊途同归于统一的'道'，其实已经表明了彼此的区分只是表面与暂时的，并无实质性的根本差异，所以，这种学说只是'二维论'而非真正的'二元论'。"[1]因此，讲究"万物归一"的中国思想精神推崇的是"一"而非"二"。这导致了中国文化中特有的君君臣臣、父父子子的绝对服从和同一关系。这种二维组合的主/从关系最终走向采取各种残忍手段来消除差别和异己的"大一统"。在此背景下，国人引以为豪的最高哲学境界和美学追求的"天人合一"论，根本就没有"天"——"大自然"、"宇宙世界"的位置，"天"即"人"，是人的意志的表现。实际上，"天人合一"的终极追求是地位卑微的底层大众与位高权重的达官贵族的"和谐与共"的"大同世界"。"如此这般的'合二而一'也就是主宰者对被主宰者的征服和后者对前者的顺从。"[2]

除了传统主客二分是"概念二元论"以外，唯物论也是一种"概念二元论"。因为，"唯物论否定实体二元论者宣称世界上有两种实体或属性二元论者宣称世界上有两种属性的同时，无意中接受了二元论的范畴与词汇表。"[3]也就是说，唯物论通过重新定义意识来否定意识的核心特征。这样看来，唯物论本质上是一种片面性的一元论。所以，波普尔在其《通过知识获得解放》一书中明确地指出："身心二元论比唯物一元论更接近

---

〔1〕　徐岱：《批评美学——艺术诠释的逻辑与范式》，学林出版社2003年版，第42页。

〔2〕　徐岱：《批评美学——艺术诠释的逻辑与范式》，学林出版社2003年版，第42页。

〔3〕　约翰·R.赛尔：《心灵的再发现》，王巍译，中国人民大学出版社2005年版，第49页。

真理。"〔1〕因而,无论以如何动听的理论或冠冕堂皇的主义做修饰,以唯物论为思想基础的文化在本质上是一种专制主义的文化。同样,这样文化背景下的社会是一个表面上亲民的,而实际上则是一个唯我独尊、反对异己之见的独裁与专制的"威权"社会。

### 三、海登·怀特历史诗学与主体间性本体论

其实,实际的心智现象却是第一人称的、主观的现象。"我们研究他或她时,研究的是他或她的'我'。"〔2〕这显然不是知识论而是本体论的要点。这是一种主观本体论,或者说是第一人称的主观主义本体论。尼采认为"纯粹的、无欲的、无痛的、永恒的认识者"目的是为了获取一种"纯粹理性、绝对精神和绝对智慧",但是,必须要"预先假设一只任何活着的人都无法想像的眼睛,这只眼睛必须没有方位,没有活力和解释力,准确地说,也就是说那些纯粹的去看、看见某物的能力"〔3〕。然而,这种理想模糊了一个事实,即"所有观看本质上都是透视,并且所有认识也是如此。在特定事物上我们投入的情感越多,我们看同一景象时戴上的不同的眼镜也越多,我们对它的了解就越全面,我们的客观性就越强"〔4〕。"所有实在都是客观的这一断言,从神经生物学上讲是完全错误的。总体而言,心智状态具有不可还原的主观本体论。"〔5〕这意味着主观性是有自己的生理基础和心理机制的,它并非虚幻的"空中楼阁"。

其实,这暗示了我们存在着两种主观性:"意识的主观性"和"判断(陈述)的主观性"。意识的"主观性"指向的是本体论范畴,判断的"主观性"指向的是认识论模式。比如,"现在,我的大腿有点痛"这一陈述在事实之为真以及独立于观察者的立场、态度或意见的意义上完全是客观的。然

---

〔1〕 卡尔·波普尔:《通过知识获得解放》,范景中、李本正译,中国美术学院出版社 1998 年版,第 385 页。

〔2〕 约翰·R.赛尔:《心灵的再发现》,王巍译,中国人民大学出版社 2005 年版,第 20 页。

〔3〕 尼采:《道德的谱系》,谢地坤等译,漓江出版社 2000 年版,第 94 页。

〔4〕 尼采:《道德的谱系》,谢地坤等译,漓江出版社 2000 年版,第 94 页。

〔5〕 约翰·R.赛尔:《心灵的再发现》,王巍译,中国人民大学出版社 2005 年版,第 19 页。

而，现象本身（痛的感觉本身）的存在模式是主观的。当用针刺或扎一个失去感官知觉人的大腿时，他是不会有疼痛的感觉，因而，也就不会有腿痛之类的陈述或判断。"如果我们坚持说世界完全是客观的，这不仅在方法论的意义上说它是可独立检查的，而且在本体论的意义上说它描述的现象独立于任何形式的主观性存在。"[1]因此，决定真理价值的不是客观性，而是主观性。正如美国实用主义哲学的创始人威廉·詹姆士所说的那样："一个公式之所以胜于另一个公式，也许不在于它的真正的'客观性'，而在于它的某些'主观的性质'，如它的'有用'、'优美'或'符合我们残存的信念'。"[2]因此，我们可以更直接地阐明："求真意识本质上是一种否定对事物真实性的把握的方式。"[3]

在此意义上，别尔嘉耶夫旗帜鲜明地指出，"主观性恰恰意味着真实，客体性则意味着虚幻。一切客体化存在、客体性存在就其深层意义上说，都是虚幻的。客体性就是异己性、抽象性、决定化性、非个体性。"[4]他认为，主观性才是真实性、决定性的基础，这就把唯物主义认识论中不屑一顾的主观性推到了前台，同时，也恢复了主观性的对于人的本体意义。然而，别尔嘉耶夫并没有无限制地褒扬主观性，他以古典主义艺术和浪漫主义艺术的关系来进一步论述了主观与客观、主体性与客体性的对抗和反拨关系。

别尔嘉耶夫认为，古典主义艺术是客观的艺术，它达到的是客观的完善；浪漫主义艺术是主观的艺术，它意味着"主体的"和"客体的"之间的分裂。两种艺术都可能是"诱惑"。古典主义艺术的诱惑体现在"精神在自我异化，主体的生存陷入了客体化的秩序，无限被纳入有限"[5]。浪漫主义艺术在使得"主体的无限性不断地敞开"以及"主体争取摆脱客体化世

---

[1] 约翰·R.赛尔：《心灵的再发现》，王巍译，中国人民大学出版社2005年版，第85页。

[2] 威廉·詹姆士：《实用主义》，陈羽纶译，商务印书馆1997年版，第192页。

[3] 海登·怀特：《元史学：十九世纪欧洲的历史想像》，译林出版社2004年版，第505页。

[4] 别尔嘉耶夫：《一个贵族的回忆和思索》，汪建钊选编，上海远东出版社2004年版，第204页。

[5] 别尔嘉耶夫：《一个贵族的回忆和思索》，汪建钊选编，上海远东出版社2004年版，第205页。

界有限形式的桎梏"的同时,"主体性也可能成为人的自我封闭性,丧失与现实的联系,一味沉溺于艺术的激情性,成为自我的奴隶。"〔1〕

主观性既可以成为使主体在生存意义上对现实进行拓展的创造性,也可以成为一种脱离实际生活和具体现实的虚幻性。这也是为什么人们对主观性抱有一种爱恨交织的复杂情感。"当浪漫主义日益走向极端之时,它也面向了真理性和生活真理的现实主义。"〔2〕最后,走向极端的浪漫主义也引起了现实主义对它的反抗。"浪漫主义取代古典主义,古典主义的反拨取代现实主义,古典主义的反拨又激发起主体性的对抗。"〔3〕

这样,主张借鉴现代主义文学再现"历史实在"的模式,海登·怀特历史诗学也具有浓厚的主观性——可以说,历史虚构论是一种主观本体论的历史观。他不否认历史的客观性诉求,也不反对描述真实性的历史事件,只是主张历史意识的主观性根源和历史现象的第一人称依据。因而,在主观性的本体论意义层面上,我们可以厘清海登·怀特的反实证主义历史编撰的内在逻辑的发展脉络。海登·怀特的历史诗学是对追求客观性实证主义历史观的"反拨"。比如,海登·怀特指出:"现代主义毫无疑问是古典现实主义所固有的,正如纳粹主义和最终判决是 19 世纪民族——国家和社会生产关系所固有的一样……"〔4〕

他认为,尽管,现代主义仍然致力于"逼真地"再现现实,仍然把历史与现实等同起来。但是今天我们关于"逼真地"再现的概念必须改变,因为"历史主体"已经发生了根本变革,旧的再现模式(现实主义的再现模式)已经不适应"新的形势"了。通过借鉴现代主义的艺术技巧而使历史戏剧化的效果是创造了新的"主体"。海登·怀特的现代主义文学再现模

〔1〕 别尔嘉耶夫:《一个贵族的回忆和思索》,汪建钊选编,上海远东出版社 2004 年版,第 206 页。
〔2〕 别尔嘉耶夫:《一个贵族的回忆和思索》,汪建钊选编,上海远东出版社 2004 年版,第 206 页。
〔3〕 别尔嘉耶夫:《一个贵族的回忆和思索》,汪建钊选编,上海远东出版社 2004 年版,第 206—207 页。
〔4〕 海登·怀特:《后现代历史叙事学》,陈永国、张万娟译,中国社会科学出版社 2003 年版,第 342 页。

式对现实主义再现模式的超越类似于别尔嘉耶夫所说的浪漫主义艺术对古典主义艺术、现实主义艺术对浪漫主义艺术的超越,也类似于主体性(主观性)对客观性、真理性对主观性(主体性)的反拨、对抗。海登·怀特对客观性持一种批评立场;"'客观性'的理想,即把客观性看作是无意志的认识者的感知,正如这种理想那样,求真意志既是真实性的敌人,也是意志的敌人。"[1]这是在当今以客观性内涵为核心的科学精神大行其道之时的一种可贵的反思。海登·怀特的反对实证主义的历史诗学正是这种反思在历史领域里的具体体现。

无论如何,主观性与客观性之间的相互超越、反拨、对抗,体现了人类永恒的"创造精神奋起抗击世界和人的悲剧性命运"的不懈追求。"客体性激发了主体性的反动,过分精致的主体性转向了新的客体性。唯有精神,这外在于主体性和客体性对立的生存,才能予以拯救。"[2]精神是独立于主观与客观、主体与客体的一种实在。"个性是精神,自由的精神,人与上帝的联系。"[3]正是"精神"使艺术作品避免陷入主观性与客观性的直线循环——它使得艺术本身在主观性与客观性的相互"对抗"、"反拨"中呈现螺旋式循环发展,也使得"人"既"逸出了客体化",也"逸出了人对封闭圈子的沉溺"。

别尔嘉耶夫所说的"主观性"就是康德所说的"主观普遍性",也是现象学家胡塞尔、梅洛·庞蒂等人所说的"主体间性"。别尔嘉耶夫的"主观性"、康德的"主观普遍性"和胡塞尔的"主体间性",在名称上虽然不同,但都意指"差异中的共同性",而这一思想的核心就是"人的存在"。对"人的存在"状况的关注是现代西方思想的转折点。古典哲学思考的是"人的本质存在"。开启现代西方哲学大门的笛卡儿将人的主体性突显出来,他的

---

〔1〕　海登·怀特:《元史学:十九世纪欧洲的历史想像》,陈新译,译林出版社 2004 年版,第 505 页。

〔2〕　别尔嘉耶夫:《一个贵族的回忆和思索》,汪建钊选编,上海远东出版社 2004 年版,第 207 页。

〔3〕　别尔嘉耶夫:《一个贵族的回忆和思索》,汪建钊选编,上海远东出版社 2004 年版,第 207 页。

那句"我思故我在"意味着人的"主体性存在"。康德的"主观普遍性"又意味着人的"伦理存在",在叔本华和尼采那里又将人的"意志存在"发扬光大,胡赛尔、梅洛·庞蒂则主张人的"现象存在",现代世界强调的是人的"感觉存在"。然而,无论人是哪种存在物,自从笛卡儿的哲学思考重心发生转变以来,"人"已经不是那个可以被整体性和总体性控制的抽象存在物,而是具有主体性和普遍性的具体存在者。这就是为什么诸多思想家们总是从主体间性上寻求哲学突破的原因。

从表面上看,主体间性强调的是差异中的共同性,实际上,它强调的是共同之中的差异性。正是在这种意义上,主体间性才是现代性的标志性术语。虽然,波德莱尔最早提出了现代性的概念,并将其作为现代艺术的最主要特征。但是,首先以现代性意识思考艺术和历史的却是尼采,他的那句"上帝死了",不仅意味着整体性、总体化瓦解,也揭开了现代性思想的序幕。主体间性就是现代性对抗总体性的有力武器,这种对抗促进了现代西方思想的发展。胡赛尔的现象学就是这一思想成果的体现。

然而,属于现代性的,并不一定具有主体间性。比如,马克思主义也是一种现代性的产物。但是,马克思主义的阶级观意味着"人"之间只有阶级的共同性,而没有个体意义上的共同性。这意味着有两种"主体间性":个体意义上的主体间性和集体意义上的主体间性。前者指的是,从个体作为一种生命存在来看,每一个个体具有主体性和普遍性;而后者则并未考虑到人的主体性,只是将人作为一种依附于某一集体的个体来看待。也就是说,(集体)部分之普遍性,不同于生命个体之普遍性。如果忽视了后者,很可能会导致种族优越论。种族屠杀就是集体(部分)之共同性的极端化表现。比如,第二次世界大战时期,法西斯集团对犹太民族的大屠杀。这样的例子不胜枚举,甚至,21世纪的文明时代这种悲剧仍在继续"上演"。

这里关键是区分"一般"与"普遍"的不同。当代学者徐岱说过:"一般是绝对的普遍,普遍是相对的一般。"〔1〕徐岱认为"一般"不属于任何生命个体,因为它是抽象的;而普遍却是具体的,可以在任何生命个体身上体现出来。徐岱举例说,商店橱窗里的人体模型或者医院里的人体模型,虽然不是抽象的"人"的概念,但也还不是具体的活生生的"人",这些模特只是"一般"意义上的"人"。它们只具有"人"的外观、体貌、形骸,但没有真人的那种可以思考,有喜怒哀乐的普遍特征。可以这样认为,"一般"之物只是表层结构,而"普遍"之物则是起决定作用的深层结构。这种深层结构才是具体的"共相",即主体间性。

　　海登·怀特的历史诗学认为故事情节化解释模式、形式论证式解释模式和意识形态蕴涵式解释模式只是历史著作的表层结构,它们之间的任意组合只是表现了仅具有个体性的历史编撰风格,这三种故事解释模式就如同商店橱窗里的模特,还是仅具有不同的外形、颜色的个体之物。所以,这三个层面上的作品只是"一般"的,而非"普遍"意义上的史学名著。体现为比喻语言规则的历史意识才是历史作品的深层结构,因为这样的历史作品是具有主体性和主观性而非仅仅是个体性的史学名著。正如徐岱指出的那样,"所有主体性都有个体性成分,但,并非所有的个体性概念都包含着主体性。"〔2〕这并不难理解,比如,商店橱窗里的每一个模型都具有个体性,因为它们是质料、外形、色彩各不同的个体。但它们不具有主体性。又如,每一个恐怖分子都是个体性的生命,但他们却不具有主体性。因为,恐怖分子不具有自我意识。"生命个体有时具有自我意识,有时则不具有自我意识。"〔3〕例如,"文革"期间,有的人为了表明自己的清白、忠心而断绝父子、母子关系。这样的人是已经失去了自我意识的生命个体。只有具有自我意识的生命个体才具有主体性,但这样的个体也还容易失去主体性。自我意识应当是基于主体间性的自我意识。所谓主体性,就是具有自我意识的主体间性。主体间性避免了主体性的个体

〔1〕　徐岱:《美学新概念——21世纪的人文思考》,学林出版社2001年版,第16页。
〔2〕　徐岱:《美学新概念——21世纪的人文思考》,学林出版社2001年版,第16页。
〔3〕　徐岱:《美学新概念——21世纪的人文思考》,学林出版社2001年版,第11页。

极端化(比如,犯罪、做坏事等危害他人的行为)。为主体性"立法"的是主体间性,而不是个体性。

在《元史学》一书里,海登·怀特发现 19 世纪八位史学大师的经典著作都具有这种普遍意义上的自我意识。其实,海登·怀特《元史学》中所展示的具有普遍性历史意识模式正是 19 世纪八位史学大家们"主体间性"的具体化。在此意义上说,海登·怀特所发现的 19 世纪的历史意识,其实是一种具有主体间性的自我意识。这也正是海登·怀特为什么取消历史学与历史哲学区别的原因所在。因为,历史学家的自我意识主要是关于事件本身的自我意识,忽视了作者与读者的自我意识;而历史哲学家的自我意识是局限于历史过程、社会发展因果律的自我意识,因为他们忽视了生活事件本身,从而将人的命运历史化。在海登·怀特看来,只有基于主体间性的自我意识的历史作品才能更真实地再现历史。

### 四、三种故事解释模式之间的"亲和性"与"张力"关系

如果说故事的情节化和故事的形式论证式解释分别强调了历史中的情感与理智因素,那么故事的意识形态蕴涵则是历史中意志和伦理方面的强调。情节化解释策略是在语言层面上将历史叙事审美化,形式论证式解释是在语言层面上将历史叙事概念化,意识形态蕴涵式解释则是在语言层面上将历史叙事道德化。而语言性是解释学关注的热点,解释学的先驱施莱尔马赫强调语言的公共性和思想的个体性。

这三种解释模式的特定组合就使得历史编撰体现出一致性和融贯性的独特风格。一般情况下,它们是按照结构同质性的亲和关系组合在一起的。海登·怀特将三种解释模式的亲和关系列表如下:[1]

---

〔1〕 海登·怀特:《元史学:十九世纪欧洲的历史想像》,陈新译,译林出版社 2004 年版,第 38 页。

| 情节化解释 | 论证模式 | 意识形态蕴涵 |
|---|---|---|
| 浪漫式的 → | 形式论的 → | 无政府主义 |
| 悲剧式的 → | 机械论的 → | 激进主义的 |
| 喜剧式的 → | 有机论的 → | 保守主义的 |
| 讽刺式的 → | 情境论的 → | 自由主义的 |

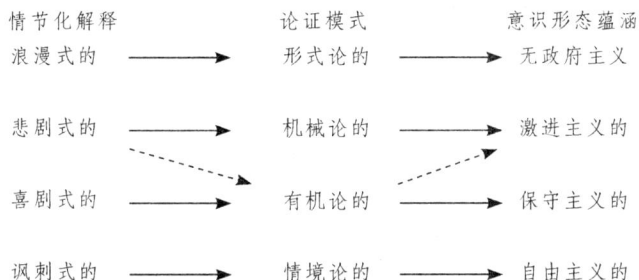

一般情况下,浪漫式的情节化解释、形式论的论证模式与无政府主义的意识形态蕴涵模式相匹配,而喜剧式的与机械论的或讽刺式的与激进主义的就不具有亲和性。上图中,实线之间的横向组合形成了一种在不同层面都具有一定内在亲和力的历史文本。同时,史学家也就拥有了某种体现历史编撰的风格,它代表了情节化、论证与意识形态三种解释模式的具有一定亲和关系的特定组合。

但是,那些史学大家的经典著作却打破历史文本的三种解释模式之间的内在亲和性,将情节化与不相协调的论证模式和意识形态模式组合起,释放出一种"辩证的张力"。拥有一种"辩证的张力"正是那些经典历史著作的特点之一。"在某个特定史学家那儿,这些亲和关系并没有被当作各种模式的必然组合。相反,表述每一位史学大师作品特征的辩证张力,往往源于这样一种努力。"[1]上述解释模式之间的亲和关系在有些史学家那里并没有得到严格贯彻,因而,对这样的历史文本的成功"表述"就在于发现其打破亲和性的那种"辩证的张力"(dialectical tension)。

比如,图表中虚线相连的三种解释模式的组合就显示了黑格尔历史文本中存在的这种"辩证的张力"关系。这是海登·怀特对黑格尔的三种解释模式进行研究之后的直观"表述"。黑格尔在两个层面上将历史情节化:微观层面上是悲剧式的,宏观层面上则是喜剧式的。他认为历史过程是"精神依据其本质"而"行动"的结果,他说"精神依其本质而行动,为的

---

〔1〕　海登·怀特:《元史学:十九世纪欧洲的历史想像》,陈新译,译林出版社 2004 年版,第 38 页。

是实现自己、满足自己、明白自己,成为自己的作品;因而精神就是它自己的目标,自己表现为自己的存在"[1]。这就暗示了每一个民族、国家的历史中的每一位英雄人物的生活都是一个悲剧。然而,黑格尔并没有将这种悲剧的历史发展规律看成是类似于那种决定着进化、相互作用的自然规律,而将其视为一种象征着喜剧结果的自由规律。他以历史上一般生命过程的纯粹悲剧性概念为基础赋予整体的历史一种喜剧含义。在黑格尔历史思考中,"对每一种特定文明的悲剧特质具有的理解,转变成了对整体历史呈现出的戏剧具有的喜剧式的理解。"[2]这从另一个角度阐明了黑格尔历史情节化的双重性特点:历史过程的喜剧性和历史结构的悲剧性。

这种双重性历史情节化的合理性依赖于一种类型或形式的连续性为主的有机论证模式。黑格尔反对纯粹机械论的历史研究方式和任意性、循环性的形式论的历史演进。他的历史主张和关于世界的构想具有一定的"整合性",这主要体现于他对三个层面的历史意识(原始的/自在的、反思的/自为的、哲学的/自在自为的)的区分。这样的形式论证和情节化的历史,让读者感到黑格尔的意识形态蕴含是十分模糊的。这是因为"在因果关系的体系中,既没有对也没有错,只有纯粹的原因和结果;而在形式体系中,则既没有好也没有坏,只有单纯的形式一致性目的与实现它的手段"[3]。这体现了黑格尔历史文本中存在着两种针锋相对的意识形态蕴涵模式:既是保守主义的,也是激进主义的。这表明黑格尔的历史作品中不仅各种解释模式(悲剧的情节化与有机论的形式论证模式、有机论的形式论证与激进主义的意识形态蕴涵模式)之间存在着"辩证的张力"关系,就是某个单一的解释模式内部(悲剧与喜剧的历史情节化、保守主义与浪

---

[1] 海登·怀特:《元史学:十九世纪欧洲的历史想像》,陈新译,译林出版社 2004 年版,第 158 页。

[2] 海登·怀特:《元史学:十九世纪欧洲的历史想像》,陈新译,译林出版社 2004 年版,第 159 页。

[3] 海登·怀特:《元史学:十九世纪欧洲的历史想像》,陈新译,译林出版社 2004 年版,第 167 页。

漫主义的意识形态蕴涵模式)也存在着一种"辩证的张力"。解释模式内部与外部的"辩证的张力"关系使得黑格尔的历史哲学拥有一种以良好道德和理性为基础的美学风格。

由此看来,那种打破了三种解释模式之间亲和性的历史文本仍然具有关于整个历史领域形式的一致性图景和主导性想象。这是因为,其基础是诗性的。史学家在文本中预构了一种具有词汇的、语法的、句法的和语义学维度的语言学规则。这正是海登·怀特说所的历史意识的深层结构。

# 第六章　四重比喻与话语转义：
## 历史意识的深层结构

　　海登·怀特在阐述黑格尔的《历史哲学》时指出，"一部历史理应有某种解释性成分，就像地图有'图例'。然而，这种成分必须移到叙事自身的外围，也和地图的图例一样。"[1]根据海登·怀特的"图例论"，事件的情节化解释是历史学家鉴别故事类型、确定故事意义的"图例"；形式论证式解释模式是标识一组事件"中心思想"或"主旨"的推理论证"图例"；意识形态蕴涵模式则是渗透于系列事件的历史学家的情感与伦理"图例"；而四重比喻意识模式则是上述三种故事解释模式的深层结构的"图例"。经过某种比喻意识（海登·怀特确认了四种比喻意识：隐喻、转喻、提喻或反讽）的运作，原始事件完成了由情节、认识与情感到意识的一系列"转义"而成为供读者阅读的历史文本。

## 第一节　雅柯布森和施特劳斯的隐喻与转喻理论

　　海登·怀特认为，就分析语言现象而言的"隐喻—转喻"二元组合是很有成效的，但是，将它们作为一种框架结构来表现文学风格时尚欠火

---

　　〔1〕　海登·怀特：《元史学：十九世纪欧洲的历史想像》，陈新译，译林出版社2004年版，第193页。

候。因此，他倾向于比喻的"四重理论"，以便更加详细地区分出单一话语内的不同文学表现风格。借鉴了雅柯布森的《语言学和诗学》中作为诗学理论基础的隐喻—转喻二元组合以及列维·施特劳斯《野性的思维》中作为分析原始文化中命名系统的隐喻—转喻二元组合，海登·怀特确定了四种分析历史文本中诗性语言的比喻类型：隐喻、转喻、提喻、反讽。为此，首先要了解施特劳斯和雅柯布森的隐喻—转喻的二元组合理论。

## 一、选择与组合：雅柯布森"隐喻和转喻的两极"

从研究人类两种极端的失语症入手，雅柯布森指出一旦负责选择和替换的官能出了毛病，人类的元语言行为受到影响，相似性关系被取消，结果隐喻就无法实现。如果人的组合与结构能力受到破坏，维持语言单位等级体系的能力出现退化，毗连性关系被消除，换喻则无法进行。所谓"选择"或"替换"就是指刺激物（比如，"棚屋"）和反应物（比如，"窝棚"、"茅屋"、"宫殿"、"山洞"、"地穴"）在位置上（句法）或语义上的相似性或相悖性，这一过程是隐喻的。而"组合"则指刺激物（比如，棚屋）和反应物（"草屋顶"、"稻草"、"贫穷"）的双重联系：位置上（句法）毗连性和语义上相似性的结合，或者是语义上毗连性和位置上（句法）相似性的结合。这两种过程，雅柯布森分别称之为"隐喻过程"和"转喻过程"。用索绪尔的概念来说，隐喻，从本质上讲是"联想式"的，探讨语言的历时性（垂直）关系；转喻，从本质上说是"横向组合"的，探讨语言的共时性（平面）关系。如下图所示：

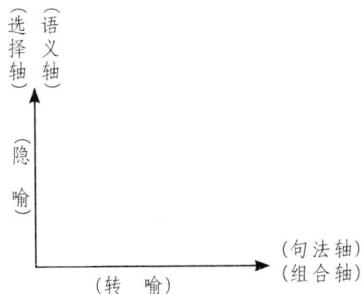

从雅柯布森关于"隐喻—转喻"两极转换理论图表中,可以看出索绪尔语言学的影子。索绪尔认为句子中存在着两种形式的"集合"关系:"联想关系"与"句段关系"。"每一事实应该都可以这样归入它的句段方面或联想方面,全部语法材料也应该安排在它的两个自然的轴线上面。"[1]语句中排列的词是从众多能够替换的对等词语中选择出来的,这是一种纵向的联想式的集合,索绪尔将其命名为"连续轴线",雅柯布森则称之为"选择轴"或"语义轴"。语言中词的上下文联系是一种横向集合,"它涉及同时存在的事物间的关系,一切时间的干预都要从这里排除出去。"[2]索绪尔将其命名为"同时轴线",相当于雅柯布森的"组合轴"或"句法轴"。

在索绪尔语言学的影响,雅柯布森将语言在"选择"与"组合"之间的运作过程应用于人类失语症的研究,进而总结出隐喻与转喻的"两极对立"理论。雅柯布森认为隐喻和转喻的"两极对立"在语言的任何一个层面上(比如,形态、词汇、句法、修辞等方面)都有表现,并且在语言自身的内部形成一个两种比喻中的一个占优势地位的完整系列。比如,俄罗斯抒情诗歌中,隐喻结构占优势地位,英雄史诗以转喻手法为主。

雅柯布森的隐喻—转喻两极对立模式可以说明诗歌语言与日常语言的区别。雅柯布森认为日常交往或写作时,人们先选择符号,然后组合成句子。写诗时,既选择词语,又组合词语。在诗歌中"相似性是附加在毗连性上的,其结果是使象征性、复杂性和多义性成为诗歌的实质……由于相似性被投射到毗连性上,就使一切换喻都带有轻微的隐喻特征,而一切隐喻也同样带有换喻的色彩"[3]。而且"特定的个人正是在其两个方面(句法和语义)——通过选择、组合或归类——运用上述两种类型的联系(相似性和毗连性),从而显示出个人风格、趣味和语言偏好的"[4]。

雅柯布森还将隐喻—转喻两极理论用于解释文学、艺术风格或流派。

---

〔1〕 德·索绪尔:《普通语言学教程》,高名凯译,商务印书馆 2002 年版,第 189 页。
〔2〕 德·索绪尔:《普通语言学教程》,高名凯译,商务印书馆 2002 年版,第 118 页。
〔3〕 方珊:《形式主义文论》,山东教育出版社 2002 年版,第 120 页。
〔4〕 朱立元:《二十世纪西方文论选》(上),高等教育出版社 2002 年版,第 193 页。

他认为浪漫主义、象征主义中隐喻占优势，一般较少描写事物的外部特征，而是将要表述的意义隐含于文本的字里行间，让读者品味、赏析。这两种文学风格或流派走了一条相似性的道路。现实主义文学则循着"毗连性关系的路线，从情节到气氛以及从人物到时空背景都采用转喻式的离题话"[1]。这类作品通过转喻表现人物与环境的关系，主要指向文本外部的环境。立体主义绘画具有转喻倾向，超现实主义绘画则依据明显的隐喻特征。雅柯布森隐喻—转喻两极比喻理论应用于文学、艺术研究的内容与方法启发了海登·怀特，为他运用四重比喻理论作为历史作品和人类思维中的深层意识结构奠定基础。

## 二、对象的命名与命名的对象：施特劳斯隐喻—转喻二元组合

"语言转向"标志着人文学科的研究重点从倾向于对象本身的思考转向了"对象的命名"上来。索绪尔提醒说："应该注意，我们是给事物下定义，而不是给词下定义……"[2]这句话暗示了"命名的对象"与"对象的命名"的不同，他改变了过去人们将事物的名称等同于事物本身的思维模式，使"语言"与"对象"相互剥离。本来作为研究对象的手段的语言也成为研究对象本身。后来，福柯在《词与物》一书中干脆将语言当作一种事物。

雅柯布森隐喻—转喻二元对立模式由语言运作过程的论述到艺术风格的描述是典型的结构主义诗学方法论。这意味着雅柯布森并没有仅仅局限于内部语言现象（比如，语言诸基本要素及其关系、音位学、句法学等），还转向外部语言现象（语义学、诗学、文化研究等）。他说："诗学研究语言结构的问题，正如对画的分析要涉及画的结构一样……很明显，诗学研究的许多技巧并不局限于语言艺术。"[3]

这种思维方法启发了列维·施特劳斯，他将雅柯布森的结构主义诗学理论应用于原始思维和神话研究，从而创立了结构人类学。列维·施特劳

---

〔1〕　朱立元：《二十世纪西方文论选》（上），高等教育出版社2002年版，第193页。

〔2〕　德·索绪尔：《普通语言学教程》，高名凯译，商务印书馆2002年版，第36页。

〔3〕　赵毅衡：《符号学文学论文集》，百花文艺出版社2004年版，第171页。

斯从原始游牧民族的命名系统与命名的对象系统之间的转换关系入手,揭示了对象与名称之间的隐喻—转喻的组合关系。施特劳斯首先分析了皮南人接纳新生婴儿作为该系统成员的两类方法:位置类和关系类。在位置类系统中,婴儿的命名必须等到自己的位置时才能够使用某个专有名词,这个专有名称比任何个别人都经久。由此可见,位置系统,属于非连续性的。由于可用的位置总是比人口数多,新生婴儿命名的同时性就免受历时性变化无常的侵扰。

但当命名系统由关系类组成时,"为使关系本身成为一个类词,就必须去除专有名称,这些专有名称把处于关系中的词项表现为同样多的不同的事物。"[1]在关系系统中,"类"就是由进入与脱出联为一体的种种类型的动力关系所组成,因而,"类"也是建立在一个静态位置集合的基础上的。借此可看出,关系系统是属于连续性的。不过,属于非连续性的位置类和属于连续性的关系类都立足于同一基点,即"每一个社会只不过是在按其规则和习俗把某一僵固的和非连续性的架构加于世代相继的连续之流中,也就是在此连续之流中加上了一个结构"[2]。列维·施特劳斯在分析了皮南人接纳新生婴儿作为该系统成员的两类方法及特点之后,又分析了他们在对鸟名、狗名、家畜的命名时存在的转换关系。

列维·施特劳斯认为,鸟类世界与人类社会之间是隐喻关系(两者的"相似性"与"差异性"并存,"相似性"体现于鸟类世界与人类社会在筑巢、家庭、育雏、交流等方面的对应性;"差异性"则体现于鸟类世界与人类社会在生活空间上分离的独立性),鸟名和人名的关系则是转喻性的(部分与整体)。对鸟的命名中存在着从对象到名称的隐喻—转喻的转换关系。

狗的命名与鸟的命名不同。它与人类之间是转喻关系,即狗与人类社会是部分与整体的关系。因为,"狗"不像鸟类那样是一个独立的社会,它作为驯养动物是人类社会的一部分。狗的名字与人的名字的关系是隐喻性的。对"狗"的命名存在着从对象到名称的转喻—隐喻的转换关系。所以,

---

〔1〕 列维·施特劳斯:《野性的思维》,李幼蒸译,商务印书馆1997年版,第225页。
〔2〕 列维·施特劳斯:《野性的思维》,李幼蒸译,商务印书馆1997年版,第226页。

施特劳斯说："当诸种之间的关系在社会的方面被设想成是隐喻的时候，在各种命名系统间的关系就具有转喻性，而当诸种之间的关系被设想成转喻性的时候，命名系统就具有隐喻性。"[1]

施特劳斯的隐喻—转喻"二元组合"既考虑了命名的对象之间的关系，也考虑了对象的命名之间的相互关系，而前者对后者具有决定性的影响。以社会地位的独立与否作为参照系，对象的名称与命名的对象之间存在着一种相似与差异和部分与整体之间的转换关系。这里关键的是充当转换关系的媒介的并非语言，而是命名的对象在社会生活中的地位。因此，有着共同的转喻性社会地位的家畜与狗之间存在着"客体"与"主体"地位之别。两者的名称虽然都具有隐喻性，但前者来自组合链，属于言语（parole）；而后者来自聚合链，属于语言（language）。赛马的名称与家畜的名称区别在于，赛马虽具有独立性（赛马与人之间不存在转喻关系），但缺少社会性（赛马是隐喻的非人）；家畜不具独立性（家畜与人之间存在转喻关系），也不具社会性（家畜是转喻的非人）。"家畜是邻近性的，只因缺少相似性；赛马是相似性的，只因欠缺邻近性。"[2]具体如下列三维系统图：[3]

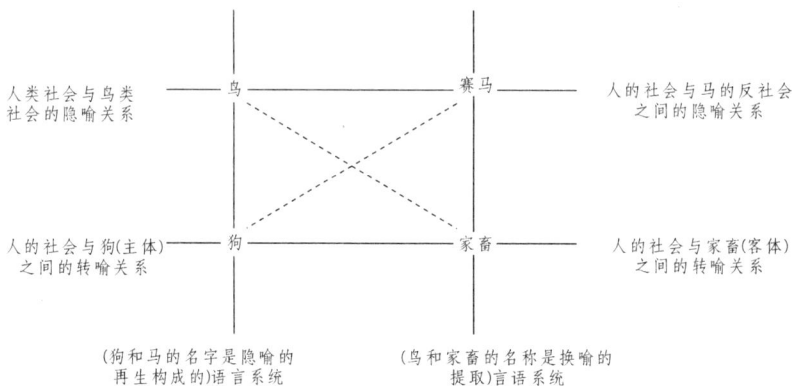

人类社会与鸟类社会的隐喻关系 —— 鸟 —— 赛马 —— 人的社会与马的反社会之间的隐喻关系

人的社会与狗（主体）之间的转喻关系 —— 狗 —— 家畜 —— 人的社会与家畜（客体）之间的转喻关系

（狗和马的名字是隐喻的再生构成的）语言系统　（鸟和家畜的名称是换喻的提取）言语系统

此三维系统中，实线相连的是命名的对象（实物）系统，虚线相连的是

---

〔1〕 列维·施特劳斯：《野性的思维》，李幼蒸译，商务印书馆 1997 年版，第 235 页。

〔2〕 列维·施特劳斯：《野性的思维》，李幼蒸译，商务印书馆 1997 年版，第 237 页。

〔3〕 列维·施特劳斯：《野性的思维》，李幼蒸译，商务印书馆 1997 年版，第 237 页。施特劳斯并没有对该图表进行详细的解释和文字的标识。本表在其基础上附加了必要的文字描述与说明。

对象的命名(语言或言语)系统。决定命名系统隐喻或转喻关系的还是对象本身在人类社会中的地位。若对象是人类社会的一部分,对象的命名与人名之间就是转喻关系;若对象独立并类似于人类社会,对象的命名与人名之间就是隐喻关系。

## 第二节　海登·怀特四重比喻意识模式的具体内涵

雅柯布森、施特劳斯的两极比喻理论对语言现象、文化现象、文学现象以及人类学领域的分析是卓有成效的。然而,这很容易"落入一种由风格连同语言的两极观念促成的、本质上是二元的风格概念中"〔1〕。因此,海登·怀特采纳了对历史文本的修辞性语言的四重分析。16世纪时的修辞学家已经将修辞格划分为隐喻、转喻、提喻和反讽四种形式,尽管那时他们还没有强调四种比喻形式之间的"排他性",却也提供了一种更丰富的诗性话语概念和文学风格中的一种更为精细的区分。17—18世纪意大利的新人文主义者詹巴蒂斯塔·维柯在《新科学》一书中提出了比喻的四重区分法。他指出:"一切比喻(都可归结为四种)前此被看成作家们的巧妙发明,其实都是一切原始的诗性民族所必用的表现方式,原来都有完全本土的特性。"〔2〕这四种比喻分别被维柯命名为隐喻、转喻、替换(提喻)和暗讽(反讽)。除了分析诗性逻辑的内在发展联系之外,维柯主要用四重比喻描述人类从原始走向文明的不同意识阶段。但是,他没有看到不同意识阶段之间的独立性,而只是看到了它们的连贯性。

在前人的基础上,海登·怀特进一步完善了比喻的四重理论,并将其作为19世纪历史意识的深层结构。在将四重比喻理论用于对历史文本的批评实践之前,他先区分了"修辞规划"与"修辞法"的不同。海登·怀特认为"修辞规划"(无论是言辞的还是思想的)一般与"不合理的"跳跃或

---

〔1〕　海登·怀特:《元史学:十九世纪欧洲的历史想像》,陈新译,译林出版社2004年版,第43页。

〔2〕　詹巴蒂斯塔·维柯:《新科学》,朱光潜译,商务印书馆1997年版,第201页。

置换的表现顺序无关,它关心的是表述研究对象时不出现任何的"意外"。刻板的术语系统,诸如科学话语等"实在的"散文话语都力求消除一切修辞性用法,建构一种言辞的完美"修辞规划"。言辞的修辞规划涉及研究对象的术语表述,它不同于思想的修辞规划。后者被视为"实在之真理"。从实际的情况可以发现,那些创新性的思想都保留了修辞性的内涵和"不合理的"跳跃或置换,即这种思想的进展是通过一种理论切换到另一种理论来实现的。看似不"意外的"并尽量避免修辞性词语的科学话语的言辞规划,其背后思想的言辞规划(海登·怀特称之为"通过修辞手法产生的洞见")是一种"不合理的"转喻模式。

　　"修辞规划"是一种"实在的散文话语",而侧重于"修辞法"的话语则是一种浪漫的诗性之作,它恰好与不合理的跳跃或意外的置换表现顺序相关,如"冷酷的激情"这一短语,在表达上所使用的两个词汇"冷酷"与"激情"的搭配出乎人们意料。将一个在意义上相反的词语修饰另一个词语表面上看起来是"不合理的",但是,在语言学用法中,"就使用者旨在产生的交流效果而言,任何修辞格都是合理的……语言的创造性承认(事实上是要求)意识与传统基础上的阅读、思考或倾听行为中期待的东西相分离。"[1]语言的创新性是需要修辞性的言辞表述的,这就要求意识与传统的东西相分离。或者说外在的语言学上"不合理的"或"意外的"的表述是内在的人类意识创新的结果。

　　这样,"要描述与客体相关的思想,以及描述客体或者与客体相关的思想所运用的词语,都被当作修辞性话语。"[2]无论是言辞的修辞规划还是语言学的修辞性表达,其背后都有一个较为深层的修辞性内涵的结构,正是在这一层面上,思想或意识才具有创新性。因此,"在分析实在的假设性'现实主义'表现,以确定其话语使用的主导诗学模式时,它是必不可

---

　　〔1〕　海登·怀特:《元史学:十九世纪欧洲的历史想像》,陈新译,译林出版社 2004 年版,第 42 页。

　　〔2〕　海登·怀特:《元史学:十九世纪欧洲的历史想像》,陈新译,译林出版社 2004 年版,第 43 页。

少的。通过确定话语的某种模式,人们深入到了意识的层面,在此,经验世界先于得到分析之前已经被建构起来。"[1]

海登·怀特认为通过分析这些"主要比喻类型",可以详细说明不同的"思想风格",它们隐藏在任何"实在的表现"之中,无论这种表现是诗性的还是散文式的。这也是海登·怀特对19世纪的历史作品进行文学式多层次解读、分析,探讨其各种表现风格内在规律的主要原因。

## 一、隐喻

### 1."每个隐喻都是一个简短的寓言"[2]

亚里士多德认为,隐喻是一个词替代另一个词来表达同一意义的语言手段,其主要功能是修饰作用。与柏拉图将隐喻和其他辞格看作"花言巧语"相反,亚里士多德对隐喻持赞赏态度,他认为最了不起的事就是成为隐喻大师。尽管亚里士多德对隐喻十分重视,但是他的论述相对来说是笼统的、模糊的。意大利学者维柯则给隐喻一个较为明确的说法,他认为隐喻是"让一些物体成为具有生命实质的真实事物,并用以己度物的方式,使它们有感觉和情欲,这样就用它们造成了一些寓言故事。所以,每一个这样形成的隐喻就是一个具体而微的寓言故事"[3]。不过,海登·怀特指出:"必须记住,'寓言'这一术语在这里不指故事,而指一种命名运作,在这种运作中,陌生之物被认作熟悉之物,以便形成一个有很多(奇异)特例的感知场,每个特例都通过相似和差别与被理解的自我的某个方面相关。"[4]从最初作为命名事物的手段到认识世界的方式和意识的深层结构,隐喻是一种普遍的现象,人们每时每刻都在使用这种"以己度物"的方式将世界寓言化。英国修辞学家里查兹(I. A. Richards)说:

〔1〕 海登·怀特:《元史学:十九世纪欧洲的历史想像》,陈新译,译林出版社2004年版,第43页。

〔2〕 詹巴蒂斯塔·维柯:《新科学》,朱光潜译,商务印书馆1997年版,第200页,第404节。

〔3〕 詹巴蒂斯塔·维柯:《新科学》,朱光潜译,商务印书馆1997年版,第200页,第404节。

〔4〕 Hayden White. "The Tropics of History: The Deep Structure of the New Science", *Tropics of Discourse*. The Johns Hopkins University Press, Baltimore and London, 1978, p. 205.

"我们日常会话中几乎每三句话中就可能出现一个隐喻。"[1]尼采则干脆将高贵者与弱者的区别按照那些能够用隐喻思维的方式与那些被限定用概念方式思维的人们之间的区别去设想的。

那么，隐喻的具体内涵是什么呢？海登·怀特在《元史学》一书的导言中论述的不多。他认为用类比或者明喻的方式描述那些既具相似性又具差异性的现象就是隐喻的表达。海登·怀特以"我的爱人，一朵玫瑰"（my love，a rose）一句来说明什么是隐喻。"爱人"与"玫瑰"两个词所指称的对象明显不同，但是这一句话仍然断定两者之间有相似之处：美丽、心爱、娇美、浪漫、激情等正是两者所拥有的共同品质。"爱人"尽管与玫瑰花有某些共同品质，但是它不能还原为一朵玫瑰，否则，该短语就可以被当作"转喻"；而"爱人"与"玫瑰"在本质上不是毫无差异的同一性，否则，这个短语可以被理解成"提喻"；另外，该短语也不是"反讽"式表达，因为它不存在"显性肯定的隐性否定"。

尽管，今天人们对隐喻的研究突飞猛进，在诸如隐喻的本质，隐喻的类型、句法特征和语法特征，隐喻的功能，隐喻的运转机制等方面的成果甚丰。然而，对于隐喻的相似性与差异性的关系、隐喻所具有的象征和语像意义等问题还有待于深入探讨。不仅因为隐喻本身需要深入的了解，而且这对于了解、深化、完善海登·怀特的四重比喻理论也大有裨益。在四种比喻形式中，海登·怀特对隐喻情有独钟——他赋予隐喻以本体的地位。当埃娃·多曼斯科问海登·怀特在历史思考中是否用"修辞"代替"逻辑"或将"逻辑"还原为"修辞"时，他深表同意，并解释自己用转义学（tropology，the theory of tropes）代替逻辑学（logics）的原因在于"叙事性书写并非是逻辑赋予意义的，没有哪种叙事性能展示从逻辑归纳中得出的一致性"[2]。

随后又补充道："大多数作品和日常语言是省略三段论法。它们没有

---

[1]　Richards. "The Philosophy of Rhetoric", New York：Oxford University Press，1936，p. 98.

[2]　Ewa Domanska. "Human Face of Scientific Mind：An Interview with Hayden White", *Storia Della Storiografia*，Vol. 24，1993，p. 9.

遵循逻辑推理规则,因为,它们不是三段论。"[1]海登·怀特赞同维柯的观点,认为隐喻认同有自己的逻辑,但不是三段论(syllogism)或复合三段论(sorites),而是修辞格或转义的逻辑,是原始人的"感官话题"。

海登·怀特历史思考的背景是"想像出一种比喻(转义)语言的辩证法,用来解释人类从兽性到人性的进化。换句话说,隐喻转化的理论可以作为历史上人类意识自动转化理论的模式"[2]。因此,用转义(比喻)的诗性逻辑(poetic logic)代替传统的抽象形而上学的逻辑研究历史叙事是海登·怀特历史诗学的核心。在海登·怀特看来,这种诗意逻辑的内容本质上是隐喻的。他认为隐喻是一种最具启示意义因而也是最必要、最常见的转义——一种具有"属"的意义上"主导转义"[primal(generic)trope]。海登·怀特说:"健康之于自然有机体正如隐喻意识之于精神状态。"[3]正确运用和理解隐喻是人类精神状态健康与否的标志。

海登·怀特进而谈道:"你需要隐喻性描述来刻画你关于世界的经验的最复杂和最困难方面的特征。没有隐喻,就不可能用简洁明了的语句来陈述什么。不存在非隐喻性语言。"[4]所以,他不同意康德的"所有错误之源都是隐喻"的观点。海登·怀特说:"这太糟糕了,他(康德)是错误的。或许隐喻是一切错误之源,但它也是一切真理之源。而且,真理与错误之间的关系并非非此即彼的关系。"[5]海登·怀特认为,大多数的真理陈述,大多数关于生活中的重要事情的真理性陈述拥有一种真理与谬误、好与坏之间的辩证关系,而不是那种非此即彼的对立关系。这种辩证关系意味着无论有什么样的局限性,大多数人类关系都充满了模糊性,并非

〔1〕 Ewa Domanska. "Human Face of Scientific Mind: An Interview with Hayden White", *Storia Della Storiografia*, Vol. 24, 1993, p. 9.

〔2〕 Hayden White. "The Tropics of History: The Deep Structure of the New Science", *Tropics of Discourse*. The Johns Hopkins University Press, Baltimore and London, 1978, p. 205.

〔3〕 海登·怀特:《元史学:十九世纪欧洲的历史想像》,陈新译,译林出版社 2004 年版,第 490 页。

〔4〕 Ewa Domanska. "Human Face of Scientific Mind: An Interview with Hayden White", *Storia Della Storiografia*, Vol. 24, 1993, p. 13.

〔5〕 Ewa Domanska. "Human Face of Scientific Mind: An Interview with Hayden White", *Storia Della Storiografia*, Vol. 24, 1993, p. 13.

那种爱恨分明的关系。因此,尼采主张"返回到隐喻意识,这会成为对于天真的复兴"。[1]

正是基于隐喻在转义逻辑中的主导地位,海登·怀特在其历史诗学中将历史文本作为一个整体来看待的观点是新颖的。这不同于过去实证主义历史观那样逐字逐句地分析来考察历史陈述的真实价值问题。将历史文本作为一个整体来观照的方法意味着研究历史文本与思考历史陈述的分离,正如埃娃·多曼斯科所指出的:"用这种方法,如果我们思考一个历史陈述,可以应用关于真理的古典理论;但是如果我们把历史文本作为一个整体分析时,就要使用关于真理的隐喻理论。"[2]

从转义逻辑的视角,将历史文本作为一个整体解读时,历史文本就像文学文本那样拥有一种超时空的不可穷尽的意义结构,这也意味着历史文本成为文学批评对象的可能性。将历史文本批评对象化离不开隐喻本身的相似性与差异性的特质之间所构成的一种"张力"和隐喻所具有的象征性。

2. 相似性与差异性的"冲突"构成隐喻的内在"张力"

隐喻的相似性是指作为"喻体"和"话题"(本体)的两个事物之间有某种共同的地方。相似性是隐喻能够成立的基本要素。亚里士多德之所以将隐喻视为天才的标志,就是因为一个好的隐喻隐含着在纷繁芜杂的世界中发现相似性。"好的隐喻应该恰当地利用了事物之间的相似性。"[3]从千差万别的事物(现象)中发现相似点需要有哲学家一样敏锐的眼光和深邃的思考力才行。在某种意义上说,"相似意味着作为某物的意象。"[4]海登·怀特也指出,"不管还有其他什么特点,隐喻断言两个明显

〔1〕　海登·怀特:《元史学:十九世纪欧洲的历史想像》,陈新译,译林出版社 2004 年版,第 346 页。

〔2〕　Ewa Domanska. "Human Face of Scientific Mind: An Interview with Hayden White", *Storia Della Storiografia*, Vol. 24, 1993, p. 13.

〔3〕　胡壮鳞:《认知隐喻学》,北京大学出版社 2004 年版,第 178 页。

〔4〕　胡壮鳞:《认知隐喻学》,北京大学出版社 2004 年版,第 179 页。

不同的事物之间的相似性。"[1]

用某一事物(思想)表达另一事物(思想)就是以某种方式使后者比前者以更生动的形象出现,相似性传达了一种可见性。为此,叙事学家利科对"相似性"在隐喻中的作用进行了概述:相似性比替换重要;相似性不仅为隐喻陈述所产生,它还引起和产生这一陈述;相似性可以取得模糊性的逻辑地位;相似性使得想象本身成为隐喻陈述的一个语义瞬间的状态。[2] 相似性使隐喻成为一种述谓现象,因为"相似性本身就是一种述谓事实"[3]。

然而,不能忽视隐喻中差异性所起的作用,仅仅有相似性还不是好的隐喻。任何一种事物都有相似性,同时,任何一事物因为具有自己的独特性而不同于其他事物。正是这种独特性使得事物与事物之间具有种种差异性。隐喻之所以可能正是因为事物之间的差异性关系。海登·怀特说:"当相似事物的表格列到了一定限度,整个工作就将宣告失败;一切事物与一切其他事物之间存在明显差别这一事实将成为主要的感知数据。"[4]

前文中曾经谈到过的施特劳斯对原始游牧民族命名系统的研究发现,鸟类社会与人类社会之间是隐喻关系是因为鸟类社会具有独立性,而狗与人的关系则是转喻关系,因为从社会地位上看狗不具有鸟类那样的独立性。社会的独立性就意味着一种本质上的差异性。"话题"与"喻体"之间的意义转移只是部分语义特征的转移,若两个事物完全相同,隐喻也就不可能成立。海登·怀特指出:"事物间的差别正是隐喻性用法首先运用的场合。"[5]

他认为,"隐喻,不管还有什么别的功能,都清楚地断言差异中的共

---

〔1〕 Hayden White. "Foucault Decoded: Note from Underground", *Tropics of Discourse*. The Johns Hopkins University Press, Baltimore and London, 1978, p. 253.

〔2〕 束定芳,《隐喻学研究》,上海外语教育出版社 2000 年版,第 179 页。

〔3〕 束定芳,《隐喻学研究》,上海外语教育出版社 2000 年版,第 180 页。

〔4〕 Hayden White. "Foucault Decoded: Note from Underground", *Tropics of Discourse*. The Johns Hopkins University Press, Baltimore and London, 1978, p. 253.

〔5〕 海登·怀特:《元史学:十九世纪欧洲的历史想像》,陈新译,译林出版社 2004 年版,第 215 页。

性,而且至少隐含地表明共性中差异。"〔1〕比如"愤怒的雷声"一句。由于对雷声的恐惧,原始人把雷与愤怒等同了起来,而且承认雷是一种情感状态,很自然地将雷声与愤怒的情感状态联系在一起。"这假定了不同声音间的一个相似性(愤怒的声音和雷声)和一个差别(建立在两者的不同音量的事实上)。音量的差别与音调的相似同等重要……"〔2〕

从"话题"(本体)与喻体的相似或相异的程度或特征的明显与否来看,隐喻可分为显性隐喻与隐性隐喻。前一种隐喻中,喻体和话题之间的相似方面十分明显,比如"樱桃小嘴"这一短语,它的"喻底"十分明确,指某人的嘴"娇小玲珑"。因为樱桃的形状、颜色等感官形象与某人的嘴十分相似,所以,人们自然而然就会想到用樱桃来形容嘴。其他如"苹果般的脸蛋"、"柳叶眉"、"John is a pig."(约翰是头猪)、"I'm really feeling down today."(今天我真的很沮丧)等都是"喻体"与"话题"之间的相似,在隐喻使用前人们就已经了解。

隐性隐喻是指在人们使用某一隐喻之前,并没有意识到"喻体"和"话题"之间存在相似之处,而是两者之间的相异性较为明显的那类隐喻。比如,"君子之德,风也。"这一隐喻中,"话题"是"君子之德","喻体"是"风",两者之间不存在任何物质意义上的相似,而差异性却比较明显。如果不放在比喻的修辞语境中,伦理现象的"德"与自然现象的"风"无论如何也联系不到一起。在古人做出这一表述之前,人们看不出它们之间的相同之处。"德"与"风"的相似性是说话者将自己对两者的独特感受传达给读者之后创造出来的。"隐性隐喻"就是在并无任何联系的、有显著差异性的两个事物中创造出相似性而形成的隐喻。当这种从差异性中创造出某种相似性的隐喻已经被人们接受后,有关"话题"(比如,关于"君子")的概念系统就会得到丰富和发展,"话题"(比如,君子之德)的内涵和意义也得

---

〔1〕　Hayden White. "Interpretation in History", *Tropics of Discourse*. The Johns Hopkins University Press，Baltimore and London，1978，p. 72.

〔2〕　Hayden White. "The Tropics Of History: The Deep Structure of the New Science", *Tropics of Discourse*. The Johns Hopkins University Press，Baltimore and London，1978，p. 205.

到了进一步的拓展或某种改变。因此，这种基于"话题"与"本体"之间差异性的隐喻更具有新奇性和认知意义（将不可见的伦理现象形象化为可见可感的自然现象）。当然，一旦这样的隐喻连续使用时，其真值就会增加，语句就会成为合乎语法规则的常规语言。比如，"针眼"一词，就是这样，它已成为约定俗成的用法了。

这两种隐喻，也是惠尔赖特（P. Wheelwright）分别命名为"表述力"（epiphor）和"提示力"（diaphor）的两种不同隐喻。他指出，"epiphor"这种隐喻的主要作用在于表达（express），它成功之后很快就失去隐喻性。在这种隐喻中，两种不同的事物保持了各自的特征，或者两者通过并置、来回对比和聚焦而被当作两个对等体。比如，"Billboards are warts on the landscape."（广告路牌是地面上长出的肉疣）。"diaphor"这种隐喻的基本功能就是"暗示"（suggest）。这种隐喻更容易唤起一种想象性，带有方向性的部分特征的转换过程。比如，美国诗人斯坦恩的诗句："A silence is a whole waste of a desert spoon，a whole waste of any little shaving."（沉默是沙漠挖土机似的一种完全的浪费，是刮胡子但不彻底似的一种完全的浪费。）[1]喻体和话题的差异性越大，隐喻就越有吸引力和新奇性效果。

由此看来，显性隐喻强调的是比较，隐性隐喻则侧重于隐含。这两种隐喻的表达效果稍有不同，后者在让人感到意外的同时，引起阅读的兴趣和快感；前者因为两个事物之间的已经了解了的相似性恰好削弱了这种意外感。我们可以将这两种隐喻进行简单的区分：

| | "表述力"之显性隐喻 | "提示力"之隐性隐喻 |
| --- | --- | --- |
| 主要的表达功能 | 表达与比较 | 隐含与暗示 |
| 主要的表达效果 | 削弱意外感 | 引起意外感 |
| 话题与喻体的关系 | 相似性较明显 | 差异性较明显 |
| 两个事物在反应中 | 对等性 | 不对称性 |
| 相似的物质/文化基础 | 客观的相似性 | 主观的相似性 |

---

〔1〕 束定芳:《隐喻学研究》,上海外语教育出版社 2000 年版,第 59 页。

所谓"表述力之显性隐喻"就是喻体和话题之间相似性较为明显的隐喻；"提示力之隐性隐喻"就是两者相异性突出的隐喻。相似性和相异性在隐喻中引起的反应不同，前者使喻体和话题两个不同领域具有对等性的特征，而后者使得这两个领域出现分别作为转换者与被转换者不对称的情况。

有两种相似性促成隐喻：客观相似性和主观相似性；或者，物理相似性和心理相似性。前一种相似性指事物之间形状和功能相似，后一种相似性指某种心理感受或体验上相似。以前一种相似性为主的隐喻是基于表面上差异性较小的两种事物的显性隐喻，以后一种相似性为主的隐喻则是基于表面上差异性较大的两种事物的隐性隐喻。尽管，显性隐喻和隐性隐喻都涉及相似性，但是戴着有色眼镜看景色和把那景色比作其他事物完全是两回事。正如钱钟书所说的，"以彼喻此，两者部'分'相似，非全体浑同。"[1]喻体与话题关系中确实需要相似性，但语境间的交换是基于差异性的。里查兹（Richards）认为，"某些相似在一般情况下可以作为其显性转移的依据，但喻体对本体的特殊的修饰作用更多地是来自于它们之间差异，而非相似性。"[2]其实，隐喻本身是词义变化的重要方式和语言发展的先导、刀锋，它总是处于不断的发展变化之中。求新，求异，追求陌生化效果是隐喻的内在发展动力和机制。

差异性对于隐喻的作用主要体现于使句子意义在逻辑上与语境相矛盾。隐喻的"喻底"就是语义与语境作用的结果。正所谓："夸饰以不可能为能，比喻以不同类为类，理无二致。"[3]隐喻就是把两个本来属于异类的概念通过句法手段并置或等同起来，构成了语义上的冲突，赖尔（Gilbert Ryle）将其称作"范畴错置"。赖尔认为，所谓"范畴错置"是指"用适合于另一范畴的语言来描述属于某一范畴的事实"[4]。在语言学

〔1〕　束定芳：《隐喻学研究》，上海外语教育出版社 2000 年版，第 81 页。
〔2〕　Richards. *The Philosophy of Rhetoric*. New York：Oxford University Press，1965，p. 124.
〔3〕　钱钟书：《管锥编》（第一卷），中华书局 1979 年版，第 74 页。
〔4〕　束定芳：《隐喻学研究》，上海外语教育出版社 2000 年版，第 181 页。

家比兹利(M. Beardsley)看来,正是"逻辑错置迫使人们离开基本意义平面,进入隐含意义层面寻找可解释的意义"[1]。

总之,相似性将不相关的两个事物联系起来,并使其进入意义平面中;差异性使得被联系起来的两个事物避免了意义解释的"恶性循环"。"相同"和"差异"并非仅仅混在一起,它们还相互对立,形成一种内在张力,从而使得隐喻不仅成为一种语法、语言现象(即一种修辞现象)和认知现象、命名过程(即一种思维方式),还是一种语用现象(以词为焦点、以语境为框架的话语现象)和述谓现象(形成描述世界的命题、定义、释义等)。隐喻的诸多意义中,其象征方面的意义对于海登·怀特的历史诗学理论的形成至关重要。

### 3.隐喻之象征意义

尼采认为"特性(比如'力量'或'软弱')向品质(比如'邪恶'或'忍耐')的转化受语言手段的影响"。因此,在《道德的谱系》一书中他最大限度地利用语言的比喻理论从历时角度来说明道德和文化——他将整个道德、文化的历史看成是在转喻和提喻意识牺牲了对世界"无辜的"隐喻性理解的情况下运作的产物。"寻求原因和本质,即寻求背后的行为方式和外在的品质,也就是隐喻式语言的想像中描绘的现象,产生了两种人们用来对付自己的压迫性工具,即科学和宗教。"[2]科学与宗教是揭示隐喻语言引起的想象世界中的现象的形而上的抽象概括,这是隐喻的创造性结果。科学和宗教的诞生意味着概念战胜了形象、理智战胜了意志。科学从事的就是将幻想转化为一种概念,然后将意象凝固在这一概念提供的术语中。这样的后果是人类为了寻求现象背后的永恒规律将生活机械化、狭隘化,从而使生活失去意义。"当一种意象凝结成概念时,一般而言

---

[1] Beardsley. *Aesthetics*: *Problems in the Philosophy of Criticism*. New York: Harcourt Brace and World.

[2] 海登·怀特:《元史学:十九世纪欧洲的历史想像》,陈新译,译林出版社 2004 年版,第 491 页。

的生活并没有受损(因为生活本身无法被否认),但是人类生活会受损。"〔1〕隐喻本身的目的是通过隐喻性的语言达到一种对世界的隐喻性的理解进而创造出一种符合人性的社会生活。

尼采认为,一切形式最终是隐喻性的,而不是实际存在的,当隐喻被创造性地使用时,比如被悲剧诗人使用时,它"代替一个概念,具体地立于他面前的是一种表现意象"〔2〕。显然,他赋予了隐喻意识一种纯粹的创造性功能。这种创造性源于隐喻的象征和语像意义。也就是说,"隐喻不给我们关于它所再现的事物的解释或语像,而告诉我们在被文化编码的经验中寻求那些意象,以便确定如何感知被再现的事物。"〔3〕

比如,"我的爱人,一朵玫瑰"这一隐喻中的话题"爱人"显然不是事实上的"玫瑰",而且被爱者也不具有"玫瑰"的色彩、外形、气味等属性。这句话的意思是说"爱人"具有西方文化习惯语言运用中的"玫瑰"所象征的那种激情、浪漫、温柔的品质。这一比喻主要是作为一条信息,指导读者唤起西方文化中被爱者与玫瑰相联系时生成的意象实体。"隐喻本身并不是它所试图刻画的事物的意象,只是指导我们寻求用来与该事物联系起来的意象。它所起的作用是象征的作用,而不是符号的作用。"〔4〕隐喻的作用并非仅仅体现在通过语句的新奇性引起的意外感而增强表达效果,还体现在它通过喻体与话题相互联系引起的象征和语像作用从而进入更深的思想和精神空间。

由此看来,意象是理解隐喻意义的基本组成部分。那么何为隐喻的意象呢?利科指出,隐喻中有两种成分:逻辑成分和可感觉成分,即语言

---

〔1〕　海登·怀特:《元史学:十九世纪欧洲的历史想像》,陈新译,译林出版社 2004 年版,第 466 页。

〔2〕　海登·怀特:《元史学:十九世纪欧洲的历史想像》,陈新译,译林出版社 2004 年版,第 465 页。

〔3〕　Paul Henle. *Language*, *Thought*, *and Culture*. Ann Arbor: University of Michigan Press, 1966, p.196.

〔4〕　Hayden White. "Historical Text as Literary Artifact", *Tropics of Discourse*. The Johns Hopkins University Press, Baltimore and London, 1978, p.91.

成分和非语言成分。[1] 语言成分通过感觉和声音起到记号性作用,非语言成分则是指意义和感觉融合后的意象。德伊奇(Deutsch)说:"人类的想像,包括创造性的科学想像,最终只有通过唤起潜在的或想像的感觉印象才能起作用。我承认我从来没有遇到一个实验物理学家不通过唤起一种视觉意象来思考氢原子的。"[2] 仅仅靠语言成分表情达意是有局限性的,思想情感交流最好的手段是来自非语言成分的意象。赫斯特认为"意象"具有以下几个特点:意象并非一种意识的对象,而是一种意识;意象具有整体性;意象是自发的。[3] 意象不仅仅是大脑图像,它还能诉诸各种感觉。意象使得隐喻具有可感觉性的特点,亚里士多德曾提到隐喻可以将事物置于我们眼前。

赫斯特指出,隐喻的语言不是意义与语音的融合,而是意义与被唤起意象的融合。"意象是一种发生的事,意义向意象无限开放,使得理解不可穷尽。诗歌中,文本的开放就是对意义释放出来的意象的开放。"[4] "意象"受到"看作"的控制。"seeing as"使流动有序,起到方向性作用。这就保证了隐喻中语言意义和意象充分性之间的结合,从而实现了对隐喻的解读。

4. 历史文本的隐喻性——兼论"虚构"与"虚假"的不同

历史叙事也是如此,海登·怀特认为,"历史叙事不仅仅是关于过去事件和过程的模式,同时也是隐喻性叙述……"[5] "历史叙事作为一个符号系统,它同时指向两个方面:叙事中所描写的事件和历史学家选作事件结构之语像的故事类型。"[6] 叙事暗示了读者应将什么作为事件的意义,

〔1〕 Paul Ricoeur. "The Metaphoric process as Cognition, Imagination, and Feeling", *On Metaphor*, edited by Sacks S., The University of Chicago Press, 1978.

〔2〕 Taylor. *Metaphor of Education*. Heinemann Educational Books. p.100.

〔3〕 Hester M. *The Meaning of Poetic Metaphor*. The Hague, Mouton, 1967, p.122.

〔4〕 Hester M. *The Meaning of Poetic Metaphor*. The Hague, Mouton, 1967, p.122.

〔5〕 Hayden White. "Historical Text as Literary Artifact", *Tropics of Discourse*. The Johns Hopkins University Press, Baltimore and London, 1978, p.88.

〔6〕 Hayden White. "Historical Text as Literary Artifact", *Tropics of Discourse*. The Johns Hopkins University Press, Baltimore and London, 1978, p.88.

它引起我们对事件的思考，并让我们在思考中赋予事件不同的情感价值。"历史叙事并非是它所标识的意象，它与隐喻一样是人们回忆起它所标识的意象。"[1]

与隐喻语言一样，历史话语起到了媒介的作用。正是这种媒介作用才使得历史话语成为扩展的隐喻。所以，我们不应将历史仅仅视为记录事件的语言符号，还应将其视为象征结构。"历史叙事通过假定的因果律，运用真实系列事件与约定俗成的虚构结构之间的相似性提供多种理解，还成功地赋予过去系列事件以超越这种理解之上的意义。正是通过将一系列事件建构成一个可理解的故事，历史学家才使得那些事件具有可理解的情结结构的象征意义。"[2]

通过对系列历史事件的不同情节建构，历史文本被历史学家赋予了各种可能的意义——这正是文学艺术的魅力所在。海登·怀特将历史文本中记录的事件"比喻"成为我们在文学文化已熟知的某种形式，比如系列事件被编排成悲剧情节时，这只是表明历史学家如此描写事件的目的是使人们记起与悲剧概念相关的虚构形式。历史文本由"事实"到"虚构"的"转译"（类似于隐喻的"范畴错置"），也许不是历史学家的本意，但这的确是历史作品的作用和存在于历史阅读过程中的实际现象。正如海登·怀特所说的那样，发现能够用来赋予系列事件以不同意义的所有可能的情节结构后，历史写作才开始繁荣。

只有对历史事件进行情结编排后，历史才是隐喻的。比如，同样一组事件，不同的编排方式，事件之间的关系就不一样，历史的象征意义也不同。可以用下列图式表示：[3]

　　　1. a. b. c. d. e. ……n

〔1〕　Hayden White. "Historical Text as Literary Artifact", *Tropics of Discourse*. The Johns Hopkins University Press，Baltimore and London，1978，p. 91.

〔2〕　Hayden White. "Historical Text as Literary Artifact", *Tropics of Discourse*. The Johns Hopkins University Press，Baltimore and London，1978，p. 91.

〔3〕　Hayden White. "Historical Text as Literary Artifact", *Tropics of Discourse*. The Johns Hopkins University Press，Baltimore and London，1978，p. 92.

2. A. b. c. d. e. ⋯⋯ n

3. a. B. c. d. e. ⋯⋯ n

4. a. b. C. d. e. ⋯⋯ n

5. a. b. c. D. e. ⋯⋯ n

6. a. b. c. d. E. ⋯⋯ n

上述六组系列事件都是按照时间顺序（chronologically）排列起来的，但是事件排列的句法规则（syntactically）不同，便形成了不同类型的历史著作。第一组事件仅以时间原本发生的顺序记录下来，并假定事件按时间顺序的排列就可以解释它们为什么发生，这种按事件发生的自然顺序排列的历史编撰不具有叙事性，它只是纯粹的编年史。第二组至第五组的事件排列中的句法顺序不同，每个大写字母代表了某些事件在整个系列事件中的特权地位。这个特权地位赋予事件（大写字母代表的）以解释力，也可以认为大写字母代表了一系列事件中的某一特殊类型故事，这一特殊类型的故事是某种情结结构的象征。比如赋予原始事件(a)以决定因素地位(A)时，任何历史都是决定性的。海登·怀特认为卢梭的《论不平等的起源》、马克思的《共产党宣言》、弗洛伊德的《图腾与禁忌》中对"社会"历史的情节建构就属于这类历史。当赋予系列事件最后一个事件(e)以全部的解释力(E)来建构历史情节时，这样的历史编撰就是末世论或启示论的历史。圣·奥古斯丁的《上帝之城》、黑格尔的《历史哲学》以及唯心主义历史都属于此类历史。在这两类之间还有其他"虚构"类型（悲剧、喜剧、讽刺剧和浪漫剧）的情节结构可以作为拥有解释权力的历史叙事。

从表面上看，第六组事件的时间顺序和句法顺序与第一组事件的相同，但这是构成"认知上负责任的"[1]历史所具有的唯一的意义方法。引号表示对事件系列性的自觉阐释和事件叙事性的反讽式否定。这是一种

---

〔1〕 "在认知上负责"这一观念出自佩珀《世界的构想》一书，佩珀以此区分致力于对自己的世界构想进行理性辩护的哲学体系和不进行辩护的哲学体系。后者诸如神秘主义、泛灵论以及彻底的怀疑论，因为这些学说在论证中，不得不求助于启示、权威和习俗。参见海登·怀特：《元史学：十九世纪欧洲的历史想像》，陈新译，译林出版社 2004 年版，第 30 页。

对"虚假"(false)或"情节过多"历史叙述(比如上述第 2,3,4 和 5 组系列事件)的矫正,海登·怀特称为"情感的编年史"。这是为了反对"虚假"的历史。

"虚假"(false)不同于"虚构"(fiction)。虚假历史中的事件根本没有发生过,是幻想出来的;而虚构的历史事件则具有真实性,即它们曾经发生过。在真正发生过的事件基础上,人们充分发挥丰富的想象力,在一定文化范围或文学艺术形式基础上对这些事件重新进行结构编排,并赋予事件各种可能的意义。"虚构"是通过想象的方式使历史再现更加真实,更符合人性和社会性。"虚假"历史不具有真实性、客观性。为了使虚构历史在具有象征意义同时尽量避免虚假成分,海登·怀特还反思对系列历史事件的情节建构本身,他认为这也是任何经典地位的历史学家都具有的自我批判意识。因此,海登·怀特指出:"经典历史叙述总是代表着两种尝试,一种充分再现历史系列,另一种含蓄地编排历史系列,以便与其他合理的情节建构达成一致。"[1]这就意味着历史总是处于两种或多种情节结构建构的"辩证的张力"之中。因此,海登·怀特的历史叙事的隐喻性是建立在真实性基础之上的。

历史的隐喻性说明了历史文本的诗性特征,隐喻模式也是解读历史文本的可能模式之一,其他还有转喻、提喻和反讽模式。"语言转换理论(隐喻→转喻→提喻→反讽)既作为意识与其对象关系的模式,又作为意识在时间中转化的动力。"[2]

## 二、转喻:从"敏感性"到"特殊性"

在英语世界,"转喻"(metonymy)是经常被使用的修辞手法,它类似于我国的"借代"。因此,有人干脆把"转喻"称为"借代"。[3]《韦氏第三

---

〔1〕 Hayden White. "Historical Text as Literary Artifact", *Tropics of Discourse*. The Johns Hopkins University Press,Baltimore and London,1978, p. 94.

〔2〕 Hayden White. "The Tropics of History: The Deep Structure of the New Science", *Tropics of Discourse*. The Johns Hopkins University Press,Baltimore and London, 1978, p.216.

〔3〕 李鑫华:《英语修辞格详论》,上海外语教育出版社 2000 年版,第 77 页。

版新国际英语足本辞典》将"转喻"解释为"将一事物名称代替另一个与之相关事物名称的修辞格"[1]。这与转喻的希腊语原意"a change of name"是一致的。转喻的表达特点是"本体"（思想的对象），不出现在句子中，只有"喻体"出现。因此，转喻可以引起人们的迅速联想，激发人们的想象力，表达"比思想更多内容的句子"，从而获得较为简洁的修辞效果。

但是在海登·怀特的历史诗学视野里，转喻不仅是表达简洁、思想容量大的修辞手法，还是一种思想方法。他说："转喻是一个诗学策略，可用来将临近的实体简化为互相作用的地位，比如，一个事物的一个部分的名称用来代替整个事物。"[2]

他也认为，"转喻"是一事物的名称代替另一事物的名称，但他更详细地指出，这种代替是"事物的某部分之名取代了整体之名"，如"50 张帆"来指代"50 艘船"就是转喻的用法。以"帆"（部分）代"船"（整体），其方式是将整体还原为它的一部分。"帆"与"船"的部分与整体的关系不同于对象之间的微观与宏观的关系，即以"帆"代"船"的转喻用法不同于将"帆"设定为船与帆共同拥有的品质的象征的提喻用法，也不同于对象与对象关系的隐喻用法。

在"雷之咆哮"这一转喻中，除了存在部分与整体的关系以外，还存在着部分与部分的现象关系，这体现在雷声的整个过程首先可分为与原因（雷）相关和与结果（咆哮）相关的两个现象，而且其中一种现象（雷声）还原为另一种现象的表征状态（咆哮）。在转喻中，我们可以在两种现象间进行区分，并将一种现象还原为另一种现象的表征状态，这种还原可以采取行为主体→行为的关系形式（雷在咆哮）和因果关系形式（雷之咆哮）。

通过前一种还原（行为者→行为），事物最敏感的方面（咆哮）成为事

---

[1] *Webster's New International Dictionary*, Second College Edition. New York and Cleveland: The World Publishing Company, 1972.

[2] Hayden White. "Foucault Decoded: Notes from Underground", *Tropics of Discourse*. The Johns Hopkins University Press, Baltimore and London, 1978, p.253.

物一种最明显的特性。因为"在感觉世界中最突出的东西,能被最生动地感觉到的东西,最容易被注意到的东西都具有特殊性"[1]。维柯指出转喻用行动主体代替行动的原因在于"行动主体的名称比起行动的名称较为常用"。而用主体代替形状和偶然属性的转喻,则是因为"还没有把抽象的形式和属性从主体上面抽出来的能力"[2]。

通过后一种还原(结果→原因),即将雷之结果("雷之咆哮")理解为本身就是一种原动因("带来咆哮的雷"),就将事物的主要特征"转喻"为次要特征,"原动因"(casual agency)被"人化"。于是,原始的占卜和崇拜便产生了,前者是将诸如"打雷"之类的自然现象还原为神的意志体现,后者则是将抽象的诸神形象化为一种具体实在并对之进行安抚的结果。因此,以"还原"的思维方式为主要特征的转喻是原始宗教制度产生的基础条件。所以,维柯认为"以原因代结果的转喻在每一事例里都会造成一个小寓言故事,其中原因被想像成为一个女子,披上她所产生的效果的外衣"[3]。

通过转喻式还原,现象世界被分为两种存在秩序,一种是行为主体与原因,另一种是行为与结果。原始意识正是经过这种语言方式获得诸如精神、本质、原因、主体等概念范畴。正因为转喻的修辞手法运用,才有了主观/客观、实体/现象、主体/客体、对象/本质等认识世界的二元方法论的诸范畴。在转喻中,诸多部分中的一个可以还原为事物的某个方面的状态,进而可以对事物作出整体性的把握。因此,转喻不仅是通过迅速联想使表达上更为简洁的修辞手法,还是一种重要的思维过程,"总之,象隐喻一样使我们的思想和行为不可避免地纠缠在一起的转喻,不仅仅是装饰性的比喻工具,还是一个基本的引导我们深入探究的思想模式。"[4]它"代表着从最敏感到不那么敏感的思想活动的过程,抽象的东西才被体验

---

[1]　Hayden White. "The Tropics of History: The Deep Structure of the New Science", *Tropics of Discourse*. The Johns Hopkins University Press, Baltimore and London, 1978, p. 206.

[2]　维柯:《新科学》(上),朱光潜译,商务印书馆1997年版,第201页。

[3]　维柯:《新科学》(上),朱光潜译,商务印书馆1997年版,第201页。

[4]　李勇忠:《语言转喻的认知阐释》,上海东华大学出版社2004年版,前言部分,第5页。

为一种实在或具体的现实"[1]。

如是观之,转喻是一种人们描述陌生事物或者进一步说明熟悉事物的思想方法。它表明"在按部分与部分关系解释的现象之间存在区别。被看成是'结果'的经验部分以还原的方式与被看成是'原因'的经验部分相关联"[2]。把在人类经验中与自然过程相似的感情状态的特征视为自然过程,这是一条从人类感觉转向事物特殊性,即由感性认识走向理性归纳的思维过程。借此,人们确立了一种二元论的认识方法。海登·怀特历史诗学既分析历史文本中还原性转喻语言,也将其作为比喻性的、非逻辑的思维运作过程的一个阶段或某一方面。所以,有人明确地指出:"在人们所接受的几乎所有认知语言中,转喻和思想之间的相互关系最为密切。从更广泛的意义上说,转喻在人类语言中占有统治地位,它形成我们的知识,影响我们的思考。"[3]一旦事物的敏感性成为标志事物特定属性的特殊性,它就可以作为概念统一体的提喻而得到进一步说明。

### 三、提喻:双重模糊效果和从"特殊"转向"一般"的思想活动过程

转喻性还原侧重描述的是本质上外在关系的两种现象,而它们本质上的内在关系则要通过综合性的提喻来得到解释。《韦氏第三版新国际英语足本辞典》认为,提喻"是一种以部分代替全部、个体代替整体、具体代替抽象,反之亦然的修辞格。比如,以面包代替食品、军队代替士兵、铜板代替金钱"[4]。从定义中可以看出,提喻和转喻中都存在着一种替代关系,所不同的是,前者的替代关系是一种综合性的微观与宏观的关系形态,后者的替代关系则是一种还原性的部分与整体的关系形态。比如,"他惟有一颗心"这句话,若将"心"看作是"身体"的一部分理解时,这句话

〔1〕 Hayden White. "The Tropics of History: The Deep Structure of the New Science", *Tropics of Discourse*. The Johns Hopkins University Press, Baltimore and London, 1978, p. 207.

〔2〕 海登·怀特:《元史学:十九世纪欧洲的历史想像》,陈新译,译林出版社 2004 年版,第 46 页。

〔3〕 李勇忠:《语言转喻的认知阐释》,上海东华大学出版社 2004 年版,前言部分,第 1 页。

〔4〕 *Webster's New International Dictionary*, Second College Edition. New York and Cleveland: The World Publishing Company, 1972.

就是"转喻"的表达方法。此时的"心"是解剖学意义上的身体的一个组成部分，这个部分的功能可用于描述全身的功能特征，就如同"50 张帆"对于"50 艘船"那样重要，因为没有"帆"，"船"也动不了。

很显然，不能将"他惟有一颗心"这句话理解成"在有机体的功能中，'心'处于中心地位"。因为，与"50 张帆"象征了"50 艘船"的转喻表达不同，"他惟有一颗心"表示的不是一种单一的名称变化，而是一种标明总体（"他"）的名称变化。这句话里的"心"是人的某些品质（大方、同情、慷慨等）的象征，而不是为了表述某个个体的全身。"他惟有一颗心"中的"心"不是有机体的功能象征而是整个个体特有的品质象征。作为一种提喻，这句话暗示了躯体不同部分之间的某种关系，"心"被理解成这些部分的中心功能。作为一种提喻，"他惟有一颗心"暗示了个体的部分之间的某种关系，其中"个体"被视为肉体和精神属性的结合，所有的部分都共有这种性质。因此，"提喻"是一种"意指总体诸要素之间的定性关系的陈述"。这样，"提喻"表达具有一种特定语境中的语用上和语义上的双重模糊效果。

语用模糊是说话人为了清晰地传情达意所使用的一种语言表达手段。语用模糊与概念本身的模糊性有关，美国科学家冯·诺依曼指出，"人脑中形成的概念，多数是模糊概念，人们相互交际使用的词句，多数是模糊词句。这在实际生活中却是一种优点而非缺点。"[1]模糊的概念之所以在生活中有优点，是因为模糊的表达方式在表述总体的感觉时给人的认知更加清晰。

语义模糊指随着话语"语境量"的增加，话语的质和量偏离常规（即把话说得清楚、明白）而产生了广泛的、不确定的特殊含义。[2] 提喻的语言表达总会取得一种"言浅意深，因微见著"的阅读效果。美国著名诗人罗伯特·弗罗斯特说："如果我一定得被归于诗人的行列中，我可以被称为

---

〔1〕 李鑫华：《英语修辞格详论》，上海外语教育出版社 2000 年版，第 169 页。
〔2〕 熊学亮：《含义分类标准评析》，载《外语教学与研究》1997 年第 5 期，第 1—7 页。

一个提喻家。"他认为自己的诗总是"言浅意深,因微见著"〔1〕。比如,"他惟有一颗心"这句话,"心"所象征的品质除了大方、同情之外还有其他的品质。不过,"他"到底有什么样的品质,要看在随后话语中的语境量增加了哪些具体含义。同时,句子的意义也因为这种模糊的语境量的增加而丰富起来。

提喻的模糊效果与综合性的思考方法分不开。维柯认为,提喻就是"把个别事例提升成共相,或把某些部分和形成总体的其他部分相结合在一起"〔2〕。比如,他说以"头"来指"人"的提喻用法在拉丁语中十分普遍,因为在森林中只有人的头才能从远处望见。于是,具体的人的"头"就成为抽象的"人"的替换。此时的"头"包含了人体及其各部分,人心及其一切功能,精神及其一切状态。其他诸如以"顶"代替"屋"、以"船尾楼"代替"船"、以"尖"指"刀"等都是以提喻的"个体→共相"的思维方法为基础。

提喻是按照整体之内的综合方式说明组成整体的各个部分。而整体在本质上并不等同于部分之和。正如本尼迪克在《文化模式》中所说:"整体决定着它的部分,不仅决定着这些部分之间的关系,而且也决定着它们真正的本质。"〔3〕如果说"转喻"中主要运用的是"归纳"的思维方法,那么"提喻"则主要侧重于"综合"的思维方法。所以,维柯认为,"提喻是从最特殊的、最一般的思想的转移,结果产生了特殊向一般、部分向整体的升华。"〔4〕

由此可见,海登·怀特不仅将"比喻"视为一种语言表达的修辞方法,而且还视其为一种由语言自身规定的操作范式。运用这些范式,人们可以在经验领域对人类意识本身进行多种解释和分析。隐喻是表现式的,如同形式论采取的那种方式;转喻是还原式的,有如机械论;提喻是综合式的,一如有机论。隐喻支持一种对象与对象的关系来预构经验世界,转喻用部分与部分之间的关系,提喻则侧重于微观与宏观(对象与总体)的

〔1〕 范家材:《英语修辞赏析》,上海交通大学出版社1992年版,第97页。

〔2〕 维柯:《新科学》(上),朱光潜译,商务印书馆1997年版,第202页。

〔3〕 李鑫华:《英语修辞格详论》,上海外语教育出版社2000年版,第177页。

〔4〕 Hayden White. "The Tropics of History: The Deep Structure of the New Science", *Tropics of Discourse*. The Johns Hopkins University Press, Baltimore and London, 1978, p.207.

关系。这样每种比喻就形成了不同的语言规则:同一性语言(隐喻)、外在性语言(转喻)和内存性语言(提喻)。

这三种比喻的前提条件是语言有能力用修辞性术语把握事物本质。海登·怀特将它们称为"朴素的"比喻形式,而"反讽"这种比喻则是"感伤的"对应物。

## 四、反讽:"标志着思想的升华"

反讽,也被称为"讽喻"、"暗喻"、"反语"等。《韦氏第三版新国际英语足本辞典》指出,英语"irony"源自希腊语"eironeia",该词意思是"dissembler in speech",具体释义如下:"反讽是一种幽默的和精妙地挖苦别人的表达方法,其所用词语想要表达的意义与它们通常意义相反。"[1]也有人指出,反讽"是一种通过生动具体的形象来表达某种抽象概括的道理的修辞手法,其特点是意义上的双重性,即字面上直接表达出来的意义与其真正用意并非一回事"[2]。南栖·帕特纳说:"反讽就是通过言辞结构而非特殊形式的决定因素的意义转移。"[3]

上述定义中,对反讽的目的有认识上的争议:有的认为反讽是为了达到一种幽默和讽刺的表达效果;有的则认为反讽是用"形象"来表达"抽象"的修辞方法。但是,在"将虚假表现为事实"这一反讽特点上是没有分歧的。"反讽再现常常通过评论和使词语字面意义自我受挫或自我削弱的语气或陈述而体现出的。"[4]"反讽"有意采取一种正话反说或反话正说的表现形式(字面上的"误用"),使其成为打上说话人主观意图的"有标

---

〔1〕 *Webster's New International Dictionary*, Second College Edition. New York and Cleveland: The World Publishing Company, 1972.

〔2〕 文军:《英语写作修辞》,重庆大学出版社 1991 年版,第 278 页。

〔3〕 Nancy Partner. "Hayden White (and the Content and the Form and Everyone Else) at the AHA", *History and Theory*, Vol. 36, No. 4. Theme Issue 36: Producing the Past: Making Histories Inside and Outside the Academy, December 1997, p. 107.

〔4〕 Nancy Partner, Hayden White (and the Content and the Form and Everyone Else) at the AHA. *History and Theory*, Vol. 36, No. 4. Theme Issue 36: Producing the Past: Making Histories Inside and Outside the Academy, December 1997, p. 107.

记的语句结构",从而使受话人产生有别于"中性"的心理反应,以达到凸现某种话语意义的目的。在此意义上,弗莱认为,"反讽是悲剧的非英雄式残余",其核心是"以令人迷惑的挫败为主题"。[1]

维柯说:"反讽就是通过戴着事实面纱的反思而塑造成的虚假。"[2]他认为,原始人简单得像儿童,忠实于自然本性,最初的寓言故事不能伪造,因此就不会出现反讽语言。"暗喻(irony)当然只有到人能进行反思的时候才有可能出现,因为暗喻是凭反思造成貌似真理的假道理。"[3]

因此,"反讽本质上是辩证的,因为它代表着为了使言辞自我否定而自觉地运用隐喻。"[4]反讽式语言的风格是修辞上的疑惑,即作者不相信自己陈述的真实性。反讽假定了读者或听众有能力识辨就某种事物所做描述的荒谬性,而该事物通常由隐喻、转喻、提喻赋予形式,即"反讽话语不仅像隐喻、转喻和提喻那样,是关于现实的陈述,而且还至少假定陈述与其再现的现实之间的分歧"[5]。比如,"他惟有一颗心"这句话,当以一种特殊的语音、语调说出来或"他"不具有提喻用法赋予的品质情况下,它就成了反讽。所以,海登·怀特指出,"反讽在一定意义上是元比喻的",因为它是在对修辞性语言的可能误用这一自觉意识上使用的。

"反讽言语的前提是意识到捏造、谎言和伪装的可能性。"[6]由此可见,反讽代表了人类意识的一个发展阶段,语言本身成了反思的对象。"反讽假定人们已经意识到真实与虚构的区别,语言错误地再现现实的可

〔1〕 诺思罗普·弗莱:《批评的剖析》,陈惠译,百花文艺出版社1998年版,第278页。

〔2〕 Hayden White. "The Tropics of History: The Deep Structure of the New Science", *Tropics of Discourse*. The Johns Hopkins University Press, Baltimore and London, 1978, p. 207.

〔3〕 维柯:《新科学》(上),朱光潜译,商务印书馆1997年版,第203页。

〔4〕 海登·怀特:《元史学:十九世纪欧洲的历史想像》,陈新译,译林出版社2004年版,第47页。

〔5〕 Hayden White. "The Tropics of History: The Deep Structure of the New Science", *Tropics of Discourse*. The Johns Hopkins University Press, Baltimore and London, 1978, p. 208.

〔6〕 Hayden White. "The Tropics of History: The Deep Structure of the New Science", *Tropics of Discourse*. The Johns Hopkins University Press, Baltimore and London, 1978, p. 207.

能性,以及字面再现和比喻再现的差别。"〔1〕反讽话语中的事实与虚假之别就是字面再现与比喻再现之分。海登·怀特认为正是字面再现和比喻再现的区分构成了所有科学的根基,通过使用约定俗成的意义(字面意义),这些科学有意识地探求的不仅仅是关于世界的真实陈述(字面再现),而且还揭露了关于世界任何特定的比喻再现的失误和不足。

这表明,不仅某个句子的表达方式和修辞手法是反讽的,某个文本的语言风格、某个文学流派的总体特征也可能体现为反讽式的对抗性或置疑语气。比如,海登·怀特认为现实主义小说以及以一种自觉的质疑语气描述或以"相对化"意向写作的历史都具有反讽式的疑惑。弗莱在谈到反讽者形象时明确指出:"反讽叙述结构的中心主题之一是英雄行为的消失。"〔2〕弗莱甚至认为,在每种文学风格中和模式中都存在反讽的因素。还有人指出,"相当于转义的混乱阶段,反讽适合于冷漠、世故、分离和自我观望的现代和后现代。"〔3〕

无论是从词语意思、句子意义还是从文本风格、话语和思想风格来看,反讽模式在描述世界时本质上总给人一种世故的、老练的、观望的和现实主义的感觉。这种感觉正是个体自我意识的体现,也是文化反思、进步的必要阶段。鲁迅对国民劣根性的批判,对几千年以来中国封建文化导致的诸如涓生和子君等从"反抗"到"妥协"的人生怪圈的形象化塑造,对"怒其不争,哀其不幸"的阿Q精神入木三分的讽刺就体现一种反讽式的疑惑——对中国文化的深刻反思和自省。

作为一种世界观的基础,反讽式疑惑也许会倾向于让人在可能的积极政治行为中消解一切信念,进而成为虚无主义者。作为一种哲学观的基础,反讽式疑惑也可能会对人类的生存状况产生一种根本上是愚蠢的

〔1〕 Hayden White. "The Tropics of History: The Deep Structure of the New Science", *Tropics of Discourse*. The Johns Hopkins University Press, Baltimore and London, 1978, p. 208.

〔2〕 诺思罗普·弗莱:《批评的剖析》,陈惠译,百花文艺出版社1998年版,第284页。

〔3〕 Nancy Partner. Hayden White (and the Content and the Form and Everyone Else) at the AHA. *History and Theory*, Vol. 36, No. 4. Theme Issue 36: Producing the Past: Making Histories Inside and Outside the Academy, December 1997, p. 108.

或荒谬的理解,这又造成了一种文明自身处于疯狂中的信念,进而产生一种保守和清高的蔑视。同时,作为一种语言规则模型,反讽还体现为思想上的怀疑主义和道德上的相对主义。"简言之,反讽是语言策略,它把怀疑主义当作一种解释策略,把讽刺当作一种情节编排模式,把不可知论或犬儒主义当作一种道德姿态。"[1]

尽管如此,反讽对于文学活动、思想进步和文化发展都具有不可估量的意义。"在一个探寻自我意识水平的特定领域内,反讽的出现看上去标志着思想的升华。"[2]在海登·怀特整个历史诗学建构中,反讽处于核心环节。在《元史学》的开篇,他就告诉读者该书采用了一种反讽模式,并有所启发地指出:"点明反讽的反讽却是有意识的,由此它代表了一种针对反讽自身的反讽意识的转向。"[3]在分析克罗齐历史哲学的反讽模式之前,海登·怀特指出,"史学家的反讽起着怀疑论的作用,它要求史学家对文献进行批判性考察。史学家在工作中有时必须以反讽的姿态对待历史文献……否则其历史撰述将毫无确定性可言。"[4]反讽是史学家实现历史真实的一种方法论因素和技术性工具。但是当史学家对读者、对自己的事业保持一种反讽姿态时,也许就像布克哈特那样将历史按讽刺剧方式情节化,反讽成为一种历史表现原则。然而历史哲学家的反讽则不仅针对文献,还针对整个历史事业。历史哲学家反讽姿态应是为了"批判和消除反讽性史学的可能性"。[5]历史哲学应该从反讽开始,最终要超越

---

〔1〕 Hayden White. "Interpretation in History", *Tropics of Discourse*. The Johns Hopkins University Press, Baltimore and London, 1978, pp. 73-74.

〔2〕 海登·怀特:《元史学:十九世纪欧洲的历史想像》,陈新译,译林出版社2004年版,第49页。

〔3〕 海登·怀特:《元史学:十九世纪欧洲的历史想像》,陈新译,译林出版社2004年版,第5页。

〔4〕 海登·怀特:《元史学:十九世纪欧洲的历史想像》,陈新译,译林出版社2004年版,第513页。

〔5〕 海登·怀特:《元史学:十九世纪欧洲的历史想像》,陈新译,译林出版社2004年版,第514页。

反讽。"至少,19 世纪最优秀的历史哲学家都是这样做的。"〔1〕

海登·怀特将 19 世纪历史意识分为三个阶段:第一阶段(19 世纪前 30 年)批判反讽式的历史概念,以卢梭、赫尔德、德国"狂飚"突进派和瑞士自然诗人为代表的浪漫主义学派、黑格尔为主的唯心主义学派和以奥古斯特·孔德为代表的实证主义学派,尽管它们在历史观和历史研究方法上各有差异,但是都对批判启蒙运动晚期理性主义者用以对过去进行研究的反讽态度持一致立场。因此,在这一历史意识阶段里,历史哲学充满热情,历史学则充满自信。第二阶段(1830—1870 年)是历史意识的成熟或典范阶段,以史学家米什莱、兰克、托克维尔、布克哈特和历史哲学家马克思为代表。他们自己提出了各种"实在论"〔2〕反对启蒙主义历史"实在论"。第三阶段是"危机"阶段。因为,针对同一组事件的多种自圆其说而又相互排斥的看法摧毁了历史学家自诩的客观性、科学性和实在性。此阶段,唯美主义、怀疑论、犬儒主义和悲观主义的盛行——历史意识陷入了一种反讽的情境中,这意味着历史主义危机的重现。哲学家尼采的历史学给人一种精神颓废的表征,这是因为他将历史思想比作以隐喻模式作为修辞策略的艺术观念,力求建构一种"隐喻式反讽"的元史学。"反讽模式成就了历史哲学中可能存在的历史态度的循环,它在历史学中经历了从米什莱到布克哈特的转换。"〔3〕这常常使历史学家陷入绝望。

19 世纪 80 年代的克罗齐试图解决这一问题。他将反讽立场确立为现代唯一可能的"智慧",而又不陷入怀疑主义和悲观主义之中。他所使用的反讽方法便是"用先于概念的、'直觉的'或者艺术的眼光来理解充斥着历史领域的对象。这意味着,历史知识开始于对存在于历史领域中的

---

〔1〕 海登·怀特:《元史学:十九世纪欧洲的历史想像》,陈新译,译林出版社 2004 年版,第 514 页。

〔2〕 每一种实在论(米什莱的浪漫剧历史实在论、兰克的喜剧历史实在论、托克维尔的悲剧历史实在论、布克哈特的讽刺剧历史实在论)都是一种比喻模式的反映。比如上述历史实在论分别是米什莱的隐喻式的、托克维尔的转喻式的、兰克的提喻式的,布克哈特的反讽式的语言规则的反映。

〔3〕 海登·怀特:《元史学:十九世纪欧洲的历史想像》,陈新译,译林出版社 2004 年版,第 516 页。

特殊事物所做的艺术性把握"[1]。因为,历史无论如何不存在概念描述,仅仅是"讲述发生的事件",历史学应该涵盖在艺术的普遍观念之下。"艺术和历史的差异是一种认识论方面的区别,而不是本体论上的。"[2]克罗齐并未抹杀两者的区别,他认为艺术家必须考虑某些真实性的标准,史学家则受到真实性标准的支配。"史学家不是为了'解释'而写作,而是为了'表现'而写作……"[3]在这种反讽意识下,克罗齐批判了马克思的历史科学、黑格尔的历史哲学与维柯的历史诗学。

运用比喻理论对19世纪历史意识深层结构的整体把握具有结构主义特点,因为海登·怀特将19世纪历史意识作为一个整体性、转换性和自调性的"结构"来处理,同时,又从历时性和共时性的角度对这一结构进行总体性分析。其实,与其说海登·怀特分析的是关于19世纪历史意识的历时性演变,毋宁说是对其整体的共时性把握。他说:"正是通过比喻,历史学家才实际建构了话语的主题;他的解释不过是对他原创的比喻中主题属性的形式化投射。"[4]海登·怀特关于四种比喻形式的论述以及将其用于19世纪历史意识的分析主要是从作为一种思维方式、论证方法和意识形态角度进行的。比喻已经不仅仅是修辞方法或言辞结构,还是重要的语言规则、思想方式和认知方法。人们对比喻的认识经历了从修辞学、语言学到逻辑学、文化学的及其认知意义的研究历程。海登·怀特的比喻理论就是在这个历程中的一个环节。他的贡献不仅在于将四重比喻作为一种分析文本语言风格的模式,还在于将比喻引入意识领域,将比喻作为人类的深层意识结构,即海登·怀特将研究重点由"语言的比喻"转向了"思想的比喻"。

―――――――――――

〔1〕 海登·怀特:《元史学:十九世纪欧洲的历史想像》,陈新译,译林出版社2004年版,第520页。

〔2〕 海登·怀特:《元史学:十九世纪欧洲的历史想像》,陈新译,译林出版社2004年版,第524页。

〔3〕 海登·怀特:《元史学:十九世纪欧洲的历史想像》,陈新译,译林出版社2004年版,第526页。

〔4〕 Hayden White. "Historicism, History, and the Imagination", *Tropics of Discoure*. The Johns Hopkins University Press, Baltimore and London, 1978, p.106.

## 第三节 海登·怀特历史诗学:一种转义现象学

### ——从语言比喻论到话语转义学

海登·怀特在《元史学》导论中提出的四重比喻理论在《话语转义学》、《形式的内容》和《比喻实在论》中又有了新的发展和补充。埃娃·多曼斯科认为,自《比喻实在论》出版以来,海登·怀特区分了比喻与转义。"把比喻作为话语的基本成分,海登·怀特把比喻界定为一种话语流出与转向的'意象'。"[1]如果说《元史学》主要对比喻理论进行横向的静态分析,强调的是四种比喻形式之间的差异性(相似性的隐喻、临近性的转喻、同一性的提喻和对抗性的反讽),那么海登·怀特后来著述主要是对比喻理论进行纵向的动态分析,侧重于它们之间在人类意识、思想发展和思维运作中的连贯性(海登·怀特将其命名为"转义")。[2]《元史学》中,海登·怀特主要是将比喻置身于历史文本之内,《元史学》以后的著述则将比喻放置在大于历史文本的话语之中,并连同话语本身一起考察。除叙事和比喻理论之外,话语转义理论也是海登·怀特历史诗学的核心部分。

---

[1] Hans Bertens and Joseph Natoli. *Postmodernism: The Key Figures*. Blackwell Publisher,2002,p.326.

[2] 所谓四重比喻的连贯性(转义)是指在一个历史时期,人类意识经历了一个持续性发展过程,这一过程包含了由四个可以概括为与四重比喻同名的意识阶段(隐喻→转喻→提喻→反讽)。意识的这一发展过程可以在19世纪欧洲八位历史大师(他们认为可将整个19世纪中欧历史视为一个闭合循环发展的深层结构的结果,即在19世纪话语中涵盖了人们关于世界历史的隐喻式理解、经由转喻或提喻式理解,转入一种对一切知识不可还原的相对主义的反讽式理解)的经典文本中得到印证,也可以从让·皮亚杰的儿童认知心理发展的四个阶段(婴儿期的"类比"阶段、18个月至7岁的"象征"阶段、7岁至12岁的"分类"阶段和12岁以后的"综合能力"阶段)得到儿童认知活动的实践例证。而弗洛伊德关于梦的解析的四种机制(浓缩、移置、表征和第二次修改)与四种比喻模式几乎完全相对应。四种比喻模式的连贯性理论是海登·怀特历史诗学的贡献之一。因为,海登·怀特不仅发现了历史文本中四种语言规则、解释了它们在人类意识中的认知作用和思想运作的过程,还将这四种比喻模式作为一种批评方法论应用于分析诸如19世纪经典历史文本,福柯、利科、詹姆逊等人文学者的哲学文本,普鲁斯特《追忆似水年华》一类的经典文学文本,在打通文、史、哲等人文学科之"墙"的同时,也提供了一种关于文学的文化研究的新方法和新思想。

海登·怀特的历史诗学也由"比喻创造论"变成了"转义发展论"。[1]

## 一、"转义行为是话语的灵魂"

关于"转义"与"比喻"的关系,海登·怀特指出,"根据后文艺复兴修辞学家的用法,因此,我使用'转义'这一术语指称预先假定了使用给定的语言转向的关系模式,使用'比喻'这一术语指称任何话语或言辞中的具体转向。换句话说,转义是语言比喻的类的范畴的分类称谓。"[2]"转义"(trope)一词派生于 tropikos、tropos,在希腊语中的意思是"转动"(turn)、"方法"(way)、"方式"(manner)。在古拉丁语中,意思是"隐喻"或"比喻",在晚期拉丁语中主要指"调子"、"拍子"等音乐理论术语。当代美国思想家詹姆逊认为,"所谓历史转义,就是使两种截然不同的、不可公度的现实相互接触,一种在上层建筑之中,另一种在基础之中;一种是文化的,而另一种是社会经济的。"[3]根据海登·怀特的研究,早期英语的"转义"(trope)一词中除了含有上述全部意思之外,还具有"文体"一词所具有的含义。"文体"概念适于既非逻辑论证又不同于纯粹虚构的词语构型,这样的词语构型就是人们所说的话语。因此,话语与转义关系密切。诸多话语理论忽略了两者之间的关系。

话语一词派生于拉丁语 discueerer,意思是"前后"(back and forth)或"往返"(to and fro)运动。这种运动既是前逻辑的(prelogical)又是反逻辑的(antilogical)。作为反逻辑,话语的目的是解构一个特定经验领域的概念化,因为,这一个经验领域已经成为一个妨碍我们新的认知的本质。作为前逻辑,话语的目的是标识出一个经验领域,以便于后来的逻辑引导的思想进行分析。"总之,话语从本质上说是一种调节。这样,话语既是阐释的,又是前阐释的;它总是既关注阐释本身的性质,也同样关注

---

[1] Hans Bertens and Joseph Natoli. *Postmodernism*:*The Key Figures*. Blackwell Publisher,2002,p.326.

[2] Hayden White. "Freud's Tropology Dreaming", *Figural Realism*:*Studies in the Mimesis Effect*. The Johns Hopkins University Press,Baltimore and London,1999,p.105.

[3] 詹姆逊:《语言的牢笼》,百花文艺出版社 1995 年版,第 160 页。

题材,显然它是详尽阐述自身的机会。"[1]话语中的叙事自我或超验主体使其具有自足性,使它把一切句法置于疑问之中。因而,话语总是从逻辑的掌握中溜出来,不断置疑逻辑捕捉其主题的本质,所以,话语带有元话语的反映性。这样,话语本身就是意识诸过程的一种模式,通过这种模式,特定经验领域(原本被简单地视作费力理解的现象领域)经类比与另一些经验领域(本质上已经被人们理解成经验)相融合。

对话语的理解已经超出了逻辑所能把握的范围。话语中的"前后"或"往返"运动违背了逻辑一致性(大前提→小前提→结论)的标准。所谓理解,就是把陌生事物表现为熟悉事物的一个过程,即"把陌生事物从异国情调的或未分类的事物领域移入一个已被编码的经验领域的过程。这个经验领域被认为对人类有用的、无威胁的或只有通过联想才被认识的"[2]。由此可见,把陌生表现为熟悉的过程涉及转义行为。"转义行为就是从关于事物如何相互关联的一种观念向另一种观念的运动,这种转义行为是事物之间的关联,从而使事物用一种语言表达,同时又考虑到用其他语言表达的可能性。"[3]

哈罗德·布鲁姆(Hrold Bloom)将转义看作是相当于心理防御机制的语言防御机制——防御话语中的字面意思,正如压抑、倒退、投射等防御死亡焦虑的心理机制一样。海登·怀特认为:"转义行为是话语的灵魂,因此,没有转义机制,话语就不能履行其作用,就不能达到其目的。"[4]没有转义,话语达不到目的是因为文本与意义之间没有形成一种对立关系。

---

〔1〕 Hayden White. "Introduction: Tropology, Discourse, and the Modes of Human Consciousness", *Tropics of Discourse*. The Johns Hopkins University Press, Baltimore and London, 1978, p. 4.

〔2〕 Hayden White. "Introduction: Tropology, Discourse, and the Modes of Human Consciousness", *Tropics of Discourse*. The Johns Hopkins University Press, Baltimore and London, 1978, p. 5.

〔3〕 海登·怀特:《后现代叙事学》,陈永国译,中国社会科学出版社2003年版,第3页。

〔4〕 Hayden White. "Introduction: Tropology, Discourse, and the Modes of Human Consciousness", *Tropics of Discourse*. The Johns Hopkins University Press, Baltimore and London, 1978, p. 2.

　　转义是对语言字面意义的、约定俗成的或规范用法的偏离,是对习俗和逻辑所认可的表达方式的背离。"通过对所期待的规范表达的变异和通过它们在概念之间确立的联系,转义生成语言或思想的比喻。"[1]因此,转义行为一般来说是比喻的。我们习以为常的比喻原来是"转义"的结果,这就将比喻研究从认识论的价值层面转向了本体论的结构层面上。

　　海登·怀特对转义的探讨就将对比喻的研究推向纵深。当然,海登·怀特对转义的研究使得"话语"以及转义与话语的关系进入了人们的视野。同时,两者之间的关系也成为海登·怀特历史诗学的重要内容。转义理论一经提出,便应用于文学文本、历史文本和哲学文本中的话语分析。在这种分析中,不仅转义的具体内涵逐渐得以揭示,海登·怀特对上述话语分析过程中也生成了其他文学、历史等方面的思想。所以,话语转义的分析又成为海登·怀特进行学术创造的思想平台。

## 二、"阐释"与"解释"——历史话语转义分析案例之一

　　海登·怀特认为,阐释就是当我们不能完全确定应该用何种可能的分析方法描写自己感兴趣的对象或情形时的所作所为。具有前分类和前解释功能的阐释,不同于特殊分析方法所支持的解释和技术性的描写。阐释有种种不同的描写和解释对象、情形的方法。海登·怀特继而指出,在描写性和解释性话语中,它们表述的元层面(meta-levels)可以通过语法和逻辑分析的组合识别出来;在阐释性话语中,元层面的辨别需要本质上显然是比喻的分析方法。"阐释是通过人类意识来理解对象时的思想产物,也是努力确定怎样以及能否完全充分描写和解释这个对象的思想产物。"[2]因而,阐释是转义的而非逻辑的。在此意义上,我们可以认为修辞学(被视为转义的语言基础而非劝说性语言的理论)、话语和文本提

---

[1]　Hayden White. "Introduction: Tropology, Discourse, and the Modes of Human Consciousness", *Tropics of Discourse*. The Johns Hopkins University Press, Baltimore and London, 1978, p. 2.

[2]　Hayden White. "The Rhetoric of Interpretation", *Poetics Today*, Vol. 9, No. 2, 1988, p. 253.

供了一个关于阐释性话语的理解方式。

"阐释是话语中一个主要的转义方式，它类似于常常被用于阐释性话语策略的叙事。"[1]于是，阐释与叙事就具有了某种必然的联系。在清理了阐释与解释和描写的区别之后，海登·怀特又将转义与叙事的关系引入了人们视野。

他认为，组成叙事的连续事件可以通过回忆得到理解，在赋予这些连续事件情节结构之后，它们就拥有了叙事功能。即使如此，这些连续事件也不可以通过三段论方式从一种形式向另一种形式进行逻辑推论的。所以，阐释性话语中的转换序列更像一个横亘于探求一个使历时性系列事件成为事件关系的范式结构之情节结构的通道。阐释与叙事之间的相似表明了话语本质上的比喻本性。正是比喻形态的结构提供了历史叙事中故事之情节化的基础。"一方面，比喻形态引起了话语范式轴上语言、文类、指涉和概念平面之间的相互关系，另一方面，比喻形态的序列控制了从范式轴向语义轴的转移。"[2]海登·怀特以《追忆似水年华》（普鲁斯特）对贝尔·罗贝喷泉描写的比喻分析，来验证和检测自己话语转义理论的合理性、实用性。这段文字再现了一个叙事场景，描写了主人公（马苏尔）试图通过"意识"来理解一个对象——一个作为艺术作品的对象。该艺术品的美是理所当然的，但是它迷人的本性却被认为是不可领悟的。这段文字如下：

> 喷泉位于林间空地的一侧，周围树木环绕，林木美不胜收，不少树与喷泉一样古老。远远望去，喷泉细长的一股，静止不动，仿佛凝固了一般，微风吹拂，才见淡雅、摇曳的薄纱悠悠飘落，更为轻盈。十八世纪赋予了它尽善尽美的纤纤身段，可喷泉

---

[1] Hayden White. "The Rhetoric of Interpretation", *Poetics Today*, Vol. 9, No. 2, 1988, p.254.

[2] Hayden White. "The Rhetoric of Interpretation", *Poetics Today*, Vol. 9, No. 2, 1988, p.256.

的风格一旦固定，便似乎断绝了它的生命。从此处看去，人们感觉到的与其说是水，毋宁说是艺术品。喷泉顶端永远都氤氲着一团水雾保持着当年的风采，一如凡尔赛宫上空经久不散的云雾。走近一看，才发现喷泉犹如古代宫殿的石建筑，严格遵循原先的设计，同时，不断更新的泉水喷射而出，本欲悉听建筑师的指挥，然而行动的结果恰似违背了他的意愿，只见千万股水柱纷纷喷溅，唯有在远处，才能给人以同一股水柱向上喷发的感觉。实际上，这一喷射的水柱常被纷乱的落水截断，然而若站在远处，我觉得那水柱永不弯曲，稠密无隙，连续不断。可稍靠近观望，这永不终断的水柱表面形成一股，可实为四处喷涌的水所保证，哪里有可能拦腰截断，哪里就有水接替而上，第一根水柱断了，旁边的水柱紧接着向上喷射，一俟第二根水柱升至高处，再也无力向上时，便由第三根水柱接替上升。附近，无力的水珠从水柱上洒落下来，途中与喷涌而上的姊妹相遇，时而被撞个粉碎，卷入被永不停息的喷水搅乱了的空气漩涡之中，在空中飘忽，最终翻落池中。犹犹豫豫、反向而行的水珠与坚挺有力的水柱形成鲜明对比，柔弱的水雾在水柱周围迷蒙一片，水柱顶端一朵椭圆形的云彩，云彩由千万朵水花组成，可表面像镀了一层永不褪色的褐金，它升腾着，牢不可破地抱成一团，迅猛冲天而上，与行云打成一片。不幸的是，只要一阵风吹来，就足以把它倾倾斜斜地打回地面；有时，甚至会有一股不驯的小水柱闯到外面，若观众不敬而远之，保持适当的距离，而是冒冒失失、看得入神，那准会被淋得浑身湿透。[1]

海登·怀特认为，人们看到的这一场景似乎是对一个艺术对象的纯

---

〔1〕 普鲁斯特对贝尔·罗贝喷泉描写的这段文字转引自海登·怀特：《阐释的修辞学》，载《当代诗学》第2卷，1988年，"阐释的修辞学和修辞学的阐释"，第256—257页。翻译该段文字时，参考了中译本的《追忆似水年华》（下），李恒基译，译林出版社2001年版，第939—940页。

粹描写,因为它描写的是艺术作品,所以,对艺术品的这种描写只能被阐释而不可以被解释。这一阐释的本身是由对喷泉的四个连续描写(是马苏尔朝喷泉方向运动的不同点上观察的结果)组成的,它们分别暗示了四种转义模式:隐喻(开头至"一如凡尔赛宫上空经久不散的云雾")、转喻("走近一看"至"稠密无隙,连续不断")、提喻("可稍靠近观望"至"便由第三根水柱接替上升")、反讽("附近,无力的水珠"至最后)。转义模式告诉了我们这段短文的叙事逻辑,提供给我们一种再现普鲁斯特的(而不是一般意义上的)阐释中叙事和描写之关系的方法。这一场景有两个分离的比喻作为框架,一个是社会的,另一个是自然的。该段文字以一个水柱"外闯"将靠近它的观众"浑身弄湿"结尾,暗喻了向上流社会靠拢的欢乐。它的开头是在马苏尔看到盖尔芒特亲王将斯万推倒在地,甚至"要把他撵出门外"之后。正是这件事让马苏尔重新审视上流社会对他的吸引力,为此,马苏尔才"集中了几分注意力,想去观赏贝尔罗贝喷泉"。于是,就有了对喷泉的四个描写。这暗喻了作者对自然的向往。

作者首先描写的是从远处遥看喷泉的外观("……远远望去,喷泉细长的一般……更为轻盈")。作者将从远处捕捉到的喷泉印象浓缩成为"苍白和颤动的羽毛"的意象,这是明显的隐喻。这一部分的描写包括对此意象的陈述和提喻(18世纪)、双关("风格")、两个隐喻("顶端"和"云雾")、一个明喻(一如凡尔赛宫上空经久不散的云雾)等比喻语言。所有这些都是为了"水"之喷泉与"艺术品"之喷泉的相似性,而相似性是隐喻模式的基础。

从一个较近的距离上,马苏尔感到喷泉犹如古代宫殿的石建筑。在这个距离观看喷泉,普鲁斯特运用了转喻思维传达马苏尔的感受。在远处,看到的是一股水柱向上喷发;走到近处,看见的却是纷纷喷溅的千万股水柱。在近处看,每一喷射的水柱被落水拦截后纷乱芜杂;在远处看,却觉得那水柱永不弯曲、稠密无隙、连续不断。这段文字中有两个对比:一个是远处观看喷泉的印象与近处喷泉给人的种种感觉的对比;另一个是艺术家设计与它们在艺术作品中之间关系的对比。更重要的是,这段文字提出了传统艺术创作规则与艺术创作中对这些规则的超越之间的复杂关系。这两个句子不仅暗示了普鲁斯特关于整体之对象的表面与实际不同的观念,也说明了比喻对字面意义的产生有重要作用的观念。

海登·怀特认为有两个原因将这段文字看作转喻。首先,它将喷泉的审美外观"还原"为物质实体,因此,该段文字用喷泉外观的物质原因代替了它的视觉结果。转喻式还原在文字上是通过将喷泉的水柱比作古代宫殿坚硬的石柱这一明喻的修辞手法表现出来的。其次,这一段文字清楚地将喷泉的整洁外观"还原"成为似乎违背建筑师设计意愿的现实必需品。这个还原一方面提供了关于艺术创造之本性的洞见,另一方面也提供了阐释艺术品之方法的洞见。

但是,普鲁斯特并没有让我们停留于这些转喻式"还原",他继续以另一种方式描写喷泉,海登·怀特将这种描写称为"提喻"。因为,"可稍近观望……"这句话全部是关于喷泉实际结构的描写,并没有给我们留下"叙事者的印象"。这是本段四个描写中最拘泥于字义的一句,它几乎没有使用一般意义上的隐喻性语言,主要是对水柱的"稠密无隙,连续不断"之效果的本体性解释。我们甚至可以根据作者对喷泉结构的描写勾勒出一个水流喷发途径和水流之间关系的图表。因为过度拘泥于字面意义以及比喻语言的贫乏,仅仅一两次浏览是无法理解这句话的意义的。它不像前一段话一样是还原性的,它只是喷泉的组成成分之间关系的再现,以至于我们分不清这句话的"内容和形式"。以提喻的综合方式,喷泉被"综合地理解"为其各个组成部分的不可分割的一个整体。

对客体的总体化描写之后,阐释还没有完成。随后的文字(即从"附近,无力的水珠"至最后)是从"附近"观看喷泉的反讽式描写。不仅因为在这部分描写中有大量比喻技巧,这引起我们对此前三种描写中比喻模式任意性的注意,更重要的是它是由喷泉拟人化的内在反讽构成。本部分描写的前两个句子是由提喻向对喷泉拟人化之反讽描写的突然转向,后两个句子则让喷泉回归到陈腐水流的状况。

最后的反讽式描写中没有公开提出的谈话主题,也没有诸如"人们感觉"、"人们感觉到……的印象"、"才能给人以……的感觉"或"我觉得"等在其他描写中遇到的语句。这一部分实际上是生动的叙述和形象的再现，充满了隐喻性语言。但是这种隐喻性语言却以一种不同于第一部分那样的隐喻描写的语气，以至于掩饰了这段文字中主导比喻模式指涉的充分性。实际上，这段文字的指涉既不是作为一个整体的喷泉（水从喷嘴喷出的水柱），也不是水柱与喷嘴之间关系结构，而是无数被拟人化的水珠或小水滴，它们被描写成混乱的毫无意义的生活之流的意象。那些翻落池中之前的"洒落"并在空中"漂浮"一会儿的"无力水珠"被赋予了积极的模糊功能，因为动词"卷入"使人想起了舒缓、柔和的诗句。这一比喻的内涵又被转移到了"水柱顶端一朵椭圆形云彩"的描写。但是，通过"不幸的是，只要一阵风吹来，就将它倾斜地打回地面"的提醒和"有时，一小股水柱闯到外面，若观众不敬而远之，会被溅个浑身湿透"的忠告，作者将这些上升的"云彩"处理成稳定性、连续性、完整性、紧迫性的意象。因此，依次经历了抒情的、典雅的和顽皮语气的第四个描写不仅在结构上是反讽的，同时，也修正了对喷泉的其他三个描写。

它与第一个隐喻描写的修正关系十分明显。虽然复制了第一个描写的隐喻模式，但是它用移动性、变化和迅速消失的喷泉意象代替了在第一个描写中出现的静止、僵硬和连续。而且第四个描写中的拟人化成分与第一个描写中喷泉的高贵品性直接对立。该段反讽模式与转喻和提喻的修正关系也很明显。第四个描写中"升起"、"回落"、"搅乱"的拟人性动作用于水柱或水滴"违反"、"分散"了第二个描写中转喻式还原。喷泉水滴的拟人化与着重突出喷泉结构的第三个提喻式描写的精练主题直接对立。

总之，海登·怀特对普鲁斯特贝尔·罗贝喷泉描写的转义分析，不仅明确了各转义模式的内涵，也论证了四个转义模式之间的关系和差异性。同时，也将转义与阐释的关系直观化、形象化，是海登·怀特对文学话语进行实践分析中最具说服力的例子。

### 三、历史话语的诗性特征——历史话语转义分析案例之二

话语从"形成"到"理解"再到被"阐释"，最后到合理地"辨识"出来，经

历了一个转义的过程。海登·怀特对马克思《资本论》中"价值形式"的话语分析就表明了这一点。马克思将价值形式区分为四种形式:简单的(个别的或偶然的)形式、总和的(扩大的)形式、一般形式和货币形式。海登·怀特认为马克思的这一区分使用了黑格尔意义上的辩证策略(上述四种价值形式可以被看作自在的价值,自为的价值,自在、自为的价值,自主、自在、自为的价值),而这种策略实质上是比喻分析。马克思在《资本论》中将简单的价值形式直观化为一个公式:

$$X \text{ 量商品 } A = Y \text{ 量商品 } B$$

(20 码麻布＝1 件上衣)

这个看似简单的算术等式中隐藏着深奥的关系——它表示的是两种事物之间的一种隐喻关系。它表达了相比较的两个事物之间的一种差异性和相似性,即一种"相对价值形式"和一种"等价形式"。因此,简单价值形式可以被解释为任何两种商品之间的一种隐喻关系。某种商品是否被赋予相对的或等价的价值,依据的是它在隐喻性表述的这一边或那一边的位置。马克思说:"一切价值形式的秘密都隐藏在这个简单的价值形式中。"这不仅揭示出了简单价值形式的隐喻性,而且表明在对简单价值的分析中,马克思已经将隐喻理解为一种方法。随后,马克思用比喻策略解释了其他三种价值形式的本质。

总和的或扩大的价值形式不过是以比喻形态出现的商品价值的概念化。商品之间的关系可以表示为无限拓展的系列,"A＝B,B＝C,C＝D,D＝E……"。这一商品关系系列既存在着部分与部分(单个商品与单个商品)之间的关系,也存在着部分与整体(单个商品与交换体系)之间的关系。很显然,这种价值形式可以解释为商品之间的转喻关系。

这一关系系列的扩展,也暗示了存在一切商品共有价值,即价值的一般形式。马克思认为,商品之间的共有价值是"凝固"了消耗在个别商品中的劳动。显然,这是按提喻方式赋予整组商品共有价值。

当人们模糊了商品中价值的真正内容(劳动)之后,商品的共有价值便被表示为一定量的黄金。它使商品能够在交换体系中流通的同时,也具有一种代表一切商品价值权力的荒谬性特征，进而导致"货币拜物教"的出现。马克思对货币价值形式的分析运用了反讽的策略。马克思不仅对价值形式进行分析运用比喻策略，在分析生产方式的发展变化、无产阶级四重运动和社会意识形态中，也隐含着比喻策略。总之，"无论马克思分析什么，无论他分析的东西在社会演化中处于哪个阶段……他都倾向于将研究的现象分为四种范畴或类型，对应于隐喻、转喻、提喻和反讽四种比喻。"[1]

在海登·怀特视野里，不仅马克思的话语里存在着转义现象，19世纪欧洲经典历史大师的话语之间也存在着不同的转义模式。比如，19世纪的历史学家米什莱是按照隐喻模式解释历史话语；兰克则使用提喻方式来构想欧洲的历史话语；托克维尔的前期历史话语倾向于转喻式的，后期陷入了反讽模式之中。布克哈特的历史学则在象征主义和叙事之间的中间地带运用反讽性语言构筑无论在内容上还是形式上都是反讽的实在论历史话语。再如，同样是19世纪的历史哲学家，黑格尔以提喻意识对隐喻和转喻模式提出批判的反讽开始历史思考；马克思以转喻模式为史学作哲学辩护[2]；尼采以隐喻模式为史学作诗学辩护；克罗齐以反讽模式为史学作哲学辩护。

不仅整个19世纪的历史意识形态经历了"反讽→隐喻→转喻→提喻→反讽"的转义发展过程，而且，每一位历史哲学家的话语中也可以识别出历史解释的四种策略。虽然对这些策略术语的称呼不同，但是每一个术语都将历史解释看作一个转义的"光谱"，这个光谱的一极属于隐喻的意识模式，另一极则突出了反讽意识。两个极端的中间阶段可以分成转

---

〔1〕　海登·怀特：《元史学：十九世纪欧洲的历史想像》，陈新译，译林出版社2004年版，第432页。

〔2〕　海登·怀特认为，在历史想象中，马克思"综合"了转喻和提喻的比喻策略。马克思思想的变动范围，一端是转喻式地理解人类在其社会状态中的分裂处境，另一端是提喻式地暗示他在整体历史过程的终点发现的统一。马克思在水平方向上将历史编撰分成了两个层次的现象，用两种语言策略来描述它们，即转喻和隐喻的描述策略。海登·怀特以此分析，来阐明马克思历史话语中的存在的机械唯物主义因素和有机唯心主义因素之间的关系。"转喻与提喻的综合"是马克思用于论述其思想所运用的语言策略；而从历史意识的一个阶段来看，马克思的思想特征体现出了一种转喻的因果关系特征，如生产方式决定生产关系、经济基础决定上层建筑等。以上详见海登·怀特《元史学》一书的第388页。

喻和提喻意识模式(即体现为解释策略就是历史"还原"与叙事"再现")。比如,黑格尔区别的四种历史编撰:普遍的、实用的、批判的和概念的;德罗森伊的四个范畴:心理的、因果的、条件的和伦理的;尼采的四重分类系统:古物收藏的、纪念的、批判的、超历史的,都是以转义为基础的。克罗齐区分的四个历史思想(浪漫主义的、实证主义的、唯心主义的和批判的)最为清楚地代表了历史阐释的转义分析,因为,它们可以分别化解成隐喻的、转喻的、提喻的和反讽的意识形态。

上述历史哲学家中的转义基础表明,这些理论家们意识到了历史作品中的诗歌和修辞的必要性。通过对上述几位历史学家的历史书写的实践活动和历史哲学家的元史学性分析,话语转义是海登·怀特概括出来的一般历史实践的基本特征。这也为他所倡导的历史诗学提供了直接的事实依据和材料证明,因而,历史话语中的转义模式使得历史具有一种内在的诗性特征,这也使得经典历史文本成为文学名著一样的隐藏着种种意义的"诗性结构"[1]。这就意味着历史叙事像经典小说叙事一样具有丰富的文化心理张力和复调思想价值,历史文本"蕴含着趋向于人类未来新的美学生活建构的无限生成性"。[2]

## 第四节 "诗性逻辑":转义的基础性认识论意义

转义似乎无处不在,就连理性思辨活动得以展开之根本的逻辑也是转义的。托多罗夫指出:"逻辑本身不过是转义策略的形式化而已。"[3]维柯在《新科学》一书的第二部分专门论述了"诗性逻辑",他说:"形而上观照各种事物的一切存在的形式,逻辑考虑到一切事物可能指的那一切

---

〔1〕 崔茂新:《论小说叙事的诗性结构:以〈水浒传〉为例》,载《文学评论》2002 年第 3 期,第 144—152 页。

〔2〕 崔茂新:《论小说叙事的诗性结构:以〈水浒传〉为例》,载《文学评论》2002 年第 3 期,第 145 页。

〔3〕 Tzvetan Todorov. "On Linguistic Symbolism", *New Literary*, Vol. 6, No. 1, Autumn 1974, pp. 113-134.

形式。"[1]而逻辑一词来自"逻各斯"，它最初的本义是寓言故事，寓言故事的意思则是"不同的或另一种说法"。希腊文里寓言故事也叫做"mythos"（神话故事），"mythos"又派生出拉丁文"mutus"，"mute"（缄默或哑口无言）。语言在刚产生的时候，"是哑口无声的，它原是在心中默想的或用作符号的语言。"[2]这样，原始人必然用姿态或实物，与要表达的意思相联系。"因此，逻各斯对希伯莱人来说，可以指事迹；对希腊人来说也可以指实物。"这本身就是一种转义的过程。由此可见，海登·怀特所说的"转义"就是维柯的"诗性逻辑"。

海登·怀特认为三段论本身就是转义的证据。从大前提到小前提，即从普遍到一般的转向就是一个转义步骤，因为，每个三段论采取的都是"从普遍命题的平面向个别现存陈述平面运动的决策"。而"普遍命题"本身就是一个引申的提喻，"个别陈述"则是一个引申的转喻。海登·怀特认为，既然古典三段论中存在着转义，那么，在历史、哲学、文学批评以及人文学科中的准三段论或准三段论链也应如此。在此基础上，海登·怀特同意维柯的看法，即话语中的转义模式"不仅反映了意识过程，事实上也是人类为赋予其世界意义而付出的全部努力的基础"[3]。

转义具有基础性的认识论价值，人类意识正是借助于转义模式实现了话语与社会或自然环节的统一。在考察了土俗的拉丁词汇形成原因（根据自然事物的自然本性和可感觉的效果）之后，维柯说："一般地说，隐喻构成全世界各民族语言的庞大总体。"[4]随后，他又指出："凡是语言愈寓于英雄时代的简炼，也就愈美；愈美就愈有表达力；愈有表达力就愈忠实。"[5]那么，究竟这种在隐喻中产生的语言如何得到"简炼"的呢？这种简练是否还有一个复杂的意识活动过程呢？为什么语言的"简炼"能够与

---

〔1〕　维柯：《新科学》，朱光潜译，商务印书馆1997年版，第197页，第400节。

〔2〕　维柯：《新科学》，朱光潜译，商务印书馆1997年版，第197页，第401节。

〔3〕　Hayden White. "Introduction：Tropology, Discourse, and the Modes of Human Consciousness", *Tropics of Discourse*. The Johns Hopkins University Press, Baltimore and London，1978，p.5.

〔4〕　维柯：《新科学》，朱光潜译，商务印书馆1997年版，第226页，第444节。

〔5〕　维柯：《新科学》，朱光潜译，商务印书馆1997年版，第226页，第445节。

"表达力"和"忠实"联系在一起呢？这是维柯在《新科学》里没有具体论述的问题，也是海登·怀特试图回答并力图解决的问题。

海登·怀特指出，话语的"转义"过程经历了从对"怪异"或"危险"现实的隐喻理解，到转喻地把现实分散到临近领域（事件序列或空间场所）中去，再到将现实的诸因素提喻式地"综合"起来分成不同的类、种、属等顺序（即给它们超句法的编序，确立它们作为本质或本质属性的地位），最后"转"而反讽地考虑这种分类的不充分性（即超句法编序中的总体性抵制包容性的那些因素）。海登·怀特所论述的话语的转义过程也可以被视为对上述一系列问题的简单概括。

对现实的隐喻理解是一种模糊的、混乱的理解，这一点维柯曾明确指出，他说"英雄的语言（即，原始时代的语言，）在开始时必然极端混乱，寓言故事暧昧的主要原因就在于此"[1]。但这种模糊的理解是外部世界直接作用于人的视觉、听觉、知觉等感官的结果。对现实世界的隐喻理解久而久之形成了一种感受力。它是人类继续进行其他理解的基础，为随后深入理解提供材料和依据，同时，感受力慢慢构筑起了一个庞杂的感性世界，即一个类比的经验世界。"一切知识体系都起源于用已知的、至少是熟悉的东西对未知进行隐喻的描述。"[2]因而，感受力的有无或差异就决定了隐喻理解的程度与深度。"数学"这门学科便是人类感性世界之结晶。

在事物之间的类比经验基础上形成的对世界的转喻理解是一个由陌生到熟悉的认识过程。主体把对事物的独特感觉定性为事物的特殊性。运用隐喻基础上形成的语言，以"名称转移"的方式，认识主体将客观的秩序世界分成两个存在方式：因与果的方式和行动者与行为的方式。转喻理解"是一个诗学策略，可用来将临近的实体简化为互相作用的地位"[3]。比如，用事物的一个部分的名称来代替整个事物。康德在《纯粹

---

〔1〕 维柯：《新科学》，朱光潜译，商务印书馆1997年版，第229页，第446节。

〔2〕 Hayden White. "Foucault Decoded: Note from Underground", *Tropics of Discourse*. The Johns Hopkins University Press, Baltimore and London, 1978, p.252.

〔3〕 Hayden White. "Foucault Decoded: Note from Underground", *Tropics of Discourse*. The Johns Hopkins University Press, Baltimore and London, 1978, p.253.

理性批判》中指出:通过感性,对象被给予我们;通过知性,对象则被我们思维。[1]同时,他还指出:"知性,作为思维能力(用概念表象事物)也被区别于高级的认识能力(以区别于低级的认识能力,即感性)。"[2]"以概念表象对象"的知性就是海登·怀特所言的"名称转移"的转喻。

但,知性也只是相对于感性而言的高级认识能力,在此认识环节上,认识主体还不具有将事物的抽象形式和属性从事物本身剥离出来的整体概括力,这种整体概括力正是维柯所说的"寓言故事或想像性的共相"[3]。所以,黑格尔在《论自然法的科学研究方法》中说:"没有知性的理性是虚无,没有理性的知性是某物。"[4]更确切地说,没有理性的知性是某物的某一方面,即特殊性。

原始人很容易将一种自然现象(比如,电闪雷鸣)视为一种情感状态("发怒"),并且"在感觉世界中最突出的东西,能被最生动地感觉到的东西,最容易被注意到的东西都具有特殊性"[5]。主体对事物最为特别的地方感兴趣,并对此加以细化分类,通过这种分类,"各族人民的心智就成长得更快,发展出抽象能力,这样就为哲学家们的来临开辟了道路,让哲学家们形成了理智性的类。"[6]因此,此阶段的认识主体实际上是情感主体。在感受力的基础上,认识主体也就拥有了一种被情感(比如,原始人对自然现象的恐惧、神秘感)所左右的知性判断力,同时,经过这一阶段的理解,语言愈来愈简炼,其所指也进一步明朗。

到了提喻式理解阶段,认识主体由对事物的具体特殊性转向了抽象的一般。在这一阶段,认识主体形成了对事物的整体把握的本质抽象能力,维柯将这种本质抽象能力称为"通过散文手段形成"的"理性的哲学共相",并且认为它晚于"寓言故事或想像性的共相"。而对这种"共相"的寻

---

〔1〕康德:《纯粹理性批判》,邓晓芒译,人民出版社 2004 年版,导言,第 2 页。

〔2〕康德:《实用人类学》,邓晓芒译,重庆出版社 1987 年版,第 84 页。

〔3〕维柯:《新科学》,朱光潜译,商务印书馆 1997 年版,第 235 页,第 460 节。

〔4〕章忠民:《从知性到理性的超越》,载《福建论坛(文史哲版)》2000 年第 3 期,第 52 页。

〔5〕Hayden White. "The Tropics of History: The Deep Structure of the New Science", *Tropics of Discourse*. The Johns Hopkins University Press, Baltimore and London, 1978, p. 206.

〔6〕维柯:《新科学》,朱光潜译,商务印书馆 1997 年版,第 236 页,第 460 节。

求一直是西方哲学的"重头戏",柏拉图的"理念"、亚里士多德的"形式"、康德的"物自体"、黑格尔的"精神"、海德格尔的"存在"等,无不是对这种具有终极意义的"本原"进行理性抽象的结果。西班牙哲学家加赛尔说得好:"所谓求知,就是不满足于事物向我们呈示的面貌,而要寻索它们的本质。"[1]本质追寻是人类理解世界的主要途径和必然阶段。"从对具体事物的感受里培养起来一种抽象能力,这乃是文明的不归之路,也是哲学活动的一种归宿。"[2]这种抽象的理性能力帮助人类告别了洪荒野蛮的愚昧时代。在提喻式理解阶段,理性抽象力"完全打破了感性的昏暗、知性的偏执,将有限与无限、现象与本质、认识与对象融为一体,进入了一而二、二而一的自身矛盾的对立统一"[3]。

对世界的反讽理解一改前三种对现实陈述的客观性诉求之思维模式,在主观上对已取得的知识成果进行自审,以便去芜留精,分清事实与虚假。反讽假定了现实的陈述与再现的现实之间的分歧。这是原始人在培养了感受力、判断力、抽象力之后形成的又一种能力——具有领悟与反思意义的思辨力,经过这种能力,人们最终对历经几个阶段转换形成的真理性知识作出伦理道德方面的价值取舍。

话语的隐喻、转喻、提喻、反讽的转义过程就是一个人的感觉力、判断力、抽象力和思辨力四种能力的形成过程。这一转义的思维过程使客观真理拥有审美的、认知的、抽象的和伦理的维度。这是一个由"眼"到"身"、到"脑",再到"心"的知识"内化"的过程,也是由"感性"到"知性"、到"理性",再到"德性"的不断深化的知识积累过程,同时,还是一个伴有价值取向、情感判断和伦理意志的超越知识之维的思想"升华"。因此,转义具有基础性的认识论意义。

---

〔1〕 徐岱:《美学新概念——21世纪的人文思考》,学林出版社 2001 年版,第 290 页。

〔2〕 徐岱:《美学新概念——21世纪的人文思考》,学林出版社 2001 年版,第 290 页。

〔3〕 章忠民:《从知性到理性的超越》,载《福建论坛(文史哲版)》2000 年第 3 期,第 55 页。

## 第五节　转义的生物本体论基础及其在潜意识中的存在

不仅如此，话语的这一转义过程还具有生物性的本体论基础。海登·怀特话语转义学的贡献就在于既提供了"转义"的认识论意义，展示了转义模式在话语、现象中的运思过程，开掘出人类理性知识之源的深层原因；也发现了"转义"的生物性本体论基础和它在人类潜意识中存在的依据。海登·怀特认为，皮亚杰关于儿童认知发展的研究为自己的话语转义提供洞见。比喻和转义作为对世界理性认识的基础性的地位，在卢梭、尼采、黑格尔等人那里也有过相关论述。

海登·怀特认为这些转义过程与皮亚杰所说的"格式塔"（gestalt swithes）转换或认知领域里的"重构"（reconstruction）相呼应。皮亚杰指出，儿童认知过程的形成，即儿童感觉运动过程，经历了四个阶段、三次转变，海登·怀特认为这一认知过程本身就是一个漫长的转义过程。皮亚杰认为，婴儿还没有自我与他者的观念之分，所有物体都是以婴儿自身身体为中心的同质引申，他们生活在类比经验中，这类似于原始人认识世界的模式。维柯也有同样的观点，"人在无知中就把他自己当作权衡世间一切事物的标准……人把自己变成整个世界了。"[1]这样，无生命的事物也具有了感觉和情欲。而"类比"经验的形成就在于人们对差异的理解。这种基于差异性的相似性认同（身体与世界的一致性）就是儿童和原始人的早期的自然隐喻认识模式。皮亚杰认为这一感觉运动阶段持续一年半左右的时间。

婴儿在1岁半之后经历的认知模式开始发生变化，他们对世界的意识从隐喻意识过渡到了转喻意识。这种转换，皮亚杰称之为"可实证的哥白尼革命"。在这一发展过程中，儿童"原本自我中心空间的彻底解体"，即将一般的空间概念具体化。而空间概念的具体化是象征功能的必要条

---

[1]　维柯：《新科学》，朱光潜译，商务印书馆1997年版，第201页，第405节。

件。18 个月之前不存在对临近关系(空间关系)的理解,有的只是没有时空界限的经历。18 个月后,儿童可以理解事物之间的临近关系(空间关系)。海登·怀特认为,没有"哥白尼革命"式的转喻能力,象征化、言语和思想是不可能的。

然而,在 7 岁时,"儿童的发展又出现了一次根本的转折。他具备了一些逻辑能力;他能够通过考虑颠倒性、考虑总体系统来协调运作。"[1]这种逻辑是关于实体事物的集合或分类逻辑,也是赋予非实体之物以超时空的关系逻辑、数字逻辑。"它是一种逻辑,是说那些运作都是相互协调的,在整个系统中都是分门别类的,并有它们的总体性规律。"[2]这种逻辑能力使得儿童的行为可以相互协调,形成了一种对事物整体把握的能力。"皮亚杰发现了提喻的遗传基础,正是在这种基础上儿童把事物作为整体的各个部分加以构成,或把实体集合起来,作为分享相同本性的一个总体的诸要素。"[3]显然,儿童在这个年龄阶段具有了一种抽象的综合能力。

随着少年时期的到来,"儿童不仅能够就可操纵的物体进行推理和演绎,如排列木棒、计算收集的物体的数量,但他也能够就理论和命题进行逻辑和演绎推理……这可以称作命题的逻辑。"[4]儿童在经历了以身体为中心的感觉阶段、象征化和语言能力阶段以及关系逻辑和分类逻辑阶段之后具有了命题能力,这是一种对"反映本身进行反映的能力",柯林伍

---

〔1〕 Hayden White. "Introduction: Tropology, Discourse, and the Modes of Human Consciousness", *Tropics of Discourse*. The Johns Hopkins University Press, Baltimore and London, 1978, p. 8.

〔2〕 Hayden White. "Introduction: Tropology, Discourse, and the Modes of Human Consciousness", *Tropics of Discourse*. The Johns Hopkins University Press, Baltimore and London, 1978, p. 8.

〔3〕 海登·怀特:《后现代历史叙事学》,陈永国、张万娟译,中国社会科学出版社 2003 年版,第 12 页。

〔4〕 Hayden White. "Introduction: Tropology, Discourse, and the Modes of Human Consciousness", *Tropics of Discourse*. The Johns Hopkins University Press, Baltimore and London, 1978, p. 9.

德称之为"第二秩序的意识"、"关于思想的思想"。[1] 这种思想能力不是自发的，而是自觉的。海登·怀特认为这不仅是对以前的隐喻的、转喻的、反讽的意识阶段的运作持批判态度，也批判这些运作的结构。少年时期，儿童不仅具备逻辑能力，还具有了反讽的能力。据此，儿童不仅"以特殊的方式谈论世界，还以各种可选择的方式谈论世界"。

皮亚杰认为，儿童的整个认知发展过程是沿着一条共时性光谱伸展的并在历史性序列得以详尽阐述的过程。因此，他并没有将反讽思维模式视为高于前几个年龄阶段出现的特定思维模式。它们没有全被抹杀掉，而是"在本体遗传过程中被保留、超越、通化到后续的模式中来"[2]。

皮亚杰认为，逻辑思想不是随着言语的到来而到来的，这表明四重比喻形式之间的转义是以儿童心里遗传的天赋为基础，它们分别出现在儿童认知能力形成的四个发展阶段，即感觉运动阶段、再现阶段、运作阶段和逻辑阶段。

海登·怀特认为，这种具有生物遗传性的转义结构还出现在人的无意识阶段。弗洛伊德对梦的机制的分析就是一种转义分析。他认为梦的工作中有一个历时性维度，分别为"浓缩"、"置换"、"表征"、"二次修订"。比喻的修辞理论是弗洛伊德时代的高中和大学所教授的课程，"弗洛伊德只不过在梦的心理动力中重新发现了已经被明确解释为修辞转义的那些改造性模式，或无意识的将其强加于梦的心理动力之上。"[3] "一个转义就是一个字面的'转向'，或者是从字面言语、语言的习惯意义和秩序的

〔1〕 Hayden White. "Introduction：Tropology，Discourse，and the Modes of Human Consciousness"，*Tropics of Discourse*. The Johns Hopkins University Press，Baltimore and London，1978，p. 9.

〔2〕 Hayden White. "Introduction：Tropology，Discourse，and the Modes of Human Consciousness"，*Tropics of Discourse*. The Johns Hopkins University Press，Baltimore and London，1978，p. 10.

〔3〕 Hayden White. "Introduction：Tropology，Discourse，and the Modes of Human Consciousness"，*Tropics of Discourse*. The Johns Hopkins University Press，Baltimore and London，1978，p. 14.

分离。"〔1〕

综上所述,海登·怀特不仅对话语进行转义分析,指出转义的认识论意义,而且还详细论述了转义的生物本体论基础和它在人类的潜意识中的存在。随后,海登·怀特以转义理论分析了汤普森的《英国工人阶级形成》中的工人阶级意识的形成,还指出维柯的《新科学》就是"历史的转义学"。而海登·怀特通过转义理论对福柯著作和思想的分析更是别具一格。可以看出,在海登·怀特视野里转义不仅具有本体论意义,还具有认识论和方法论的价值。转义不仅是话语的灵魂,还是海登·怀特历史诗学的"内核"。可以这样认为,海登·怀特的历史诗学本质上是一种"转义现象学"。

---

〔1〕 Hayden White. "Freud's Tropology Dreaming", *Figural Realism*: *Studies in the Mimesis Effect*. The Johns Hopkins University Press, Baltimore and London, 1999, p. 104.

# 第七章　历史诗学视野里的海登·怀特

## ——故事解释与话语转义理论的文艺学内涵

海登·怀特历史诗学具有丰富的文艺学思想内涵。首先,它通过强调波德莱尔所忽略的审美现代性中的历史性之维,为艺术语义学做历史性与现代性的双重"辩护"。波德莱尔将历史性理解成永恒性的同时,也将历史性理解为历史主义。历史性不同于历史主义。历史性是一种"历史感"(历史意识),历史性意味着人在本质上是一种"历史存在物";而历史主义则是一种历史方法至上论。如果将历史性当作历史主义加以否定,那么,现代性会让我们变成那位失去控制的"长发男孩"(马歇尔·伯曼)。因此,海登·怀特的历史诗学是一种现代性转换范式与实践,海登·怀特也是一个现代主义者而非后现代主义者。其次,海登·怀特的历史诗学方法不仅是一种探寻历史意识普遍模式的历史批评方法,还提供一种新的文学批评方法。海登·怀特的历史诗学作为一种新的文学批评方法与格林布拉特等人的新历史主义文学批评方法之间既有差异也有共同之处。

## 第一节　历史诗学：为艺术语义学做历史性与
现代性的双重"辩护"

### 一、历史诗学与艺术语义学

1897 年，法国学者布雷尔《语义学探索》（*Semantics：Studies in the Science of Meaning*）一书的出版标志着语义学从语言学中分离出来。随后，语义学逐渐走入人们的视野。20 世纪 30—40 年代主要是普通语义学研究阶段，40—50 年代逻辑学家和哲学家侧重于意义的研究，60 年代以后受到结构主义的影响，语义学又深入到与表层结构相对的意义结构的探究。此后，语义学成为哲学、人类学、历史学、符号学等学科研究的中心课题。赖尔（Ryle）指出，"沉醉于意义理论成了当今英美澳哲学家们的一种职业病。"[1]这也不足为奇，因为，语义学研究已成为诸多学科现代性转换的途径之一。艺术语义学研究也是如此。它是艺术现代性转换的途径之一。如果说语义学以语言的意义为研究对象，那么艺术语义学则以艺术的意义为关注中心。从广义范围来说，艺术语义学可以运用各种理论方法（比如，现象学、结构主义、形式主义等）探究艺术作品的意义。"对意义结构的普遍关心，有助于解释在一切现代主义艺术中对自身媒介本质的强调；在文学方面，这既是指语言本身，也是指文学风格和形式。"[2]从狭义角度来看，艺术语义学主要指运用语言学分支的语义学成果来探究艺术的奥秘。

海登·怀特的历史诗学正处于语义学向其他各学科渗透的初期。借鉴了语义学的最新研究成果，海登·怀特开始了对历史的现代性转换"工程"。比如，在《元史学》中，海登·怀特对黑格尔的历史著作《历史哲学》从"作为结构的历史领域"和"作为过程的历史领域"进行了语义学的解

---

〔1〕 王寅：《语义理论与语言教学》，上海外语教育出版社 2001 年版，第 4 页。
〔2〕 迈克尔·莱文森：《现代主义》，田智译，辽宁教育出版社 2002 年版，第 20 页。

读。第一种解读，"历史就被理解为情感的混乱状态，其中充斥着自私自利、暴行、希望的破灭。"[1]第二种解读，"将我们带到了另一个理解层次……用一种文化成果的形式或类型的连续性构成的想像来替代了那种混乱的想像，这是对悲剧形态下所赋予的东西进行直接地理解。"[2]对兰克的历史作品，除了从"历史分析的语法"、"历史事件的句法"两个语言学层面上进行解读之外，还从"历史解释的语义学"层面上分析兰克的国家观念。在论述托克维尔的《美国的民主》一书时，海登·怀特也对其进行了语义学的解读，专门以"美国历史的语义学"为小标题加以突出。

另外，海登·怀特对布克哈特的《暴力与自由》、马克思的《共产党宣言》也都是从语义学的角度进行解读的。因为从一个崭新的视角来看这些经典著作，海登·怀特的解读给人一种耳目一新之感。这已完全是不同于过去那种呆板、毫无生气的历史写作或历史研究。在历史虚构性的前提下，从对历史文本的语义学解读迈出第一步，海登·怀特开始了他的历史诗学构建。海登·怀特的历史诗学可视为一种广义的艺术语义学。

这就意味着海登·怀特的历史诗学"构建"是历史学领域里的现代性转换"工程"。在实证主义方法中，通过对事实的强调，对象（作品文本）的历史性得到重视，而研究者或历史书写者的"历史性"却完全淹没在它的"客观性"之中。海登·怀特说："事实总是优于对事实的解释，在传统历史话语中尤其如此。"[3]海登·怀特不仅指出为什么解释，也在实践上告诉我们怎样解释。这是海登·怀特在当时刚刚兴起的接受主义文论和较为成熟的形式主义文论影响下，将作品的历史性与研究者的历史性，同时还有读者的历史性加以通盘考虑，使得三者关联起来。

历史的语义学是历史的现代性转换的一个环节。这种转换过程中，

---

[1]　海登·怀特：《元史学：十九世纪欧洲的历史想像》，陈新译，译林出版社 2004 年版，第 143 页。

[2]　海登·怀特：《元史学：十九世纪欧洲的历史想像》，陈新译，译林出版社 2004 年版，第 152 页。

[3]　海登·怀特：《元史学：十九世纪欧洲的历史想像》，陈新译，译林出版社 2004 年版，第 326 页。

尽管海登·怀特强调断裂的历史,但是他并没有否定历史的历史性之维,他暗示历史不同于历史性,历史性不一定存在于历史学科中,从历史性和现代性两个维度上丰富了历史语义学,进而也丰富、证明了艺术的语义学维度及其价值所在。解释的前提是承认"艺术事实"。当代学者徐岱指出,可以将对待"艺术事实的态度作为区分现代艺术与后现代艺术的标准"[1]。他认为从柏拉图、亚里士多德一直到康德、黑格尔、海德格尔都围绕"艺术事实"而展开艺术的思考(广义的艺术语义学)。所谓"事实就是有明确的对象和客体"[2],即艺术的客观性得到承认。他们都不否认"艺术事实",然而,后现代者们却不承认"艺术事实"的存在。现代及前现代美学的主题是:"诗学何为?""艺术品中有什么样的价值?"而后现代美学则说:艺术何在? 艺术有存在的价值吗?

当年,杜尚将名为《喷泉》的"小便池"放到艺术展览上意味着他根本不承认艺术是一种事实。"在这个世界中,理想无容身之地。在柏格尔看来,先锋派毫无道理地反对那无效的唯美主义的否定模式。在这种矛盾对抗中,先锋派采用了把艺术重新整合进生活实践的策略,艺术那美的幻觉应被转换成现实生活领域。从这个意义上说,先锋派不再生产艺术品,而是生产'刺激'。"[3]其实,理查德·沃林这位美国教授对先锋派生产刺激的评价何尝不适用于后现代艺术(从某种意义上说,后现代是今天的先锋派)呢? 杜尚的《喷泉》何尝不是一种"艺术刺激"呢? 不过,这是一个具有重要的艺术史意义的"刺激"事件,从此以后,几千年以来的人们对艺术客观性根深蒂固的观念动摇了,人们开始怀疑到底有没有一种可以称之为"艺术"的东西存在。其实,杜尚已经揭开了后现代的序幕。他是在"现代性"问题还没有清晰地展现在人们面前的时候就提出了这一问题。

从对艺术事实的承认和对艺术语义学的实践的事实上来看,海

---

〔1〕 徐岱:《基础诗学——后形而上艺术原理》,浙江大学出版社 2005 年版,第 51—93 页。

〔2〕 徐岱:《基础诗学——后形而上艺术原理》,浙江大学出版社 2005 年版,第 29 页。

〔3〕 理查德·沃林:《文化战争:现代与后现代的争论》,转引自周宪:《文化现代性精粹读本》,中国人民大学出版社 2006 年版,第 290 页。

登·怀特并不属于后现代历史学家的行列。在发表于 1992 年 10 月的名为《文学边缘化时期》的论文里，海莫尔法教授批评海登·怀特用后现代历史概念再现历史时，海登·怀特说："不！我认为自己的历史再现是现代主义的。我的整个思辨的形成，我的研究进展都在现代主义的范围之内。"〔1〕可见，海登·怀特始终是将自己视为现代主义历史学家的，这意味着海登·怀特在《元史学》一书中提出的"历史诗学"是现代性转换的范式，而且他还在书中将这一理论范式付诸现代主义历史的实践创造之中。

## 二、历史诗学：现代性转换的范式与实践

当前，现代性与后现代性的问题是学术界炙手可热的问题。它们几乎"涉足"于人文学科的所有领域。这两大思潮的具体理论主张不仅十分庞杂，而且两者的分界也不很明显，同时各自的理论体系还不完整。但它们有一个共同特点，就是对传统，尤其是对历史的反叛和"戏拟"。这在一定程度上给人们带来了思想的混乱和信仰的危机。人们从来没感到过如此空虚，如此脆弱。"一切坚固的东西都烟消云散了。"（马歇尔·伯曼）"歌德将物质世界的现代化视为一种崇高的精神成就，歌德笔下的浮士德……既是英雄也是悲剧人物。"〔2〕当今世界几乎就是歌德笔下世界的翻版：在文明的进程中我们不由自主地"颠簸"，"我们无穷无尽地随波逐流"，人类的革故鼎新的能力在毁灭着自己，价值观念"变形"，"光环在丧失"。因此我们需要对给人类带来极大的物质进步的现代化进行批判和反思。

于是，反叛现代性的后现代性在人类还没有完全解决好现代性问题的时候又悄然降临（至少，在中国是这样的情况）。在解构主义的浪潮中，"后现代"者们的目的不仅是使价值观念"变形"和"光环丧失"，而是彻底取消价值观念，根本就不承认有"光环"这东西的存在，大有涤荡世间一切

---

〔1〕　Ewa Domanska. "Human Face of Scientific Mind: An Interview with Hayden White", *Storia Della Storiografia*, Vol. 24, 1993, p. 14.

〔2〕　马歇尔·伯曼：《一切坚固的东西都烟消云散了》，徐大建译，商务印书馆 2003 年版，第 85 页。

观念、扫尽天下所有思想的架势。可用歌德《浮士德》中魔鬼靡非斯特的"我是否定一切的精神"[1]这句话来概括后现代者们咄咄逼人的激进锋芒。

然而,事实并非如此。真正"坚固"的东西会那么容易消失吗?我们真的不需要"坚固"的东西吗?我们不需要"光环",但是这并不代表我们不需要真实的人生。现代性反思也好,后现代性批判也好,如果不给真正的崇高和真实的人生留下一丝希望,那么,这种批判和反思便会"走火入魔"。"现代性是现实与过去斗争的方法,旨在描绘它的时代,反对学究气、事关宏旨的问题。"[2]现在看来,现代主义者的整体形象很像歌德笔下的浮士德,尽管他们是悲剧性的英雄,却有一种追求上进、永不言败的乌托邦精神;而后现代者的总体形象却像是引诱浮士德堕落的魔鬼靡非斯特,让人堕入目空无人、虚无主义的深渊。"对元叙事的怀疑"(利奥塔)是在现代性将总体性、一体化批评得"体无完肤"之后的推波助澜。正如齐格蒙·鲍曼指出的那样,"知识分子不再立法,仅仅阐释。"[3]"没有立法的阐释"就是没有本体论的认识论,也就是没有明确目标的解释,这无异于"痴人说梦"。这给我们带来的只是随心所欲的"语言游戏的流动网络"。[4]置身于这种网络之中,人便会无所适从。然而,人这种政治动物(亚里士多德)、理性动物(笛卡儿)、情感动物(苏珊·朗格)、审美动物(尼采)、经济动物(马克思)、符号动物(卡西尔)是最需要一种精神支撑的,上述西哲们关于"人"的不同定义只是从不同方面探寻人的精神需求而已。海德格尔的那条"林中路"何尝不是一条(具有人类普遍性的)"精神"荫护下的可供我们走来走去的带来"生之喜悦"的小径呢?人所面临的不是需不需要本体论的问题,而是需要什么样的本体论的问题。"后现代主义艺

---

〔1〕 马歇尔·伯曼:《一切坚固的东西都烟消云散了》,徐大建译,商务印书馆 2003 年版,第 112 页。

〔2〕 安托瓦纳·贡巴尼翁:《现代性的悖论》,转引自周宪:《文化现代性精粹读本》,中国人民大学出版社 2006 年版,第 240 页。

〔3〕 Zygmunt Bauman. "Legislators and Interpreters", Polity Press, Cambridge, 1987.

〔4〕 大卫·莱昂:《后现代性》,郭为桂译,吉林人民出版社 2004 年版,第 23 页。

术的零度美学导致了情感的完全丧失……在后现代的情感平面化的景观中，人们被剥夺了感受自身异化的能力。这就是万花筒式的景观社会的关键所在。"[1]我们需要一个这样的社会吗？的确，我们不应该把"虚幻"当作"真实"，但是，更不应该把"真实"当作"虚幻"。前者是一种理想主义和乌托邦思想，这会给人类留下"生"之希望和勇气；后者是一种虚无主义和消极厌世的根源，它会让人彻底绝望、丧失"生"之信念。

在如何对待现代性、后现代性的问题上，海登·怀特的历史诗学给了我们一个启发，即艺术的现代性转换是必需的，但不能抛弃艺术的历史性维度。海登·怀特的历史诗学给历史学的现代性转换提供了一个可供借鉴的理论范式与实践（在某种程度上，这也是艺术实践中现代性转换的范式与实践，因为，海登·怀特所谈论的内容已经大大超出了历史学的范围，指向整个人文艺术领域）。

海登·怀特故事解释和转义模式是他早年反思历史学科得失、勾画历史未来发展方案的具体实践。他说："……不应该用仅在数学和实验学里正常使用的批评标准来评价历史判断。所有这些都意味着，历史是一种艺术。"[2]艺术家、社会学家，尤其是文学家对历史都抱有敌意。海登·怀特列举了一长串攻击历史的文学家，比如，纪德、易卜生、托马斯·曼、萨特、伍尔夫、普鲁斯特、卡夫卡、劳伦斯等。艾略特《米德尔马契》中的卡索本、易卜生笔下的特斯曼、萨特《恶心》中的罗昆丁，还有纪德《败德者》中的米歇尔，都是历史学家的负面形象。海登·怀特指出，法国存在主义两大阵营的领袖人物萨特和加缪对历史意识都抱有敌意。"尼采痛恨历史甚于痛恨宗教。""历史培育了一种使人虚弱的窥阴癖"、"培育了堕落"、"诱发了虚假道德"。[3]加缪小说的主题就是"纯粹的历史思想是

---

[1]　理查德·沃林：《文化战争：现代与后现代的争论》，转引自周宪：《文化现代性精粹读本》，中国人民大学出版社 2006 年版，第 301 页。

[2]　Hayden White. "The Burden of History", *Tropics of Discourse*. The Johns Hopkins University Press, Baltimore and London, 1978, p. 27.

[3]　海登·怀特：《后现代历史叙事学》，陈永国、张万娟译，中国社会科学出版社 2003 年版，第 39 页。

虚无主义的"〔1〕。用易卜生笔下的斯特曼妻子海达的话说就是,他们"早晨,中午,晚上,除了文明史,别的什么都不听"〔2〕。对于来自人文社科领域的批判,海登·怀特说,"简言之,现代作家对历史学家的攻击也是一种道德攻击,但科学家只是谴责历史学家在方法或智力上的失败,而艺术家则谴责他缺少感性或意志。"〔3〕

这与其说是来自作家、科学家、艺术家对历史的批判,不如说这是海登·怀特对传统历史的不满。"融入自我的重要性中的是他者的重要性。"〔4〕海登·怀特分析人们对历史的指责,实际上是反思历史自身的诟病,汲取历史批判的合理性,重新确立历史的尊严,改造历史研究,把"现在"从历史的负担中解放出来。他说:"问题不是如何进入历史,而是如何走出历史。"〔5〕

历史诗学就是在这个背景下提出来的。我们可以将历史诗学的复杂内容简单地图式化为历史解释的四重模式——从审美感受的、认识推理的、伦理道德的和深层意识的四个层面上展开对历史著作的深入分析。这不仅是为历史研究提供一个可以操作的模式,也是意在鼓励创造出更多具有真实性、丰富性、趣味性、可读性的历史精品。

海登·怀特发现,过去的历史学家要么是"崇古派",要么就是"文化嗜尸成癖者",这是对没有现代精神的历史学家的十分形象的嘲讽。海登·怀特提出的四种历史解释模式主要是重塑历史的价值,他提醒人们"不是把这种研究作为自身的目的,而是作为一种方式,为透视现在提供

---

〔1〕 Hayden White. "The Burden of History", *Tropics of Discourse*. The Johns Hopkins University Press, Baltimore and London, 1978, p. 38.

〔2〕 Hayden White. "The Burden of History", *Tropics of Discourse*. The Johns Hopkins University Press, Baltimore and London, 1978, p. 33.

〔3〕 Hayden White. "The Burden of History", *Tropics of Discourse*. The Johns Hopkins University Press, Baltimore and London, 1978, p. 31.

〔4〕 怀特海:《思维方式》,刘放桐译,商务印书馆 2004 年版,第 105 页。

〔5〕 Hans Bertens and Joseph Natoli. *Postmodernism: The Key Figures*. Blackwell Publisher, 2002, p. 322.

更多视角,从而促进我们对自己时代的特殊问题的解决"〔1〕。过去那种陈旧的客观性历史观念,会使历史学家陷入"编年史框架的叙事窠臼"。这正体现了尼采的那句"敏感的艺术家总是对现状不满"。海登·怀特反叛传统历史的色彩很浓厚、对历史的现代性转换的诉求相当强烈。最主要的转换方式在海登·怀特看来就是通过汲取现代艺术的养分,使现代性的种子能够在历史沃野里生根发芽。这种以艺术性的强调来实现现代性转换的策略颠覆了传统的逻辑实证主义历史。

当然,他并未完全拒绝传统历史。尽管他主张"断裂的"、"破碎的"历史,但是在实际的历史实践中注重的却是历史传承性。置身于 20 世纪后期,海登·怀特不仅在博士期间主修中古历史,而且在分析 19 世纪自己喜欢的历史学家时,也上溯到启蒙和前启蒙时期的史学。可见,他没有摒弃"历史的历史"。

他对 19 世纪的经典历史著作最为推崇,尤其是对能够自觉进行现代性转换的历史学家兰克、布克哈特等人大加赞扬。他说:"布克哈特尽管满怀叔本华的悲观主义(甚至是由于这种悲观主义),但他却愿意试验他所处时代最先进的艺术技巧。他的《文艺复兴时期的文明》可以看作是印象派历史修撰的一次练习,如绘画领域的印象派或诗歌领域的波德莱尔一样,他以自己的方式从根本上脱离了 19 世纪的传统修撰。"〔2〕

不仅如此,布克哈特现代性的典型表现还在于"成功地把一个瞬间形式强加在一个无序的世界之上"〔3〕。而波德莱尔对现代美推崇的原因就在于现代美是一种瞬间美,现代艺术的最为得意之处就是对碎片化的外在世界的捕捉。

布克哈特的历史书写具有那个时代少有的现代性意识,这不是海

〔1〕　Hayden White. "The Burden of History", *Tropics of Discourse*. The Johns Hopkins University Press, Baltimore and London, 1978, p. 41.

〔2〕　Hayden White. "The Burden of History", *Tropics of Discourse*. The Johns Hopkins University Press, Baltimore and London, 1978, p. 44.

〔3〕　Hayden White. "The Burden of History", *Tropics of Discourse*. The Johns Hopkins University Press, Baltimore and London, 1978, p. 44.

登·怀特的主观臆测,因为,即使是现在,"初学历史的学生——还有不少专家——都感到布克哈特棘手,因为他打破了历史叙述就是'讲故事'的教条。"[1]历史书写的现代性意识在布克哈特身上深深地打下了烙印,以至于影响了今人对他的阅读。洛维茨将布克哈特看成是"第一个具有不可否认的古典身份的现代历史学家"[2]。

可以这么认为,在《元史学》一书中,海登·怀特对八位史学大师经典文本的四重模式解读是一种对他们的历史著作中所体现出的现代性的探究,对19世纪历史意识的分析也是对19世纪历史学家们现代意识的梳理。海登·怀特运用20世纪最新的艺术技巧构建其历史诗学,这本身就是现代性的转换的一种尝试。海登·怀特将那个时代历史文本的现代性当作今天的历史性来看待的,否则海登·怀特就不会说:"事实上,当许多当代历史学家谈到历史的艺术时,他们似乎想到一种艺术观念,这种观念只能把19世纪小说当作一种范式来接受。"[3]

海登·怀特还曾尖锐地指出:"历史学家仿佛相信,历史叙述唯一可能的形式就是19世纪末英国小说中所用的那种形式,其结果必然是历史'艺术'自身的逐渐老化。"[4]反对传统却又从传统中寻求突破,这似乎是矛盾的。但是,对传统,海登·怀特是有取舍的。他反对的是历史主义,接受的是历史性。强调虚构性的历史诗学是为了拯救历史,而不是毁灭历史。通过现代艺术技巧拯救历史,意味着海登·怀特对艺术历史性的强调。历史性是艺术语义学的重要一维。这里关键是区分历史、历史性与历史主义的不同。

---

[1] Hayden White. "The Burden of History", *Tropics of Discourse*. The Johns Hopkins University Press, Baltimore and London, 1978, p.44.

[2] Hayden White. "Interpretation in History, the Tropics of History", *Tropics of Discourse*. The Johns Hopkins University Press, Baltimore and London, 1978, p.79.

[3] Hayden White. "The Burden of History", *Tropics of Discourse*. The Johns Hopkins University Press, Baltimore and London, 1978, p.42.

[4] Hayden White. "The Burden of History", *Tropics of Discourse*. The Johns Hopkins University Press, Baltimore and London, 1978, pp.43-44.

### 三、历史、历史性与历史主义

为什么要历史地看问题？海登·怀特认为，"历史地思考意味着能够区分一个事物与其语境、一件事与其结构、一个信息与其媒介的不同。"[1]

那么何为历史？简单地说，历史就是"过去"。对此，海德格尔在《存在与时间》一书中十分晦涩地指出："什么'过去'了？无非是他们那个曾在其内来照面的世界；他们曾在那个世界内属于某一用具联系，作为上手事物来照面并有所操劳地在世界中存在着的此在所使用，那世界不存在。"[2]与"历史"这一术语不同的是，"过去"是一种单纯的时间概念，没有"意识"存在其中，是一种"曾在"（海德格尔）。尼采认为历史的价值在于"把通俗的乐调升华为普遍的象征"[3]。施特劳斯认为，"历史是一种方法。"[4]海德格尔指出："历史"指历史事件，"在这一含义中，把历史领会为过去之事可算得一种具有优越地位的做法。"[5]历史除了指发生的"事件"之外，也包括对事件的"理解"。海德格尔所说的"历史"包括"过去之事"和"对事件的理解"这两层意思，实际上分别指向的是历史学和历史哲学。海登·怀特指出，"'历史'这一术语是含混的；它'把客观的与主观的方面结合在一起，把历史中记录的事件当作了实际发生的事件'，而'对所发生事件的理解不过是对所发生事件的叙述'。"[6]简言之，"历史"就

---

〔1〕　Hayden White. "Commentary: 'With no Particular to go': Literary History in the Age of Global Picture", *New Literary History*, Vol. 39, 2008, p. 735.

〔2〕　海德格尔：《存在与时间》，陈嘉映译，生活·读书·新知三联书店 1999 年版，第 430 页。

〔3〕　海登·怀特：《后现代历史叙事学》，陈永国、张万娟译，中国社会科学出版社 2003 年版，第 67 页。

〔4〕　海登·怀特：《后现代历史叙事学》，陈永国、张万娟译，中国社会科学出版社 2003 年版，第 73 页。

〔5〕　海德格尔：《存在与时间》，陈嘉映译，生活·读书·新知三联书店 1999 年版，第 428 页。

〔6〕　Hayden White. "The Question of Narrative in Contemporary Historical Theory", *The Content of the Form: Narrative Discourse and Historical Representation*. The Johns Hopkins University Press, Baltimore and London, 1990, p. 29.

是含有"人自身意识的时间维度"。[1] 所以,克罗齐说,"一切历史都是当代史。"

"历史"一词的意思不仅像海登·怀特指出的那样,是"含混"、"歧义"的,而且在使用上也是混乱的。其实,我们可将历史分为"事件的历史"和"历史性的历史"。上述历史术语的含混以及使用上的混乱,是人们将"事件的历史"(即"过去")与"历史性的历史"混淆的缘故。简言之,不能将历史与历史性相混淆。

海德格尔将"事件的历史"称为"流俗的历史",并认为这种历史类似于"古董"。而"历史性的历史"则指"人"作为"此在"的历史,或者说是被人"理解"了的历史。实证主义的历史就是前一种意义上的历史,海登·怀特的诗性历史则属于后一种意义上的历史。海登·怀特说,"所有历史学家都必须阐释他的材料以便建构形象的活动结构,用镜像反映历史进程的形式。"[2]"一个历史叙事必须是充分解释和未充分解释的事件的混合,既定事实和假定事实的堆积。"[3]可见,在对待"历史"的态度上,海登·怀特与海德格尔一样都是存在主义的。

通过对古董和用具分析,海德格尔指出:"诸如此类的存在者只由于它属于世界的才是历史的,但世界之所以具有历史事物的存在方式,是因为它构成了此在的一种存在论规定。"[4]海德格尔的"世界"是一个隐喻的概念,这里的"世界"应该指的是"意义化"之意。只有"意义化"的历史事物,才是真正的"历史",因为这意味着"历史"是在"人"的理解中,即"它构成了此在的存在论规定"。

"历史"与"历史性"不同。并非所有的"历史"都具有"历史性"。

---

〔1〕 Hayden White. "The Burden of History", *Tropics of Discourse*. The Johns Hopkins University Press, Baltimore and London, 1978, p. 48.

〔2〕 Hayden White. "Interpretation in History, the Tropics of History", *Tropics of Discourse*. The Johns Hopkins University Press, Baltimore and London, 1978, p. 51.

〔3〕 Hayden White. "Interpretation in History, the Tropics of History", *Tropics of Discourse*. The Johns Hopkins University Press, Baltimore and London, 1978, p. 51.

〔4〕 海德格尔:《存在与时间》,陈嘉映译,生活·读书·新知三联书店 1999 年版,第 431 页。

"'人'作为此在，才给事物或用具以历史性。"[1]海德格尔的"给事物以历史性"即德罗森伊的"赋予事件序列意义"。德罗森伊认为："记录必须得到阐释……甚至在再现中，阐释也是必要的，因为历史学家可能选择不同情节结构的美学基础，按故事的类型赋予事件序列以不同意义。"[2]

在海德格尔看来，历史性首先源于时间性。这种时间性是指"生命意义的绽出，即，此在的演历"[3]。海登·怀特也认为，"任何特定事件若想获得'历史性'，就要表明对这个过程有所贡献。"[4]利科明确表示，"历史性"本身就是一个结构模式或时间层面，是"重心放在过去，甚至……在'重复'的作品中揭示生死之间延续的力量"[5]的时间层面。在海德格尔"历史是一种'重复'的存在"基础上，利科认为，"与它们在时间中的存在相反，这种'重复'就是历史性中存在的事件的特殊形态。"[6]利科对历史性形态的研究很重要。他告诉我们"历史性"并不是一种抽象的不可见之物，而是以"重复"的形态存在于事件中的。"重复"表明，"海德格尔业已注意到了存在所具有的各个历史维度，而这正好是奥特之所以称存在为历史空间根据所在。"[7]"重复"是历史性的空间形态，这其实是将历史性转换为了一种可见的空间状态，而"历史"只是对"过去"的一种展示。

随后利科指出，"在被构想为'重复'的'历史性'中，我们掌握了'检索我们最基本的潜在能力的'可能性，这些能力是我们'一个人命运和集体归宿的形式从过去继承过来的'。"[8]历史性是人类从过去继承来的一种

---

〔1〕 孙秀云：《海德格尔对"历史性"的理解》，载《长白学刊》2004年第5期，第59页。

〔2〕 Droysen. *Grundriss der Historik*, translated by E. B. Andrew. Boston，1893，p. 26.

〔3〕 孙秀云：《海德格尔对"历史性"的理解》，载《长白学刊》2004年第5期，第58页。

〔4〕 Hayden White. "The Question of Narrative in Contemporary Historical Theory", *The Content of the Form*：*Narrative Discourse and Historical Representation*. The Johns Hopkins University Press，Baltimore and London，1990，p. 51.

〔5〕 海登·怀特：《后现代历史叙事学》，陈永国、张万娟译，中国社会科学出版社2003年版，第160页。

〔6〕 Hayden White. "The Question of Narrative in Contemporary Historical Theory", *The Content of the Form*：*Narrative Discourse and Historical Representation*. The Johns Hopkins University Press，Baltimore and London，1990，p. 52.

〔7〕 张文喜：《历史性：活着而不是存在》，载《江汉论坛》2003年第3期，第87页。

〔8〕 Paul Ricoeur. "Narrative Time", *Critical Inquiry* ，Vol. 7，1980，pp. 183-184.

基本的生存能力,而"历史"只是表明"过去"的生存状态。

因此,海德格尔《存在与时间》的主题之一便是:存在者从根本上来说具有历史本质,即具有历史性。"在海德格尔看来,可以不过问历史学而直接进入对历史性的考察,因为历史学不是历史性的根基,而是相反,历史性是历史学的根基。也就是说,即使没有史学提供的史料素材,同样可以理解历史性。"[1]也只有在这个意义上,我们可以更好地理解黑格尔这句话的意思,"历史,是认识着的,自身中介着的变化过程——在时间里外在化了的精神。"[2]

不仅历史性不同于历史,历史性也不同于历史主义。马泰·卡林内斯库"'主义'这个后缀——它意味着非理性地坚持某种狂热崇拜的各项原则……"[3]由于"主义"一词的这种贬义色彩较为浓厚,德里达、J.希利斯·米勒等解构主义的中坚力量都反对在"Deconstruction"(解构)一词的后面加上表示"主义"的词尾"ism"。为了反对别人将自己当作"主义"者,米勒干脆将自己的"解构"称作"修辞性阅读"。[4]"它(解构策略)不喜欢什么主义的东西。"[5]米勒认为如果真要使用"解构主义"这一术语的话,最好在该词的后面加上该词的复数形式"s",以表示它的多样性和异质性,并以此来反对"主义"的非理性和狂热化。

在"历史"一词的后面加上"主义"也意味着一种"非理性的狂热"。不仅如此,海登·怀特指出,"历史主义……它是对正当再现现实的'历史'方法的一种可辨认的和不可证实的曲解。"[6]历史主义不仅是对历史的"狂热",还是一种"曲解"。因为,历史主义"试图理解过去的独特性,抛弃

---

〔1〕 孙秀云:《海德格尔对"历史性"的理解》,载《长白学刊》2004 年第 5 期,第 58 页。

〔2〕 黑格尔:《精神现象学》(下),贺麟译,商务印书馆 1979 年版,第 274 页。

〔3〕 马泰·卡林内斯库:《现代性的五副面孔》,顾爱彬译,商务印书馆 2002 年版,第 77 页。

〔4〕 J·希利斯·米勒:《永远的修辞性阅读》,转引自王逢振:《2001 年度新译西方文论选》,漓江出版社 2002 年版,第 363 页。

〔5〕 J·希利斯·米勒:《永远的修辞性阅读》,转引自王逢振:《2001 年度新译西方文论选》,漓江出版社 2002 年版,第 364 页。

〔6〕 Hayden White. "Historicism, History, and the Figurative Imagination", *Tropics of Discourse*. The Johns Hopkins University Press, Baltimore and London, 1978, p.101.

了用启蒙运动的标准衡量过去的冲动"[1]。沉浸于过去的记忆之中不能自拔，这是尼采对历史大为不满的原因。"尼采指出动物的问题是它不去记忆，而人的问题是把一切都记得太好……它不是人类需要记忆的问题；人无可挽回地有了记忆，这是人的福泽也是人的毁灭。因此，无论他想不想要，他有历史。"[2]其实，尼采想提醒的是人类不应为了过去而牺牲现在。在此意义上说，尼采批判的是历史主义，但并未否定历史的意义。海登·怀特说："与黑格尔、马克思一样，尼采的最终目标是把历史知识拉回到人类需要的范围之内，使它成为人类的仆人而不是主人。"[3]《道德的谱系》就提供了这种服务于生活的历史编撰模式。"尼采称《道德的谱系》是他最为历史性的著作。"[4]因此，布克哈特于1882年对尼采的评价中指出："当然，从根本上讲，你一直在传授历史。"[5]可见尼采否定的是历史主义，而不是历史性。

　　海登·怀特认为"历史主义"有以下特点：对一般化感兴趣；构建理论；用历史知识预见历史发展的未来。海登·怀特所说的"历史主义"其实是历史哲学。我们不反对历史哲学，反对的是将历史哲学中某个方面或某种方法无限放大的"历史主义"。比如，过分强调历史哲学中的一般化和体系化时，便导致了总体性发展的历史主义。这种历史主义"要求权力集中，这种集中的权力因难以控制会侵害个人的权力……必然导致极权主义"[6]。再如，过分强调人类历史或社会也像自然界一样有不以人的意志为转移的规律，并强迫人们接受历史命运时，便导致了机械论的历

　　〔1〕　Hayden White. "Historicism, History, and the Figurative Imagination", *Tropics of Discourse*. The Johns Hopkins University Press, Baltimore and London, 1978, p. 118.
　　〔2〕　海登·怀特：《元史学：十九世纪欧洲的历史想像》，陈新译，译林出版社 2004 年版，第 451 页。
　　〔3〕　海登·怀特：《元史学：十九世纪欧洲的历史想像》，陈新译，译林出版社 2004 年版，第 476 页。
　　〔4〕　海登·怀特：《元史学：十九世纪欧洲的历史想像》，陈新译，译林出版社 2004 年版，第 456 页。
　　〔5〕　海登·怀特：《元史学：十九世纪欧洲的历史想像》，陈新译，译林出版社 2004 年版，第 451 页。
　　〔6〕　朱立元：《当代西方文艺理论》，华东师范大学出版社 1997 年版，第 394 页。

史主义,这属于波普尔在贬义上使用的"反自然主义的历史主义"。这与约克的观点十分相似。约克指出,历史主义者"把历史学变成了文物箱……他们骨子里是自然科学家"[1]。由此可见,历史主义是用一种以僵化的、机械的思维方式来研究历史、文学及其他学科的方法。

历史性,即伊格尔顿所说的"历史感"。凭这种感觉,人们"意识到过去从根本不同于现在"。[2] 因此,历史性是一种历史意识,或者说历史性是人类意识中所呈现出的历史面貌。而"历史主义",按照曼德尔鲍姆的说法则是一种"方法论信念"。他说:"历史主义既不是一种世界观,也不是一种意识形态,更不是一种哲学立场,而是一种关于解释和评价的方法论信念。"[3]

历史主义的关注焦点不在"历史"本身,因为,它关心的是"方法"。无论"历史主义"出现在任何领域,它的真正目的只是寻找方法。"从一种'看法'而来最终又回到同一看法而去,这就是方法论的运作轨迹。"[4]而历史性则是对历史的"见识"。由此可见,历史性和历史主义是对两种不同对象的反应结果。前者是一种历史意识,后者则是方法的映像。而历史意识很容易被历史方法所"遮蔽"。历史主义是对历史性的隐瞒,"隐瞒了任何历史性存在的可能性之根据。"[5]

海登·怀特的历史诗学虽然提出历史的虚构性、断裂性,但是他并没有否定历史本身,而且他还承担了将历史性从历史主义中解救出来的重任。这种"解救"是通过解释历史话语中的比喻成分来实现的。"这些比喻成分作为历史话语的信息成分起到了相对更加重要的作用,致使话语

---

〔1〕 海德格尔:《存在与时间》,上海译文出版社 1999 年版,第 452 页。

〔2〕 Hayden White. "Historicism, History, and the Figurative Imagination", *Tropics of Discourse*. The Johns Hopkins University Press, Baltimore and London, 1978, p.118.

〔3〕 Hayden White. "Historicism, History, and the Figurative Imagination", *Tropics of Discourse*. The Johns Hopkins University Press, Baltimore and London, 1978, p.119.

〔4〕 徐岱:《批评美学——艺术批判的逻辑与范式》,学林出版社 2003 年版,第 312 页。

〔5〕 张文喜:《历史性:活着而不是存在》,载《江汉论坛》2003 年第 3 期,第 85 页。

本身被置于普通的而非技术的语言之中。"〔1〕因为,在海登·怀特看来,使用技术性的专门术语分析和描写历史时,很容易将"主题内容"的描述与描述的方法错综复杂地交织在一起,从而落入历史主义之中。

历史诗学"将历史书写基本看作一种散文话语来分析,然后再检验它所声称的客观性和真实性"〔2〕。这表明海登·怀特注意到了历史话语的诗歌成分,因为过去那种力求"客观""现实"的历史再现,"由于其话语中未受承认的诗歌成分,却把自身的'主体性'和'文化制约性'隐藏了起来。"〔3〕对历史话语的表层的散文再现与深层的诗意结构,即话语的隐在意义与显在意义的描述或分析,"一般可能被移到话语的内部,特殊也可能被置于话语的前景之中。"〔4〕历史主义的话语理论功能就被消解,客观性与真实性的历史便呈现出来。历史性已经走入前台,主体性、客观性、真实性的历史才能真正实现。历史诗学将历史性从历史主义的阴影中解救出来,也是一种对艺术语义学之历史性维度的辩护。

## 四、历史性与现代性:艺术语义学的两个维度

海登·怀特的历史诗学作为一种艺术语义学,在某种程度上,使得历史维度和解释维度"两翼并举",即作为现代性转换的范式与实践,海登·怀特的历史诗学并没有因为强调历史的诗性而忽视了历史性。诗学的历史性与现代性这两个维度在时间形态上可用索绪尔所说的"历时态"和"共时态"来概括。齐美尔说:"现代性的本质是心理主义,是根据我们内在生活的反应(甚至当作一个内心世界)来体验和解释世界,是固定内容在易变的心灵成分中的消解,一切实质性的东西都被心灵过滤掉,而心

---

〔1〕　Hayden White. "Historicism, History, and the Figurative Imagination", *Tropics of Discourse*. The Johns Hopkins University Press, Baltimore and London, 1978, p. 105.

〔2〕　Hayden White. "Historicism, History, and the Figurative Imagination", *Tropics of Discourse*. The Johns Hopkins University Press, Baltimore and London, 1978, p. 105.

〔3〕　Hayden White. "Historicism, History, and the Figurative Imagination", *Tropics of Discourse*. The Johns Hopkins University Press, Baltimore and London, 1978, p. 104.

〔4〕　Hayden White. "Historicism, History, and the Figurative Imagination", *Tropics of Discourse*. The Johns Hopkins University Press, Baltimore and London, 1978, p. 116.

灵形式只不过是变动的形式而已。"[1]这里齐美尔强调的是现代性的体验性，或者说，现代性是对现实生活的体验能力。"现代性……不仅归纳为我们对它的内在反应，而且被归纳为我们内在生活对它的接纳。"[2]现代性，把外在世界变成了我们内心世界的一部分。但是，外在世界是飞逝的、碎片化的。波德莱尔一再强调现代绘画中所反映出来的当代生活中的瞬间美的特性可以称作"现代性"。人的内心世界如何领会这个极不稳定的外在世界呢？齐美尔的答案是，罗丹那样的伟大画家创造的不朽的"现代艺术品"可以捕捉到现代性。

"正是现代艺术捕捉到了'生命之流中的人'，并且强调'现实生活中的动荡'……"[3]现代性被艺术捕捉于"囊下"，不言而喻，现代性是艺术语义学的重要维度。准确地说，艺术的现代性内涵是瞬间美，而非永恒美。"现代性将世界的碎片化作为自己最大的成就，加以炫耀。碎片化是其力量的主要来源。"[4]碎片化的现代性内涵在现代艺术作品中的诉求已成为持续了很长时间的潮流。

然而，我们不禁要问，难道艺术的语义学仅仅具有现代性的维度吗？这如何解释那些具有永恒价值的存在了几百、上千年的艺术品呢？难道艺术中只有"瞬间美"是值得欣赏的吗？由于庸俗历史主义声名狼藉，人们似乎对艺术中的历史维度嗤之以鼻，进而取消了艺术语义学中的历史性诉求。是的，强调历史发展的规律性、主张"人"受制于历史命运的历史主义，自维柯、卢梭、赫尔德、狄尔泰、柏克，至黑格尔、马克思、克罗齐等人以来，将一种总体性的历史观运用于艺术解释，导致艺术语义学的历史之维仅仅是充满"同质和空洞的时间"。本雅明对他同时代非常激进的历史思想非常不满，他批评道："历史主义提供了一个'永恒的'过去图景。而

〔1〕 戴维弗里斯比：《现代性的碎片》，卢晖临译，商务印书馆 2003 年版，第 51 页。

〔2〕 戴维弗里斯比：《现代性的碎片》，卢晖临译，商务印书馆 2003 年版，第 62 页。

〔3〕 戴维弗里斯比：《现代性的碎片》，卢晖临译，商务印书馆 2003 年版，第 62 页。

〔4〕 齐格蒙特·鲍曼：《对秩序的追求》，转引自周宪：《文化现代性精粹读本》，中国人民大学出版社 2006 年版，第 95 页。

历史唯物主义则提供了关于独一无二的过去的经验。"[1]波普尔对历史主义尤其痛恨,他认为,"历史命运之说纯属迷信,科学的或任何别的合理方法都不可能预测人类历史的进程。"[2]再加上形式主义、结构主义、新批评、解构主义等对历史主义的群起而攻之,使得历史主义遭受沉重打击。过去几十年里,对抗总体性的现代性获得了绝对的优势。

但是,人们似乎忘记了一百多年前波德莱尔所说的:"构成美的一种成分是永恒的、不变的,其多少极难加以确定。另一种成分是相对的、暂时的,可以说它是时代、风尚、道德、情欲,或是其中一种,或是兼容并蓄。"[3]波德莱尔对现代艺术品中美的双重性本质的解释,已经暗示了我们,现代艺术作品是现代性与永恒性、暂时性与本质性的统一。所谓现代艺术品的本质性和永恒性指的就是它的历史性。"成为后现代就意味着保持现代(当代)。"[4]艺术的永恒性只有从历史的角度去看才行。"由于存在者的存在是作为'事件'来发生的,因此存在者的存在相当于历史地发生,因而存在者的空间性乃作为整体地历史空间,即,一切事件地境域与总和。"[5]因此,艺术的历史性也就意味着艺术品的空间性与时间性的统一。

这样看来,历史性就是一种具体历史经验的抽象。"现代性拒斥了历史性的时间给人的快慰或诱惑,代替了一种英勇的选择。"[6]这种"历史性的时间给人的快感或诱惑"就是一种历史经验。现代性拒斥历史性意味着它对历史经验的拒绝。而"艺术即经验"(杜威),至少,缺少了历史经验的艺术不是完整的艺术。因此,人类不仅有艺术史、社会史、文化史、思

---

〔1〕　本雅明:《历史哲学论纲》,转引自周宪:《文化现代性精粹读本》,中国人民大学出版社 2006 年版,第 13 页。

〔2〕　朱立元:《当代西方文艺理论》,华东师范大学出版社 1997 年版,第 394 页。

〔3〕　波德莱尔:《现代生活的画家》,转引自周宪:《文化现代性精粹读本》,中国人民大学出版社 2006 年版,第 10 页。

〔4〕　周宪:《审美现代性批判》,商务印书馆 2005 年版,第 8 页。

〔5〕　张文喜:《历史性:活着而不是存在》,载《江汉论坛》2003 年第 3 期,第 87 页。

〔6〕　安托瓦纳·贡巴尼翁:《现代性的悖论》,转引自周宪:《文化现代性精粹读本》,中国人民大学出版社 2006 年版,第 241 页。

想史，而且各门学科都有属于自己的"学科发展史"。人类需要的不是抽象的历史术语，而是漫长的人类历史发展过程中积淀下来的种种历史经验。由此看来，除了现代性外，历史性也是艺术语义学的维度。所以，历史性是不能从艺术语义学中消失的。

现代性对历史性的拒斥始于波德莱尔。不过，虽然他指出现代艺术作品中美的暂时性与永恒性的双重性本质特征，但是他认为永恒美是"难以确定的"，而瞬间美则十分明确。这样，波德莱尔像古希腊的柏拉图一样将永恒的美神秘化了。这种状况一直延续到今天，并影响了艺术研究。当下对艺术语义学的现代性之维的探讨大都遮蔽了艺术语义学的历史性之维。艺术语义学中更多地倾向于艺术的结构、功能、意义、形态等共时性层面的分析，而忽视了对"历史性"的深挖。

其实，对艺术历史性的关注也意味着对艺术价值维度的强调。海登·怀特认为话语的转义理解是一个由被动的、反映的方面到能动的、创造方面的理解过程。这一过程离不开情感的参与。人的"认识意志并不是在完全没有意图的意识与其所占据的环境的对峙中形成的。它必然形成于对现实的各种形象比喻之间的差异的认识，现实的形象可以储存在记忆里，也许在对各种矛盾欲望和情感投资的反应中被塑造成复杂的结构的"[1]。对世界的转义理解过程中，情感投资决定了理解的深度和性质。理解过程中的情感决定了认识意志与价值取向。因此，海登·怀特说："我们认为，这种理解是一种情感状态，它在意识的门口自发地形成，而不需要一丁点的认识意志的努力。"[2]

好与坏、是与非、正义与邪恶都是在历史经验中才能够得到辨别的。痴迷于现代性，有时会让人迷失自我，失去是非善恶的伦理道德评判标

---

〔1〕 Hayden White. "Introduction：Tropology，Discourse，and the Modes of Human Consciousness"，*Tropics of Discourse*. The Johns Hopkins University Press，Baltimore and London，1978，p. 20.

〔2〕 Hayden White. "Introduction：Tropology，Discourse，and the Modes of Human Consciousness"，*Tropics of Discourse*. The Johns Hopkins University Press，Baltimore and London，1978，p. 20.

准,这对一个社会、民族来说是很危险的。"现代主义可能不仅意味着艺术的新形式和独特风格,也意味着艺术的某种极大的灾难……它也表明凄凉、黑暗、异化、崩溃。"[1]造成这种状况的原因就在于那种缺少历史性维度的现代艺术(并非全部)是一张"情感白纸"。只有经过历史之手检验后的艺术才是真正的艺术。因此,"经典"不是一两年就可以创造出来的。艺术作品需要经历几代、几十代读者的欣赏、确认之后才被经典的宝库所收藏。经典具有永恒性、普遍性是因为它具有历史性。

前文谈到海登·怀特在《元史学》中对黑格尔的历史著作《历史哲学》的解释,就是从"作为结构的历史领域"和"作为过程的历史领域"两个方面进行的。海登·怀特认为,第一种解读"历史就被理解为情感的混乱状态,其中充斥着自私自利、暴行、希望的破灭"[2]。第二种解读"将我们带到了另一个理解层次……用一种文化成果的形式或类型的连续性构成的想像来替代了那种混乱的想像,这是对悲剧形态下所赋予的东西进行直接地理解"[3]。第一种解读的是黑格尔植入历史作品的"情感混乱"的"现代性"感受,第二种解读中海登·怀特发现了黑格尔对历史经验的悲剧性概括。通过对八位19世纪历史大师经典之作类似这样的具体解读,海登·怀特就暗示了优秀历史著作是如何做到现代性与历史性的统一。这同时又体现了海登·怀特历史诗学兼顾了艺术语义学中的现代性与历史性。

另外,从海登·怀特对19世纪经典历史文本的认可与接受上也能看出这点。19世纪是历史学的"黄金时期",因为,那个时期的历史学家虽然已经接受了19世纪初期艺术、科学和哲学的"现代"观念而具有"现代性"特征。但是,这些作品中的"现代性"到了海登·怀特时代已经成为

---

〔1〕　布雷德伯里:《现代主义》,转引自周宪:《审美现代性批判》,商务印书馆2005年版,第299页。

〔2〕　海登·怀特:《元史学:十九世纪欧洲的历史想像》,陈新译,译林出版社2004年版,第143页。

〔3〕　海登·怀特:《元史学:十九世纪欧洲的历史想像》,陈新译,译林出版社2004年版,第152页。

"历史性"。这也是为什么海登·怀特在提出现代性转换策略之后,从19世纪的经典历史文本中寻求"立法"支持的原因。"现代已整个地成了暂时现象,但它又必须从这种必然性中替自己赢得标准。"[1]现代性是流动的、瞬间的,但是,如果一种现代性不能成为历史性的话,就不是真正的现代性,现代性既是历史性的、也是瞬间性的。历史性是过去了的现代性(比如,布克哈特的历史作品),瞬间美是现时的现代性的体现。因此,鲍曼说现代性是流动的,"现代性就是时间的历史:现代性是时间开始具有历史的时间。"[2]

现代性与历史性完美结合的典范就是那些伟大而不朽的艺术作品,对此,现代性的提出者波德莱尔早已意识到了,"波德莱尔满足于认为,时代性和永恒性在真正的艺术作品中达到了统一。"[3]在此意义上,我们可以这样认为现代性也是一种历史性,一种相对于后现代性来说的历史性。海登·怀特肯定经典文本的"现代性"就意味着他对"历史性"的认可。海登·怀特的历史诗学,既是一种历史性与现代性相融合的现代主义历史观,也是一种兼具历史维度和解释维度的艺术语义学。

正如有人指出的那样,"新历史主义将形式与历史的母题加以重新整合,从而将艺术价值(恒常性)与批评标准(现实性)、方法论上的共时态与历时态、文学特性与史学意义等新母题显豁出来。"[4]现代性与历史性融合的最佳地方就是艺术,"尽管愿意抛弃作为智慧之源的历史,贡布里奇还是认为一般的艺术和特殊的文学有能力'在一种物质的和感觉环境中创造过去的现在'。"[5]

---

〔1〕 于尔根·哈贝马斯:《现代的时代意识及其自我确证的要求》,转引自周宪:《文化现代性精粹读本》,中国人民大学出版社 2006 年版,第 11 页。

〔2〕 齐格蒙特·鲍曼:《流动的现代性》,欧阳景根译,生活·读书·新知三联书店 2002 年版,第 173 页。

〔3〕 于尔根·哈贝马斯:《现代的时代意识及其自我确证的要求》,转引自周宪:《文化现代性精粹读本》,中国人民大学出版社 2006 年版,第 11 页。

〔4〕 朱立元:《当代西方文艺理论》,华东师范大学出版社 1997 年版,第 396 页。

〔5〕 Hayden White. "Commentary: 'With no Particular to go': Literary History in the Age of Global Picture", *New Literary History*, Vol. 39, 2008, p. 735.

## 第二节 历史诗学:作为历史批评与文学批评的方法

### 一、历史诗学:历史领地的一块历史批评方法与实践的"试验田"

在论述了历史叙事的四种普遍意义的解释模式之后,海登·怀特将其运用于历史作品的批评实践。海登·怀特对19世纪以前的提喻策略、有机论观念和机械论分析的、介于保守主义与激进主义的"前启蒙"史学进行了分析,随后指出启蒙史学是以转喻模式或因果关系确立起了一种意识范式,解释模式已由"规则性转向了类型学"。海登·怀特指出启蒙史学的反讽式表现模式已经肇始于"诗性预购"。反叛启蒙史学的赫尔德的浪漫主义史学则是对历史的神话式的、朴素的隐喻理解,"恢复合乎其特殊性、唯一性和具体性的事件的个体性。"这一切对以后分析19世纪历史文本提供历史背景。海登·怀特没有像历史诗学的鼻祖维谢洛夫斯基以及历史诗学的倡导者巴赫金那样将视角深入到中古世界(尽管海登·怀特就是中古历史学博士),乃至从史前史中收集大量的历史资料印证自己的理论设想。因为,历史学科真正独立也只是近代以来的事情,前启蒙史学已相当于历史学科的"史前史"。

随后,海登·怀特分析了四位历史学家(米什莱、兰克、托克维尔、布克哈特)和四位历史哲学家(黑格尔、马克思、尼采、克罗齐)的情节化模式、形式论证式模式、意识形态蕴涵、语言规则模式。

| | 情节化模式 | 形式论证式模式 | 意识形态蕴涵模式 | 语言规则 |
|---|---|---|---|---|
| 黑格尔 | 悲剧 喜剧 | 有机论 | 激进主义 保守主义 | 提喻 |
| 马克思 | 悲剧 喜剧 | 机械论 有机论 | 左派激进主义 | 转喻 |
| 尼采 | 悲剧 | 拒绝解释 | 激进主义 | 隐喻式反讽 |
| 克罗齐 | 喜剧 | 有机论 | 古典自由主义 | 反讽 |
| 米什莱 | 浪漫剧 | 形式论 | 无政府主义 | 隐喻 |
| 兰克 | 喜剧 | 有机论 | 保守主义 | 提喻 |
| 托克维尔 | 悲剧 | 机械论 | 自由主义 保守主义 | 反讽 |
| 布克哈特 | 讽刺剧 | 情景论 | 自由主义 | 反讽 |

　　不难看出,上述分析模式体现了一种对历史文本的结构主义研究方法。海登·怀特从四个层面(每一层面又有四种形式)分析每一位历史学家的文本。这里乔姆斯基的转换生成语法的结构主义分析方法特别明显。乔姆斯基提出了表层结构和深层结构的语言分析方法,并认为深层结构生成表层结构。海登·怀特的这一结构主义特点相当明显。他认为任何历史著作都由三种故事解释模式组成,即情节化模式、形式论证式模式和意识形态蕴涵式模式。而这只是历史著作的表层结构,"转义"模式(体现为比喻的语言规则)才是历史作品的深层结构,"转义"是人类意识的深层结构。因此,海登·怀特的故事解释和话语转义是结构主义在历史学的实践产物。但是,这种实践成果已经不再是结构主义了,它已经变成了文本主义和构成主义。因此,海登·怀特在接受埃娃·多曼斯科采访时强调说:"我是结构主义者。我的意思是说,我是形式主义和结构主义者。"[1]

　　这种分析模式的另一个显著特点,就是取消了历史学与历史哲学的清晰界限,将它们视为可进行多层次分析、解读的共性的历史话语。海登·怀特认为,"话语本身是事实和意义的实际综合,这种综合所表示的特定意义结构的那个方面使我们将其看作一种而不是另一种历史意识的产物。"[2]在他看来,历史学与历史哲学的侧重点虽各不相同,但它们的内容相同。历史学和历史哲学都不仅仅是一组事件的镜像,而是有两个指向的一个符号系统:"朝向它刻意描写的事件"和"朝向类的故事类型"。[3]前者是历史话语的字面意义,后者是历史话语的比喻意义。

　　这种统一并没有取消历史文本的历史性,因为正如福柯所言:"话语并不只是具有意义或真理,而且还具有历史,有一种并不把它归于奇异的

〔1〕 Ewa Domanska. "Human Face of Scientific Mind: An Interview with Hayden White", *Storia Della Storiografia*, Vol. 24, 1993, p. 14.

〔2〕 Hayden White. "Historicism, History, and the Figurative Imagination", *Tropics of Discourse*. The Johns Hopkins University Press, Baltimore and London, 1978, p. 107.

〔3〕 Hayden White. "Historicism, History, and the Figurative Imagination", *Tropics of Discourse*. The Johns Hopkins University Press, Baltimore and London, 1978, p. 106.

生成变化律这样的特殊的历史。"[1]相反,两者的统一以互补的形式体现了历史话语的历史性,在史学中构建的是历史叙事,在历史哲学中构建的是历史概念。将历史学和历史哲学视作历史话语就将历史事实(数据或信息)与历史阐释(关于事实的解释或故事)统一起来。

海登·怀特认为,话语具有元话语的性质,因此,每一种话语既关注构成其主题的客体,又关注其自身。历史话语也是如此。它在赢得说话的权利的同时,也相信历史是可以用其他方式表达的。历史话语也具有前逻辑性和反逻辑性,即历史应当标识出一个属于自己的经验领域,并进行逻辑分析;同时,应当解构历史经验领域里已经僵化的概念,为历史注入新鲜血液。

这意味着海登·怀特的故事解释与话语转义理论,既是一种把握历史意识的普遍模式,也是一种可以对历史文本进行分析的批评方法。准确地说,海登·怀特先对19世纪八位史学大师经典文本进行分析之后才提炼出存在于其中的具有共性的普遍模式,这一点已经得到海登·怀特本人的印证。埃娃·多曼斯科通过与海登·怀特的直接访谈了解到,作为导论的"历史诗学"本来是放在《元史学》一书的结尾的。[2]埃娃的意思是说,《元史学》的导论(副标题为"历史诗学")是海登·怀特对大量历史文本解读后得出的结论。而将本该置于书的结尾的结论前移到书的开始部分加以强调,海登·怀特也就赋予"历史诗学"在历史研究中的先验性和预购性的地位。行文秩序的混乱、断裂在向来严肃的历史著作中出现,暗示了海登·怀特的反叛态度。"我们比以往任何时候都需要能够教育我们认识到断续性的一种历史,因为断续、断裂、和无序乃是我们的命运。"[3]在此意义上,我们可以认为历史诗学是一种新的历史批评方法,

---

〔1〕 米歇尔·福柯:《词与物——人文科学考古学》,莫伟民译,上海三联书店2001年版,译者前言,第5页。

〔2〕 Ewa Domanska. "Hayden White : Beyond Irony", *History and Theory*, Vol. 37, 1998, p. 175.

〔3〕 Hayden White. "The Burden of History", *Tropics of Discourse*. The Johns Hopkins University Press, Baltimore and London, 1978, p. 50.

但不是"新历史主义"的批评方法。

这种批评方法，如埃娃·多曼斯科所言："总之，《元史学》将历史视为建构主义的而不是经验主义的，是阐释的艺术而不是以解释为己任的科学。"[1]

## 二、历史诗学：绽放于历史领域的一束文学批评之花

海登·怀特的历史诗学不仅取消了历史学与历史哲学的界限，也取消了历史与文学的界限。他颠覆了历史即事实这一古老的史学传统，揭示了史学研究与文学批评之间的亲和性，开辟了新的史学写作道路，拓展了文学研究的领域，提供了一种空前的跨学科研究思路。海登·怀特在对 19 世纪西欧历史学家的历史文本进行分析中，采用了解读文学文本的策略方式，使其历史研究具有浓厚的文学批评色彩。

### 1. 历史文本的文学解读

海登·怀特反复强调，他将历史当小说、散文、诗歌来读。他认为："作为创作过程的产物，历史的文学性和诗性要强于科学性和概念性；并且我将历史说成是事实的虚构化和过去实在的虚构化。"[2]在海登·怀特看来，历史文本以文学性和诗性为主，其虚构性大于写实性。他将经典历史文本当作文学名著来解读。把历史当作小说，因为故事是历史的主要成分；把历史当作诗歌，因为历史叙事是一个具有象征意义的主隐喻；把历史当作散文，是因为历史话语是一种修辞性的言辞结构。历史文本的情节性、虚构性和修辞性决定了历史的文学性。

他说："就历史写作继续以基于日常经验的言说和写作为首选媒介来传达人们发现的过去而论，它仍然保留了修辞和文学色彩。只要史学家继续基于日常经验的言说和写作，他们对于过去现象的表现以及对这些

---

〔1〕 Hans Bertens and Joseph Natoli. *Postmodernism*；*The Key Figures*. Blackwell Publisher，2002，p. 325.

〔2〕 海登·怀特：《元史学：十九世纪欧洲的历史想像》，陈新译，译林出版社 2004 年版，中译本前言，第 7 页。

现象所做的思考就仍然会是'文学性'的。"〔1〕特别强调了历史与文学的共同之处不仅在于两者使用了共同的语言，而且都是日常经验的记录。为了确定经典历史作家著作中的家族相似特征，他"把历史作品看成是它最为明显地要表现的东西，即以叙事性散文话语为形式的一种言辞结构"〔2〕。在海登·怀特视野里，历史文本已经与文学文本没什么两样了：内容上，文学文本与历史文本都记录日常经验；形式上，都采用虚构的语言。

"文学批评家所研究的文本是模糊的，在这一点上一点也不比历史文献逊色。"〔3〕"与文学一样，历史通过创造经典而发展，而经典的本质就是：它们不可能像自然科学的主要概念图式那样被驳斥或被否定。正是这种不可驳斥性证实了历史经典本质的文学性。"〔4〕经典的历史著作就在于文学性，而按照俄国形式主义者的观点，"文学性"正是文学之为文学的东西。海登·怀特主张历史即文学的目的不是为了将历史合并到文学中去，从而取消历史存在的资格，而是为了更真实地再现历史，"如果我们承认所有历史叙事中都有虚构要素，我们就将在语言和叙事理论本身找到一个对史学内容的更为细致的再现，而不仅仅是告诉学生'去发现事实'，然后将它们写出来，并告诉大家'真正发生的事'。"〔5〕在文本中寻找真实的再现的过程，我们可以将其视为一个基于历史文本的文学批评过程。

海登·怀特的历史诗学将文学批评对象拓展到历史领域。以前那种严格的文史划分限制了文学批评家的视野，从而忽视了有很高文学价值

---

〔1〕 海登·怀特：《元史学：十九世纪欧洲的历史想像》，陈新译，译林出版社 2004 年版，中译本前言，第 7 页。

〔2〕 海登·怀特：《元史学：十九世纪欧洲的历史想像》，陈新译，译林出版社 2004 年版，中译本前言，第 2 页。

〔3〕 海登·怀特：《后现代历史叙事学》，陈永国、张万娟译，中国社会科学出版社 2003 年版，第 171 页。

〔4〕 海登·怀特：《后现代历史叙事学》，陈永国、张万娟译，中国社会科学出版社 2003 年版，第 171 页。

〔5〕 海登·怀特：《后现代历史叙事学》，陈永国、张万娟译，中国社会科学出版社 2003 年版，第 192 页。

的历史文本。尤其是历史学科独立以来，文学批评家认为历史文本的分析已经不属于自己的研究范围。海登·怀特的历史诗学为文学批评家们大胆地驰骋于本该属于历史哲学家领地的历史文本提供了"合法性"。

2. 故事解释模式：多种文学批评理论移植于历史研究

历史诗学所运用的"寻找真实的再现"的方法主要是文学批评的方法。弗莱为建构现代批评学，殚精竭虑地为当时缺乏自觉的批评理论而造成的随意性不满。"他为文学批评作了两点辩护引人注目：首先，文学批评活动是对文化资源的一种开发与利用；其次，批评可以讲话，而所有的艺术都是沉默的。"〔1〕这种既主张规范的文学批评又避免批评家主观趣味的批评思想主张也影响到了海登·怀特。与弗莱不同的是，海登·怀特首先将文学批评活动运用于历史资源的开发与利用。比如，《元史学》一书，该书运用诸多的文学批评方法对历史资源进行"合力"开发。

首先，海登·怀特运用原型文学批评理论研究历史的情节化结构。海登·怀特坦言，历史情节化的解释模式是借用弗莱的原型批评的术语。其实，海登·怀特不仅是借用了弗莱的原型批评术语，他的情节化解释模式也类似于弗莱从大量文学作品中发掘原型故事的运作方法。比如，要概括出某一位历史学家历史情节化模式是悲剧、喜剧，还是浪漫剧、讽刺剧，不对该历史学家的所有文本的仔细阅读是不可能的。

其次，对历史诗学之意识形态蕴涵模式的分析实际上就是一种对历史文本进行社会学和意识形态的文学批评。因为，海登·怀特的意识形态蕴涵模式中历史学家的社会主张、时代观点、倾向性也是文学的社会学、意识形态批评的主要内容。另外，海登·怀特的故事解释与话语转义的形式主义批评方法也很明显。在《元史学》一书的导论中，海登·怀特明确指出，"简单说来，我的方法是形式主义的。我不会努力去确定某一个史学家的著作是不是更好，它记述历史过程中一组特殊事件或片断是

---

〔1〕 徐岱：《批评美学——艺术诠释的逻辑与范式》，学林出版社 2003 年版，第 114 页。

不是比其他史学家做得更正确。相反,我会设法确认这些记述的结构构成。"[1]

第三,海登·怀特历史诗学的新批评色彩也很浓厚。这主要体现在海登·怀特对历史文本的语义学、句法学、反讽式解读。比如在对 19 世纪的历史学家兰克的分析中,海登·怀特以"历史分析的语法"、"历史事件的句法"、"历史解释的语义学"三个小标题加以明确。这是典型的新批评的文学研究方法。在《元史学》中,海登·怀特对至少五位史学大师(兰克、托克维尔、布克哈特、马克思、克罗齐)的某些文本运用了新批评的方法。海登·怀特在《元史学》序言中点明该书所运用的"反讽的反讽"手法,实际上是新批评派的布鲁克斯所倡导的那种反讽式文学批评与创作。

3.话语转义理论:一种新的文学批评理论

就其所使用的文学批评方法来看,故事解释和话语转义研究综合了 20 世纪六七十年代较为盛行的社会—意识形态、结构主义、形式主义、新批评等文学批评方法。将这些方法同时运用于历史文本的研究,是海登·怀特历史研究的创新所在。这主要体现在他对普鲁斯特的《追忆似水年华》中贝尔·罗贝喷泉描写的分析。这种分析其实是其话语转义的批评方法实践。

海登·怀特认为,普鲁斯特对喷泉的描写由四个部分组成,它们分别暗示了四种转义模式:隐喻(开头至"一如凡尔赛宫上空经久不散的云雾")、转喻("走近一看"至"稠密无隙,连续不断")、提喻("可稍靠近观望"至"便由第三根水柱接替上升")、反讽("附近,无力的水珠"至最后)。转义模式告诉了我们这段短文的叙事逻辑,提供给我们一种再现普鲁斯特的(而不是一般意义上的)阐释中叙事和描写之关系的方法。这一场景有两个分离的比喻作为框架,一个是社会的,另一个是自然的。该段文字以一个水柱"外闯"将靠近它的观众"浑身弄湿"结尾,暗喻了向上流社会靠

〔1〕 海登·怀特:《后现代历史叙事学》,陈永国、张万娟译,中国社会科学出版社 2003 年版,第 4 页。

拢的欢乐。它的开头是在马苏尔看到盖尔芒特亲王将斯万推倒在地,甚至"要把他撵出门外"之后。正是这件事让马苏尔重新审视上流社会对他的吸引力,为此,马苏尔才"集中了几分注意力,想去观赏贝尔罗贝喷泉"。于是,就有了对喷泉的四个描写。这暗喻了作者对自然的向往。海登·怀特对这段文字的解读,做到了语言分析与叙事阐释的紧密结合,既做到了对内在的文本性的条分缕析,也兼顾了对外在的语境的考虑。

显然,故事解释与话语转义杂糅了上述文学批评理论,但是,这种组合并非简单的重复和复制,而标志着一种新的文学批评方法。虽然是一种解读历史文本、文学文本的新的批评方法,但是,我们不能将海登·怀特的历史诗学称为"新历史主义"文学批评,两者的批评对象与阐释空间有着天壤之别。

4. 文化批评与文化研究:历史诗学与文化诗学

海登·怀特的故事解释与话语转义作为一种新的文学批评方法与新历史主义文学批评不同之处就在于,后者是一种"文化诗学"。文化诗学主要从文艺复兴入手提出自己的文学批评主张,"通过一些逸闻趣事、意外插曲、奇异话题,去修正、改写、打破在特定的历史语境中居支配地位的主要文化代码,以这种政治解码性、意识形态性和反主流性,实现去中心和重写文学史的新的权力角色认同,以及对文学思想史全新改写的目的。"[1]

新历史主义的"解构"意识相当明显。而它的"解构"对象恰恰就是风光一时的"解构主义"。因此,有人将其划分为后现代主义的阵营。它强调文学文本的生产的历史语境,重估文学最初产生时的社会和文化,即重新强调被解构主义、结构主义、形式主义文论割裂的文本与语境的关系,并将两者的关系称为"社会能量的流通交换"。他们关注"历史事件如何转化为文本,文本又如何转化为社会公众的普遍共识,即一般意识形

---

〔1〕 朱立元:《当代西方文艺理论》,华东师范大学出版社 1997 年版,第 398 页。

态"〔1〕。文学文本阐释的语境有三层:写作语境(作者意图、传记、意识形态等)、接受语境(社会组织、社会机构、读者群等)和批评语境(批评者在批评场中的位置)〔2〕。新历史主义者"结合历史背景、理论方法、政治参与、作品分析,去解释作品与社会相互推动的过程"〔3〕。虽然,新历史主义将整个文化看作一个文本,但其侧重点还在于经典文学文本。

以格林布拉特为例,他是公认的新历史主义领军人物。格林布拉特就是通过对莎士比亚经典作品的文化解读提出自己的新历史主义文论主张。他的博士论文就是通过研究伊丽莎白时代的罗列爵士如何在诗、书信、游记中将自我加以戏剧化,表达出他内心的孤独与混乱。后来格林布拉特又将这种"自我戏剧化"运用于英国文艺复兴时期的作家身上,发展为"自我塑造及呈现"。其重点是"观察作家在表达观念、感情,呈现本身的欲求时,所牵涉的社会约束、文化成规、自我的形成及表达方式"〔4〕。随后,格林布拉特将自己的"自我塑造"理论运用于文艺复兴时期的经典作品,尤其是莎士比亚的作品《奥赛罗》、《十二夜》、《李尔王》、《麦克白》、《亨利四世》、《亨利五世》。格林布拉特"在文艺复兴研究中烙上他自己现在所体验和意识到的人性印记。打破传统历史—文学二元对立,将文学看成是历史的一个组成部分,一种在历史语境中塑造人性最精妙部分的文化力量"〔5〕。格林布拉特的新历史主义文学批评强调在文学的历史语境研究中烙上自己所体验到和意识到的人性印记。他认为"文学永远是人性重塑的心灵史"〔6〕。

因此,格林布拉特所从事的新历史主义文学批评,实际上是借助于文艺复兴时期的经典文本对文艺复兴这一文化现象的研究,即一种基于文学文本的文化人类学研究。对此,格林布拉特是谙熟于心的。他在西澳

---

〔1〕　盛宁:《新历史主义》,台湾扬智文化事业公司1996年版,第29页。

〔2〕　张京媛:《新历史主义与文学批评》,北京大学出版社1993年版,前言,第6页。

〔3〕　张京媛:《新历史主义与文学批评》,北京大学出版社1993年版,前言,第6页。

〔4〕　廖炳惠:《新历史主义与莎士比亚研究》,转引自张京媛:《新历史主义与文学批评》,附录1,第268页。

〔5〕　朱立元:《当代西方文艺理论》,华东师范大学出版社1997年版,第400页。

〔6〕　朱立元:《当代西方文艺理论》,华东师范大学出版社1997年版,第401页。

大利亚大学(1986 年 9 月)演讲时,将新历史主义称为"文化诗学"(演讲的题目就是"通向一种文化诗学")。

文化诗学通过对经典文学文本的解读实现颠覆传统的目的,而海登·怀特的反实证主义的历史诗学则是通过对经典历史作品的解读完成的。尽管海登·怀特曾经为新历史主义进行过辩护,但他明确表示自己并非是新历史主义的一员,因为他认为自己建构历史诗学"工程"是对传统历史进行的现代主义改造。海登·怀特主要通过历史文本的文学性、虚构性来重新界定历史真实。他探讨的是文学、政治与历史的关系。为此,他从多个层面上(认识的、审美的、伦理的)对历史文本进行解读,以发现经典历史著作的奥秘,创造出更多真实性、可读性的经典历史。如果说,文学批评的目的是发现优秀的文学文本,海登·怀特的历史诗学则是发现、创作经典的历史文本。

与将文学看成历史的一个组成部分的格林布拉特相反,海登·怀特把历史当作文学(诗歌、小说、散文)。安克斯密斯说,海登·怀特是将历史当小说来读的第一人。历史诗学研究历史的方法主要是文学批评的,实践分析的过程也是文学批评式的。这种研究得出的结论既可运用于历史研究,也可反哺于文学研究。海登·怀特的历史诗学是关于历史的文学、文化批评,而格林布拉特的文化诗学则是关于文学的文化研究。

文化研究与文化批评不同。因为两者的落脚点不同,前者是通过文学看文化,而后者是通过文化看文学。前者是一种文化研究的人类学、社会学方法,它将文学看作是社会/文化信息的载体;后者是一种研究文学的文化人类学、文化社会学批评方法,"并非是那种作为文化人类学的分枝的、看重于对艺术现象作发生学与史前史研究的艺术人类学。而是一种以文化人类学研究为思想架构、通过其对视野、方法、立场等借鉴而形成的关于文学的批评实践。"[1]

海登·怀特的历史诗学与格林布拉特的文化诗学之间也不是没有共

---

〔1〕 徐岱:《批评美学——艺术诠释的逻辑与范式》,学林出版社 2003 年版,第 110 页。

同之处,两者都受到格尔兹的人类学"厚描"方法、福柯的话语权力关系理论、巴赫金的对话与复调理论、伽达默尔的"上溯"与哈贝马斯的"下倾"的解释学文论等理论学说和研究方法的影响。格林布拉特在《通向一种文化诗学》中提出的"振摆"说与海登·怀特"故事解释与话语转义"都强调话语的多层次性和互文性。格林布拉特说:"我认为,这种存在于统一和区别、名称一律和各具其名、唯一真实和不同实体的无限区分之间的摆动,一句话,在利奥塔和詹姆逊所阐述的两种资本主义之间的摆动,已经形成了一种关于美国日常行为的诗学。"〔1〕随后,他描写了美国总统里根作为文化构成的人"振摆"的生存状态。作为总统的里根并没有一直停留在单一的政治领域,而是在审美领域、政治领域和其他话语领域之间不断地来回"振摆"。里根作为一个文化人在多个话语领域的"振摆"有一个深层结构——美国结构。"这不仅是一个权力、意识形态的极端和军事黩武主义的结构,而且是包括我们为自己建构的快感、娱乐、兴趣空间在内的结构。"〔2〕格林布拉特的"振摆"与海登·怀特对历史叙事进行审美、认识、意识形态的表层结构和四重转义的深层结构的分析在结构主义的方法上是相同的。

总之,历史诗学是汲取多种文学批评方法探究历史意识普遍模式的四重分析方法,我们可以将其看作一种新的文学批评方法。这种四重分析模式既不同于它所借鉴的每种文学批评方法,也不同于新历史主义的文学批评方法。可以这样认为,历史诗学是汲取了诸多养分的盛开于历史领域的一朵崭新的文学批评之花。

当然,它并非适合于对任何文学文本进行批评,海登·怀特自己也只是将这种方法运用于普鲁斯特《追忆似水年华》中一小段关于贝尔·罗贝喷泉的描写。作为一种新的批评理论方法,它还有待于更多具体文学批评实践的检验,并需要在以后的批评实践中不断得到完善。

---

〔1〕　张京媛:《新历史主义与文学批评》,北京大学出版社 1993 年版,前言,第 10 页。

〔2〕　张京媛:《新历史主义与文学批评》,北京大学出版社 1993 年版,前言,第 10 页。

# 第八章　期待与展望

## 第一节　历史诗学：走向一种"经验本体论"的诗学

在从历时性层面上对"诗学"的研究对象进行动态考察后，我们发现有三种诗学：诗艺之诗学、文学之诗学、艺术之诗学。第一种是"有关作诗法和诗歌创作的要求与建议的汇编"[1]；第二种是有关诗性文学（包括诗性文字作品）理论的规范性研究；第三种则是诗性艺术的文化阐释学。这三种对应传统艺术体裁分类的诗学，只是一种历时性的类型学考察，因此，这三种诗学没有价值论意义上的优劣高下之分。从共时性的角度对诗学内容做静态分析时，也可以将其分为三种：艺术工艺学、过度诠释的艺术解释学和艺术实践的经验本体论。第一种诗学是事关艺术具体制作的理论抽象物；第二种是以种种名义注入形形色色说法的理论拼盘；第三种则是面对具体的艺术作品和丰富的艺术实践的经验本体论。在纵横两个层面上，在对"诗学"进行梳理、研究的基础上，本书认为"艺术经验本体论"是当代诗学建构的正确发展方向之一。诗学分支之一的历史诗学，由19世纪俄国文论家维谢洛夫斯基开创以来，之所以能够成长为诗学苑地

---

〔1〕　达维德·方丹：《诗学——文学形式通论》，陈静译，天津人民出版社2003年版，引言。

里的奇花异葩,是因为它关注的焦点是不同时期各个民族的文学和艺术实践经验,而不是各种文学、艺术理论的叠加。比如,巴赫金的"狂欢化"诗学和"对话"、"复调"的小说理论就是对陀思妥耶夫斯基和拉伯雷小说的一种文学批评经验。

经验"对那种称之为哲学的系统性思想构成挑战"[1]。"思辨哲学失去必然性理论就不能存在:它需要必然性就像人需要空气,鱼需要水一样。由此,经验真理才如此激怒理性。"经验是对必然性和系统性的拒绝。比如,同样是阅读陀思妥耶夫斯基的小说,巴赫金的阅读经验不同于弗洛伊德和舍斯托夫。后两人将自己的阅读经验分别概括为"恋母情结"、"无意识"理论和"生存论哲学"。如果说"艺术即经验"(杜威),那么诗学就是艺术经验论,而且是一种特殊性的具有普遍意义的经验总结。

海登·怀特历史诗学的"构建"工程以历史故事解释和话语转义为基本内容。它主要从"真"、"善"、"美"三个层面对 19 世纪经典历史文本进行批评式解读。这也是一种发掘经典历史著作的审美蕴涵、认识价值和伦理道德意义的批评实践活动。他认为在历史文本的三个解释层面之后还隐藏着历史意识的深层结构。这一深层结构以四种比喻语言规则(隐喻、转喻、提喻、反讽)的形式体现于历史文本之中,并在历史著作中起着决定性作用。这样,具有这四种内涵的历史文本与文学文本一样是虚构的诗性文本。历史诗学的诗性成分在《元史学》一书中得到了充分的展示。在这本书里,海登·怀特对 19 世纪历史编撰经验的解读涉及文化、艺术、社会、政治状况,因而,这也是一种从艺术学、社会学、文化学等诸方面对诗性历史文本的文化研究。海登·怀特以后的著作也是如此,他关注的并非仅仅是历史,而是以历史文本为平台对文、史、哲的通盘考虑。音乐文本、文学文本、哲学文本以及诸如美国总统肯尼迪遇刺这样的历史

--------

〔1〕　杜威:《艺术即经验》,高建平译,商务印书馆 2005 年版,第 304 页。

事件都可以成为海登·怀特运用转义学进行分析的对象。[1] 海登·怀特历史诗学是基于大量实践经验的诗性艺术之学。在此意义上,可以认为"走向历史诗学"就意味着走向一种"经验本体论"的诗学。

## 第二节 历史诗学:转向一种主体间性本体论的诗学

海登·怀特对历史文本四重模式的分析包含丰富的文艺美学和文学批评方法论的理论内涵。他对历史文本的四重解释就是在历史真实性基础上对历史的一种艺术想象(以"十九世纪欧洲的历史想像"为《元史学》的副标题已经暗示我们,他的历史诗学是一种"想像"与"虚构"的结果)。然而,强调历史中的虚构与想象成分并不意味着一定会走向否定事件真实性的历史虚无主义或反人类主义。

"虚构"不是"虚假","想像"也不是"幻想"。历史虚构是一种基于历史事件的情节"构造"。经过这种具有"选择、融合和自解功能"[2]的虚构处理,一组特定的生活事件就表达得更真实、更符合人性和社会性。因此,与"真实"相对立的不是"虚构",而是"虚假"——它是对根本没有发生过的事件的"捏造"。"想像",被人们称为"心灵的力量"(洛克)、"填空能力"(休谟)、"形成理想画面的能力"(约翰逊)、"诗的能力"(赫尔尼·吉拉德)。[3]"想像"具有如此诸多的能力,难怪海登·怀特从历史"想像"入手"构建"其庞杂的历史诗学"工程"。因为,对于海登·怀特来说,只有"想像"的介入,历史诗学(也包括"历史"本身)才有可能性。只有在想象力的作用下,那些杂乱无章的"事件"才可能成为"思想客体"——特定时间和地点实际发生的"故事"。海登·怀特说"历史学家所提供的是关于

---

〔1〕 海登·怀特对音乐文本的分析参见《比喻实在论》中的《音乐叙事中的形式、再现和意识形态》一文。对文学文本的详细分析参见《比喻实在论》一书中的《普鲁斯特的叙事、话语和转义》一文。对现代事件的文本性分析参见《比喻实在论》一书的《现代事件》一文。

〔2〕 沃尔夫冈伊·瑟尔:《虚构与想像:文学人类学疆界》,陈定家译,吉林人民出版社2003年版,第107页。

〔3〕 沃尔夫冈伊·瑟尔:《虚构与想像:文学人类学疆界》,陈定家译,吉林人民出版社2003年版,第224—232页。

过去的虚构性意象"，因为"想像某物就是建构该物过去的意象。人们不可能构建过去，然后讲述意象"〔1〕。海登·怀特想说的是，人们只有先构建起过去的意象之后，才能讲述过去。凭借着想象力，历史学家才能把"过去"变成"过去的意象"。想象力的丰富与否不仅决定了历史编撰的信息量的多少，也决定了历史叙事的实在性、真实性和客观性程度。

海登·怀特认为《元史学》一书中八位史学大师的经典著作是对历史进行成功"想像"的结果。海登·怀特的"历史想像"就是史学界泰斗柯林伍德所说的"构成性想像"。"构成性想像使历史学家注意到一组特定事件所必须采取的形式，以便将其用作可能的'思想客体'。"〔2〕因此，强调想象与虚构的历史诗学是对力求客观性、忽视历史文本诗性成分和历史主体能动性的逻辑实证主义历史的反拨与批判。实证主义的历史编撰让历史学家和读者淹没在大量材料中而失去了主体性和文化制约性。海登·怀特历史诗学的真正目的就是凸现历史编纂的主体性、创造性，以实现历史再现的真实性。

高扬主体性、真实性的历史诗学突出了传统历史编撰中被忽视的伦理、道德维度，因为在主观性的背后隐藏的是向善之情感、求真之理性和审美之体验。勃兰兑斯说："作品的真实性是精神上的真实性，是情感上的真实性。"〔3〕别尔嘉耶夫旗帜鲜明地指出："主观性恰恰意味着真实，客体性则意味着虚幻。一切客体化存在、客体性存在就其深层意义上说，都是虚幻的。客体性就是异己性、抽象性、决定化性、非个体性。"〔4〕

其实，别尔嘉耶夫所说的"主观性"就是康德所说的"主观普遍性"，也是现象学家胡赛尔、梅洛·庞蒂等人所说的"主体间性"。别尔嘉耶夫的"主观性"、康德的"主观普遍性"和胡赛尔的"主体间性"，在名称上虽然不

---

〔1〕　Ewa Domanska. "Human Face of Scientific Mind: An Interview with Hayden White", *Storia Della Storiografia* , Vol. 24，1993，p. 20.

〔2〕　Hayden White. "Interpretation in History", *Tropics of Discourse*. The Johns Hopkins University Press，Baltimore and London，1978，p. 51.

〔3〕　徐岱:《美学新概念——21世纪的人文思考》，学林出版社2001年版，第170页。

〔4〕　别尔嘉耶夫:《一个贵族的回忆和思索》，汪建钊选编，上海远东出版社2004年版，第204页。

同,但都意指"差异中的共同性",而这一思想的核心就是"人的存在"。对"人的存在"状况的关注是现代西方思想的转折点。古典哲学思考的是"人的本质存在"。开启现代西方哲学大门的笛卡儿将人的主体性突显出来。他的那句"我思故我在"意味着人的"主体性存在",康德的"主观普遍性"又意味着人的"伦理存在",在叔本华和尼采那里又将人的"意志存在"发扬光大,胡赛尔、梅洛·庞蒂则主张人的"现象存在",现代世界强调的是人的"感觉存在"。然而,无论人是哪种存在物,自从笛卡儿的哲学思考重心发生转变以来,"人"已经不是那个可以被整体性和总体性控制的抽象存在物,而是具有主体性和普遍性的具体存在物。这就是为什么诸多思想家们总是从主体间性上寻求哲学突破的原因。

从表面上看,主体间性强调的是差异中的共同性,实际上,它强调的是同中之异。正是在这种意义上,主体间性才是现代性的标志性术语。虽然,波德莱尔最早提出了现代性的概念,并将其作为现代艺术的最主要特征。但是,首先以现代性意识思考艺术和历史的却是尼采。他的那句"上帝死了",不仅意味着整体性、总体化瓦解,也揭开了现代性思想的序幕。主体间性是现代性对抗总体性的有力武器,这种对抗促进了现代西方思想的发展,比如,胡赛尔的现象学就是这一思想成果的体现。

然而,属于现代性的,并不一定具有主体间性。比如,马克思主义也是一种现代性思想的产物,但是,马克思主义的阶级观意味着"人"之间只有阶级的共同性,而没有个体意义上的共同性。因为,有两种"主体间性":个体意义上的主体间性和集体意义上的主体间性。前者指的是,从个体作为一种生命存在来看,每一个个体具有主体性和普遍性,而后者则并未考虑到人的主体性,只是将人作为一种属于某一集体的个体来看待。也就是说,(集体)部分之普遍性,不同于生命个体之普遍性。后者很可能会导致种族优越论,种族屠杀就是集体(部分)之共同性的极端化。比如,第二次世界大战时期,法西斯集团对犹太民族的大屠杀。这样的例子不胜枚举,而且,今天这种悲剧还在"上演"。

这里关键是区分"一般"与"普遍"的不同。当代学者徐岱认为"一般是绝对的普遍,普遍是相对的一般"〔1〕。徐岱认为,"一般"不属于任何生命个体,因为它是抽象的;而普遍却是具体的,可以在任何生命个体身上体现出来。徐岱举例说,商店橱窗里的人体模型或者医院里的人体模型,虽然不是抽象的"人"的概念,但也还不是具体的活生生的"人",这些模特只是"一般"意义上的"人"。它们只具有"人"的外观、体貌、形骸,但没有真人的那种可以思考,有喜怒哀乐的普遍特征。可以这样认为,"一般"之物只是表层结构,而"普遍"之物则是起决定作用的深层结构。而这种深层结构才是具体的"共相",即主体间性。

　　海登·怀特的历史诗学认为故事情节化模式、形式论证式解释模式和意识形态蕴涵只是历史著作的表层结构,它们之间的任意组合只是表现了仅具有个体性的历史编撰风格,这三种故事解释模式就如同商店橱窗里的模特,还是仅具有不同的外形、颜色的个体之物。所以,这三个层面上的作品只是"一般"的,而非"普遍"意义上的史学名著。体现为比喻语言规则的历史意识才是历史作品的深层结构,因为这样的历史作品是具有主体性和主观性而非仅仅是个体性的史学名著。正如徐岱指出的那样,"所有主体性都有个体性,但,个体性概念中并非都包含着主体性。"〔2〕这并不难理解,比如,商店橱窗里的每一个模型都具有个体性,因为它们是质料、外形、色彩不同的个体,但它们不具有主体性。再比如,每一个恐怖分子都是个体性的生命,但是,他们也不具有主体性。因为,恐怖分子不具有自我意识。"生命个体有时具有自我意识,有时则不具有自我意识。"〔3〕比如,"文革"期间,有的人为了表明自己的清白、忠心而断绝父子、母子关系。这样的人已是失去了自我意识的生命个体。只有具有自我意识的生命个体才具有主体性,但这样的个体也还容易失去主体性。自我意识应当是基于主体间性的自我意识。所谓主体性,就是具有自我意识的主体间性。主体间性避免了主体性的个体极端化(比如,犯罪、做

---

〔1〕　徐岱:《美学新概念——21世纪的人文思考》,学林出版社2001年版,第16页。
〔2〕　徐岱:《美学新概念——21世纪的人文思考》,学林出版社2001年版,第16页。
〔3〕　徐岱:《美学新概念——21世纪的人文思考》,学林出版社2001年版,第11页。

坏事等危害他人的行为）。为主体性"立法"的是主体间性，而不是个体性。

在《元史学》一书里，海登·怀特发现 19 世纪八位史学大师的经典著作都具有这种普遍意义上的自我意识。其实，海登·怀特《元史学》中所展示的具有普遍性历史意识模式正是 19 世纪八位史学大家们"主体间性"的具体化。在此意义上说，海登·怀特所发现的 19 世纪的历史意识，其实是一种具有主体间性的自我意识。这也正是海登·怀特为什么取消历史学与历史哲学区别的原因所在。因为，历史学家的自我意识主要是关于事件本身的自我意识，忽视了作者与读者的自我意识；而历史哲学家的自我意识是局限于历史过程、社会发展因果律的自我意识，因而他们忽视了生活事件本身，从而将人的命运历史化。在海登·怀特看来，只有基于主体间性的自我意识的历史作品才能更真实地再现历史。如是观之，"走向历史诗学"也就意味着走向一种主体间性本体论的诗学。

## 第三节　历史诗学：一种具有历史审美主义色彩的诗学

康德为了避免历史过程中理性与非理性的冲突，提出"历史必须以一种审美的方式。而不是以一种科学的方式获得理解"[1]。在前面已经详细论证了海登·怀特的三种故事解释模式（情节化解释模式、故事的形式论证式解释模式和意识形态蕴涵解释模式）中蕴涵着丰富的美学思想。比如，事件的情节化是海登·怀特以历史故事的情节结构为对象的审美体验。这四种情节化模式（喜剧、悲剧、浪漫剧、讽刺剧）中包含着四种审美体验：谐趣体验、悲壮体验、壮美体验和"反常"体验。因此，海登·怀特对历史叙事的情节化阐释是一种具有现代意识的审美体验。海登·怀特借用弗莱的术语，揭示了历史学家将编年史事件"建构"成浪漫剧、悲剧、喜剧和讽刺剧四种故事类型。与弗莱不同，海登·怀特的情节化模式是

---

〔1〕　海登·怀特：《元史学：十九世纪欧洲的历史想像》，陈新译，译林出版社 2004 年版，第 76 页。

故事的"成形原则"——按照时间顺序,将编年史事件"建构"成故事的四种方法,倡导历史领域的"美学分析"。弗莱的故事原型结构是故事的"包容原则"——在一个共时的结构中将文学作品汇成一个整体的方法,为提高文学批评地位而拒绝文学批评的"美学介入"。

比如喜剧中的"谐趣体验"之"轻"的背后有着一种思想之"重"。因为,"谐趣之笑"主要是针对人性的沦落,也就是海登·怀特所说的喜剧所出现的"妥协","一种人与人之间、人与其世界和社会之间的妥协"。[1]浪漫剧中的壮美体验不同于那种轻松、幽默的谐趣体验,也不同于那种幽林曲涧、和风丽日、春光明媚的优美对象所带来的细小柔和的体验。气象雄浑、气势磅礴的壮美展现了一种让人的身心受到感染和震撼,产生回肠荡气的审美效果。历史叙事的浪漫剧情节化解释也富有这种审美内涵。这种审美体验的引入改变了平淡、乏味、枯燥的历史叙述,在尊重事实的基础上增强了历史文本的可读性和趣味性。悲壮体验所起到的调节和疏导作用就使得悲剧渐渐失去了批判性。海登·怀特将其称之为"顺从",即"人类要在世界中顺从其环境",并认为这是一种"郁闷的妥协"。

说到底,美是一种生命体验,是一种观念存在。美在"心"而不在"物"。只要我们的生命力能够得到激发,那些已经失去真实生命的客体对象仍然会成为我们的审美对象。在审美过程中,"它通过艺术作品的效力,使感受者一下子摆脱了他具体的生命关联,但同时将感受者归联到他的整体存在。"[2]这就是为什么讽刺剧中吃人的妖魔和女巫、波德莱尔笔下的黑皮肤女巨人、头发蓬乱一副囚犯模样的赛任、呲牙咧嘴的邪恶女性等主人公具有一种恐怖美、丑陋美的原因;也是为什么讽刺剧中的监狱、疯人院、行刑地、到处是无休止痛苦的黑暗塔楼、黑夜中的城市、倾覆的楼阁等场景具有一种废墟美的原因。它们具有一种由否定而达肯定的审美价值。

---

〔1〕 海登·怀特:《元史学:十九世纪欧洲的历史想像》,陈新译,译林出版社 2004 年版,第 11 页。

〔2〕 米勒德·J.艾利克森:《后现代主义的承诺与危险》,叶丽贤等译,北京大学出版社 2006 年版,第 113 页。

　　审美体验的实质在于"形成一些在外部世界与主体内心中原先并不存在的新结构"〔1〕。伽达默尔认为，"审美体验不仅是体验的一种，而且代表了体验的本质。因此它能够为我们洞悉一般知识的本质提供线索。"〔2〕海登·怀特关于故事解释的四种情节化结构是在历史事件基础上新的建构。这种建构将人们对过去的思考由"到底发生了什么"转向了"主体如何看"和"'事件'怎样'在'"的问题上来。这样，海登·怀特就在认识论、本体论的历史思考中增添了审美论和存在论的新内容。"如果我们依照海登·怀特理论的精神，将他所提供的这种理论工具视为分析历史著作的一种启发性原则的话，它在令我们更深入、细致地了解历史著作在认知因素之外是如何将审美的和伦理的因素引入了历史解释，语言本身和思维本身所具有的诗意本质是如何决定了历史学家选取处理历史对象的视角等方面，都前所未有地深化了历史哲学的思考。"〔3〕

　　作为"历史诗学"特征之一的故事情节化解释理论集中体现了海登·怀特审美地理解历史的诸多收获。如果说故事的情节化解释突出了历史叙事之"形而下"的"情性"，那么故事的形式论证式解释（形式论、有机论、机械论、情景论）则强调了历史叙事之"形而上"的"智性"。前者提供了历史叙事的"性情"之乐的感性审美内涵，后者以理性主义文化为主导，注重历史叙事的智性快感的美学意义。故事的形式论证式解释是故事情节化之后历史叙事的诗意蕴涵的自然延伸，是海登·怀特像解读文学文本一样去探究历史文本中所蕴含的意义。实际上从历史叙事的角度，海登·怀特强调了美感的认识性与感官享受的审美性的一体性。故事的意识形态蕴涵则寄托了海登·怀特关于历史书写的理想主义。

　　海登·怀特故事情节化解释模式受克罗齐表现主义美学影响也比较

---

　　〔1〕　徐岱：《美学新概念——21世纪的人文思考》，学林出版社 2001 年版，第 388 页。

　　〔2〕　米勒德·J.艾利克森：《后现代主义的承诺与危险》，叶丽贤等译，北京大学出版社 2006 年版，第 113 页。

　　〔3〕　彭刚：《叙事的转向——当代西方史学理论的考察》，北京大学出版社 2009 年版，第 26—27 页。

大。海登·怀特坦言："克罗奇重新将黑格尔的美学带入现代艺术影响了我。"〔1〕他认为历史学应该告别 19 世纪理性主义和写实主义，转而效法 20 世纪文艺中的超现实主义。"超现实主义的要义之一是打破时序，可见正式接触到后现代主义著作之前海登·怀特已经非常不安于室了。"〔2〕

克罗齐的历史思考主要为其美学思想作哲学辩护，海登·怀特将美学思想引入历史领域则是为了使历史获得新生。他未将具体美学思想概念化和系统化，其借助美学力量改造历史的意图含而不露。海登·怀特继承克罗齐对历史的美学拯救，拒绝将历史非理性化和非意识形态化处理。在故事的情节化解释之外，海登·怀特还提出了形式论证式解释和意识形态蕴涵模式，后两者完全是理性思维的结果。如果说"克罗齐的唯今主义转而成为海登·怀特的未来主义"〔3〕，那么，克罗齐的表现主义美学通过故事的情节化转而成为海登·怀特的历史审美主义。对此，马兹里什评价道："（海登·怀特）过于崇拜地对待克罗奇。"〔4〕由于受到克罗齐表现主义美学和尼采的历史悲剧艺术论的影响，海登·怀特的历史诗学带有历史审美主义的色彩。

显然，海登·怀特关于历史的形式论证式解释和意识形态蕴涵模式完全是一种理性化、意识形态化的结果。"在审美体验中就存在一种广泛的解释学结论，但凡与艺术语言的碰撞，都是与尚未完结的过程的碰撞……"〔5〕在艺术技巧进入历史领域的同时，艺术（主要是文学艺术）之独特的美学意蕴也渗入了历史。这种状况在历史的情节化层面更集中地体现了出来。因为，其他几种故事解释模式主要倾向于（形式论证式解释）认识和（意识形态蕴涵）伦理层面。如果说"克罗齐的唯今主义转而成

〔1〕 Ewa Domanska. "Human Face of Scientific Mind: An Interview with Hayden White", *Storia Della Storiografia*, Vol. 24, 1993, p.17.

〔2〕 程一帆:《反历史》,载《二十一世纪》2005-02-28,http://www.cuhk.edu.hk/ics/21c.

〔3〕 程一帆:《反历史》,载《二十一世纪》2005-02-28,http://www.cuhk.edu.hk/ics/21c.

〔4〕 陈新:《当代西方历史哲学读本》,复旦大学出版社 2004 年版,第 27 页。

〔5〕 米勒德·J.艾利克森:《后现代主义的承诺与危险》,叶丽贤等译,北京大学出版社 2006 年版,第 114 页。

为海登·怀特的未来主义"〔1〕,那么,克罗齐的表现主义美学通过故事的情节化转而成为海登·怀特的历史审美主义。

此外,海登·怀特审美地理解历史还受到尼采的影响。尼采认为悲剧是以一种隐喻模式运作历史意识,即悲剧是以一种隐喻的方式构想历史。"这样看来,尼采对历史的思考就是他对悲剧思考的一个延伸。"〔2〕海登·怀特认为尼采的酒神与日神二元论是对历史知识进行先天批判的产物,"先把历史转化为艺术,然后努力把美学想像同时用悲剧和喜剧术语转化为对生活的理解。"〔3〕海登·怀特从历史与艺术的关系上解读尼采的《悲剧的诞生》、《道德的谱系》、《历史对于人生的利弊》等作品,也表明了他的历史研究是以"审美的眼睛看历史"。

建构历史诗学并非海登·怀特的终极目标。包括海登·怀特本人在内的整个历史领域的语言学转向、叙事的转向的背后是审美的转向。"无法统合的历史学乃是审美对象。"〔4〕海登·怀特之所以与其他历史学者颇不寻常,是因为"他很早就对审美的层面以及由此发生的问题洞若观火"〔5〕。正是"审美"让海登·怀特如此游刃有余而又睿智地审视历史,因为他明白:"清除了一切审美观照的陈旧的'科学历史学'的观念,不过是丧失了人文关怀的历史。"〔6〕

---

〔1〕 程一帆:《反历史》,载《二十一世纪》2005-02-28,http://www.cuhk.edu.hk/ics/21c.

〔2〕 海登·怀特:《元史学:十九世纪欧洲的历史想像》,陈新译,译林出版社2004年版,第453页。

〔3〕 海登·怀特:《元史学:十九世纪欧洲的历史想像》,陈新译,译林出版社2004年版,第455页。

〔4〕 埃娃·多曼斯科:《邂逅:后现代主义之后的历史哲学》,彭刚译,北京大学出版社2007年版,第58页。

〔5〕 埃娃·多曼斯科:《邂逅:后现代主义之后的历史哲学》,彭刚译,北京大学出版社2007年版,导言,第8页。

〔6〕 埃娃·多曼斯科:《邂逅:后现代主义之后的历史哲学》,彭刚译,北京大学出版社2007年版,导言,第11页。

## 第四节　历史诗学:一棵生长于历史领域的文化批评之"树"

雅柯布森"隐喻—转喻两极"比喻理论于文学与艺术研究以及施特劳斯"隐喻—转喻二元组合"理论应用于原始思维和神话研究方法启发了海登·怀特,为他运用四重比喻理论作为历史作品和人类意识的深层结构奠定了方法论基础。海登·怀特对19世纪史学名作的研究发现,历史意识的深层结构可以体现为四种比喻的语言规则,即同一性语言(隐喻)、外在性语言(转喻)、内存性语言(提喻)和反讽性语言(反讽)。这四种语言规则分别体现了四种历史意识:相似性的隐喻、临近性的转喻、同一性的提喻和对抗性的反讽。

海登·怀特并没有驻足于历史意识的比喻研究而是将注意力转向了人类深层意识结构的转义考察。这意味着"比喻"不同于"转义"。海登·怀特将"比喻"视为"话语的基本成分,是一种话语转换和漂移的意象"。[1]他将"转义"视为"话语中一个点向另一个点转换的模式"。[2]如果说海登·怀特的历史诗学在《元史学》和《话语转义学》两书中倾向于一种"比喻创造主义"(figural creation),那么在《形式的内容》、《历史再现与真实性问题》和《比喻实在论》这三本书中就体现为一种"转义发展论"(tropal evolutionism)[3]。在随后的著作中,海登·怀特论证了转义的基础性的认识论意义和转义的生物本体论基础,这意味着其研究视角已由"语言的比喻"转向了"思想的比喻"。

海登·怀特认为话语的隐喻、转喻、提喻、反讽的转义过程就是一个

---

〔1〕　Hans Bertens and Joseph Natoli. *Postmodernism：The Key Figures*. Blackwell Publisher，2002，p.326.

〔2〕　Hans Bertens and Joseph Natoli. *Postmodernism：The Key Figures*. Blackwell Publisher，2002，p.326.

〔3〕　将海登·怀特前、后期历史诗学思想分别称为"比喻创造主义"和"转义发展论"的是埃娃·多曼斯科教授,参见 Hans Bertens and Joseph Natoli. *Postmodernism：The Key Figures*. Blackwell Publisher，2002，p.326.

人的感觉力、判断力、抽象力和思辨力四种能力的形成过程。在转义的思维过程中,话语就拥有了审美的、认知的、抽象的和伦理的维度。这是一个由"眼"到"身"、到"脑",再到"心"的知识"内化"的过程,也是由"感性"到"知性"、到"理性",再到"德性"的不断深化的知识积累过程,同时,还是一个伴有价值取向、情感判断和伦理意志的超越知识之维的思想"升华"。

海登·怀特话语转义学的贡献就在于既提供了"转义"的认识论意义,展示了转义模式在话语、现象中的运思过程(隐喻→转喻→提喻→反讽),也发现了"转义"的生物性本体论基础,开掘出人类理性知识之源的深层原因。他认为四重转义过程与皮亚杰关于儿童认知能力形成的四个发展阶段(感觉运动阶段、再现阶段、运作阶段和逻辑阶段)相对应,同时,海登·怀特还认为转义过程也存在于人的潜意识之中,因为这一过程与弗洛伊德关于梦的形成的四个阶段(浓缩、置换、表征、二次修订)相对应。因此,"走向历史诗学"意味着走向文化现象的转义解释学。海登·怀特的历史诗学是一棵生长于历史领域的文化批评之"树"。

海登·怀特历史研究的跨文化做法与斯宾格勒和汤因比一样,是为了还历史以文化的本性。[1]斯宾格勒是一个富于现实感的人,他从事历史哲学研究的主要动机就在于深入反省西方文化的没落。斯宾格勒提出,西方文化的没落乍看起来似乎是一种有特定时、空限度的历史现象,但就其重要性而论,实际上是一个哲学问题,包含着有关"存在"的重大意义。因而若想阐明西方文化的没落,首先必须弄清"文化"是什么、"历史"是什么,以及两者的内在关系究竟何在?他的基本论点是:"文化是通贯于过去与未来的世界历史的基本现象";所谓的世界历史就是各种文化的"集体传记"。[2]海登·怀特从历史叙述层面介入西方现实文化,不仅总结历史学科发展得失优劣,在历史学科的科学性与艺术性问题上给予诗性历史的回答,还由历史意识进入西方文化结构的深层意识之中、文化思维方式中去。如果说斯宾格勒由西方文化没落这一重大理论问题展开对

---

〔1〕 何兆武:《当代西方史学理论》,中国社会科学出版社 1996 年版,第 99 页。
〔2〕 何兆武:《当代西方史学理论》,中国社会科学出版社 1996 年版,第 99 页。

西方历史观念的批判,那么海登·怀特则由西方文化思维方式及内在机制的认识论问题展开对西方历史观念的批判,认为历史学家的任务是重新确立历史研究的尊严,改造历史研究,把现在从历史的负担中解放出来。

此外,海登·怀特的历史诗学向文化领域拓展,还深受康德哲学及新康德主义的影响。首先,康德哲学是先验论哲学,海登·怀特也将话语转义作为一种先验经验。其次,康德将道德与伦理问题引入历史与美学领域,海登·怀特也将道德与伦理问题作为历史诗学的重要思考对象。新康德主义者狄尔泰、温德尔班、李尔凯特、卡西尔等关于一般与个别、直观理论、形式符号理论都对海登·怀特产生了影响。尤其是卡西尔的符号形式哲学对海登·怀特影响极大,他的论文集《形式的内容》可视为对历史叙事的符号形式哲学解读。[1] 海登·怀特取消历史著作与历史哲学的区别,也是受到卡西尔的影响。卡西尔认为,"人类知识的对象无论多么不同,知识的各种形式总有其内在的逻辑一致性。"[2]卡西尔认为历史学的研究对象是人类在过去活动中所创造的各类符号。与过去认为历史学要么研究历史过程、要么研究历史知识的看法不同,他认为历史学是研究历史的叙述符号。卡西尔是叙述主义历史哲学的鼻祖。

当我们谈及海登·怀特是叙述主义历史哲学代表人物的时候,不要忘记这一哲学的发起人——卡西尔。卡西尔认为历史学的研究任务就是要复活人类过去创造的符号,是这些符号易读和理解。因此,历史学的研究方法是解释方法。[3] 卡西尔的这些主张在海登·怀特历史思想中随处可见。他的历史诗学中的某些主张似乎是卡西尔文化符号学的历史翻版。

当然,海登·怀特关于历史研究的跨文化主张,还受到 19 世纪欧洲史学实践的影响。在 1966 年发表的《历史的负担》一文,海登·怀特就主

---

〔1〕　何兆武:《当代西方史学理论》,中国社会科学出版社 1996 年版,第 80 页。
〔2〕　何兆武:《当代西方史学理论》,中国社会科学出版社 1996 年版,第 82 页。
〔3〕　何兆武:《当代西方史学理论》,中国社会科学出版社 1996 年版,第 86 页。

张历史学家不应封闭在狭隘的圈子里,应该与科学家、艺术家为"理解意识和社会过程的运作提供的独特分析和表征达成一致"[1]。历史学家在研究材料时不仅提出历史学科的问题,还要提出科学的、艺术的、哲学的等诸种问题,即历史研究是一种跨文化交流。这不是时髦的提法,而是传统历史的做法。19 世纪初被视为历史学科的古典时期,"不仅因为历史在当时被视作看待世界的独特方式出现的,而且因为在历史、艺术、科学和哲学之间有一种紧密的工作关系和交流。"[2]他指出,艺术、科学和哲学领域都曾出现过吸收历史学科研究成果的例子。浪漫主义艺术家的"历史意识"使其避免陷入狭隘的自我表现之中,"证明他们为使文化再生而付出努力的合理性";地质学、生物学等学科运用历史学科的思想和概念;历史的范畴成为后康德唯心主义哲学的主导。[3] 在广阔的文化视野中能够清楚地看到历史意识的重要性。所以,海登·怀特认为 19 世纪初所取得的感人成就不是"历史感",而是知识分子愿意在所有领域中跨越一个又一个学科的界限。在此意义上,历史学家可以被称作科学家、艺术家或哲学家。

然而,到了 19 世纪中叶,随着历史科学化的发展,历史学家已经陷入艺术与科学的观念窠臼,跨文化交流受到阻碍。当代历史学家谈到历史的"艺术"时,只想到小说观念。而当历史学家自诩为科学家时,只是一种科学的名义,而不是真正的自然科学和社会科学。海登·怀特赞许布克哈特在叔本华哲学观指导下,运用当时最先进的艺术技巧编撰历史的"实验"。在跨学科、跨文化的视野下,布克哈特打破了历史叙述就是"讲故事"的教条,没有像传统历史学家那样建构完整的历史"情节"。在布克哈特的历史著作中,人们清楚地看到此前从未看到的东西。布克哈特另辟

---

〔1〕 海登·怀特:《后现代历史叙事学》,陈永国、张万娟译,中国社会科学出版社 2003 年版,第 51 页。

〔2〕 海登·怀特:《后现代历史叙事学》,陈永国、张万娟译,中国社会科学出版社 2003 年版,第 51 页。

〔3〕 海登·怀特:《后现代历史叙事学》,陈永国、张万娟译,中国社会科学出版社 2003 年版,第 51 页。

蹊径的怪异性其实正是其历史研究的跨文化和跨学科特性带来的。海登·怀特在论述布克哈特时,将其与绘画的印象派、诗歌领域的波德莱尔相类比,并分析了叔本华悲观哲学的深刻影响。海登·怀特历史诗学的跨文化和跨学科特征是显而易见的。

海登·怀特认为,诺曼·布朗是极少数利用现代艺术技巧的当代历史学家。他将现象学理论运用于历史研究,"把过去和现在的全部意识数据归纳到同一个本体层面,然后,通过一系列光彩照人的并置、缠结、归纳和曲解"〔1〕,获得现象学视野中的历史真实,其历史撰写也达到了波普艺术家或约翰·凯奇在"即兴"作品众多力图达到的艺术效果。海登·怀特认为,在科学与艺术这两种文化交流的氛围中,更好地解决了历史解释中科学因素与艺术因素的关系。

海登·怀特认为历史研究的跨文化交流不仅在于各学科的差异性和互补性,还在于在历史叙述、文学的真实范畴以及纯粹的想象范畴中存在着一个主导隐喻。历史叙述的主导隐喻可使历史研究能够运用当代科学和艺术洞见。卡尔·波普尔等哲学家的研究以及概率理论表明,科学命题的实证主义是幼稚的。实证主义不应在科学陈述与形而上学陈述之间划定严格界限。科学家、哲学家、文学家以及历史学家是通过主导隐喻来认识世界的。这为历史研究引入诸如控制论、精神分析学等其他学科理论提供了开拓性视野,让历史学家从追求不可能实现的包容一切的"客观性"泥潭中走出。"如果我们时代的历史学家愿意积极参与当代普通的知识和艺术生活,那就不必以现在所用的胆怯和进退维谷的方式维护历史价值。"〔2〕"当下生活"不仅能够让历史学家走出"历史阴影",还是维护历史价值的最好方式。主导隐喻的含混性为历史学家创造性地将过去和现在联系起来。

---

〔1〕　海登·怀特:《后现代历史叙事学》,陈永国、张万娟译,中国社会科学出版社2003年版,第56页。

〔2〕　海登·怀特:《后现代历史叙事学》,陈永国、张万娟译,中国社会科学出版社2003年版,第59页。

海登·怀特主张历史应该积极借鉴艺术文化与科学文化的最新成果,把历史学家从过去的"重负"中解放出来。"只要它拒绝使用现代艺术和现代科学给它提供的窗口,它就仍然是盲目的……"[1]因此,走向历史诗学,意味着开启了一扇人文领域的跨文化研究大门——新思想、新方法才会源源不断地涌入。

## 第五节　历史诗学:回归一种依托于
## 微观体验的"宏观叙事"

1993年波兰历史学家埃娃·多曼斯科采访的十位历史学家中,有五位(海登·怀特、凯尔纳、安克斯密斯、巴恩、丹图)倾向于历史的审美层面,有三位(伊格尔斯、托波尔斯基、吕森)对此保留,戈斯曼与伯克的历史研究中,虽然审美层面没有占据核心位置,但是也出现在他们的研究背景中。[2]因此,发生于历史学的现代主义与后现代主义之争,其实是历史写作的审美层面与"科学的和哲学的关切之间的关系问题"[3]。

埃娃教授指出,海登·怀特是最早洞察到历史学的美学转向的学者,别的学者花了十年之后才认识到这一点。"自柯林伍德的时代以来,历史学繁荣了起来。与此同时,在其多样性中,它与审美事项有了越来越多的相通之处。"[4]海登·怀特之所以与其他历史学者颇不寻常,是因为"他很早就对审美的层面以及由此发生的问题洞若观火"[5]。阿瑟·丹图认

---

〔1〕 海登·怀特:《后现代历史叙事学》,陈永国、张万娟译,中国社会科学出版社2003年版,第62页。

〔2〕 埃娃·多曼斯科:《邂逅:后现代主义之后的历史哲学》,彭刚译,北京大学出版社2007年版,导言,第4页。

〔3〕 埃娃·多曼斯科:《邂逅:后现代主义之后的历史哲学》,彭刚译,北京大学出版社2007年版,导言,第5页。

〔4〕 埃娃·多曼斯科:《邂逅:后现代主义之后的历史哲学》,彭刚译,北京大学出版社2007年版,导言,第7页。

〔5〕 埃娃·多曼斯科:《邂逅:后现代主义之后的历史哲学》,彭刚译,北京大学出版社2007年版,导言,第8页。

为,"美学与科学无法分离。"[1]因而,"清除了一切审美观照的陈旧的'科学历史学'的观念,不过是丧失了人文关怀的历史。"[2]托波尔斯基将审美的层面从属于有效性和意义的标尺下。[3]

那么,为什么众多历史学家有意无意地同时倾向于历史研究的审美层面呢?

### 一、海登·怀特的历史诗学与人之微观体验

对历史研究的审美关注,意味着历史由重整体性、统一性的宏观叙事转向了重个体性与暂时性的微观体验。罗素认为,历史学除了有求真的价值(对过去有更多的知识)和实用的价值(对未来有更多的智慧),还有心灵的价值、美感的价值。"人生总是局促于一个狭隘的时间和空间的领域之内的,总是陷于种种现实生活的烦忧和痛苦之中,那往往是繁琐、庸俗、无聊而又摧残人的神经的,因此人生就总有一种要求超脱于现实的龌龊生活之外的向往,一种辱宠皆忘、与世相遗而独立地观照千秋万世的愿望。正像是安那克里昂(Anacreon)之沉湎于醇酒而忘忧,一个历史学家则可以神游于古人或来者的世界,静观过去和未来;这可以提高我们的境界。"[4]

海登·怀特在《走出历史:詹姆森的叙事救赎》一文中指出,詹姆森设想了一种忠实于中世纪先驱的社会诠释学,"其中性欲革命和肉体变形的意象再次成为完善团体的一种形象。"[5]由于身体意象与身体形象的介入,詹姆森将这种社会诠释学称为社会诗学。詹姆森并不将历史视为一

---

〔1〕　埃娃·多曼斯科:《邂逅:后现代主义之后的历史哲学》,彭刚译,北京大学出版社2007年版,第197页。

〔2〕　埃娃·多曼斯科:《邂逅:后现代主义之后的历史哲学》,彭刚译,北京大学出版社2007年版,导言,第11页。

〔3〕　埃娃·多曼斯科:《邂逅:后现代主义之后的历史哲学》,彭刚译,北京大学出版社2007年版,导言,第10页。

〔4〕　何兆武:《当代西方史学理论》,中国社会科学出版社1996年版,第245页。

〔5〕　海登·怀特:《形式的内容:叙事话语与历史再现》,董立河译,文津出版社2005年版,第196页。

个文本，"我们只能以文本的形式接近它。"[1]在记叙意义上，"历史具有一种实在的而不仅仅是想像的指涉物。"[2]历史的指涉物只能首先经过文本来接近，然后再去领悟其功能。阿尔都塞将这种功能称为"必然性"体验。对詹姆森来说，"问题不是历史是否存在，而是我们是否能够理解'必然性'，以及理解到什么程度。我们当前的经验要求我们，承认'必然性'不是我们自己的产物，而是过去人类行动者行为的产物。"[3]无论这种"必然性"是什么，首先要去体验，才能理解。在海登·怀特看来，詹姆森想通过批判现代主义叙事，走出"必然性"历史的束缚走进历史是不可能的。"问题可能不在于如何走进历史，而在于如何走出历史。"[4]海登·怀特没有言明的是，詹姆森忽视了当下意义的人之体验，所以无法"走出"历史。海登·怀特对叙事问题的关注晚于历史文本的诗性结构的分析。1987年出版的《形式的内容》一书标志着海登·怀特也将叙事和叙事性的问题纳入其历史诗学的视野。随后出版的《历史情节化与真实的问题》和《比喻实在论》等书主要探讨了叙事的问题。此后，叙事问题成为海登·怀特的历史诗学的重要内容。

从形式上来看，"叙事"是一种"元编码"的形式。这种形式对于人类有重要的意义。因为，"现实是一条毫无意义的事件之流，生活中的事件被历史学家杂乱无章地记录于编年史中。这样的过去是不能被理解的，因为，过去是由没有任何意义的事情、情感状态和事件组成。历史学家的任务就是将过去翻译成历史。"[5]这种翻译形式就是叙事。正是想到了"人"，尤其是想到"人之体验"时，海登·怀特才将叙事纳入研究视野。休

---

〔1〕 海登·怀特：《形式的内容：叙事话语与历史再现》，董立河译，文津出版社 2005 年版，第 199 页。

〔2〕 海登·怀特：《形式的内容：叙事话语与历史再现》，董立河译，文津出版社 2005 年版，第 199 页。

〔3〕 海登·怀特：《形式的内容：叙事话语与历史再现》，董立河译，文津出版社 2005 年版，第 200 页。

〔4〕 海登·怀特：《形式的内容：叙事话语与历史再现》，董立河译，文津出版社 2005 年版，第 225 页。

〔5〕 Hans Bertens and Joseph Natol. *Postmodernism：The Key Figures*. Blackwell Publisher，2002，p.326.

谟认为,人性是先天性的,是人的一种本能。马克思从社会性上看人性,认为人性是社会性的体现,而罗素从人性上看社会性,认为社会性是人性的一个表现。海登·怀特从历史意识上思考人性,其历史诗学暗含着一种编撰人性化的历史书写的内在要求,倡导一种闪耀着人性光辉的历史哲学。当海登·怀特把历史叙事与人性问题紧密相连时,叙事的意识形态问题也就浮出了水面。

从内容上看,所谓"叙事",就是将"了解的(knowing)东西转换成可讲述(telling)的东西"〔1〕。叙事并非仅仅是一种再现真实事件的中性推论形式,而且还是"包含有鲜明意识形态甚至特殊政治意蕴的本体论和认识论选择"〔2〕。叙事形式不仅担负着将"过去"转换成"历史"的作用,还调整着我们的"现实感","我们的'现实感'始终是一种编织,始终通向某种关于现实为何的叙事来进行调整。"〔3〕因此,"叙事"形式具有丰富的历史与现实内容。其中,最主要的内容便是意识形态性和伦理道德。"叙事性的在场既标示着该话语的客观性、严肃性又标示着它的实在性。"〔4〕叙事如此重要,它不但是历史领域的关注焦点,而且也成为整个人文领域的研究热点。

海登·怀特认为,历史学家已经呼吁回归叙事,哲学家试图证明叙事作为一种解释的正当性,神学家、伦理学家、人类学家、精神分析学家、文化批评家等都从叙事中寻找新的突破和灵感。"实际上,在人文领域中,在后现代名义下的整个文化运动的主要特征便是支持一种有计划的向叙事的回归。"〔5〕在后现代者集中火力攻击的"宏大叙事"并未消失,而是向

---

〔1〕　Hayden White. "The Value of Narrativity in the Representation of Reality", *The Content of the Form*. The Johns Hopkins University Press, Baltimore and London, 1987, p. 1.

〔2〕　Hayden White. "The Value of Narrativity in the Representation of Reality", *The Content of the Form*. The Johns Hopkins University Press, Baltimore and London, 1987, p. 1.

〔3〕　约瑟夫·纳托利:《后现代性导论》,潘杰等译,江苏人民出版社 2004 年版,第 34 页。

〔4〕　Hayden White. "The Value of Narrativity in the Representation of Reality", *The Content of the Form*. The Johns Hopkins University Press, Baltimore and London, 1987, p. 24.

〔5〕　Hayden White. "The Value of Narrativity in the Representation of Reality", *The Content of the Form*. The Johns Hopkins University Press, Baltimore and London, 1987, p. 1.

整个人文学科领域扩散为具体化和体验化的微观叙事。微观体验就是个体体验，即胡塞尔所谓的"不要大钞票，要小零钱"。因为说到底，"生活是这样具体实在，一切抽象都结束了。"[1]也正如利科毕生所证明的："除了别的以外，历史是有意义的暂时性，是一种能赋予变老过程以意义的暂时性经验。"[2]

海登·怀特对断续性历史的欣赏，正是关注历史中稍纵即逝的零散的片断的个体体验的结果。"普遍理论从没有成功过；它们的基本前提、概念、解释模型及其元理论的逻辑依据已经一再被表现为是局部性的……"[3]他之所以对利科历史叙事理论感兴趣，是因为利科发现了"深度时间"经验，是死亡和不朽之谜的经验。在《达洛维夫人》、《追忆似水年华》中，可以看到"深度时间"经验所获得的语言表达形式。历史与现实、过去与现在连接的桥梁不是语言，而是人之体验。这是康德将道德引入哲学、柯林伍德将道德引入历史的原因。道德感是人的一种重要的社会心理感受。海登·怀特最早洞察到历史学的美学转向，发现"破碎的"现实感是人类了解世界、掌握历史的重要方式。海登·怀特的历史诗学通过"重拾"经典史学家的诸种体验，展示了"小的才是美丽的"（梅迪克），并尽可能地将这些体验概念化、形式化地展示出来，为当代历史编撰者和史学家提供一种在历史中表达自己的体验的方法。

所以，他反对埃娃·多曼斯科教授在大学开始历史方法论课程，认为这门课程无助于学生掌握历史之真谛。如果要在大学开设历史课的话，就应该向学生提供最优秀的历史经典著作，让学生思考、感受、了解其中的历史意识。所谓的历史意识，其实是一种融入了现在体验的历史经验。抛开当下意识和现在体验的历史经验只是空谈，这样的过去是一种于事无补、于人无益的"历史的过去"。卡西尔说："历史现象属于一个特殊的

---

〔1〕 徐岱：《批评美学——艺术诠释的逻辑与范式》，学林出版社2003年版，引论，第8页。

〔2〕 Hayden White. "Commentary：'With no Particular to go'：Literary History in the Age of Global Picture", *New Literary History*, Vol. 39, 2008, p. 731.

〔3〕 史蒂文·赛德曼：《后现代转向》，吴世雄等译，辽宁教育出版社2001年版，第170页。

领域:属于人的领域。离开了人的世界,我们便不能在历史一词独具的意义上谈论历史。"〔1〕伊格尔斯指出,"随着新的注意力被给予了个人,历史学便再度采取了一种人情味的面貌,但这一次不是给予了上层的权势者而是给予了普通的百姓。"〔2〕20世纪70年代以来,人们越来越质疑社会学的历史学前提了。弗朗西斯·福山在其《历史的终结》一文中激进地认为,现代技术性与资本主义的自由市场原则相结合,促进了人类社会的发展与进步。但是于尔根·柯斯卡却与他相反,认为现代性与市场经济的结合是对民主体制、公民自由、社会正义和多元文化的威胁。

意大利两位微观历史学家卡罗·金斯堡与卡罗·波尼认为,应该警惕以人的全面发展为代价的技术理性与置于上层权势的历史政治学而编撰面向人民(主要是小人物)日常生活的微观历史学。于是,美国史学家伊格尔斯认为历史学由对现代性充满信心的宏大叙事转向批判现代性的微观体验成为一种必然趋势。海登·怀特对历史编撰与阅读中的微观体验的重视与伊格尔斯所说的历史由宏大叙事转向微观历史学的发展趋势不谋而合。"概念对人都是相同的,而体验则人人各异。历史学必须传达给人以对于人物或事物的某些具体感受,这就有似于对艺术的美感经验了。"〔3〕伊格尔斯认为,微观历史学家的历史解释重在"捕捉历史中的人间的和个人的方面",这是宏观历史学所忽视的。"冷静的分析是被一种难以言传的顿悟所取而代之。"〔4〕这样,"微观历史学家们就为研究过去的历史感增添了具体感。"〔5〕于是,我们明白了海登·怀特为什么如此欣赏、看重布克哈特、托克维尔、米什莱在历史编撰中大胆运用那个时代最新艺术技巧了。因为这些艺术技巧最适于表达惟妙惟肖、难以捉摸的

〔1〕 恩斯特·卡西尔:《符号·神话·文化》,李小兵译,东方出版社1988年版,第72页。
〔2〕 伊格尔斯:《二十世纪的历史学:从科学的客观性到后现代的挑战》,何兆武译,辽宁教育出版社2003年版,第16页。
〔3〕 何兆武:《当代西方史学理论》,中国社会科学出版社1996年版,第334页。
〔4〕 伊格尔斯:《二十世纪的历史学:从科学的客观性到后现代的挑战》,何兆武译,辽宁教育出版社2003年版,第134页。
〔5〕 伊格尔斯:《二十世纪的历史学:从科学的客观性到后现代的挑战》,何兆武译,辽宁教育出版社2003年版,第135页。

微观体验。

问题是,如果历史学仅仅是讲述日常生活琐事的微观历史学,那么它也就不是历史学而返回到机械记录或"日志"的原始状态,"日常生活史可能会退化成为逸闻轶事和发古思之幽情。"〔1〕"多重声音、多种声部的后现代文化威胁到了社会对共享现实感的'织造'。"〔2〕在注重人之微观体验的同时,不应深陷其中,还应超越它上升到对这些体验整体把握的"宏观叙事"。"为了在世界上确立我们的叙事,我们首先都必须处在一种共享的'现实感'中。"〔3〕批判现代性、反对宏大叙事的柯斯卡也认为,"孤立于更广阔的语境之外,而把注意力集中在历史的'琐碎'方面,就会使历史知识成为了不可能而导致历史学的'繁琐化'。"〔4〕不仅"个人却只能是作为一个更大的文化整体的一部分而为人理解"〔5〕,而且"当概念延伸到可以覆盖一切时间和地点时,或是包容社会一切时,它们就变得如此空泛以致失去了它们拥有的任何解释价值"〔6〕。

## 二、海登·怀特的历史诗学与"宏观叙事"

20世纪80年代东欧剧变、苏联解体使"宏大叙事"的终结由人文领域延伸到社会现实,似乎表明了"宏大叙事"与自由思想、多元文化、民主政体与人文精神的内在矛盾。但是"宏大叙事"被想象发明的"小小叙事"(利奥塔)所取代并不代表"宏观叙事"的消退。根据利奥塔的理解,"宏大叙事"是一种"哲学元叙事",是"曾支配一切各种历史哲学,如理性和自由得到逐渐而稳步发展的启蒙运动的故事"〔7〕。宏大叙事其实用"元话语"

〔1〕 伊格尔斯:《二十世纪的历史学:从科学的客观性到后现代的挑战》,何兆武译,辽宁教育出版社2003年版,第121页。

〔2〕 约瑟夫·纳托利:《后现代性导论》,潘杰等译,江苏人民出版社2004年版,第35页。

〔3〕 约瑟夫·纳托利:《后现代性导论》,潘杰等译,江苏人民出版社2004年版,第35页。

〔4〕 伊格尔斯:《二十世纪的历史学:从科学的客观性到后现代的挑战》,何兆武译,辽宁教育出版社2003年版,第121页。

〔5〕 伊格尔斯:《二十世纪的历史学:从科学的客观性到后现代的挑战》,何兆武译,辽宁教育出版社2003年版,第121页。

〔6〕 史蒂文·赛德曼:《后现代转向》,吴世雄等译,辽宁教育出版社2001年版,第170页。

〔7〕 史蒂文·赛德曼:《后现代转向》,吴世雄等译,辽宁教育出版社2001年版,第332页。

"讲述了一个关于整部人类历史的故事……这个故事保证某些科学和某些政治有正确的语用学,因而是正确的实践。"〔1〕利奥塔对"宏大叙事"的批评曾赢得满堂喝彩。

随着时间流逝,利奥塔解构"宏大叙事"局限性慢慢浮出水面。在(利奥塔)倒掉哲学元叙事这盆洗澡水时,把宏大历史叙事这个孩子也一起倒掉了;在倒掉抽象的马克思阶级理论这盆洗澡水时,把对大规模不平等的社会理论分析这个孩子也一起倒掉了。〔2〕他对"宏大叙事"的批评是放在"元话语"上,而非"叙事"上。利奥塔对"宏大"的怀疑"扩展到历史性的叙事及社会理论……确切地说,他直接反对的是社会理论这个规划"〔3〕。"哲学元叙事"之"元"是一种享有特权的话语,不仅不受历史性、偶然性影响,而且"能够随意安置、描述和评价其他所有的话语"〔4〕。"元话语"是叙事话语中的主宰者,它使故事太长,从绵长悠远的过去到遥不可及的未来,它涵盖了整个人类的故事(如马克思主义),这也是"元话语叙事"为什么被称为"宏大叙事"的原因。同时,它也使故事太理论化,掩盖了故事的丰富性和多样性。理论化与超时空的"宏大叙事"本质上是"反叙事"的,但是社会理论的某种规划与历史性叙事是不应弃除的。在反对"宏大叙事"的同时,应该考虑一种"宏观叙事"。

"宏观叙事"以有时空边界的事件为基础,并赋予事件形式一致性。"虽然我相信我们应该放弃宏伟的现代主义叙事,但是一般的故事还是需要的。"〔5〕而"事件"与"故事"是海登·怀特历史叙事的两个重要支柱。他说:"当一组特定的事件赋予动机的方式被编码了,提供给读者的就是故事。"〔6〕事件与故事的区分表明海登·怀特未拒绝历史叙事的一致性或同一性观念,只不过是以形式一致性代替了逻辑一致性。如果说宏大

〔1〕 史蒂文·赛德曼:《后现代转向》,吴世雄等译,辽宁教育出版社 2001 年版,第 332 页。
〔2〕 史蒂文·赛德曼:《后现代转向》,吴世雄等译,辽宁教育出版社 2001 年版,第 336 页。
〔3〕 史蒂文·赛德曼:《后现代转向》,吴世雄等译,辽宁教育出版社 2001 年版,第 334 页。
〔4〕 史蒂文·赛德曼:《后现代转向》,吴世雄等译,辽宁教育出版社 2001 年版,第 332 页。
〔5〕 史蒂文·赛德曼:《后现代转向》,吴世雄等译,辽宁教育出版社 2001 年版,第 174 页。
〔6〕 Hayden White. *Metahistory—The Historical Imagination in Nineteenth-Century Europe*. The Johns Hopkins University Press, Baltimore and London, 1973, p. 6.

叙事是"完整的同一性",那么"宏大叙事"则是"破碎的同一性"(唐娜·哈拉威)。〔1〕历史文本和历史叙事的"同一性"问题无法回避。如海登·怀特在 19 世纪欧洲经典史学著作中发现了"诗性结构"这一"同一性"问题;在历史学家将一组事件编撰为故事过程中发现了"情节化"这一"同一性";他认为所有历史叙事的深层结构都有"语言学规则"这一"同一性"。这里的"同一性"是"破碎的"、"断续的"、不受"哲学元话语"安置的"同一性",是对历史意识的宏观把握。为了打破"完整的同一性",海登·怀特《元史学》只是选取了 19 世纪八位史学大师著作分析一个世纪代表性的历史文本所体现的"同一性"。《元史学》之后,甚至这种"断代式"史学研究也消失了——他主要进行"传记式"、"专题式"研究。

海登·怀特历史诗学,一方面拒绝了太长太抽象的"宏大叙事",另一方面以"宏观叙事"的理论规划和整体把握避免了微观历史学的"繁琐化"。这就不难理解,"尽管他(利奥塔)责难宏大的整体性的故事,但他还是叙述了一个关于大规模社会趋势的相当宏大的故事。"〔2〕因为,对"宏大叙事"的批评离不开"宏观叙事"的理论规划。"假使蒸发掉历史连续性和记忆的所有意义,假使拒绝元叙事,那么留给历史学家的惟一角色就是如福柯坚持认为的那样,成为过去的考古学家……"〔3〕而且,"追求瞬间冲击力的另外一面是相应地丧失深度。"〔4〕历史学家既要避免失去"同一性"而成为"过去的考古学家",又不能"丧失深度",那么唯有在历史叙事中做到宏观叙事与微观体验的紧密结合。

海登·怀特在《形式的内容》一书中反复强调形式的重要性,其实是为了强调一种宏观的叙事形式。没有它,历史叙事无法进行。但是这种宏观叙事形式里充满了个人体验的微观叙事内容。海登·怀特反复强调

〔1〕 史蒂文·赛德曼:《后现代转向》,吴世雄等译,辽宁教育出版社 2001 年版,第 122 页。

〔2〕 史蒂文·赛德曼:《后现代转向》,吴世雄等译,辽宁教育出版社 2001 年版,第 336 页。

〔3〕 戴维·哈维:《后现代的状况——对文化变迁之缘起的探究》,阎嘉译,商务印书馆 2003 年版,第 78 页。

〔4〕 戴维·哈维:《后现代的状况——对文化变迁之缘起的探究》,阎嘉译,商务印书馆 2003 年版,第 81 页。

当代历史编撰应该不断尝试新的艺术形式,就是因为这种新的艺术形式适合于表现鲜活的个体体验。海登·怀特之所以对贡布里奇摒弃致力于通过拓展的国家叙事、意象和概念作为使命的国家文学史,"设想了一种新的文学史,让文学破碎成数百个返回生活本身的'小入口',为了想起过去的世界而表现所谓的'文学事件'。"[1]在评论结构主义历史观时,海登·怀特已表明了他基于微观体验的宏观叙事思想,"作为完整的事件,每一个都是一种个体的发生(一种对抗任何普遍性前提和还原为特殊性集合的'具体普遍性'),历史似乎只是任何结构主义者希望逃避的状况。"[2]

　　海登·怀特的历史诗学无疑在向我们昭示:"理论家们所建构的广义的社会叙事仍然起着重要作用。这些叙事提供了关于过去、现在和未来的另一些形象化的描述,它们对当前占主导地位的形象化描述提供了另一些批判性的选择;它们可以提供象征性的文化源泉,各个团体可以用这一源泉来重新定义自身、其社会处境和可能的未来状况。"[3]在此意义上,"走向历史诗学"也意味着回归一种依托于微观体验的"宏观叙事",或者说"走向历史诗学"是对历史叙事采取一种"既要大钞票"、又"要小零钱"的包容性态度。正所谓"诗学理论既应该是照顾到逻辑的分析,也照顾到人生的智慧"[4]。

## 第六节　海登·怀特的历史诗学:反本质主义诗学与本质主义倾向

　　历史诗学如果不是基于艺术经验和生活的实际状况,便会走向理论

---

　　〔1〕　Hayden White. "Commentary: 'With no Particular to go': Literary History in the Age of Global Picture", *New Literary History*, Vol. 39, 2008, p. 735.

　　〔2〕　Hayden White. "The Historical Event", *Differences: A Journal of Feminist Cultural Studies*, Vol. 19, No. 2, 2008, p. 24.

　　〔3〕　史蒂文·赛德曼:《后现代转向》,吴世雄等译,辽宁教育出版社 2001 年版,第 174—175 页。

　　〔4〕　何兆武:《当代西方史学理论》,中国社会科学出版社 1996 年版,第 170 页。

主义和本质主义。海登·怀特的历史诗学是为了"解构"客观主义（自然主义）的反本质主义诗学。他对"事件"与"故事"区分虽然奠定了历史诗学的根基，但是，纵观海登·怀特的研究著述，他很少考虑"事件"以及事件背后的生活本身，其关注焦点主要是"故事"。在事件/故事、事件/事实这两组概念中，海登·怀特采取了"前轻后重"的"解构"策略。这就使得其历史诗学具有脱离艺术实践经验与实际生活的本质主义倾向。

一、海登·怀特历史诗学是一种反本质主义诗学[1]

1. 从批判目标来看，海登·怀特历史诗学针对的是传统客观主义与实证主义历史观念

海登·怀特《元史学》一书从语言着手，分析历史文本的语言特质，揭示了历史语言与文学语言之间的联系，强调历史语言所具有的歧义性、暗示性、情感性、象征性，在此基础上，分析了历史文本的虚构性、想象性和创作性。他一反传统史学理论围绕历史事件和历史知识，而以历史文本和历史语言为研究对象。因此，海登·怀特的历史诗学是一种语言本体论历史哲学，这完全不同于以往的历史学家以历史文献记录或历史遗迹为主要研究对象的客观主义历史学。如果说，客观主义历史学注重于历史事件的文献性、实证性与还原性，那么海登·怀特的历史诗学则强调历史事件的虚构性、隐喻性与话语性。然而，"我们所知道的历史事实总是有限的、片面，所以总会有其主观上的局限性，所以不可能是真正'客观的'。大家即使一致认同的，也并不就等于客观。雨后的天空会出现彩虹，它是人所共见的，但彩虹是客观存在的吗？每个时代、每个群体、每个个人都会有其局限性或偏见，因此，传统史学家所谓的那种意义上的'客

---

[1] 国内对海登·怀特历史诗学的反本质主义的系统论述，请参见董馨：《文学性与历史性的通融——海登·怀特的反本质主义诗学》，载《中州学刊》2007 年第 4 期，第 221—225 页。我在博士学位论文《走向历史诗学——海登·怀特的故事解释与话语转义理论研究》（2006 年 6 月）中，简单地谈到本质主义与反本质主义的关系以及海登·怀特历史诗学的反本质主义思维方式，当时还未对这些观点进行详细论述。

观如实',是根本就不存在的。"[1]

福柯《话语秩序》研究了知识、权力和性欲之间的关系,揭示了知识背后的权力与性欲因素。受其启发,海登·怀特《元史学》运用系谱学研究了历史话语背后的真、善、美及转义要素。他寻找的并非历史意识的起源,而是想弄清历史话语中历史意识究竟是怎样产生的,分析四位史学家(米什莱、托克维尔、布克哈特与兰克)和四位历史哲学家(马克思、黑格尔、克罗齐和尼采)的话语档案,描述了19世纪历史知识的差异性、断裂性与变动性状态,揭示了深层历史意识的演变关系,由历史之"事"转向历史之"言"与历史之"心"。

1995年,海登·怀特在回应马维克(Marwich)对《元史学》一书的质疑时,指出:"对我来说,历史书写是发明性的而不是传统历史学家所提出的'风格'观念,如果把历史学家文本视为明显的修辞创作的话,人们不仅能够看到历史学家在书写中或通过书写有效地建构话语的主题,而且能看到他们最终所写的与其说是一个在研究过程中创建的报告,不如说是一个想像中构成了最初关注对象的。这就是为什么我在《元史学:十九世纪欧洲历史想像》一书中把'历史诗学'构想为一种不同历史理论循环的替代。"[2]直到《元史学》问世20年后,海登·怀特还在为发轫于古希腊的"历史诗学"思想进行辩护,其反客观主义历史观念的决心可见一斑。

正如何兆武所言:"历史学并不仅仅是史料学,史料是一堆砖瓦建材,但是要建筑历史学上的大厦,却有赖于乃至取决于历史学家精心勾绘的那张蓝图。"[3]"那张勾绘的蓝图"其实就是对史料的阐释。阐释的方法、视角不同,相同的史料会具有不同的意义。这是海登·怀特在《元史学》一书以及以后的学术研究中不断强调的观点。

---

[1] 彭刚:《叙事的转向:当代西方史学理论考察》,北京大学出版社2009年版,序一(何兆武)。

[2] Hayden White. "*Response to Arthur Marwick*", *Journal of Contemporary History*, Vol. 30, No. 2, April 1995, p. 240.

[3] 彭刚:《叙事的转向:当代西方史学理论考察》,北京大学出版社2009年版,序一(何兆武)。

　　《历史中的阐释》(1972年)一文写于《元史学》一书正式出版之前,该文从解释学角度论述了历史著述中阐释的必要性、阐释的方法和阐释的层面。海登·怀特明确指出历史叙事不仅仅是事件的描述、罗列与再现,还包含着无法抹掉的阐释因素。这是历史记录太多太少的缘故造成的。历史学家不可能完全再现历史进程中某一时刻所有历史事件,必须排除与叙事目的无关的事件。有时,历史学家可能要补充历史记录中缺少的事件,阐释事件发生的原因、时间等。"一个历史叙事必然是充分解释和未充分解释的事件的混合、既定事实和假定事实的堆积,同时既是作为一种阐释的一种再现,又是作为对叙事中反映的整个过程加以解释的一种阐释。"[1]他通过提出"元史学"概念来证明阐释策略的正当性,并认为"正宗历史"与"元史学"的区分模糊了历史编撰中阐释的性质。德罗伊森、黑格尔、尼采和克罗齐四位19世纪重要历史理论家拒绝追随兰克的客观性神话,都强调历史学家对过去事实的能动发明,并对历史阐释进行了四重分类。德罗伊森认为阐释是必要的,因为历史记录是不完整的;尼采坚持认为要达到"客观性",就必须在历史编撰中阐释事件;黑格尔和克罗齐也都确立历史学家阐释过去的认知权威性,坚持认为历史学家理解事实须要一种批判的自我意识为导引。

　　上述坚持阐释论历史观者,都否认实证主义的历史客观性,而主张另一种"客观性"。在德罗伊森看来,历史文本是运用散文话语中见到的文学再现的结果。尼采认为历史的客观性不是科学家的那种客观性,而是戏剧家的那种客观性,历史学家的任务就是要戏剧性地思维。黑格尔和克罗齐把历史撰修置于文学艺术当中,把诗意直觉作为历史学家洞察现实的基础。"他们相信诗歌是一种认识形式,实际上是一切认识的基础。"[2]那些关注历史科学地位的历史学家忽视了历史叙事的阐释因素。

---

　　〔1〕 海登·怀特:《后现代历史叙事学》,陈永国、张万娟译,中国社会科学出版社2003年版,第63页。

　　〔2〕 海登·怀特:《后现代历史叙事学》,陈永国、张万娟译,中国社会科学出版社2003年版,第68页。

海登·怀特认为有两种方式解决历史认识论问题，一种是实证主义的认识论，另一种采取文学性的策略。实证主义者认为，解释过去事件是因为历史学家成功地识别了支配事件发生的因果律。所谓文学性的策略，是指历史学家采取一种形式上是"文学的"解释方法，主要是以叙事的方式解释事件，发现隐藏在事件之内的故事。海登·怀特认为叙事学的历史解释有助于对世界的客观认识，因为这解释在性质上是经验的。这两种认识论都承认"阐释"存在于历史叙事之中。他提醒要区分基于经验的叙述和基于阐释策略的叙述，前者认为历史叙事中解释形式的性质是"科学的"，后者认为是"文学的"。

海登·怀特着重阐发了列维·施特劳斯的历史阐释理论。列维·施特劳斯对于历史叙事的阐释问题持一种激进观点。在《野性的思维》中，他认为历史叙事的形式一致性中只有一个"骗人的纲要"，是历史学家强加于大量历史事件之上的。历史叙事必然是阐释性的，是历史学家本人借助于抽象手法"建构"起来的。作为叙事因素，历史事实是选择的而不是逻辑证实的。

在弗莱历史阐释思想的基础上，海登·怀特概括指出，历史阐释包括系列事件的情节化，借此，"事件的性质就作为一个综合过程由它们作为一个特殊种类的故事的构架而揭示出来。"[1]事件之间在时间关系之外，还有情节上的关联。正如美国当代历史学家明克所说，在历史叙事中，故事之于情节，如同事件的解释之于整个序列事件意义的概括描写。这使海登·怀特受到启发。他认为每一部历史著作至少有两个阐释层面：故事层面的阐释和叙事技巧的阐释。故事层面的阐释指历史学家将编年史的事件建构成故事的过程；叙事技巧的阐释指历史学家循序渐进地识别其所讲故事的过程。为了更好地理解柯氏这两个层面的阐释，海登·怀特介绍了柯林伍德双重阐释理论。柯林伍德在《历史的理念》中指出，历史学家运用批判性策略和构成性策略合法地超越了"权威"所讲述的过去事件。

---

[1]　海登·怀特：《后现代历史叙事学》，陈永国、张万娟译，中国社会科学出版社 2003 年版，第 75 页。

所谓批判性阐释策略,指历史学家通过对文献的批判,确立叙事"框架",从文献中选择系列事件建构成故事;构成性阐释策略,柯林伍德称之为"构成性想像",即叙事框架确立后,历史学家填补记录的空白,从已知的实际发生过的事实中推导出未记录的事实。没有构成性想象,任何历史叙事都不可能生产出来。"构成性想像使历史学家注意到一组特定事件的形式,以便将其用作可能的'思想客体'。"[1]海登·怀特指出,作为一种虚构活动,构成性想象不是历史学家的任意行为而是推理的,其结果是形成受形式逻辑支配的结构。柯林伍德认为,历史学家开始研究历史记录之前可能就已形成了关于人类及其举止的结构观念,并将其投射到历史记录上。历史学家的观念与历史事件形式之结合的"故事"深嵌于历史记录所给出的"事实"之内。历史观念因人而异,观念与形式的结合也多种多样,"故事之间无相似者。"[2]但这并不意味着故事类型在数量上是无限的,因为在事件情节化阐释过程中,历史学家必须依赖文化上积累的"神话",才能把"事实"建构成特定种类的"故事"。只有传统"神话"认可这些类型,历史学家才能赋予人类进程以意义的适当形式。

历史学家对文献中的事件进行编排,虽不改变事实的真实价值,但不同的编排方式意味着不同阐释而生产不同的意义。海登·怀特区分故事与情节的目的是为了识别历史叙事中的"虚构"成分。他对柯林伍德"构成性想像"机制进行分析,识别出的"构成性"成分也是历史叙事的情节结构。历史学家在故事中对事件的阐释,是其"解释"过去发生事件的一种方式。历史学家与历史哲学家的著作都有相同的形式属性,不同的是前者通过讲故事"解释"历史事件,后者对历史进程概念化,对历史叙事的"阐释"性质加以模糊而又予以说明。海登·怀特得出下列结论:"正如没有故事历史中就没有解释一样,没有情节就不可能有故事,正是情节使其

---

〔1〕 海登·怀特:《后现代历史叙事学》,陈永国、张万娟译,中国社会科学出版社 2003 年版,第 77 页。

〔2〕 海登·怀特:《后现代历史叙事学》,陈永国、张万娟译,中国社会科学出版社 2003 年版,第 78 页。

成为一个特殊类型的故事。"〔1〕因此,就像戏剧或小说的表达一样,情节—结构是历史学家"阐释"过去的一个必要成分。海登·怀特认为历史学家阐释运作的第二个方面是形式论证。历史学家以不同的形式范式对过去进行解释。所谓"范式",指"一组历史事实在被解释之后呈现的模式"〔2〕。形式范式解释的目的是清楚地认识历史领域诸现象之间的模糊关系。一个经过完整清晰解释的历史领域受关系结构或句法支配。形式范式解释是为证明事件之间的关联,目的是对事件进行整合与综合。有些形式解释是为厘清历史领域内不同实体,使其轮廓更加清晰。读者犹如手持放大镜,将历史领域的特殊因素放大。温德尔班称其为"特殊规律的研究"。这种解释是历史学家以准确的散文充分再现所观察的历史现象时完成的。

海登·怀特从经典历史著作中发现了形式范式解释模式与情节编排结构之间的亲和性,历史学家通过这种亲和性获得特殊的"解释效果"。这两种解释是历史叙事中表现的整个现象界的本质层面,而非条件层面。情节结构的选择给予历史叙事以明显可辨的形式;形式范式的选择给予历史学家的论证以特殊的形态、力度和表达方式。这两种选择是由道德的或意识形态的阐释所决定的。海登·怀特发现任何历史叙述都事先假定了特殊的意识形态承诺,"甚至公开声称没有特定意识形态承诺,在分析过去的社会时压制明显的意识形态冲动的历史学家,都可以说是在明显的意识形态框架内写作的。"〔3〕意识形态阐释是指历史学家对构成历史叙述的各个历史环境的"意义"进行解释与说明。海登·怀特借用卡尔·曼海姆四种意识形态立场(自由的、保守的、激进的和无政府主义的)表示历史叙事中存在的意识形态阐释模式。

---

〔1〕　海登·怀特:《后现代历史叙事学》,陈永国、张万娟译,中国社会科学出版社 2003 年版,第 81 页。

〔2〕　海登·怀特:《后现代历史叙事学》,陈永国、张万娟译,中国社会科学出版社 2003 年版,第 83 页。

〔3〕　海登·怀特:《后现代历史叙事学》,陈永国、张万娟译,中国社会科学出版社 2003 年版,第 91 页。

他认为在美学的(叙事策略的选择)、认识论的(解释范式的选择)和伦理学的(意识形态立场的选择)阐释之外,还存在着一个主导转义的阐释策略。前三个阐释模式都置于某一主导转义的层面上。这一基本阐释层面基于语言自身,依据主导转义策略来理解。他把主导转义分为隐喻、转喻、提喻和反讽四种形式。隐喻断言差异中的共性或共性中的差异,转喻把部分摆在首位,把意义赋予整体;在提喻中,总体的性质有别于构成总体的各个部分。

根据伯克的说法,隐喻的用法是还原的,提喻是再现的。"重要一点在于,在隐喻、换喻(即转喻)和提喻中,语言给我们提供了思想在为经验领域提供意义的努力中自身采取的方向,这些经验领域还没有通过常识、传统或科学而获得认知上稳固的地位。"[1]语言并非思想的物质外壳,而是思想意识的基础。如海登·怀特认为隐喻理解假定两个现象之间的相似性,它是"形式论"解释模式的语言基础。转喻把复杂的历史领域理解为部分对部分的关系,并根据因果规律理解历史,提喻语言是机械论解释模式的样板。提喻认可趋于把部分综合成一个整体,这也是有机论解释系统的目的。反讽语言承认含混、模棱两可的陈述;反讽思维是辩证思维模式的转义基础。反讽理解是一种否定的隐喻,在字面意义上否认命题中包含的共性或差异。根据维柯的说法,"反讽是一种语言策略,它把怀疑主义当作一种解释策略,把讽刺当作一种情节编排模式,把不可知论或犬儒主义当作一种道德姿态。"[2]历史"阐释"如同福柯所说那样是语言模式的"形式化"。

海登·怀特识别了历史文本所包含的四种历史阐释方式:情节结构阐释、形式范式阐释、意识形态阐释和主导转义阐释,它们分别与人的情感能力、认识能力和语言能力有关。每一个阐释层面又有四种解释模式,

---

〔1〕 海登·怀特:《后现代历史叙事学》,陈永国、张万娟译,中国社会科学出版社2003年版,第97页。

〔2〕 海登·怀特:《后现代历史叙事学》,陈永国、张万娟译,中国社会科学出版社2003年版,第98页。

情节编排模式有喜剧、悲剧、浪漫剧和讽刺剧,形式范式解释有形式论、有机论、机械论和语境论,意识形态阐释有激进主义、自由主义、保守主义和无政府主义,转义理解有隐喻、转喻、提喻和反讽。前三种阐释是"现象界"的形式化,"这个现象界原本是由语言本身在主导转义的基础上形成的。"[1]如果说"现象界"是历史叙事的表层结构,转义理解是深层的意识结构。

海登·怀特认为黑格尔、德罗伊森、尼采和克罗齐等历史学家都有意无意地运用了历史四重阐释理论。如黑格尔识别出普遍的、实用的、批判的和概念的历史修撰,以转喻和提喻意识为主。克罗齐区分了浪漫主义的、实证主义的、唯心主义的和批判的历史思想"学派",化解为隐喻的、转喻的、提喻的和反讽的意识形态。由此看来,比喻是历史阐释的根源,这就将人们的注意力由历史事实引向了历史事实的意义探讨。

2.从理论内容来看,海登·怀特历史诗学是叙述主义历史哲学[2]

《元史学》其实是一部以19世纪欧洲经典史学文本的共时性结构为对象的"历时语言学",该书按时间顺序,海登·怀特运用结构主义语言思想和形式主义方法分析了从19世纪初期伏尔泰、吉本、休谟、康德的启蒙主义晚期史学观念到19世纪晚期克罗齐的历史哲学思想。既不像客观主义历史学家那样考证这八位19世纪经典史学家史料的真实性、可信度以及历史过程的规律、目标、意义和动力等问题,也不是像分析的历史哲学那样探讨历史学的学科性质、历史认识和历史解释的特性等,而是将历史编撰著作与历史哲学著作都视为历史文本,探究八位史学家历史文本中不同的情节结构、论证模式、意识形态蕴涵和比喻模式。因此,海登·怀特的历史诗学是与"如实直书"的客观主义历史哲学和分析的历史哲学相对的叙述主义历史哲学。海登·怀特认为叙事不仅可以清晰地再现事件,而且可"以话语形式表达关于世界及其结构和进程的清晰的体验

---

〔1〕 海登·怀特:《后现代历史叙事学》,陈永国、张万娟译,中国社会科学出版社2003年版,第98页。

〔2〕 彭刚:《叙事的转向:当代西方史学理论考察》,北京大学出版社2009年版,第2—6页。

和思考模式"[1]。

有人认为,通过"叙事转向"反对客观主义史学观念有三个原因:[2] 首先,叙事是历史学话语的主要形态,是史学话语的根本属性。"叙事转向"其实是"叙事复兴"。其次,叙事与分析的关系重新得到审视。"历史分析和历史叙事(至少在优秀的历史作品中)原本是不可分割地结合在一起的。"[3]第三,当代史学家对历史叙事文本的关注,获得了一系列新的洞见与收获。

其实,海登·怀特历史诗学由"事件的再现"到"事件的解释"的转变,更主要的是意味着史学研究对象由历史过程到历史意义的转变。所谓"意义",指"说话人发出语言形式时所处的情景和这个形式在听话人那里引起的反应"[4]。对历史叙述方式的研究,其实是对历史事件意义生成机制的研究。海登·怀特根据卡尔的叙事观得出这一结论:"叙事性再现,并不是历史学家任意把叙事形式强加于一种非叙事内容的结果。"[5]历史叙事是有关事件的字面陈述,是语言比喻过程的产物。所谓真实的故事,其实是一种字面意义真实的故事,是讲述的故事与现实生活中的故事大致相符。叙事不仅是一种话语形式,还是一种认知模式。事件的情节化过程是"'叙事地'思考并言说"[6]。

海登·怀特运用丹麦语言学家路易·叶尔姆斯列夫的话语多层理论探究叙事话语及其意识形态问题。叶尔姆斯列夫将话语分为"表达"和"内容",这两个层面(符号功能子单位体)都含有"形式"层面和"实体"层面。系列事件的"故事"是在话语的"内容的形式"层面上展开,情节建构

---

〔1〕 海登·怀特:《后现代历史叙事学》,陈永国、张万娟译,中国社会科学出版社 2003 年版,第 346 页。

〔2〕 彭刚:《叙事的转向:当代西方史学理论考察》,北京大学出版社 2009 年版,第 1—6 页。

〔3〕 彭刚:《叙事的转向:当代西方史学理论考察》,北京大学出版社 2009 年版,第 5 页。

〔4〕 布龙菲尔德:《布龙菲尔德语言学文集》,熊兵译,湖南教育出版社 2005 年版,前言,第 11 页。

〔5〕 海登·怀特:《后现代历史叙事学》,陈永国、张万娟译,中国社会科学出版社 2003 年版,第 356 页。

〔6〕 海登·怀特:《后现代历史叙事学》,陈永国、张万娟译,中国社会科学出版社 2003 年版,第 357 页。

是在"表达的实体"层面上展开。

叶尔姆斯列夫指出,"一个符号由一个表达成分及其一个内容成份组成。"[1]语言内容中有具体形式和由混沌体组成的内容实体。针对索绪尔"语音与思维的组合"产生的是"形式"(语言),而不是"实体"的观点,叶尔姆斯列夫认为这导致了"没有形式就没有实体(思维或音响)"的结论,而根据索绪尔的观点,先有了思维(内容实体)或音响(表达实体),才有了语言这种符号形式。所以,叶尔姆斯列夫认为,"为了避免在学科中不必要的假设,内容的实体(思想)或表达的实体(声音链)在时间或层面顺序方面先于语言,或语言先于内容的实体或表达的实体,这样的假设是没有基础的。"[2]思维(混沌体)根据各种形式而形成实体。"语言内容中有一个具体的形式,即内容的形式,内容的形式独立于混沌体,并和混沌体之间有任意关系,内容形式将混沌体组成一个内容实体。"[3]表达的实体和内容的实体的存在是因为表达的形式和内容的形式这两个子功能的存在。"实体的出现是形式映射到混沌体的结果,这仿佛和张开的网将其影子撒落在一个未经分解的表面上一样。"[4]

叶尔姆斯列夫认为,内容的实体、内容的形式、表达的实体、表达的形式的四层面理论可以看出传统语言学的不足。传统语言学认为符号(如戒指)指向具体事物(手指上的东西),具体事物并不进入符号本身。"但我手上的事物(戒指)是内容的实体的单位体。通过符号,该单位体联结内容形式,并在内容形式下面和各种其他的内容实体单位体组织在一起。"[5]表达的实体的单位体(声音串)是个别现象,通过符号被赋予表达

〔1〕　路易斯·叶姆斯列夫:《叶姆斯列夫:语符学文集》,程琪龙译,湖南教育出版社2005年版,第32页。

〔2〕　路易斯·叶姆斯列夫:《叶姆斯列夫:语符学文集》,程琪龙译,湖南教育出版社2005年版,第168页。

〔3〕　路易斯·叶姆斯列夫:《叶姆斯列夫:语符学文集》,程琪龙译,湖南教育出版社2005年版,第171页。

〔4〕　路易斯·叶姆斯列夫:《叶姆斯列夫:语符学文集》,程琪龙译,湖南教育出版社2005年版,第175页。

〔5〕　路易斯·叶姆斯列夫:《叶姆斯列夫:语符学文集》,程琪龙译,湖南教育出版社2005年版,第175页。

的形式,和其他表达的实体的单位体(同一符号在不同情景中不同人的不同发音)一起归作同类。"然而,符号是内容实体的表达,也是表达实体的符号。"[1]传统符号学仅仅将符号作为表示内容的实体或表示表达的实体的符号,而忘记了"符号是一个双面单位体","'向外'朝着表达的实体,'向内'朝着内容的实体。"[2]韩礼德认为,叶尔姆斯列夫的语符学理论有两个要点:在系统和过程的框架内,过程(篇章)"具化"了系统;区别具化与实现,即表达根据系统的层次组织"实现"了语境。[3] 在此基础上,创建了系统理论。

海登·怀特运用叶尔姆斯列夫语言层次理论,分析了历史叙事的字面意义和比喻意义。历史学家通过"历时排列的事实"("历史指涉物的形式")而在"内容的形式"(讲述的故事)层面上,获得字面意义;通过赋予历史事件以类的情节结构,而在"表达的本质"层面上,获得比喻意义。第一个层面,历史叙事的内容的形式层面真值标准是"讲述的故事"与历史事件相符,一个情节类型与构成话语指涉物的事件形式相一致;第二个层面,历史叙事的表达的实体层面真值标准是逼真,即类的情节结构与历史事件"相似",主要是看赋予事件特殊比喻意义的情节类型是否合理。历史叙事不是人类自然的行为,而是高度复杂化的艺术。赋予事件不同的情节结构,就有不同的比喻意义,而在再现事实层面上不违反真实性标准。历史故事的"内容的形式"层面上是事件的再现,在"表达的实体"层面上是事件的解释。"讲述的故事根据其'事实性'受到恰当评估,而用来产生对事件阐释的情节类型却只能根据近期似真性得到评估。"[4]

海登·怀特认为历史叙事的词汇、语法和句法等历史叙事的语言特征是"表达的形式"层面,在这一层面上意识形态故事与历史故事的话语

---

〔1〕 路易斯·叶姆斯列夫:《叶姆斯列夫:语符学文集》,程琪龙译,湖南教育出版社 2005年版,第 175—176 页。

〔2〕 路易斯·叶姆斯列夫:《叶姆斯列夫:语符学文集》,程琪龙译,湖南教育出版社 2005年版,第 175—176 页。

〔3〕 韩礼德:《韩礼德语言学文集》,李战子等译,湖南教育出版社 2005 年版,第 40 页。

〔4〕 海登·怀特:《后现代历史叙事学》,陈永国、张万娟译,中国社会科学出版社 2003 年版,第 364 页。

相同。在表达的实质层面上,历史故事也等同于意识形态故事,两者都通过"本质上诗意的和修辞比喻的复杂运作将'事实'转化为特定故事类型的要素……仿佛明显'虚构的'文类和因素一样,如寓言、传说、神话、小说、戏剧的因素"[1]。海登·怀特认为从内容的形式层面上(讲述的故事)、表达的形式层面上(词汇、语法、句法)和表达的本质层面上(赋予历史事件以类的情节结构)无法区分历史叙事的历史性与意识形态倾向,只有在"内容的本质"层面上才能确认两者的区别。马克思将法国路易·波拿巴的胜利看作一场闹剧,因为在内容的本质层面上,他援引"阶级斗争"作为历史现实;冲突各方没能认清他们卷入了一场阶级斗争;普鲁东将路易·波拿巴的胜利看作一场英雄史诗,普鲁东援引"英雄"概念透视历史。两者将同一系列历史事件编排成不同的情节结构,而具有了不同意义。

3. 从理论影响来看,海登·怀特历史诗学是一种反本质主义倾向较强的后现代主义历史哲学

尽管海登·怀特不承认自己属于"后现代派",但是就其运用的思想方法而言,他的确属于"后现代阵营"。《元史学》一书是他运用结构主义和形式主义分析 19 世纪欧洲史学经典的学术专著。海登·怀特离经叛道的历史思考在受到质疑的同时,也得到了好评。埃娃·多曼斯科说:"如果没有海登·怀特的《元史学》和他在此之后所撰写的论文和著作,史学理论就已经夭折了。"[2]吕森认为《元史学》之所以是史学理论的里程碑,是因为该书强调了"历史学是一种语言学的程式"[3]。安克斯密斯认为,《元史学》是自柯林伍德《历史的观念》以来史学理论方面最重要的著作。[4] 而出版于 2003 年的《后现代历史叙事学》则公开表明了海登·怀

---

〔1〕　海登·怀特:《后现代历史叙事学》,陈永国、张万娟译,中国社会科学出版社 2003 年版,第 365 页。

〔2〕　埃娃·多曼斯科:《邂逅:后现代主义之后的历史哲学》,彭刚译,北京大学出版社 2007 年版,第 109 页。

〔3〕　埃娃·多曼斯科:《邂逅:后现代主义之后的历史哲学》,彭刚译,北京大学出版社 2007 年版,第 181 页。

〔4〕　埃娃·多曼斯科:《邂逅:后现代主义之后的历史哲学》,彭刚译,北京大学出版社 2007 年版,第 99 页。

特的"后学"身份。该书大部分论文选自1978年出版的《话语转义学》中。为了支持《后现代历史叙事学》在中国的出版,海登·怀特还专门撰写了《"形象描写逝去时代的性质":文学理论和历史书写》和《讲故事:历史与意识心态》两篇论文。《后现代历史叙事学》的出版与海登·怀特为本书撰文都毋庸置疑地表明了他作为一位后现代主义历史学家的地位。所以国外有学者指出:"海登·怀特对历史叙事指涉性的讨论,让一些读者同意佳比里拉·斯贝格尔的观点:象巴尔特和弗兰克·克莫德一样,海登·怀特主张'除了自称的客观性与指涉性以外,在本质上把历史叙事等同于虚构叙事'。"〔1〕

当然,海登·怀特的历史诗学并非体现在"平面感"上,而是主张历史文本的表层结构与深层结构的存在,与杰姆逊后现代主义的平面性(后现代主义消除黑格尔现象与本质、弗洛伊德表层与深层、存在主义的真实与非真实、符号学的能指与所指)和距离感的消失(后现代美学否认人与现实生活拉开距离才会有审美感受的现代性美学主张)相背离。不过,它符合后现代主义的其他审美特征,如历史性消失、主体丧失中心地位与"零散化"等。虽然,从审美意识形态上看,海登·怀特的历史诗学突出了主体性,这正是现代主义哲学的特征,现代主义被称为"主体性哲学";但是从历史叙事的深层结构理论来看,海登·怀特又有反主体倾向,以历史文本的结构对抗主体的历史编撰。他在《元史学》之后的一系列著作中主要研究了福柯、詹姆森、利科等后现代主义哲学家,并在肯定的意义上把他们的后现代主义思想与自己的诗性历史观相结合。如《野性的思维:思想的考古学》一文,就是海登·怀特在其"历史诗学"的试验田里撒播后现代思想的种子的典型实践。

考古学是法国思想家福柯为了考察癫狂、非理性、知识等文化现象和文化观念所独创的哲学方法。海登·怀特《野性的思维:思想的考古学》(1972年)一文运用考古学研究方法,分析了古代神话、圣经以及文学作

---

〔1〕 Richard T. Vann. "The Reception of Hayden White", *History and Theory*, Vol. 37, No. 2, May 1998, p.156.

品中的"野人"形象演化过程,揭示"野性"意识深层结构和"野性"观念的语言学机制,是海登·怀特历史诗学思想应用于"野性史"编撰的具体实践。"知识考古学是研究某一特定时刻文化现象和文化观念的出现、模式和基础的分析方法,有着特殊的研究领域:精神病、癫狂等思想纪念物(精神现象)。"[1]知识考古学探寻被传统思想史所忽略的知识的印迹和间断性证据,"是个历时间断性与共时连续性相结合的体系,它抛弃了传统思想史的主体性、连续性及起源性等基本概念。"[2]像福柯在"癫狂"中见出理智一样,海登·怀特通过对 17 世纪和 18 世纪野人生活的描绘,于野性中见出人性中未泯灭的光辉品质。《野性的思维:思想的考古学》主要分析了《圣经》、莎士比亚戏剧、蒙田散文等文学话语以及亚里士多德、奥古斯丁、托马斯·阿奎那等哲学话语关于"野性"的诸种形式,对上述话语档案,进行考古式挖掘,阐述了野人形象在发展与演变过程中所折射出的人性思考。如果说野人形象是上述话语的字面意义,那么人性则是其比喻意义。因此,这是海登·怀特将福柯知识考古学理论应用于西方"野性史"的历史诗学实践。

4.海登·怀特历史诗学作为一种反本质主义诗学还体现于对理论本身的反思

在《比喻实在论》一书序言中,海登·怀特指出世界大战之后的几十年,抛弃理论、返回文本、返回维特根斯坦所谓的"粗糙地面"、返回个人经验、关心日常生活现象的渴望愈来愈强烈。无论是文化、社会、文明、历史或一般意义的存在,在努力构想整体的每一个时代,这些呼吁是有规律地上升的。在后现代主义时代,不难理解那些善良的人、追求公正地对待特殊存在的人反对总体化思想体系。总体化思想优先考虑整体,忽视生活的部分,为了整体而牺牲部分。对总体化思想的反叛便是健康的和伦理的合理化。理论的思考自身是疾病的原因,一种非理论或反理论的反思

---

〔1〕 王治河:《后现代主义辞典》,中央编译出版社 2004 年版,第 149 页。
〔2〕 王治河:《后现代主义辞典》,中央编译出版社 2004 年版,第 149 页。

模式可以对其进行矫正。海登·怀特指出,这种观点是错误的。因为思想的理论模式和理论之外的经验主义、事实、特殊性、谦虚、卑贱或者实用是在理论基础上发现的,更确切地说,是一种元理论观点。"认为人可以在理论之外或无需理论思考的观点是一种错觉……没有理论,人们可以做许多重要而有价值的事情,如听说、爱憎、战争与和平、高兴与痛苦,但是思考不在其中。没有理论的地方,就没有积极的思想,仅有印象。"〔1〕海登·怀特指出,这并非是理论的正确与错误问题,而是理论的好坏之分。好理论是有益于道德责任感的思想,坏理论则让人远离它。由于其内在的思维与思考特性,理论不能屈从于以诉诸事实为基础的伪造标准。理论生成的出发点是暂时中止真实与伪造、事实与虚构、欺诈、谎言、错误之区别。"理论从一个具体的视角,让我们思考称之为事实、真实、理性、道德等等此类的东西。"〔2〕所以,海登·怀特指出,正确评估理论的唯一标准就是促进目标、目的或伦理、道德和政治结果的实用性。"坏理论导致坏结果,好理论导致好结果。"〔3〕

总体上来说,理论是为人类服务的。理论思想总是涉及伦理的、审美的和认知的关注。一个给定的理论不像科学和哲学只评价其认知有效性,而是正确评价其伦理与审美含义。科学的好处是什么,也是一个理论问题,不仅是事实问题。首先,从一个给定的理论视角上看,何为事实;其次,哪种事实有益于团体利益,而不是信息储备的增长;第三,团体的利益可能由什么组成。这些都是基于团体利益、美好结局和建立实践、道德原则评判实用性的理论问题。海登·怀特长期思考文学话语(写作被认为是自由的、放纵的)和历史话语(事实、实在和理性知识占优势)之关系的目的是为现代西方思想努力描述想象(可能是什么的想象力)和常识(关

〔1〕 Hayden White. *"Preface"*, *Figural Realism：Studies in the Mimesis Effect*. The Johns Hopkins University Press，Baltimore and London，1999，viii.

〔2〕 Hayden White. *"Preface"*, *Figural Realism：Studies in the Mimesis Effect*. The Johns Hopkins University Press，Baltimore and London，1999，viii.

〔3〕 Hayden White. *"Preface"*, *Figural Realism：Studies in the Mimesis Effect*. The Johns Hopkins University Press，Baltimore and London，1999，viii.

于真相的思想和没有老生常谈会发生什么的思想)提供一个缩影。"我试图表明历史书写的文学性和文学写作的实在性,我已试图建立了两者各自写作、描写、模仿、叙述和验证技巧的'相互蕴含性'(温德尔班的术语)。"[1]每种技巧在方法上是西方特色实践的例子,与其说是呈现的,不如说表达的,也就是说,不是生产的而是再生产或模仿的。所以,海登·怀特将其论文集《比喻实在论》的副标题命名为"模仿效果研究"。

海登·怀特对理论本身的反思,也使其历史诗学不仅带有"元历史"、"元话语"特性,也带有"元理论性"。这些特性是本质主义不具备的。如两千多年前的柏拉图以"我并不关心对于人们来说什么显得美,而只关心美是什么"的提问开启了西方哲学的本质主义思维之路。"借助于本质主义的舞台,人类的思想精英们上演了一幕宏伟壮观的古典戏剧。但这出戏如今已落下帷幕。"[2]人们发现"美是什么"不如"什么显得美"重要。因为正如国内学者杨守森指出的那样:"'美'的独立本体本不存在,却硬要去探讨所谓'美'的本质,这显然是不可能的。"[3]"语言学转向"促进了"本质主义古典戏剧的落幕",海登·怀特通过对再现历史事件的语言的重视,也动摇了历史领域上演的本质主义"大戏"! 海登·怀特不仅关注"本质"的表述工具——语言,还反思"本质"本身的内容,提出了"元历史"、"元话语"与"元理论"范畴。这是海登·怀特反本质主义的重要贡献。

## 二、海登·怀特历史诗学的本质主义倾向

"本质"是某类事物或现象表现出的共同特征。"本质性观照"是对"形而下"的东西进行"形而上"抽象把握的结果。西班牙哲人加塞尔说得好:"所谓求知,就是不满足于事物向我们呈现的相貌,而要寻索它们的本

---

〔1〕 Hayden White. *"Preface"*, *Figural Realism: Studies in the Mimesis Effect*. The Johns Hopkins University Press, Baltimore and London, 1999, ix.

〔2〕 徐岱:《美学新概念——21 世纪的人文思考》,学林出版社 2001 年版,第 285 页。

〔3〕 徐岱:《美学新概念——21 世纪的人文思考》,学林出版社 2001 年版,第 300 页。

质。"〔1〕伽达默尔也说："在差异中寻找共同的东西,这就是哲学的任务。"〔2〕可见对事物抽象的"本质"把握是人类一种重要的认识能力。"本质"的"真正位置并不在本体论而只属于认识论"。〔3〕努力发现隐藏于现象背后的"实在",或者像追逐大雁野鹅一样的去追逐事物真正本性的"本质"的思想方法,波普尔率先将其命名为"本质主义"。对这种思想方法的承认与否是古典与现代哲学的分野。本质主义割裂了形而上与形而下的联系,完全排斥感性、经验等形而下的世界,认为只有反映事物(现象)的本质世界才是真实的世界。

从表面上看,解构主义是反对本质主义的。但是,因为它放弃了关于"本质"的整个观念,所以,在消解唯本质至上论的本质主义的同时,把充当认识论工具的"本质"也一起拒斥掉了。法国著名学者马利坦曾批评说:"关于事物本质与本性的任何思考的摧毁、取消的做法,只是显示了智慧的彻底失败。"〔4〕本质主义与反本质主义表面对立,实质上殊途同归。本质主义以"本质"为归宿,反本质主义以反"本质"为己任。〔5〕

海登·怀特的历史诗学也是如此。他通过对事件/故事、事件/事实的区分,提出反对实证主义的故事解释与话语转义的"解构"策略,进而提出一种诗性的历史观。但是,海登·怀特还是没有跳出本质主义的陷阱。他把终极目标指向了"语言的事件"——历史事实,而不是"生活事件"、"现实事件"或"原始事件"。而且,历史事实与历史事件的明确区分是有难度的。

首先,历史事实与历史事件具有同一性关系。海登·怀特把历史话语的具体模式归于历史事件被初次描绘的特别语言想象物。对此,高登·莱夫认为理解海登·怀特的这句话是有难度的,只能把"语言想像物"理解为比喻的翻译,"事件的最初描写"也只是历史学家们的事件,而

〔1〕 加塞尔:《什么是哲学》,商梓书等译,商务印书馆 1994 年版,第 38 页。
〔2〕 刘小枫:《人类困境中的审美精神》,知识出版社 1994 年版,第 655 页。
〔3〕 徐岱:《美学新概念——21 世纪的人文思考》,学林出版社 2001 年版,第 302 页。
〔4〕 徐岱:《美学新概念——21 世纪的人文思考》,学林出版社 2001 年版,第 300 页。
〔5〕 关于本质主义与反本质主义的关系和"本质"功能性作用,请参见徐岱:《美学新概念——21 世纪的人文思考》,学林出版社 2001 年版,第 284—304 页。

不是历史学家们必须面对的作为历史证据的事件。历史事实最终还是历史事件本身,只不过是被历史学家语言化的历史事件。语言化的历史事件虽然不是相应的原始事件,但是其指向的还是该事件,否则,事实与事件之间成为"张冠李戴"的关系而使历史失去可靠性。因此,莱夫,这位海登·怀特《元史学》的第一位评论者指出,"'历史作品的读者'在面对海登·怀特所论述的十九世纪历史学家时,将会感到那种'潜在的怀疑'很可能'变成明显的疑惑'。"[1]

其次,历史事件与历史事实区分的难度在于界定"初次描写的历史事件"的模糊性。针对海登·怀特关于历史话语中的历史事件乃语言想象物的观点,理查德·汪在《海登·怀特的接受》一文的注释中强调说:"正如阿瑟·丹托提醒我们的那样,我们谈论的历史事件总是'描写中'的。这使得'初次描写'的历史事件存在于历史文献中,而不是存在于历史学家的诗性想像中。"[2]丹托的提醒有利于我们冷静地思考事件与事实区分的可能性。历史文献中的事件经过历史学家的加工而成为历史事实的情况是存在的。

海登·怀特认为,有三个方面的原因:首先,把系列事件建构成一个连续的历史过程,还需要填充特定文化内容。其次,历史学家依据文化传统选择将事件编排为故事的情节,获得隐喻意义上真实的故事。"把真实事件编排成特种故事(或特种故事的混合)就是以转义描写这些事件。这是因为故事并不是生活中经历的;'真正的'故事这种东西并不存在。故事是讲出来的或写出来的,不是发现的。"[3]"所有的故事都是虚构。当然,这意味着它们只能在隐喻的意义上是真实的,而在某种意义上,一个

---

〔1〕　Richard T. Vann. "The Reception of Hayden White", *History and Theory*. Vol. 37, No. 2, May 1998, p. 149.

〔2〕　Richard T. Vann. "The Reception of Hayden White", *History and Theory*. Vol. 37, No. 2, May 1998, p. 149.

〔3〕　海登·怀特:《后现代历史叙事学》,陈永国、张万娟译,中国社会科学出版社 2003 年版,第 302 页。

比喻可以是真实的。"[1]第三,除了以情节暗示对事件的解释,历史话语中还有清楚的论证来解释事件的意义。历史话语中的故事(事件的情节化)是虚构,历史话语中的论证是"虚构的虚构"。海登·怀特认为结构主义历史话语对编排成情节的历史事件进行比喻剖析,如同对材料进行"文学"处理一样。历史话语受制于发明的规则,通过转义策略才能使用旧规则。历史编撰有两种真实:实际的真实和比喻的真实。

但是,实际的真实和比喻的真实都离不开事件的真实。对曾经发生过的原始事件的回忆与再现是历史编撰的前提,否则历史就不是历史。尽管,文本是历史与神话、史诗、寓言、文学的共性,但这只是形式上的共性,而非内容的共性。不仅历史与其他学科之间存在内容的差异,即使在历史领域内部,不同历史著作在共性的文本中也存在着具体内容的差异。历史著作的魅力不仅体现于文本性、修辞性与话语性,还存在于内容的精确与精彩、充实与厚重。然而,海登·怀特认为历史文本的虚构形式证实了历史经典本质上的文学性。列维·施特劳斯认识到历史的连续性是通过历史学家强加于记录的"欺骗性概要才能获得"。他认为,只有"舍弃"历史记录中的某些事实领域,"修改"事实,才能建构一个完整的故事。所以,他总结道:"一个清晰的历史永远不可能完全摆脱神话的本性。"[2]弗莱也指出,"当历史学家的计划达到一定程度的综合时,在形式上它就变成了神话,因而在结构上也就接近诗歌了。"[3]

海登·怀特借鉴列维·施特劳斯和弗莱的观点证明历史与文学、神话在形式上的共性,却忽视了内容上的差异性。虽然,原始神话传说是远古时代的历史,但是历史与神话、历史与文学的分道扬镳,客观上促进了历史学的发展。海登·怀特所着重分析的 19 世纪八位欧洲经典史学大

---

〔1〕 海登·怀特:《后现代历史叙事学》,陈永国、张万娟译,中国社会科学出版社 2003 年版,第 302 页。

〔2〕 海登·怀特:《后现代历史叙事学》,陈永国、张万娟译,中国社会科学出版社 2003 年版,第 173 页。

〔3〕 海登·怀特:《后现代历史叙事学》,陈永国、张万娟译,中国社会科学出版社 2003 年版,第 173 页。

师都是在历史学科领域内进行历史编撰与历史反思的。例如,尽管布克哈特声称"历史如同诗歌",但他并未将历史等同于诗歌。虽然,布克哈特宣称"历史在诗歌中不仅能发现最为重要的内容,而且能找到最纯粹、最精细的资源"[1]。但他是从诗歌能为历史提供重要内容和纯粹精细的资源上得出上述结论的,并未抹杀历史与诗歌、历史与文学的区别。他的《意大利文艺复兴时期的文化》是一本运用19世纪文学技巧处理历史资料的历史著作,而不是诗歌或者小说。在该书的开篇,布克哈特说:"本书的书名标志它本身是一篇在最严格意义上的论文……本书所用的许多研究材料,在别人手里,不仅很可能得到完全不同的处理和应用,而且也很可能得出完全不同的结论。"[2]

　　海登·怀特认为布克哈特以自身的"诗性感受力"和"印象派画家的灵敏笔触"描绘了意大利文艺复兴时期的文化史,在书中"形成了一个主题而非论题"。[3] 这也只是海登·怀特从历史诗学理论的假设与前提基础上所得出的"一孔之见"。英国历史学家乔治·皮博迪·古奇在《十九世纪历史学与历史学家》一书中认为,《意大利文艺复兴时期的文化》的出版使布克哈特跻身于一流历史学家的行列,"因为它向世人显示了文化史的潜力,并把它提升到史学著作类型中的一个权威的地位上。没有任何历史学家曾以更大的魅力和洞察力来抓住并解释一个时代的心理。"[4] 在这位英国史学家看来,布克哈特《意大利文艺复兴时期的文化》一书成为史学经典的原因是因为它能深入到"时代的心理状态"。

　　事件与事实的区分以及历史事实的修辞再现与话语转义是海登·怀特历史诗学理论的基础。不同于历史哲学家对历史事实的关注,普通历

---

〔1〕　海登·怀特:《元史学:十九世纪欧洲的历史想像》,陈新译,译林出版社2004年版,第356页。

〔2〕　海登·怀特:《元史学:十九世纪欧洲的历史想像》,陈新译,译林出版社2004年版,第334页。

〔3〕　海登·怀特:《元史学:十九世纪欧洲的历史想像》,陈新译,译林出版社2004年版,第357页。

〔4〕　乔治·皮博迪·古奇:《十九世纪的历史学与历史学家》,耿淡如译,商务印书馆1989年版,第870页。

史读者感兴趣的究竟还是历史事件本身。他们之所以还阅读历史学家笔下的历史事实，是因为历史事实与历史事件具有同一性；如果两者在本质上是分道扬镳的，那么读者对这种历史肯定不感兴趣。真实是历史的生命，如果历史事件"不真"而历史事实是"真"的，那么这是文学作品。而文学作品的魅力也在于"真实"，不过它只需事实的真实，即情感的真实或思想的真实；历史作品则需要事件与事实的同时真实。历史话语中的确存在比喻与转义现象，但那也是为了再现与还原真实的历史事件，而不是建构虚幻的历史事实。

正如有人批评的那样，"海登·怀特是用历史的影来混淆了历史的形，扮上历史的貌来泯灭历史的性。"[1]也有人将海登·怀特称为"无中生有"、"指鹿为马"和"断章取义"的理论魔术师，认为海登·怀特关于"十九世纪欧洲的历史想像"是一种"魔术表演"。[2] 还有人指出海登·怀特的历史诗学与结构主义诗学一样都有"语言人本主义"的致命弱点，与结构主义的"语言人本主义"稍有不同的是，海登·怀特的历史诗学是一种"基于语言道德改革的修辞伦理学"。[3] 海登·怀特把比喻视为历史意识的深层结构也引起了关注与批判。路易斯·明克将海登·怀特转义和事实与事件的观念看作"新修辞相对主义"。[4] 对于海登·怀特运用文本理论探讨历史叙事而抹杀文学文本与历史文本的观点，理查德·汪认为："这又重新提出了海登·怀特早期著作试图辩护的对原文的恐慌或语言决定论（或绝对相对主义）。在《历史多元主义》（1986年）一文中，海登·怀特初步提出一种'泛文本性的多元主义'观点。他认为'为了支持

---

〔1〕 程一凡：《二十一世纪》，2005-02-28，http://www.cuhk.edu.hk/ics/21c.

〔2〕 邵立新：《理论还是魔术：评海登·怀特〈玄史学〉》，载《史学理论研究》1999年第4期，第110—123页。

〔3〕 Hans Kellner. "A Bedrock of Order: Hayden White's Linguistic Humanism", *History and Theory*, Vol. 19, No. 12, 1980, p. 29.

〔4〕 Richard T. Vann. "The Reception of Hayden White", *History and Theory*, Vol. 37, No. 2, May 1998, p. 150.

事实上不能把虚构与历史再现相区分的观点,应搁置关于事实的全部问题'."〔1〕上述对于海登·怀特历史诗学的"魔术表演"、"语言人本主义"、"原文的恐慌"和"新修辞相对主义"的批评,从反"本质主义"的立场来看,是有合理性的。要真正"走向历史诗学"就要避免本质主义的思维局限。

"'诗学'所关注的不是'实在的文学',而只是'可能的文学'。"〔2〕只有在这一前提条件下,历史诗学才是可能的。海登·怀特始终探讨的转义与比喻,并非将历史等同于文学,而是把历史视为"可能的文学",历史文本只是"可能的文学文本"。海登·怀特在提出"元史学"、"元话语"和历史叙事的比喻与转义理论时忽视了这一点,不仅使他的历史诗学理论受到来自文学批评家和历史学家"两面夹击",而且混淆了理性与理论。"尽管'理论'与'理性'都带个'理'字,但其实没什么裙带关系。理性是人类在生活世界安营扎寨所不可缺少的工具,理论在某种意义上只是一种智力游戏。"〔3〕

历史领域应该"改进理性"而"告别理论",因为,本质主义在本质上是一种理论主义——将理性思考的结果抽象化、逻辑化后又权威化。抽象能力与逻辑能力是人之为人的根本,没有这样的能力,人类社会是不会存在的。"从对具体事物的感受力培养起一种抽象能力,这乃是文明的不归之路,也是哲学活动的一种归宿。"〔4〕本质认识离不开抽象把握与逻辑推演,而且本质认识的结果也非常重要,但并不意味着一种本质认识因为充满了理性与智慧就可以发号施令而剥夺了另外一种本质认识或者是非本质认识。所以波普尔说,"提防沉溺于任何特定理论就更加重要:我们不可以让自己陷入思想的牢房。"〔5〕理论一旦越俎代庖,用所谓的"方向"与"道路"代替理性来指导实践,那么离胡说八道也就不远了。如果那样的

〔1〕 Richard T. Vann. "The Reception of Hayden White", *History and Theory*, Vol. 37, No. 2, May 1998, p.157.
〔2〕 徐岱:《批评美学——艺术诠释的逻辑与范式》,学林出版社 2003 年版,引论,第 8 页。
〔3〕 徐岱:《批评美学——艺术诠释的逻辑与范式》,学林出版社 2003 年版,引论,第 4 页。
〔4〕 徐岱:《美学新概念——21 世纪的人文思考》,学林出版社 2001 年版,第 290 页。
〔5〕 徐岱:《批评美学——艺术诠释的逻辑与范式》,学林出版社 2003 年版,引论,第 8 页。

话,所谓的理论家们(也许用"政客"一词更合适)以"指导实践"的名义将大众引入某种"思想的牢房",实现其不可告人的目的。更为可耻的是,在"引君入瓮"的同时,还让大众对其感恩戴德。"陈旧的专制主义凭借威胁让人被奴役,在客观上强迫你做奴隶;成熟的专制主义凭借诱惑让人接受被奴役的命运,在主观上心甘情愿地放逐自由的意愿。"[1]

然而理论的"受众们"对此早已厌倦!当人们对理论的激情退却之后,理性地审视以理论的名义进行的疯狂之举时,对理论的敌视态度与日俱增,"理论"被边缘化的命运在所难免!

历史既是记忆也是遗忘——应该记住传统而忘记正统。正统是强调对集体的愚蠢和驯服的忠诚而忽视个体的具体存在,致使真正的传统文化未能得到延续。"真正控制中国政治的,乃是有着大儒身份的董仲舒所代表的阴阳学说。这与中国传统文化貌合神离,后者以孔子的'仁'为根据,尤其表现于对'孝'的解释上。在孔子而言,'孝'决非盲目被动的服从,而是一种主动的关怀。"[2]对当下中国而言,历史编撰应该恢复被有意中断或抹杀的传统记忆。"有研究者表示:没有哪个民族比中国人更重视历史,但也从来没有哪个民族像中国人这样在历史问题上肆无忌惮地造假。"[3]由此看来,芸芸众生选择记住什么与忘记什么,其实是一种抗争。

历史不仅仅是一部人类的记忆史,更是一部人性史!对历史来说,"语言"并非海登·怀特所说具有本体论的地位。其实,历史领域的"语言转向"与"叙事复兴"是同步的,这就暗示了"语言"在历史叙事中具有认识论地位,不能代替"事件"在历史编撰的本体论地位。所以在谈到《元史学》时,汉斯·凯尔勒说:"一种语言几乎不可能允许直接面对一本如此全面而公开地谈论语言的书。"[4]汉斯·凯尔勒对海登·怀特将语言作为历史本体的做法不满。

---

〔1〕 徐岱:《侠士道——金庸小说与中国精神》,北京大学出版社 2009 年版,第 415 页。
〔2〕 徐岱:《侠士道——金庸小说与中国精神》,北京大学出版社 2009 年版,第 420 页。
〔3〕 徐岱:《侠士道——金庸小说与中国精神》,北京大学出版社 2009 年版,第 415 页。
〔4〕 Hans Kellner. "A Bedrock of Order: Hayden White's Linguistic Humanism", *History and Theory*, Vol. 19, No. 12, 1980, p. 1.

当维特根斯坦发现对传统语言理论中的"逻各斯中心主义"进行批判的"语言游戏论"不能取消意义本体论的实质性时，便以"语言图像论"代替了"语言游戏论"。所谓"语言图像论"是指一个语言命题，是以"现实的图像"反映着"现实的实质"的意义。"一个语词在实际世界里的指称对象，只是意义的负载者而非意义本身。"[1]当海登·怀特像福柯那样把语言当作"物"而置于历史本体论地位时，意味着他也迈向了本质主义的陷阱。历史叙事的"语言转向"是反本质主义的，但是当把这种"转向"视为历史本体时，不也是一种本质主义吗？当年，维特根斯坦以"家族相似论"彻底击溃逻各斯中心主义。对此，英国学者查尔斯沃·斯却认为，维特根斯坦"再次引进了关于本质的思想"。[2]

海登·怀特又何尝不是如此呢？对于《元史学》所选的八位史学大师的经典文本的分析完全是形式主义的，及认为"不谈及指涉就可以阅读文本"[3]。他提醒道："人们不愿意将历史叙事视为一眼就能看穿的东西：语言的虚构，其内容与所发现的内容同样都是发明出来的，其形式与其说与科学的形式相同，不如说与文学的形式相同。"[4]他在《元史学》中更明确地表达了这一观点："简言之，我的方法是形式主义的。我不会试图确定某位史学家的历史著作是否更好、它记述历史过程中一组特殊事件或历史片断是否比别的历史学家更正确。相反，我只是设法确认这些记述的结构构成。"[5]他的历史形式主义观点认为文本是自足的，无需考虑语境，事实上文本就包含语境。而且他坚持认为历史作品中的形式成分是不可被反驳的。"历史著作的形式成份取决于前概念的和他们透视历史

---

〔1〕　徐岱：《美学新概念——21世纪的人文思考》，学林出版社2001年版，第286页。

〔2〕　徐岱：《美学新概念——21世纪的人文思考》，学林出版社2001年版，第295页。

〔3〕　George G. "Historiography between Scholarship and Poetry: Reflections on Hayden White's Approach to Historiography", *Rethinking History*, Vol. 4, No. 3, 2000, p. 378.

〔4〕　Hayden White. "The Historical Text as Literary Artifact", *Tropics of Discourse*. The Johns Hopkins University Press, Baltimore and London, 1978, p. 82.

〔5〕　Hayden White. *Metahistory—The Historical Imagination in Nineteenth-Century Europe*. The Johns Hopkins University Press, Baltimore and London, 1973, pp. 2-3.

及其进程的诗性本质。"〔1〕

但是，乔治·伊格尔斯认为海登·怀特对欧洲经典史学著作的文本分析是有问题的。"运用他称之为情节化、形式论证和意识形态蕴涵的转义计划，他把一致性强加于每一种转义。这种一致性模糊了这些转义的对立，或者至少它们之间根本就没有系统的一致性。"〔2〕海登·怀特在对文本的形式主义分析中，把文本中没有的或零散的某种联系强加于文本，这是他的历史诗学理论所表现出的较为明显的本质主义思维的地方。

当然，海登·怀特将形式一致性强加于历史文本的本质主义思维，恰恰表明"本质地"思考的重要性。在佛克马教授看来这是一种文化惯性，他认为连"利奥塔德本人似乎也大大低估了具有包容性构架的心理需求。人的头脑总是试图在不同的兴趣和经验之间建立相关联的结构"〔3〕。"包容性架构"是人类文化得以形成与发展的基础，换言之，没有对世界、社会或文化的"本质"（而非本质主义）思考，就不会有文明。"因为我们所面对的从来都并非纯粹的个别，而是一种能被我们以'类'来对待的具体。"〔4〕

那么，如何解决具体历史事件的记述与"类"的意义上系列历史事件的本质性认识的关系呢？海登·怀特的历史诗学理论中也有所涉及，那就是审美。融合历史事件的具体性、个别化与抽象的本质性现象的途径是历史审美。历史学在经历了"语言转向"与"叙事复兴"之后，要真正解决历史领域的具体与抽象、个别与一般之关系问题，离不开"美学转向"。这也是布洛赫提醒人们说："我们要警惕，不要让历史学失去诗意。"〔5〕历史失去诗意，不仅令读者兴趣索然，而且还会失去应有的思考力，"文学是

〔1〕 Hayden White. *Metahistory—The Historical Imagination in Nineteenth-Century Europe*. The Johns Hopkins University Press，Baltimore and London，1973，p. 5.

〔2〕 Georg G. Iggers. "Historiography between Scholarship and Poetry：Reflections on Hayden White's Approach to Historiography"，*Rethinking History*，Vol. 4，No. 3，2000，p. 378.

〔3〕 徐岱：《美学新概念——21 世纪的人文思考》，学林出版社 2001 年版，第 296 页。

〔4〕 徐岱：《美学新概念——21 世纪的人文思考》，学林出版社 2001 年版，第 297 页。

〔5〕 布洛赫：《历史学家的技艺》，张和声译，上海社会科学出版社 1992 年版，第 10 页。

一段'合乎逻辑的'历史表述,文学的虚构可以使历史被思考。"[1]海登·怀特历史诗学理论为我们建构历史美学提供了宝贵的借鉴与参考。海登·怀特关于历史之诗的思考为历史美学的出场做好了铺垫。

---

[1]　米歇尔·德·赛尔托:《历史与心理分析:科学与虚构之间》,邵炜译,中国人民大学出版社 2010 年版,第 46 页。

# 参 考 文 献

## 专著与论文集

1. Hayden White. *Tropics of Discourse*. The Johns Hopkins University Press, Baltimore and London, 1985.

2. Hayden White. *The Content of the Form: Narrative Discourse and Historical Representation*. The Johns Hopkins University Press, Baltimore and London, 1987.

3. Hayden White. *Figural Realism: Studies in the Mimesis Effect*. The Johns Hopkins University Press, Baltimore and London, 1999.

4. Hans Bertens and Joseph Natoli. *Postmodernism: The Key Fey Figures*. Blackwell Publisher, 2002.

5. Traian Stoianovich. *French Historical Method: The Annals Paradigm*. Cornell University Press, 1976.

6. Louis Mink. Philosophy and Theory of History, in international handbook of *Historical Studies*, edited by Georg Iggers and Harold T. Parker Westbrook, Co., 1979.

7. Paul Ricoeur. "The Metaphoric Process as Cognition, Imagination, and Feeling". In Sacks S., ed. *On Metaphor*. The University of Chicago Press, 1978.

8. Paul Henle, ed. *Language, Thought, and Culture*. Ann Arbor: University of Michigan Press, 1966.

9. Harold Bloom. *A Map of Misread*. New York，1975.

10. Zygmunt Bauman. *Legislators and Interpreters*. Cambridge：Polity Press，1987.

11. Paul Hamiltion. *Historicism*. Second edition，Routledge，London and New York，2002.

12. Stephen Greenblatt. *Hamlet in Purgatory*. Princeton University Press，Prince and Oxford，2001.

13. Roland Barthes. "Introduction to the Structural Analysis of Narratives"，*Image，Music，Text*，translated by Stephen Heath. New York，1977.

14. Mandelbaum. *History，Man，and Reason：Study in Nineteenth-Century Thought*. The Johns Hopkins University Press，Baltimore and London，1971.


1. [美]海登·怀特.元史学：十九世纪欧洲的历史想像.陈新译.南京：译林出版社,2004.

2. [美]海登·怀特.后现代历史叙事学.陈永国、张万娟译.北京：中国社会科学出版社,2003.

3. [美]海登·怀特.形式的内容：叙事话语与历史再现.董立河译.北京：文津出版社,2005.

4. [美]克利福德·格尔兹.文化的解释.韩莉译.南京：译林出版社,1999.

5. [俄]维谢洛夫斯基.历史诗学.刘宁译.天津：百花文艺出版社,2003.

6. [法]达维德·方丹.诗学：文学形式通论.陈静译.天津：天津人民出版社,2003.

7. [意]克罗齐.作为思想和行动的历史.田时刚译.北京：中国社会科学出版社,2005.

8. [意]克罗齐.历史学的理论.田时刚译.北京：中国社会科学出版社,2005.

9. [意]克罗齐.十九世纪欧洲史.田时刚译.北京：中国社会科学出版社,2005.

10. [美]海登·怀特海.思维方式.刘放桐译.北京：商务印书馆,2004.

11. [德]康德.纯粹理性批判.邓晓芒译.北京：人民出版社,2004.

12. [德]康德.实用人类学.邓晓芒译.重庆：重庆出版社,1987.

13. [德]康德.历史理性批判文集.何兆武译.北京：商务印书馆,1997.

14. [德]康德.纯粹理性批判.蓝公武译.北京：商务印书馆,1997.

15. [德]康德.判断力批判.何兆武译.北京：商务印书馆,2000.

16. [德]康德.实践理性批判.韩水法译.北京：商务印书馆,2005.

17. [德]黑格尔.精神现象学.贺麟译.北京：商务印书馆,1979.

18. [德]黑格尔. 小逻辑. 贺麟译. 北京:商务印书馆,1997.

19. [德]黑格尔. 美学. 朱光潜译. 北京:商务印书馆,1996.

20. [古希腊]柏拉图. 文艺对话集. 朱光潜译. 北京:人民文学出版社,2000.

21. [古希腊]亚里士多德. 诗学. 陈中梅译. 北京:商务印书馆,2002.

22. [古希腊]亚里士多德. 尼各马可伦理学. 廖申白译. 北京:商务印书馆,2003.

23. [古希腊]亚里士多德. 范畴篇 解释篇. 方书春译. 北京:商务印书馆,2003.

24. [德]恩斯特·卡西尔. 人论. 甘阳译. 上海:上海译文出版社,1985.

25. [意]詹巴蒂斯塔·维柯. 新科学. 朱光潜译. 北京:商务印书馆,1997.

26. [美]马尔库斯·费彻尔. 作为文化批评的人类学. 王铭铭译. 上海:上海三联书店,1998.

27. [美]弗雷德里克·詹姆逊. 文化转向. 胡亚敏译. 北京:中国社会科学出版社,2000.

28. [德]沃尔夫冈·韦尔施. 重构美学. 陆扬译. 上海:上海译文出版社,2002.

29. [瑞士]费尔迪南·德·索绪尔. 普通语言学教程. 高名凯译. 北京:商务印书馆,2002.

30. [英]齐格蒙特·鲍曼. 流动的现代性. 欧阳景根译. 上海:上海三联书店,2002.

31. [法]雅克·马利坦. 艺术与诗中的创造性直觉. 刘有元等译. 北京:生活·读书·新知三联书店,1991.

32. [德]沃尔夫冈伊·瑟尔. 虚构与想像. 陈定家译. 长春:吉林人民出版社,2003.

33. [西]加塞尔. 什么是哲学. 商梓书等译. 北京:商务印书馆,1994.

34. [法]米歇尔·福柯. 词与物. 莫伟民译. 上海:上海三联书店,2001.

35. [英]戴维弗里斯比. 现代性的碎片. 卢晖临译. 北京:商务印书馆,2003.

36. [美]鲍尔格曼. 跨越后现代的分界线. 孟庆时译. 北京:商务印书馆,2003.

37. [美]马泰·卡林内斯库. 现代性的五副面孔. 顾爱彬译. 北京:商务印书馆,2002.

38. [美]托马斯·库恩. 必要的张力. 范岱年译. 北京:北京大学出版社,2004.

39. [美]马歇尔·伯曼. 一切坚固的东西都烟消云散了. 徐大建译. 北京:商务印书馆,2003.

40. [加]大卫·莱昂. 后现代性. 郭为桂译. 长春:吉林人民出版社,2004.

41. [美]迈克尔·莱文森. 现代主义. 田智译. 沈阳:辽宁教育出版社,2002.

42. [美]约翰·赛尔. 心灵的再发现. 王巍译. 北京:中国人民大学出版社,2005.

43. [法]列维·施特劳斯. 野性的思维. 李幼蒸译. 北京:商务印书馆,1997.

44. [英]柯林伍德.历史的观念.何兆武译.北京:商务印书馆,1994.

45. [法]波德莱尔.波德莱尔美学论文选.郭宏安译.北京:人民文学出版社,1987.

46. [德]卡尔·曼海姆.意识形态与乌托邦.艾彦译.北京:华夏出版社,2001.

47. [美]杜威.艺术即经验.高建平译.北京:商务印书馆,2005.

48. [美]理查德·舒斯特曼.实用主义美学.彭锋译.北京:商务印书馆,2002.

49. [荷]安克施密斯.历史与转义.韩震译.北京:文津出版社,2005.

50. [俄]阿尔森·古留加.康德传.贾泽林等译.北京:商务印书馆,1981.

51. [加]诺思罗普·弗莱.批评的剖析.陈慧译.天津:百花文艺出版社,1998.

52. [美]威廉·詹姆士.实用主义.陈羽纶译.北京:商务印书馆,1997.

53. [法]阿尔贝·蒂博代.六说文学批评.赵坚译.北京:生活·读书·新知三联书店,1989.

54. [美]韦勒克.批评的概念.张今言译.杭州:中国美术学院出版社,1999.

55. [美]韦勒克.文学原理.刘象愚等译.南京:江苏教育出版社,2005.

56. [德]歌德.歌德的格言和感想集.程代熙译.北京:中国社会科学出版社,1982.

57. [美]布洛克.美学新解.滕守尧译.沈阳:辽宁人民出版社,1987.

58. 冯连驸等.同时代人回忆托尔斯泰.上海:上海译文出版社,1984.

59. [美]詹姆斯·费伦.作为修辞的叙事.陈永国译.北京:北京大学出版社,2002.

60. [英]马克·柯里.后现代叙事理论.宁一中译.北京:北京大学出版社,2003.

61. [美]华莱士·马丁.当代叙事学.伍晓明译.北京:北京大学出版社,2005.

62. [美]戴卫·赫尔曼.新叙事学.马海良译.北京:北京大学出版社,2002.

63. [美]J·希利斯·米勒.解读叙事.申丹译.北京:北京大学出版社,2002.

64. [英]拉曼·赛尔登.文学批评理论:从柏拉图到现在.刘象愚译.北京:北京大学出版社,2003.

65. [英]卡尔·波普尔.通过知识获得解放.范景中等译.杭州:中国美术学院出版社,1996.

66. [德]尼采.道德的谱系.谢地坤等译.桂林:漓江出版社,2000.

67. [德]尼采.悲剧的诞生.周国平译.太原:北岳文艺出版社,2004.

68. [德]尼采.超善恶.张念东译.北京:中央编译出版社,2000.

69. [德]尼采.权力意志.贺翼译.桂林:漓江出版社,2000.

70. [德]尼采.快乐的科学.黄明嘉译.桂林:漓江出版社,2000.

71. [俄]别尔嘉耶夫.一个贵族的回忆和思索.汪建钊选编,上海:上海远东出版社,2004.

72.[俄]别尔嘉耶夫.论人的奴役与自由.张百春译.北京:中国城市出版社,2002.

73.[俄]别尔嘉耶夫.历史的意义.张雅萍译.上海:学林出版社,2002.

74.[俄]别尔嘉耶夫.论人的使命.张百春译.上海:学林出版社,2000.

75.[俄]舍斯托夫.在约伯的天平上.方珊译.上海:上海人民出版社,2004.

76.[俄]舍斯托夫.思辨与启事.方珊译.上海:上海人民出版社,2005.

77.[俄]舍斯托夫.钥匙的统治.张冰译.上海:上海人民出版社,2004.

78.[俄]舍斯托夫.旷野呼唤 无根据颂.方珊译.上海:上海人民出版社,2004.

79.[俄]索洛维约夫.西方哲学的危机.李树柏译.杭州:浙江人民出版社,2000.

80.[俄]弗兰克.实在与人.李昭时译.杭州:浙江人民出版社,2000.

81.[英]罗素.论历史.何兆武等译.桂林:广西师范大学出版社,2001.

82.[俄]巴赫金.小说理论.白春仁等译.石家庄:河北教育出版社,1998.

83.[俄]巴赫金.陀思妥耶夫斯基诗学问题.刘虎译.北京:中央编译出版社,2010.

84.[俄]巴赫金.拉伯雷研究.李兆林等译.石家庄:河北教育出版社,1998.

85.[俄]巴赫金.哲学美学.张杰译.石家庄:河北教育出版社,1998.

86.[美]帕森斯.美学与艺术教育.李中泽译.成都:四川人民出版社,1998.

87.[美]阿恩海姆.视觉思维.腾守尧译.成都:四川人民出版社,1998.

88.[德]海德格尔.存在与时间.陈嘉映译.上海:上海三联书店,1999.

89.[德]海德格尔.林中路.孙周兴译.上海:上海译文出版社,2004.

90.[德]海德格尔.在通向语言的途中.孙周兴译.北京:商务印书馆,2004.

91.[德]海德格尔.诗·语言·思.彭富春译.北京:文化艺术出版社,1991.

92.[德]盖格尔.艺术的意味.艾彦译.北京:华夏出版社,1998.

93.[德]伽达默尔.哲学解释学.夏镇平译.上海:上海译文出版社,2004.

94.[法]保罗·利科.活的隐喻.汪堂家译.上海:上海译文出版社,2004.

95.[美]托马斯·库恩.科学革命的结构.金吾伦译.北京:北京大学出版社,2003.

96.[法]托多罗夫.象征理论.王国卿译.北京:商务印书馆,2004.

97.[西]安·塔比亚斯.艺术实践.何清译.杭州:浙江摄影出版社,1989.

98.[英]伊格尔顿.二十世纪西方文学理论.吴晓明译.北京:北京大学出版社,2007.

99.[德]汉斯·耀斯.审美经验与文学解释学.顾建光译.上海:上海译文出版社,1997.

100.[美]赫伯特·马尔库塞.审美之维.李小兵译.桂林:广西师范大学出版社,2001.

101.〔美〕迪萨纳亚克.审美的人.卢晓辉译.北京:商务印书馆,2004.

102.〔美〕理查德·沃林.福柯的面孔.汪民安等编译.北京:文化艺术出版社,2001.

103.〔德〕彼得·比格尔.先锋派理论.高建平译.北京:商务印书馆,2002.

104.〔英〕哈耶克.通往奴役之路.王明毅译.北京:中国社会科学出版社,1997.

105.〔法〕普鲁斯特.追忆似水年华.李恒基译.南京:译林出版社,2001.

106.〔俄〕雅柯布森.普通语言学论文集.法国:子夜出版社,1963.


1.徐岱.美学新概念:21世纪的人文思考.上海:学林出版社,2001.

2.徐岱.小说叙事学.北京:中国社会科学出版社,1992.

3.徐岱.批评美学:艺术诠释的逻辑与范式.上海:学林出版社,2003.

4.徐岱.基础诗学:后形而上学艺术原理.杭州:浙江大学出版社,2005.

5.徐岱.体验自由:三维空间中思考.杭州:浙江大学出版社,1999.

6.徐岱.边缘叙事:20世纪中国女性小说个案批评.上海:学林出版社,2002.

7.徐岱.小说形态学.杭州:杭州大学出版社,1992.

8.潘一禾.故事与解释:世界文学经典通论.上海:学林出版社,1999.

9.陈新.当代西方历史哲学读本.上海:复旦大学出版社,2004.

10.陈新.西方历史叙述学.北京:社会科学文献出版社,2005.

11.方珊.形式主义文论.济南:山东教育出版社,2002.

12.朱志荣.中国审美理论.北京:北京大学出版社,2005.

13.冯俊.后现代主义哲学讲演录.北京:商务印书馆,2003.

14.邱运华.文学批评方法与案例.北京:北京大学出版社,2005.

15.胡志颖.文学彼岸性研究.北京:中国社会科学出版社,2003.

16.胡经之.西方文艺理论名著教程(上、下).北京:北京大学出版社,1989.

17.李国华.文学批评学.保定:河北大学出版社,1999.

18.郭沫若.郭沫若论创作.上海:上海文艺出版社,1983.

19.方孝岳.中国文学批评.上海:中华书局,1934.

20.朱东润.中国历代文学作品选(上编·二册).上海:上海古籍出版社,1979.

21.朱志荣.中国审美理论.北京:北京大学出版社,2005.

22.崔茂新.理论与艺术问题.北京:中国文联出版社,1999.

23.王寅.语义理论与语言教学.上海:上海外语教育出版社,2001.

24.李鑫华.英语修辞格详论.上海:上海外语教育出版社,2000.

25. 赵毅衡. 符号学文学论文集. 天津：百花文艺出版社, 2004.

26. 胡壮麟. 认知隐喻学. 北京：北京大学出版社, 2004.

27. 束定芳. 隐喻学研究. 上海：上海外语教育出版社, 2000.

28. 钱钟书. 管锥编. 北京：中华书局, 1979.

29. 文军. 英语写作修辞. 重庆：重庆大学出版社, 1991.

30. 范家材. 英语修辞赏析. 上海：上海交通大学出版社, 1992.

31. 阎嘉. 文学理论读本. 北京：中国人民大学出版社, 2006.

32. 朱立元. 二十世纪西方文论选. 北京：高等教育出版社, 2002.

33. 张京媛. 新历史主义与文学批评. 北京：北京大学出版社, 1993.

34. 盛宁. 二十世纪美国文论. 北京：北京大学出版社, 1994.

35. 盛宁. 新历史主义. 台北：扬智文化事业股份有限公司, 1996.

36. 朱立元. 美的感悟. 上海：华东师范大学出版社, 2001.

37. 朱光潜. 西方美学史. 北京：人民文学出版社, 1996.

38. 蒋孔阳、朱立元主编. 西方美学通史·第六卷·二十世纪美学（上）. 上海：上海文艺出版社, 1999.

39. 蒋孔阳、朱立元主编. 西方美学通史·第七卷·二十世纪美学（上）. 上海：上海文艺出版社, 1999.

40. 张进. 新历史主义与历史诗学. 北京：中国社会科学出版社, 2004.

41. 陈晓明. 结构主义与后结构主义在中国. 北京：首都师范大学出版社, 2002.

42. 王岳川. 后殖民主义与新历史主义文论. 济南：山东教育出版社, 2002.

43. 周宪. 20 世纪西方美学. 南京：南京大学出版社, 1997.

44. 周宪. 什么是美学. 北京：北京大学出版社, 2002.

45. 周宪. 审美现代性批判. 北京：商务印书馆, 2005.

46. 周宪. 文化现代性精粹读本. 北京：中国人民大学出版社, 2006.

47. 李晓林. 审美主义：从尼采到福柯. 北京：社会科学文献出版社, 2005.

## 期刊文章

1. Hayden White. "The Task of Intellectual History", *Monist*, Vol. 53, 1969.

2. Hayden White. "An Old Question Raised Again: Is Historiography Art or

Science?" *Rethinking History*, Vol. 4, No. 3, 2000.

3. Hayden White. "The Value of Narrativity in the Representation of Reality", *The Content of Form*, the Johns Hopkins University Press, Baltimore and London, 1987.

4. Hayden White. "The Forms of Wildness: Archaeology of An Idea", *Contemporary Literature*, Vol. 7, No. 3, 1976.

5. Hayden White. "Historical Text as Literary Artifact", *Tropics of Discourse*. The Johns Hopkins University Press, Baltimore and London, 1978.

6. Hayden White. "Foucault Decoded: Note from Underground", *History and Theory*, Vol. 12, No. 1, 1973.

7. Hayden White. "Interpretation in History", *New Literary History*, No. 4, 1972-1973.

8. Hayden White. "The Burden of History", *History and Theory*, Vol. 5, No. 2, 1966.

9. Hayden White. "Historicism, History, and the Imagination", *History and Theory*, Beiheft 14, Essays on Historicism 14, No. 4, 1975.

10. Hayden White. "The Rhetoric of Interpretation", *Poetics Today*, Vol. 9, No. 2, 1988.

11. Hayden White. "Figural Realism in Witness Literature", *Parallax*, Vol. 10, No. 1, 2004.

12. Hayden White. "Introduction: Historical Fiction, Fictional History, and Historical Reality", *Rethinking History*, Vol. 9, No. 2, September 2005.

13. Hayden White. "The Old Question of Narrative in Contemporary Historical Theory", *History and Theory*, Vol. 23, No. 1, February, 1982.

14. Hayden White. "The Politics of Historical Interpretation: Discipline and De-Sublimation", *Critical Inquiry*, Vol. 9, No. 1, The Politics of Interpretation, September 1982.

15. Ewa Domanska. "Hayden White: Beyond Irony", *History and Theory*, Vol. 37, February 1998.

16. Ewa Domanska. "Human Face of Scientific Mind: An Interview with Hayden White", *Storia della Storiografia*, Vol. 24.

17. Hans Kellner. "A Bedrock of Order: Hayden White's Linguistic Humanism",

*History and Theory*, Vol. 19, No. 4, Beiheft 19: Metahistory: Six Critique, December 1980.

18. Richard T. Vann. "The Reception of Hayden White", *History and Theory*, Vol. 37, No. 2, May 1988.

19. Nancy Partner. "Hayden White (and the Content and the Form and Everyone Else) at the AHA", *History and Theory*, Vol. 36, No. 4, Theme Issue 36: Producing the Past: Making Histories Inside and Outside the Academy, December 1997.

20. Gordon Leff. "Review of Metahistory", *Pacific Historical Review*, Vol. 43, 1974.

21. Wulf Kansteiner. "Hayden White's Critique of the Writing of History", *History and Theory*, Vol. 32, 1993.

22. Michael S. Roth. "Cultural Criticism and Political Theory: Hayden White's Rhetorics of History", *Political Theory*, Vol. 16, April 1988.

23. Peter De Bolla. "Disfiguring History", *Diacritics*, Vol. 16, No. 4, Winter 1986.

24. Eugene O. Golob. "The Irony of Nihilism", *History and Theory*, Beiheft 19, 1980.

25. Antony Easthope. "Romancing the Stone: History-Writing and Rhetoric", *Social History*, Vol. 18, 1993.

26. F. R. Ankersmith. "Historiography and Postmodernism", *History and Theory*, Vol. 28, 1989.

27. Eric H. Monkkonen. "The Challenge of Quantitative History", *Historical Methods*, Vol. 17, 1984.

28. John Nelson. "Tropal History and the Social Sciences: Reflections on Nancy Struever's Remark", *History and Theory*, Beiheft 19, 1980.

29. Georg Iggers. "Historiography between Scholarship and Poetry: Reflections on Hayden White's Approach to Historiography", *Rethinking History*, Vol. 4, No. 3, 2000.

30. Stephen Bann. "Towards a Critical Historiography: Recent Work in Philosophy of History", *Philosophy*, Vol. 56, 1982.

31. Paul Ricoeur. "Narrative Time", *Critical Inquiry*, Vol. 7, 1980.

32. Gerard Genette. "Boundaries of Narrative", *New Literary History*, Vol. 8, No. 1, 1978.

33. Christ Lorenz. "Can History be True? Narrativism, Positivism, and the 'Metaphorical Turn'", *History and Theory*, Vol. 37, 1998.

34. Tzvetan Todorov. "On Linguistic Symbolism", *New Literary*, Vol. 6, No. 1, Autumn 1974.

35. Hayden White. "Figural Realism in Witness Literature", *Parallaxs*, Vol. 10, No. 1, 2004.

36. Hayden White. "Introduction: Historical Fiction, Fictional History, and Historical Reality", *Rethinking History*, Vol. 9, No. 2/3, June/September 2005.

37. Hayden White. "The Historical Events", *Differences: A Journal of Feminist Cultural Studies*, Vol. 19, No. 2, October 2008.

38. Hayden White. "Comenntary: 'With no Particular to go': Literary History in the Age of Global Picture", *New Literary History*, Vol. 39, 2008.

39. Hayden White. "The Practical Past", International Conference"History between Reflectivity and Critique", Athens, October 30th-November 1st 2008.

40. Hayden White. "Historical Discourse and Literary Writing", *Tropes for the Past Hayden White and the History/Literature Debate*, edited by Kuisma Korhonen, editions Rodopi B. V., Amsterdam-New York, 2006, Printed in Netherland.

41. Hayden White. "Modern Politics and the Historical Imaginary", *The Politics of Imagination*, edited by Chiara Bottici and Benoit Challand, Birkbeck Law Press, New York, 2011.

42. Hayden White. "The Future of Utopia in History", *Historein*, Vol. 7, 2007.

43. Hayden White. "Reflection on 'Gender' in the Discourses of History", *New Literary History*, Autumn 2009.


1. 陈新. 诗性预构与理性阐释——海登·怀特和他的《元史学》. 河北学刊,2005(3).

2. 陈新. 历史·比喻·想像——海登·怀特历史哲学述评. 史学理论研究,2005(2).

3. 张进. 历史的叙事性与叙事的历史性. 甘肃广播电视大学学报,2003(12).

4. 徐岱. 论当代中国诗学的话语空间. 文学评论,2000(6).

5. 徐岱. 艺术的理由:重申本体论诗学的途径. 杭州师范学院学报,2005(1).

6. 徐岱. 解释学诗学与当代批评理论. 宁波大学学报,2004(4).

7. 徐岱. 诗学何为:论现代审美理论的人文意义. 文学评论,1999(40).

8. 徐岱. 不学诗,无以言. 东疆学刊,2005(3).

9. 徐岱. 形式主义与批评理论. 杭州师范学院学报,2003(4).

10. 孙绍振. 西方文化的引进和我国文学经典的解读. 文学评论,1999.

11. 崔茂新. 论小说叙事的诗性结构. 文学评论,2002(3).

12. 熊学亮. 含义分类标准评析. 外语教学与研究,1997(5).

13. 张广智. 多面的历史——西方史学家掠影. 历史教学问题,2005(1).

14. 邵立新. 理论还是魔术:评海登·怀特《玄史学》. 史学理论研究,1999(4).

15. 林庆新. 历史叙事与修辞:论海登·怀特的话语转义学. 国外文学,2003(4).

16. [荷]克里斯·洛伦茨. 历史能是真实的吗？叙述主义、实证主义和"隐喻转向". 山东社会科学,2004(3).

17. 孙秀云. 海德格尔对"历史性"的理解. 长白学刊,2004(5).

18. 张文喜. 历史性:活着而不是存在. 江汉论坛,2003(3).

19. 普传芳. 历史的虚构性:谈海登·怀特的历史诗学. 社会科学论坛,2009(12).

20. 董馨. 文学性与历史性的通融——海登·怀特的反本质主义诗学. 中州学刊,2007(4).

21. 李秀金. 海登·怀特的新历史主义文学叙事阐释. 理论界,2009(10).

22. 张燕辉. "新"的历史与文学性的衍生. 青海师范大学学报(哲学社会科学版),2008(5).

23. 董馨. 历史修辞的形式主义方法——米歇尔·福柯对海登·怀特历史诗学的影响. 学术研究,2008(9).

24. 赵志义. 历史话语的文学性——兼评海登·怀特的历史诗学. 青海师范大学学报(哲学社会科学版),2006(4).

25. 翟恒兴. "解构"与"解构主义"之辨. 社会科学战线,2006(2).

26. 翟恒兴. 历史之真:故事的形式论证式解释模式——论海登·怀特历史诗学的真实性诉求. 广西社会科学,2013(3).

27. 翟恒兴. 试论海登·怀特历史诗学的诗性之维. 浙江海洋学院学报(人文科学版),2013(3).

28. 翟恒兴. 历史诗学:一束绽放于历史领域的文学批评之花——兼论"历史诗学"与"文化诗学"之不同. 浙江海洋学院学报(人文科学版),2008(2).

29. 翟恒兴. 海登·怀特历史诗学研究综述. 湖南工业大学学报(社会科学版),2009(4).

30. 莫立民. 海登·怀特历史诗学再思辨. 甘肃联合大学学报(社会科学版),2011(5).

31. 张进. 通向一种历史诗学. 甘肃高师学报,2005(6).

32. 陈永国. 海登·怀特的历史诗学:转义、话语、叙事. 外国文学,2001(6).

33.刘峰.历史的认知与历史的意义.史学理论研究,2009(1).

34.黄芸.论海登·怀特的后现代主义历史叙事学对新历史主义小说批评的意义.人文杂志,2009(2).

35.冯艳芳.海登·怀特国内研究20年.史学理论研究,2010(1).

# 索　引

# 后　记

　　我研究美国学者海登·怀特今已八年有余。期间,该项研究工作因种种原因时断时续,思路也不断调整。随着浙江省省级学术出版资助《走向历史诗学——海登·怀特的故事解释与话语转义理论研究》和教育部人文社会科学研究项目《故事诗学——海登·怀特历史叙事的文艺学思想内涵》两个课题立项,我最终决定要撰写两本书,分别从“历史”与“故事”两个方面深挖海登·怀特的历史叙事思想内涵。由于个人原因,两本书的出版时间安排得比较近。这意味着我几乎要同时写两本书。虽然是同一个研究对象,但要在两条路上“一心二用”,既要防止“撞车”,也要避免“离题”,再加上时间、精力和能力有限,在研究过程中,常有心有余而力不足之感!

　　好在上述两个项目的资助为研究提供了充足的保障。同时,有我的博士学位论文《走向历史诗学——海登·怀特的故事解释与话语转义理论研究》做基础。《走向历史诗学》一书主要是对博士学位论文进行调整与修改。在此过程中,把与《故事诗学》有关的问题和材料整理出来,随时完善,现在该书也初具雏形。如今,《走向历史诗学——海登·怀特的故事解释与话语转义理论研究》一书在约定时间内交稿,让我如释重负。

　　在我求学、工作与研究过程中,我得到过很多人的帮助与支持。没有他们鼎力相助,拙著难以面世。首先,我感谢的是博导徐岱先生和硕导崔

356

茂新先生。两位先生在我人生关键时刻给予了无私帮助与学术启迪。至今脑际萦绕的是他们为摆脱落后、守旧文化传统束缚而发出的呼声。能师从两位先生求学，是我的幸运！我在聆听他们精妙绝伦的讲课时，也耳濡目染了两位先生的学者风范、人格魅力和精神追求。这是我最为宝贵的思想财富。

本书中的"精神与意识"、"一般与普遍"、"超越性与超越者"、"虚假与虚构"、反本质主义、理论主义、主体间性、现代性、艺术语义学等观点完全来自徐先生的授课内容。本书还深受徐先生《美学新概念》、《基础诗学》、《批评美学》、《小说叙事学》、《边缘叙事》、《艺术新概念》、《侠士道：金庸小说与中国精神》等著作影响。这些著作的语言文字、思维风格、运思过程、思想观点深深吸引了我。本书的大多观点都可在徐先生的上述著作中找到。比如，《基础诗学》一书所提及的艺术实践经验本体论的诗学观、两种真理观（实用主义真理观、实证主义真理观）；《美学新概念》一书中的"三个世界"学说、真实性问题、审美的情性体验与智性体验；《批评美学》中理性与理论的问题等。

本书的出版得到徐岱先生的巨大支持。徐先生打破不再为别人写序的诺言，放下电话，欣然为拙著提笔，让我诚惶诚恐而又倍感温暖。惶恐是因为，自感本书过于平庸，有负先生厚望，可能会给先生带来非议！温暖是因为，自 2002 年师从先生以来，不断麻烦先生，有几次还打扰了先生的午休！现在想来，还深感羞愧。

本书还借鉴了我的硕士导师崔茂新先生关于文学批评的思考成果。崔茂新先生是曲阜师范大学文学院教授，我的硕士导师。崔先生对人文研究充满激情的演讲与授课，让我对人文有了感性认识，激发了我对人文的喜爱。他总是在我学术陷入困境时，点播、提携，引领我走出迷途，点亮希望的火花！著作能够从文学批评的视角透视海登·怀特的历史诗学，与崔茂新先生关于文学批评的一些真知灼见给我的启迪分不开。

这里，还要感谢任教于美国斯坦福大学和波兰科维茨大学的埃娃·多曼斯科教授和复旦大学历史系陈新教授。著作中关于海登·怀特的英文资料(40 多篇国外关于海登·怀特的研究论文、20 多篇海登·怀特公开发表的学术论文)完全由埃娃·多曼斯科教授无偿提供。海登·怀特的英文原著《话语转义学》、《形式的内容》、《比喻实在论》由复旦大学的陈新教授无偿提供。这些原始资料不仅让我及时掌握国外对海登·怀特的最新研究动态,还省却了搜集资料的麻烦、减轻了各种负担。在此,向他们表示深深的感谢。

感谢我的妻子蔡秀芳女士。她与我一起同甘共苦 17 个年头,唯一奢望是晚饭后与我携手散步。但是这一小小的愿望我竟无法让她实现。心中时常羞愧,本人木讷愚笨,不善言辞,谨以此书略表我之谢意与歉意。在写作过程中,儿子翟金尧常常跑到书房看我翻书、打字,不仅让我倍感温暖,也让我暗下决心:做一个好父亲。其实,有时候,不是我在教育儿子,而是儿子在鼓励我、考验我。如果这本书是我的一份答卷,希望儿子能让它及格。

感谢浙江海洋学院科研处为本书提供了宝贵的学术出版经费资助!

翟恒兴

2013 年 8 月于浙江海洋学院人文学院

**图书在版编目（CIP）数据**

走向历史诗学：海登·怀特的故事解释与话语转义理论研究 /
翟恒兴著. —杭州：浙江大学出版社，2014.1
ISBN 978-7-308-12694-6

Ⅰ.①走… Ⅱ.①翟… Ⅲ.①怀特，H.—文学评论
Ⅳ.①I712.065

中国版本图书馆 CIP 数据核字（2013）第 304845 号

**走向历史诗学**

——海登·怀特的故事解释与话语转义理论研究

翟恒兴 著

| | |
|---|---|
| **责任编辑** | 葛玉丹（gydan@zju.edu.cn） |
| **封面设计** | 十木米 |
| **出版发行** | 浙江大学出版社 |
| | （杭州市天目山路 148 号　邮政编码 310007） |
| | （网址：http://www.zjupress.com） |
| **排　　版** | 杭州中大图文设计有限公司 |
| **印　　刷** | 杭州日报报业集团盛元印务有限公司 |
| **开　　本** | 710mm×1000mm　1/16 |
| **印　　张** | 23.25 |
| **字　　数** | 335 千 |
| **版 印 次** | 2014 年 1 月第 1 版　2014 年 1 月第 1 次印刷 |
| **书　　号** | ISBN 978-7-308-12694-6 |
| **定　　价** | 48.00 元 |